浙江大学"双一流"一流骨干基础学科项目经费资助
国家社科基金重大项目"现代斯拉夫文论经典汉译与大家名说研究"（项目编号 17ZDA282）阶段性成果

外国文论与比较诗学

第8辑

周启超 主编
浙江大学文学院外国文论与比较诗学研究中心 组织编写

浙江文艺出版社
Zhejiang Literature & Art Publishing House

图书在版编目(CIP)数据

外国文论与比较诗学.第8辑/周启超主编.—杭州：浙江文艺出版社，2022.12
ISBN 978-7-5339-7009-3

Ⅰ.①外… Ⅱ.①周… Ⅲ.①外国文学-文学理论-研究 ②比较诗学-研究 Ⅳ.①I0

中国版本图书馆CIP数据核字（2022）第202529号

责任编辑	沈 逸
责任校对	萧 燕
责任印制	吴春娟
封面设计	徐然然

外国文论与比较诗学(第8辑)

周启超 主编

出版	浙江文艺出版社
地址	杭州市体育场路347号
邮编	310006
电话	0571-85176953（总编办）
	0571-85152727（市场部）
制版	浙江新华图文制作有限公司
印刷	杭州杭新印务有限公司
开本	710毫米×1000毫米 1/16
字数	423千字
印张	24.75
版次	2022年12月第1版
印次	2022年12月第1次印刷
书号	ISBN 978-7-5339-7009-3
定价	98.00元

版权所有　侵权必究

《外国文论与比较诗学》编委会
（按姓氏笔画排序）

马海良，北京外国语大学，《外国文学》副主编，英语文论专家
王　建，北京大学外国语学院，人文学部副主任，德语文论专家
王加兴，南京大学外国语学院，俄罗斯研究中心主任，俄语文论专家
史忠义，中国社会科学院外国文学研究所，法语文论专家
任　昕，中国社会科学院外国文学研究所，理论室副主任，比较诗学专家
苏宏斌，浙江大学文学院，文艺学研究所所长，比较诗学专家
吴　笛，浙江大学文学院，世界文学与比较文学研究所所长，比较诗学专家
汪洪章，复旦大学外国语学院，外国文学研究所副所长，英语文论与比较诗学专家
张永清，中国人民大学文学院，马克思主义文论专家
贺　骥，中国社会科学院外国文学研究所，德语文论专家
钱　翰，北京师范大学文学院，文艺学中心，法语文论专家
凌建侯，北京大学外语学院世界文学研究所所长，俄语文论专家
周启超，浙江大学文学院，外国文论与比较诗学中心主任，现代斯拉夫文论专家
[德]沃尔夫·施密德，德国汉堡大学，欧洲叙事学会主席，比较诗学专家
[法]让·贝西埃，法国巴黎新索邦大学，国际比较文学学会荣誉会长，比较诗学专家
[美]彼得·斯坦纳，美国宾夕法尼亚大学，现代斯拉夫文论专家
[俄]伊戈尔·沙伊坦诺夫，俄罗斯国立人文大学，《文学问题》主编，比较诗学专家
[英]加林·吉汉诺夫，英国伦敦大学，国际比较文学学会文论委员会荣誉主席，比较诗学专家

[意]斯蒂芬妮亚·希尼,意大利东皮埃蒙特大学,现代斯拉夫文论专家

[波]祖尔科·博古斯拉夫,波兰格但斯克大学,现代斯拉夫文论专家

[捷]昂德瑞·斯拉蒂克,捷克科学院捷克文学研究所,理论室主任,现代斯拉夫文论专家

编辑部

周　静(主任)　张丽霞(编务)　刘　锟(俄语)

王晓菁(德语)　刘　丹(英语)　刘娟娟(法语)

陈　涛(英语)

主编絮语

学刊第8辑就要出炉了。掩卷略思,这一辑的重点或亮点在哪里呢?

其一是尤里·洛特曼百年诞辰纪念。

其二是现代斯拉夫文论中的诗学观。

尤里·洛特曼是塔尔图—莫斯科符号学派奠基者,文论家、符号学家、文化学家和历史学家,他毕生倾心于文学文本—艺术文本—文化文本的结构关系,探讨文本意义—符号意义—文化意义的生成机制,考察文本结构与文本外结构的互动共生,探索艺术文本的内部规则同该文本所属的"文化代码"相互依存,强调文本结构与文本外结构之关联与互动,在结构主义时代超越结构主义而独树一帜,在当代世界文论乃至整个人文科学进程中书写了精彩的一页。2022年2月25至28日,在联合国教科文组织支持下,37个国家的340位学者出席了"尤里·洛特曼的符号域"国际学术研讨会,隆重纪念尤里·洛特曼诞辰一百周年。国际学界这一盛举,实有充分理据。洛特曼的理论自1967年起就进入跨文化旅行,进入德国、意大利、荷兰、法国、英国、美国、日本以及拉美诸国学者的视野,受到埃科、佛克玛、伊格尔顿等名家推崇,进入多国文学理论、文学批评、艺术理论、符号学、文化学教科书。在改革开放的春风里,洛特曼也在中国登陆了。四十年多年来,我国的符号学界、文学理论界、美学界、俄罗斯文学研究界,对洛特曼的思想学说一直在引介、研究与应用。洛特曼之"作为意义生成器的艺术文本"的学说,与巴赫金、埃科、伊瑟尔、巴尔特、克里斯特瓦的学说一起,共同参与了文学文本/文学作品理论革新,参与了"文学"观念与文学研究视界的更新。洛特曼提出的"文化间互动即互译"这一命题,对于认识跨文化交流中"话语互译"之意义生成与意义创新机制,探索经济全球化语境中不同文化间的互动互识与文明互鉴过程中的"话语构建"与沟通路径,推动人类文化命运共同体的维护与建设,实则颇有借鉴价值。本学刊2022卷在"前沿视窗"专栏以4篇文章纪念尤里·洛特曼百年诞辰,以表达我们对一代人文大师的深切缅怀。**洛特曼理论建树的若干层面及其演变**这样的梳理,是一个符号学家在谈论另一个符号学家,是意大利符号学家与苏联符号学家之间的对话。洛特曼的一些学说,譬如"派生模拟系统""符号域",普通读者一般不太容易把握。博洛尼亚大学符号学教授埃科对塔尔图大学符号学家洛特曼教授的"符号域"可谓心领神会,其解读可有普及之功:埃科当年在洛特曼这部文化符号学著作的英文版序言中已这样写道:"洛特曼在谈论符号域的时候,他指的是什么呢?在读者手中的这部书里,它已得到详细的阐述;然而,我倒是愿意不妨在主要的定义上停留一下:

> 我们且来想象一下〈……〉一个博物馆的大厅,在不同的橱窗里,不同时代的物件陈列着,用人们通晓的与不通晓的语言书写的题词,经由译释才能看懂的说明性文字,由策展专家们所撰写的展览说明词,参观线路指南图与参观者行为守则。置身于这个大厅的还有导游与参观者们,于是,我们且来想象一下这一切犹如一个整一的机制(在某种意义上,所有这一切也正是这一机制)。我们就会获得符号域形象。在这一情形中不应当忽视的是,符号域的所有因素处于其中的不是静态的,而是运动的、变动不居而充满活力的相关相应之中,而不断地改变着彼此之间关系的形态。这在取自文化之过往状态的那些传统的因素上尤为明显。"

洛特曼对叙事学的贡献这样的概述,出自于汉堡大学叙事学中心主任、欧洲叙事学主席沃尔夫冈·施密德教授的手笔,其学术分量无须赘述。

当代俄罗斯学者纳塔莉亚·阿芙托诺莫娃以"**革新者还是保守者**"的设问来命题的文章,是对洛特曼身后的纪念活动中对洛特曼其人其文的评介上诸多观点的检阅与反思,包括对茱莉亚·克里斯特瓦这样的学界大咖对洛特曼的评价。阿芙托诺莫娃敏锐地指出:洛特曼和塔尔图—莫斯科符号学派不曾是持不同政见者,也不曾是对当权者阿谀奉承者。在其所有的创举中,他们时常穿越于科学与意识形态之间那条滑动不定的边界,这条边界对人文科学至关重要,洛特曼对它尤其关注。因而他曾强调,(对于他本人和学派)重要的不曾是对抗权力,而是"在对非科学的拒斥之中"向科学推进。正如当时所言,莫斯科—塔尔图符号学派极力走在"科学革命的最前沿",正是在这一口号中曾蕴藏着一股强大的反意识形态的能量,这股能量事实上正是以人文科学中的科学认知来对抗极端的教条主义。正是为了这一目标,他们曾推出一些新的方法、新的概念和对旧概念之新运用,曾运用信息论、逻辑学、结构语言学和控制论,而使得对文学——更宽泛的文化——那些极为复杂的客体的分析成为可能。应该看到,阿芙托诺莫娃这样的当代俄罗斯学者对于洛特曼的学术探索形成于苏联时代这一历史语境的重视,对其探索旨趣与现实语境之间张力的辨析,还是"实事求是"的。这种尊重历史的态度还是要坚持。今人不应在消解一种神话之时再建构一种神话。譬如,不应基于辩证法在苏联时代一部分学者心目中名声不佳,就断然否定洛特曼自己也明言的塔尔图—莫斯科学派的结构主义与辩证法的关系。

也正是基于对历史的尊重,基于对学术史的尊重,学刊这一辑刊发洛特曼1967的文章《**文学学应成为一门科学**》的译文。这篇在苏联文学界权威期刊《文学问题》上刊发的争鸣文章,是洛特曼1965年的文章《论文学学中的结构主义原理》的压缩版,实则是洛特曼领衔的塔尔图—莫斯科符号学派的一篇宣言。

文学作品不是特征的总和,而是一个行使功能的系统,是结构。

文学作品也是复杂的自适应系统。

文学思想与作品构建之间的关系,仿佛生命与生物细胞结构之间的关系。

结构主义者在研究文学文本中那些在传统上被视为"形式"的要素以确定其内容的意义时,他们的出发点是:已经从系统中被抽离的要素不可能具有意义。

结构主义的研究为自己提出的任务是把作品的思想作为意义要素统一体而揭示出来。

洛特曼后来更明确地提出,话语艺术的特征就在于内涵之结构(世界的模型)与表达的结构(语言)之不可分割的统一:"在话语艺术中,内涵之结构是经由语言的结构而得以实现,而构成综合的复杂的整体。"洛特曼认为,不可能改变表达的结构而不改内涵的结构。对这一文学的结构加以研究——此乃文学学的迫切任务。

洛特曼正是以文学文本的结构研究为轴心,来悉心考察文学文本与这一文本在其中生成又在其中发挥功能的文本外之间的互动关系,致力于双重超越——既超越一味地沉潜于文学文本之中的"内部研究",又超越一味地着迷于文学之文本外的"外部研究",致力于将作为一门话语艺术的文学之"文本内机制"的勘探与作为一种意识形态生产的"文本外机制"的考量这两者有效地关联起来。这一理论学说,在当代文学文本理论之探索进程中,在当代文学研究话语实践中,具有革故鼎新的开拓性意义与别开生面的开创性价值。

洛特曼力主"文学学应成为一门科学"这一理念,显然是对四十年前雅各布森的理论主张的一种呼应,是苏联时代的塔尔图—莫斯科符号学派与俄罗斯形式论学派的一种对接。这是不仅在理论旨趣上,而且直接在话语实践上的对接。须知文学研究"学科化"与"科学化"的追求,发轫于雅各布森的《俄罗斯新诗》。文学研究者应集文学学家、语言学家和数学家于一身。他应当培养自身的类型学思维能力,并且永远也不要把他习以为常的阐释视为终极真理。在20世纪60年代里,倡导并践行以结构主义与符号学视界进入文学文本,而将文学研究建设成为一门科学的洛特曼,同20世纪20年代俄罗斯"文学革命"年代里号召文学研究者聚焦语言的诗功能,而探寻"一个作品何以成为文学作品"的"文学性"的雅各布森,在反对印象主义、主观主义,针对"文学研究者实际上成为社会思想史家",改变文学研究成果沦为其他学科的二流文献,追求文学研究学科的独立自主——这些学术旨趣上可谓一脉相承!

现代斯拉夫文论推重文学研究要充分吸收现代语言学、符号学的成果,这一追求"科学化"的精神,推重文学文本之符号之结构之功能的机理与机制的细察,确乎是不同学派与一群大家几十年间聚焦其中的一大文脉。这一文脉的重要成果便是现代斯拉夫文论的诗学观念,便是俄罗斯形式论学派、布拉格结构论学派、塔尔图—莫斯科符号学派的诗学思想,便是雅各布森、蒂尼亚诺夫、英加登、穆卡若夫斯基、日尔蒙斯基这些名家在不同历史语境中建构的"诗学观"。长期以来,我们对这些学派与大家的"诗学观"有所耳闻,诸如形式论学派的蒂尼亚诺夫与雅各布森在1928年已经提出要聚焦结构与功能研究,1929年的《布拉格语言学小组纲要》这份布拉格结构主义的纲领性文献已经明确阐述结构功能研究的规划;我们也知道"主导"是雅各布森结构主义诗学的一个核心学说。但对结构主义诗学发展进程中如此重要的理论学说形成与其中的文本原貌,我们并不了解。即便是《语言学与诗学》这样在结构主义历史上堪称里程碑的文章,或对波德莱尔的十四行诗《猫》的解读这样被视为结构主义的诗文本分析的范例或标本,汉语学界对这些文章文本的了解还局限于节选与转译。针对这个现状,本辑以现代斯拉夫文论与名篇新译这两个专栏9篇译文的篇幅,重点投入现代斯拉夫文论学派与名家"论诗学"的名篇的汉译。雅各布森与列维-施特劳斯1962年合著的《夏尔·波德莱尔的〈猫〉》终于得以直接据法文原著全文译出,一如英加登的《论诗学》《文学作品的图示性》得以直接据波兰文原著全文译出,穆卡若夫斯基《论现代诗学》得以直接据捷克文原著全文译出,雅各布森的

《布拉格语言学小组纲要》与日尔蒙斯基的《诗学基本问题》得以直接据俄文原著全文译出,雅各布森的《主导》与《语言学与诗学》得以直接据英文原著全文译出,连雅各布森1975年在科隆大学与该校师生的座谈《论诗的意向与诗中的语言学手法》也得以直接据德文原文全文译出。坚持据原文本来翻译理论文本且全文翻译,这是我们多年追求并极力恪守的一个原则,或许可以说是走出"道听途说",进入"原原本本"深耕的一种努力,更是在理论的跨文化旅行之中守持语言文化多样性与丰富性而抵抗一语独大与单语霸权的一种实践。

也许,有人会认为全球化时代外国文论引介中这一理念与实践几乎像堂吉诃德一般可笑,但我们自信:文学研究与跨文化交流这一话语实践中的堂吉诃德之愚也还是不可或缺的。

目 录

前沿视窗
(纪念尤里·洛特曼百年诞辰)

尤里·洛特曼理论建树的若干层面及其演变
………………………………[意]翁贝托·埃科 著 周启超 译(3)
尤里·洛特曼对叙事理论的贡献
………………………………[德]沃尔夫·施密德 著 陈 靓 陈子幸 译(10)
纪念尤里·洛特曼:"保守者还是革新者"?
………………………………[俄]纳塔莉雅·阿芙托诺莫娃 著 王艳卿 译(22)
文学学应成为一门科学
………………………………[俄]尤里·洛特曼 著 郑文东 林 柯 译(34)

学人专论

巴赫金思想智识遗产的叙事学意义
………………………………[俄]瓦列里·秋帕 著 刘 锟 译(47)
文学、文学性与人脑
………………………[美]弗拉基米尔·亚历山大罗夫 著 汪洪章 译(56)

现代斯拉夫文论

文学与语言研究的若干问题
…………[俄]尤里·蒂尼亚诺夫 [美]罗曼·雅各布森 著 郑文东 译(83)
布拉格语言学小组纲要…………[美]罗曼·雅各布森 著 黄 玫 译(92)
主导………………………………[美]罗曼·雅各布森 著 刘 丹 译(109)
论现代诗学……………………[捷]扬·穆卡若夫斯基 著 杜常婧 译(114)

论诗学 ················· [波]罗曼·英加登 著 张振辉 译(128)
文学作品的图示性 ··········· [波]罗曼·英加登 著 张振辉 译(166)
诗学基本问题：诗的语言 ······ [俄]维克多·日尔蒙斯基 著 吴笛 译(184)

名篇新译

语言学与诗学 ············· [美]罗曼·雅各布森 著 杨建国 译(203)
夏尔·波德莱尔的《猫》
········ [美]罗曼·雅各布森 [法]克劳德·列维-斯特劳斯 著 钱翰 译(237)

佳作评点

文科无用？对巴赫金对话理论的再思考与再应用
　　——评《巴赫金的启迪：人文科学中的对话性方法》·········· 王晓菁(259)
非形式主义的形式诠释
　　——评伊格尔顿的《如何阅读文学》 ················ 马海良(268)
阐释与创造——德勒兹论文学
　　——评《德勒兹论文学》 ······················ 刘娟娟(278)
初绘经纬：当代洛特曼研究地图集
　　——评《洛特曼研究指南：文化符号学理论》············ 张志豪(282)
持续"深耕"的能量
　　——评《现代斯拉夫文论经典名篇与名家研究》··········· 高树博(290)

名家访谈

论艺术与现实的辩证之路
　　——扬·穆卡若夫斯基院士访谈录
　　········ [捷]扬·穆卡若夫斯基 [捷]米罗斯拉夫·卡切尔 朱涛 译(297)
论诗的意向与诗中的语言学手法
　　——1975年5月27日雅各布森讨论会
　　············ [美]罗曼·雅各布森 德国科隆大学师生 贺骥 译(308)

世界文学的诗学:一个亟待厘清与阐释的议题
　　——《文学问题》主编伊格尔·沙伊坦诺夫谈"世界文学的诗学"
　　………… [俄]伊格尔·沙伊坦诺夫　周　露　著　周　露　译(322)

学界动态

巴赫金思想与 21 世纪的挑战:从对话想象到复调思维
　　——第 17 届国际巴赫金学术年会综述 …………… 彭永涛　刘　锟(333)
继承·冲突·交流
　　——"尤里·洛特曼的符号域"国际学术研讨综述 ………… 谢子轩(338)
中国外国文学学会文学理论与比较诗学研究分会第 14 届年会暨"接受与
　　共生:百年外国文论在中国"学术研讨会综述 …………… 陶久胜(342)
"当代外国文论在改革开放的中国翻译与接受的路径与问题"研讨会综述
　　………………………………………………………………… 陈　靓(346)
"巴赫金与 21 世纪:跨文化阐释与文明互鉴"学术研讨会综述
　　………………………………………………………………… 刘柏威(350)

新书简介

汉语文论新书简介 ……………………………………………… 周　静(357)
英语文论新书简介 ……………………………………………… 马海良(360)
俄语文论新书简介 ……………………………………………… 刘　锟(364)
法语文论新书简介 ……………………………………………… 钱　翰(367)
德语文论新书简介 ……………………………………………… 王晓菁(371)
作者与译者简介 ………………………………………………………(375)

前沿视窗

(纪念尤里·洛特曼百年诞辰)

尤里·洛特曼理论建树的若干层面及其演变*

■[意]翁贝托·埃科 著
　周启超 译

　　尤里·米哈伊洛维奇·洛特曼的学术创作领域非常广阔，进入其兴趣圈的有美学、诗学、符号学理论、文化史、神话与电影理论，且所有这一切还都在其主科——俄罗斯文学史——之外（我要提示一下，洛特曼是在爱沙尼亚的塔尔图大学担任俄罗斯文学教授）。任何主题都能吸引尤里·米哈伊洛维奇·洛特曼：他这人能从对蓝色牛仔裤时尚或者恶魔论的评论这样一些文化现象的分析，轻松地转向对艺术文本的语文学解读；而从对阐释问题的探讨，他又能转向数学或生物学领域那些出乎意料的对照比较。甚至那些对洛特曼的全部著述并不熟悉的读者，也能欣赏其理论视界的开阔。开阔的理论视界正是呈现在读者面前的这部书❶的基石。驻足于洛特曼理论建树的若干层面而做一番梳理，毕竟还是颇有助益：这会帮助读者更进一步地了解这部书里所呈现的一些主题与研究方法。

　　在60年代，"符号学"与"结构主义"这两个词语爆炸般地打破了欧洲学术界的宁静。巴黎成了新学术范式的中心，渐渐地这一现象在整个欧洲扩散开来，并渗透北美与南美的大学。对自然语言的研究中（而作为结果，也在对艺术语言的研究中）的一些新的路径，在英国产生的那种令人眩晕的效果，在戴维·洛奇的长篇小说《小世界》里得到了描绘（这可是对这一见解的又

---

* Умберт Эко：Предисловие к английскому изданию Ю. М. Лотмана："Внутри мыслящих миров"——Москва：Языки русской культуры，С. 405-415。该文系翁贝托·埃科为尤里·洛特曼英文著作 *Universe of the Mind*（1990）所作序文的俄译，俄译者为尤里·洛特曼的弟子伊戈尔·皮里希科夫。本文译自该俄文版序。中译本标题为译者根据其主题所拟。本译文系国家社科基金重大项目"现代斯拉夫文论经典汉译与大家名说研究"[项目批准号（17ZDA282）]阶段性成果。

❶ Yuri M. Lotman. *Universe of the Mind：A Semiotic Theory of Culture.* London & New York：I. B. Tauris & Co. Ltd，1990.

一个佐证：与学者的一大堆学位论文相比，艺术作品所涵纳的世界与社会的信息时常要多得多）。

《小世界》于1984年面世，那时候，Л. 图尔（L. M. O'oole）与安·舒克曼（Ann Shukman）编选的《俄罗斯诗学译丛》——俄罗斯与苏联符号学著作的英译——已经在好几年里陆续出版。然而，在60年代与70年代，洛特曼的著作在欧洲大陆比在英国要更为知名。对语言之结构主义研究的兴趣（受到罗曼·雅各布森之影响的支持），吸引了人们对布拉格学派的关注。也是在那个时期，20年代的俄罗斯形式论学派被重新发现。而在此之前，仅仅是基于维克多·埃里希在那本基础性的著作《俄罗斯形式主义》中的转述，❶ 形式论学派才为学界所知。1965年，茨维坦·托多罗夫将俄罗斯形式论学派的一些文章译成法文❷之后，什克洛夫斯基、托马舍夫斯基与蒂尼亚诺夫最为重要的论著的欧洲语言译本（主要是意大利文译本）便开始陆续出现。

在对俄罗斯形式论学派发生兴趣之后，意大利与法国学者在60年代上半期已开始发现这时已在俄罗斯与爱沙尼亚（主要在莫斯科与塔尔图）发表的符号学研究论著——伊万诺夫、列夫津、乌斯宾斯基、若尔科夫斯基、谢格洛夫、谢伽尔、托波罗夫、叶戈罗夫，还有老一代两位代表——语言学家沙乌米扬与数学家柯尔莫戈罗夫的论著。但是在这一新的学术领域主要的奠基性同时（得力于塔尔图的"符号学家们"）也是协调性作用当属于尤里·米哈伊洛维奇·洛特曼。

形式论学派曾教导说，艺术作品是符号的构造，它可以被描述为一套规则与手法，这些规则与手法被赋予对社会代码的作用与有意图的变形。俄罗斯—爱沙尼亚符号学的代表们从形式论学派那里借用了这样一些概念，诸如"手法"与"陌生化"，他们将艺术文本的生成阐释为一个过程——对交际的社会因素加以组织的一套程序进行个性化重建的过程，从而向前迈出了一步。

在致力于用被置于分析的手法这套术语来阐释"创作的奥秘"之际，形式论学派同一系列矛盾发生了冲突。例如，他们不能放弃将形象看成不可表达的事件这一理解。此外，在列维-斯特劳斯与普罗普的著作❸面世之后这一点

---

❶ Victor Erlich, *Russian Formalism*. New Haven: Yale University Press, 1954.

❷ T. Todorov. et R. P. Jakobson, *Théorie de la littérature: Textes des formalistes russes réunis*. Paris: Seuil, 1965.

❸ C. Lévi-Strauss, "La structure et la forme: réflexions sur un ouvrage de Vladimir Propp", *Cahiers de l'Institut de Science Economique et Appliquée* 99, 1960; *Anthropologie structural deux*. Paris: Plon, 1973, pp. 139-173.

已变得十分清楚：形式论学派终究未能从文本的形式分析转向文本的结构描述。他们未能成功地作出所有结论是由于这一事实：艺术作品的形式构成不可避免地携带着其内容的组织。结果是形式论学派考察了符号系统，而忽视了语义系统——被年轻的俄罗斯符号学家们所发现的系统，诸如世界宗教与世界图景这样的系统。最后，托马舍夫斯基与什克洛夫斯基所提出的长篇小说结构理论成为对这一点的明显证据：形式论的方法能奢望描述的仅仅是一些个性化的手法，或者仅仅是在某个具体的体裁范围内发挥作用的规则系统。

基于这一观点，新符号学家们走得更远。信息论、游戏论、语言学与文化人类学中的结构分析理论使得他们设定交际现象广博的领域，不可能去确定那个会与给定的交际现象相对应的规则系统，如果在这种情形下不去设定同规则系统——被运用于任何其他的交际现象——在结构上的同源关系。年轻的俄罗斯符号学家们建构了广泛而通用的符号学理论（以及与其对应的方法），根据这一理论，支配着每一个交际扇面的规律都被作为更高层面的代码之变体而得到了考察。

要理解在西方至今并不为人所知（某些俄罗斯学家是例外）的这些学者的论著所引起的兴趣，需要记起，当年人们开始用"符号学"与"结构主义"这些词语来指称的是互相关联的现象的整个综合体。符号学的任务在于，对那些符号系统（口头语言就是其中最为重要的系统之一）与这些系统所生成的所有可能的交际进程之全部丰富多样性进行考察。这样一种研究应当展示：即便是符号系统的存在这一事实本身并不明显且不可预测，这些符号系统也存在着。结构主义——这是方法，在对语言系统进行阐释时极为有益的方法（索绪尔、叶尔姆斯列夫与雅各布森的著作都展示出这一点）。在60年代，首先是在法国，人们开始运用结构主义来阐释另一些系统，其中就有文化现象系统（列维-斯特劳斯的著作在这方面的作用特别重要）。可是，并不是所有的符号学家都运用结构分析这一方法。查尔斯·皮尔斯与查尔斯·莫里斯均提出了符号学理论，可是无论如何也不能将他们的符号学理论称之为结构主义的。对这一情形应当特别强调，这是由于——我觉得——洛特曼是以结构主义的视界来分析信号讯息（сигнификация）与交际现象而起步的，且直到现在也不放弃结构主义的方法。对这一论点的佐证便是呈现在读者面前的这部书。我们且举出这样的例子：对于身为60年代人的那一批结构主义者造成最大困难的一个理论问题是，某些符号系统在交际过程（即在世界的流动之中的历史进程）进行之中发生变化。另一问题是，如果符号系统被看作代码，或者宁可说，规则系统，那么，这些交际过程——这些过程的代码是难以确定的，或者说，在这些过程中，其不同的代码彼此互相冲突——是怎么出现的呢？在对这些问题的处理中就有理解洛特曼思想演变的关键。

在60年代，洛特曼曾谈论结构主义方法的益处，谈论在文学学中运用精确方法。他一方面始终相信索绪尔的"语言与言语"之对立，另一方面始终确信由雅各布森与信息论提出的"代码与讯息"之对立。1967年，他为意大利杂志《批评工具》(*Strumenti Critici*) 写了一篇文章《论俄罗斯文学学中的精确方法》。在这篇文章里，他对早先已表述过的理论原理进行了重申，对自己的研究方法的基础进行了陈述。它们可以被这样归纳：

1. 精确方法同人文科学之间的对立应当被消除。
2. 对于文学的纯历史的考察不可避免地会导向对社会思想史的考察。
3. 20年代，俄罗斯形式论学派奠定了对于文学的"技术"进行研究的开端，如今将语言学结构主义的方法、符号学方法（洛特曼思考的是皮尔斯的符号学）、信息论、控制论与数学统计分析的方法，引入文学学武库的时代已经到来。
4. 符号系统——这是对我们生活于其中的世界进行阐释的模型。（显然，在阐释世界之时，这些符号系统同时也对世界进行构建，洛特曼自一开始就把符号学设想为认知科学）。在这样的一些系统中，语言作为原初性模拟系统而被分离出来：我们是运用语言本身所提供的模型来接受世界。神话、文化规范、宗教、艺术语言与科学语言——这些则是派生性模拟系统。这样一来，我们也应当考察这些符号系统，须知它们以这样或那样的方式将我们引向对世界的理解，使得我们能谈论这个世界。
5. 如果文本乃世界的模型，那么，构成一定时期的文化的那些文本的集合就是派生性模拟系统。这就意味着，我们应当构建文化类型学；这是必需的——既是为了去揭示所有文化都具有的普适性的特征，也是为了具体的系统，诸如中世纪文化或者文艺复兴时期文化的"语言"这样的一些系统，以获得其身份认证。
6. 如果文化作为代码或者系统而被分析，那么它们可能显示出（就像对自然语言进行分析那样），现实的进程以更多的多样性和更少的可预测性为特征，它们的符号学模型会阐释这一特征。仅仅借助于对文化代码的重构无法阐释文化的所有现象，但是这样的重构使得我们可以去阐释，该文化何以产生了这些现象。

不过，洛特曼明白，将文本作为讯息——在语言代码的基础上被构建的讯息——来考察，与将文本本身（或者作为一套文本的文化）作为代码来考察，这完全不是一码事。这位研究者始终意识到，历史时期，会拥有整一的文化代码的历史时期，简直就是不可能存在的（尽管对模型—代码的构建显得是有益的抽象），在任何文化中都存在着众多不同的代码。我觉得，在处理这一问题时，洛特曼走出了结构主义那些教条的框框，而采用了更为复杂同时也更为清晰的视界。在同结构主义这种"代码与讯息"之二元对立的不灵活性发生冲突之后，洛特曼将对语法的考察与对文本的考察区分开来（这一区分，甚至可以被贯彻于一种文化的内部）。

文化或由规则系统，或由全套文本在支配，那些规则或那些文本都与一定的行为模型交结在一起。在第一种情形中，离散性单位的组合在生成文本，这些文本被认为是正确的或不正确的，这取决于它们是否满足组合规则。在第二种情形中，社会本身在生产文本，这些文本构成宏观单位，规则最终是从这些宏观单位中被推定出来。但是，文本首先要提供出模型——可以遵循与可以模仿的模型。

文化，如定位于语法，便取决于"手册"；文化，如定位于文本，则取决于"书"。手册——这是代码，它使人们能创建新的讯息与新的文本；书——这是文本，根据规则而得以建构的文本，这些规则暂时还不为人所知，然而值得对它们加以分析，并将它们压缩简化为手册的形式，它们能够给我们提出创建文本的新方式。

洛特曼让读者想起两种并存的学习外语的传统。教成人学外语时，通常要给他们教授规则。为了会说一种语言，人们要掌握字母、发音、单词等一整套语言单位，要把握它们的组合规律，并学会将它们串联起来。相反，小孩则是在同那些被正确地建构出来的文本进行不断的接触之中学会说话；通过这种情形可以推测：即使小孩不能完全意识到那些支配语言的规律，他也会获得语言能力。

以语法的方式来研究语言与以文本的方式来研究语言之区分，使得这部书的读者以新的眼光来看文化的文本，而将文化作为文本的集合，作为非遗传性

的文化记忆来描述。❶

由这一观点出发,洛特曼对整整一系列文化现象做了精细的分析(这类研究中的一些有趣的例子已被收录于这本书)。这类分析的一个鲜明的例子便是《界限概念》这一章。洛特曼得以成功地兼容结构主义的方法(它要求采用共时性视界,即在给定的时间关口对文化系统进行描述)与专业的历史主义——而令历史学家最感兴趣的则是文化的形成与那些在时间上相距遥远的文化系统之间的比较。

甚至在不同的文化都在运用那些似乎是同样的因素之时,这些因素也会作为组成部分而进入不同的系统。洛特曼将中世纪的文化语言同启蒙时代的文化语言进行比较,而向我们展现出文化类型学的一个极为精彩的例子。在第一种情形中,我们是与那样的文化打交道:在那里,所有的一切(不仅仅话语,而且还有事物)均在表示着高级现实;在那里,客体之所以有意义并不是来自其自身的物理本质或者其自身的功能,而仅仅是由于它们在表示着某种另外的东西,在意味着什么。在第二种情形中,呈现在我们面前的则是这样一种文化系统,对于这个系统而言,客体世界具有现实性,而话语与符号则成为纯粹假定的构造与撒谎的手段;在这里,除了"高尚的野蛮人",没有人了解这些文化建构,没有人有能力看见现实。❷ 另一个例子是对中世纪罗斯的"名声"与"荣誉"这两个概念的辨析。对于我们来说,"честь"与"слава"这两个词多多少少是同义词,然而,在中世纪的罗斯文化中,"честь"一词表示认可与赞许,这认可与赞许是由上等人赠予下等人的,而"слава"一词涉及的仅仅是那些位于社会等级序列中的高层之人。❸

可以将文化类型学论著中的分析方法称之为结构主义。之所以这么说,是由于"честь"与"слава"这两个概念被对立起来,与语音系统中两个音位被互相对立起来而获得彼此之间的互相意指,这两者在此处是如此精准地对应而相似。可是,在研究的进程中,洛特曼明白,文化代码比语言代码要复杂得多。在最近的一些论著中,这位研究者展示出对历史经验丰富性与多样性越来越多的关注。

---

❶ Ю. М. Лотман. О семиотическом механизме культуры. // Труды по знаковым системам. Т. V. 1971. С. 144–176.

❷ Ю. М. Лотман. К проблеме типологии культуры. // Труды по знаковым системам. Т. Ⅲ. 1967. С. 30–88.

❸ Ю. М. Лотман. Об оппозиции « честь »—« слава » в светских текстах Киевского периода // Труды по знаковым системам. Т. Ⅲ. 1967. С. 100–112.

还是在 60 年代，洛特曼就清楚地认识到，在给定的文化中，代码的多样性会产生对照与混杂，或者换一种说法，"克里奥尔化"❶。在最近十年的研究中，他建构了"符号域"这一概念（类似于生物圈概念）。

洛特曼在谈论符号域的时候，他指的是什么呢？在读者手中的这部书里，它已得到详细的阐述；然而，我倒是愿意不妨在主要的定义上停留一下：

> 我们且来想象一下<……>一个博物馆的大厅，在不同的橱窗里，不同时代的物件陈列着，用人们通晓的与不通晓的语言书写的题词，经由译释才能看懂的说明性文字，由策展专家们所撰写的展览说明词，参观线路指南图与参观者行为守则。置身于这个大厅的还有导游与参观者们，于是，我们且来想象一下这一切犹如一个整一的机制（在某种意义上，所有这一切也正是这一机制）。我们就会获得符号域形象。在这一情形中不应当忽视的是，符号域的所有因素处于其中的不是静态的，而是运动的、变动不居而充满活力的相关相应之中，而不断地改变着彼此之间关系的形态。这在取自文化之过往状态的那些传统的因素上尤为明显。

三十年前，洛特曼就已经将文本看作为整一。结构上的"整一"这一概念已成为其 1964 年《结构诗学讲义》——1970 年，该书以《艺术文本的结构》为名再版——的基石。在最近的论著中，"整一"这一概念已被扩展到整个符号域。在他的《论符号域》这篇文章（《符号系统论丛》第 7 辑，1984）里，洛特曼断言：整个符号域（文化被看作符号域）需要作为整一的机制来考察。唯有如此，我们才能够在其全部的丰富多样性之中来理解文化。

---

❶ 克里奥尔人，最初到拉丁美洲或非洲的欧洲（多指西班牙与葡萄牙）殖民者的后裔，泛指白色人种与有色人种的混血儿。克里奥尔化，意指不同人种之间的混血，不同语言之间的混杂。——译者注

尤里·洛特曼对叙事理论的贡献*

■[德]沃尔夫·施密德 著
　陈　靓　陈子幸 译

事　件

从20世纪70年代起,尤里·洛特曼(Juri Lotman)基于罗曼·雅各布森(Roman Jakobson)关于对等的分类和元素的共同对立(so-protivopostavlenie)研究诗歌文本结构之方法的吸引力开始下降。相比之下,洛特曼于20世纪70年代提出的较新的叙事学概念❶在国际文学批评中越来越多地被采用和拓展,❷并被应用于众多分析。❸洛特曼对叙事理论的核心贡献是对情节、事件和形象的分类。❹在这三个类别中,事件扮演着关键角色。

什么是事件?洛特曼的著名界定是:"文本中的事件是人物角色跨越语义

---

*　该文系本刊编委欧洲叙事学会主席,汉堡大学叙事学中心主任沃尔夫·施密德(Wolf Schmid)教授为本辑纪念尤里·洛特曼百年诞辰提供的特稿。

❶　洛特曼的以下著作与他的叙事学研究尤其相关:《艺术文本的结构》(*The Structure of the Artistic Text*)(1970)和《类型学视域下情节的起源》('The Origin of Plot in the Light of Typology')(1973)。从广义的叙事学概念来看,洛特曼的电影理论研究也值得关注,包括《电影符号学》(*Semiotics of Cinema*)(1973),尤其是该书中"电影中的情节"('Plot in Cinema')这一章节(Lotman [1973] 1976)。

❷　叙事学理论仅在洛特曼《艺术文本的结构》第二部分中出现(1970:255-342;[1970] 1977:209-84)。洛特曼的《结构诗学讲稿》(*Lektsii po struktural' noi poetike*)(1964)中尚未显现他对叙事学感兴趣的迹象。

❸　作为先驱研究,洛特曼的叙事学理论在德国短故事分析中的应用,见 Heuermann, Hühn and Röttger 1982: 115-96。

❹　关于洛特曼的叙事性概念,最重要的论述按时间顺序排列如下:Heuermann, Hühn and Röttger 1982: 59-67; Renner 1983; Krah 1999; Titzmann 2003; Renner 2004; Hauschild 2009; Hühn [2009] 2014: 170-3; Gruber 2014: 68-84。

场边界的转移。"❶ 这个界定包含了若干假设:

1. 洛特曼在空间范畴中思考文本的语义关系。❷ 这么做的原因是我们倾向于以空间的方式呈现抽象。洛特曼将拓扑术语作为其定义的基础,但他通过指出规范的价值往往由空间图像和对立来描述,来强调其定义的规范相关性。因此,洛特曼的空间语义学应当被理解为对非空间的、标准价值的隐喻。在艺术文本中,空间关系语言中的高—低、右—左、开—合等术语也将非空间关系表达为有价值—无价值、好—坏、凡人—不朽等。

2. 空间最重要的拓扑特征是那种将叙事世界的整个空间分割为两个互不交叉,且内部结构不同的语义场的边界。所以在童话里,空间会被分割为家园与森林。在文学中,两个语义场的对立是通过许多不同的方式实现的,通常是通过隐喻的、非拓扑的方式:例如财富与贫困,天堂与人间或人间与地狱。在被叙述的世界中,不分割语义场,因而与语义价值不相关的边界对事件没有意义。

3. 边界的主要特性是它的不渗透性(*nepronitsaemost'*)。尽管大多数语义场 A 的居民既不愿意又不能够穿过边界进入语义场 B,但有些居民既愿意又能够这么做。后者是可移动的或动态的人物角色,前者是不可移动的。不可移动的形象不能构成情节,因为情节总是需要运动。不过,不可移动的形象往往充当跨越边界的阻碍。在流浪汉小说中,我们会看到一种典型的复杂性:在某些片段中,扮演移动主角的角色可能会成为别的片段中其他角色的阻碍。换言之,他们可以构成边界,所以文本中的同一个元素可以承担不同的情节功能。

在对事件概念的陈述中,洛特曼自称参考了一些为其理论铺路的俄罗斯前辈:鲍·托马舍夫斯基(B. Tomaševskij)《文学理论》(*Theory of Literature*)❸ 中的事件概念,亚·维谢洛夫斯基(A. Veselovskiy)❹ 的动机概念,维·什克

---

❶ Lotman, Ju. M. 1970. *Struktura khudozhestvennogo teksta*, Moscow: Iskusstvo, 282; Lotman, J. [1970] 1977. *The Structure of the Artistic Text*, trans. R. Vroon, Ann Arbor: University of Michigan, Department of Slavic Languages and Literatures, 350.

❷ 参见"艺术空间的问题"这一章节,该章系《艺术文本的结构》中"情节的问题"的前一章。雷纳(Renner)(1983)在集合论的范畴中阐释洛特曼以隐喻的方式使用的空间理论。对洛特曼阐释学模型和雷纳的尝试性批评归纳见 Meister 2003: 91-5。在以下著作中,有学者从正式化的角度采用并拓展了洛特曼对情节与事件的分类:Krah 1999, Titzmann 2003 和 Renner 2004。对这些方法的综述见 Hühn [2009] 2014: 170-3。

❸ Tomaševskij, B. 1925. *Teoriia literatury. Poetika*. Leningrad: Gosizdat.

❹ Veselovskij, A. 1940. *Istoricheskaia poetika*, ed. V. M. Žirmunskij, Leningrad: Goslitizdat.

洛夫斯基（V. Shklovsky）[1]的横组合功能分析（syntagmatic - functional analysis）和弗拉基米尔·普罗普（V. Propp）对童话的横组合分析。尽管洛特曼告诫不要将普罗普模型应用于非民俗叙事体裁，[2]但后者的功能分析无疑产生了最大的影响。然而，前辈的观点仅在普遍意义上适用，将事件视为语义场边界之越界这一具体想法不存在于任何被提及的"先行者"的论述中。不过洛特曼对事件的总体态度可能是受到了歌德对中篇小说界定的启发，即"史无前例的事变"（ereignete unerhörte Begebenheit）。[3]

在洛特曼的《艺术文本的结构》[4]中，术语"情节"（siuzhet）有时作为"事件"的同义词出现，尽管在大多数情况下它是指"连锁的事件"。[5]越界行为往往不是以单独行为的方式发生，而是以一系列事件——即"情节"的形式发生。什克洛夫斯基将术语 suizhet 用来表示一种转化叙述材料（fabula）的形成性能量（enérgeia）。[6]与此不同的是，洛特曼的 sjuzhet 是一个没有完全被明确界定的概括性术语，用于描述一部作品中所描绘动作的统一。在英文翻译中，洛特曼的术语与爱德华·福斯特（E. M. Forster）[7]所称的与"故事"（story）对立的术语"情节"（plot）不是一回事。洛特曼的术语"情节"没有对立术语。

在情节方面，洛特曼区分了两种文本类型：无情节文本与有情节文本。前者具有分类的特征，建立了一种不变的世界秩序。无情节文本包括电话簿、日历和无事件发生的描述。有情节文本描绘事变、事件、世界顺序的改变。"有情节文本是一些世界秩序、分类或模式的斗争及其毁灭。"[8] 无情节文本是一

---

[1] Shklovsky, V. [1925] 1990. *Theory of Prose*, trans. B. Sher, Normal, IL：Dalkey Archive Press.

[2] Lotman, Ju. M. [1987] 1997. 'Sjuzhetnoe prostranstvo russkogo romana XIX stoletiia', in Ju. M. Lotman, *O russkoi literature*, 712-29, Saint Petersburg：Iskusstvo-SPP.

[3] 歌德于1827年1月25日对艾克曼（Eckermann）说的话。

[4] Lotman, Ju. M. 1970. *Struktura khudozhestvennogo teksta*, Moscow：Iskusstvo.

[5] 关于俄语术语 siuzhet, tema and motif 的关联，参见 Lotman 1970。洛特曼在这里还提到一种可能性：文本中单独的词汇可以"展开为整个主体结构"（razvertyvat'sia v siuzhetnye postroeniia）。我们在展开微文本、语义数值、谚语与习语的步骤中有这一进程，我们经常在普希金小说中找到这样的步骤（参见 Schmid [1996] 2013：86-7）。

[6] Schmid, W. 2018. 'Energeia, an Underestimated Facet of Šklovskij's Concept of Sujet', in C. Depretto, J. Pier and P. Roussin (eds), *Le formalisme russe cent ans après* (Communications, no. 103), 55-62. Paris：Seuil. 该文汉译参见《构成行为：什克洛夫斯基情节观中不容小觑的一面》，沃尔夫·施密德著，刘丹译，《外国文论与比较诗学（第7辑）》，第118—125页，知识产权出版社，2020年。

[7] Forster, E. M. 1927. *Aspects of the Novel*, London：Edward Arnold.

[8] Lotman, J. [1973] 1976. 'Plot in Cinema', in J. Lotman, *Semiotics of Cinema*, trans. M. E. Suino, 65-76, Ann Arbor：University of Michigan Press, 65.

手的，有情节文本是二手的。"无情节文本所建立的不可能性，正是构成情节内容的东西。情节是与世界图景相比的'革命性的元素'。"❶

洛特曼的边界模型对叙事学有何吸引力？

洛特曼的方法之所以对叙事学有吸引力，是基于其叙事世界获得的多重含义，该方法将叙事事件塑造为对既定边界的越界。❷ 界限处有各式各样的屏障，它们可以是童话故事中的对手，对奥德修斯怀有敌意的浪与风，流浪汉小说中的假朋友，或是侦探小说中的假线索。❸ 洛特曼提及的越界范例包括：一个活人下入冥府，一个平民爱上一个贵族，一个穷光蛋获得财富❹。

洛特曼用不同的表述强调边界的限制特性。"情节的移动，即事件，是对无情节结构建立的禁戒边界的跨越。"❺ "一事件总是包含对某种禁令的违反，且总是一件发生的事实，尽管它不必发生。"❻ "英雄所面对的世界结构是一套禁令系统，一种被禁止跨越的边界等级制度。"❼

然而，洛特曼给出的一些例子暗示了"事件"一词更为广泛的定义。例如 Anagnórisis（"认知"）一词，亚里士多德将之作为"从无知到知识的反转"（ἐξ ἀγνοίας εἰς γνῶσιν μεταβολή，《诗学》1452a）的一个例子，也必须被

---

❶ Lotman, J. [1970] 1977. *The Structure of the Artistic Text*, trans. R. Vroon, Ann Arbor: University of Michigan, Department of Slavic Languages and Literatures, 238.

❷ "越界"（transgression）一词与俄语中指向犯罪的 *prestuplenie* 对应。在小说《罪与罚》(*Prestuplenie i nakazanie*) 中，陀思妥耶夫斯基（F. Dostoevsky）将 *prestuplenie* 一词的含义激活为跨越边界。动词 *perestupit'* 和 *pereshagnut'*（"去越界"）数次出现，意为"超出禁律限制"。拉斯柯尔尼科夫（Raskolnikov）无法原谅自己没有胜任这项任务，也没有表现出自己是一个冷血的"非凡的人"而对悔恨无动于衷。他明白自己没有跨过边界："我杀死的不是人，而是原则！所以我杀死了原则，但我没有跨过边界 [*perestupit' -to ne perestupil*]。我留在了这一边"（Dostoevsky 2007: 274）。无道德的愤世嫉俗者斯维德里加洛夫（Svidrigailov）清楚地理解拉斯柯尔尼科夫的动机："[他] 仍然遭受折磨，因为他认为，尽管他知道如何设计理论，他无法毫不犹豫地跨过 [*pereshagnut'*]。"（491）

❸ Lotman, J. [1970] 1977. *The Structure of the Artistic Text*, trans. R. Vroon, Ann Arbor: University of Michigan, Department of Slavic Languages and Literatures, 240-1.

❹ Lotman, J. [1973] 1976. 'Plot in Cinema', in J. Lotman, *Semiotics of Cinema*, trans. M. E. Suino, 65-76, Ann Arbor: University of Michigan Press, 65-6.

❺ Lotman, J. [1970] 1977. *The Structure of the Artistic Text*, trans. R. Vroon, Ann Arbor: University of Michigan, Department of Slavic Languages and Literatures, 238.

❻ Ibid., 236.

❼ Lotman, J. [1973] 1976. 'Plot in Cinema', in J. Lotman, *Semiotics of Cinema*, trans. M. E. Suino, 65-76, Ann Arbor: University of Michigan Press, 65.

视为对边界的跨越。在叙事文学史上，大多数反转最终被证明为精神事件。❶

在英国小说史上，我们观察到从社会越界到精神越界的转变。如果将理查森的《帕梅拉》与奥斯丁的《爱玛》相比较，我们会发现前者主要包含社会进步。理查森很难从心理上激励他的女主人公，因为她屈服于残酷的贵族追求者——乡绅 B。然而，奥斯丁的小说重点关注一种与社会利益无关的内在转变进程。《傲慢与偏见》貌似与这一论断矛盾，但也关乎这一事实，即资产阶级的伊丽莎白·班纳特和贵族阶层的费茨威廉·达西只有在彼此克服了"傲慢与偏见"的共同弱点后，才能走到一起。《爱玛》中的精神事件在于，那位空有头衔的女主人公逐渐洞察到她在评判人类同胞时犯下的首要错误。

精神事件甚至可能是放弃一次预期的行动，例如克服谋杀意图。在德米特里·卡拉马佐夫的案例中，他已经对其父举起铜杵，但没有实施预期中的打击。精神事件通常是事与愿违的，换言之，它们"违背了所有的预期"（παρὰ τὴν δοξάν），❷ 既违背环境的期望，也违背相关角色的期望。

事件的界定取决于语境。洛特曼以一对夫妇对抽象艺术的争论为例，论证了语境的敏感性。当警方接到电话并确认没有殴打事件时，他们拒绝立案。对他们来说，什么都没有发生。然而，对心理学家或艺术史学家来说，这场争论可以构成一个事件。❸ 时代背景对事件是否产生也具有决定性，洛特曼列举了许多在古俄罗斯文学中某些事件的评价与现代解读不同的例子。每种文化背景都有自己的规范与偏差观念，因此也有着自己界定事件的理念。❹

语境敏感性与主体依赖有关，这是洛特曼研究方法的结果，尽管他没有明确阐述这一点。在相同的语境下，不同的立场可以对变化做出不同的判断。这些立场既属于作品的作者与读者，也属于作品中内在的实例，如叙述者、角色和虚构读者。在一个被叙述的世界里，关于某个动作或是形势的改变是不是一个事件，角色之间可能会有争议。

两个语义场之间的边界或多或少是不可渗透的。因此，事件是可分级的。

---

❶ Schmid, W. 2017. *Mentale Ereignisse. Bewusstseinsveränderungen in europäischen Erzählwerken vom Mittelalter bis zur Moderne*. Berlin and Boston: de Gruyter; Schmid, W. 2021. *Mental Events: Changes of Mind in European Narratives from the Middle Ages to Postrealism*. Hamburg: Hamburg University Press.
❷ 亚里士多德将悖论（paradox）界定为与一般预期相矛盾（*De arte rhetorica* 1412a 27）。
❸ Lotman, J. [1970] 1977. *The Structure of the Artistic Text*, trans. R. Vroon, Ann Arbor: University of Michigan, Department of Slavic Languages and Literatures, 234.
❹ 英国小说中的事件与事件性对历史、社会文化和文学语境的依赖性被论证于 Hühn 2010。

"既定事件发生的可能性越小［……］该事件在情节等级上的排名越高。"[1] 尽管洛特曼没有特别阐述这一方面，他的简短建议后来引起了对事件性（eventfulness）的可分级性的深入讨论，这个类别在洛特曼的理论中没有得到阐释，但在他的总体方法论中被建议采用。[2]

洛特曼提到了越界后所发生的各种可能。[3] 一旦行为主体越过边界，他就会进入另一个语义场。当他适应了新的语义场及其价值观时，移动就结束了，行为主体便从一个可移动角色转变成为一个不可移动角色。但如果主人公不融入新的语义场，情节就没有结束。行为主体可以回到首个语义场，肯定其中的价值观与规范，或者保持运动状态，努力实现另一个变化。

文化特有的"情节空间"

正如洛特曼在关于19世纪俄罗斯小说情节空间的重要论文[4]中指出的那样，口头叙事或电影叙事中的演绎角色不一定必须是人物。在小说和电影中，情节发展的载体也可以是具有内在自由和自主行为能力，从而可以独立行动的物、标志或符号。具有社会文化特征的客体不是中性的，而是使我们想起先前的传统，并且自身在折叠状态中包含一连串可能的情节发展，从而为小说题材的丰富性提供条件。这是一个包含已实现的和未被实现的可能性的领域，洛特曼称之为"情节空间"（*siuzhetnoe prostranstvo*）。情节空间与其可能性和套路是具有特定文化特征的。在上述论文中，洛特曼重构了普希金和果戈理所创作的"俄罗斯情节"，与西欧小说相反——它们通常可以被理解为结局发展清晰的"灰姑娘"主题小说的变体，具有循环时间、结局模糊和情节重复特点的俄罗斯小说则更类似于神话。

---

[1] Ibid., 236.

[2] 比照 Schmid 2003：23-29；2010：8-12 中事件的两个基本条件（实在性、结果性）和五个衡量事件性的标准（相关性、不可预测性、持久性、不可逆性、非迭代性）的目录。汉堡叙事学跨学科中心的成员将事件性的概念与图式理论结合（尤其是 Hühn 2008：144-9）。事件性是由对剧本的偏离构成的，是对预期的打破，正如悖论对"论"（通常被认为是正确的、被预期的）的打破。在汉堡群组成员的著作中，有学者也从洛特曼式事件性的角度分析抒情诗，参见：Hühn and Kiefer 2005；Schönert, Hühn and Stein 2007。

[3] Ibid., 241.

[4] Lotman, Ju. M. [1987] 1997. 'Sjuzhetnoe prostranstvo russkogo romana XIX stoletiia', in Ju. M. Lotman, *O russkoi literature*, 712-29, Saint Petersburg: Iskusstvo-SPP.

作为电影叙事概念的"深度"

电影叙事的结构可以被用来突显艺术叙事的机制。例如,用镜头将一部电影分割为节段,这一点与章节在功能上相似——它的开头和结尾与整个文本一脉相承。在这样的联结中,洛特曼提到一种创作手法,在电影摄影学中被称为"深度"(俄语和法语:*plan*,德语:*Einstellung*)。深度不仅仅是描述的规模,而且是它与画面的关系。特写和长镜头也存在于语言叙事,一旦我们将相同的空间与注意力投入到不同数量的现象之中。如果文本片段在内容的数量方面彼此不同,我们会谈及其不同的"深度",换言之,这些镜头有不一致的全距(距离和接近性)。以不同的方式和不同的细微差别呈现同一事物,其镜头多样性会呈现出语义效应,洛特曼将之表述为:"对单个'镜头分割'的比较,激活了内容层面中元素的多重性,赋予了它们差异特征的重要性,从而暗示了语义内容。"❶

文本的观点

在整个俄罗斯文学研究中,观点问题所扮演的角色没有它在无数类型学群芳竞艳的西方批评中所扮演的角色重要。但有两位理论家是例外,米哈伊尔·巴赫金(Mikhail Bakhtin)有关"元语言"的论著,尤其是其20世纪20年代的论著❷阐释了文本实例的"意义立场"(*smyslovye pozitsii*)可以建立的繁多

---

❶ Lotman, J. [1970] 1977. *The Structure of the Artistic Text*, trans. R. Vroon, Ann Arbor: University of Michigan, Department of Slavic Languages and Literatures, 264.

❷ Bakhtin, M. [1929] 1984. *Problems of Dostoevsky's Poetics*, ed. and trans. C. Emerson, Minneapolis: University of Minnesota Press; Bakhtin, M. [1929] 2000. 'Problemy tvorchestva Dostoevskogo', in M. M. Bakhtin, *Sobranie sochinenii*, vol. 2, 5-175, Moscow: Russkie slovari; Vološinov, V. [1929] 1973. *Marxism and the Philosophy of Language*, trans. L. Matejka and I. R. Titunik, Cambridge, MA and London: Harvard University Press; Vološinov, V. [1929] 1993. *Marksizm i filosofiia jazyka: Osnovnye problemy sociologicheskogo metoda v nauke o iazyke*, Moscow: Alkonost.

关系；鲍里斯·乌斯宾斯基（Boris Uspenskij）❶为观点的复杂现象提供了五个层面的层理模型。❷洛特曼基于这两位学者的理论探讨了观点的问题，但他没有提出关于叙述者或角色观点的问题，他提出的是整体性艺术文本的观点。

"艺术观点"的概念被界定为"系统与其主体的关系"（即"能够产生相似结构的意识"）❸。与其他建构世界图像、表达作者立场或与真理问题相关的艺术结构的元素相比，文本的观点更为直观。通过穿越不同时代的文本，洛特曼简述了观点日益分化的过程。在中世纪，占据文化体系最高位的神圣文本中，世界的创造者被认为是"被启发"文本的创造者，我们发现神圣文本的观点与文化的普遍倾向一致。在18世纪古典主义诗歌中，文本中表达的所有主客体关系都汇聚于一个固定的焦点上，超出了作者个人的限制，并与真理的普遍概念一致。在浪漫主义叙事中，观点与作者的性格统一。在俄罗斯文学中，只有普希金的诗体小说《叶甫盖尼·奥涅金》实现了观点的多样性。自相矛盾的是，必要的"简化效果是通过大幅度增加文本结构的复杂程度来达成的"❹。作者以固定的观点，采用不同的风格，从不同的风格立场上表现相同的内容。语义风格序列的断裂并非创造了一个集中的观点，而是创作了一个分散性的观点，它可以被视为对现实产生的幻觉。这样，艺术模型在每一种阐释中都重现了现实所无法穷尽的内涵。

洛特曼对该方法的发展性功用进行了展望，并以此概括出他对观点的考量："在与对立制度的斗争中，观点不仅摧毁，而且复活并激活了这些制度。"❺

---

❶ Uspenskij, B. A. 1970. *Poetika kompozitsii. Struktura khudozhestvennogo teksta i tipologiia kompozitsionnoi formy*, Moscow: Iskusstvo; Uspensky, B. [1970] 1973. *A Poetics of Composition: The Structure of the Artistic Text and Typology of a Compositional Form*, trans. V. Zavarin and S. Wittig, Berkeley, Los Angeles and London: University of California Press.

❷ 详情与批评参见 Schmid 1971。

❸ Lotman, J. [1970] 1977. *The Structure of the Artistic Text*, trans. R. Vroon, Ann Arbor: University of Michigan, Department of Slavic Languages and Literatures, 265.

❹ Ibid., 270.

❺ Lotman, J. [1970] 1977. *The Structure of the Artistic Text*, trans. R. Vroon, Ann Arbor: University of Michigan, Department of Slavic Languages and Literatures, 279.

对洛特曼事件模型的增添

基于洛特曼的模型，迈克尔·迪茨曼（Michael Titzmann）介绍了两个类别。第一个是元事件的类别。"如果一个角色越过两个语义空间的边界，并且通过这个事件，所代表的世界秩序在时间本身上被转换，那么就存在一个元事件［……］因此，元事件是一个革命性的事件：改变的不仅是角色的状态，还有世界的状态。"❶ 迪茨曼提出对洛特曼模型的第二个拓展是语义空间的情态化概念。❷ 语义空间可以被某种特定形态规定，比如现实与欲望或幻觉的对比。

在契诃夫的叙事世界中，从现实空间越界进入想象空间的事件仅发生在人物想象中。例如，在短篇小说《在大车上》中，在从镇上回家的路上，年轻的乡村女教师必须在火车护栏前停下她的马车。在火车经过时，她相信自己在头等舱的一扇窗户里看到了早已去世的母亲——有关母亲，她只留下一张完全褪色的照片。在记忆引发的想象中，她的生活与她毫无乐趣的日常大相径庭。在她当老师的十三年中，她第一次如此清晰地记得她的母亲、父亲、兄弟、莫斯科的公寓，以及所有物品的细枝末节；她也听见了钢琴的弹奏声和父亲的声音。她像过去一样年轻美丽，坐在明亮、温暖的房间里，身边皆是她爱的人。与此同时，英俊但有些颓废的单身邻居坐着他的四轮马车靠近了铁路的护栏。孤独的女教师对他思慕已久，一看见他就感到前所未有的幸福，仿佛她的父母亲从未去世，仿佛她自己从未成为一名教师，仿佛一切都是一个漫长、沉重而奇异的梦，仿佛她现在醒来了。然而，火车驾驶员刺耳的呼喊声很快将她从想象的世界中召回。对边界的跨越将她引入了想象之境。

---

❶ Titzmann, M. 2003. 'Semiotische Aspekte der Literaturwissenschaft: Literatursemiotik', in R. Posner, K. Robering and T. A. Sebeok (eds), *Semiotik/Semiotics. Ein Handbuch zu den zeichentheoretischen Grundlagen von Natur und Kultur/A Handbook on the Sign-Theoretic Foundations of Nature and Culture*, vol. 3, 3028–103, Berlin: De Gruyter, 3081.

❷ Ibid., 3082.

情节的起源

在一篇特刊文章中——其意义甚至在专家中也被广泛低估，洛特曼提出了情节起源的问题。❶ 这个问题没有在历史的范畴中，而是在类型学的范畴中得到回应。洛特曼假设存在两种对立的文本类型——古代神话文本和较新的情节文本。前者没有线性时间，在我们的理解中缺乏开始与结束的范畴，因而没有情节。"文本被认为是一种不断重复自身的机制，与自然的循环进程同步。"❷ 这种文本类别没有描述一些未曾听闻过的新颖进程，而是描述自然中循环进程的持续流动。❸ 人的生命被认为是一个不断重复的循环。这种文本中的世界被分类建构。这意味着对我们而言，在这样的文本中，只有相似的现象才会得以辨认。"在循环神话机制的不同层面提到的人物和物体是同一事物的不同专有名称。"❹ 神话文本扮演着分类、分层和调节的角色。通过导向类质同象和异质同形，以及通过将世界的多样化和种类缩减至不变的图像，神话文本占据了科学的地位。问题是，与之对应的文本并没有以其原始形式留传给我们，而只是以情节文本的形式复述。所以，我们需要从被情节化的形态中重建它们。

为什么情节文本会出现？作为对比物，神话文本塑造了一个按照线性时间运动组织的文本。它代表的不是规律，而是不规律性。这就是关于"事变""新闻""中篇小说"的故事。兼具神圣特性和科学特性的法令与规范的文本

---

❶ Lotman, Ju. M. 1973b. 'Proiskhozhdenie siuzheta v tipologicheskom osveshchenii', in Ju. M. Lotman, *Stat' i po tipologii kul'tury*, vol. 2, 9-41, Tartu: Izdatel'stvo Tartuskogo universiteta; Lotman, Ju. M. [1973] 1979. 'The Origin of Plot in the Light of Typology', trans. J. Graffy, *Poetics Today* 1: 161-84.

❷ Lotman, Ju. M. [1973] 1979. 'The Origin of Plot in the Light of Typology', trans. J. Graffy, *Poetics Today* 1: 161.

❸ 俄罗斯现代文学具有一种以情节文本为媒介，实现古代神话文本结构的倾向，从而产生了所谓的装饰性小说。它在俄罗斯文化中比其他任何文化中都更广泛流传。这里的装饰性不仅涉及对话的层次，导致声音重复、节奏化和类似同等的诗歌手法，而且还涉及故事的层次。它经历了范式化，即等同的主题单元的形成。叶甫根尼·扎米亚京（Yevgeny Zamyatin）是装饰主义大师。他在一系列故事（《龙》《洞》《马麦》）中展示了神话在苏联世界的存在。在《洪水》的叙述中，他实现了神话思维与现代世界观的惊艳碰撞。女主人公的行为与自然循环、一天中的时间和季节协调一致。当水在秋天的涅瓦河中上涨时，血液在她体内上涌；她——如同感到的那样——仿佛通过地下的静脉与河流相连（比照 Schmid, 1998）。

❹ Lotman, Ju. M. [1973] 1979. 'The Origin of Plot in the Light of Typology', trans. J. Graffy, *Poetics Today* 1: 162.

是从神话文本发展而来的,而历史文本、大事记和编年史是从第二种文本类型中出现的。在原序对立的文本类型中存在着一个本质的语用差异:"神话总是谈论我,'新闻'则是谈论别人的轶事。前者组建了听者的世界,后者为听者增添了关于世界细节的有趣知识。"❶ 洛特曼以其谱系学中的决定性行为做出以下界定:"现代情节文本是这两种类型学上久远的文本类型的相互作用与相互影响所产生的结果。"❷

关于情节起源的整篇文章探讨了将神话文本翻译成离散线性体系语言的每一个步骤。第一步是文本层次之间失去类质同象。这些角色不再被视为同一个人的不同名字。循环文本的线性展开最明显的结果是出现了双重效果。洛特曼以莎士比亚《错误的喜剧》为例对这一点做了阐释。不同人物的出现是同一个过程的结果:语义场、形象、边界及其被分割的越界。于是,洛特曼提出了一个令人讶异的见解:"角色的世界越明显地被简化至单一(一个英雄,一个障碍),它就越接近文本结构组织中的原始神话类型。"❸

向末世叙事的转变涉及情节的线性发展:"行动被构建成叙事,关于世界的逐渐衰弱(神的衰老),随即迎来的是与他相关的死亡、肢解、折磨、进餐、埋葬[……]与预示着罪恶毁灭并最终被根绝的复活。"❹ 两种文本类型的互相影响———一种描绘事件的正常发展,另一种讲述偏离和事变——决定了叙事体裁的发展。定义了世界秩序的第一组文本形成了中心文化机制,由机会支配的世界观形成的情节文本构建了它的外围。这两种文本在各自的文化等级制度中争夺领导地位。随着艺术的出现,它们的冲突有了新的意义:"很可能有人意识到,在艺术文本中,两组间的最优关联是不要以等级方式,换言之,不要在不同的层次上配置冲突结构,而是以对话的方式将冲突结构置于同一层次。"❺ 洛特曼以陀思妥耶夫斯基的小说(尤其是《群魔》)为例,参照了巴赫金著名的对话性概念,阐释了这种"对话"叙事结构。洛特曼的结论是:"如果把对话理解为生活丰富的切面渗入理论调节的范围,那么,与此同时,神话也渗透进了无度的领域。"❻

---

❶ Ibid., 163.
❷ Ibid., 161-84.
❸ Ibid., 168.
❹ Ibid., 169.
❺ Lotman, Ju. M. [1973] 1979. 'The Origin of Plot in the Light of Typology', trans. J. Graffy, *Poetics Today* 1: 175.
❻ Ibid., 179.

在神话文本的展开过程中，一方面存在开始与结束的相互关系，另一方面存在生与死的相互关系，这些不再构成现代人的标准模式。扫罗到保罗的转变是一个例子，故事始于扫罗对基督教徒的狂热迫害。大马士革的经历描述了英雄的死亡与（重）生。叙事不从英雄的出生开始，也不因他的死亡而结束。诸如"行动的统一"和"人物的逻辑"这样的分类不能支撑将扫罗和保罗合并成一个人。

在后来的文学发展中，这种人物建构的模式成为"启蒙"或是性格突然转变的情节的基石，也就是一种精神事件，就像童话里英雄发生了根本的转变，或者是关于重罪犯成为正义之士的故事。❶ 这里我们涉及一个由两个对立面组成的角色，从其中一面到另一面的转变被视为重生。

结　语

洛特曼之语义空间、边界和越界的概念为叙事的核心——情节分析——提供了有用的工具。他的历史类型学派生观大致梳理了我们日常生活与文学情节中古老的基本结构。洛特曼以情节的生活哲学的相关性来统摄他的论文《类型学视域下的情节起源》：

情节代表着一种理解生活的强力手段。只有因为艺术的叙述形式的出现，人类才学着区分现实的情节特质，即将非离散的事件流动分离成流散的单位，将它们与某些意义联结（即从语义角度阐释它们），并将它们整理成被规定的链条（从横组合上阐释它们）。［……］通过创作情节文本，人类学会了区分生活中的情节，从而理解生活。

---

❶ 洛特曼将列夫·托尔斯泰的小说《复活》视为一个基于此模式的范例。陀思妥耶夫斯基的小说《罪与罚》和《卡拉马佐夫兄弟》（Schmid 2017：249-300）也处于欧洲小说转化与净化的传统中。可以说，这种模式的发展在著名的俄罗斯现实主义者的乐观性事件小说中达到了顶峰。

纪念尤里·洛特曼:"保守者还是革新者"?*

■［俄］纳塔莉雅·阿芙托诺莫娃 著
　王艳卿 译

如此一来,我们现在要直面两种场景,或者说,两种背景——我们将对尤里·洛特曼的纪念投射于其上的背景——这便是20世纪60至70年代和当今。重要的是,要考虑到这个距离,将记忆里不同的层面加以对照,将洛特曼时代的诸种可能性和诉求转入当代语境,然后以它们为背景来厘清纪念活动的意义。这些语境的差异似乎不言而喻,然而实际上对它们的考量还是不够,这就会使得有关过去的记忆的著述中产生不少复杂的情况。

我们对洛特曼的纪念还称不上是广泛的,因为到目前为止,以他为研究对象的专著在世界范围内还是屈指可数的。然而,近十年来这一纪念获得了补充,洛特曼的著作(生前已出版的或取自档案文献编选的)在陆续出版,一卷信件集已问世,有关莫斯科—塔尔图符号学学派(МТСШ)❶之翔实可靠的

---

* 原文标题 Память о Ю. М. Лотмане:《 Архаист или новатор 》? 特约稿,作者已授权。本译文系国家社科基金重大项目"现代斯拉夫文论经典汉译与大家名说研究"［项目批准号（17ZDA282）］阶段性成果。

❶ Среди существующих вариантов названий Тартутской или Московско‐Тартуской школы автор данной статьи принимает название Московско‐Тартуская семиотическая школа, далее сокращенно—МТСШ. Как известно, Тартуская (или Тартуско‐Московская) школа структуралистов и семиотиков объединяла людей разных профессий, которые вдохновлялись идеями кибернетики и теории информации, возможностью связно описать мир культуры—от карточной игры до самых сложных литературных произведений; в ней царил дух интеллектуального поиска и свободы от «социологического импрессионизма». Школа оформилась к началу 1960‐х гг., а в середине 1970‐х гг. уже стала распадаться—часть людей эмигрировала, оставшиеся сосредоточились на более узких темах. Школа не была обычной институцией: она характеризовалась прежде всего проведением тематических летних школ и выпуском серии трудов по знаковым системам под грифом Тартуского государственного университета.

历史见证文献的汇编已刊布,还有一系列文章与专著在相继问世❶。不管怎样,在这些纪念活动中总会交叠呈现出各种见证——来自不同代际的、与尤里·洛特曼亲近程度不同的、不同思想取向的人们:"留下来的"和"已离开的"同事和学生,同龄人与现今从未见过尤里·洛特曼本人的那些博士生。那些亲近的和"留下来的"友人的见证,通常要温和一些、开阔一些,他们更多的是强调结构—符号研究规划的传承和对学派的忠诚。那些"已离开者"和某些"新生代"的见证,通常是狭隘且生硬的,他们在其有关过去的讲述中则倾向于夸大同过去的断裂。所有的这些见证形成了一个有关尤里·洛特曼的文化记忆层。尽管前不久出现了有关学派在苏联时代几乎处于主导地位的传奇论断,但是对于学者本人和学派的关注,不管是过去还是现在都是非常有限且很不到位的。时常有人说:的确,洛特曼是伟大的,但他并未建立学派(在拥有紧密抱团的一群弟子这个意义上)。这的确如此,洛特曼不能等同于学派,因此时常出现的尝试——由洛特曼本人的学术演变来推导出学派的解体,或者与此相反的推断——都不能被认为是合理正当的。

有关洛特曼和莫斯科—塔尔图符号学学派的记忆是有冲突的、片段化的,或许这在很大程度上是由于评论家不太关心历史记忆中最为重要的问题:对往事的真实回忆与对往事的当下体验之间所产生的隔阂和脱节,他们并未以此为对象来校对其自身的见证。如何将对过往事件在发生时的体验同当今我们对这

---

❶ Ср: Лотман Ю. М. и тартуско‐московская школа; Лекция по структурной поэтике; Избранные статьи и выступления 1992–1993 гг.; Тартуско‐московская школа глазами ее участников; Библиография Тартуских семиотических изданий. М., 1994; Лотманский сборник. 1. М., 1995; Лотманский сборник. 2. М., 1997; Московско‐тартуская семиотическая школа. История. Воспоминания. Размышления / Сост. и ред. С. Ю. Неклюдова. М., 1998; Аймермахер К. Знак. Текст. Культура (пер. с нем.). М., 1998; Егоров Б. Ф. Жизнь и творчество Ю. М. Лотман. М., 1999; Чередниченко И. Структурно-семиотический метод тартуской школы. СПб., 2001 (ср. рец.: Зенкин С. Бой с тенью Лотмана // HLO. №53, 2002 (1). С. 340–347); Ким Су Кван. Основные аспекты творческой эволюции Ю. М. Лотмана: «Иконичность», «пространственность», «мифолочность», «личностность». М., 2003; Среди статей о Лотмане см.: Волкова Е. В. Пространство символа и символ пространства в работах Ю. М. Лотмана // Вопросы философии. 2002. № 11; Волкова Е. В. Эстетико‐семиотический мир Ю. М. Лотмана // Вопросы философии. 2004. № 10; Эберт К. Семиотика на распутье. Достижения и пределы дуалистической модели культуры Лотмана / Успенского // Вопросы философии. 2003. № 7. С. 44–55. (Ряд ссылок на работы западных исследователей будут приведены в ходе изложения.)

一经验的观点区分开来？❶ 如何畅达无误地将见解产生的时间同我们当下有关这些见解的谈论所发生的时间加以对照？说得更具体一些：学派是"开放的"还是"封闭的"（"秘密社团的"）呢？是倡导自由的还是建立于一些权威（一个权威）之上的呢？是向现实开放的还是同现实隔绝的呢？这些问题的答案已经不止一次明摆着：权威是存在的，但对权威性的推崇是不曾有的；曾力图避开官方意识形态的教条主义的打压，直至索性加密（以"派生模拟系统"取代"文化符号学"），可是一旦来自最为不同的学科的人们汇聚一堂而进入活生生的交流，一旦来自最为不同时代和文化的人们成为在同一个期刊、同一个文集发文发声的作者同人，也就会生出对一切新生事物的浓厚兴趣。秘密社团的色彩，当然也有过，但不是由于那些思想或者其拥有者本质上的封闭性，而是由于他们在苏维埃俄罗斯生存的外部社会条件造成的。

从本质上说，洛特曼和莫斯科—塔尔图符号学学派的社会立场在于力图摆脱官方意识形态，在尽可能清楚明白且得以公开表述出来的范围内来构建科学认识。现如今，大多数评论家事实上遵循简单化的模式——"权力—知识"，而将这一立场意识形态化。据说，这种简单化的模式完全掌控着我们，虽说我们怀有全部的良好意愿。于是，依据评论家所做的这样一种设定，洛特曼和莫斯科—塔尔图符号学学派或者是"苏联小团体"的意识和认识的一种体现❷，

---

❶ Этот вопрос был поставлен, в частности, А. Пятигорским. См.: Пятигорский А. М. Заметки из 1990 - х гг. о семиотике 60 - х годов // Московско - тартуская семиотическая школа. История. Воспоминания. Размышления. М., 1998. С. 152; « Говоря о семиотике и семиотиках 60 - х годов, необходимо четко различать две позиции. Первая, это то, что и *как* （курсив мой. —Н. А.） ты воспринимал тогда, с начала до конца 60-х. То есть, это—память о тебе самом в той мере, конечно, в какой картине того времени восстановима, и в какой ты способен отличить твое восприятие семиотики и себя в ней тогда, от твоего восприятия той ситуации сейчас. Вторая позиция и есть то, что ты думаешь сейчас о первой и как ты это делаешь ». Позиция исследователя, разумеется, не тождественна позиции воспоминания реального участника событий, хотя и участник может выступать как исследователь.

❷ Подорога В. А. Выступление в дискуссии // Философия филологии. Круглый стол / Новое литературное обозрение. 1996. №17. С. 89. Суждение о Лотмане и МТСШ как « советско - корпоративном » типе знания, « который принципиально не хочет иметь ничего общего с любыми другими интерпретациями текста и текстовых практик », как раз и представляет собой такое применение генеалогии « Власти — знания » И. Фуко на российской почве, но находится в границах дискуссионной корректности. Эту границу грубо нарушает организованное журналом « Логос » разносное обсуждение судеб русской славистики в жанре постсоветского разноса, исходившее в основном из тех же самых посылок, но далеко вышедшее за рамки элементарных приличий: Руднев В., Иванов А., Куюнджич Д. и др. Западная славистика на рубеже тысячелетий // Логос. Философско-литературный журнал. 2000. № 4 (25). С. 4-56.

或相反，乃是对现存秩序的激进反抗的一种见证。在这两种情形下居于首位的均是意识形态化的意向。现如今的大多数评论家都觉得，要弄明白苏联时代与政权当局打交道中的种种复杂的波折是枯燥乏味的：你没进牢房，你就是合作了，你沉迷于结构分析——你就是在保护现状（拉丁语，status quo）❶。然而，正如上文所说，还有另样的见证。克里斯特瓦在其悼念洛特曼的讣文中，就描绘了一个十分勤劳的"塔尔图蚂蚁群落"❷的鲜明形象，它们不曾为任何一个来自纽约或巴黎的人所看见，却已经为克里姆林宫所关注，她还暗示，"柏林墙的裂隙"❸还在 20 世纪 60 年代初就已然出现，这不能说没有受到这一颠覆性活动的影响。一位波兰研究者附和克里斯特瓦，甚至准备在洛特曼那些最具中立性和最具概括性的见解中也看出某种"加密的批判性"含义❹，德国的一位女研究者则认定，莫斯科—塔尔图学派的符号学观念中最重要的是其对待权力结构的"颠覆性"❺。但是，洛特曼和莫斯科—塔尔图符号学派不曾是持异见者，也不曾是对当权者阿谀奉承者。在其所有的创举中，他们时常穿越于科学与意识形态之间那条滑动不定的边界，这条边界对人文科学至关重要，洛特曼对它尤其关注。因而他曾强调，（对于他本人和学派）重要的不曾是对抗权

---

❶ Это утверждение—почти что общее место. Отметим, что с порядком и законом связана одна из любимых двойных оппозиций Ю. М. Лотмана; можно сказать, что одно ее звено указывает в сторону науки, а другая—в сторону идеологии; закон как противоположность хаосу—это порядок, закон как противоположность свободе—это принуждение. Ю. М. Лотману в любом случае был важнее порядок в хаосе, чем хаос в порядке, но он умел работать и с хаосом, ибо был одарен интуицией и художественным талантом.

❷ Kristeva J. On Yury Lotman // PMLA. May 1994. Vol. 109. P. 375. Это, конечно, комплимент во французском стиле с явным преувеличением социальных последствий работы МТСШ. Впрочем идеологическое раздувание революционного смысла структуралистских исследований—это не только французский перегиб. Ср.: рецензию P. Levago на американскую публикацию книги Ю. М. Лотмана «Семиотика кино» // Slavic Review. Vol. 37. 1978. № 4 (December). P. 725.

❸ Idem. P. 375.

❹ См: Balcerzan E. Vers un realisme semiologique // Pour Louri Lotman. NumJro spécial. TLE: Théorie. Enseignement. 1995. N 13. P. 133–150. Хотя в обшенной форме приведенное выше суждение кажется очередной натяжкой, несомненно, что трактовка Ю. М. Лотманом и Б. А. Успенским всей русской истории от Средневековья до конца XVIII столетия как смены биполярностей с радикальным отталкиванием от предыдущего этапа и параллельной регенерацией архаичных форм вполне могла осознаваться читателем и как характеристика советского периода.

❺ Ср.: "… значение семиотики культуры основывается прежде всего на ее субверсивности в рамках правящей советской системы": Эберт К. Семиотика на распутье. Достижения и пределы дуалистической модели культуры Лотмана / Успенского // Вопросы философии. 2003. № 7. С. 46.

力，而是"在对非科学的拒斥之中"❶向科学推进。正如当时所言，莫斯科—塔尔图符号学学派极力走在"科学革命的最前沿"，正是在这一口号中曾蕴藏着一股强大的反意识形态的能量，这股能量事实上正是以人文科学中的科学认知来对抗极端的教条主义。正是为了这一目标，他们曾推出一些新的方法、新的概念和对旧概念之新运用，曾运用信息论、逻辑学、结构语言学和控制论，而使得对文学——更宽泛的文化——那些极为复杂的客体的分析成为可能。

在苏联评论界，莫斯科—塔尔图符号学学派曾受到批判和指责。在方法论层面被指责为简化主义和机械论，在意识形态层面则被指责为去政治化和反人文主义。❷后苏联时期那套批评性的指责更加形形色色，况且多半取决于写作者的个人嗜好。有人将"守旧的"洛特曼的学说与诠释学和现象学相对立（例如 A. 皮耶季戈尔斯基），有人称之为"超前的后结构主义"（例如 Б. 加斯帕罗夫），有人说他将历史哲学与"接受美学"同时杂糅在一起（例如 B. 托波洛夫）。而当谈论并不涉及具体的人名时，已经过时但迄今尚未得到深度思考的莫斯科—塔尔图学派的纲领，便被与某种概括性的"反唯科学主义"对立起来。❸当代评论家时常断言，苏联阶段（莫斯科—塔尔图符号学学派正存在于这个阶段）注定只有"非正常的"科学——并不懂得一个科学体制通常所必需的、实质上的思想辩论、批评和争鸣，这在很大程度上是公正的。在苏联时期，公开批评莫斯科—塔尔图符号学学派是不体面的，现如今则能听到这样的批评。这一批评的积极方面在于，它能够（尽管在事后）更清晰地看出结构—符号学视界的某些局限和矛盾，某些模糊不清与考量不周；其消极方面在于，它时常未能考虑到历史距离——评论家与对象之间，当今同 20 世纪 60 至 70 年代苏联科学的现实处境的可能性之间的历史距离。

在对洛特曼的重要指责中，有一个论点是洛特曼的反思力度不够，对自身学术纲领在哲学方法论上的考量不足。在那些评论家看来，这一不足的结果便是方法与客体、方法与理论、客体与对象之间的混淆，便是模型这一概念与其

---

❶ Структуралисты-семиотики не ставили целью подрыв существующего строя: «Это было как раз отталкивание от *НЕ - НАУКИ—К НАУКЕ*!» (авторское выделение загл. буквами) // Ю. М. Лотман. Зимние заметки о летних школах // Ю. М. Лотман и Тартуско - московская семиотическая школа. С. 297.

❷ Применительно к этому раннему периоду МТСШ не потеряла своей актуальности кн.: Ann Shukman. Literature and semiotics. A study of the writings of Yu. M. Lotman. Amsterdam, 1977.

❸ В обобщенном виде эта установка представлена в кн.: Чередниченко И. Структурно - семиотический метод тартуской школы. СПб., 2001.

功能的模糊不清,而模型概念对洛特曼和整个莫斯科—塔尔图符号学学派的作用乃是支柱性的。❶ 比如,在论及二元对立时,弄不清这指的是现实,还是对现实的纯粹思考,抑或是"元层面"的科学构造。А. 皮亚季戈尔斯基指出,莫斯科—塔尔图符号学学派具有将方法本体化的趋向,进而(比如,在洛特曼的后期著述中,在"符号域"这一概念中)——将客体自然化。❷ 由此,论及二元对立和三元对立时,洛特曼或是意指一些模型,或是意指一些对这一或那一生活定位进行描述的方式,或是意指一些生活定位(二元思维指向不可企及的理想,三元思维则针对更具现实主义意义的与现实的接触),或是意指"现实本身"的组成部分。可是这些层面一直处于未能分解开的状态,读者对这一切便是一头雾水。这样,在德国的一份符号学杂志上,一位当代乌克兰作者向这个昔日属于苏联的国家发表了也可以作为呼吁书的文章,号召迈向三元逻辑,洛特曼曾向往的那种三元思维!❸ 现如今,读者和评论家则在用一些过分随意的推断来填补方法论思考的空白:比如,称洛特曼是那个提出自在地生成的逻各斯的赫拉克利特的追随者,称洛特曼也是海德格尔的拥护者❹,抑或

---

❶ Об этом писал, в частности, А. М. Пятигорский, а также и многие другие. К примеру, Р. З. Белнэп (R. Belknap) в своей рецензии на переиздание « Структуры художественного текста » в США (Slavic Review. Vol. 31. N 4. Dec. 1972. P. 87.) утверждает, что в концепции Ю. М. Лотмана нет эпистемологической тонкости и четкости, что он не проводит различия между структурной как абстрактным объектом и структурной как эмпирическим объектом. В общей форме методологические сложности с понятием модели и рядом семиотических понятий Ю. М. Лотмана и в МТСШ рассматриваются, в работах: Blaim A. Cultural Semiotics—the Uses of a Theory // Russian Literature. XXXVI. 1994. P. 243-254, Grzybek P. The Concept of « Model » in Soviet Semiotics // Ibid. P. 285-300.

❷ Пятигорский А. М. Заметки из 90-х о семиотике 60-х годов // Московско-тартуская семиотическая школа. История. Воспоминания. Размышления. С. 154. « Сейчас я думаю, что это именно неосознаваемая нами тогда *онтологизация* (здесь и далее курсив мой. —авт.) метода неизбежно должна была нас привести к натурализации объекта—пределом чего и явилась лотмановская идея *семиосферы* (уже в 1980-х гг.) ». Пятигорский высказывает и более общее суждение насчет возможностей семиотического исследования изнутри собственной культуры: « Внутреннего наблюдателя культура все равно пересилит: он станет либо натуралистом, либо историософом » // Там же. С. 155.

❸ Pocheptsov G. Neuere Überlegungen Lotmans zur Zeichendynamik // Zeitschrift für Semiotik. Band 15, Heft 3-4 (1993). S. 345-351. Cp.: Wolfgang Eismann und Peter Grzybek auf Juri Lotman. In memoriam J. M. Lotman (1922-1993) // Zeitschrift für Semiotik. Band 16, Heft 1-2. S. 105-116.

❹ Gourg M. Quelques unes des dernières perspectives de recherches de I. Lotman // Pour Iouri Lotman. (杂志专刊) TLE: Theorie. Litterature. Enseignement. 1995. №13. P. 107-113. Французский автор говорит об « объективной близости взглядов исследователя к экзистенциалистской философии XX века и особенно—философии Хайдеггера » (Ibid, P. 112).

称洛特曼是那种推崇体验而非认知的阐释学的信徒❶,等等,诸如此类,不一而足。

一如Б.加斯帕罗夫所强调,反思不足才导致莫斯科—塔尔图符号学学派走向一种乌托邦式的设想——一切尽可把握,一切均可理解:须知以如此广阔的视界去寻找一些伪造的例证,实际上是不可能的。❷ 洛特曼真的是如此不具备反思力吗?要知道他这人可是能非常细致地考量各种各样方法论上的复杂性,如果他认为必须对它们加以考量。比如,当他呼吁将"观察者的意识"纳入观察的客体时,当他和朋友与同事一起讨论并提出论断——对于文化的历史思考本身会成为文化研究的对象时,他完全不曾是一个天真的经验主义者。❸ 很可能,在这里起作用的正是一种本能的努力——占据一定意义上实则合情合理的"天真"的研究者立场,而对正在成为科学的材料予以保护,使之免受外界批判性观点的影响。而这也可以体现苏联时期学者所特有的那种对哲学普遍的不信任感,或者更确切地说,那种对官方意识形态的过敏反应,它曾授意学者应该如何编写文学史(要以阶级斗争与民族解放运动的阶段为框架)。正是与官方意识形态关系上的不确定性,曾经帮助了洛特曼,一如他曾经帮助其身边所有人,得以在职业上活下来。然而毋庸置疑的是,洛特曼和莫斯科—塔尔图符号学学派所特有的这种对意识形态的自觉对抗,对于那个年代学术体制内的公开行动而言是最为当之无愧的方式。❹

学术和意识形态相互关系的特点体现于两种结构主义——法国的和莫斯科—塔尔图的——之间的对比,而在两者之间划分出区别性的界线,不论是西方的还是俄罗斯的评论家们有时对之都不加以考量。20世纪60至70年代的法国,马克思主义(确切地说,马克思主义的阿尔都塞版本,直接地影响了结

---

❶ Трактовку лотмановской эволюции как «перехода от структурализма к герменевтике», устанавливающего фактически знак равенства между объяснением и переживанием текста см.: Balcerzan E. Vers un realisme semiologique // Pour Iouri Lotman. (Специальный номер журнала) TLE: Theorie. Litterature. Enseignement. 1995. №13. P. 147.

❷ Отчасти именно поэтому Б. Гаспаров полагает, что это свойственное МТСШ утопическое стремление к абсолютному синтезу ограничивает эмансипационный смысл семиотики очень коротким периодом, который заканчивается к завершению оттепели.

❸ Тезис из коллективно составленного текста: Лотман Ю. М., Иванов Вяч. Вс., Пятигорский А. М., Топоров В. Н., Успенский Б. А. «Тезисы к семиотическому изучению культур (в применении к славянским текстам)» // Лотман Ю. М. Семиосфера. Культура и взрыв. Внутри мыслящих миров. Статьи. Исследования. Заметки. С. 525.

❹ Ср.: выступление А. Зорина на круглом столе «Философия филологии» // Новое литературное обозрение. 1996. № 17. С. 91-92.

构主义的那种马克思主义）曾是左翼的（曾进入"左翼力量联盟"），在更为广阔的文化前景中则联合了女权主义、精神分析、先锋派文学实践，在俄罗斯——它却是右翼的且占据着统治地位。此外，在20世纪60年代，阿尔都塞的马克思主义曾极力把马克思主义建构成科学理论而与意识形态相对抗。阿尔都塞的主要著作《保卫马克思》（1965）在法国曾高扬"理论上反人道主义"的原则，同时拒绝自足的主观性的所有形式——经验的或先验的。该书俄译本的面世比原著晚了四十年，这也没有促进对两国结构主义共同性的认知。❶ 洛特曼周边的马克思主义思想，以方法论的形式在他的理论建构中曾部分地发挥作用，却是别样的。M. 加斯帕罗夫在其论洛特曼的著述里曾十分公正地对苏联马克思主义中的意识形态与方法论加以区分，尽管一如所呈现的那样，他过分坚持"洛特曼的辩证法"❷。宁可说，我们在洛特曼这里看到的还不是辩证法的成熟形式（这是指一种关系中的矛盾和扬弃机制的作用），而是自发的辩证法元素，就像有时会自发的唯物主义。❸ 这样，洛特曼不仅是一位"辩证论者"，还完全是一位"反辩证论者"。从皮亚季戈尔斯基所公正坚持的那个层面上来说，洛特曼在很多方面曾追随卡尔纳普，进而也曾追随与（黑格尔的）辩证法截然对立的逻辑实证主义纲领。因此，马克思主义之去意识形态化的方案，从本质上说，对苏联的和法国的结构主义曾经都是一致的，它却是以不同

---

❶ Исторической справедливости ради отметим, что значимый для французского структурализма способ прочтения Маркса Альтюссером Л. и объективно значимый для советского структурализма способ прочтения Маркса Ильенковым, Зиновьевым, Мамардашвили (независимо от того, читали ли их советские структуралисты) имели сходные черты. Все они исходили из зрелого Маркса и изучали логику «Капитала», т. е. функционирование сложных социальных систем. Во Франции такой бессубъектный марксизм (именно его Альтюссер Л. называл теоретическим антигуманизмом) вполне мог сочетаться с теорией «расщепленного субъекта» или свободного означающего, а в России такие сочетания были концептуально немыслимы и идеологически недопустимы.

❷ Ср. небольшую статью М. Л. Гаспарова «Диалектика Лотмана»—предисловие к книге корейского исследователя: Ким Су Кван. Основные аспекты творческой эволюции Ю. М. Лотмана: «иконичность», «пространственность», «мифологичность», «личностность». С. 5–10; а также его предисловие к переизданию «Лекций по структуральной поэтике» Ю. М. Лотмана // Ю. М. Лотман и тартуско-московскоая семиотическая школа. С. 11–16.

❸ Первичность литературного текста (по Лотману) по отношению к идеям, как отмечает Гаспаров, —это еще совсем не материализм. Именно элементы стихийного материализма были характерны в творчестве Ю. М. Лотмана. Об этом свидетельствует «излишняя любовь» к референциальности и упорное подразумевание неких «денотатов» за знаками, которые, согласно Р. Лахман, а также Ю. Кристевой, мешают Лотману постичь подлинный динамизм работающей модели, подобно тому, как поиск означаемых за означающими не позволяет проявиться творческим потенциям текста.

方式被实施的。❶

两种结构主义之间由语境造成的另一个最为重要的脱节完全未被评论家们考虑到，它与运用语言去认识人文科学的另一些对象相关联。洛特曼研读了与他同时代的法国学者（列维-施特劳斯和巴尔特）的著作，但由于自己处于不得出境的状态，洛特曼与他们当中的任何一位都不曾谋面。提醒一下，法国结构主义起始于1943年，发轫于雅各布森与列维-施特劳斯在纽约的会面，这一会面预先决定了音位学研究方法被移植于人类学的客体；而在苏联，直至20世纪60年代初，结构主义还受到怀疑，"符号学"（非医学意义上的"症状学"）则事实上处于被禁之列。非常尖刻地论及莫斯科—塔尔图符号学学派的Б.加斯帕罗夫，曾强调苏联符号学的地域性与不发达性，称它终究是"结构主义诗学、社会心理学和人类学的混合物"❷，这话部分是说对了的。但他推举福柯和巴尔特为最先进的西方学术的典范，这就未必正确了。在任何情况下，这二人的创作在很多层面，相对来说，已属于欧洲结构主义第三阶段——在纯语言学的结构主义（曾存在于若干种变体）之后，接下来的——结构主义，基于列维-施特劳斯将语言学的方法论移植于人类学的客体。这"第三种"结构主义（或者实际上已经是后结构主义），与其说曾是与作为方法的语言打交道，不如说曾是对作为隐喻的语言进行播撒与销蚀。莫斯科—塔尔图符号学学派对于语言学方法论的沉迷阶段正是法国结构主义对这一方法论的失望

---

❶ Мы говорили о недостаточности философской рефлексии у Лотмана. Но и в работах Леви-Стросса (философа по образованию) рефлексии маловато, хотя и французский контекст сильнее побуждал к философствованию, нежели лотмановский. Например, Леви-Стросс фактически оставил без ответа вопрос о том, соответствует ли его метод (с главной оппозицией «природа—культура») его объекту (мышление дикарей, у которых этой оппозиции нет), и в конечном счете не убережется от идеологизации своего объекта (над его гимном дикарю жестковато смеется Деррида в «О грамматологии»). Лотман, заметим, оказывается менее склонным к идеологизациям и морализациям, чем Леви-Стросс, даже применительно к таким любимым своим объектам, как дворянская культура XVIII века.

❷ Из предисловия Б. Гаспарова к изданию: Lotman Yuri M., Ginsburg L. Ya., Uspensky B. A. *Semiotics of Russian Cultural History*. Cornell UP. London and Ithaca, 1985. P. 16. [Цит. По рецензии Д. Шеперда (Shepherd D.)] // *The Slavonic and East European Review*. 1986. Vol. 64. No 3. P. 453–456.

阶段。因而，俄罗斯—苏联同法国的认知情境其实不可比较❶，尽管它们在所发展的思想上具有类型学上的共性。

显然，这是克里斯特瓦对洛特曼明显的理解不够和评价不高的原因之一，她可是具备厘清这一现象的全部可能性的。❷ 1994 年，她在对这些塔尔图学者活动本身的颠覆性致敬之际，赞扬了洛特曼，称赞洛特曼的视界既不是语文学的，也不是语言学的，一如雅各布森那样，称赞洛特曼追随巴赫金的"文化对话"思想。接下去却是一通指责：洛特曼脱离了经典符号学（叶尔姆斯列夫、卡尔纳普、皮尔斯、莫里斯），可他也没有迈出决定性的一步而"走向这样一种分析，它应考虑到无意识的作用，也应考虑到文本修辞学所显露的个体效应"❸。"只能令人惋惜，"——克里斯特瓦接着说，——"理论家富于概括性的思想之飞翔没有伴随着对每一个主体的话语独一无二的特征—— 它们构

---

❶ По другим причинам не был настроен на восприятие Ю. М. Лотмана американский семиотический контекст: во всяком случае, пирсовский вариант семиотики (в отличие от европейских постсоссюровских семиотик) более индивидуалистичен и прагматичен. Содержательный обзор рецензии Ю. М. Лотмана и МТСШ в англоязычных странах см.: Х. Баран. Рецензия Московско-тартуской школы в США и Великобритании // Московско-тартуская семиотическая школа. История. Воспоминания. Размышления. С. 246-275. У позднего Ю. М. Лотмана американские авторы обнаруживают прагматистские мотивы. «Культура и взрыв», например, трактуется как «новый политически мотивированный дискурс», в котором можно видеть попытку построения «прагматически ориентированной модели». Ср.: Deltcheva R., Vlasov E. Lotman's *Culture and Explosion*: A Shift in the Paradigm of the Semiotics of Culture // The Slavic and East European Journal. Spring. 1996. Vol. 40. Issue 1. P. 148-152. Кроме того, нерешенным остается вопрос о том, какая у МТСШ семиотика—европейская, соссюровская, или скорее американская, пирсовско-моррисовская?

❷ О восприятии Тартуско-московской школы во Франции см. работы: J. Kristeva // L´expansion de la sémiotique // Information sur les sciences sociales. 1967. Vol. VI. N 5. P. 169-181; idem. Linguistique et sémiologie aujourd´hui en U. R. S. S. // Tel Quel. 1968. №35. P. 3-8; idem. La sémiologie comme science des ideologie // Semiotica. 1969. VI. № 2. P. 196-204. О французской рецепции Ю. М. Лотмана см.: Балаховская Е. И. Московско-тартуская семиотическая школа во Франции // Московско-тартуская школа. История. Воспоминания. Размышления. С. 294-308. Заметим, что, несмотря на все перепады контекстов Ю. Кристева фиксирует одновременность создания московско-тартуского учения о вторичных моделирующих системах и ее собственного учения об интертекстуальности.

❸ Kristeva J. On Yury Lotman // PMLA. May 1994. Vol. 109. P. 376. Упреки Ю. Кристевой энергично поддерживает известная исследовательница Ю. М. Лотмана Рената Лахман. Она считает, что Ю. М. Лотман «не готов к отрицанию репрезентативной функции означающего», а потому текст у него не мыслится как деятельность. Он защищает стабильные семантические отношения в ущерб динамике означающих, что приводит к механическому повторению значений и, что еще хуже, —к подтверждению «идеологически скомпрометированных значений». См.: Лахман Р. Ценностные аспекты семиотики культуры / семиотики текста Юрия Ломана // Лотмановский сборник 1. М., 1994. С. 192-213. Ср. с. 203-204 и особенно 206-207.

成文学和文化的财富——更为集中的关注。"❶ 在翻译为法国理论思想的那套语言的译文中,这一切可能意味着,洛特曼并不曾具有得以清晰表述出来的符号学理论;他(你可以解读为:有别于法国结构主义者)并未建构能指理论,他没有考虑到无意识在文学创作中的作用——不论是文学活动本身,还是它的产物。在这些见解——如果赞同其所企望表达的言外之意,这些便是论据——之中,实则有许多不准确之处。具体来说,洛特曼总体上,尤其是初期,曾接近雅各布森与语言学方法论,而离巴赫金较远,比克里斯特瓦所期望的还要远。❷ 往下说,一旦话题涉及主体和主体理论,拉康的无意识——它被语言分裂为碎片而穿透——主体理论便会以这样或那样的方式被暗示。在任何情况下,建构无意识主体理论对于洛特曼显然是不上手的,这既是基于他对无意识思想本身一向无好感❸(在这一点上,他倒是同那些法国存在主义者们更相像,而不像那些法国结构主义者),也是基于在所考察的历史时期,在任何情况下都不可能公开研究这一论题(提醒一下,只是在1979年著名的第比利斯讨论会上,无意识才得以在苏联恢复名誉)。

笔者认为,洛特曼对形式论学派的态度一目了然。一位女研究者曾指出,莫斯科—塔尔图符号学学派"是以科学控制论的形式来恢复当时未得到认可的俄罗斯形式论学派的名誉"。是这样的吗?形式论学者曾聚焦形式,尽管他们理论上曾承认,面对内容时,内容值得同等关注,他们失去了自己的方法论特色而只是成了好学者(蒂尼亚诺夫并不是用形式论学派的方式来研究普希金,艾亨鲍姆也不是用形式论学派的方式来考察托尔斯泰)。如何从形式论视域来理解洛特曼的思想?洛特曼继承了蒂尼亚诺夫—普罗普的形式论传统❹(还有"前结构主义"传统,以埃尔里希之见),而布拉格小组的形式论思想

---

❶ Kristeva J. Ibidem.

❷ Вопрос о соотношении позиций Ю. М. Лотман и М. М. Бахтина заслуживает отдельного обсуждения, подробнее об этом—далее. Среди материалов к дискуссии отметим: Reid A. Who is Lotman and why is Bakhtin Saying Those Nasty Things About Him? // Discours Social / Social Discourse. 1990. Vol. 3. No 1-2. P. 325-338. Reid. A. Literature as Communication and Cognition in Bakhtin and Lotman. New York, 1990; Bethea David M. Bakhtinian Prosaics versus Lotmanian Poetic Thinking: the Code and its Relation to Literary Biography // *Slavic and East European Journal*. Vol. 41. Nr. 1. 1997. P. 1-15; Грижбек П. Бахтинская семиотика и московско-тартуская школа // Лотмановский сборник 1. С. 240-259 и др.

❸ Это не мешало Лотману выдвинуть гипотезы о фрейдизме и роли психоанализа: Ю. М. Лотман. О редукции и развертывании знаковых систем (К проблеме «Фрейдизм и семиотическая культурология») // Ю. М. Лотман. Избранные статьи. Т. 1. С. 381-385.

❹ Brown E. J. Yury Lotman. Analysis of the Poetic Text. Ann Arbor; Ardis, 1976 // *Comparative literature*. Eugene. Oregon. 1978. Vol. XXX. No 2. P. 268-270.

对他也至关重要。❶ 洛特曼——他更像是一位"后形式主义者"（或者，以克里斯特瓦之见，"后形式主义者"巴赫金的追随者），这一切要以对形式论的批评为前提。❷ 这一永无止境的不断修正的界定之链，无论在哪里都不会闭合。于是，无论是具体的学者，还是整个思潮都开始"在眼前漾开而模糊变形"：以斯坦纳之见，形式主义其实并没有一个纲领明晰的学派，而是学术史上某个"范式间"的阶段。❸ 因此，给洛特曼定位其实并非易事，即便是以那些显而易见的文化史节点为背景。在对综合性立场的寻找中，美国学者霍尔奎斯特断言，洛特曼的理论观点使 20 世纪 20 年代文学学中主要的争辩对手——形式论学派与巴赫金小组——的立场中值得保留的一切，得以悖论式地"合法化"。❹ 然而，还是可以指出结构主义同形式主义之间清晰的区别：有别于形式论者，结构主义者曾力图对内容也加以结构式分析。洛特曼在面对具体材料的视界中的那些定位恰恰就是这样的。

---

❶ Belknap R. Z. (Рецензия на репринтное издание в США «Структуры художественного текста» Ю. М. Лотмана) // American Quarterly of Soviet and East European Studies (Slavic Review). Vol. 31. No 4. dec. 1972. P. 87.

❷ Winner T. G. Prague Structuralism and Semiotics: Neglect and Resulting Fallacies (in memoriam J. M. Lotman) // *Semiotica*. Volume 105 — 3 / 4. 1995. P. 243-276.

❸ Steiner P. *Russian formalism. A metapoetics*. Ithaca, N. Y., 1984.

❹ Holquist J. M. (Рецензия на кн.) Lotman Yuri. Analysis of the Poetic Text. Ann Arbor; Ardis, 1976 // *The Slavonic and East European Review*. 1977. Vol. 36. No 2. P. 240-242.

文学学应当成为一门科学[*]

■ [俄] 尤里·洛特曼 著
　郑文东　林　柯 译

瓦·柯日诺夫的《结构诗学可能存在吗?》[❶]已经不是结构主义的反对者们就这个论题所写的头一篇文章了。在此期间,针对那些在诸人文学科中运用统计方法和结构主义的方法的作者之指责的调门与性质,已经历了相当可观的演变。列·季莫费耶夫在发起这场辩论时曾将结构主义认定为出乎意料地复活起来的"形式主义",是已经走过的一个学术阶段的重复。显然,从这些立场来看,无需争论,只需提醒一下健忘的同事们,所有这些"都已被批判过"便足矣。

彼·帕利耶夫斯基早在《论文学学中的结构主义》一文中就已决定要给作为科学体系的结构主义迎头痛击。然而,这竟然成为一件奇怪的事:帕利耶夫斯基抱定决心挺身反对结构主义,不知不觉却将自身整个儿呈现在另一个敌人面前——他这可是向科学本身宣战,因为他指责的根本不是结构主义的特征,而是科学思维原则上所固有的东西。帕利耶夫斯基指出一个事实,即文学学是一门没有术语(当词语的意义没有形成普遍共识时,这些词语就不成其为术语)的科学。这一点很奇特,他对此没有感到恐慌,而是感到一种满足,因为他认为这不是缺点,而是特点:"文学学已有两千多年的历史,但是众所周知,文学学迄今没有形成一个明确的术语体系。"[❷]这不由得让人想起阿·康·托尔斯泰的诗句:

---

[*] 原文为 Литературоведение должно быть наукой// Вопросы литературы, 1967. NO. 1. C. 90-100. 译自 Лотман Ю. М.: О русской литературе: Статьи и исследования (1958 - 1993), СПб, Искусство-СПБ, 1997, C. 757-765. 本译文系国家社科基金重大项目"现代斯拉夫文论经典汉译与大家名说研究"[项目批准号(17ZDA282)] 阶段性成果。

[❶] Кожинов В. В. Возможна ли структурная поэтика? //Вопросы литературы. 1965. № 6. C. 88-107. 后续引用此文时仅标注该文页码。

[❷] Палиевский П. О структурализме в литературоведении//Знамя. 1963. NO. 12. C. 189.

> 毕竟我们还很年轻，
> 我们才五千年；
> 其次我们没有条理，
> 还没有秩序！

帕利耶夫斯基谴责人们企图"捕捉不可捕捉者""挖掘不可挖掘者"，同时，他由此只证明（如果说真的证明了！）了一点：科学思维不能应用于艺术研究。也好，这也是一种立场。但是这同结构主义有什么关系呢？

柯日诺夫的论文比上述文章要好得多：柯日诺夫力图理解论敌的立场。如果说，不久之前他还承认索绪尔的一些基本观点在他看来是"复杂且有争议的"❶，那么，现在他却认为："索绪尔无疑是伟大的语言学家，由他开启了语言学史上的一个全新阶段。"（第105页）如果说，在《作为形象形式的词语》一文中，柯日诺夫将结构主义与形式主义完全等同起来❷，那么，现在他却展现出一种豁达和容忍："不管怎样，我都认为创立结构诗学的努力是必要的。甚至可以说，如果结构诗学的捍卫者决定抛弃自己所做的努力，必要时我会劝阻他们。"（第107页）的确，这种宽容让人觉得有些奇怪。柯日诺夫的立场是这样的："所有这一切都是错误的，但是为了'不同流派的竞争'，类似的尝试还是可以被允许的。"但是要知道，在学术辩论中（我们进行的不正是学术辩论吗？），允许什么、不允许什么是不需要讨论的。学术辩论的参与者无权决定允许哪种研究立场的存在，况且我们所说的完全是另一种情况：对文学进行结构符号研究是否能够开启新的科学前景？柯日诺夫认为不能，我们认为可以。我们来分析一下他的论据吧。

为了驳斥符号学方法，柯日诺夫查找了史料，其中包含对这一问题非常权威的论述。对此，我们只能表示欢迎。但遗憾的是，他还是没有掌握足够多的研究文献。

只有面对不懂行的读者时，一些概念的独特释义才需要被给出，尽管它们在科学上已经获得了足够准确的定义。"……符号学的研究对象不是本义上的符号系统，而是信号系统……而我称之为符号的现实❸……则不属于符号学的范畴。"（第101页）——这些自信的论断并不能激发人们与之争论的欲望，

---

❶ Кожинов В. В. Слово как форма образа//Слово и образ. М., 1964. С. 4.
❷ Ibid., 3.
❸ 该文未给出"现实"的明确定义，其他研究该问题的权威书籍中也没有给出明确定义。

所涉及的问题在科学上已经得到了足够详尽的解释，因而在这个层面上没有理由与之争论。柯日诺夫试图掌握在他看来独特的那套符号学术语，但是做得很不成功。例如，他写道："信号首先是永久的、稳定的、一劳永逸的，或者如符号学家们所说的那样，是'不变量'（инвариант）。"（第98页）随后他又谈到"稳定的、静止的、不变的各种形式"（第104页）。柯日诺夫没有理解"不变量"这一术语的意义，而且他所犯的错误很典型。结构主义方法的反对者习惯于生活在充斥着彼此独立的事物的世界里，这些事物又被各自专用的单独概念分隔开来。柯日诺夫遇到"不变量"这一术语后，开始习惯性地寻找上文所提及的那种单独的概念，即被符号学家们为了显得严谨，用不好懂的"不变量"所取代的"词语"。于是，柯日诺夫发现了"不变性"（неизменность）一词。结构主义方法惯于将世界以及我们的世界模式视为一个关系和联系的系统。"不变量"不是个别特性的指称，而是关系的一种定义。岿然不动的悬崖不是"不变量"，就像"即使世界翻转个底朝天"却依然"屹立不倒"的男子汉也不是"不变量"。"不变量"是与"变体"（вариант）相关的概念（"不变量"本身只适用于"某事物的不变量"这一意义），即各种变化状态下的不变部分，我们可以将这些变化状态视为同一现象的变体。柯日诺夫断言，"不变性"（инвариантность）关系只有信号才具备，这是信号与符号的根本区别。这种论调令理解这些术语意义的人感到莫名其妙。

结构主义语言学公认，词语即符号。但是，虽然词语具有不变的词汇内涵，它依然是语音和语法（词形变化）各种变体构成的整个序列的抽象概括，相较各种变体而言，词语就是"不变量"。摆在我们面前的事实恰恰与柯日诺夫的论断相对立：不具有变体的不变状态就不可能具有"不变性"。柯日诺夫是这样判断的：既然发生变化，便意味着它是可变的，既然不变化，那就是"不变量"。而结构主义方法则从辩证法的观念出发，认为"不变性"以及"可变性"是密切相关、彼此不可或缺的。

> 一张可爱的面庞上
> 有着许多迷人的表情变化……

某物发生变化，但我坚信，这终究是同一张"可爱的面庞"（"不变量"），因而在我面前闪现的"迷人的表情变化"就是这张面庞的各种变体，而不是闪现的各种不同的面庞。

因此，柯日诺夫的整个论证都不成立：他的论证建立在匆忙概括以及对这一问题认识不全面的基础之上。但是这篇文章有一点非常招人喜欢：作者真诚地想弄清楚所要讨论的问题。这就迫使我们不会将本文的重心放在论战上，而是放在对于我们来说是结构主义研究最重要的一些原则之正面论述上。

* * *

每种科学方法都有其认识论基础。之所以有必要谈一谈这个问题，就是因为结构主义已经被指控为机械论，即将审美问题归结为数学问题，犯下了相对主义以及其他所有哲学上的死罪。既然攻击的风格决定着防守的风格，那我就斗胆提醒一下我的论敌们注意下面一则引文。保尔·拉法格记录下了卡尔·马克思关于科学认识论的一段很有意思的话：马克思"在高等数学中发现辩证运动最符合逻辑，同时也是最简单的形式。他还认为，科学只有能够成功地运用数学时，才算臻于完美"。[1] 试问，那些认为使用数学方法只会导致形式主义和机械论的先生：你们如何看待卡尔·马克思这段话？所有结构主义的反对者（迄今已在出版物上表明过观点的那些人）属于科学界中的"知足派"。他们坚信，在人文学科及其方法论领域一切正常，已臻完美，只需"维持秩序"即可。至于寻求新方法，即使是最仁慈的柯日诺夫也会这么想：头脑发热的人犯迷糊瞎搞，这没什么大不了的——"就让他们去'坚固的核心'处碰壁，然后扭头回家去"，最后还是得"回归'传统的'方法论"（第107页，第106页）。而在艺术学界，结构主义者则属于"永不满足派"：他们坚信，人文科学工作者的领域离卡尔·马克思所说的"完美"尚有距离。他们倾向于寻找，而不是"维持秩序"。相较他们的论敌，他们更了解自己的尝试是不完美的，明白这些尝试都是刚起步，具有初始性，但他们仍然坚持一点：需要不断推动科学向前发展。

结构主义的方法论基础是辩证法。

结构主义的基本原则之一是摒弃按照机械罗列特征的原则进行分析：文学作品不是特征的总和，而是一个行使功能的系统，是结构。研究者不是在罗列"特征"，而是在建构相互联系的模式。每个结构都是按照该系统的类型将诸多要素组织起来的有机统一体，每个结构自身也只是更复杂的结构统一体的要素，而结构自身的要素——每一个要素都是单独存在的——都可以被视为独立的结构。就这一意义而言，现代科学普遍特有的按照层级分析的思想是结构主

---

[1] Воспоминания о Марксе и Энгельсе. М., 1956. С. 66.

义所深刻固有的特征。由此可见，严格区分共时分析和历时（历史）分析是非常重要的。这种区分曾经发挥了重要、积极的作用，它使研究井井有条，但它不是原理性的，而只是具有启发性的意义。研究系统的共时截面使得研究者从经验性走向结构性。

而下一阶段则是研究系统的功能。此外，现在很明确的是，当我们处理复杂结构（艺术便属于这类结构）时，由于结构本身的多因素性，对其进行共时描述通常很难，而了解之前的状态是成功建立模式化的必要条件。因此，结构主义不是历史主义的敌对者。此外，必须理解作为更为复杂的统一体——"文化""历史"——要素的单个艺术结构（文学作品）的意义，这是尤为迫切的任务。不是数学和语言学**取代了历史**，而是数学和语言学**同历史并肩**——这就是结构主义研究的方法，这也是文学学家的同盟者阵营。

这一点也确定了结构主义对待先前科学传统的态度。正是在我国学术界，结构主义有深厚的传统。我们只需回想一下如今已成为学术界经典之作的弗·普罗普的《故事形态学》，彼·博加兑廖夫、米·巴赫金、亚·斯卡弗迪莫夫等人的著作就足够了。结构主义者同其论敌的区别，根本不在于他们好像是在否定"传统文学学"，只不过"传统"这个概念被赋予了不同的内涵。我国的文学学史尚未撰写完毕，而将来一旦写就，或许会如哈姆雷特所言，会展现很多"我们的智者都没梦到的"东西。我们就不一一列举很多著名的、如今仍健在的学者了，我们只需提及尤·蒂尼亚诺夫、鲍·托马舍夫斯基、鲍·艾亨鲍姆、格·古科夫斯基、弗·格里布、列·蓬皮扬斯基、格·维诺库尔、谢·巴卢哈特、在前线壮烈牺牲的青年学者安·库库列维奇以及许多其他学者的著作就够了。将来在研究苏联文学学史时，这些学者的地位和意义将被确定。那时我们就可以清楚地看到，称结构主义对以往"传统"学术抱有敌意是无稽之谈。结构主义并未妄称它在学术界具有独一无二的地位，并且这种地位在真正的科学领域中也不存在，倒是结构主义的批评者们的缺点正在于追求独一无二。

* * *

但每个研究流派除认识论基础之外还有科学伦理学的渊源。对此应当着重去研究，因为"去人文化"是人们对结构主义最常见的指摘之一。柯日诺夫写道："我坚信，创建关于诗歌的精密科学的尝试还将继续下去，而且，可能还会愈演愈烈。有关这门科学的观念本身在严格意义上当然是进步的。但是

'进步的'却远非总是意味着是'好的',即善良的、真诚的、有益的、美好的。例如,当代极权主义就是经济发展'进步'的结果。但是否值得保护这种进步,值得为其大唱赞歌?"(第107页)

这个例子很奇怪。人文科学的精确方法同极权主义之间到底有什么关联呢?毕竟,正是学术著作中的非精确性、含糊性向断章取义、摇摆不定、自觉或不自觉的谎言敞开了大门。而谎言从来不是人文工具。

就其本质而言,科学能够为人类服务的唯一一点就是能够满足人类对真理的需求。科学之所以具有人文性,首先是因为它会拓展人的思想。至于极权主义,则很少使用精密科学,而是大量进行基于任意歪曲真理的蛊惑宣传。

而且,人文科学工作者追求精确方法的心理依据之一是,他们已经对整套纪念日和非纪念日的说辞感到疲惫,这些说辞有时还以科学的幌子呈现。科学的"去人文化"是什么时候发生的?是当研究者力图呈现经严格论证的——哪怕是有限的——真理的时候,还是借助同一套说辞和赞叹,宣布一位作家在(别人的)纪念日为反动势力的拥护者,而在另一个(他自己的)纪念日为伟大的现实主义者的时候?

顺便谈一谈"有限真理"的问题。结构主义的论敌们精心搜集结构主义者有关符号学不能完成(或者暂时不能完成)某个任务的言论,然后展示给读者:"你们瞧瞧!连他们自己都承认办不到。而我们什么都行!"这也没错。任何一架飞机,即使是最完美的飞机也有技术能力的限制,而童话里的飞毯却没有。科学之所以与玛尼洛夫的空想有区别,就在于科学"不是万能的",而且它能意识到这一点,为自己界定什么能做,什么暂时还做不到。如果您向任何一位学者——物理学家、化学家、生物学家——提出某个问题,那么他都会告诉您:这个问题我们现在就可以解决,这个问题看起来近些年科学还无法解决,而提出这些问题总的来说没有科学意义。人文科学的研究者则处于另一种状态:他们有时会默认处理科学问题只需一个条件足矣:将课题纳入科研计划或者签订出版合约。

这里所说的区别恐怕对于那些力图在每个阶段都严格限定自身能力极限的人是有利的。

* * *

在文学学的传统架构中实际上并存着两种不同的方法:一种是把作品放到各种社会思潮的文献背景中研究,另一种是细致考察作品的节律、诗节结构、韵律、布局和风格。这两种实质上是各自独立的研究体系之间并没有必然的联系。在第一种情况中，文学研究者实际上成为社会思想史家，而对研究材料的艺术特征有所忽略；在第二种情况中，文学研究者不可避免地面临这样一个问题：他所做的形式研究究竟有什么意义？在许多才华出众的研究者的著作中，这种矛盾竟然自发地被克服了。这些经验值得我们从各个视角进行研究。不过，科学的开端是直觉发现，但最终它还是通过严格的证明方法呈现出来，并且需要借助精心设计的研究设备。

结构主义的研究旨在消解现代文学学的二元性：一方面，结构主义的研究发现了文学的艺术性，认识到文学是社会意识的独特形式，并且坚决反对简单地使之"消解"于社会学说史；另一方面，结构主义的研究为自己提出的任务是把作品的思想作为意义要素的统一体而揭示出来。针对文学结构的每一个要素都会产生这样的问题：其意义是什么，它承载了什么样的语义负荷？文学思想与作品构建之间的关系，仿佛生命与生物细胞结构之间的关系。生物学界已经不再有那种在生命的载体——真实的物质机体之外研究生命的活力论者了。而在文学研究中这类人却很常见。但即使是厘清生命组织的物质的"清单名录"也不能揭示生命的奥秘：我们所面对的细胞是具有复杂功能的自适应系统。细胞功能的实现就是生命。文学作品也是复杂的自适应系统（当然，这是另一种类型）。思想是作品的生命。同样这种生命也不可能存在于被解剖学家肢解的躯体以及躯体之外。第一种方法的机械主义和第二种方法的理想主义应当让位于功能分析的辩证法。

结构主义者在研究文学文本中那些在传统上被视为"形式"的要素以确定其内容的意义时，他们的出发点是：已经从系统中被抽离的要素不可能具有意义。

因此，研究者面临的任务是确定该系统（每个系统都是由各种区分性特征构成的整套组合）基本的意义单位，以及将它们组合成更为综合的意义单位的规则。与此同时，所运用的科学方法对于文学作品的所有层级（从最简单到最复杂）都是一致的，并且与研究其他模式化系统（语言、神话等）的方法相吻合。当然，这些要素本身及其组合规则在每种情况下都各不相同。

该结构中的重要要素将是那些在其范围内可比较（其中包括二元对立）的要素。揭示要素的实质，不是通过描述其孤立的本质，而是经由对其与何对立的结果进行阐释来实现的。例如，在普希金的诗中：

Восстаньте, падшие рабы！（起来吧，仆倒的奴隶！）

"восстаньте"（起来，起义）这一要素由于我们将其纳入不同的二元对立系统而获得不同的含义。

二元对立：

  Восстаньте（起来，起义） ⟷ простритесь ниц（俯首帖耳）

揭示语义：

  Восстаньте（起义） ⟷ Встаньте（起来）

揭示该要素的修辞意义（按符号学的术语是语用学意义）。将这一要素纳入另一个不同于颂诗《自由颂》的二元对立：

  Призыв к восстанию ⟷ Призыв к реформе
  （号召起义）   （号召改革）

或者

  Призыв к восстанию ⟷ Призыв к сохранению рабства
  （号召起义）   （呼吁保留奴役制）

这样将全盘歪曲这个要素在普希金系统中的意义。如果我们把后两种二元对立当作真实的，那么我们在尝试理解如下诗句时，便会陷入无法解决的矛盾：

  Падет преступная секира...
  И се −злодейская порфира
  На галлах скованных лежит.
  （罪恶的斧头落下了……
  于是，在戴枷锁的高卢人身上
  覆上了恶徒的紫袍。）

此处所指的专制制度（拿破仑及其"恶徒的紫袍"）并不是人民起义以及国王的死刑的对立面，而是结果。无政府状态和专制制度是不守法纪和破坏政治自由的变体。国王的死刑（无政府状态）催生了专制制度（拿破仑），而专制制度（沙皇保罗一世）催生了无政府状态（1801年3月11日的刺杀）。二者均与法制相对立。因此：

法国大革命
拿破仑独裁
保罗一世专制
1801 年 3 月 11 日的刺杀
⎫⎬⎭ ⟷ 法制

在上述笔记中所用的符号⟷表示"二元对立"（阅读时可以用词语"противостоит"[对立]替换），而纵列的概念在该系统中都是同义词组。

《拿破仑》这样的诗所呈现的则完全是另一种"二元对立"系统。

"二元对立"这一术语取自结构主义语言学（尼·谢·特鲁别茨科伊将之引入音位学）。该术语明显与黑格尔的"对立统一"，以及格·瓦·普列汉诺夫应用于艺术分析[1]的"对立原理"（达尔文的术语）有关，也被索绪尔视为其理论体系的基本术语（"相似与差异机制"），而在罗曼·雅各布森的著作、列·维戈茨基的心理学、博厄斯和列维-斯特劳斯的民族学著作中，他们都卓有成效地使用了该术语。显然，这个术语是构建各种不同结构模型的有效手段。这种描写机制很适合用数学方法来研究。对立原则具有深刻的辩证法特征，这表现在彼此之间的对立性被理解为一种特殊形式的共性。正如一个要素的各种变体具有不变量一样（在由颂诗《自由颂》构成的左边一栏的例子中，不变量是"破坏政治平衡"），二元对立的诸成分都有其最高级别的音位、词位、义素等，从而消除了（"中立化"）成分的相互对立性。

二元对立的诸成分：

破坏政治平衡（不好的政治制度）⟷ 法律（好的政治制度）

试将其与下列诗句相比较：

他想跟我们一样，做个茨冈人：
法律正要把他追查。

此处的二元对立是：

自由（与政治状态无关）⟷ 法律（政治状态）

显然，在第一个系统中，二元对立的诸成分不仅彼此对立，而且有某种本质上的共性。如果我们用第二个系统中的对立"眼光"看待第一种对立，那么，正是这一共性占据首要地位："坏"和"好"的政治制度同样糟糕，因为

---

[1] *Плеханов Г. В. Искусство. Сб. ст. М., 1922. С. 37—59.*

它们都同样地与"天生的自由"相对立。在《茨冈人》中，普希金感兴趣的不是这些概念的差异，而是其共性（"好"和"坏"的特征在"政治制度"这一概念中已不再是区分性特征，失去了意义），他便将这些概念都归为一个词语"法律"。

我们发现，主要的二元对立的总和反映了作者对现实的理解，体现了作者文本的结构。而由意义要素按照该结构规则构建起来的复杂层级便成为作者的世界模型，以此实现其艺术理念。

上文所举例子还有一点很有意思：它表明，结构的某些方面只会在我们采用另一种结构的"眼光"观察并将结构的概念译入另一个系统的语言时，才会显示出来。这就为更准确地研究广泛的问题开辟了道路。这些问题包括从现实对艺术的作用到某些类型的意识、文化和艺术对他者的影响、顺应、接受等问题。在这方面也为我国学术界尚未提出的"作家与读者"问题的解决开辟了道路。我们对作家的构思这一问题研究得最多（而对构思如何实现这一问题却研究得很少）。作家的作品在读者的脑海中是如何进行转化的，转化的规律和形式是什么——这是一个完全没有被研究过的问题。

我们还有必要强调问题的另一个方面。在文学作品的复杂层级中，并非所有事物都能被简化到一个概念系统中去。那些站在直觉主义的立场反对结构主义的学者们，指责结构主义不注重艺术的亚逻辑以及情感方面。这种指责是毫无根据的。艺术创作中情感模式化以及意识和直觉的关系等问题，结构主义流派的文学学家和心理学家都非常关注。然而，结构主义者认为，正如鱼类学家不必自己变成一条鱼，在研究直觉过程时，最好使用更为完善的方法，而不一定非得以研究者的直觉为基础。同时我们应当考虑到，直觉的本质这一问题现在正在获得更加宽泛的涵义，并正成为最迫切的科学问题之一。越来越明了的是，自动化系统的未来与人工模拟直觉过程的尝试将紧密相关。

* * *

文学的结构主义研究正在迈出第一步。这必然伴随着在方法论问题的提出过程中尖锐的争议，以及研究路径的探索、发现与挫折。现在就总结其得与失还为时尚早。目前明晰的只有一点：文学学自身的本质也正在改变。我欣喜地发现，语文学不再是对独特的专业化训练没有要求而即可从事的"轻松职业"。

19世纪中叶，大学语文系学生被要求深入掌握古代语言，具备开展版本学的、注疏性的以及传记勘察的考据能力。后来又相继增加了掌握史料、具备广博的文化比较知识、能够从事社会学研究这些要求。于是，研究诗歌的统计方法、文学修辞学等应运而生。要求增加了，语文学家所需的知识面也稳步扩展。但与此并行的是一种相反的进程：文学学家不再是语文学家——语言学成为独立且与文学学相距甚远的专业。古代语言与文学开始只是由一小部分专业人士专攻，以"西学"为专业者只是从一些通识课上暗自了解俄罗斯文学，以"俄罗斯学"为专业者对外国文学（不仅是西欧文学，还有斯拉夫文学！）的见解竟如此肤浅。文学学家不必非得成为版本学专家或作诗法专家，这类知识对于他们带有选修的性质。这一进程有其客观的解释：这与专业分化有关——这是科学在上述阶段的典型特征。但是这一进程导致的结果却不仅仅是正面的：成为文学学家，尤其是以现代文学为专业的文学学家变得更为容易了。另有一系列附带而来的原因都加剧了人文科学的标准一再降低。

新式文学学家是这样一类研究者，那就是他必须将广博地掌握独立获取的经验性材料与精密科学训练出的演绎思维技能结合起来。他应当是一名语言学家（因为目前语言学在人文科学领域"已经遥遥领先"，并且正是从语言学中常常发展出一些具有普遍科学性的方法），他应当拥有使用其他模式化系统的技能，应当了解心理学，应当在思考符号学和控制论的一般问题时，不断完善自身的科研方法。他应当习惯和数学家合作，在理想状态下，甚至应集文学学家、语言学家和数学家于一身。他应当培养自身的类型学思维能力，并且永远也不要把他习以为常的阐释视为终极真理。

是的，成为文学学家正在变得越来越艰难，并且在不久的将来会变得愈加艰难。这或许也正是人文科学中的新风带来的最令人鼓舞的结果。

1967 年

学人专论

巴赫金思想智识遗产的叙事学意义*

■ [俄] 瓦列里·秋帕 著
　刘　锟 译

当代叙事学要比文学叙述理论宽泛得多，它是从文学叙述理论这一"襁褓"中长大的。它也远远超越法国结构主义者们所提出的具有普适性的"讲故事的语法"这一规划。在我们这个时代，叙事学是文学学超出其自治领域的跨学科性的拓展。这是一个大人文的认知领域，它致力于研究事件性经验的形成与传播的认知机制与其多媒介的（而不仅仅是口传的）潜能。这样一种人类学的广度，毫无疑问，与巴赫金的学术气度十分投合。

20世纪80年代中期，保罗·利科曾致力于对事件性经验之形成与传播的叙事学实践进行哲学思考，他在《时间与叙事》这部著作中声称，他遵循了"巴赫金的教导"。这些教导对于整个当代叙事学也具有重大意义，它们被当代叙事学所吸收而成为其观念的核心组成部分。巴赫金思想的意义尤其可以在叙事学感兴趣的三个层面被感觉到：事件和事件性问题；作者形象和叙述者形象（在巴赫金那里是"第一性"和"第二性"作者）之间的相关性；对于叙事话语特性的超语言学视角。

巴赫金不曾使用我们所习惯的术语"叙述""叙述者""叙事学"，可是他远非对叙事学的问题无动于衷。20世纪20年代，他非常珍视在俄罗斯未曾引起关注且至今也未译成俄语的一本新康德主义著作——K. 费里德曼的《叙事作品中叙述者的作用》（1910），从历史上看，这可是通过叙事学视角研究文学的一个起点。20世纪70年代初，巴赫金曾对刚刚崭露头角的德国叙事学家

---

* 原题为《Значимость интеллектуального наследия Бахтина для нарратологии》。该文系瓦列里·秋帕基于其在主题为"巴赫金思想与21世纪的挑战：从对话想象到复调思维"第17届国际巴赫金学术年会（萨拉斯克，2021/7/6-10）上以"巴赫金与叙事学"（Бахтин и нарратология）为题的大会发言稿而完成。作者已授权本刊将该文译成中文发表。本译文系国家社科基金重大项目"现代斯拉夫文论经典汉译与大家名说研究"［项目批准号（17ZDA282）］阶段性成果。

沃尔夫·施密特关于鲍里斯·乌斯宾斯基的《结构诗学》（1970）的一篇书评颇感兴趣，并对之作了回应。此外，1973年，巴赫金为自己在20世纪30年代里所写的《长篇小说的时间形式和时空体形式》增补了《结语》。这个结语很大程度上带有叙事学性质，它被当作是对于早一年发表的热拉尔·热奈特那部经典研究《叙事话语》的回应。

在1973年的《结语》中，叙事话语的双重事件性这一特性已得到清晰表达，叙事话语能实现所指称的事件性与交际的事件性之统一。我现在要提一下在某种意义上可谓当代叙事学之基础的这一众所周知的论断：

> 我们面对两种事件——作品中所讲述的事件与讲述本身这一事件（我们作为听者/读者参与后一种事件）；这些事件发生在不同的时间（在持续的长短上也不同）和不同的地点，同时它们又联结成不可分割的、统一但复杂的事件，我们可以称之为作品——拥有其事件上之充分性的作品……我们接受这一具有其整体性和不可分割性的充分性，但同时也理解其构成因素的所有差异。❶

以整一的话语那些既互不融合也互不分割的层面之共轭来界说叙事，比茨维坦·托多罗夫所提出的进而由热奈特加以发展的"故事"/"话语"（在文本之言语的顺序性这一狭义上）二分法要更为准确。这种二分法的基础乃是俄罗斯形式论学派的遗产，俄罗斯形式论学派区分了"本事"（仿佛是先于讲述的"手法"而存在的惰性的生活材料）与作为这些手法之总和的"情节"。热奈特发展了这种二分法，把"故事"界定为"现实的或虚构的连续性事件，它们构成给定的话语之客体"❷。接下来，热奈特直言，即使原则上可能存在叙述行为之外的"现实的"事件性内容，但"没有叙述行为……有时也不会有叙述内容"❸。

巴赫金对叙述事件性的理解并不提供这种可能性，早在20世纪20年代，巴赫金对"本事"和"情节"这两个范畴的诠释就与形式论者不同：他将"本事"与"情节"看成叙事整体之相互补充的两个方面，上文援引的1973年的论断很明显地说明了这一点。对叙事"故事"的当代诠释符合巴赫金的

---

❶ Бахтин М. М. Вопросы литературы и эстетики. М.: Художественная литература, 1975. C. 403-404.

❷ Женетт Ж. Повествовательный дискурс // Ж. Женетт. Фигуры. Т. 2. / Пер. с фр. М.: Изд. им. Сабашниковых, 1998. C. 63.

❸ Там же.

这种理解，例如沃尔夫·施密德就把"故事"界定为"对一些已发生之事进行意义生成选择的结果，这一选择将已发生之事的无限性变成有限的、有意义的形态"❶。换言之，所讲述的故事——这是讲述的话语之指称的功能，是叙述行为的产物，而不是为它准备的材料。况且当代叙事学——在利科之后——正在像巴赫金一样以"纠葛冲突"这一范畴取代形式论的二律背反，对"本事"和"情节"这类概念的需求正在降低。

巴赫金曾从词源学上来诠释"事件"：诸如共在、互动、两种现实性之相遇。❷ 在这种情况下，两种现实性中至少一种是人的意识的现实性。❸ "随着意识的出现，"他写道，"存在这一事件……就变得完全另样，因为事件中新的主要的人物——见证者和评判者会登上世间存在的舞台。"❹ 巴赫金所说的事件具有意向性，其事件性地位取决于意识的价值取向，这个价值取向"不能改变存在，这么说吧，不能物质地改变……它能改变的只是存在的意义……真理、真相并不为存在本身所具有，而只是为被认知的和被说出的存在所具有"❺。

事件性——就像真理性一样——不是我们周围发生之事的"天然的"品质，这是人的意识之于存在的关系的一种特殊的（叙述的）方式——是对过程性和仪式性非此即彼的选择。这个视域中的事件呈现我们经验中生活的某一片断的叙述地位。因为没有来自于意识的那种叙述（复制般的）的构形，任何事件都是难以想象的，只是在观照发生在我们周围的一切在连续不断地流动。

尽管巴赫金所说的事件性依附于意识，但它不具有主观性，而具有主体间性，这一点非常重要。事件性由"见证者和评判者"的叙述意向所决定，他们是进行叙述的主体（叙事者），这个叙事者通过自己对复杂情节之讲述来激发、驱动听者/读者的接受意向。叙事对接受一方的关注，使新叙事学转向"风尚"这一修辞范畴，西方叙事学已经对这个范畴发生兴趣了。❻ 根据利科

---

❶ Шмид В. Нарратология. М.: Языки славянской культуры, 2008. 304 С. 154.

❷ Бахтин М. М. Собрание сочинений в 7 т. Т. 6. М.: Языки славянской культуры, 2002. С. 29, 85, 99, 106 и т. д.

❸ 巴赫金文本的优秀注释者 Л. А. 戈戈基什维里把处于巴赫金"关注中心"的"对象和意识相遇的点"解释为"现代叙事学最富有意义"的层面之一，这是非常正确的。（Гоготишвили Л. А. Непрямое говорение. М.: Языки славянских культур, 2006. С. 261.）

❹ Бахтин М. М. Эстетика словесного творчества. М.: Искусство, 1979. С. 396.

❺ Там же, С. 396-39.

❻ Шмид В. Нарратология. М.: Языки славянской культуры, 2008. 304 с.

的深刻见解，"不存在伦理上中立的叙述"，因为"对伦理考量的那些预料被包含在叙事行为的结构本身之中"。❶ 这促使我们去关注青年巴赫金的思想：在审美活动的创作结果（作品）中，它的"伦理因素"总是会被"转写"下来。

叙事话语的主体间性不是主体性的游戏，而是文化之最为重要的本体论机制之一：一些不可重复、不可预料、不可逆转（即事件性）的变化在世界上时常发生，叙事实践乃人在世界上的在场之事件性的经验形成和传播的社会文化工具。在文化中与之平行地发挥功能的是人类的先例性经验——自然存在的过程性与人类行为的仪式性之经验——的对立机制。从这种二分法来看，应该将当代叙事学界定为研究人类之事件性经验的一门科学。

巴赫金关于艺术作品的作者身份概念基本上形成于其早期哲学论著《审美活动中的作者和主人公》。在20世纪50至70年代的札记里，他仍然忠于自己这一最初的观点：将作者形象视为统摄作品之艺术整体的审美主体。譬如，他在《文本问题》（1959—1960）中肯定，文学乃"非直接言说"的艺术❷。在其中，"第一性的作者注定要保持沉默状态。但这种沉默可采取不同的表现形式"❸。这样的作者完全等同于当代叙事学中的"隐含的"作者，尤其是等同于沃尔夫·施密特所说的"抽象的"作者。因为具体的人之主体（按巴赫金的说法即"我本人"）可以成为的"仅仅是人物，但不是第一性作者"❹。

在这种情况下，巴赫金强调了艺术叙事的特征，就艺术叙事而言，其根本性特征与其说是所叙述世界之虚构性，不如说是作者同叙述者之非等同性：如果作者"直接地言说"，他就会"变成政论家、道德家、学者等等"❺。按巴赫金的简述推论，卡拉姆津之《苦命的丽莎》真正的"第一性作者"乃是一个人的形态的位格……"乃是作品意向性的化身"❻，而《俄罗斯国家史》的叙述者——则是在生平传记上实在而具体的一个人：尼古拉·米哈依洛维奇·卡拉姆津。根据巴赫金的讲义，第一个文本的意义由自然与文化的内在冲突决定，第二个文本的意义则由卡拉姆津献给亚历山大一世的《"古老和新兴的俄

---

❶ Рикёр П. Я-сам как другой. М.: Изд. гуманитарной литературы, 2008. С. 144.
❷ Бахтин М. М. Эстетика словесного творчества. М.: Искусство, 1979.. 2С. 89.
❸ Там же, С. 353.
❹ Бахтин М. М. Эстетика словесного творчества. М.: Искусство, 1979. С. 354.
❺ Там же, С. 353.
❻ Шмид В. Нарратология. М.: Языки славянской культуры, 2008. С. 57.

罗斯"札记》揭示。[1]

对于当代叙事学而言,作者同叙述者之级位的分离乃是一条基本公理。

可应当注意到,后来被构建的这一套叙事学术语在巴赫金那个时代尚不存在,他并不总是根据自己的观念来使用"作者"一词。在撰写论陀思妥耶夫斯基的那部书期间——既与他早期的美学论著有别,也与他晚年的理论札记不同——巴赫金经常把叙述者——用他的话语来说即所谓的"第二性作者"称为作者。在阐明主人公的"视野"相对于这样的(第二性)作者的"视野"具备某种类型的独立性之际,巴赫金实际上对陀思妥耶夫斯基的叙事手法之"聚焦"进行了考察,这预示了热奈特叙事学探索的路径。至于陀思妥耶夫斯基的第一性作者(审美活动的主体,而不是叙事的主体),其在陀思妥耶夫斯基那里所持的立场完全符合19世纪经典现实主义的实践。巴赫金所谓的"复调"乃是陀思妥耶夫斯基创作中得以定型的创新性的叙事策略,但那时还是经典文学艺术手法的时代,巴赫金所预言的"作者身份危机"在20世纪才会爆发。

特别值得关注的是巴赫金的"超语言学":这种"超语言学"推重话语的交际性功能。它是古典修辞学的一种独特发展和折射。一如莱纳塔·拉赫曼公正指出的那样,巴赫金的智识探索是与修辞学传统紧密关联的。[2]

"超语言学"一词最初是在《文本问题》这篇论文中出现的,虽然《言语体裁问题》(1952—1953)已经整个探讨过"超语言学"相关问题。此术语是巴赫金从西方学术话语中引进的。1952年,本杰明·沃尔夫出版了《超语言学论文集》(巴赫金在其50年代著述的参考书目中曾提及此书)。巴赫金将他自己的学术意向填充进沃尔夫的这个术语之中,运用它来指称"尚未得以定型为特定的、单独的学科之研究"[3]——从而研究由他发现的以下一些叙事结构之语言转换现象,诸如"长篇小说中的杂语"(当代叙事学的多语性)、"诸声音"系统(对应于"诸视野"系统,即对应于"聚焦")、间接引语的"双声语",以及总体上——"话语间的对话关系,这些对话关系也贯穿于话语内部与单个的话语"。[4]

巴赫金是在20世纪60年代开始思考"超语言学",可是早在1929年,他

---

[1] Бахтин М. М. Собрание сочинений в 7 т. Т. 2. М.: Языки славянской культуры, 2000. С. 413.
[2] Лахманн Р. Риторика и диалогичность в мышлении Бахтина // Риторика, № 1 (3). М., 1996.
[3] 叙事学恰恰可以被认为是这种学科之一。
[4] Бахтин М. М. Эстетика словесного творчества. М.: Искусство, 1979. С. 293.

就已经基于陀思妥耶夫斯基长篇小说材料提出叙事学的一个关键问题——叙事再现之语言转换问题：在其相关、相应与相互作用之中的"主人公的话语与叙述者的话语"。与此同时，在他与 B. H. 沃洛希诺夫合著——我们姑且这样说——的《马克思主义与语言哲学》(1929) 这本书里，一个对于当代叙事学如此具有能产性的概念——"间接"引语被提出来了。在对他论陀思妥耶夫斯基的那本书进行修订时，巴赫金将超语言学同语言学相对立，二者"研究同一个具体的、非常复杂与包含多个层面的现象——话语，但它们是从不同的方面、不同的视角进行研究。二者应该相互补充，但不能混淆"。❶

对于当代叙事学具有现实性的一个术语——多语性（гетероглоссия），乃是格里·莫尔森和卡里尔·埃默森对巴赫金创造的一个新词"杂语"（разноречие）进行英译而产生的。❷ 在 20 世纪 30 年代里，巴赫金在《长篇小说的话语》这篇论著中研究了长篇小说叙事的多语性，多语性在于："社会的人""会言说的人"并不是同作为抽象的具有一定规则标准的语言在打交道，也不是同代码在打交道，而是同众多的话语实践在打交道，这些话语实践在集合之中形成这个社会中动态的口传文化："语言，作为杂语的生成，具有历史现实性，这种杂语生成充斥于未来与过去的语言之中，包括渐渐退化的拘谨的贵族语言，无数试图占有一席之地的语言，或多或少获得成功的、具有一定社会覆盖面的语言，具有这种或那种意识形态使用范围的语言。"❸ 巴赫金在这种社会文化的流动机制的基础上看见了对话关系内部的"超语言学"现象："几乎每一种话语的领土上都在发生着自己的话语同他人的话语之间紧张的互动和斗争，发生着二者的疏离或对话性的相互阐明的过程。"❹

对于当代叙事学，多语性现象具有现实性，这是因为在多数情况下——用沃尔夫·施密特的话来说，"叙事文本由两种文本组成：叙述者的文本和人物的文本"❺。巴赫金的"超语言学"隐含着叙事学向前发展的一些具有启发性的推动力，其中就包括走向另一个修辞性概念——叙事之逻各斯。

不过，本人觉得巴赫金遗产对于当代叙事学最主要的教益在于，巴赫金将

---

❶ Бахтин М. М. Собрание сочинений в 7 т. Т. 6. М.：Языки славянской культуры, 2002. . С 203.

❷ Bakhtin M. M. *The Dialogic Imagination：Four Essays*, edited by Michael Holquist, translated by Caryl Emerson and Michael Holquist. Austin：University of Texas Press, 1981. p444.

❸ Бахтин М. М. Вопросы литературы и эстетики. М.：Художественная литература, 1975. С. 168-169.

❹ Там же, С. 166-167.

❺ Шмид В. Нарратология. М.：Языки славянской культуры, 2008. С. 188.

自己的长篇小说体裁理论建构成了长篇小说的历史诗学（《长篇小说的时间形式和时空体形式》这篇概论的副标题显示了这一点）。

从俄罗斯形式论学派中获益良多的西方叙事学研究界，其实并不了解历史诗学。就在不久前，本人曾有机会参与撰写第一部用德文出版的概览性的集体著作《俄罗斯的历史诗学学派》❶。据我所知，还没有用英文或法文撰写的类似著作。在本人看来，这部分是由于以下缘故，当代叙事学之历时性方面的构建尚处于萌芽阶段，目前也只有两本书面世：一本是德文的❷，一本是俄文的❸。其实，莫尼卡·弗鲁德尔尼克曾有充分的理由来谈论"叙事学对历时性视界的忽视之深，这一忽视在主宰着叙事学"❹，她在 2003 年发出的要"突入……非常吸引人的新研究领域"❺ 的倡议，很长时间未得到应有的响应。伊林·德·荣格在这一路向前推进的尝试，应当承认，也是相当胆怯而难以令人信服的。时至今日，只有一部尚在编辑中的对未来进行"引航"的集体著作，这便是由了解并推崇俄罗斯学术传统的沃尔夫·施密特领衔策划（有俄罗斯叙事学学者参与）的《历时叙事学手册》（*Handbook of Diachronik Narratology*）。

要实现有充分价值的历史视界（"历时叙事学"的构建不过是走了其中一半的路程）必须专注于一些基本的叙事学范畴——尤其是叙事策略❻，并将这些范畴置于阶段性的动态变化中加以考察，就像巴赫金通常所做的那样，阐明所研究现象的萌芽状态；同时，应该投入对一些叙事"原生形态"的勘察，卡里尔·埃默森在上届巴赫金年会上的报告中已提及这一点。

如今叙事学最为迫切的前景在于，从纯理论的——我甚至愿意说——经院叙事学转向历史叙事学，转向"长远时间"的叙事学。在这一道路上，巴赫金思想智识遗产的意义将必然会变得更丰富。

有关巴赫金的一种没有答案的争论时不时就会出现：他是一位俄罗斯思想家，还是一位西方思想家？其实，他应是全人类的思想家。巴赫金思想的对象是"人类文化的生成过程"❼，这样的思想家并不多。在这一点上与巴赫金最

---

❶ Kemper D., Tjupa V., Taškenov S. (Hg.) *Die russische Schule der Historische Poetik*. Munchen：Wilhelm Fink Verlag, 2013. p. 286.

❷ Fludernik M. "The Diachronization of Narratology". *Narrative*. 2003. Vol. 11. No. 3, pp. 331-348.

❸ Тюпа В. И. Горизонты исторической нарратологии. СПб.：Алетейя, 2021. 270 с.

❹ Fludernik M. "The Diachronization of Narratology". *Narrative*. 2003. Vol. 11. No. 3, p. 334.

❺ Там же, С. 332.

❻ Tjupa V. "Narrative Strategies", *Handbook of Narratology*. 2nd edit. Vol. 2 Berlin/Boston：Walter de Gruyter, 2014. pp. 564-574.

❼ Бахтин М. М. Эстетика словесного творчества. М.：Искусство, 1979. С. 333.

为接近的，在我看来就是忒拉德·德·查丁❶。这位基督教思想家的科学—哲学话语（《人之现象》）并不诉诸神学。神学的理据可以阐释很多东西，但这些理据终究仅限于神学范围，且只会被狭小圈子里的人理解。巴赫金则像忒拉德一样，想着所有的人——不分民族，也不分信仰。他们的思想智识探索上有一个共同标志——对于意识本性十分相似的理解。此处有关巴赫金学的一个富有前景的题目浮现了：巴赫金与忒拉德。

参加年会的研究巴赫金的同行中曾有一位学者坦言，在他看来，巴赫金在不同文本中是很不相同的。其实这是因为我们自身很不相同，巴赫金则是惊人的始终一致。将巴赫金和罗兰·巴尔特做比较是不合适的（遗憾的是，有时甚至像格利高里·柯西科夫这样的在专业上令人尊敬的学者也会这样做）。巴特坚持认为，在每本新书中他都绝对摆脱了早先的所说和所写。这可是一种不承担责任重负的自由姿态。巴赫金之"存在中的在场"实与巴特格格不入。

还在他进行哲学探索的初期，巴赫金就已经把人的生活视为一条不间断的行为轨道，一个整一且有责任感的"参与"过程：不仅经由每一件事或每一个手势，而且经由无为来参与；不仅经由话语，而且经由自己的所有思想来参与。因而，我们没有任何根据来揭发巴赫金，仿佛他做出如此推断只是"由于年轻"。包括到生命的尾声，巴赫金都不曾把自己排除在那个"我们"之外，这个"我们"在他的理解中，对斯大林的那个30年代也是负有责任的。

顺便谈一下，当代对叙事行为的理解——叙事行为就是将生活进程的连续性"割裂"为一个个片段，与将这些已生成的片段"联结"为离散的事件链（被讲述的"故事"）——与巴赫金的行为辩证法——行为就是个体的生活脚步，但同个人在世界中的在场之整一且又唯一的生活轨道（作为"超级行为"的个体生活的事件）不可分割——确实是相呼应和相契合的。

尽管其思想智识所呈现的面貌丰富多彩，巴赫金在精神性灵上恰恰坚如磐石。他身上有着巨大的精神潜能，他身陷灾难性的生活环境之中。在那种环境中，他没有机会让这潜能得以充分释放。这种潜能在我们面前只是展示出几个鲜明而夺目的棱面，将这几个棱面汇聚在一起是很不容易的。如果说，巴赫金让人们觉得他是"多样的"，这只是由于我们把自己现成的多种多样的解读模型、条条框框、固有模板施加于他，我们是在"客观地"理解他，而不是如

---

❶ 彼埃尔·忒拉德·德·查丁（1881—1955），法国天主教哲学家和神学家、生物学家、地质学家、古生物学家、建筑学家、人类学家，索邦大学毕业，自然科学博士，著有《人之现象》《信仰的媒介》等。——译者注

他本人曾向往的本真地去领悟"他者"。

在许许多多的人看来,巴赫金确乎是一个非常突出的"他者",这并不奇怪。我们当中有哪一位能平静地忍受自己失去一部主要的著作?我指的是在战争岁月里他不得不把自己论长篇小说体裁史的那部书稿用来卷烟的传闻。这事本有可能成为那种无法平息的绝望的源头。巴赫金对他年轻的朝拜者谈起这件事时竟然这样说:"须知重要的是,它曾被写出来啦。"这也无怪乎会让人想起那些话:"手稿是烧不毁的","人们已读过您的手稿"。在布尔加科夫的长篇小说中,现实的这个层面被称为"第五维度"。时空体之外的永恒的维度就是这样的。在《日瓦戈医生》中,帕斯捷尔纳克也曾把握住了这一维度。巴赫金正是第五维度之人。唯有思想家,向他敞开这样的维度的思想家,才能在生命的终点平静地断言:"没有什么会绝对地死亡,每一种涵义都会有其复活的节日。"❶ 然而巴赫金的这些涵义已牢固地扎根于世界文化的"长远时间",也正因为如此,这些涵义正在带来且仍将会带来其精神果实。

---

❶ Бахтин М. М. Эстетика словесного творчества. М.: Искусство, 1979. С. 373.

文学、文学性与人脑*

[美] 弗拉基米尔·E. 亚历山大罗夫 著
汪洪章 译

当代认知心理学及神经科学研究较多关注人脑处理语言的方式方法。那么，这种研究工作对那些以通常所谓的"文学"为研究对象的人来说，究竟有何意义呢？❶笔者之所以提出这样一个问题，目的就是要深入检讨一下，为何近几十年以来，"文学"这一概念对众多学者而言是那样的把握不定。如今，至少在英语世界有一种普遍的乃至主流的观点，它认为所谓"文学"就是一种社会建构的产物，是读者心意的投射。因此，将某一能指绑定到若干现象上的这种做法未免故弄玄虚，因为这些现象本不该得到能指的谱系所授予的专属权。理论家们在批评的原则、目的以及程序等方面，观点相容或迥异，但唯独对这一点都颇表赞同。比如，E. D. 赫施就认为，称诗是一种特殊的东西，称诗的本质属性可以在人们称之为诗的一切文本中都能找到，这种观点是错误的。关于这些所谓诗的本质属性，从来就没有（将来也不会有）人能给出一个令人普遍接受的定义。赫施指出："像'文学'和'诗'这类信手即可

---

* 本文原题为"Literature, Literariness, and the Brain"，初刊于 *Comparative Literature*（Spring 2007, Volume 59, Number 2, pp. 97-118）。（Copyright 2007, Vladimir E. Alexandrov. All rights reserved. Translated by permission of the copyright holder and the publisher. www. dukeupress. edu）。承蒙作者弗拉基米尔·E. 亚历山大罗夫教授及《比较文学》杂志社无偿授予翻译使用权，谨表谢忱。作者引用大量认知科学家及神经科学家的研究成果和数据，以说明人类大脑的左右半球在语言处理方面确实存在复杂的功能差异。科学家们的发现，有的进一步证明了雅各布森在20世纪40年代基于失语症病例研究而提出的关于"文学性"的定义，有的则与人文科学研究不同种类话语所得的结论相合或相异。本文作者能从跨学科角度，综合利用这些科学发现，探讨文学的创作、阅读与非文学类文本的写作、阅读之间的差异，追溯产生这些差异的脑科学根源。本文对我们从事跨学科的文学研究，特别是引入神经科学、认知心理学乃至变态心理学等学科的研究成果，深化文学艺术及其理论批评的研究，或许不无启发意义。本译文系国家社科基金重大项目"现代斯拉夫文论经典汉译与大家名说研究"[项目批准号（17ZDA282）] 阶段性成果。

❶ 拙刊刊出前，马克·布隆及两位匿名评议人曾提出宝贵的修改建议，并订正了其中的相关错误，对此，笔者深表谢意。

捡来的大而无当的概念，在其一整套复杂多样的家族相似性背后，并没有什么本质可寻。"❶ 特里·伊格尔顿坚信，"根本没有什么文学的'本质'"，"文学"是由"价值判断""构想出来的"，而这些价值判断"随历史而变"，"与各种社会意识形态关系密切"。❷ 斯坦利·费什也有类似观点，他说："并非先有诗的品质然后激发某种注意力，而是有了注意力才导致诗的品质之出现。"❸ 乔纳森·卡勒在讨论解构主义及后结构主义所涉及的其他方面的问题时曾声称，"文学的本质就在于它没有本质，它变化多端、无法界定，能将一切文学以外的东西囊括在自身之内"。❹ 雷蒙·威廉斯则断言，"文学"这一范畴"极为可疑"，"必须予以彻查"。❺

从上述理论家的议论中，我们可以看出，无论是从本质主义角度还是从相对主义角度来理解"文学"，这在理论和实践上都是很成问题的。实际上，20世纪的欧美文学理论史有很大一部分可以说就是在本质主义和相对主义间来回摇摆。俄罗斯形式主义、布拉格语言学小组中形形色色的结构主义、罗曼·雅各布森以及克洛德·列维-斯特劳斯，这些理论流派和理论家与美国新批评有着千丝万缕的联系，也与美国新批评有着若干相同之处，并且都一致认为，传统上长期以来被认为是"文学的"作品有其内在的"文学性"。然而，随着20世纪慢慢接近尾声，这类文学观念和方法又逐渐让位于"后结构主义"所宣称的种种基础性实在（hypostases）。这些所谓的基础性实在有一个共同特点，即都拒斥绝大多数（假如不是全部的话）针对文学、语言、心理、性以及文化所做出的本质主义断言。❻ 这种转变对双方都产生了广泛的实际影响。

---

❶ E. D. Hirsch, *Validity in Interpretation* (New Haven: Yale University Press, 1967), p. 150.

❷ Terry Eagleton, *Literary Theory: An Introduction* (Minneapolis: University of Minnesota Press, 1983), pp. 9, 16.

❸ 转引自 David S. Miall and Don Kuiken, "The Form of Reading: Empirical Studies of Literariness," *Poetics* 25.6 (1998), p. 330.

❹ Jonathan Culler, *On Deconstruction: Theory and Criticism after Structuralism* (Ithaca: Cornell University Press, 1982), p. 182.

❺ John Feketa, "Willians, Raymond," *The Johns Hopkins Guide to Literary Theory and Criticism*, eds. Michael Groden and Martin Kreiswirth (Baltimore: Johns Hopkins University Press, 1994), p. 733.

❻ 之所以会出现这种情况，很大程度上是由于哲学、伦理学和政治方面的原因，因为人们越来越倾向于认为，普遍主义是一种潜在的压迫手段，理由是：声称存在普遍性原则的目的，就是要将一些思想观念或行事方式强加于人，而这些思想观念和行事方式，往往只是偶然出现的西方准则。不过，在承认存在这种危险的同时，人们仍有可能有效区分帕特里克·科尔姆·霍根（Patrick Colm Hogan）所谓的"经验性普遍主义"和"规范性绝对主义"。前者指确认"跨文化中真正的不变因素"，而后者则指"将从文化上来说并非普遍的思想或行事方式彼此强加给对方"。[Patrick Colm Hogan, "Literary Universals," *Poetics Today* 18.2 (1997), pp. 224-226.]

在过去四十多年中，关于"文学性"的研究在英美学界已风光不再，取而代之的是文化研究。文化研究将学术注意力从"传统的"等级分明的文本，转移到了其他范围广泛的人类产品及人类实践上，特别是与"大众"文化有关的东西上。结果，**文学**一词在许多学者的眼中，就变成了一个大而无当的字眼。他们认为**文学**所囊括的众多现象，主要应从社会学、哲学、经济学等文化因素的角度来加以考量。因此，这些学者所从事的研究计划，无疑都非常专注于这些文化因素的研究，这类学术研究因而也就较多地着上了自觉的意识形态色彩。❶

"文学"成了明日黄花，这使美国高等教育机构中的英语、语言及文学科系一下子没了方向感。虽然这些科系中的许多学者在其本科生教学中仍从事"经典"文本的"内在性"分析，但其所用的方法已经让人觉得他们好像迷失在了一片与世隔绝的、落后的学术天地里。相形之下，一大批新的研究方法竞相勃发，都跃跃欲试，争取学术上的崇高地位。这些新方法（诸如后结构主义、马克思主义、新历史主义、性别研究以及后殖民研究，乃至族裔研究、残障研究、生态研究、伦理研究、经济学批评、美学批评，等等）常常褒扬当代"大众"文化，而贬抑历史上的那些"经典"。这些名目繁多的新方法颇可被视为一种理应受人们欢迎的多元倾向，说明学术研究毕竟丰富多样化了，可惜这些方法兴起之时，人们普遍感到人文学科病了。与社会科学与自然科学的优势及其日益增长的声望相比，人文学科之病则更加明显。以往那些置身大学科系里研究"文学"的学者，如今对"文学"该研究什么以及该如何研究，很少有一致意见。他们发现自己没了界定分明的学科及相应的方法论，在学界内外均处于被动的防守地位。实际上，说句不怎么厚道的话，文学教授们虽然成功地消解了"文学"这一原本界定尚属分明的概念，但不幸的是，在学术研究这棵大树上，他们栖居其上赖以为生的那根树枝却被他们亲手给砍断了。❷

---

❶ 参看 Simon During, "Introduction," *The Cultural Studies Reader* (London: Routledge, 1993), pp. 1-25.

❷ 对这些以及与这些相关的问题，戴尔班柯（Anrew Delbanco, "The Decline and Fall of Literature," *The New York Review of Books* 4 Nov. 1999, pp. 32-39.）有较为广泛的讨论，可参看。另可参看的相关著有：Michel Chaouli, "The Perceptual Conflict in Cultural Studies: An Apology," *Profession* 2003 (New York: MLA, 2003), pp. 55-65; Anthony Easthope, "Cultural Studies. 1. United Kingdom," *The Johns Hopkins Guide to Literary Theory and Criticism*, eds. Michael Groden and Martin Kreiswirth (Baltimore: Johns Hopkins University Press, 1994), pp. 176-179; Geoffrey Galt Harpham, "Beneath and Beyond the 'Crisis in the Humanities'," *New Literary History* 36. 1 (2005), pp. 21-36; Vincent B. Leitch, "Cultural Studies. 2. United States," *The Johns Hopkins Guide to Literary Theory and Criticism*, eds. Michael Groden and Martin Kreiswirth (Baltimore: Johns Hopkins University Press, 1994), pp. 179-182; Lindsay Water, "Rescue Tenure from the Tyranny of the Monograph," *Chronicle of Higher Education* 46. 32 (20 April 2001), B7.

正是在这样一种文化、学术及思想的背景下，笔者打算谈谈关于人类大脑如何处理语言的研究现状。尽管语言处理的方方面面尚未得到全面而彻底的考察，人们的相关理解也还不很完善，但发表在科学文献中的相关数据，总量已经很大。从这些文献数据中，我们可以发现一些模式特征。我们可以将这些模式特征与以往认为是"文学的"的各种语言结构和文本特征关联起来加以考察，进而可以发现，这些数据似乎尤其能够用来印证罗曼·雅各布森于近半个世纪前提出的关于"文学性"的影响深远的定义。❶ 事实上，这种关联性并不完全令人感到吃惊。20世纪40年代，雅各布森因研究失语症之需要，查考了神经学相关研究文献，他关于"文学性"的思想似乎部分地受到这类文献的影响。因此，当代有关语言处理的文献数据可以说佐证了雅各布森的数据，佐证了他根据这些数据所得出的部分结论。❷

假如能够证明某些建构出来的话语刺激、吸引人脑的特殊方式与其他方式不同，那么，重新确立一种"文学的"差异性概念也许就是正当的。这对需要阅读大量文献的人文学科研究来说，可能有着重要的影响作用。再者，如今有"两种文化"在分割美国大学校园乃至整个美国社会，考察语言与人脑之间的关系，可以兼顾两者，从而指明一条既非还原论的亦非防守性的路径，用以沟通"两种文化"。一方面，如今许多研究人脑及其行为的学科，不断产出大量有关语言生产和语言认知的信息，假如从事语言的人工制品研究的人对这

---

❶ 参看雅各布森《语言学与诗学》（"Linguistics and Poetics"）一文（1960），该文曾以《言语事件与语言的功能》["The Speech Event and the Functions of Language," *On Language*, eds Linda R. Waugh et al. (Cambridge: Harvard University Press, 1990), pp. 69-79.] 为题重印过其中的一部分内容。雅各布森强调"文学性"，强调能使一段话语具有"文学性的"背后因素，他在这方面所作的主要贡献反映了20世纪斯拉夫文论的核心思想。这一核心思想起源于俄罗斯形式主义者，也包括布拉格结构主义者。到了莫斯科—塔尔图符号学学派，这一思想达到顶峰，尤其明显地体现在该派代表性人物尤里·洛特曼的著作（Yuri Lotman, *Structura, khodozhestvennogo teksta*, Providence: Brown University Press, 1971.）中，可参看。

❷ 参看 Roman Jakobson, "Two Aspects of Language and Two Types of Aphasic Disturbances," *On Language*, eds Linda R. Waugh et al. (Cambridge: Harvard University Press, 1990), pp. 115-133.

些信息视而不见，可能就会错失宝贵的机会。❶ 另一方面，我们可以有效地利用人脑研究专家的成果，而没有必要将文学研究变成认知科学的附庸。❷

文学性

雅各布森的文学思想是其严整的思想体系之一部分，研究文学理论的人对此比较熟悉。他关于语言处理的科学文献数据散见于其数量众多的个案研究文章中，因此需要搜集整理，以便拼合出一块类似马赛克的东西。笔者下面就首先回顾一下雅各布森所谓"文学性"到底意味着什么。在1960年发表的著名文章中，雅各布森认为，任何一种语言交际行为，都可以从语言的六个基本方面或曰六种功能来加以分析研究。这种行为对说话人、听话人、语境、讯息、说话人之间的交流以及特定交际行为得以发生的符码，都能传递出某种信息。❸ 雅各布森认为这六种功能是普遍的、真实的，它们存在于并可运用于所有时代的所有语言中。❹ 尽管从理论上说，在任何一段特定的言语中皆可找到

---

❶ 人文学科（以及社会科学）界至今仍然存在一个普遍现象，那就是拒不承认生物原理对人的思想和行为的限制作用。不过，这种做法也面临着日益增长的压力。进化心理学、语言学、社会生物学以及最近受认知科学影响的文学理论，都在挑战这种做法。可参看 Leda Cosmides and John Tooby, "Cognitive Adaptations for Social Exchange," *The Adapted Mind: Evolutionary Psychology and the Generation of Culture*, eds. Jerome H. Barkow et al. (New York: Oxford University Press, 1992), pp. 163-228; Mary Thomas Crane and Alan Richardson, "Literary studies and cognitive science: Toward a new interdisciplinarity," *Mosaic* 32.2 (1999), pp. 123-32; David S. Miall and Don Kuiken, "The Form of Reading: Empirical Studies of Literariness," *Poetics* 25.6 (1998), p. 329。另可参看伊斯特林（Easterlin）的著作，她认为，尽管达尔文的理论在生物学界有着崇高的地位，但是"文学理论家以及许多其他领域的学者并不愿意接受进化论的认识论，因为进化论的认识要求人们承认大自然对人的思想和行为的限制作用"。[Nancy Easterlin, "Making Knowledge: Bioepistemology and the Foundations of Literary Theory," *Mosaic* 32.1 (1999), p. 134.] 伊斯特林提醒人们，"人文学者和社会科学家，包括文学理论批评家，往往忽视进化理论和生物学的意义，他们这样做会使其所属的学科变得越来越无关紧要甚至可有可无。如要对人类文化中的人工制品展开有意义的讨论，那么这种讨论就必须在有关人类自身的知识框架中进行。假如对人类世界以及人类社会经验只抱有一些支离破碎的、不完整的乃至人为的、一厢情愿的观念，那么，这种讨论和研究就没有什么意义。"

❷ 有学者注意到了这种可能存在的关联，理查森（Allan Richardson）负责编辑维护的网站"文学、认知和大脑"（"Literature, Cognition and the Brain"，网址：http://www2.bc.edu/~richarad/lcb/home.html）上有很长的书目，可供参考。

❸ Roman Jakobson, "The Speech Event and the Functions of Language," *On Language*, pp. 69-79.

❹ Linda R. Waugh, "The Poetic Function and the Nature of Language," *Verbal Art, Verbal Sign, Verbal Time*, eds. Krytyna Pomorska et al. (Oxford: Basil Blackwell, 1985), p. 145.

这六种功能，但实际出现的功能通常要少些，而占主导地位的功能往往只有一种。每一种功能在一个语段中的意义则取决于这一功能与其他功能之间的关系。

雅各布森认为，人们习惯上将有些种类的复杂言语称之为"文学的"，这类言语注重讯息的传达方式，或者说注重雅各布森所谓语言的"诗功能"。❶他有一个非常著名的言简意赅的表述，"诗功能将对等原则从选择轴投射到组合轴上"。他在解释这句话时说，"对等升格成了序列的基本手段"。❷ 对照阅读雅各布森的另一篇名文，即《语言的两个方面与两类失语症》（1956），我们就可以更好地理解他的这些表述。在这篇名文中，雅各布森将**选择**和**组合**看作是创造语言意义的两种方法。换言之，人们称之为"意义"的东西，实际上是在可以相互替换的语词之间进行**选择**的结果，也可能是将较小的语言要素（比如语词）**组合**成较大、较长的语言单位（如短语和句子）的结果。人类说出的所有不同种类的话语，都或多或少地体现了这两种基本方法。❸

雅各布森曾对因大脑损伤而罹患失语症的一些病人做过临床研究（研究成果发表于1948年），并据此得出了相关结论。他根据研究所得数据做出一个推断，认为大脑损伤因具体部位不同而出现两种截然相反的失语症状。一种症状是"相似性紊乱"，有这种症状的病人，无法**选择**并相互替换从不同语义场域里抽取来的语词（这种症状也可以说是构建隐喻的能力出现了紊乱）。失语症的另一种症状是所谓"连续性紊乱"，有这种症状的病人，无法将较小的语言要素组合成较大的语言单位（简言之，使用换喻的能力出了问题）。在这两种截然相反的失语症状之间，还有一系列程度有别的症状。雅各布森所依据的数据进一步显示，语言的上述两极很有可能是人类思想或大脑里所"固有的"。（笔者在此对大脑和思想作一区分：大脑为身体器官，而这一器官所做

---

❶ 作者这句话的原文："According to Jakobson, the kinds of utterances traditionally called 'literary' are dominated by a focus on the message itself, or what he also calls the 'poetic function' of language." 根据我们对雅各布森有关"诗功能"的界说之理解，雅各布森似乎认为文学话语更加强调讯息的传达方式。亚历山大罗夫在这里及后续两处的表述，也许包括传达方式。——译者

❷ Roman Jakobson, "The Speech Event and the Functions of Language," *On Language*, p. 78.

❸ Roman Jakobson, "Two Aspects of Language and Two Types of Aphasic Disturbances," *On Language*, pp. 115–133. 有人则持相反的观点，如约翰逊（Johnson），参看 Anthony L. Johnson, "Semiotics in the Study of the Literary Text," *Lingua Inglese nell' Università. Linee di ricerca, esperienze, proposte. Atti III Congresso Nazionale*, Bari, 18-20 ottobre 1980 (Bari: Adriatica Editirce, 1982), pp. 47–82. 不过，对索绪尔关于符号的思想，对雅各布森所谓"诗功能"以及雅各布森论失语症的文章，约翰逊的解读以及根据其解读而形成的相应观点，颇可争论。

的事情就是思想。)

因此，从雅各布森研究失语症的角度来看，"诗功能"着意**凸显**语言中构建意义的方式，它在一个语段中同时利用**两极**：发挥到极限的相似性与充分发挥了的连续性相互叠加。比如，许多日常言语主要依赖于词与词之间的连续性关系（如：I + saw + the + dog + run）。而在"诗功能"占主导地位的一段话中，除了上述连续性关系外，语词及其他语言单位同时被置于程度有别的相互（部分）对等的关系中。比较简单的例子有：格律（在原本可用其他词汇的地方，偏偏选用特定词汇，实现局部对偶），声音重复（以连接不同词汇），押韵（用不同词汇来重复同一声音，从而在这些不同词汇中造成局部对等）。但是，这样做何以就能够强调雅各布森所谓"诗功能"的主要特征，即"讯息的传达方式"呢？答案就在于承认："诗功能"所欲造成的效果，就是在构成作品的词汇（以及诸如音位、词素、短语、句子、诗节、段落等大大小小的语言单位）中间，形成一种复杂稠密的关系网络——这种关系网络既是横组合或曰线性的（起串联词汇的作用），又是纵聚合或曰空间性的（指一部文本中不起连续性作用而起隐喻连接作用的词汇乃至更大的语言单位）。换言之，在语言艺术中，语言要素中的隐喻关系被叠加、整合到了顺序性、换喻性的话语结构中（为了增强视觉效果，这个意思也许可用一个包含 X 轴和 Y 轴的图示来表达）。由于所产生的关系网络，其中的词汇就显示出另外两种关系，即相对于整个世界的关系和相对于作品自身的关系。用尤里·斯特里特（Jurij Striedter）的话来说，一部文学作品中的一个词"让读者想到该词所意指的文学以外的现实"。与此同时，由于作品中的语言是以特定的方式来加以**安排**的，因此，其中的每一个词"在作品中都有各自特定的功能，因而对读者来说，每个词都有意义"。可以说，这"第二种指向性意义"，"折射着第一种意义。这样一来，每个个别陈述原本指向某个先在的现实，但因折射作用而反身指向作品自身［即作品构成要素间形成的关系结构，而且］，仅通过作品的整体结构，才得以返回与外部现实的关系中。这样看来，作为整体的作品才是意义的真正载体"。❶ 由此看来，构成作品的词汇以及其他语言要素，本身就存在着种种"内在"关系，人们称之为文学的作品，其主要特征就是放大这些"内在"关系，既然必须如此，那么就必须研究作品的形式，雅各布森之所以

---

❶ Jurij Striedter, *Literary Structure, Evolution and Value. Russian Formalism and Czech Structuralism Reconsidered* (Cambridge: Harvard University Press, 1989), p. 93.

"强调讯息本身",原因正在于此。

我们有必要认识到,与雅各布森区分出的其他五种功能一样,所谓"诗功能"并不是我们称之为文学的作品所独有的。雅各布森曾明确说过,与文学作品一样,日常话语里也都不同程度地存在着所有这六种功能。这样看来,在一部文学作品中,"诗功能"只是**主导**而非消除其他五种功能。因此,一段话语,其文学性可有浮动性的**程度**之别,正如话语的指称性以及为其他功能所主导也有程度之别一样。比如,一段话几乎完全可以由"寒暄功能"所主导,目的只是为了使说话人之间的交流渠道得以建立并保持畅通,而所说的话背后并无太多深意。在美国,这类寒暄的话常常也就是谈谈天气。尽管这类谈话表面上说的是影响谈话人的气象问题("指称功能"),而真正目的往往只是在双方之间达成人际交往的关系。

由于任何一段话语都不同程度地存在这六种功能,因此,坚持认为一部文本要么是"诗意的",要么就是"非诗意的",并以此来攻击关于"文学性"的思想,这就是一种太过绝对的观点,容易产生误导,也有违雅各布森相关思想的初衷。❶ 尽管在通常称为"文学的"作品中,存在不同程度的"诗功能"(比如,在麦尔维尔的《白鲸》中,"诗功能"体现得较为明显,在本奇利的《大白鲨》中体现得则较弱,❷ 而报纸上关于捕鲨的描述则完全没有诗意可言),但需要指出的是,"诗功能"是语言以及语言作品中所固有的。为了说明在大部分人并不认为是文学的话语中同样存在"诗功能",雅各布森本人就曾用20世纪50年代美国大选中的一句口号"I like Ike"❸ 为例,因为这一口号有韵律,有重复,而且有节奏。❹ 近年来的相关实验数据同样表明,人们即使在日常语言中,也会随意使用"文学的"手法。让接受实验的人补足它们

---

❶ 有关这类颇为绝对的观点,参看 Derek Attridge, *Peculiar Language: Literature as Different from the Renaissance to James Joyce* (London: Metheun, 1988), pp. 3, 4, 129-130. 霍根(Hogan)则提出较为折中的观点。他一方面说,"晚近的批评理论里有一种普遍的观点,认为文学语言与普通语言没有什么区别",这一观点"完全符合认知科学的观点";但另一方面,霍根又认为,"天才的"与"普通的创造性"之间以及"文学"与"普通思想"之间所存在的区别,"至多也只是范围和程度上的不同"。[Patrick Colm Hogan, *Cognitive Science, Literature, and the Arts: A Guide for Humanists* (New York: Routledge, 2003), p. 89.] 他的后一种说法与雅各布森关于"诗功能"的界定颇为相同,不过笔者则认为,一段话语中"诗功能"表达的"范围和程度"非同小可,因为量的区别完全可以升级为质的区别。

❷ 《大白鲨》(*White Shark*)是美国作家彼得·本奇利(Peter Benchley, 1940—2006)于1974年发表的小说。——译者注

❸ "I like Ike"是1952年艾森豪威尔竞选美国总统时用的口号。——译者注

❹ Roman Jakobson, "The Speech Event and the Functions of Language," *On Language*, pp. 76-77.

听到或读到的某个句子，他们喜欢用的词往往与同一个句子或前一个句子中的前一个词押韵。进行这项实验的心理学家们没有提及雅各布森，也没有研究产生这种情况的原因，只是说他们的实验结果表明，"不应该把诗歌、双关语以及其他形式的文字游戏看作是不同于普通语言用法的特殊用法"。❶ 他们的这一结论与雅各布森的观点颇为一致，都认为"诗功能"是人类言语中所固有的。雅各布森还坚信，人说话时有一种无意识的偏好，喜欢用"严整的形式来传达信息"❷。用韵或者用其他手法，以增加一段话的构成要素间的网络联系，这样做可以使这段话更加有意义，也更加便于记忆。❸

方法论

人脑究竟由什么部位负责处理语言？它又是如何处理语言的？研究这样一些问题，无疑要用到诞生已有几十年的认知科学这一领域里的若干方法。其中一个特别流行的方法，就是分裂视野研究。这种研究利用人的视觉系统的功能或活动偏于大脑一侧这个特点，来考察人脑的主要结构特征，即人脑有左右半球之别。在一个典型的相关实验场景里，接受实验的人被要求盯着面前的计算机屏幕，然后，在屏幕上中间视觉固定点偏左或偏右的地方，快速闪现一些不同的词或词组，让受试人说出自己的反应。由于这一切都是在瞬间发生的，因此受试人的眼睛或头都来不及动，闪现的词只对一侧的视网膜产生影响：假如词出现在中间视觉固定点的左方，那么这些词就会记录在两眼的右侧视网膜上；假如词出现在中间视觉固定点的右方，那么这些词就会记录在两眼的左侧视网膜上。然而，视觉神经与大脑相联的方式是比较特别的，视网膜右半侧所记录的东西被传输到大脑左半球，而左半侧所记录的东西则被传输到大脑右半球。分裂视野实验中常用的序列词或短语，又称"先行词"（primes）和"目标词"（targets）。研究人员注重"目标词"，以此来确定其与大脑的概念网络

---

❶ David N. Rapp and Arthur G. Samuel, "A Reason to Rhyme: Phonological and Semantic Influences on Lexical Access," *Journal of Experimental Psychology: Learning, Memory and Cognition* 28. 3 (2002), p. 570.

❷ Roman Jakobson, "The Speech Event and the Functions of Language," *On Language*, p. 76.

❸ 另可参看吉（Gee），他认为，在人类话语中，诗功能之所以无处不在，其中的一个原因或许是，"话语的意义创造能力无远弗届，往往超出字面上所得事实或所见所闻"。[James Paul Gee, "'Literariness,' Formalism, and Sense Meaning: The Line and Stanza Structure of Human Thought," *Journal of Education* 171. 1 (1989), p. 67.]

之关系。研究人员让受试人先看一些其他词,即先看"先行词",检验一下受试人能否快速掌握"目标词"。比如,假如先让受试人看到的词是**护士**(nurse),结果受试人很快就能读出**医生**一词,速度要快过先让他看**黄油**(butter)一词,那么,我们就可以说**护士**是"目标词"**医生**的"先行词",而**黄油**则不是。更新的实验方法还包括:"脑电图"和"事件相关电位"(对活动中的大脑部位进行电生理解读分析),"正电子发射型计算机断层显像"(简称 PET,操作时需要先向血流中注射放射性同位素,以测定大脑的不同部位在执行不同任务时的血流代谢之变化),以及"功能性磁共振成像"(简称 fMRI,无创,但同样能记录大脑血流代谢的增加,执行不同认知任务的相应的大脑部位会"亮起来",成像为彩色,效果绝佳)。后两种方法效果尤为显著,活动的大脑部位可以立体成像,并且显示纹理细密。尽管大脑左右半球间有大量的神经连接,负责往返传输信号(通过神经分布密集的脑胼胝体及其他渠道传输),研究人员仍可发现,大脑的左右半球处理语言的方式与处理其他信息和感官数据的方式,有着很大的不同。❶

运用这些新的技术,使我们对思想—语言间的密切关系有了前所未有的深入了解。但是我们也有必要意识到,大脑究竟是如何处理语言的,我们对此仍然不甚了了。此外,大多数神经科学家和认知科学家并未进行过实验,从而对源源不断生产出来的所谓"文学的"文本展开坚持不懈的分析解读,他们只是关注孤立的词汇、语言中的比喻以及其他语言特征。❷ 这无疑限制了其研究成果运用于文学研究的范围。

大脑左右两个半球

人的大脑左右半球分工不同,人类的这一认识最初出现于 19 世纪 60 年代。当时有一个名叫皮埃尔·保尔·布罗卡(Pierre Paul Broca,1824—1880)的法国病理学家、失语症专家、神经手术先驱以及人类学家,他确认了人脑左

---

❶ 关于大脑左右半球功能职责差异之研究,参看 Roman Jakobson, "Brain and Language," *On Language*, eds Linda R. Waugh et al. (Cambridge: Harvard University Press, 1990), pp. 498–513; Viacheslav Ivanov, *Chet i nechet. Asimmetriia mozga i dinamika znakovykh system. Izbrannye trudy po semiotoke i istorii kul'tury. Tom I* (Moscow: Izyki russkoi cul'tury, 1998), pp. 381–604.

❷ Evelyn C. Ferstl and Yves von Cramon, "The role of coherence and cohesion in text comprehension: an event-related fMRI study," *Cognitive Brain Research* 11. 3 (2001), p. 326.

半球的某一部分为分管语言生产的中心（即当今所谓"布罗卡氏区"，Broca's Region）。1874年，一个叫卡尔·韦尼克（Carl Wernicke, 1848—1905）的德国神经学家、精神病学家对布罗卡的发现做了补充。韦尼克在左半球又发现了另一区域，该区域（即"韦尼克区"，Wernicke's Area）对人类理解语言至关重要。左半球是语言中枢所在，这一观点在20世纪40年代之前一直被人们广泛接受。到了20世纪70年代，关于人类大脑左右半球司职的功能另有别的观点，有个太过简化因而容易导致误解的说法在西方媒体中大行其道——认为艺术家和工程师用脑有别，即艺术家主要使用大脑右半球，而工程师主要使用左半球。❶ 我们不能让过去的这种广泛传播的还原论观念妨碍我们运用当代认知科学里的新发现。如今，人们有了一个广泛共识：尽管大部分人的大脑左半球主要负责语言的表达、接受和阅读，但重要的语言处理工作，是在左半球和右半球极为复杂的网络联系中同时进行的。大脑的分工仍很重要，因为大量研究证明，左右半球处理语义信息的方法还是有质的区别的。❷

---

❶ Julie Kane, "Poetry as Right-Hemisphere Language," *Journal of Consciousness Studies* 11. 5/6 (2004), pp. 21-22.

❷ 参看 Diana van Lancker, "Rags to Riches: Our Increasing Appreciation of Cognitive and Communicative Abilities of the Human Right Cerebral Hemisphere," *Brain and Language* 57 (1997), pp. 1-11; Kevin E. Waldie and James L. Mosley, "Hemispheric Specialization for Reading," *Brain and Language* 75 (2000), pp. 108-122; Timothy A. Keller et al., "The Neuro Bases of Sentence Comprehension: A fMRI Examination of Syntactic and Lexical Processing," *Cerebral Cortex* 11 (March 2001), pp. 223-237; A. Moro et al., "Syntax and the Brain: Disentangling Grammar by Selective Anomalies," *NeuroImage* 13. 1 (2001), pp. 110-118. 需要留意的是，尽管人脑左右半球所起作用有一些差别，但人脑左右半球的行为也许最终还是由它们各自所司之职的性质决定的。比如，实验中用的是成对的词汇，是句子，还是一段段甚至更长的文字，这就很有讲究，不能作大而化之的笼统之论。[Miriam Faust and Sara Weisper, "Understaing Metaphoric Sentences in the Two Cerebral Spheres," *Brain and Cognition* 43. 1-3 (2000), p. 186.] 同样值得注意的是，大脑左边一侧偏重语言处理，这种现象好像是在儿童期结束且他们能阅读书籍时才出现的。（Kane 42-43, 45-46.）至于在语言处理方面，男人和女人在神经组织方面是否有重要区别，目前意见不一。有人认为没有区别，参看弗罗斯特等人合作的论文 [Julie A. Frost et al., "Language processing is strongly lateralized in both sexes. Evidence from functional MRI," *Brain* 122. 2 (1999), pp. 199-208.]；有人则认为有区别，参看罗塞尔等人合作的论文 [Susan L. Rossell et al., "Sex Differences in Functional Brain Activation during a Lexical Visual Field Task," *Brain and Language* 80. 1 (2002), pp. 97-105]。后者发现，与女人相比，男人在使用大脑左半球方面稍胜一筹，表现出更加强的偏左侧向性。参看凯恩（Kane）第25页注释2，该条注释征引了不少其他研究成果。

隐喻及关于大脑左右半球的特殊词汇

人脑左右半球处理"隐喻"的方式不同,这是其间的一个区别。❶ 一系列研究成果表明,人在理解隐喻时,激活的不仅是大脑左半球,还有右半球的某些区域。❷ 另有一项相关研究则发现,大脑右半球功能失常的病人面对隐喻和成语短语,往往喜欢作字面解释,而实际语境要求他说出的是比喻义,而不是字面义。❸

---

❶ 构成"隐喻"的究竟是什么?关于这个问题,研究人员的意见分歧很大。基尔舍等人(Tilo T. J. Kircher et al, "Engagement of right temporal cortex during processing of linguistic context," *Neuropsychologia* 39. 8 (2001), pp. 798-809)使用"隐喻"一词比较随意,侧重能以不同方式确定样句意义的单个词;而博蒂尼等人(G. Bottini et al., "The Role of the Right Hemisphere in the Interpretation of Figurative Aspects of Language—A Positron Emmision Tomography Activation Study," *Brain* 117. 6 (1994), pp. 1241-1253)则不同,他们比较细致地讨论隐喻,并将隐喻定义为一种修辞手段,认为这种修辞手段"有意违背外延指涉规则"(1246)。他们在实验中特地选用了"新的"带有"隐喻性质的句子",例如:"老人的脑海里装满了枯枝烂叶"(1243),故意不选被人"用滥了的"句子。在描述大脑左右半球差异时,不同的研究人员使用的术语也不同。比如,在对以往研究成果进行文献综述时,理查兹和基亚列洛(Lorie Richards and Christine Chiarello, "Activation without Selection: Parallel Right Hemisphere Roles in Language and Intentional Movement?" *Brain and Language* 57. 1 (1997), pp. 151-178)就认为,大脑右半球受损的病人"面对短语性质的隐喻和成语时时**往往喜欢**作字面解释"(160,黑体为笔者所加)。而布劳内尔等人(H. H. Brownell et al., "Appreciation of Metaphoric Alternative Word Meanings by Left and Right Brain-damaged Patients," *Neuropsychologia* 28. 4 (1990), pp. 375-383)则认为,大脑右半球损伤的病人面对可作不同解释的语言单位时,表现多半"普遍不敏感"(375, 379)。下文引用这些研究成果时,笔者不强作解人,对相关术语也不作规范统一,以尊重各位学者自己做出的评价,尊重他们以各自不同的方式描述他们所讨论的数据之意义。

❷ 参看 G. Bottini et al.; Tilo T. J. Kircher et al.

❸ Lorie Richards and Christine Chiarello, "Activation without Selection: Parallel Right Hemisphere Roles in Language and Intentional Movement?" *Brain and Language* 57. 1 (1997), pp. 151-178; H. H. Brownell et al., "Appreciation of Metaphoric Alternative Word Meanings by Left and Right Brain-damaged Patients," *Neuropsychologia* 28. 4 (1990), pp. 375-383; Diana van Lancker, "Rags to Riches: Our Increasing Appreciation of Cognitive and Communicative Abilities of the Human Right Cerebral Hemisphere," *Brain and Language* 57 (1997), p. 4. 需要注意的是,也有一些研究成果不同意大脑右半球在处理隐喻时起作用这一观点。比如,拉普(Rapp)等人做了"功能性磁共振成像"实验,结果显示,在处理隐喻时,大脑左半球处于活动状态,由此他们认为,"以为大脑右半球在理解隐喻时起作用,这一观点需要好好加以重新评价。近年来,运用功能成像技术所获的研究成果清晰地表明,在句子层面的语言处理中,大脑右半球所起作用极为重要;然而,除了隐喻性外,尚有其他一些因素会刺激大脑右半球的活动"。(Alexander M. Rapp et al., "Neuro Correlates of Metaphor Processing," *Cognitive Brain Research* 20. 3 (2004), p. 401.)加尼翁等人(Louise Gagnon et al., "Processing of Metaphoric and Non-metaphoric Alternative Meanings of Words after Right-and Left-hemispheric Lesion," *Brain and Language* 87. 2 (2003), pp. 217-226)以及圣乔治(St. George)等人也得出了类似的结论。圣乔治等人认为,"在理解句子时,大脑右半球的活动并不具体处理语言的比喻层面",而是"在读者试图构建文本意义和作者意图时,才出现的一个较为普遍的现象"(Marie St. George et al., "Semantic Integration in Reading: Engagement of the Right Hemisphere during Discourse Processing," *Brain* 122. 7 (1999), pp. 1322-1323)。

大脑左右半球的另一个区别在于它们各自处理的词汇的种类不同。即使使大脑右半球完全孤立，它也能理解某些种类的书面材料。因此人们普遍认为，大脑每个半球都有一部属于自己的、独立的词典或假定的词库。❶ 不过，与处理其他词汇范畴相比，大脑左右半球在处理语法上的词类时表现是否有所不同？关于这个问题，研究人员所持观点不一。一项研究表明，大脑右半球里储存的词汇可能由"具体而形象的名词"构成❷；另一项研究发现，由于名词和动词有着类似"形象性"，因此左右半球分别储存的词汇中，很难说究竟是动词居多还是名词居多，它们并不呈对称性❸；还有一项研究则表明，大脑左半球处理动词较快，而左右半球处理名词的速度相等。❹

关于人脑里的词库或曰语义场，左右半球究竟呈现什么样的**关系**特征，学者们的观点倒是颇为一致。给大脑右半球一个词，它能迅速调动与该词关系较为松散或"粗疏"的意义，左半球关注的则是给定语境中词的最为可能的意义。井然有序而不乏逻辑性的关联，是左半球的主要特征。❺ 能够佐证这一结论的还有其他一些研究成果。研究发现，右半球认不出语义相关的成对名词的联系，这一现象意味着，右半球词库里名词的组合方式不允许所谓"范畴样本"间（比如在"水果"这一范畴与"苹果""梨""李子"等样本间）相互激活。然而，如果把这些词提供给左半球，它们就能调动激活属于同一语义范

---

❶ Kevin E. Waldie and James L. Mosley, "Hemispheric Specialization for Reading," *Brain and Language* 75（2000），p. 117.

❷ Marjorie Abernathy and Jeffrey Coney, "Semantic and Phonemic Priming in the Cerebral Hemispheres," *Neuropsychologia* 28.9（1990），p. 941.

❸ Christine Chiarello et al., "Bihemispheric Sensitivity to Sentence Anomaly," *Neuropsychologia* 39.13（2001），p. 1460.

❹ Joan A. Sereno, "Hemispheric Differences in Grammatical Class," *Brain and Language* 70.1（1999），pp. 13–28. 雅各布森（"Brain and Language" 507）所引用的实验数据表明，电击疗法会导致大脑左半球暂时处于迟钝状态，从而影响动词（简单的祈使语如"停、走、救命"除外）和助动词的使用，而主格名词（因较少依赖于语境）则主要由大脑右半球控制。另可参看 Ivanov, pp. 428–429.

❺ 参看 Ivanov, p. 433; Marjorie Abernathy and Jeffrey Coney, "Semantic and Phonemic Priming in the Cerebral Hemispheres," pp. 933, 942（两位作者征引了一个相关表述，该表述称，大脑右半球里的词库"依据的是联想的和情感的关系"）; Jeffrey Coney and Kimberly David Evans, "Hemispheric Asymmetries in the Resolution of Lexical Ambiguity," *Neuropsychologia* 38.3（2000），p. 272（这两位作者则征引比曼等人（Beeman et al.）的观点，也认为右半球涉及"语词较为粗疏的赋码行为……右半球调动的语义场较大，而左半球调动起来的语义场虽较小，但更为细致集中"）; 另可参看 Miriam Faust and Christine Chiarello, "Sentence Context and Lexical Ambiguity Resolution by the Two Hemispheres," *Neuropsychologia* 36.9（1998），p. 827.

畴的其他一些词。❶ 用先行词和目标词做的分裂视野实验显示出类似结果。在给出一个目标词之前，先给出几个与该目标词语义关联较弱的词，结果大脑右半球能比左半球表现出更强的激活能力。但要是在给出一个目标词之前，先给出一个与该目标词语义关联很强的词的话，大脑左半球的激活反应反而更强。❷ 此外，在拼字法方面亦能得出类似结果。人在阅读时，大脑右半球能够识别用同一字母表里的字母所构成的词与词之间的关系，大脑左半球则不能。这就意味着，在拼写再现的视觉层面，大脑右半球里出现了更多的处理活动，而在左半球里，处理活动由拼写法很快地转向了语义和语音处理。❸ 这个研究结论似乎可以用来分析那些依赖声音重复（尽管拼写法和语音学并不相同）的文本，如诗歌或者某些类型的艺术散文。❹

根据以上这些研究成果，我们有理由假设，雅各布森所谓语言的"隐喻"极或许更多的是大脑右半球的功能，而左半球所起的相关作用则较小。隐喻极负责选择、替换词汇，负责协调词汇间的纵聚合关系或曰空间关系。正如科尼和埃文斯（Coney and Evans）所言，大脑右半球"在语言处理方面起着重要的支撑作用，与左半球相比，右半球能够建立更加广泛的联系，以精确地界定词汇意义"。❺ 另外，雅各布森所谓语言的"转喻"极负责协调与语词的组合或曰横组合有关的"线性"关系，如通过时空、因果等因素实现组合。这个

---

❶ Marjorie Abernathy and Jeffrey Coney, "Semantic and Phonemic Priming in the Cerebral Hemispheres," p. 941.

❷ Beeman et al., 转引自 Jeffrey Coney and Kimberly David Evans, "Hemispheric Asymmetries in the Resolution of Lexical Ambiguity," p. 274.

❸ Michael Lavidor and Andrew W. Ellis, "Orthopgraphic Neighborhood Effects in the Right but Not in the Left Cerebral Hemisphere," *Brain and Language* 80. 1（2001）, pp. 71–72. 沃尔迪和莫斯利（Waldie and Mosley）两人引用的一些研究成果显示出大脑两个半球之间还有一个区别：在处理书面材料时，"认为大脑右半球无需经过语音解码即可'直接'从词的拼法中获取意义……而大脑左半球则专门负责语音和语法处理"。他们的结论是，大脑右半球辅助左半球进行语言处理。不过他们同时也注意到，有一些分裂视野研究表明"正常用右手写字的人，其大脑右半球的能力与左半球一样，条件是所写之词必须是相对较短（3 至 4 个字母组成）的具体名词"。[Kevin E. Waldie and James L. Mosley, "Hemispheric Specialization for Reading," *Brain and Language* 75（2000）, p. 109.]

❹ 沃尔迪和莫斯利引用的一项研究成果显示，人们在默读时，其大脑右半球所起作用可能特别重要。因为在默读时，人们识别语词"是用眼扫视，从事的是完形心理活动，不会去对语词作进一步分析"（118）。

❺ Jeffrey Coney and Kimberly David Evans, "Hemispheric Asymmetries in the Resolution of Lexical Ambiguity," p. 281. 科尼和埃文斯还引用相关著作，证明大脑右半球主管的是整体意义。这个整体意义，既注重上下语境，同时又以"语词的内涵意义"为依据。两人还引用另一项研究成果证明，大脑右半球如果受损，那将影响其在连贯叙述过程中整合所叙内容的能力。此外，笑话中很有吸引力的文字也不容易被识别出来。(274)

"转喻"极,也许更多地是大脑左半球的功能,而右半球所起的相关作用则较小。因此,人们也许有理由假设,日常生活中为达到实用目的而说的话,主要是由大脑左半球负责处理。当然,以为右半球对此不起任何作用,可能也是不正确的(参看下文"建立连贯"部分)。同样,内容差不多的一句话,而能够以**不同**的语言结构方式,这兴许也是大脑右半球所能起的一个突出作用。为什么呢?这就是因为大脑右半球有个明显的偏好,喜爱用隐喻,善于协调处理语义关系较远的语词之间的关系;与左半球相比,右半球更能调动关系较为疏远的先行词与目标词,并在其间建立联系。这就表明,大脑右半球的结构不是线性的、横组合的,而是空间性的、纵聚合的。简言之,我们可以假设,写作或阅读一首十四行诗,需要大脑左右半球同时充分发挥各自作用,而阅读或写作日常文字如说明书,则主要是大脑左半球在工作,右半球所起作用极为有限。❶

大脑左右半球间的合作以及时间问题

时间这一范畴,对我们理解大脑左右半球处理语言的方式之差异,关系重大。有证据表明,大脑右半球在处理语言方面的作用要次于左半球。有一项研究发现,在正常阅读活动中,大脑右半球似乎起着重要作用,它负责接收来自左半球的大部分信息,并对信息加以初步分析和破解。❷ 另有一些研究也发现,与大脑左半球相比,右半球处理语言的速度较慢,这或可证明上述研究所得结果。❸

至于为何会出现这种时间延迟的现象,有人也做了解释。其中一种解释是,大脑左半球力主一个词的主导意义,而压制该词的若干次要意义。而当左半球无法成功使用该词的主导意义时,右半球才会将自己主导的一系列次要意

---

❶ 有关观点可参看凯恩(Kane),她还列举了一长串诗歌中常见的特征,认为这些特征是大脑右半球所担当的功能。

❷ Jeffrey Coney, "Hemispheric Priming in a Reading Task," *Brain and Language* 62. 1 (1998), p. 34.

❸ Kevin E. Waldie and James L. Mosley, "Hemispheric Specialization for Reading," *Brain and Language* 75 (2000), p. 17; Mika Koivisto, "Categorical priming in the cerebral hemisphere: automatic in the left hemisphere, postlexical in the right hemisphere?" *Neuropsychologia* 36. 7 (1998), pp. 661-668. 阿伯内西和科尼(Abernathy and Coney)所报告的相关研究结果稍嫌含糊不清,他们说,语义信息可由左半球转发到右半球,也可从右半球转发到左半球,转发的是大脑活动所"激活的副产品","而不是刺激源本身"。(944)

义提供给左半球。❶ 另一位研究人员也做出了类似的解释：一个词的所有意义先在左半球里被全部激活，左半球迅速根据语境选择一个合适的意义，并将这个意义整合到当前的话语模式中，而其他可能的意义则被主动压制下去。一个词的多重意义也先在右半球里被激活，这些意义不是立刻被主动压制下去，而是会在保留一段时间后才逐渐消失。❷ 右半球里供选择的意义是否保留，这也许取决于恰切的意义是否在左半球里被成功挑选出来。❸ 再者，语言样本的长度也会进一步影响大脑两个半球之间的关系。假如样本是一个句子而不是成对的词，那么，大脑左半球的处理机制也可利用大脑右半球里出现的多种隐喻意义。❹ 然而整体说来，所有这些解释都与大脑右半球里的词汇总量相关，相对于大脑左半球而言，大脑右半球里的词汇主要是由语义关联较为松散的词构成。

陌生化

上述这些研究所认定的大脑左右半球之间的关系，暗示了另一项（并不

---

❶ Jeffrey Coney and Kimberly David Evans, "Hemispheric Asymmetries in the Resolution of Lexical Ambiguity," pp. 280–281.

❷ 转引自 Miriam Faust and Christine Chiarello, "Sentence Context and Lexical Ambiguity Resolution by the Two Hemispheres," *Neuropsychologia* 36. 9 (1998), p. 828. 福思特和根斯巴赫 [Mark E. Faust and Morton Ann Gernsbacher, "Cerebral Mechanisms for Suppression of the Inappropriate Information during Sentence Comprehension," *Brain and Language* 53. 2 (1996), pp. 234, 252-253.] 发现，虽然大脑左右半球都会压制不合适的同音异形词（即读音相同而拼法不同的词），但在理解句子时，左半球比右半球更能有效地压制不合适的同形异音异义词（即拼法相同但来源、意义或发音不同的词）。这就意味着，大脑左右半球有着不同的语义处理系统，人在理解时，大脑左半球负责主导整合，至少是负责为同形异音异义词选择一个恰当的意义。

❸ 转引自 Miriam Faust and Christine Chiarello, "Sentence Context and Lexical Ambiguity Resolution by the Two Hemispheres," *Neuropsychologia* 36. 9 (1998), p. 887. 另可参看费斯特尔和冯·克拉蒙 [Evelyn C. Ferstl and Yves von Cramon, "The Role of Coherence and Cohesion in Text Comprehension: An Event-related fMRI Study," *Cognitive Brain Research* 11. 3 (2001), pp. 325-340.], 两人所引用的观点涉及大脑两个半球之间的合作。这种观点认为，大脑右半球受损的病人之所以无法做出"相衔有序的推论"，是因为他们已经丧失了调动激活"足够大的世界知识联想场域"之能力（326）。然而，关于大脑两个半球之间的合作问题，也有不同的观点。柯林斯 [Marjorie Collins, "Interhemispheric Communication via Direct Connections for Alternative Meanings of Ambiguous Words," *Brain and Language* 80. 1 (2002), pp. 77-96.] 就认为，把一个含糊不清的词指派给大脑任一半球，都会在另一半球激活一系列的意义。

❹ Miriam Faust and Sara Weisper, "Understaning Metaphoric Sentences in the Two Cerebral Spheres," *Brain and Cognition* 43. 1-3 (2000), p. 190.

出乎意料的）假设：假如一段话是由**熟悉**的词所构成，而这些词是从习惯性语境中被剥离出来后被放置到了**不熟悉**的搭配中，那么，大脑在理解这句话时的活动会显得更加积极主动。而在理解日常话语中的日常用词时，大脑活动的情形则相反。这其实也就是俄罗斯形式主义者维克多·什克洛夫斯基所谓的"陌生化"效果。在其名文《作为手法的艺术》（1917）中，什克洛夫斯基认为"陌生化"是"文学的"作品区别于其他文本的典型特征。什克洛夫斯基所谓"陌生化"预示了雅各布森所谓"诗功能"之概念。❶ 有这样一种方法可以使语言"陌生化"，即在组织一段话时，其中所用到的词之主导性及习惯性意义，较难成为直白的整体意义之一部分。比如，短语"城堡的那几扇铁门"（the iron gates of the castle）依赖于这些词的直白意义。然而，"生活的那几扇铁门"（the iron gates of life）不仅需要这些词的主导意义，同时也需要其居于次要地位的联想意义。只有将所有这些联想意义都关联起来加以考虑，由这些词所组成的隐喻之意义才能够出现。这个隐喻性短语其实言简意赅地解释了雅各布森所谓的"诗功能"。在构成这个隐喻时，说话人回避了日常所用的"城堡"（或者"围栏""监狱""银行"等等）一词，而用了"生活"一词，因为"生活"一词所能包含的意义，既类似又不同于"几扇铁门"可能包含的意义。说话人感兴趣的正是意义生成的这一特殊方式。因此，说话人在貌似不同的两个东西（"几扇铁门"和"生活"）间发现了相同性或曰"等效性"，这就是一个"选择"的过程。而在此过程中，把两个不同的东西按英语语法规则安排进了一个句法单位，这一安排就是"组合"过程。换句话说，说话人将"选择轴"叠加到或者说"投射"到"组合轴"上。阅读、解释这个隐喻的过程与此颇为相似。读者不仅要考量所涉词语的熟悉的字面意义及其线性的序列安排（根据以上所谈及的那些研究成果，所有这些都是在大脑左半球里发生的），而且还必须考量一系列随之而来的比喻意义（这也就牵涉到了大脑右半球的活动）。在找到一个令其大致满意的意义（此过程涉及大脑左右半球间的信息流动）之前，读者就像"试装"一台机器一样，必须持续不断地进行这类活动。

---

❶ 关于什克洛夫斯基文章的讨论，可以参看埃利希（Erlich）第176-178页。参看迈阿尔和奎肯（Miall and Kuiken）合著的《突显》（"Foregrounding"）一文，该文描述的一些实验表明，在艺术类散文中，能造成陌生化效果的技巧手法可以拉长阅读时间。对楚尔（Tsur）来说，什克洛夫斯基关于"陌生化"的概念起着重要作用。他认为，在处理为了美学目的而组构成的语言时出现的延缓阻滞现象，无疑会影响读者对一部作品的风格构成之感知（5）。

建立连贯

在构建言语整体意义时，大脑右半球似乎起着一种特殊作用。左半球负责处理类似音位、语法、句法这样的语言特征，而右半球则负责将句子连接成段落，负责欣赏反讽手法，乃至负责辨认隐喻手法。如果人的大脑右半球受损，其理解幽默的能力也就会受到削弱和损害（他或她也就无法把一则笑话中引人发笑的一句话与之前的部分联系起来理解），此外，做出合理推论、理解语境关联以及理解口语中所体现的情感等方面的能力，也会同时受到损害。❶ 有关大脑右半球受损的病人之证据同时可以表明：句与句必须连接，以构成总的"文本宏观结构"，而个别句子又必须与文本前置信息相关联，这种"整体连贯性"主要是由大脑右半球实现的。❷

至于大脑右半球究竟是如何实现语言整体连贯的，目前尚不清楚，我们连"话语连贯性"的恰切定义目前尚付阙如。❸ 尽管如此，由于大脑右半球既参与处理比喻性语言，又在形成非句法性质的整体连贯方面起着作用，因此，这两种作用之间应该是有联系的，因为这两种活动皆可看成是各自对方的变体，它们对形成"文学性"内在所具有的特定语言结构至关重要。正如圣乔治等人（St. George et al.）所认为的那样，大脑右半球里的语义场要比左半球里的松散且宽广许多，这就说明右半球"有更大的潜能汇聚（以及通过时空整合）

---

❶ Diana van Lancker, "Rags to Riches: Our Increasing Appreciation of Cognitive and Communicative Abilities of the Human Right Cerebral Hemisphere," *Brain and Language* 57 (1997), p. 4; Tilo T. J. Kircher et al, "Engagement of Right Temporal Cortex during Processing of Linguistic Context," *Neuropsychologia* 39.8 (2001), pp. 806–807; Bottini et al.; Marie St. George et al.; Kane, p. 29.

❷ St. George et al., p. 1318. 圣乔治等人研究中做了若干实验，实验所用的语言段落有的给出了标题，因而使段落内容比较容易理解，而有的语言段落则没有给出标题。另可参看 Coney and Evans, p. 272. 从中可见若干互补性的实验结果。费斯特尔和冯·克拉蒙（Ferstl and von Cramon）不同意圣乔治等人（St. George et al.）的结论，后者得出结论的依据是功能性磁共振成像的实验结果，这些结果显示，大脑右半球在建立语言连贯性方面并非起着特殊作用（338）。不过，值得注意的是，费斯特尔和冯·克拉蒙用的是成对句子而没有用较长的段落，他们关心的是"局部"连贯而不是"整体"连贯（337），他们也承认，不同的实验结果可能是由于实验"目的差异"所致（339）。因此，在文本篇幅较大或者意义较为含糊的情况下，大脑右半球也许会起某种作用。另可参看雅各布森，他所引用的相关著作表明，在电击使大脑左半球暂时失去活力的情况下，大脑使用词汇的数量，进行句法组合的多样性和长度，以及处理主从关系的水平，都有所下降。与此相反，如电击使大脑右半球暂时失去活力，病人生产复杂的多层次语言结构的能力反而会增强（Roman Jakobson, "Brain and Language," p. 507.）

❸ St. George et al., p. 1324.

许许多多不同但又相互关联的概念",比如,"语义差距较大的词汇,要理解隐喻、做出推论以及欣赏话语丰富多彩的微妙之处,都必须具备这些词汇"。❶

大脑左右半球在处理句子时方法上的差异,可能与右半球实现"整体"连贯的方法有关。左半球是"自上而下"搜寻意义,这就意味着,需要把一句话中的所有信息整合起来,在整合过程中,它更侧重句子层次的构建活动中的"更高层次的规则",而句子里词与词之间的关系则在其次。一旦遇到一个意义丰富的词,后面紧跟着的每一个词都要整合到句子里,整合的方法必须使每一个词都能依据上文语境而产生意义。相反,右半球是以"自下而上"方式起作用,因为对右半球来说,在解释所给信息时,个别词的意义比"句子约束"重要得多。右半球用得上的唯一"自上而下"的约束,就是"一般性的世界知识",如可用来构拟法庭场景的系列词"愤怒、陪审团、对峙",至于这些词如何排列,那都不重要。❷ 简言之,左半球激活调动下一步可能出现的词,所起作用是"前瞻性的",而右半球则把新出现的词与之前遇到的词加以比对,忙的是"整合性的"处理工作。结果在处理日常生活语言时,左半球的效率要比右半球高,因为左半球遇到的都是些意料之中的词,当其初期的期待必须要修正时,其效率明显降低。❸ 而右半球由于能持有多重意义,因此这方面的能力则得到凸显,成为其明显的优势。语词若以出人意料的方式放一起,就容易造成意义含混不清,因此就必须加以解释,前面的解释又必须随时修正,这就使右半球的优势更加明显。❹

所谓"文学性"就是一种特殊的语言结构形式,通过其要素词间横组合(换喻)与纵聚合(隐喻)关系,这种语言结构可以最大程度地生产意义。以上所述的若干研究,其结果均大致表明了这一点。大脑左半球依赖句子层次的种种机制,这似乎与横组合有关,而右半球则能从匆忙凑合成的句子(并且

---

❶ St. George et al., p. 1324.

❷ Chiarello et al., p. 1461. 另可参看 Faust and Chiarello, p. 828. 该页引用了莫里斯(Morris)的观点。左右半球是同时处理空间的,处理的方法亦有相似之处,只不过左半球注重个别要素,而右半球则负责整合一个完整形象。(Ivanov, pp. 418–419.)

❸ Kara D. Federmeier and Marta Kutas, "Right Words and Left Words: Electrophysiological Evidence for Hemispheric Differences in Meaning Processing," *Cognitive Brain Research* 8. 3 (1999), pp. 373, 388.

❹ Faust and Chiarello, pp. 832–833. 另有一项大致相关的研究结果表明,与肯定句相比,否定句因其语言结构上的相对复杂性,需要更长时间来加以处理,因而大脑相关部位可以得到更大程度和更大范围的激活(处理一个肯定句所需平均时间是 3511 毫秒,而处理一个否定句所需时间则为 4100 毫秒),参看 Patricia A. Carpenter et al., "Time Course of fMRI-activation in Language and Spatial Networks during Sentence Comprehension," *NeuroImage* 10. 2 (1999), p. 219.

通过单词层次的种种机制)中塑造、构拟意义,这可能与纵聚合有关。语言生产意义的方式方法在这两种过程中全被用尽,当文本的结构方式既需要横组合又需要纵聚合时,这两种过程可能就已经开始起作用。❶ 正如福斯特和基亚列洛(Faust and Chiarello)所言,"大脑左右半球间并不需要特定的'管辖'机制,**每个半球所具有的独特能力在需要时立刻就会用上,其所依据的就是信息的显性及相关性程度之变化**,这种变化能调节分布于整个大脑的多种多样的处理器"。❷

半球主导性、创造性、精神分裂症

大脑两个半球在处理语言的方式上有所差异,人类文化中语言创造性所包含的实践活动之种类也有所差异。有好几组研究人员认为,这两种差异之间有明确关联。创造性行为可暂且界定为这样一种能力,它能包容含糊不清的语词,能以很有意义的方式将形式多样、彼此矛盾且没有结论的信息相互关联起来。❸ 如果可以这样来界定创造性行为——这样也符合大脑右半球在处理隐喻、容纳词语多重含义以及使得结构"整体"连贯方面所起的作用——那么,没有右半球重要而有意义的参与,根本就谈不上创造性。大脑左右半球处理语言方式之差异表明,人与人之间在创造性方面的部分差异,也许就在于各自大

---

❶ 根据类似研究数据,伊万诺夫(Ivanov)还认为,诗意的创造性是大脑左右两半球共同的结果,但他同时得出一个截然不同的观点,他认为正因为如此,诗意的创造性与其他形式的有意识的语言使用并没有什么不同(437)。在此,有必要回顾的是,雅各布森所谓"诗功能"在量上也是浮动的,它在一段言语表达中既可能占主导地位,也可能仅占次要地位。因此,"诗意性"是有程度之别的,这就意味着,既然语言结构有程度和种类之别,那么大脑两个半球也就有功能作用之别。凯恩(Kane)所引的一项研究成果显示,受试者在阅读技术文本时,其大脑左半球所发出的脑电图信号比右半球要强;而在阅读充满意象的短篇小说时,其大脑左右半球所发出的信号强度却与之相反(23)。

❷ Miriam Faust and Christine Chiarello, "Sentence Context and Lexical Ambiguity Resolution by the Two Hemispheres," *Neuropsychologia* 36. 9 (1998), p. 833. 黑体为笔者所加。

❸ Ruth Ann Atchley et al., "Cerebral Hemispheric Mechanisms Linking Ambiguous Word Meaning Retrieval and Creativity," *Brain and Cognition* 40. 3 (1999), pp. 479, 482. 贾诺蒂等人持类似观点。[Lorena R. R. Gianotti et al., "Associative Processing and Paranormal Belief," *Psychiatry and Clinical Neurosciences* 55. 6 (2001), p. 595.] 然而需要注意的是,强调艺术创造性,认为创造性就是**创新**,这种观点反映的是一种现代的、基本上也是西方的文化偏见,它并不普遍存在于世界上种类繁多的文化中。有关这方面的更多讨论,参看 Vladimir E. Alexandrov, "Biology, Semiosis, and Cultural Difference in Lotman's Semiosphere," *Comparative Literature* 52. 4 (2000), pp. 339-362.

脑右半球所能接纳具有多重意义的含混语词的程度之差异。❶ 不过，这份研究报告的作者们也提醒人们，在运用这类大而化之的结论时还是要小心的，因为关于"创造性"，目前尚无为人广泛接受的定义。

大脑左右半球中，究竟哪个半球起主导作用，这如何与创造性程度有着密切关系。此外还有一些不同的关联因素，涉及的主要是精神分裂症。作为精神紊乱的一种，精神分裂症患者与环境失去联系，其人格出现分裂现象。两千多年来，哲学家和文学作家都将疯狂与创造性天才联系在一起，比如柏拉图和亚里士多德，以及费奇诺、莎士比亚、狄德罗、爱伦·坡、尼采、阿尔托等人。❷ 当代神经病学家亦持相同观点。有一项研究报告的作者就曾提到弗朗西斯·高尔顿爵士（Sir Francis Galton, 1822—1911）和切萨雷·龙勃罗梭（Cesare Lombroso, 1835—1909）两人，认为他们是研究"疯狂与天才之间相通性"的先驱。高尔顿爵士是"优生学"之父，着重研究改良人类精神和肉体的遗传特征之方法，而龙勃罗梭则曾致力于研究遗传与犯罪之间的关系。❸ 研究报告的作者得出的结论是，尽管认为创造性思维是由大脑右半球专门负责的这一广为流传的观点是错误的，但是，"有些方面的创造性似乎确实与[右半球]联想性处理能力有关"。他们举了一个例子，健康的、用右手写字的人能在表面上不相干的图案——比如罗夏墨迹❹和由圆点随意构成的图案——间建立联系，这些图案短暂地浮现于受试人左视野（或者说大脑右半球），就比浮现于其右视野（或者说大脑左半球）更能显示这一点。❺ 研究报告的作者还用自己实验所得的数据，补充说明了上述研究结果。他们所得的实验数据表

---

❶ Ruth Ann Atchley et al., p. 483.
❷ 费奇诺（Marsilio Ficino, 1433—1499），意大利文艺复兴早期著名的人文主义学者、哲学家。阿尔托（Antoine Marie Joseph Paul Artaud, 1896—1948），法国作家、诗人、戏剧家、视觉艺术家，欧洲先锋派文学艺术代表性人物之一。——译者注
❸ Dirk Leonhard and Peter Brugger, "Creative, Paranormal, and Delusional Thought: A Consequence of Right Hemisphere Semantic Activation?" *Neuropsychiatry, Neuropsychology, and Behavioral Neurology* 11. 4. (1998), p. 180. 贾诺蒂等（Gianotti et al.）通过研究"幻想性错觉"（apophenia）亦得出类似结论。"幻想性错觉"的临床表现为，患者对偶发现象间的"变态意义关联有特异的感知能力"（596），这种病一般被认为是精神分裂症的前兆，病人如果老是在客观上毫无关系的事件之间建立联想，就会激发相关症状。实际上，这种病症的临床描述非常类似创造性艺术家常有的超验的"整体论"体验。有关大脑左右半球的特殊功能、心理疾患以及诗歌创作三者之间的交互关系之讨论，参看 Kane, pp. 47-51.
❹ 罗夏墨迹测验（Rorschach test），一种人格投射心理测试法，得名于瑞士精神科医生、精神分析学家赫尔曼·罗夏（Hermann Rorschach, 1884—1922）。罗夏于 1921 年写成《心理诊断法》（*Psychodiagnostik*）一书，生前未能出版。1927 年，瑞士汉斯·胡贝尔出版社购得该书版权。——译者注
❺ Leonhard and Brugger, pp. 180-181.

明，当一个人大脑左半球在词汇决策上的主导作用下降，而其右半球的作用相应提升时，这个人的思维就易于偏向精神分裂型（其信仰、信念也就易于超越常理）。研究报告的作者还灵光一现，说使用右半球语义系统，可能容易构成"一种选择性的进化论意义上的优势，可以使原本就有精神分裂症倾向的基因猛增，尽管这种具有毁灭性的疾病有许多明显的劣势"。❶ 换句话说，与语言创造性或曰"文学性"有关的各种语言处理，同样可能提供一种"选择性的进化论意义上的优势"，尽管这种优势与精神病可能不无关系。于是，疯狂与创造性之间的浪漫关联，就被推向了令人着迷的遐想程度。

大脑左右半球的专业化与进化

也有人指出进化性优势与大脑左右半球专业化之间存在的另一层关联。有一项研究认为，主导性的语言功能之所以最后由大脑左半球担当，是因为左半球在某种程度上早已擅长语言的顺序处理。❷ 假定日常语言的使用必须发生在时间中并依赖一定语序，那么这似乎是件好事，原始人类相互交流时用的也许主要是这种方式。这项研究报告的作者做出这样的假设，语言能力在大脑左半球发展，它接过来的都是一些之前涉及视觉空间处理的问题。然而，右半球不仅继续保持这种能力，还将这种能力"多多少少默认"为自己的"专长"。在人类进化过程中，这种不对称现象有增无减。不是因为右半球产生了新的能力，而是由于左半球的这种能力逐渐丧失，才导致了这种现象。报告的作者还认为，人类大脑的这种不对称性有一个好处，它能使人执行不同的语言和认知处理任务，通过大脑左右半球接合处，两半球可以实现信息共享。❸

也就是说，大脑左右半球间的功能差异反而能使两者在相互交流中获益更多。这一观点与雅各布森的观点类似。雅各布森就曾认为，文学作品所拥有的

---

❶ Leonhard and Brugger, p. 177. 另可参看 Ronald Schleifer, "The Poetics of Tourette Syndrome: Language, Neurobiology, and Poetry," *New Literary History* 32. 3 (2001), pp. 563-584. 该文作者对创造性与大脑功能紊乱之间关系的认识颇为不同。米迈阿和奎肯也认为"文学阅读"会导致"自适应性后果"，尽管他们没说会导致精神紊乱。(Miall and Kuiken, "The Form of Reading: Empirical Studies of Literariness," p. 340.)

❷ Paul M. Corballis et al., "An Evolutionary Perspective on Hemispheric Asymmetries," *Brain and Cognition* 43. 1-3 (2000), p. 113; P. Tallal et al., "Neurobiological basis of speech: A case for the preeminence of temporal processing," *Irish Journal of Psychology* 16. 3 (1995), pp. 194-219.

❸ Corballis et al., pp. 113-114.

语言结构，可以最大限度地利用语言中意义生成的两种方式。作家，尤其是诗人，似乎更懂这些。约瑟夫·布罗茨基是诺贝尔文学奖得主、美国桂冠诗人。1980年秋，哈佛大学举办了其作品朗诵会，会后他曾说，语言是人类至高无上的成就，而诗歌则是至高无上的语言。

结　语

如果把上文所引用的研究成果和发现联系起来看，我们就能对语言处理与大脑左右半球专业化程度及两者间的合作关系，尝试做出一些相对宽泛的概括。大脑左半球大致是线性的、顺序性的，而且是通过句法、语法组织起来的语言意义之中心，它所拥有的词汇的特征是：其语义场域赖以建立的关系，相互距离较近且按等级划分，性质上是换喻或逻辑的关系。在理解语言时，左半球会将语词的辅助意义或次要意义压制下去。因此，左半球里的语言处理是依照时间顺序，并以横组合的方式来进行的，它注重的是局部的、句子层次的连贯。这些都是笔者在上文所列若干特征的功能。

大脑右半球的语义场域数量有限，其语义源也较为松散、粗糙。通过隐喻连接，右半球能从语义关系极为疏远的语词中构建起意义，而在其他情况下，这些语词在其给定的语言体系（及其给定的文化时期）中，相互间可能毫无关系。由于语词的辅助意义和次要意义仍然逗留在右半球，未被压制下去，因此，在阅读意义含混的文本时，这些据次要地位的词义就会被提供给左半球。与左半球不同，右半球关注的是整个文本的"整体"连贯，它对拼写上的重复现象更加敏感。正因为如此，右半球在组织结构上是纵聚合的、"空间的"。

以上这些较为宽泛的概括，可以说是雅各布森有关语言"诗功能"思想的回响，值得我们重视。然而同样需要注意的是，在与西方文化有所不同的其他文化中，同样具有这些语言结构的文本不仅可能有着不同于当代西方语境中所谓的"文学"之称谓，而且，这些文本的**功能**或许也有所不同。比如，在许多古代的文化传统中，一些我们常常谓之为"诗歌"的韵文以及其他语言技巧和手法，会被用来写作完全不同的东西——如梵文里的阿育吠陀医学论文、中世纪阿拉伯文写的医学诗以及著名哲学家伊本·西纳（阿维森纳）的著作。卢克莱修所著的《物性论》是一部伊壁鸠鲁派哲学著作，它是用六音步诗行写成的史诗。宗教颂歌、祈祷文、礼拜仪式上用的乐曲以及布道文，乃至世界宗教里的多数宗教著作，常常也是用能体现"诗功能"的韵文等艺术手法写成的，而这些文本的文化作用与今天所谓文学所起的作用并不是一回事。我们当然还可以举出许多类似的例子，但并不会有损这样一项事实，即：为表达意义构成非常特别的东西，人类可以使用各种各样语言形式，而随后又可以依据特定的文化准则，另眼看待这些语言形式。此外尚须注意的是，尽管"文学性"并不是衡量作品价值和质量的首要标准，但它对这类标准的形成无疑有着明显影响。然而，由于一部作品，比如一首诗，其意义的命运要远远超过大多以普通语言写成而篇幅类似的作品之命运，因此尤里·洛特曼所谓"美即信息"这一言简意赅的表述，❶ 大致可以用来描述价值和文学性之间的关系。

数十年前，雅各布森在语言学、文学理论、人类学、符号学等领域有着广泛的影响，如今他仍被看作是过去时代的一位重要人物，但是近几年来，他的学术名望已大不如前，尤其是在英语国家。这可能是由于后结构主义对其直接的先驱所做出的一种反应（反动），毕竟，后结构主义对任何本质主义的宏大理论都保持着一种不信任的态度。然而，上文简要述及的若干研究结果表明，雅各布森对语言处理和大脑之间的关系的理解方法，事实上也许是超前的。如今，我们有充分的理由来重新评估他所留下来的遗产。

当然，上文尚未述及与实际文学作品有关的实验认知学或神经科学的数据，其实，这类数据非常重要，它们可以用来全面评估"文学性"。文章写到目前为止，笔者尚未发现涉及以下问题的研究成果。受试人阅读整本诗歌作品或用散文写成的艺术作品时，他们的大脑里究竟发生了什么？与阅读东拉西扯、内容简单的东西时相比，他们的大脑活动究竟有何区别？对这些问题，似乎还没人通过研究来加以理解。（可能需要在不同的文化环境中开展相关研究，以便评估文化期待对阅读活动的影响。❷）原则上说来，这类实验是完全

---

❶ Yurii Lotman, *Structura, khodozhestvennogo teksta* (Providence: Brown University Press, 1971), p. 178.

❷ 肖克龙和德·阿戈斯蒂尼 [Sylvie Chokron and Maria De Agostini, "Reading Habits Influence Aesthetic Preference," Cognitive Brain Research 10. 1-2 (2000), pp. 45-49.] 发现，惯常用右手写字的人，他们在从左向右（法国人）或从右向左（以色列人）阅读时，其所喜欢的静态、动态图像的呈现方向，与其阅读习惯是从左向右还是从右向左，呈正相关的关系。（但在看风景时则没有这种情形。）这个研究证据与早期的研究颇为不同。早期研究中所用测试对象都是这样一些读者，他们所读文献用的文字是从左向右书写，研究结果认为审美喜好是大脑侧向性思维作用之结果。但肖克龙等人的研究证据则表明，文化对特定形式的审美判断有着主导性的影响作用，审美判断与大脑左右半球的专门化无关。

可以做的，尽管做起来并不简单，因为实验所涉及的大脑活动极为复杂，实验过程中可能出现的变幻莫测的情况也很多，需要加以控制。

假如真的能够证明，人在阅读乃至创作一部文学作品时，其大脑会按照一种类似于雅各布森所谓"文学性"的方式来处理语言，那么会带来什么样的结果呢？一种观点认为，若真的能证明，其意义将十分重大。因为那样的话，就可以默认文学和其他种类言语间的差异，让它们各司其职，即使两者间的差别程度是浮动的，只有在雅各布森所谓计量"文学性"的浮尺上才能够显示出来。这样一来，学者们就可以收回自己独特的研究领域，并无疑会从心所欲，在这个领域里重新运用形形色色等级化的标准，并广开门路，开展比上述研究更为细密的研究工作，以便深入探讨大脑与语言艺术间的关系。此外，学者们也会重新集中精力，去研究作品结构决定作品意义生成的方式。假如能够证明大脑确实能自动地、无意识地协调左右两半球里不同的活动程序，那么人们就有理由推测，读者脑中形成的意义，是构成文本各要素间相互关联的纵聚合和横组合关系所带来的作用效果（这也是雅各布森在那篇研究失语症的文章《语言学与诗学》中的观点）。这样一来，一个阅读时相信有科学客观性、相信自己有能力克制先入为主的偏见的读者，就会觉得必须弄清作品内在结构决定文本特有意义配置的方式。这样的读者从其他思想观念角度阅读作品的自由度就可能因而受到限制。因此，以"文学性"所暗示的方式回归文本，这也许可以为学术界研究文学提供一种新的（抑或旧的）方向。

然而，若从另一个角度看，也许没有完全令人信服的理由，非要人们改变自己的阅读行为和习惯。文化与生物学（或神经科学）之间的关系在某些方面是固定的，但在其他一些方面又是开放的。因此，不是受客观性而是受其他目的驱使才阅读的读者，可以自由地解释作品，自由地选择解释作品的方法，根本无须顾及自己的大脑两个半球里到底在发生着什么。在人类的信仰信念领域，根本不存在任何绝对的理由，可以随意用来裁定与众不同的个人对何为真、何为善、何为实在的信念和看法。因此，所谓"文学性"，或许最终也仅可看作是另一种意识形态，读者可以参照其他价值判断，自由选择是接受之还是拒绝之。

现代斯拉夫文论

文学与语言研究的若干问题*

■ [俄] 尤里·蒂尼亚诺夫　　[美] 罗曼·雅各布森　著
　郑文东　译

1. 在当前俄罗斯学术界，其面临的文学与语言研究的若干问题要求建立一个清晰的理论纲领，并且要坚决摒弃以下做法：其一是更加频繁地把新兴方法论与过时的陈旧方法机械地拼凑在一起；其二是在包装新的术语体系时，暗藏幼稚的心理学和其他陈旧的方法论观点等私货。

必须摒弃学术上的折中主义（如日尔蒙斯基❶等人）。必须摒弃经院式的

---

*　Проблемы изучения литературы и языка// Новый Леф. 1928, NO. 12, С. 35-37. 译自 Тынянов Ю. Н.：Поэтика. История литературы. Кино. М., Издательство《Наука》, 1977, С. 282-283（正文），С. 530-536（附录与注释，有删节）。本译文系国家社科基金重大项目"现代斯拉夫文论经典汉译与大家名说研究"[项目批准号（17ZDA282）]阶段性成果。

❶ 像日尔蒙斯基这样杰出学者的学术立场代表着一个特殊的问题。他在1927年写道："我对形式问题的研究，早在1916年就开始了，这与'奥波亚兹'的演说无关，并且在很大程度上是从其他前提出发的 [……]对我而言，诗歌作品是相互制约元素的统一；相反，'奥波亚兹'却提出了'主导'的概念，即征服自己并使所有其他特征变形的手法。"日尔蒙斯基的理论观点于1921年首次在《诗学的任务》一文中得到充分阐释（《开端》，1921年第1期，同期见他对雅各布森《俄罗斯新诗》的评论）。他与"奥波亚兹"的争论从1922年1月开始升级，因为当时《图书角》第8期刊载了艾亨鲍姆的《方法与手段》一文，文中对日尔蒙斯基的观点进行了尖锐的批评，日尔蒙斯基后来写道："我尝试把勃洛克的'生活感'和'诗学'作为其诗歌中相互制约的要素进行研究。"他发现了"学说"太纯洁单一很危险，于是回归旧的立场和学术上的"折中主义"。对于后面这一定义，日尔蒙斯基做了如下脚注："习惯上把机械地统一其他人的意见称为折中主义。从艾亨鲍姆的观点出发，说多元主义会更公平、更准确，因为我为文学演变因素的多样性辩护。""奥波亚兹"和日尔蒙斯基之间的主要分歧在于后者希望将广泛的历史和文化范畴，如"生活感"纳入诗学领域，而不仅仅局限于"材料鉴定者"的立场。尖锐的争议并没有排除重要的接触点。因此，蒂尼亚诺夫专门预先说明他同意日尔蒙斯基的观点，即把词语理解为主题。

"形式主义"。这种形式主义用堆砌术语和罗列现象❶来代替分析。还要谨防再次把文学与语言研究由系统性科学转为逸闻趣事之类的研究。

2. 文学史（或者更确切地说，艺术史）一方面与其他类型史密切相关；另一方面，它也和其他类型史中的任何一个一样，是一个复杂的整体，由各种独特的结构规律构建而成。如果不弄清楚这些规律，就不可能科学地确立文学这一系列和其他类型史之间的类比。

3. 文学的演变无法被理解，因为演变问题总是被偶尔出现的、系统之外的起源问题所遮蔽。这既指文学的起源问题（所谓的文学影响），也指文学之外的起源问题。文学中所使用的文学和非文学材料只有被置于功能视域，方可进入科学研究的领域。

4. 无论对于语言学还是文学史来说，把共时（静态的）剖面和历时断面尖锐地对立起来，这在不久前才成为有益的工作上的假说，因为它展示了生活的每一特定时期的语言（或文学）的系统性。目前，共时性概念的成就迫使我们重新审视历时性的原则。机械堆积现象的概念在共时性科学领域中被系统、结构的概念所取代，它在历时性科学领域中也遭遇了相应的替换。系统的历史本身也成为系统。纯粹的共时性现在只不过是一种幻想：因为每一个共时性系统都包括它的过去和未来。这二者均为该系统中不可分割的结构要素（其一是作为风格事实的古词语，被认为是过时风格的、不复存在的语言和文学背景；其二是语言和文学中被认为是系统创新的革新趋势）。

共时性和历时性的对立曾被视为系统概念和演变概念之间的对立，因此失去了其根本意义。因为我们承认，每个系统都一定表现为一种演变；另一方面，演变又不可避免地带有系统性特征。

5. 文学共时系统的概念和朴素的年代概念并不吻合。前者不仅包括年代

---

❶ 参见1928年初蒂尼亚诺夫写给什克洛夫斯基的信："我们跳过了各种堆砌术语［……］它散发出意义，散发出作家的味道。为了意义的重构，他们付出了头或者脚的代价。［……］没有德国人的精神我们也应付过去了，并且似乎明白了怎么回事［……］在我们之后，将不可能再写堆砌术语或者精神的文章。"1935年11月14日楚科夫斯基的日记作为例证之一，帮助我们理解蒂尼亚诺夫后续的学术生涯，这篇日记的内容是关于前一天在克日扎诺夫斯基院士处举办的小范围会议，会上一些文学学家被要求参考高尔基"制作这样一本书，展示经典大师的文学技巧，以便年轻人学习"，这本书类似《创作技术指南》，日记中这样写道："艾亨鲍姆很有尊严地说：这些年来我们已经不再这样思考技巧的问题了。并且基本上对它失去了兴趣。抽象地说，可以创作出这样一本书，但是……托马舍夫斯基很响应道：这会是一个粗制滥造品。艾亨鲍姆说：现在我们不得不反复咀嚼旧的想法，或者给出新的想法，不是那个技术方面的，而是别的东西［……］。日尔蒙斯基说：我们近期没有考虑过这些主题。没有思考这些并非偶然，而是出于历史的某种必然性。"（日记由楚科夫斯卡娅保存）

上相近的艺术作品,还有从外国文学和以前时代中被吸收到该系统中的作品。把共存现象毫无差别地罗列出来是不够的,重要的是研究它们对于该时代不同等级的意义。

6. 确定两个不同的概念——言语(parole)和语言(langue)——并分析它们之间的关系(日内瓦学派),对于语言学来说是富有成果的。把这两个范畴(现有规范和个人话语)运用到文学上并研究它们之间的相互关系,是需要深入探讨的问题。此时,如果不考虑现有的一套规范,就不能考虑个人话语(研究者在把前者从后者中抽象出来时,必然会歪曲文学价值系统,并且也不可能建立起该系统的内在规律)。

7. 分析语言与文学的结构规律和它们的演变,必然使我们能够确定哪些是现实中存在的结构类型(或结构演变的类型)。

8. 揭示文学史(或语言史)的内在规律,可以使我们确定各种文学系统(或语言系统)的每一次具体更替的特征,但无法阐释演变的发展速度,也不可能阐释当演变面临理论上可行的几种路径时,究竟选择哪个方向。文学(或语言)演变的内在规律只是一个不确定的方程式。这个方程式可能有好几种解法;当然其数量是有限的,但不一定只有唯一的一种解法。只有通过分析文学现象与各种类型史的类比,才能解决具体选择哪条路径或至少哪个主导因素。这种类比(系统的系统)有自己的结构规律需要研究。在不考虑每个系统内在规律的情况下,研究系统的类比在方法论上的危害是极大的。

9. 下一步要集体攻克上述理论问题和由这些原则引申出来的具体任务(俄罗斯文学史、俄语史、语言和文学结构类型学等等),这一工作意义重大。有鉴于此,必须在维克多·什克洛夫斯基的主持下,恢复诗语研究会❶的工作。

附　录

原文初刊于《新列夫》(新左翼文艺阵线)1928年第12期,第35—37页,为尤里·蒂尼亚诺夫与罗曼·雅各布森合著。该文发表时附有以下序言:

《列夫》(左翼文艺阵线)刊发由罗曼·雅各布森和尤里·蒂尼亚诺

---

❶ ОПОЯЗ,简称"奥波亚兹"。——译者注

夫提出的语言与文学现代化研究纲要。

在旧的学术体系中，理论学科和历史学科之间存在根本的区别。文学学被分解为诗学和文学史。诗学描述文学作品中支离破碎的构成要素，这些要素从文学演变过程中被抽象出来，脱离了一般结构。文学史则按时间顺序记录了随机选择的传记、历史文化和文学事实。

在旧的语言学中，我们看到了类似的研究领域的划分。例如，语音学是纯粹的描述性学科，对声音元素进行分类，而不考虑它们在一般语言系统中的功能意义。

当代语言学和文学正在摆脱这种理论和历史之间的对立。如果不考虑历史辩证法（文学和语言数量的流动和变化）就不可能进行理论分析，反之亦然——历史研究如果没有意识到理论材料的特殊性，就无法取得丰硕的成果。

首先应当考虑的问题应该是"为了什么目的"（功能问题），而不是旧的学术体系中的"因为什么"。不仅要研究建构功能（构成文学事实的要素的功能）以及各种体裁的文学内部功能，而且要研究文学作品在不同时期的社会功能。

因此，语言学和文学正在从原本的历史类学科转变为社会性学科，更准确地说是社会学学科。

编辑部

本纲要的写作史可以从维·什克洛夫斯基的档案材料（他和蒂尼亚诺夫的通信，罗曼·雅各布森写给他的信）和雅各布森的回忆录中追溯查明。

1928年，蒂尼亚诺夫在期刊上发表了小说《瓦济尔-穆赫塔尔之死》，并准备结集出版他的学术论文，但这一年对他来说是一个危机之年。这年10月，在他前往柏林接受治疗的前夜，他在审读出版社的校样时，对九年工作结果的失望之感涌上心头，就给什克洛夫斯基写了一封信："无聊，穷乡僻壤，脑筋迟钝，外省。这就是我的九年。我的读者是丘赫利亚。书没有名字。现在我想开始新的生活：不再写小说。我也保证不会写得'不够清晰'，而是会'太清晰'"。与雅各布森的通信看来是在蒂尼亚诺夫离开前不久开始的。在9至10月间，他给什克洛夫斯基写信道："格鲁兹捷夫来了，带来了罗曼·雅各布森的问候。我会与他见面的。"9月6日，他在给什克洛夫斯基的信中写道："罗曼·雅各布森的来信详细地介绍了赫列勃尼科夫，这很有趣。遗憾的是以前没有写过。"在柏林，他们之间的通信仍在持续，他们约定在布拉格见面。1928

年 11 月 23 日，蒂尼亚诺夫告知什克洛夫斯基："我收到了罗曼·雅各布森的来信，但我还不知道什么时候去找他，我还得在这里继续接受治疗。"

讨论的主题是对"奥波亚兹"思想的重新审视，对社会的学术前途的思索，对 18 至 19 世纪文学通史的构想（这种构想出现在 1928 年蒂尼亚诺夫与什克洛夫斯基的通信中）的反思。种种这些主题在新的出版和组织方面露出苗头。关于这些，什克洛夫斯基在 11 月至 12 月初告知他："列夫（左翼文艺阵线）已经解体［……］我将从列夫的残躯中走出。如果我们需要一个派别，那么最好赋予我们的友谊以章程，并要求在苏联作家协会和杂志中占有一席之地。不管这看起来多么奇怪，但广大有同情心的群众却能站在我们这边。梅德韦杰夫已推出《文学学中的形式方法——社会诗学批判导论》。"（1928 年 11 月 15 日）几乎与此同时（11 月 14 日），罗曼·雅各布森从布拉格给什克洛夫斯基写信，内容是关于重新整合的理论原则。这封信写道："确实，形式论者的工作应该是刚刚开始［……］。现在，当问题已经一目了然的时候，却突然出现了分歧。对问题的恐惧，想要解释一个接一个问题的荒谬愿望……"接下来什克洛夫斯基给在柏林的蒂尼亚诺夫写了两封信，共同开展学术活动的想法逐步得到具体化："我收到了罗曼·雅各布森的信，这封信写得很好。他写道，正在发生的不是形式论学派的危机，而是形式论者的危机——这并非没有智慧，但你会同意他的观点。我们人很少，而那些人没有。我们需要齐心协力，一起工作，应当出版最具理论性、最多原理的学术集子。论文由你、罗曼、我，或者也可以由波利瓦诺夫提供。"（11 月 27 日）"你什么时候来？请立即告诉我。下面是我对这一时期的建议，请认真对待。左翼文艺阵线崩溃了。苏联作家协会已经清除了五个代表席位以及一定数量的出版物。你若来了，我们打算重组'奥波亚兹'或者组建新的学会。学会的成员是我、你、鲍里斯（他论托尔斯泰的书我不喜欢）、罗曼·雅各布森、雅库宾斯基、谢尔盖·伯恩斯坦以及波利瓦诺夫那儿剩下的人，要是托马舍夫斯基和年轻一代也来就好了，现在还没有邀请他们。这样，利用旧的框架，我们就可以吹响集结号了。我们作为一个独立的团体可以在苏联作家协会获得一个席位，出版印张量——我认为，可以一年出版两本集子。我们的队伍在扩大，这是毫无疑问的。在大学里，形式论者的圈子非常强大，但可惜的是，他们固守我们陈旧的观点。我们将恢复我们的集体智慧。你和雅各布森谈谈这些吧。有必要和西方取得联系，以确保至少他们能一直评论我们的文章。"（12 月 5 日）1928 年 11 月 25 日，他的学生马泽从柏林寄给古斯塔夫·古斯塔沃维奇·施佩特一封信，信中包含了有趣的证据。在与格里高利·奥西波维奇·维诺库尔、雅各布森和蒂尼亚诺夫交谈之后，他在信中指出："正在这里接受治疗的蒂尼亚诺夫给我留下了和雅各布森几乎相同的印象。只是他没有同法国人结盟，而是对词汇加以普通的、简化的理解。"此处提及的是"反哲学"的语文学。作者作为"莫斯科学派"的代表人物，将之追溯到梅耶和索绪尔；在此，他同情地对维诺库尔的立场提出了意见。此时维诺库尔已经极大程度上偏离了自己早期和"奥波亚兹"相接近的并且深深地带有索绪尔思想色彩的观点。

从罗曼·雅各布森的回忆录中可以清楚地看出，10月底，他在期待蒂尼亚诺夫和维诺库尔的到来，并将这一消息告诉了在维也纳的尼古拉·谢尔盖耶维奇·特鲁别茨科伊，邀请他也来布拉格。维诺库尔在布拉格逗留了几天，并于11月8日在布拉格语言学小组宣读了《语言学和语文学》报告。由于治疗问题，蒂尼亚诺夫在柏林耽搁了，整个11月和12月初他都待在柏林。"他承诺过做两个报告，内容是关于文学的演变和文学中的文学外现象。报告只完成了头一个，他于12月16日在小组宣读了这个报告。报告的题目是《文学的演变问题》，重述并发展了他于1927年完成的《论文学的演变》一文的内容，并与当时的捷克著名文学学家扬·穆卡若夫斯基进行了热烈的交流。"

"特鲁别茨科伊来听了蒂尼亚诺夫的报告。蒂尼亚诺夫在12月18日也听了特鲁别茨科伊的报告，名为《元音系统比较》［……］。为了使蒂尼亚诺夫熟悉我们最新的语言学研究成果，特鲁别茨科依的演讲以音位学报告为框架；在此之前，在12月14日由小组的主席威廉·马泰修斯发言，他对英语音位系统进行了分析。"

正如雅各布森所言，在布拉格的交流中"蒂尼亚诺夫明确无误地考虑并权衡了'奥波亚兹'所经历的深刻危机的所有要素，这反映了俄罗斯文学学的总体状况。［……］越来越清楚的是，尽管个人的创造力爆发，具有新颖性和价值，但'奥波亚兹'却是整体滑坡，即名声不佳的'手法总和'（сумма приемов）机械地增长，阻止了形式分析转变为对语言和文学整体的结构性分析。用死气沉沉的学术形式清单或与庸俗社会学妥协的投降尝试来取代这种转变是不可接受的。［……］联合撰写纲要的想法产生了。最近我为第一届国际语言学大会提供的音位学提案可以作为我们下一步研究任务的宣言的范例，这个提案得到了特鲁别茨科伊、卡尔采夫斯基的支持，也得到了布拉格语言学小组（1928年11月14日）和本次大会（海牙，1928年4月）的批准通过"。

关于文学和语言研究原则的纲要的正文，雅各布森进一步做出说明："这是我们在 12 月中旬共同撰写的。无论是在语言还是文学方面，它都是集体创造力的成果，以至于我无法回答多次抛给我的问题，即具体哪些内容属于哪位著者。"

在那几天里，蒂尼亚诺夫给什克洛夫斯基写信："我和雅各布森坐在德比咖啡馆里，我们谈论了很多有关你的事情并制定了不同的计划。我们已经制定好了'奥波亚兹'的基础性纲领，发给你以供补充和批准。这些内容有必要经大家讨论，让每个人都提供书面稿，而不是仅仅口头说说，这样就可以组稿成一本书，作为系列中的第一部在苏联作家协会出版。在这里，'奥波亚兹'的影响很大，其观点在捷克语（甚至是德语）的论文中被引用，受到尊重。[……] 我和雅各布森相处甚好，没有重大分歧。显然，应当重新壮大'奥波亚兹'。需要说服鲍里斯同托马舍夫斯基和解。总之，我们要扫除昨日的痕迹，扬帆起航。"雅各布森在给什克洛夫斯基的信中附言道："维嘉，蒂尼亚诺夫会告知你一切的。'奥波亚兹'必须存在。我们建议如下：你做主席，蒂尼亚诺夫、我、艾亨鲍姆、伯恩施坦、波利瓦诺夫、雅库宾斯基、托马舍夫斯基、雅科夫列夫加入。"

直到排版前，本纲要才送达编辑部。1928 年第 12 期的《新列夫》于 1929 年初问世。本纲要发表前已经提交讨论了。

蒂尼亚诺夫在 1 月上旬离开布拉格。2 月 9 日，雅各布森给他写信："请你更详尽地告诉我，什克洛夫斯基和其他人都是怎么看待我们这个纲要的。这使艾亨鲍姆同托马舍夫斯基和解了吗？这可以把'奥波亚兹'重新顺畅地黏合起来还是毫无希望？你同维诺格拉多夫谈了吗？"2 月 16 日，什克洛夫斯基给雅各布森写信："蒂尼亚诺夫从你那儿来时，被完全说服了。他完全赞同重新恢复集体的学术工作。当然，我也赞同，因为这是我一生的事业，我不能独自一人工作。[……] 我可以让雅库宾斯基加入工作，但你和他学缘更近，他是语言学家。遗憾的是，他研究的是雅弗语。他要写文章回应你的纲要。托马舍夫斯基也很激动，在写文章。[……] 年轻人中，特列宁很有天赋，成长迅速。梅耶的文章将对我们的集子很有益处。[……] 结论：只有你的到来才能让'奥波亚兹'重建，因为'奥波亚兹'永远是三个人的。"

2 至 4 月间，这些学者们一直都在讨论布拉格纲要和拟出版的文集。2 月 26 日，什克洛夫斯基给奥西普·马克西莫维奇·布里克写信："全新的生活应该从这本书开始"；他给波利瓦诺夫写信道："旧理论的所有轮廓已经模糊，就像石版画多次从石头印到石头上"；他给亚尔霍写信道："我们想征集一本论文集的稿件。这本书里没有答案，而是宣言式的内容［……］我们自己已经开始行动了，需要检阅自己的知识储备。"过了一个月，什克洛夫斯基给蒂尼亚诺夫写信道："'奥波亚兹'的事情进展如下：收到谢尔盖·伯恩施坦的信，他说他还是坚持'奥波亚兹'旧的立场，当然也同意和我们一起工作。信写得很好。一个韩国人金要求加入'奥波亚兹'。你可以通过他给皮利尼亚克的书做的附录了解他，题为《伸向蛇的脚》。亚尔霍给我回了一封友好的信。不过，他在信中说正确的方法是统计法，从中可以看出他并不清楚'方法'一词的意义。鲍里斯来我这里的时候，我跟他说，他需要同托马舍夫斯基和解。他没有反对，并且说这可以自然解决。在我看来，有了托马舍夫斯基，我们就够了。"关于这一构想的最后消息在什克洛夫斯基4月10日的信中可见："伊格纳季·伯恩施坦给我寄来了对你们纲要的长长的答复，我转给你。我也马上开始写。"

从理论层面上讲，蒂尼亚诺夫和雅各布森的纲要一方面与布拉格语言学小组提出的《论纲》（在1929年布拉格举行的第一届国际斯拉夫语文学家大会上提出）直接相关，另一方面与蒂尼亚诺夫的文章《论文学的演变》有关。本书中的论文可以使我们追溯蒂尼亚诺夫提出纲要中的主张之前的思想活动轨迹。

纲要第1条和第2条关于确立艺术中专门规律的内容不需要阐释，它们完全符合"奥波亚兹"的原则。纲要第3条是为区分演变和起源而准备的，蒂尼亚诺夫在以下文章中进行了这种区分：《丘特切夫与海涅》《〈阿尔吉维扬人〉——丘赫尔别凯未出版的悲剧》《论文学的演变》等。纲要第5条也源于这种对立：共存现象的共时等级的建立在原则上类似于区分演变和起源，即历时的等级。纲要第4条在语言学中发挥了历史性的作用，对蒂尼亚诺夫而言，它直接延续和概括了《论文学的演变》中的尝试，即将系统（共时的）方法和演变的方法结合起来，它也是解决该文❶第8部分的矛盾（不断演变的共时系统）的出路。纲要第6条与蒂尼亚诺夫以前的论著没有直接的并行关系。不过，论文学演变的文章在这方面也是纲要的来源之一，因为从纲要的文学学视角出发，该文也隐含了相应的并行。蒂尼亚诺夫在任何"时代系统"的文学中都看到了类比系统，这被他设想为一种艺术语言，它预先确定了每个文学文本（"话语"）的存在。蒂尼亚诺夫（在索绪尔的二律背反之外）已经提出了必须考虑"个人话语"和"现有规范"之间的相互关系，这是文学史研究的

---

❶ 指《论文学的演变》。——译者注

主要原则之一（参见《虚构的普希金》）。纲要第 2 条和第 8 条显然沿用了蒂尼亚诺夫 1927 年的那篇文章，拟定出结构历时研究的方向，其前提是：1. 将文学作为一个系统进行内在研究；2. 对文学之外的各类社会现象进行系统研究；3. 把它们的类比作为系统的系统进行研究。

应当指出的是，蒂尼亚诺夫和雅各布森的纲要与布拉格语言学小组的《论纲》有一点不同：两位合著者只提及功能方法，而布拉格的语言学家们则将其置于首位。这可能是由于蒂尼亚诺夫使用的"功能"一词的含义和布拉格语言学家的不同。序言中提出的"为了什么目的——因为什么"的对立反映出"列夫"的追求。

基于对形式论学派的经验和索绪尔学说的一些主要条款的批判性分析，形成了这个纲要。它标志着形式论诗学史上的一条分界线，尤其是从复兴"奥波亚兹"的角度看，所提供的数据给出了答案。有了这份纲要，语言学和诗学的强大影响被自然而然地赋予了文学学（此处说的不是"奥波亚兹"早期在诗语中的深耕，而是关于索绪尔的二律背反的各种折射影响，这些影响长期存在，作用至今，纲要的两位作者强调了这些二律背反之普遍的语文学意义）。这进一步涉及对艺术"特定结构规律"的主要学术兴趣，同时也涉及艺术研究与其他文化现象之间重新建构的联系。对于蒂尼亚诺夫而言，这个纲要是最后一部纯粹的方法论之作。他在 20 世纪 30 年代的活动进入了另一条轨道，获得了传统学院派的特性，而他此前曾强烈反对过这一点。学术与小说，不知疲倦的工作与疾病——它们之间的矛盾产生于 20 世纪 30 年代初。这种在非个人的基础上产生的矛盾与深刻的个人冲突交织在一起。种种这些决定了蒂尼亚诺夫生平中隐秘的内心戏剧性。

布拉格语言学小组纲要*

■[美]罗曼·雅各布森 著
　黄　玫　译

一、语言系统观方法问题及其之于斯拉夫语族诸语言的意义

（共时方法及其与历时方法的关系；结构比较与起源比较；语言学发展过程中诸语言现象间的偶然性联系和规律性联系）

1. 视语言为功能系统的观点

语言是人类活动的产物，与此同时，它也自有目的。视言语活动为交际手段而进行的分析表明，表达是说话者最普通的目的，表现得最为清晰。因此，要从功能的视角对语言学进行研究。从功能视角看，**语言是表达手段的系统，服务于某种特定目的**。任何一种语言现象都只有放到其所归属的语言系统中考虑才能够被理解。斯拉夫语言学同样不能忽视这些重要的问题。

2. 共时方法的任务，共时方法与历时方法的关系

对当代语言事实进行共时分析是认识语言本质和特性的最好方法。当代语言事实是提供取之不尽的材料并能够形成对其自身直接认知的唯一事实。斯拉夫语言学的首要任务（该任务时至今日仍然被忽视），就在于透彻掌握当代斯拉夫诸语言的性质。没有这个基础，任何其他深入研究都是无本之木。

---

* 原文标题为《Тезисы пражского лингвистического кружка》，首个版本是：Theses. «Travaux du cercle linguistique de Prague», I. Prague, 1929. 该纲要于第一届斯拉夫学大会前也曾用捷克语发表。译文选自《Пражский лингвистический кружок》（сборник статей），составление, редакция и предисловие Н. А. Кондрашова, издательство «Прогресс», Москва, 1967, С. 17-41. 本译文系国家社科基金重大项目"现代斯拉夫文论经典汉译与大家名说研究"[项目批准号（17ZDA282）] 阶段性成果。

在研究过去的语言状况时，应视语言为功能系统，不论其未来是否会重建，或者为描述其发展过程。但是，不应像日内瓦学派那样，在共时和历时的方法之间设置不可逾越的障碍。如果说共时语言学是从语言系统诸要素的功能出发对其进行研究，那么，在研究语言的变化时，就不能不考虑到这些变化所涉及的系统。认为语言变化是偶然的和异质的，对系统而言不外乎是毁灭性的打击，这是完全不合逻辑的。语言变化正是经常以系统，系统的巩固、重组等为对象。这样看来，历时研究不仅不应排除系统和功能的概念，而且相反，若不考虑这些概念，历时研究就是不完整的。

从另一方面而言，共时性描述也不能完全排除发展变化的概念。即便是在对语言进行共时研究的领域，也总能明显意识到现阶段将被正在形成过程中的下一个阶段所取代。那些被认为是古旧的修辞成分首先有能产和不能产形式之分；其次，它们是共时语言学无法排除的历时性现象。

3. 使用比较方法之新的可能性

迄今为止，对斯拉夫诸语言进行比较研究仍仅局限于起源问题，包括对共同原型的探寻。事实上比较法应当得到更广泛的应用。这种方法可以揭示语言系统的结构及其演变规律。我们不仅在一些非同族语言或者支系较远、结构差异较大的语言中，也在同一语族语言中找到珍贵的材料可供这种比较研究。例如，我们发现，在诸斯拉夫语言的演变发展进程中，既有大量重要的相符之处，也有一些巨大的差异。

同语族诸种语言比较研究的意义。对斯拉夫语族诸语言的演变进行比较研究，可以逐步打破这样一种观点，即认为这些语言在历史发展过程中呈现出来的趋同或趋异的变化是偶然现象因而并不重要，可以发现趋同和趋异现象（现象群）并存的规律。这样一来，斯拉夫诸语言的演变可以创建自己的类型学，即可以将一系列互相制约的现象归于一个整体。

比较研究一方面可为普通语言学提供宝贵的材料，另一方面可丰富包括斯拉夫语族诸语言在内的语言发展史，与此同时，坚决摒弃孤立地研究语言事实这种毫无成效的伪方法。比较研究可以揭示某种语言发展的主要趋势，能够卓有成效地运用相对年表的原则，这种原则较之间接指出某些古文献的年代更为可靠。

各区域性群组。确定斯拉夫语族诸语言在不同时期的演变和发展趋势，并将这些趋势与在斯拉夫语之邻族或非斯拉夫语族（例如芬兰—乌尔戈语、德语、任意起源的巴尔干语）演变中被证实的其他语言进行比较，可以为研究与不同规模"地区联合"相关的一系列重要问题提供材料,斯拉夫语族诸语言在各自的历史进程中都归属于这种"地区联合"。

4. 语言演变诸现象之间联系的规律

在与发展变化有关的学科中(历史语言学即属于此类学科),关于某些现象是随意和偶然产生的观点(哪怕这些现象经常性出现),逐渐让位于推重发展中诸现象之间彼此联系之规律的观点(循规进化说)。正如在解释语法和语音变化时,趋同演变说将认为各种现象的传播具有机械性和偶然性的观点置于次要地位。其影响如下:

(1) **对于各种语言现象的传播**。各种可以使语言系统发生变化的语言现象的传播不会机械发生,这是由接受这些变化的个体本身的倾向性决定的。这种倾向性与变化趋势完全相符。这样,争论这种情况下变化的发生是来自共同的源头,或是趋同演变的结果,便是完全无谓的了。

(2) **对于共同"源语"的切分问题**。"共同源语"切分问题的涵义有所变化。各种方言在多大程度上可以有共同的发展变化,这种"源语"就在多大程度上呈现为统一体。存在共同源头的问题是这些趋同的出发点。这是一个次要问题,未必会得到解决。如果相较变异而言趋同占了上风,那么便有理由认为存在共同的"源语",尽管这是假定性的。以这种视角也可以解决斯拉夫原型解体的问题。这里使用的语言统一体只是一个辅助的概念,用于历史研究,而不为实践语言学所接受。在实践语言学中,语言统一体的标准是说话者集体对这种语言的态度,而不是客观的语言学特征。

二、包括斯拉夫语系统在内的语言学系统研究面临的任务

1. 语音层面的研究

声音方面的重要性。各种语音现象的存在是有特定条件的。因而,语言学研究中最重要的不是运动的形象,而是声音的形象。其原因在于,指向说话人的正是声音形象。

必须区分作为客观物理事实的声音、作为表象的声音和作为功能系统元素的声音。借助客观声音运动元素作为工具来记录主观声音运动形象具有重要价值,这证明语言学的意义是客观存在的。然而这些客观事实与语言学之间仅有

间接关系，不能将其等同于语言学的意义。

与此同时，只有在执行意义区分者功能时，主观声音运动形象才是语言学系统的元素。这些语音元素在系统内部的相互关系（**音位系统的结构原则**），远比其物质内容更为重要。

共时音位学的主要任务包括：

（1）音位系统的特征，即编制该种语言中最简单和最重要的声音运动形象（音位）清单，而且要确定这些音位之间存在的联系，即发现所研究语言的结构模式，其中尤为重要的是确定音位对立组是各种意义区别的特殊类型。音位对立是由一系列互相对立的音位组确立的。这些音位组根据同一个原则彼此区分，而这个原则可以从每一个对立组中抽象出来（例如，俄语中有以下对立组：重读元音—非重读元音，清辅音—浊辅音，软辅音—硬辅音；捷克语中有：长元音—短元音，清辅音—浊辅音）。

（2）确定该语言中出现的音位组合，并与音位理论上可能出现的这些组合相比较；按照音位的分组及其组合应用的广泛性确定其变体。

（3）确定应用广泛性不同的音位和音位组合的使用程度及实施范围，并以同样的方式研究该种语言中不同音位及其组合的功能负载。

（4）语言学（包括斯拉夫语言学）还有一个重要问题，就是音位差异的构词运用（或称**词素音位学**）。词素音位在斯拉夫语言中起着最为重要的作用。这是由同一个词素内能够彼此替代的两个或多个音位依据词法结构条件组成的形象（例如，俄语中词素 к/ч 在 рук 这个结合体中可以互相替代：рука［手］，ручной［手的，手提的，手工的］）。必须同时确定该种语言中的所有词素音位，以及该词素音位在词素内部所占据的位置。

对斯拉夫语族所有语言中的音位和词素单位进行描述是斯拉夫学最重要的问题。

2. 对单词和词组的研究

语言学称名理论。**单词**。从功能视角来看，单词是**语言学称名活动的结果**，有时与组合活动密不可分。语言学将言语活动作为机械的客观事实来分析，经常完全否定单词的存在。然而从功能视角来看，**显然单词是独立存在的**，尽管在不同语言中其显现的程度不尽相同，甚至有可能处于潜在的状态。语言活动通过称名活动将现实（无关乎外在现实还是内在现实，实际现实还是抽象现实）划分成可由语言学进行确定的一些成分。

每种语言都有自己特定的称名系统，会使用不同的称名形式，而且具有不同强度的构词、组词、固定词组等（例如，在斯拉夫语族诸语言中，特别是在民间话语中，一些新名词大多通过构词的途径形成）。每种语言都有自己对称名方法的独特分类并且创造着自己特殊的词典。这一分类在某种程度上由单词范畴的系统决定，应单独研究每种语言的准确性、规模和内部结构。此外，在某些个别范畴内部也存在分类差异：例如，对于名词而言，有性的范畴、动物范畴、数、一致性范畴等；对于动词而言，有态、体、时的范畴等。

称名理论部分地分析了传统构词法和狭义的"句法"（指词类和词形意义）所研究的那些语言现象。但是功能观可将这些零散的现象联结在一起，确立该种语言的系统并且清楚地解释用之前的方法只能指出而无法解答的问题，例如解释斯拉夫语言中时间形式的功能。

分析语言学称名形式和对称名方法进行分类还不足以确定该语言的词典。为了确定其特征，还需要研究清楚以下问题：在语言学称名总体以及不同称名范畴中意义的准确性和容量；确定记录在该词典各要素中的概念范围；一方面指出情感因素的作用，另一方面指出不断增长的语言理智化；确定以何种方式对词典进行补充（例如通过借用和仿造），即研究通常属于语义学的现象。

3. 组合方法的理论

若非固定搭配，**单词的搭配通常是组合活动的结果**。不过，这种活动有时以单个单词的形式呈现。基本的组合行为同时也进行造句，**以述谓形式表现出来**。因此，功能句法首先研究谓语的类型，并且考虑语法主语的功能和形式。对当代将句子划分为主位和述位，以及传统上将句子划分为语法上的主语和谓语进行比较（捷克语中语法上的主语不如法语和英语中主位化，将捷克语句子划分为主位和述位是基于其灵活的词序可以避免主位和语法上的主语之间的矛盾，这种矛盾在其他语言中是借助被动结构来消除的），主语的功能可以得到最好的揭示。

功能观可以让我们**认清不同组合形式之间的相互关系**（试比较语法主语的主位性与被动谓语性的展题之间的关系），以及它们的统一和集中。

词法（关于单词形式系统及其分组的理论）。词汇构成与源于称名及组合等语言学活动的词汇组的构成，在语言中可按形式划分成几组系统。广义的词法学研究这些系统。这种广义词法学不是作为一门与称名理论和组合理论（传统上划分为构词法、词法和句法）平行的学科而存在，而是与这两种理论都有交叉。

创建词法系统的趋势是双向的：一方面力求将那些取决于体现同一意义的

同一个主体的各种功能形式保持于形式系统,另一方面也支持那些具有相同功能的不同意义的不同主体的各种形式。必须确立每种语言推广这两种趋势的力度和程度,以及它们所支配的系统的分布。

同样,在对词法系统的特征进行描述时,需要确定表达各种局部功能时分析和综合原则推广的力度和程度。

三、不同功能的语言研究之问题

1. 语言的功能

语言研究要求在每一种个别情况下都严格考虑到语言功能的丰富多样及其实施的各种形式。否则对任何语言特性的描述,无论是共时的还是历时的,都必将是歪曲的,并且在某种程度上是虚构的。无论是语言的声音结构还是语法结构、词汇组成,都正是随着这些功能和形式而相应变化。

(1)必须区分**内部言语活动**和**外显的言语活动**。后者对于大多数说话者而言仅是局部性的情况,语言形式更经常是在思维而非言语过程中使用。因此,不应泛化和过高评价纯粹外在的声音方面的重要性,而要同样重视潜在的语言现象。

(2)**语言呈现的理智化和情绪化**是语言特征的重要指标。这两个指标要么彼此交织,要么一个统领另一个。

(3)**理智化的言语活动**首先具有社会功用(与他人之间的联系)。**情绪化言语活动**也一样,如果它致力于引起听话者一定的情绪(情感性的言语活动);此外,它还可以表达与听话者无关的情绪。

言语活动**就其社会作用而言**可按照与语言外现实关联的程度进行区分。而且,它或者具有**交际功能**,即指向所指;或者具有诗功能,即指向符号本身。

作为交际手段的言语活动的功能有两个重点:其一,语言是"一定情境中的语言"(实践性语言),它会利用补充的语言外情境;其二,语言追求形成一个尽可能封闭的整体,在使用术语词和判断句时追求准确和完整(**理论性语言,或者公式语言**)。

必须既研究单一功能占绝对上风的语言形式,也研究那些诸种功能交织在一起的语言形式;在关于后者的研究中,主要问题是确定在每种情况下各功能的不同意义。

言语活动的每个功能都有自己特定的功能系统——语言的本义。因此，将一个功能性言语活动等同于语言，另一个等同于"言语"（按索绪尔的术语体系）是错误的。例如，在理智化的言语活动与语言之间画等号，而将情绪化言语活动等同于言语。

（4）**语言呈现的形式**如下：其一是**口头呈现**，按照听话人是否能看到说话人来划分；其二是**书面呈现**；其三是**间杂着停顿的言语活动，以及独白化的不间断言语活动**。重要的是要确定，这些或那些形式与哪些功能相对应以及这种对应的程度。

要系统地研究说话者与听者直接交流时伴随并补充说话者口头呈现的手势，以及对于语言地区联盟问题有意义的手势（例如，共同的巴尔干手势）。

（5）**处于语言接触中的说话者之间的相互关系**是进一步划分言语活动的重要因素，包括他们在社会、职业、地区和亲属方面联系的程度，他们所分属的集体，这种属性使城市语言中产生语言系统的混合。

这里还包括**语言间联系**问题（被称之为共同语的那些语言），**专门语言**问题，**与外语环境相联系的适应性语言**问题，以及**城市中语言分层**问题。

还必须关注（甚至在历时语言学中）不同语言构成彼此之间深刻的影响，而且不仅仅基于地区的视角，也要基于语言的功能、语言呈现的各种形式、不同组别特定的语言以及语言组整体的视角。

斯拉夫语言学界还没有开始研究方言的功能，对于表达效果的语言学手段至今也没有什么系统研究，应当立刻开始研究城市语言的分层。

2. 标准语

在形成标准语时，政治、社会、经济和宗教的条件只是外部因素。它们有助于阐释清楚为何该种标准语能够从某种方言中脱颖而出，为何它会形成并确定于某个时代。但它们无法阐释，这种标准语与民间语言有何区别以及为何会产生这样的区别。

不能说这种区别完全是由标准语的保守性所决定的。如果一方面标准语就自己的语法系统而言确实是保守的，那么另一方面它在自己的词典方面永远富有创造性。此外，它从不仅仅代表某一地方方言过去的状态。

标准语的特殊性质体现在**它所起的作用**上，包括它所完成的那些崇高的任务，这些任务非民间语言可胜任：标准语反映文化生活和文明（科学、哲学和宗教思想，政治和社会，法律和行政工作及结果）。标准语的这些功能也会**促进其词典的扩大和改变**（理智化）；讨论与实际生活无关的那些材料和新概念必须要有新的手段，而这些手段是民间语言所不具备的；同样，讨论实际生活中的某些东西必须要准确且系统地创建概念词和表达法来表达抽象的逻辑，也会通过语言表达手段更准确地定义逻辑范畴。

语言的理智化也是由表达**相互依赖且复杂的思想活动**这一需求引起的；因此，标准语不仅具有表达抽象概念的句法形式，而且具有特殊的句法形式（各种从属句）。

标准语的理智化表现为**对情感元素（委婉语）的控制不断增加**。

其**更加有序和规范的性质**也与对标准语的**高要求**有关。标准语的特点是从更宽泛的功能方面使用词汇和语法元素（特别是词群的大词汇化和为避免歧义而作出的努力，因此表达手段的准确性更高）和丰富的社会语言标准。

标准语的发展也意味着加强有意识干预的作用。后者表现在语言政策各种形式的改革尝试（也包括纯粹主义），以及时代语言品位更明显的影响之中（连续变化中的语言美学）。

标准语的特征在语言的书面形式中得以完美呈现。这些特征对语言的口语形式产生巨大影响。

语言的口语标准语形式与民间语言相距不甚遥远，尽管它们之间有明确的界限。独白语与民间语言相距更远，特别是在公开演讲、讲座中。对话语最接近民间语言，它构成了从规范的标准语到民间语言的完整过渡形式。

标准语揭示了两个有代表性的趋势：一方面是扩展（expansion），努力发挥共同语的作用；另一方面是追求垄断地位，这也是**统治阶级的区别性特征**。这两种趋势都表现在语言声音层面的变化和保留上。

标准语所有这些属性都应该在斯拉夫语言的共时和历时研究中被考虑到。其研究不应基于研究民间方言的原则，更应聚焦于生活的外在条件和标准语的演变。

3. 诗语

诗歌语言长期以来一直是语言学忽视的领域，直到最近才开始对其主要问题进行深入研究。这种说法适用于斯拉夫语族中的大多数语言，从诗歌功能的角度来看，这些语言到目前为止还没有得到研究。诚然，文学史家不时触及这些问题，但如果在语言学方法论领域没有足够的准备，他们就会陷入谬误。当然，如果不消除这些错误，就不可能成功地研究诗歌语言这种特定现象。

（1）在**研究共时描述诗歌语言的原则**时，应该努力摆脱将诗语等同于交际语的错误。从共时性的角度来看，诗歌言语活动采取了话语的形式，即这是一种个人创作行为，其意义的获得一方面以现代诗歌传统（诗语）为基础，另一方面以现代交际语为基础。诗歌创造力与这两种语言系统的关系极其复杂多样，因而有必要从历时和共时两种角度来对其进行研究。诗歌言语活动的特殊性表现为偏离规范，这种偏离的性质、倾向和规模有很大不同。例如，诗语接近交际语可能源于对现有诗歌传统的反动；在某些时期，诗语与交际语之间十分明确的关系在其他时期却完全感受不到。

（2）诗歌语言的各个方面（例如，形态学、音韵学等）彼此之间的关系如此密切，以至于不可能像文学史家经常做的那样，孤立地研究其中一个方面而不考虑另一方面。**诗歌创作追求依靠语言符号的自主价值**。据此可知，**交际活动中仅起辅助作用的语言系统的所有方面，在诗歌言语活动中均获得了独立的意义**。**这些表达手段及其之间的相互关系，往往在交际活动中是追求自动化；在诗语中则相反，是求新求变**。

在每个给定的诗语片段和诗歌传统中，语言各种不同元素的形式化程度也是不同的。因此，诗歌价值的增长程度也不同。诚然，诗性言语对诗语和交际语的关系在各种元素的功能上每次都不相同。诗歌作品是一种功能结构，其各种元素如果**没有**与**整体相联系**，就无法被理解。客观上相同的元素在不同的结构中可以获得完全不同的功能。

在诗歌语言中，该言语活动的语音系统和图形等价物中不被接受的声学、运动和图形元素可以得到呈现。然而，毋庸置疑，诗歌言语活动的语音特征与交际语言的音韵学有关，**只有从音韵学的角度才能揭示诗歌结构的语音原理**。诗歌音韵学是指所有声音在运用时较之交际语言的特殊性，音位组合的原则（特别是在音变［sandhi］中），音位组合的重复、节奏和旋律。

诗歌语言是一种特殊的价值层次结构；**节奏**是组织基础，与诗歌的其他音韵元素密切相关，包括旋律结构、音位的重复和音位组。各种音韵元素与节奏的组合产生了规范的诗歌技巧（节奏、头韵等）。

无论是声学观点还是运动观点，也无论这些观点是主观的还是客观的，都不能作为解决节奏问题的原则；它们只能从音韵学的角度得到解决。这确立了节奏的音韵基础、非语法伴随元素和自动元素之间的差异。比较节律学的规则只能在音韵学的基础上形成。两种节奏结构在外观上相同，但分属两种不同的语言。如果它们是由在每种语言的语音系统中发挥不同作用的元素所形成，则它们可以本质上完全不同。

通过诗歌韵脚形成的声音结构的**平行对举**，是不同语言层面求新求变最有成效的手法之一。对彼此相似的声音结构进行艺术比较可以揭示句法、词法和语义结构的相似性和差异。甚至韵脚也不是抽象的音韵现象。当强调相似的词素（语法韵脚），以及相反，这种比较不存在时，它可以揭示词法结构。韵脚也与句法（在韵脚中突出和对比的句法元素）和词汇（通过韵脚突出单词的重要性及其语义亲缘关系的程度）密切相关。句法和韵律结构紧密相关，无论它们的边界是否重合。这两种结构的独立意义在两种情况下都被突显出来。韵律结构和句法结构在诗歌中不仅通过形式，而且通过节奏—句法偏离得以强调出来。节奏—句法辞格具有典型的语调，其重复构成了一个旋律运动，改变了交际语言的通常语调，并因此揭示了诗歌旋律和句法结构的自主意义。

诗歌语汇的更新方式与诗歌语言的其他层面相同。它要么从现有的诗歌传统中脱颖而出，要么从交际语中脱颖而出。不常用的词（新词、外来词、古语等）对于诗歌而言是有意义的，因为它们的声音效果与交际语中的普通词不同；交际语中的普通词频繁使用，因而是被整体感知，而不会在其声音组成的所有细节中被感知。此外，不常用的词丰富了诗歌语汇语义和句法的多样性。在新词中，特别是单词的词法结构可以被更新。至于对词语本身的选择，被输入到词典中的，不仅有不常用词和罕见词，而且还有整个词汇层，它们通过自己的闯入启动了诗歌作品的全部词汇材料。

由于句法与诗歌语言的其他层面（节奏、旋律和语义结构）的多样化联系，**句法**可以呈现无限可能的诗意。特殊含义的产生，正是有赖于那些该种语言语法系统中很少使用的句法元素。例如，在那些词序灵活可变的语言中，词序在诗歌语言中具有主要功能。

（3）**研究者应该避免自我中心主义，即从自身的诗歌技巧和业已形成的艺术规范角度分析和评价过去和其他民族的诗歌现象**。不过，过去的艺术现象可以作为另一个环境中的积极因素而被保存或恢复，成为新的艺术价值体系的组成部分，当然，它的功能也发生了变化。现象本身也会相应发生变化。然而，诗歌史不应将这种现象以其变化后的形式转移到过去，而应在它产生的系统框架内恢复其初功能。每个时代都有必要对特殊诗歌功能进行独特而明确的分类，即列出诗歌体裁的清单。

（4）从方法论的角度来看，任何规模的单词、句子和结构单位的**诗语义**都是最少被研究的。由语义辞格和句法辞格来实现的各种丰富的功能也未得到研究。除了作为作者巧言善辩的手段而呈现的语义辞格和句法辞格之外，同样重要、但是在研究上最为薄弱的，是被移植到诗章中并通过构建情节而结合在一起的那些客观语义元素。例如，隐喻即是转移到诗章中的比较。情节本身就是一种语义构成，因此不能将情节结构的问题排除在诗歌语言的研究之外。

（5）在大多数情况下，与诗歌语言有关的问题在文学史研究中起着从属作用。**艺术的组织特征使艺术区别于其他符号结构，即艺术不是指向所指，而是指向符号本身**。诗歌的组织特征恰恰是对语言表达本身的关注。符号在艺术系统中占主导地位，如果文学史家没有将符号作为研究的对象，而是研究其所表示的东西，如果他将文学作品的意识形态方面作为一个独立和自主的实体进行探索，那么他就违反了他所研究的结构的价值等级。

（6）在文学史中，经常用社会学和心理学思想史的特征取代诗歌语言演变的内在特性，即针对与研究对象不同质的现象来进行研究。较之研究异质系统之间的因果关系，更有必要**研究诗歌语言本身**。

斯拉夫语族诸语言的诗歌规范为比较研究提供了宝贵的材料，因为这里发散结构现象的存在是在众多收敛现象的基础上显示出来的。当前，建立斯拉夫语族诸语言的比较韵律学和音韵学，研究斯拉夫语韵脚的比较特征等，是我们刻不容缓的任务。

四、现代教会斯拉夫语问题

1. 如果将**古斯拉夫语**理解为基里尔和梅福迪及其追随者们为宗教目的而使用的语言，并且它在 10 到 12 世纪之间是所有信仰东正教的斯拉夫人的标准语，那么，从方法论上来说，认为这种语言是 10 到 12 世纪真实使用的斯拉夫语之一，并且从历史方言学的角度对其进行研究，就是错误的。

古斯拉夫语从产生之初就不是作为局部语言而使用的；它广泛依托希腊语标准语传统，而且如希腊语标准语一样，随着时间的推移，担负起斯拉夫共同语的重任。在这样的语言中，可以先验地设想存在一些人为的构造和借用，以及混合各种来源极其不同的成分。**据此可以认为，古斯拉夫语受制于所有标准语固有的那些发展规律**。

2. 对 10 到 12 世纪古斯拉夫语文本的研究表明，存在**大量对古斯拉夫语的地方性加编**。如果认为这种语言是标准语，那么，**完全没有理由认为作为这些地方版本之一的某一个版本是真正的古斯拉夫语**，而视其余的版本为对规范的偏离从而忽视它们。可以从对 10 到 12 世纪初一些写作者所使用的语言规范的分析中发现古斯拉夫语的一些地方性版本（其标准语方言）。必须严格区分这些古斯拉夫语的标准语方言和真实使用的古斯拉夫语。后者的一些特点出现在文本中，被视为相对于某一写作者之典型规范而言的错误和不甚严重的偏离。

研究古斯拉夫语，不仅要认真研究其南斯拉夫版本和源自于南斯拉夫的俄语版本，而且要认真研究残存的捷克语版本以及这个版本在以捷克语写就的古代宗教文本中所留下的印记。

3. 为形成关于古斯拉夫语起源和结构的概念，达成研究现实斯拉夫语历史的目的，**确定那个被基里尔和梅福迪选中作为斯拉夫语标准语基础的地方斯拉夫语方言非常重要**。这种方言并非是被流传至今的古斯拉夫语文本所证实的那些标准语方言中的某一个。为确立这种方言，必须对古斯拉夫语的全部标准语方言进行历史比较研究，并且研究其使用的字形系统。比较研究使用不同字母表的古代文本可以帮助我们弄清楚斯拉夫语字母表的原初形式及其符号的音位学意义。

4. **在研究不同版本古斯拉夫语后来的命运时**（始于 12 世纪，从这个时期起，显然古斯拉夫语开始经常性地反映出此前在现实斯拉夫语族诸语言中发生的重要声音变化的痕迹），需要使用"中世纪教会斯拉夫语"这个称名。

5. 斯拉夫学还有一个非常重要、但至今仍被忽视的任务，即**科学研究直至现代的教会斯拉夫语的历史**。

还有一个方法论方面的问题同样刻不容缓，同样重要，这就是研究包括**俄语在内的诸斯拉夫民族标准语中的教会斯拉夫语成分**的历史，以及这些语言中教会斯拉夫语成分的层面与其他成分的各层面之间的关系。对于在斯拉夫语族诸语言标准语中所发现的教会斯拉夫语成分的研究，必须从其在这些语言不同发展时期所承担的功能的视角出发来进行。与此同时，要努力解决各个标准语中符合该种语言应该满足的那些要求的教会斯拉夫语成分的重要度问题。

五、斯拉夫语族诸语言语音和音位的标注问题

研究斯拉夫语族诸语言，必须统一语音标注的原则，即用字形表达出**各种完全不同的声音**，借助于这些声音来形成每种语言一整套的音位系统。

为达到对斯拉夫语族诸语言共时和历时研究的目的，也包括研究斯拉夫方

言学，商定音位标注的原则同样重要，即商定斯拉夫语族诸语言**音位系统本身**转换成书写形式的方法。

还必须确定标音的组合原则，这同时也是语音标注和音位标注的原则。

缺少标准化的音位标注对研究斯拉夫语族诸语言的音位特点会造成困难。

六、语言地理学的原则，该原则在民族地理学中的应用及两者在斯拉夫疆域的联系

1. **确定个别语言现象的空间（或时间）边界是语言地理学（或语言史）方法的必要条件**，但这种方法不应变成自身的目的。

不能将某些语言现象局限于本土范围，理解为一些个别同语线的混乱无序。对一些同语线的研究表明，其中一些同语线可以连接成束，可依此确定一组语言创新扩散的来源或中心，以及这种扩散的外围区域。

研究互相覆盖的同语线则表明，哪些语言形象之间存在**规律性联系**。

最后，同语线的比较是地理语言学的主要问题，即**语言区域的科学定义**问题或根据这种划分的最理性原则将语言划分为区域的问题。

2. 如果我们仅限于语言系统中包含的现象而言，那么可以说**孤立的同语线是虚构的，**因为外表相同但属于两个不同系统的现象在功能上可能有所不同（例如，и 在不同的乌克兰方言中可能具有不同的音韵意义；在那些辅音在 i<o 之前软化的语言中，и 和 ы 是同一音素的变体；而在这些音素没有软化的语言中，它们代表两个不同的音素）。

对孤立的同语线进行语言学解释是不可能的。如果不考虑系统，就无法理解语言现象本身及其起源和分布。

3. 就像在语言史中可以对各类不同的演变现象进行比较一样，可以**将语言现象的地域传播与其他地理隔离线进行比较**，特别是与民族地理学隔离线（属于经济地理、政治地理或物质和精神文化现象传播的边界）以及自然地理隔离线（土壤、植被、气候、地貌现象的隔离线）进行比较。

与此同时，人们不应该忽视特定地理单元的特殊条件。例如，语言地理学与地貌学的比较在欧洲条件下富有成效，在东斯拉夫地区则意义不大，而对同语线和气候隔离线进行比较的意义却要大得多。对同语线和其他民族地理学隔离线进行比较，无论从共时还是历时（来自历史地理学、考古学等学科的数

据）的角度来看都是可能的，但是这些观点不应该混在一起。

在不同类型系统间进行比较时，只有将被比较系统看作相同系统才有成效；如果在它们之间建立机械的因果关系，并且一个系统的现象取自于另一个系统的现象，那么，这些系统的组合是扭曲的，科学的综合将被片面的判断取代。

4. 在绘制语言学或民族地理学现象的地图时，应考虑到**所研究现象的扩展不会遮蔽语言学或族裔秩序的谱系亲缘关系**，而且往往占据更加广泛的领土。

七、涉及共同斯拉夫语语言地图，特别是词汇地图诸问题

斯拉夫语族诸语言彼此接近，以至于两种相邻的斯拉夫语之间的区别较之两种相邻的意大利语之间的区别更不易被发现。**从地理上来看，几乎所有斯拉夫语都彼此相联**。不直接接壤的只有南斯拉夫语族和北斯拉夫语族，不过这两个语族中的每一个都分别代表一个连续的地理整体：南斯拉夫语族横亘于意大利的威尼斯和希腊的色雷斯之间，北斯拉夫语族则从捷克的舒马瓦一直绵延到太平洋。这一状况本身就会引起**创建共同斯拉夫语语言地图的想法**，这个地图的必要性完全毋庸置疑。**对斯拉夫语词汇进行比较词源学研究，就必须确定每个单词的准确分布区**。在米科洛舍奇和佩尔涅科尔词典中，总体而言，标注了在哪些斯拉夫语言中可以找到与某个远古斯拉夫语词的对应词，但是这些标注并不能提供单个词语分布区域的准确概念，因为每个单独的词语分布的疆界总是与其他词语彼此交叠，这一点不可能反映在词典中。在斯拉夫语族诸语言的范围内准确确定词汇同语线，可以让我们从一个新的视角来考察所有斯拉夫语言的历史。

如果对与编制共同斯拉夫语语言地图相关的**实践工作做出评价**，就必须指出，这件事要比创建某一门单独的斯拉夫语语言地图更容易。编制共同斯拉夫语语言地图需要调查的居民点数量会更少，调查表中的问题数量也更少。

实际上可以这样组织这项工作：斯拉夫国家所有科学院以及对创建共同斯拉夫语语言地图有兴趣的非科学院体系的学术组织，可以指定设立相应的委员会。所有委员会的代表聚在一起，就以下问题努力达成一致观点：（1）确定

需要调查的居民点数量和这些点在地图上的分布位置（使调查网尽可能均衡，这一点非常重要。当然，要考虑不同地区的特点）；(2) 确定统一的语音标注体系；(3) 确定调查表的内容（符合材料收集所需的词语清单）。

拟定的纲领需要所有科学院都赞同。此外，每个科学院还要承担一定的组织和为后续工作提供财力支持的责任。

关于作为少数民族生活在非斯拉夫国家的斯拉夫人，各科学院代表组成的委员会应与这些国家的科学院商定，在这些国家组织关于居住于此的斯拉夫各民族的语言地理学研究工作，而且依据已经制定的纲领开展工作。

最后一点，各斯拉夫国家的所有科学院都应资助共同斯拉夫语语言地图的发布，要由上述各科学院代表会议选出的专门委员会来领导出版工作。

八、斯拉夫词典学方法问题

研究单个单词的起源及其意义的变化对于狭义词汇学、普通心理学以及文化史都是必要的。然而，这项研究并没有形成作为语言词汇组成之科学的词汇学。它不是一定数量的单个单词的简单组合。相反，它是一个复杂的词汇系统，其中所有单词无一例外地以这种或那种方式相互连接或彼此对立。

一个词的意义主要取决于它与其他词的关系，即它在词汇系统中所处的位置。而确定一个词在词汇系统中的位置只有在研究该系统的**结构**之后才有可能。这项研究应该首先完成，特别是因为直到最近，单词作为词汇系统的一部分以及作为这些系统结构的一种表现几乎没有得到过研究。许多语言学家认为，与形成严格系统的词法相反，词典实际上是混乱无序的，使用字母表只能带来纯粹的外部秩序。这是一个明显的误解。的确，词汇系统比词法系统复杂得多，范围也更广。因此语言学家未来也未必能够以与后者同等的清晰度和准确性来呈现这些词汇系统。然而，**如果单词真的相互对立或彼此关联，它们就会形成形式上类似于词法系统的系统。因此，也可以由语言学家来进行研究。**在这个研究尚不透彻的领域，语言学家不仅应该研究材料本身，而且应该制定正确的方法。

每个时代的每种语言都有自己特殊的词法系统。但是，只有在将一个系统与另一个系统进行比较时，每个系统的原始特征才会显得尤其清晰。在这方面，语族内密切相关的语言非常有意义，因为正是当词汇材料有很大的相似性时，不同系统结构的个性化特征才会被最清晰地揭示出来。在这方面，斯拉夫语族诸语言为此研究提供了其他语言几乎不可能做到的便利条件。

九、功能语言学对于斯拉夫语族诸语言之修养和批评的意义

语言修养指的是在标准语（口语和书面语）中，语言表现出倾向于**发展某些品质，这些品质是其特殊功能所要求的**。

其中，第一个品质是稳定性。标准语应该避免任何无益的偏离，并具有准确的语言学定义。第二个品质是**能够清晰准确、细致入微、毫不费力地传达最丰富多样的色彩**。第三个品质是**语言的独创性**，即强调那些赋予其独特性的品质。在发展这些品质的同时，必须接受存在于语言中的任意一种可能性，或者将语言的隐秘倾向转化为有意使用的表达手段。

至于发音，基于上述主要品质，必须在仍然允许各种非功能变体共存的语言中（例如，在捷克语中 sh 具有双重发音——sch 或 zh：shoda 等；在塞尔维亚语中，ě 有三个发音：ije, je 或 e）明确发音。

拼写作为纯粹假定性和实践的产物，应该在其视觉辨别功能允许的程度上简单明了。拼写规则的频繁更改，特别是在改得不是更简单的情况下，则与稳定性原则相矛盾。但是，如果母语和外来词的拼写不一致导致发音摇摆不定（例如，捷克语中的 s 在外来词中具有双重含义——s 和 z），则应消除。

在称名形式中需要考虑语言的个性，即在没有迫切需要的情况下，不应在语言中使用不常见或很少使用的形式（例如，捷克语中的复合词）。至于**补充语汇来源**，词汇纯粹主义要反对追求最大限度的丰富语汇及其修辞多样性。不过，随着语汇的丰富，在标准语的功能所需之处，也要做到使其具备准确和稳定的含义。

在**句法**领域，不仅要力求个体的语言表现力，而且要追求可能出现的意义上丰富的差异。因此，一方面应区分该种语言固有的特征（捷克语中的动词性表达）；另一方面，不能因为追求句法的纯净而减少这种可能性，这些可能性取决于语言的功能（法律和其他技术语言中的名义结构），即使在句法中也能得到确认。

就语言的个体表现力而言，词法只在其总体系统中很重要，而不是在具体

方面。因此，从功能的角度来看，词法并没有发挥迂腐的纯语主义者赋予它的作用。因此，必须注意，不要让无用的古旧词语毫无必要地增加书面语和口语之间的距离。

有条理的口语对于语言修养非常重要。当需要让书面语鲜活起来时，这就是随时可以用到的来源。

与口语标准语一样，书面标准语也是表达精神生活的一种手段。与此同时，它从其他语言文化领域的价值观中借用了很多东西。因此，这种文化的共性反映在标准语中是很自然的，以语言的纯洁性为名与此作斗争是错误的。

对语言纯洁性的关注反映在语言修养中，这一点从上述解释中也可看到。但任何夸大的纯语主义都会损害书面语言的真正修养，无论它是具有逻辑倾向、历史倾向，还是民粹主义倾向的纯语主义。

语言修养之于大多数斯拉夫语言标准语必不可少。这些标准语相对而言形成较晚，或者在自己的发展过程中经历过断裂。

近年来，在对现存斯拉夫语族诸语言的标准语进行整理以及为那些至今仍没有标准语的族裔语言创建标准语方面的工作得到强化。在这项工作中，功能语言学应当发挥主导作用：它应当在丰富多样的语音和语法形式中选取那些对标准语而言更合适的形式，这些形式区分力更强，适用范围更广；它应当创建字母表和正字法，但不是基于语音转写的原则或者出于历时发展的考虑。其原则应当是共时音位学，具有音位关联的体系，并且能够提供最节约、最简明的体系；它应当研制出自己的词典，以及术语学。这里不应有民粹和拟古的纯语主义的一席之地。激烈的纯语主义的任何影响都会导致词典的贫乏，而且使术语学领域产生不必要的同义现象。它用与日常语汇词源相关的词语为术语学设限，使得那些可以联想到其他词语或者具有强烈感情色彩的词成为术语，而最终赋予科学的术语学极为局限且狭隘的特点。

主 导[*]

■[美] 罗曼·雅各布森 著
刘 丹 译

俄罗斯形式论学派最初的研究可以简单分为以下三个阶段：（1）分析一部文学作品的语音特征；（2）在诗学框架内部研究作品的意义；（3）将声音与意义合并为一个不可分割的整体。在第三阶段，与**主导**这一概念相关的研究成果尤其丰硕。**主导**堪称俄罗斯形式论学派最关键、最复杂和最富有成果的概念之一。我们可以将**主导**定义为艺术品中居于核心的构成部分，它能够掌控、决定并改变其他构成部分，而且正是**主导**确保了作品结构的完整性。

一部作品的特性是由主导成分决定的。某一特定语言的具体特征显然存在于其韵律模式、诗句形式。这可能看似不过是一种无谓的重复：诗即诗。然而，我们必须不断提醒自己记住这一点：某一要素具体阐明了语言的特定变体，它可以控制整个结构，因而强制性地成为其不可分割的组成部分，控制着其他要素并对它们产生影响。然而，诗并非一个简单的概念，也不是不可分割的单位。诗本身是由各种价值构成的系统。就像任何价值系统一样，诗本身包含着不同等级的高级价值和低级价值，还有一个居于主导地位的价值，（在某一特定文学时期和某一特定艺术潮流的框架内部）如果没有它，诗就无法被构想出来，也不能被视为诗。例如在14世纪的捷克诗歌中，诗不可或缺的标识不在于音节组合，而是押韵与否。当时有些诗篇每行诗中音节数不同（这种诗被称为"无节奏"诗），但它们依然被当作诗；而在当时，那些不押韵的诗是无法被称为诗的。另一方面，在19世纪后半叶的捷克现实主义诗歌中，押韵变得可有可无；而诗歌中音节韵律节奏成为不可或缺的成分，没有它就不

---

[*] 本文系雅各布森1935年春在马萨里克大学用捷克语所做的演讲。本文译自赫伯特·伊格尔（Herbert Eagle）的英译，该文标题为"The Dominant"，最初收入马捷卡（Ladislav Matejka）和波莫尔斯卡（Krystyna Pomorska）编选的《俄罗斯诗学读本：形式主义与结构主义的观点》（*Readings in Russian Poetics: Formalist and Structuralist Views*），麻省理工学院出版社，1971年版。

能称其为诗。对于持这种观点的人来讲,自由体诗简直如同心律不齐般令人无法接受。而对于在现代自由诗浸润下成长起来的当代捷克人而言,韵律与韵脚都非诗歌中必不可少的成分;相反,诗中必须有统一的语调,它成为诗的主导成分。如果我们对比研究古捷克工整的格律诗(如叙事诗《亚历山大》)、现实主义时期的押韵诗和当今时代的押韵格律诗,我们会发现这三者中存在共同的成分,即韵脚、节奏和统一语调,但其重要程度有所不同。也就是说,这三种不可或缺的成分在诗歌中的重要程度不同,而正是这些特定成分决定了其他成分的作用和结构。

我们不仅可以在某个语言艺术家的诗歌创作、诗歌经典之作以及某一诗歌流派的创作规范中发现主导成分,而且在某一特定时期的被视为一个整体的艺术中都可以发现主导成分。例如,在文艺复兴这样一个审美标准达到巅峰的时期,当时占据主导的成分是由视觉艺术所表现的。其他形式的艺术都指向视觉艺术,并依据它们与视觉艺术的远近程度而得以判定其作品的艺术价值。而另一方面,在浪漫主义艺术中,占据优势地位的是音乐性。因此,浪漫主义的诗歌指向音乐:诗歌的创作聚焦音乐性,诗歌的基调模仿音乐旋律。这种聚焦某一个主导成分的做法事实上与诗歌艺术无关,但它极大地改变了诗歌结构,涉及声音特征、句法结构以及意象等。它改变了诗歌韵律、诗节划分标准及其创作。在现实主义审美中,占据主导的是语言艺术,诗的价值等级系统也据此做出了调整。

不仅如此,主导概念一旦成为我们研究的出发点,艺术作品的定义——相较于其他文化价值体系——在本质上也会发生巨大改变。例如,我们需要更准确地界定诗歌作品与其他言语信息之间的关系。诗歌作品是由其审美功能,或更准确地说,诗性功能来界定的。只要我们在探讨语言文本,就是在宣传纯艺术,或为艺术而艺术的时代的典型特征。在形式论学派早期,还有可能看到这种等同的明显印迹。然而,这种等同无疑是错误的:诗不仅具有审美功能,还有其他的功能。事实上,诗的创作意图通常与哲学、社会学说等息息相关。诗不止于审美功能;同样地,审美功能也不仅限定在诗作中;演讲词、日常会话、报刊文章、广告、科学论著都可以具有审美考量,都可以表达审美功能,它们通常要使用言语,且也用言语来表达自身,而不仅仅将言语作为指称的方式。

与简单的一元论观点截然不同的是机械论。它承认一首诗具有多种功能,而且有意无意地将其判定为各种功能的机械组合。由于一首诗也有指称功能,持机械论立场的人们通常便将其作为文化历史、社会关系或生平传记的直接记录。与一边倒的一元论和一边倒的多元论不同，还有一种观点认为：我们既应当意识到诗歌的多种功能，又应看到其整体性。也就是说，要识别出能将诗作整合起来，并具有决定性意义的功能。从这个角度来看，我们不能认为诗作只具备审美功能，也不能认为诗歌中审美功能与其他功能并列平分；相反，诗歌是一种言语信息，占据主导的是审美功能。当然，实现审美功能的那些公开的标识并非一成不变或完全相同；但是每一首具体的诗歌经典之作，每一套普遍的诗歌标准，都包含着不可或缺且极具鲜明特色的要素；没有这些要素，该作品就不能称其为诗。

将诗歌的审美功能视作主导成分，这样我们就能判断诗作内部的不同语言功能的层级关系。论及指称功能，其符号与指定客体之间存在极小的内在联系，因此该符号意义不大；而另一方面，表达功能则要求符号和客体之间存在更为直接的、紧密的关系，因此应更关注符号的内部结构。与指称性语言相比，一般而言，表情性语言更贴近诗性语言（诗性语言指向信息本身），它主要用于实现表达功能。诗性语言通常与表情性语言重合，因此人们通常会误以为语言的这两种变体是一样的。如果在语言信息中，占据主导的是审美功能，那么这一信息当然会用到许多表情性语言的手法，但那样一来，这些构成成分就需要服从该作品的决定性功能，进而依据其主导功能而转换。

从形式论的角度来讨论文学演变，探究主导成分至关重要。在分析诗歌形式的演进时，与其说我们是在探讨某些要素缺失而另一些要素显现的问题，不如说探讨的是系统中不同的构成部分之间相互关系的转变；或者换句话说，探讨的是主导成分的转变问题。在一个特定的诗歌规范的综合体内部，或者，尤其是在一套适用于特定诗歌体裁的诗歌规范中，原本次要的元素变成了重要和首要的元素。在什克洛夫斯基的早期著作中，诗作被简单界定为艺术手法的集合，而诗歌演进不过是某些手法的替换。随着形式论的深入发展，出现了对诗作的准确界定，即将诗界定为一个结构化的系统，有规则、分等级排序的一套艺术手法。在某一特定诗歌类型的框架内，艺术手法的等级会发生变化。这种变化不仅会影响诗歌类型的等级，与此同时，还会影响单个类型中艺术手法的分配。那些曾经居于次要位置，属于附属变体的类型，如今居于显著地位，而一些堪称典范的类型则被后置。基于这一观点，形式论者讨论了俄罗斯文学史上各个阶段的创作。古科夫斯基❶分析了18世纪诗歌的演进，蒂尼亚诺夫❷、艾亨鲍姆❸及其追随者调查了19世纪俄罗斯诗歌和小说的发展，维诺格拉多夫❹研究了自果戈理以来的俄罗斯小说，艾亨鲍姆还将托尔斯泰小说创作的发展置于现代俄罗斯以及欧洲小说创作的背景之下展开研究。俄罗斯文学史的图景发生了重大改变，与之前那种片面零星的文学研究相比，它变得丰富多彩，同时也更具整体性，更加综合，更加有序。

然而，演进不仅限于文学史。人们也开始关注不同艺术之间的相互关系的变化。在这一领域，处于过渡区域的研究成果尤为丰硕。比如，对处于绘画与诗歌之间的体裁现象分析，如研究插图；或者对音乐与诗歌交界的分析，如浪漫曲等。

最后，人们开始研究艺术与其他密切相关的文化领域的相互关系，尤其是文学与其他类型的语言信息之间的相互关系，这样又衍生出了新的问题。此时，边界线变得不够稳定，各个领域的内容与范围也在发生变化。这一点尤其引人深思。处在各种体裁边缘的研究尤其值得关注。在某些时期，这样的体裁被评判处在文学之外，诗学之外，而在另一些时期，它们可能满足一种重要的文学功能，因为其中包含那些将被纯文学看重的要素，而一些被奉为典范的文学形式中却缺少这些要素。比如，有这样一些过渡性的体裁形式：偏于隐私文学的各种作品，如书信、日记、笔记、游记等，在某些时期（比如，19世纪上半叶的俄罗斯文学），它们在文学价值这一复杂的整体板块中扮演着非常重要的角色。

换言之，艺术价值系统中的连续转换意味着不同艺术现象的评判中出现的持续转换。从旧体系的角度来看，那些被轻视的，被认为是不完美、浅陋、异常的作品，或简单地被评判为错误的，或被视为异端邪说，颓废的、毫无价值的作品，而当我们从新体系来看时，它们可能有了积极的价值。俄罗斯浪漫主义晚期抒情诗人丘特切夫❺和费特❻的诗歌受到一些持现实主义立场的评论家

---

❶ 格·古科夫斯基（G. A. Gukovskij, 1902—1950），俄罗斯学者、文学评论家。——译者注
❷ 尤里·蒂尼亚诺夫（Jurij Tynjanov, 1894—1943），俄罗斯形式论学派重要理论家、作家。——译者注
❸ 鲍里斯·艾亨鲍姆（Boris Èjxenbaum, 1886—1959），俄罗斯形式论学派重要理论家。——译者注
❹ 维克多·维诺格拉多夫（Viktor Vinogradov, 1894—1969），俄罗斯语言学家。——译者注
❺ 费多尔·丘特切夫（Fedor Ivanovich Tjutčev, 1803—1873），俄罗斯外交官、作家、诗人。——译者注
❻ 阿法纳西·费特（Afanasy Fet, 1820—1892），俄罗斯诗人。——译者注

的苛责，认为这些诗充满谬误，是疏忽之作。屠格涅夫当年在出版这些诗作时，彻底修改了这些诗作的节奏和文风，试图完善它们，以适应当时的规范，经他编辑加工后，这些诗作成为经典。直到现如今，这些诗作才得以恢复其初稿原状，并得到重估，人们将其视为诗歌形式创新迈出的第一步。捷克语言学者克拉尔❶从现实主义诗歌的立场出发，认为艾尔本❷和切拉科夫斯基❸的诗歌是错误拙劣的，并因此而排斥这些诗作；而到了现如今，这些诗作饱受赞誉，却正是由于它们具有那些依照现实主义经典标准而被诟病的特质。俄罗斯著名作曲家穆索尔斯基❹的作品与19世纪末期的乐坛上对乐器的要求不一致，于是同时期作曲技艺超群的大师里姆斯基-柯萨科夫❺按照当时流行的品味对穆索尔斯基的作品进行了重新加工。然而，新一代的评论者却认为，从穆索尔斯基作品中挽救出的那些所谓"不成熟"之作实则具有突破性的价值，从而取消了里姆斯基-柯萨科夫的那些修正，并顺理成章地删去他对《鲍里斯·戈都诺夫》❻的修改。

各种艺术的不同组成部分之间关系的转换与变化成为俄罗斯形式论学派关注的核心问题。这种从诗歌语言领域展开的形式论分析对整体的语言研究具有开拓性的意义，因为它为克服并弥合历时性的历史方法与共时性的编年史方法之间的差距提供了重要的推动力。正是形式论学派的研究明确表明，变化和转换不仅仅是历史性的宣言。这种转换堪称一种可以直接亲历的共时性现象，具有相应的艺术价值。一首诗的读者或是一幅画的观者都可以清晰地感知到存在着两种秩序：判断传统经典之作的标准与偏离经典的艺术创新之作的标准。正是在传统的观照下，创新才得以被构想出来。形式论学派的研究既保留传统，又突破传统的藩篱，让每一件新艺术作品的特质都得以彰显。

---

❶ 杨科·克拉尔（Janko Kráľ，1822—1876），斯洛伐克诗人、法官、革命家，他创作的歌谣、史诗和抒情诗堪称斯拉夫浪漫主义文学中的最具独创性的作品。——译者注

❷ 卡雷尔·艾尔本（Karel Jaromír Erben，1811—1870），19世纪中叶捷克民俗学家、诗人。——译者注

❸ 凡蒂塞克·切拉科夫斯基（František Ladislav Čelakovský，1799—1852），捷克诗人。——译者注

❹ 穆捷斯特·彼得洛维奇·穆索尔斯基（Modest Petrovich Mussorgsky，1839—1881），俄国作曲家。——译者注

❺ 尼古拉·安德列耶维奇·里姆斯基-柯萨科夫（Nikolai Andreivitch Rimsky-Korsakov，1844—1908），俄国作曲家，音乐教育家。——译者注

❻ 《鲍里斯·戈都诺夫》（Boris Godunov）是俄国作曲家穆索尔斯基创作的四幕歌剧，该作由作曲家本人根据普希金的同名历史剧编写剧本并完成作曲，于1874年在彼得堡首演。——译者注

论现代诗学*

■ [捷] 扬·穆卡若夫斯基 著
杜常婧 译

近二十年来，对于文学理论的研究已发展到相当可观的程度。研究的视角与方法也呈现出多种多样的差异。仅对这一现状作出简要概述，我演讲的时间就已远远不足，更何况还要作出必要的评价——假如没有评论，任何对文艺理论研究的概括必然会以失败而告终。尽管摆在我们眼前的是这种情况，但它并非如看起来那般错综复杂。

我演讲的题目给出一个处理文学的统一角度，至少是我们所秉承的不言自明的视角以及方法。我们并非要对文学学（Literaturwissenschaft❶）进行综述；文学学试图建立一门独立于文学史之外的学科，它的前提是必须从多重角度来审视艺术作品。除审美功能之外，艺术作品可以拥有多种功能，比如宗教功能、道德功能、社会功能等等。然而，这一前提必然导致方法的变化不定，从而使研究结论产生分歧；艺术作品所具有的一切功能也会受到文学学贻害。我们仅对诗歌艺术在审美方面的新动向及其前提作一概览，此处的前提与文学学之前提的不同之处在于：毫无疑问，文学艺术作品除审美功能以外，还可以拥有多种功能；但显而易见，它不必一定具备这些功能，更不会因为没有这些功能就不成其为具有艺术性的作品。然而，一旦某些作品不具有审美功能，即不包含实现审美体验的条件，它便不是艺术作品。甚至可以更进一步来论证，作品的这类非审美功能，在多大程度上受审美功能的支配。关于这一点，稍后我

---

* 原题为"O současné poetice"，原为1929年讲稿，选译自 Jan Mukařovský, *Cestami poetiky a estetiky*, Praha: Československý spisovatel, 1971, s. 99-115（扬·穆卡若夫斯基：《循着诗学与美学之路》，布拉格：捷克斯洛伐克作家出版社，1971年，第99—115页）。本译文系国家社科基金重大项目"现代斯拉夫文论经典汉译与大家名说研究"[项目批准号（17ZDA282）]阶段性成果。

❶ 德语，"文学学"。

们谈到文学作品的"内容"时，再以实例来论证。目前这一知识点对我们而言便足够了：文学作品必须具备审美功能，否则它就不能成为艺术作品。通过审美分析，可以推敲出它的真正实质。因此，我们的研究方向就限定在审美分析上。现在，我们还需规定一个进行分析的方法，因为即便在方法上也可能产生各种不同的意见。

在寻求方法的道路上，我们遇到的第一个问题乃审美分析的目的何为。答案很简单：审美分析的目的在于发掘作品中可以引起审美体验的那些特点。换言之，要阐明作品被运用何种手法加以构造，方能生发美感。我们对于作品审美分析的基本要求在于，分析不得在任何一处逾越作品本身的范畴；但凡在作品内部找不到依据，便不得预先将作品的任何特点用作阐释。为何我们要用这一要求将作品与其他一系列现象分隔开来？原因在于，假如我们运用作品的某个特点进行阐释，比如社会影响、创作者的个性等等，我们的研究必然会丧失审美分析的性质，作品便沦为一份纯粹的文献，单纯成为社会学、心理学等浩瀚材料里的组成部分。当然，这并不是说作品不可以成为这类材料，也绝非否认或轻视其他学科将艺术作品列为自己材料的权利。不过这些学科在这么做时应当谨慎行事，亦即在对艺术作品的处理上，意识到作品并非被动地反映创作者的心理倾向、观点或现代社会的状况等问题，作品呈现的这些方面的写照，可能并且常常是被扭曲的；作品并不是作为文献（创作者个性的表达、现代社会的写照等等）被构造，实则是作为引发美感的作品而得以构造。

现在，如果我们将作品与其他一系列现象分隔开来，欲在作品中找到其审美效用的原因，受习惯影响，我们头脑中几乎会自动浮现出两个概念——内容和形式：内容是作品的内在本质，形式是表达内容的手法总和。而形式的次要功能，是接受内容的既有外形，如同衣服接纳身体的轮廓。因此，作品的审美效用似乎完全或至少在相当大程度上由其内容的性质所限定，因为内容乃作品的主要成分。然而内容——作品所表达的想象、思想和情感——可能在作品中受到削弱（诗歌主义、超现实主义以及类似的流派）或完全受到抑制（仅在特殊情况、最极端的情形下，比如用人工语言❶写成的诗歌），但作品并不会因此而丧失审美效用。反之，可以将内容从诗歌作品的语境（可称之为"独特的话语"）中抽离，而不丧失其认识价值，但审美效果则会荡然无存。可见，内容与形式的划分不适宜作为审美分析的基础，因为形式和内容的区分并

---

❶ 又称人造语言，是基于特定目的、用途而为某类族群人为创造出来的语言，包括文法、单字。

不谨严。

内容与形式之间的界限总是不确定的。乍看上去，相较于想象、思想和情感，貌似可以构造出用于表达的语言元素，是为形式。然而，此乃谬误。因为一方面，将内容元素引入作品（互相关联的内容、动机）的手法或多或少是形式上的；另一方面，在语言元素中又有一些非艺术形式的成分，因为语言元素只是艺术形式的基础；语言本身才是整个语言共同体的产物和财富。通过引入"内部形式"的概念以铲除这些难题，这种努力注定要失败，因为随之会产生一个无法解决的问题：究竟什么是"内部形式"。于是，内容和形式之间的界限必然是不确定的。不过，形式和内容相互之间的关系，并不总是形式要服从于内容；也会发生相反的情形，即形式支配内容，形式迫使内容与之相适应。我们不妨引用列夫·托尔斯泰的说明作为例证，或许这样的论据更有分量——长期以来，读者和评论文章的理解、评述更强调托尔斯泰作品的内容方面。在某部书信集的一封信里，托尔斯泰被问道，谁是《战争与和平》里安德烈·保尔康斯基的人物原型。作家的答复如下：

> 安德烈·保尔康斯基几乎跟每一位长篇小说家笔下的任何一个人物一样，他不是任何人……假如我的全部工作就在于绘制会被人识破、继而遗忘的肖像，那么我会为出版自己的著作而感到羞愧。我试着向您说明，谁是我的安德烈。我的长篇小说实际上是以奥斯特里茨战役[1]开始的，在我要描写的这场战役中，我可能要让一个出色的年轻人被打死；在小说的下一个环节里，我需要的只有老保尔康斯基和他的女儿，但是描写一个与小说没有任何关联的人物似乎不太合适，我决定安排一个出色的青年作为老保尔康斯基的儿子。接着，他引起了我的兴趣，看起来他要在小说的下一个环节中承担某个任务；于是我赦免了他，没有让他死，只是让他受了重伤。[2]

从这段引文可以明显看出，内容——长篇小说的一个主要人物——是如何仅仅由于结构的需要，即由于形式而产生的。这个例子并不像表面看上去那么稀罕。在对作品进行审美分析时，我们经常可以清晰地看到，使用这个或那个

---

[1] 发生于1805年12月的一场著名战役，因参战三方君主法国皇帝拿破仑、俄国沙皇亚历山大一世和神圣罗马帝国皇帝弗郎茨二世均亲临战场，又称"三皇之战"。法国军队在奥斯特里茨村（位于今捷克境内）取得对俄奥联军的决定性胜利。

[2] 引自维·什克洛夫斯基：《散文理论》，1925年，第46页。——原注

母题的缘由是由形式所决定的。举例来说，在马哈的《五月》❶中，充满大量水面镜像的母题。弗·瓦·克雷伊奇❷在《卡·希·马哈》❸一书里，借由经验来阐释这一母题产生的原因，这是由于诗人每天在伏尔塔瓦河❹的河面上都能看到城堡区风景的全貌。这时有一个问题自然会冒出来：为什么城堡区风景的全貌恰好令马哈深受感动。为什么不是在他之前或之后的其他捷克诗人？我认为，形式分析会提供另一种明确的阐释：马哈将词语连缀成意义整体，以减弱句子逻辑意义上的连续性。诗人通过这一方式，彻底消除词语一闪而过的次要意义（语义氛围）。水面镜像的母题伴随着朦胧、轮廓以及形状模糊的意义，从而与《五月》基本的意义趋向一致，故而作者频频使用这一母题。

因此，母题的选择时常是由于形式预先设定了作品内容的性质。而以下结论也是成立的，内容正是通过改变形式，成为诗歌作品的合理成分，融入诗歌作品的语境。关于这一点，我们亦可援引列夫·托尔斯泰颇具代表性的话语（同样摘自一封信中）为证：

> 倘使我要用文字来说明我的一部长篇小说想表达的是什么，我就得从头写一部与我之前写好的一模一样的小说。如果批评家们现在已经有所领会，能够在文章中表达出我想说的话，我会祝贺他们，并大胆断言"qu'ils en savent plus long que moi"❺。假如那些鼠目寸光的批评家们以为，我描写奥勃朗斯基怎么吃午饭，卡列尼娜的肩膀长什么样子，只是为了自娱自乐，那他们就大错特错了。在我所写的全部、几乎全部的作品中，我需要的是将彼此相关的思想串联起来，以便于我的表达；然而通过抽象词语来表达的思想往往丧失了原有的意义。这些思想一旦从作品内部的关联中被孤立地抽离出来，便沦为陈腐琐碎。在我看来，这个关联本身不是由思想，而是由其他东西引起的；不可能靠文字的连接直接把故事大纲讲明白，因为这唯有间接地借助词语、描写和情节才可能实现。❻

---

❶ 抒情叙事长诗《五月》（1836）为捷克浪漫主义诗人卡雷尔·希内克·马哈（Karel Hynek Mácha，1810—1836）的代表作，其语言通俗优美，极富音乐性，被誉为"捷克诗歌中的珍珠"。该诗因与当时的民族理念、教会信条不符，而被同代人认为太过个人主义。
❷ 弗朗齐歇克·瓦茨拉夫·克雷伊奇（František Václav Krejčí，1867—1941），捷克文学史家，批评家。
❸ 布拉格，1907年，第89页。——原注
❹ 捷克最长的河流
❺ 法语，"他们知道得比我更多"。
❻《散文理论》，第50页。——原注

托尔斯泰这番话明确指出，艺术作品中的内容仅仅是在具有审美功能，成为形式的条件下，才能发挥作用。我们举另外一个捷克文学中的例子：可以选取霍莱切克❶《我们的人民》里的一部分思想，将之置于一个互为关联的系统。之后，这些思想便会具备哲学知识和科学知识的特点，我们用真实性和原创性的标准对其进行衡量。然而，一旦成为作品的鲜活成分，这些标准中的任何一个对其都不适用；因为唯有在审美方面作为作品形式的有效成分得以具备，上述标准才能起作用。在霍莱切克这个例子中，思想意识的任务是限制情节进程，强调被称为"史诗规模"的东西，尤其是将之提升至意义的更高层面，赋予情节更深层次的意义——假使情节不包含这一思想意识，便会染上一般乡土小说的民俗色彩。这一点对于作品的审美感染力而言亦是如此。思想意识的基调至关重要，而作者所写的事物真实与否，作品中的思想是他自己的或别人的，则是无关紧要的。

　　这么看来，作品内容和形式的区分完全不适合审美分析。我们无法为内容和形式在作品的审美特点与其他所有特点之间划分精准、恰当的界限。而我们恰恰需要进行这一区分。假如纯粹从审美角度来看待诗歌作品，我们又会得到一个二元论，当然是与之前不同的二元论：前者是能够引起审美效用的作品的特点，我们将其总和称为**形式**；后者是形式赖以实现的基础，我们称之为**材料**。现在，我们有必要更准确地认识一下材料的本质和构成，以及形式的本质。

　　揭示材料的本质并非特别困难。诗歌作品的材料是语言，实际上除了语言之外再无其他。因此，诗歌一直被称作语言艺术（Sprachkunst❷）。当然，诗歌作品中也有在很大程度上同语言不相关联的元素——想象、思想和情感，简而言之，即构成作品**主题**的元素。尽管如此，即便是这些元素也唯有通过语言才能进入作品。虽然剖析作品的主题结构偶尔可以（例如在长篇小说中）不去考虑语言，但在许多情况下（例如在抒情诗中），主题结构与语言元素却是密切相关的。

　　此即材料的特性。要阐明形式的本质便没有这般容易了，因为形式完全不像如上所述的材料那么具体。形式仅仅是**手法**，与在作品中运用材料的目的一样，运用形式是为获得审美效用。因此，我们重新回到材料的问题上，以便了

---

❶ 约瑟夫·霍莱切克（Josef Holeček，1853—1929），捷克作家，翻译家，记者。
❷ 德语，"语言艺术"。

解运用材料的独特手法。首先我们讨论语言元素，继而讨论主题元素。

语言在日常交际中（而非在诗歌作品里）一般用于交流，具有交际功能。"讲话的目的，是将我们的想法传达给与我们交谈的人。通常可能得到验证的是，与我们交谈的人会在多大程度上理解我们的话，我们并不特别在意对词语或句子结构的选择，而满足于任何一种表达形式，只要我们能被理解就足够了。"❶ 交际语的理想是相互理解，即以最简单的方式传达思想。这就会涉及省力原则：我们寻找的语言工具，需在使用时最少消耗与我们交谈者的注意力和精力；如此一来，其全部注意力便可集中在我们传递给他的想法上。❷ 这与我们**如何**传达无关，而与我们传达的**是什么**有关。从交际功能考虑，要使话语得到完善（这种完善的交际语言，即科学所使用的语言），我们会为它设定准确、明晰和简洁的标准，这些全部是便于相互理解的特质。

现在我们来观察诗性语。如果从交际语的标准（准确、明晰、简洁）来看，诗性语极不符合交际功能。这一点在许多抒情诗中都可以得到明确证实。根据一般经验，许多抒情诗的"内容"可以用三言两语得到概括（比如"我很幸福"，"今天早上天气很好"，等等）。换言之，诗性语使用整个长句和复合句来表达的思想，交际语可以浓缩在一句话里表达出来。假如我们来审视诗性语的细节，亦会发现同样的情形：它并不符合交际功能的立场。仅需一个词就能够说明白的地方，诗人会使用若干个词。例如，马哈不用"月亮"，而说"月亮的脸庞"（"乌云拂过月亮的脸庞，囚徒向它敞开自己的心扉"），不用"水"，而说"湖水深处"（"白色城市的映像融进湖水深处"）。❸ 沃尔凯尔以"塔上传来的钟声犹如被出卖的少女／落在广场上，仿佛砸在坚硬的湖面上"❹来描写"钟声敲响"。两处比喻（"犹如被出卖的少女"，"仿佛砸在坚硬的湖面上"）从交际的角度来看是多余的，甚至会妨碍理解。在诗性语中，许多同义词经常堆叠在一起："哦，这是簌簌声、嗡嗡声、嘈杂而躁动不安的隆隆声"（伏尔赫利茨基）❺；甚至也有同义句的叠加："鞭打声会继续响起，继续

---

❶ 鲍·托玛舍夫斯基：《文学理论》，莫斯科—列宁格勒，1927 年，第 3 版，第 9 页。——原注
❷ 《散文理论》，第 10 页。——原注
❸ 以上两例均出自马哈的长诗《五月》（1836）。
❹ 伊日·沃尔凯尔（Jiří Wolker, 1900—1924），捷克诗人。此例出自沃尔凯尔的诗集《沉重的大钟》（1922）中的《诗节》。
❺ 雅罗斯拉夫·伏尔赫利茨基（Jaroslav Vrchlický, 1853—1912），捷克作家，诗人，翻译家。此例出处不详。

让我们喘不过气"（贝兹鲁奇）❶，而非直接写为"他们会继续压迫我们"。此类例子不胜枚举。一切词语的连续反复也可作为例证，譬如紧接反复（epizeuxis）、首语重复❷（anafora）、尾语重复❸（epifora）等等。然而，诗性语亦可反其道而行之：省略从交际角度而言重要的词语。例如聂鲁达的诗里写为"恶—善，魔鬼—上帝在他身上**交替**涌动"❹，而非直接表达为"它们就像血液在血管内循环"。这位诗人的其他诗篇里也有类似的省略，从交际角度看来未免牵强："伴随**铃声**，我们乘雪橇一闪而过"❺。不过，诗性语尚有太多不符合交际语标准的其他情况，比如，运用比喻等修辞手法，基本上可以替代十分明确、受到严格制约的意义，制造多义性，呈现丰富的波动感，但同时也导致意义的含糊不明。有时句子结构会发生变形，这从交际角度而言是不必要的。就交际语而论，诗性语的词序始终被强行颠倒次序。在诗性语中，词语的选择偶尔会受语音方面的影响，却不会从宜于交流等立场出发。

  总体看来，诗性语不符合交流的目的：交际语促进相互理解，诗性语在理解的路径上堆积障碍。**诗性语与交际语的功能有所不同**：交际语促使我们的注意力转向表达的**是什么**上，而诗性语促使注意力集中在**如何表达**上。如此，诗性语转移我们注意力的重心：让我们感受**表达**、**交谈行为**本身。以此为目的，相较于交际语，诗性语的整个构造被强行变形。这一变形既受话语单一元素的支配，也受元素间相互关系的支配。诗性语通过强制性，即变形的陌生化和新奇性，强调植根于无意识状态的语言元素，我们在无意识状态下于交际语中所发现的语言元素，❻例如在句法单元、句子和复合句中连接词语的手法。在交际语中，句子连接并不属于我们关心的范畴；对句子连接本身关注得越少，在理解思想的路径上设置的障碍便越少，以便能更好地实现交际功能。然而，一旦诗人将这一句子连接用作服务于自己的目的，我们便会看到，句子的一般结构发生变形。例如连贯性的破坏，句子成分的置换，句子成分之间语法功能的

---

  ❶ 彼得·贝兹鲁奇（Petr Bezruč，1867—1958），捷克诗人，作家。此例出自贝兹鲁奇的诗集《西里西亚之歌》（1899—1958）。
  ❷ 诗词中一个单词或词组出现在连续数句或数行的开头。
  ❸ 一个段落或句子结束之时，相同词语或词组的重复。
  ❹ 扬·聂鲁达（Jan Neruda，1834—1891），捷克作家，诗人。此例出自聂鲁达诗集《星期五之歌》（1896）中的《我的红与白》。
  ❺ 出自聂鲁达的诗集《平凡的主题》（1883）中的《冬之四》。原文为 na zvonivých jedem saních。为求押韵，诗人用形容词"叮当作响的"（zvonivých）指代"铃声"，省略后面的名词。
  ❻ 罗曼·雅各布森：《捷克诗歌基础》，布拉格，1926年，第22页。也见《俄罗斯新诗》，布拉格，1921年，第二章。——原注

互换等等；理解变得困难，注意力从而转向构造句子的手法本身。在所有其他例子中均可看出，诗性语聚焦于表达行为的无目的体验。现在，如果我们还记得审美体验的本质特征一直被认为是无目的性，即注意力集中于作为现象的现象自身，那么我们则会豁然开朗，这一表达**行为**的无目的体验即为审美体验。

  当然，并非每一次变形都一定引发审美体验。也有不具备审美效果的变形，比如受强烈情感的影响，抑或在畸形人物身上发生的话语变形。诗性变形以其**系统化**不同于这类变形。假如特定的语言元素得以重塑，它在整部作品中是以完全一致的手法在进行变形。这种特定语言元素的系统化变形，我们称之为**造型手段**。在作品里其实有许多造型手段。作品的每一个要素，无论是语音的、句法的，还是意义的，都可以发生变形，以引发审美效果。所有这些造型手段的相互关系在一定程度上也得以系统化，这是由于造型手段彼此之间在相互作用。在我们看来，通常其中一种造型手段会主宰其余手段，它即为作品的基调。❶ 不过，我们无法对此作出更为详尽的阐说，它尚属于未被解决的问题。

  现在我们转向第二组材料——作品的主题元素，即作品中包含的思想、情感和想象。我们要看看是否可以在这组材料上运用分析语言元素时所确定的原则。需要确定的是，这些思想、想象和情感元素在作品中是否发生某些变形，以获得审美效用。我们且以情节为例：作为事实、不以审美效果为目的的叙事情节，是按时间和因果方式连接起来的一系列想象。比方说，我们可以在新闻报道、传记、回忆录里发现这类情节。我们会将其视为一般事实，可以很明确地将其与以审美效用为目的的叙事情节区分开来。在后者中，单一的事件，单一的情节母题，除按时间顺序和因果关系连接以外，还有其他不同的连接方式；从艺术意向上看，甚至可能发生时间顺序和因果联系必须让位于上述那些新关联的情形。这一新的关联令情节成为艺术作品的一部分，恰恰在于情节的每一处细节皆如它应该成立的那般准备就绪。契诃夫曾经说过这番奇妙的言论，假如短篇小说的开头提到往墙上钉了颗钉子，小说的末尾，主人公非在这颗钉子上吊死不可。❷ 这一构成连续链条的**动机**，引起读者对当下将会发生什么的紧张和期待。经由作家蓄意地阻抑情节（例如通过描写、记叙等方式），❸

---

  ❶ 尤·蒂尼亚诺夫：《论文学演化》，载《拟古派和革新派》一书，激浪出版社，1929年，第30页。——原注

  ❷ 鲍·托玛舍夫斯基：《文学理论》，第145页。——原注

  ❸ 维·什克洛夫斯基：《散文理论》，第21页。——原注

紧张感还会继续加强。情节从而获得活力，换句话说，我们不再将其视为单纯的事实，只对它的真实性感兴趣，而开始将注意力转向它的过程，我们在无意识中（审美上）体验的过程。因此，我们在情节中，确切地说也是在语言元素中所发现的是：变形应以引起审美效用为目的。我们也可以通过分析其他的主题元素，如思想、情感等，得出这一结论。即便这些元素在作品中也不是作为现实，而是作为无意识体验的现象在起作用。维·什克洛夫斯基曾经形象地说道：我们称之为艺术的东西，是为复活我们体验生活、观察事物的能力而存在；艺术是为了让我们感受到，石头更成其为"石头"。他还说过：假使事物要成为艺术事实，则有必要将其排除在现实生活的一系列事实之外，有必要将其从所处的一般联结中抽离出来，有必要将其像火中的木柴一样翻转过来。

那么谈到作为整体的文学艺术作品，其本质为形式，即手法，通过手法使具有独特语汇意义的语言材料或主题材料从一般语境中抽离出来，以使其自身成为体验的客体。这是一种目的，而不仅仅是单纯的手段。我们所感受到的形式是作用于材料上的暴力，这种暴力以唤醒材料中的审美感染力为目标。因此，每一部新的作品都向我们表现为某种陌生的东西，令我们内心焦虑烦躁、澎湃激荡，把我们从无意识的循环中拉扯出来；而这感受远远不同于那种愉悦的享受，审美享乐主义是在愉悦享受上建立自己的理论的。不过，诗歌作品的这一新奇性并不会永恒延续；随着作品被重复感受而变成习惯，新奇性的特征会黯然失色。起初表现为对传统实施暴力破坏的作品，现在逐渐成为传统的一部分，其形式则成为同时代的审美规范。接着，下一个阶段还将来临。但在谈到它之前，我们有必要指出，此处出现在我们诗学中的概念，便是极为系统化的**文学发展**的概念。

乍看上去，似乎诗学研究必然是静态的，演变的概念落在这个学科的范畴以外。然而这是个误解。文学作品被设置为发展序列中的一员，其结构携带着在这一序列的位置上必不可少的印记；摒除发展观念固然可能对作品进行审美分析，但这远远不够。为使我们可以清楚地认识到这一点，有必要简略勾勒出文学发展的概貌。通过对材料的强制变形，以引起审美体验为己任，诗歌作品是作为这样的产物而问世的。它新颖不凡，故而逸态横生。人们读诗，逐渐对它的特征习以为常。诗人所写的其他作品，在创作手法上与第一首作品极其相似；也许是因为这位诗人属于一个诗歌流派（一代诗人）的一员，这个流派的创作手法才如出一辙。时而也会发生这样的情形，模仿者们追随原创者，一成不变地吸纳其创作手法。然而经过长期沿用，已有的一套创作手法变得陈旧乏味；以这种创作手法写就的诗作所带来的感受，非常机械化，俨如毫无变化、动辄重复的一道道工序。诗作的韵律，诗句的句法结构，词语的选择及其意义上的关联等，这些在其新鲜期还是非同凡响、激荡人心的，现在却让人感觉千篇一律。上述诗人乃至整个流派的诗歌技艺，其神秘感的丧失，可以因随便什么人的影响而造成。比如刚开始写诗的学生们掌握了这种技艺，甚或可能是诗坛新秀或新一代诗人崭露头角的时刻来临。他们要创造新颖的、具有审美效用的形式，而非陈腐过时的形式。他们所致力做的是最大限度地与上一代诗人划清界限，通过树立对立面来显示自身的生命力。❶

我曾尝试在《论马哈的〈五月〉》一书中对这一文学发展的概貌进行梳理；请允许我在此对它作一番论说。我对马哈的《五月》、哈莱克的《阿尔弗莱德》❷，以及伏尔赫利茨基的《萨达奈拉》❸ 三篇诗作就主题结构方面进行了比较，它们在时间的连续性、主题的特征，甚至单一的母题上均极为相似。在列举的三篇诗作中，叙述者都被引人注目地放在最为显著的位置上。马哈在我们面前表现得非常接近诗中的男主人公，后者甚至像是他的第二个"我"：他借用诗中的几个主要母题并运用移情手法，比如怀念已逝童年的母题（**我也**曾有过美好的岁月，我的童年时光——被狂暴的时间残忍地夺走，抛在脑后），五月的母题（虽然我正值／青春年少——就像五月，这首诗），爱情的母题（爱无止境！——而**我的**爱却遭夭折），从而给人留下这样（还有其他手法，此处恕不赘述）一种印象，叙述者与诗歌的情节、人物密切相关，诗歌承载着他的思想和情感。哈莱克的《阿尔弗莱德》，在主题和单一诗句上显而易见的相似性上都使人联想到《五月》。此诗欲以《五月》作为感知背景，然而叙述者与主题的关系发生了革新，叙述者置身于情节和人物之外，甚至如观众和批评家一般居高临下。如此，哈莱克给自己的叙述者指派了与马哈的叙述者相对立的身份。最后是伏尔赫利茨基的《萨达奈拉》——此诗的叙述者与哈莱克的叙述者一样，置身于情节和人物之外，但完全是以另一种方式存在的：哈莱克的叙述者是参与情节的观众、批评者，而伏尔赫利茨基的叙述者在讲述传说般的古老故事，实际上他是在强调自己小小的参与；哈莱克的叙述者

---

❶ 关于文学的发展问题，参见尤·蒂尼亚诺夫的论文《论文学演变》，已引。也可比照费·格莱赫与莱菲沃的对话（1928 年 6 月 2 日就新闻学交谈一小时）："一个新的流派如同费希特的自我理论一样，要同自己的旧自我决裂，确立新自我。"——原注

❷ 维捷斯拉夫·哈莱克（Vítězslav Hálek, 1835—1874），捷克诗人，作家，批评家。《阿尔弗莱德》写于 1858 年。

❸ 《萨达奈拉》是伏尔赫利茨基于 1896 至 1897 年创作的诗歌。

严肃地对待情节，伏尔赫利茨基的叙述者则以略带滑稽模仿的语调来讲述情节。于是，每一篇诗作都与其他两篇略有出入。缘此，我们在这三位诗人身上发现了发展性的对立。三位诗人依次处理相同的主题，前两位诗人其实在自己的诗里解决了同一个叙事诗主体性（subjektivace）的技术性问题。在诗歌代系的新旧更替时期，不同时代的诗人彼此间不尽相同的对立还要更为强烈。新一代诗人总是立刻站到上一代的对立面上，而在上一代诗人的作品中被认为是"谬误"的东西，可能会成为新一代的规范。

我们这里给出的仅仅为发展的概貌，实际的情况要复杂得多。新一代文人在创造新的形式之际，并非只是消极地受到上一代作品的限定；他们也会积极倚借上一代**诸流派**——与现有的发展路线不同的流派——的某些影响。举例来说，新一代的作品可以袭用劣势文学、非官方文学的造型手段。鲍·托玛舍夫斯基就曾指出，法国文学中的情节剧这种"低级"、非文学的剧种，对浪漫主义戏剧的创作手法产生过何等影响。❶ 文学的某一类别（例如信函、回忆录）也会以其非审美性特征提供形式革新的手段。此外，比上一代还要资深的某一代文人，如果其创作手法与新一代的形式倾向相一致，也会对新一代的形式产生影响（有必要举一下这个例子，年轻的马哈尔❷曾经向聂鲁达求教，要从后者的创作中汲取灵感，也为他所着手创作的散文的韵律和词汇寻觅基点）。最后，外国文学也有可能产生影响。当然，我们不可忽视，所有这些可能产生的影响，不论是来自劣势文学、非诗性文类、更早的一代、还是域外，其可以被接受，仅仅因为它与接受此影响的一代文人的倾向一致，也唯有在两者彼此相合的情况下才可能发生。而这些倾向又是由形式革新的需要所注定的，形式革新的目的是要与官方认可的占据主导地位的一代形成对立。尽管我们是从形式的美学视角来审视文学艺术作品，作为发展序列中的一员，它既受到之前文学艺术作品的约束，又制约着其后的文学艺术作品。在作品真正具有生命力，具有审美感染力的时期，它是在与较早一代的作品相比较，作为其对立物而被感知；这种感知差异构成其审美效用的一部分。

不过，我们并未通过文学发展的概念挖掘出全部的关联。单一诗歌作品通过这些关联，嵌入民族文学的整体之内；我们还应略微提一提**文学种类**的概

---

❶ 鲍·托玛舍夫斯基：《19世纪的法国情节剧》，载《诗学选集》第二卷，列宁格勒，1927年。——原注

❷ 约瑟夫·斯瓦托普卢克·马哈尔（Josef Svatopluk Machar, 1864—1942），捷克诗人，作家，政治家。

念。某一种类的归属并不单单意味着将作品机械地置于特定的类别。关于这一归属的认识，对于我们理解作品的方式会有所影响。鲍·埃亨巴乌姆在论美国小说家欧·亨利的论文❶中极为机巧地揭示，美国和俄罗斯对该作家的小说有着种种不同的看法，这正是由于文类归属的不同。对于美国人而言，该作家的小说在美国文学"short story"❷ 这一典型种类中构成极其成熟的组成部分；这一类别的典型特征是营造显著的效果，情节的进展于结尾处急转直下。因此，美国人对亨利小说的接受，最为看重的特点是这些小说与同类小说的迥异之处，主要体现为其感伤的色彩；俄罗斯人则完全是从另一个角度来接受这些小说的。俄罗斯文学不具有短小精悍、情节紧凑的小说传统（尽管与此不同的见解也不无证据，然而这些证据与其说是通则，毋宁说是例外）。俄罗斯文学类别中的长篇小说则得到极为充分的发展。它与短篇小说不同，不要求结尾情节的激化效果，相反，它讲究不出人意表的调性：长篇小说情节的高潮被安排在离结尾一定距离的地方。因此，被引入俄罗斯文学的欧·亨利小说，正是因为令美国人感觉平淡无奇的文类特性——情节的激化，而令俄罗斯人感到新奇。作品也由于从一种文类情境过渡到另一种情境，改变了自身的面貌。

到目前为止，从就诗歌类别的讨论可以看出，作品的类别归属并非只以或主要以其内容为基础。在上述例子中，类别归属的变化不是在对内容理解的变化上发生，而是在对其形式接受的变化上发生的。此观点自然与类别乃题材的特定范畴这一观念发生了冲突。对上述题材观念上的类别无需赘言，每一个学派的诗学都以自己对类别的定义提供了颇多依据。反对这一题材观的理由一目了然：相同的题材（相同的主题）根据它的表现形式，常常可以服务于各种不同的文学类别，例如传奇与抒情诗、传奇与传说、短篇小说与戏剧等等。正是形式实现了将作品归属某一类别的可能，这种意义的形式即为我们以上所构想的形式。

新的诗学由此反对不同文类定义之下的题材观，将它限定为创作手法的固定集合。在文学类别的创作手法中，典型的如特定的韵律形式（对于法国的"chansons de geste"❸ 来说典型的是"laisses"❹ "tirades monorimes"❺，它们中

---

❶ 鲍·埃亨巴乌姆：《文学》，列宁格勒，1927年。——原注

❷ 英语，"短篇小说"。

❸ 古法语，"武功歌"，这是出现在法国文学初期的一种史诗，最早的作品可以追溯至11世纪末至12世纪初。

❹ 法语，（中世纪武功歌的）上节或引节。

❺ 法语，单韵（单义）独白。

大都有数十个音节的诗句)❶，一定的语音特性（例如 18 世纪颂诗中的语调)❷，一定的词语选择（英雄史诗的词汇是一回事，田园诗的词汇是另一回事），一定的风格特性（比如英雄史诗具有典型风格的人物），一定的构造手法（例如之前我们提到过的长篇小说与短篇小说之间构造的差异），等等。当然，就类别而言，它所独有的并不仅仅是单一的创作手法，而是全部创作手法的相互关系，创作手法的集合构成类别。一种创作手法可能适宜于差异颇大的诸种类别，比如富有英雄史诗风格的人物、词语选择等也会在喜剧史诗中出现，而从整体看来具有完全不同的功能。

故而每一种诗歌类别的现象极其复杂。随着时间的推进，它自身的复杂性也非常多变。因为类别自身也在发展，发展的基本规律与一切文学演变的规律相同：倘若一直运用构成类别的陈旧过时的创作手法之集合，审美效力就会自动丧失，产生革新的需要。这一革新的方式在于，一部分构成类别的创作手法被替换，一部分延续下来；新增添的创作手法使类别得到焕然一新的修整。在革新时也会发生这样的情形，到目前为止被认为是十分重要的类别特征将不复存在，而次要特征却得以保留。比如，史诗在进行浪漫主义改革之时，情节性（即母题的动态衔接）的重要特征一一消失，然而次要特征（例如长诗中诗篇的划分）保持不变。显然，经过持续渐进的革新，类别会发生如此这般的变化。在其发展序列上时间相隔较远的两个成分，可能彼此完全不相关联（譬如西班牙传奇叙事诗与现代叙事诗，骑士小说与当今的长篇小说）。因此，为保险起见，我们仅可给某一时期的类别下定义，而无法定义适用于普遍范畴的类别。就连诗歌的基本形式，如抒情诗、叙事诗也是如此。要找到简单、明确，适用于所有时代、一切文学的定义是相当困难的。

我的演讲已经接近尾声，感谢你们耐心聆听。在这次演讲中，我尝试概括出新诗学的总体特点（而非观点和研究事无巨细的罗列）。有些人称这一新诗学为形式主义诗学，另一些人则更微妙地称其为非形式主义诗学，但最准确的称谓应该是——不受任何特征限制的**诗学**。这是因为，对于诗歌艺术的科学审美而言，除了结构分析，再没有其他手段。结构分析以发现作品中那些引起审美效用的特性为目的；或许也是因为，新诗学绝不是偶然形成的时尚产物，而是悠久传统延续下来的规律性结果。不过，特别在最近几年，关于诗歌作品的

---

❶ 卡·弗莱契：《古法语文学研究导论》，哈勒，1905 年，第 108, 201 页。——原注
❷ 尤里·蒂尼亚诺夫：《作为演说体裁的颂诗》，载《拟古派和革新派》一书。——原注

结构研究主要在俄罗斯发展起来，这是事实。那只是因为在这段时期，上文我所谈及的语言观念在该国的功能语言学中已发展成熟。诗性语致力于交谈行为的无目的体验。而这一语言观念恰恰为诗学恰如其分、卓有成效地理解诗性语提供了可能。诗学由此获得繁荣。不过，诗歌作品的结构分析深深植根于往昔。我不会列出写有一堆前辈名字的清单使你们感到厌烦；假如真要这么做的话，那肯定得从亚里士多德的名字写起。请允许我略微一提捷克传统中较具代表性的名字：奥·霍斯廷斯基❶和奥·泽赫❷。后者在其学术著作《论诗歌类型》❸里论述的许多新诗学的重要知识不曾受过外来的影响。在研究捷克新诗学的语言学家中，我们要提到约·祖巴蒂❹，他的学术著作《论拉脱维亚和立陶宛诗歌中的头韵法》❺早在形式论学派诞生之前，便发现了诗歌作品语音层面和意义层面的结构关联。我提及这些是为了证明，新诗学在捷克的土壤里也拥有自己的依据和根基。

---

❶ 奥达卡尔·霍斯廷斯基（Otkar Hostinský，1847—1910），捷克美学家，音乐及戏剧理论家。

❷ 奥达卡尔·泽赫（Otkar Zich，1879—1934），捷克作曲家，美学家。

❸ 布拉格，1918。——原注

❹ 约瑟夫·祖巴蒂（Josef Zubatý，1855—1931），捷克印度学家，印度文学翻译家，波西米亚学家。

❺ 捷克社会学术公报，1894。——原注。头韵法：文句中有两个以上连接在一起的词或词组，其开头的音节具有相同的字母或发音，以增强语言的节奏感。

论诗学*

■ [波] 罗曼·英加登 著
 　张振辉 译

一、对文学认知的分类

诗学是文学认知这门学科的一个**分支**，也是它的一个门类。我对文学认知的理解是它通过对文学的认识而得出的一个有一定根据的结论。这个结论可以涉及一个文学作品，不管对它有什么看法；也可以涉及为了认知这个作品采取的一种方法。诗学也是对文字记载的认知的一个**分支**。**所有的**文字记载都是这个认知要研究的对象。既包括文学的艺术作品，也包括其他"写出来的"著作，如科学著作、政论作品、宗教著作和回忆录等，但诗学只研究文学的艺术作品以及某些和它有关的东西（如戏剧作品）。它是文学认知的一个门类。有许多认知文学作品的**情况和方法**，各不相同。既涉及读者在认识和接触一个文学作品后对这个作品产生的一些看法，也涉及用于认知这个作品的方法。诗学就这两个方面来说，都是很专注的。

有"许多看法"都表现在对文学作品的认知中，而得出这些看法的方法，又可以是多种多样的。例如**一个**作品可以被看成是一个具有**图式**结构的特殊个体，或者它就是在这种或那种**具体化**中呈现的一种形式。以另一种观点来说，它也可以被看成是一个**现成**的艺术品，一个脱离了历史进程的**单独存在**；它自给自足，不可复制。或者与此相反，它作为一个**成员**，参与到了

---

* O poetyce // Roman Ingardn：*Studia z estetyki*, Tom I, PWN, Warszawa: 1966. pp. 271-325. 波兰文原文载于罗曼·英加登：《美学研究》第一卷，国家科学出版社，华沙，1966年，第271至325页。本译文系国家社科基金重大项目"现代斯拉夫文论经典汉译与大家名说研究"[项目批准号（17ZDA282）]阶段性成果。

历史发展的进程中，可以是某种艺术产品，或者某种**艺术个性**的**表现**。与此同时，它也可以参与某种文学**潮流**的发展，成为某个**文学流派中**的一员。但文学作品总是某个个人的创造物。它的产生也间接地受制于一些关系的存在。这个个人（即作者）在创作它的时候，是处在这些关系中的。这样，它所起的作用也取决于某些事物即社会、经济和政治事务等的产生、存在和发展的状况。最后——文学作品作为一个经作者创造出来后依然存在的特殊客体，以各种不同的方式参与到社会生活和历史发展的过程中，它的读者就是这个社会的成员。他们以不同的方式对它作出反应，且经常是要对它进行改造。以另一个观点来说，文学作品也可以被看成是一个**独特**的不可复制的个体，或者某种**类型**的**样品**，用来证明某种文学或艺术思想的存在。这些情况的出现，使我们看到了作品的另外一个面貌，也给我们提出了另外一些研究的课题和任务，另外一些必不可少的原则性概念。当然还可以采取别的**认知**作品的方法。

我们能够**认知**作品的方法是多种多样和各不相同的。我们可以通过简单的**阅读**，也就是作为一个普通读者的阅读来认知一个作品；也可以从阅读中产生的审美体验来认知一个作品的内涵。这是一些不同的但都可以采用的方法。我们也可以凭经验来认知一个作品；可以通过不仅是阅读，而且在阅读的基础上分析这个作品的一些组成部分和这些部分的结合，或者对这个作品的整体有一个综合性的把握来认知它。我们可以在对文学的艺术作品的**思想**作一般性的分析，或者在对它的某一种思想的分析后得出的结论的基础上来研究这个作品。此外，我们还可以通过研究一个作品的**本质**，认定它只是一个单独的存在，还是代表了一种文学思潮。不论在什么情况下，对于文学作品的认知都要采取一种特殊的、可以称之为先验或者基于经验❶的认知方法。

可见，我们对文学本身也会有不同的认识。例如这里说的有艺术文学，科学文学和政治文学等等。就看我们要研究的是哪种**类型**的文学作品，了解哪一方面的文学知识。根据我们对作品的研究和认识，我们认为，有关文学的知识包括以下四个方面：1. 文学的哲学；2. 文学理论；3. 研究文学的学科；4. 文

---

❶ 这个经验是什么，我在《对文学作品的认识》中作了说明。——原注

学批评。**诗学是有关艺术文学的理论**。❶

要说明文学**哲学**和研究文学的**学科**的不同并不难。这不仅表现在它们对文学作品有不同的看法,而且表现在它们研究文学作品的方法也不一样。**研究文学的学科**是一门研究**事实**的学科❷。它研究的是一些"事实上"存在的单个的文学作品,了解这些作品本身所拥有的一切,以及它们之间的联系。因此研究文学的学科所遇到和认定的第一个事实虽然被谈得不多,但**很明显**❸是某个作品的存在。实际上,这也不用特别地说明,但是有人可能怀疑某个作品的存在。这种怀疑甚至表现得很无知。他不知道文学作品是以**什么方式**存在的,它们能够存在的**条件是什么**❹。还有一些看法认为文学作品不是一个事实的存在,或者把一些从来没有过的东西说成是它们有过,把不属于文学作品的属性归之于文学作品。这些看法之所以是错的,是因为它们把那些不属于文学作品的东西当成了文学作品。我们应懂得:研究文学的学科是同作品的存在以及作品属性的存在的事实联系在一起的❺,这也就是它要研究的对象。

研究文学的学科不论是研究文学发展史,还是研究文学的性质,都会遇到两种情况:一是它要研究每一个**具体的**作品。如《塔杜施先生》《哈姆莱特》等等;二是它要研究文学作品或者某种类型的文学作品如抒情的文学作品之一般的属性。研究每一个具体的作品首先都要进行阅读,通过阅读来对它作具体的分析。只有在分析一个个作品的基础上,才能进一步研究有关文学的一般性的问题;但是这种研究也只能得出一些一般性的结论,要阐明这些被认为"确实"存在的东西还是**不够的**。这个道理很清楚,不用多说。但是照这个观

---

❶ 齐格蒙特·韦姆皮茨基在评论我的《对文学作品的认识》一书的文章中,指出我关于文学知识的分类中没有提到诗学。但我以为,不用将通常称之为诗学研究的问题列为对文学认知的一个特殊的学科。我认为,诗学属于文学的"类型学"。后来,特别是在1940年,我在课堂上讲授文学理论的时候,还提出一种看法,认为要将诗学同研究文学的学科区分开,将它列为一个单独的学科,因为它是和文学类型学相似的一门学科。为什么我会有这个看法,以后再谈。我也并不想对诗学所触及的问题和它的任务作更多的阐述,可是齐格蒙特·韦姆皮茨基要我对某些和诗学有相同之处的东西作专门的论述。——原注

❷ 如果我们认为文学作品只是他律的存在,而不是实际的存在,这当然是不对的。我在这里要说的已经说得很清楚了。——原注

❸ 原文是拉丁文。

❹ 要知道,一个文学作品不只是当我们看见了它的手稿或印刷本时才"有的",因为文学作品也存在于"记忆"中,表现在说或唱中,它们虽然没有被写成文字,却能够在很长的世纪里流传下来。最难的是采取什么办法,才能弄清楚哪些文学作品虽然没有写成文字,却是有的或者有过的。——原注

❺ 这一点,我在《对文学作品的认识》中也提到过。——原注

点（也只能这么说）可以得出一个结论：**整个研究文学的学科是一门"历史的"学科**，它只研究和认定到**目前为止**有过的作品。❶ 它同先验的学科特别是数学或者逻辑学有本质的区别。数学或者逻辑学对于它们所研究的对象都会作出一个普遍的结论，而且这种普遍性是没有限制的。它同自然科学也不一样，自然科学通过不很完备的归纳法也可以不受限制地得出一个普遍的结论。如果研究文学的学科也认定了某种没有限制的普遍性，那这只能是对文学的另一种理解所得出的结论，而不是研究文学的学科本身所得出的结论。研究文学的学科是一门**纯经验主义**的学科。它的结论是根据阅读的体验得出的，表现了我们在**阅读**一个作品——可能的话，最好是在大声地朗读时对它的认知。❷

文学哲学可以分为好几个部分，只有其中之一的文学作品特别是文学的艺术作品的本体论才把研究文学的学科所研究的东西作为它研究的对象。而文学哲学的其他部分如文学作品的认识论、文学美学❸、文学创作的哲学和文学社会学等只接触同文学作品**有关**的问题，而不接触文学作品本身，它们同研究文学的学科所研究的对象不一样，我们在这里就不谈了。

文学作品的**本体论**要研究的不是每一个作品事实上所具有的文学的**特性**，而是文学作品特别是文学的艺术作品**一般的思想内涵**；要了解这种思想有什么特点，还有作品的构建。要成为一个文学作品**或者**❹文学的艺术作品，必须具有什么样的属性？**不管是哪个**文学作品或者**不管是哪种**类型的文学作品的组成部分之间，有什么**必然**或者**可能有**的联系？一个文学作品的基本结构决定了它是什么样的类型和种类的文学作品（文学的艺术作品）。要对这一切进行研究当然不用考虑有些什么样的文学作品。文学作品的本体论只能作出一般性的结论，也就是说对**任何一个**文学作品或者**任何一种**类型的作品都可以作出的结论，不管你选择了在这种或那种文学中某个时候确实有过的什么样的作品。某个文学作品事实上的存在，在文学作品的本体论看来，只能作为一个**例证**，用

---

❶ 还有一种看法，认为在研究文学的学科中，要有一个分科专门研究文学的历史特点。——原注

❷ 在与文学的艺术作品相近的作品中，也就是说在戏剧作品中，受众对它的体验和认识都比较复杂，一出戏在舞台上演出的时候，观众可以在观看和理解中获得自己对它的认知和体验。在这里，听取演员高声的朗读，当然也包括对被朗读的戏剧的台词的理解代替了阅读，虽然这样的替代不是在所有的情况下都一样的。——原注

❸ 对于"美学"，我狭隘地理解为对审美**体验**的研究。审美体验是在同文学作品的接触中产生的。——原注

❹ 原文是拉丁文。

来**阐明**文学作品是由一些什么部分和因素组成的，它们之间有什么联系。但它事实上正像我所说的那样，不能证明文学本体论所提出的观点都是正确的。相反，由于各种思想和每一个客体即作品之间的某种关系，这些事实上存在的作品还可以作为一个材料，用来说明某些本体论的观点是**错误的**；后者着意要——我这么来说吧——提出的作品或作品的组成部分之间的联系的观点可能不符合事实上存在的作品或作品的组成部分之间的这种联系的实际情况。如果是这样，就要否定这种观点。文学作品本体论是一种先验的理论。❶ 它所提出的任何一个观点都不是在认知每一个作品的全部内涵和特性的基础上得来的，而是根据某种经验得出的一般性的结论；而这个一般性的结论的产生又是一些个别的结论产生的前提。这些个别的结论的内容要同它们所依据的经验相一致。它们的正确与否取决于它所依据的经验的正确（或者说"客观"）与否。一般和个别的结论都不是"先验的"。它们都产生于各种各样的经验，而不是对这些经验的归纳。同样，根据经验得出的一般性的结论也一定要有对事物的直接认知作为它的依据。这种直接的认知类似于个体的经验。❷ 这种在数学和所有的本体论研究中起主要作用的新的直接的认知，是同经验的认知**有联系的**，也是经验提供的认知。它表现为对单独的客体，在这种情况下就是对每一个文学作品的认知。但这种认知并不是要确定这些单个的客体的**存在**，而是要确认这些客体的**内涵**同它所表现的**形式**之间的联系。由于各种职能的转变——在数学研究中也有这种职能的转变，而且每个文学作品都能提供这种职能转变的例证——在对客体的研究中，就要突出那些真正属于这个客体的因素，将它们与那些只是偶然和它有关系的东西区分开。然后进一步地研究那些属于这个客体的质的因素之间的联系。有了对这种联系的了解，就可以对单个的作品进

---

❶ 用"先验的"这个术语很不合适。读者并不了解新时期的认识论，他们只知道康德的某些观点，以为这里说的是康德所理解的先验。对这个问题，这里没法进一步研究，但要说明的是，我理解的先验同康德的先验没有任何共同之处；我认为，康德整个主观的种类和先验形式的理论不仅是错误的，而且陷入了自相矛盾的怪圈。这里要说的是**直接**认知的**另一种**形式，它和感性的或者内心的体验不同，因为它可以起到类似以不完全的归纳法从经验中得出结论的作用。——原注

❷ 这是认识论的观点；如果不照这个观点，对于客观性如数学计算的客观性的问题，就只有采取错误的约定论的解决办法了。但也有一种直觉"先验"的认知，可以解决这个问题。在这种情况下，数学中的定义的提出就有根据了。——原注。

行经验主义的研究。❶ 文学本体论的研究像我说的那样，不能脱离文学作品，而是要充分利用每一个作品给我们提供的各种不同的例证。只有在各种不同的文学类型和各种不同的文学作品所表现出的多样性中，我们才能找到哪些因素是多变的，哪些因素是一起表现出来或者依次表现出来的。这样看来，诗的创作就好像是根据文学作品一般所要表达的思想，而又保持了自由发挥的主观先验的实验。但是在作品中，只有某些构思能够得到自由的发挥，另一些构思就"不可能"；后者会使一个作品的组成部分不能成为一个有机的整体，使它们的相处关系不和谐，也不合主观先验实验的要求。因此这些不可能表现出来的构思就只有被废弃了。创作的目的就是要让一些不同的因素同时出现在一个作品中，要使它们之间有固定的联系，而不是偶然或者不固定的联系。这些属于认识论的问题并不是我在这里要进一步研究的对象。

文学本体论要研究的一系列的问题并不属于研究文学的学科所研究的领域。它首先要说明的是文学作品属于什么样的基本类型的客体。对于这个问题，最近的几十年中，一些学者作出了各种各样的回答。还有与这有关的文学作品的存在的方式，文学作品的存在与现实世界，特别是与现实的心理个体——诗人和读者的关系问题。这些问题的解决，是进一步研究下面将要研究的一些有关文学作品的哲学性问题的前提，例如文学作品在文化领域和文化领域的某些转变中的"存在"，以及它和别的艺术门类的作品的关系问题。研究这些问题，对研究文学史的许多分科和文学现象的社会学都有重大的意义。但对这些问题，我在这里没法进一步去进行研究。

文学认知的第三种类型就是所谓的**文学批评**。对于文学批评，在各个时代都有许多不同的理解。我们找不出一种所有的人都能够赞同或者至少是他们基本赞同的理解。我不想被这些理解所纠缠，可我要在这里且提出一个新的看法。它是从对文学的艺术作品这样或那样的认识以及认识的方法这个角度提出来的。研究文学的学科所研究的是文学作品的**本身和它的图式**建构，但文学批评的任务是要了解对一个文学的艺术作品的**审美具体化**的状况，并在这个基础

---

❶ 我要说的是，只有这种对"先验"认知的直接理解——马克思主义哲学也承认——才会认为哲学是每一门学科的理论**基础**。有人，例如19世纪的实证主义者认为：唯有哲学是综合了所有的学科作出的结论，然后就靠每一门学科自己归纳了，但是这种归纳并不以哲学研究为**基础**，它是每一门学科研究自身最好的**延续**。如果有人要以哲学作为科学研究的基础，那他就要有不同于经验的直接的认知。——原注

上对这个作品作出评价❶——对它本身的**艺术**价值和它在具体化中所实现的**审美价值**作出评价。❷ 文学批评的这种评价是以它对这个文学的艺术作品塑造的**个体形象**的评价为依据的，批评家在与这个形象的接触中会有一种审美的感受。他对这个形象的看法和评价与其他各种对作品**不同的**具体化虽然没有什么关系，但是我们不能忽视应当如何理解所谓的认识和评价的"主观性"和"相对性"。批评家应当也能够对同一个文学作品进行不同的具体化，而不是停止在一种具体化上。❸ 但批评家在审美体验中给予评价的对象是作品中一个单独的形象，有时还可能是这个作品中独一无二的形象；他对这个形象的评价一定要以他在审美体验中对它产生的看法为依据。我在别的地方已阐明还有许多非理性的、感情和主观愿望的因素表现在审美体验中，用理性和概念化的语言几乎表达不出来。因此文学批评不论同文学哲学，还是同研究文学的学科都**完全是对立的**。但不能因为这个就小视批评家在审美体验中所得出的结论的价值，相反，批评家的这些结论还为研究文学的学科对于文学的艺术作品的分类和检验一个人在文化领域中欣赏作品的一种特殊的能力，提供了一系列可以作为依据的材料。

文学批评的任务，是要促使我们在对一个作品里的某个形象具体化的审美中，能够利用各种艺术手段，对在某种程度上装饰了这个作品里的这个形象有所了解（但我们也可以改变批评家对这个作品的具体化），使读者对这个作品的魅力有审美的体验；它当然不同于科学和哲学。因此一个批评家首先自己要对文学作品的美学价值有高度的敏感，而且具有文学艺术和文化领域许多方面的知识。

通过以上对于研究文学的学科、文学哲学和文学批评性质的辨析，我们看到，这三个方面似乎涵盖了关于文学作品的所有的理论知识，而诗学只是属于这三个方面中的一个方面，不应把它看成是关于文学的另一门学问。但也可能有人提出这样一种看法，认为对于文学的艺术作品还有另外一种认识的方法，

---

❶ 不论怎么说，文学批评和它采取了什么方式都有一个事实的存在，这就是它一定要对一个作品作出评价，它的评价总是针对一个文学的特定的个体。如果我们了解了一个文学作品与为了"实现"它的审美价值的具体化（参阅《论文学作品》和《对文学作品的认识》）之间的不同，那么我们也会清楚地看到，文学批评所议论的客体就是对文学的艺术作品的**审美具体化**，而不是什么别的东西。下文就要阐明它的性质与它同研究文学的学科的关系。——原注

❷ 我在提出文学批评的任务是对一个作品的艺术价值作出评价的时候，是讲得很清楚的，对一个作品的审美具体化会使我们了解到这个作品的艺术价值是怎么表现出来的。——原注

❸ 一个批评家如能对一个作品尽可能多地作各种各样的具体化，他对于这个作品就会有更多的了解。

有一门新的学问，这就是诗学。这是错误的。

二、关于诗学的定论，它与文学哲学以及研究文学的学科的关系

我们先从两方面来说：

1. 诗学——在从亚里士多德那个时候开始几乎延续到 19 世纪末的一种主要倾向中，有过一个带根本性的巨大转变。这是一个错误的转变，因为它转向了去研究另外一个领域：心理学——总是研究那些同文学的**艺术**有关的问题，而不研究由文字表达的相关学科的问题。它研究的是一个作品的属性。作为一个作品，它即使不是**艺术作品**，也有它的结构和属性。如果这个作品表现的特性说明它属于另一种用文字表达的东西，诗学也曾把它看成是艺术作品来进行研究。❶ 多少世纪以来，人们对文学艺术的本质的看法和对别的艺术门类的看法一样，也在不断地改变。因此对文学艺术如何分类的看法也有了改变。但不管怎样，那些没有要表现艺术的任务和目的的作品不是诗学研究的对象。❷ 这就是我要说明的诗学的特性。

2. 诗学并不研究单个的文学作品和它的艺术特色。它根本不研究一个个的作品；如果它研究某个作品，那也是用它作为例子——只要谁愿意——阐明文学作品**一般的**结构和特性，文学现象的表现方式，以及文学的艺术作品的组成因素相互之间的联系。换句话说，它不是研究"**个体**"而是研究"**一般**"的学科。❸ 这种认定诗学的一般性并不像研究文学的学科研究的一般性那样，有一定的范围；它不是一种固定不变的一般性。这种一般性表现在只要诗学认定了在文学的艺术作品中**所有**或者可能有的各种因素之间存在某种联系，就是它研究的对象。因此在上一节的末尾，我们曾经得出这么一个看法，认为诗学并不属于文学艺术本体论的范畴，特别是当我们见到诗学研究至今为止所有最著名的成果都说明了它和历史研究是完全不一样的。它的这种非历史倾向说明它总是想给诗人们提出一些新的评价他们作品的**标准**，或是对他们将来进行创作的某种**要求**。不管这种标准对不对，也不管这种要求能不能实现（或者在

---

❶ 这里有一些在文学艺术同其他用文字表达的东西之间出现的情况，但这不会改变诗学研究的范围。
❷ 诗学和文学史的情况不同，后者总是不知道自己研究的对象有没有一定的范围。——原注
❸ 这是根据 H. 雷克特的定义，参见《**论自然科学概念构成的界限**》。——原注

什么范围内能够实现)，诗学的这种非历史性❶是它唯一的独特性的表现。它表现在并不对于每一个作品进行具体的研究，而是研究文学作品总的结构、特性和其组成部分之间的联系。如果这么说，诗学是不是属于文学本体论的范畴呢？

毫无疑问，文学作品的本体论在很大的程度上奠定了诗学的理论基础。因此它对诗学比对研究文学的学科重要得多。至于研究文学的学科，我已经说了，它的存在也不能没有文学哲学作为它的基础，尽管它并不反映也不具有哲学的性质。文学艺术的本体论首先要阐明的是一个作品的组成部分和因素之间的必然联系，然后指出由于这种联系而可能出现的各种情况。至于诗学研究——不管我们是不是很清楚地了解——它肯定具有文学本体论的所有的功能，但是这两种对于文学艺术研究的方式又完全不一样：文学艺术的本体论力图挖掘文学的艺术作品和它可能有的各种表现形式的思想内涵，但这只能从文学作品本身尽**可能地**去进行挖掘；诗学则可以脱离文学作品本身，通过进一步去发现一些具体的情况，了解作品的表现形式和思想内涵。诗学研究的是**事实上**存在的文学的艺术作品的属性和它们之间的联系。要估计到有可能了解到这些事实的真相，就像研究文学的学科特别是它论述文学作品的特征和典型的那一部分要做的那样。不同的是，诗学不是以**统计**和**归纳**的方法去研究已经发现的一些作品"常有"的相似之处和它们之间的血缘关系，不管论述事实的学科所认定的那种偶然性和必然性，而是要找到一些**本质性**的东西，也就是作品组成部分属于**本质**的东西。换句话说，要寻找由这些部分组成的作品整体中属于本质的东西。❷ 诗学的任务就是要阐明文学的艺术作品的结构、性质和其组成部分之间联系的**本质**。这就比研究文学的学科研究的范围要广，因为后者只

---

❶ 当然，我们也不要忘记，所谓"历史诗学"还是有的。它实际上是研究文学的**学科**，特别是文学史的一个组成部分。在文学史中，我们需要论述某种"文学形式"例如童话的产生和变化的历史。文学史只是介绍一个单独的历史过程；在这一过程中，每一个作品和它们的类型只是它的一个组成部分和发展阶段。这种"历史的"诗学和纯**系统性**的诗学不同，应对它们作细致的区分。现在我来说说什么叫历史诗学，它阐明了系统性诗学这个概念和定义。当然还有诗学史，但正像每一种科学史一样，这是一种终极学科。诗学的非历史性并不否认它所研究的对象：文学的艺术作品是在历史的过程中产生的；对这一点，诗学是一定要注意的。——原注

❷ 实证主义特别是新实证主义的研究者们最爱讥讽那些想要认识对象的本质或者它们的本质特征的倾向，这是因为实证主义者从**一开始**就认为"客体的本质"，尤其是人的本质是完全**不可知的**。实证主义者**事实上是一些**虚无主义者；在认识论和科学理论的领域中也是一些怀疑主义者。他们并不打算阐明任何概念，因为他们反对概念。客体本质的概念也是他们没有阐明并加以贬低的。在别的一些地方，我也说过，只有将历史上纠缠不清的许多概念加以区分，才能搞清楚什么是客体的本质，它完全是可以得到认识的。

是凭经验去寻找一些"普通的"规律；这些规律也只是通过研究在某个时候出现的一些个别的情况，以统计的方式将它们加以综合后得出来的。以统计的方式进行综合则往往把文学作品的所有组成部分都看得一样重要，不注意作品中的有些特性具有特别重要的意义；而它们对一个作品的整体的表现，特别是对作品发挥艺术感染作用来说，都是非常重要的。与此同时，以统计的方式进行综合也不注意它所综合的作品的特性是作品偶然表现出来的特性还是它固有的特性。这种固有特性的存在是不管这个作品与别的作品和客体处于什么关系，都是固定不变的。既然文学作品的各个组成部分和各种特性有重要和不重要之分，这事实上就形成了**等级之分**。因此一个文学的**艺术**作品便被认为是一个由许多**等价**因素聚合在一起的群体，这些因素都有活动的表现。那么这种**统计的**方法和归纳源于何处，我们在这里无法论及。这种方法原先用于自然科学的研究。数世纪来，不管是对还是不对，都成了一种最合乎标准的方法，用于一切关于"事实"的科学的研究，其中也用于对文学的研究。这是值得我们注意的一个情况。但是对文学的**艺术**作品的研究，我们也可以而且应当有另外一种看法，这就是诗学的观点。因此我们不应忽视文学作品中的各个组成部分和特性并不都是一样重要的事实，而要在某个作品或某种类型的作品的所有这些有不同等级之分的组成部分或因素中，找到那些能够使作品留下明显的印迹，在作品的艺术构建中起到或者可能起到非常重要的作用，因而也是对作品的艺术构建必不可少的因素。与此相反的是，文学作品中也会出现一些偶然的因素。这种因素的出现经常违背作者的创作意图，但它们除了偶然出现于作品中，不起任何作用。此外还有一些因素甚至起了**很坏的**作用，例如它们破坏作品内部构建的和谐或者风格的形成。这种作用也不可忽视，它要改变这个艺术个体的本质。可见诗学根据研究文学的**学科**的类型学，要阐明**事实上**存在于文学的艺术作品中的东西不超过两个方面：一、指出一个作品的整体中那些富于本质的东西，要阐明它们和偶然出现的东西不同，因为后者只是在某种历史条件下出现的❶；二、通过找到作品各个组成部分和因素之间**必然**的联系，进一步认识作品的整体。

　　根据方法论和认识论的观点，诗学对研究文学的学科的类型学和文学本体论都没有保持完全一致的立场，它用本体论的某些结论作为它的研究工作的指

---

　　❶ 这并不是说，那些对整体来说，对作品发挥它的艺术功能来说，富于本质的东西不是由历史的条件所决定的，而只是说，单纯历史的条件还不足以使作品中的某种因素行使这个作品的艺术功能。——原注

导，但**同时**❶又添加某些主观先验的因素。它对每一个已经创作出来的文学的艺术作品都不研究它的思想倾向，它的研究具有经验的性质。这是一种特殊的经验，因为它是从阅读一个作品的过程中得来的，而且我们也是根据本体论的那些指导性的结论，来阐明作品中那些**本质性**的东西是什么，并且指出作品中存在的不同等级的组成部分和因素，还有它们之间的联系和它们的结构。因此作品中那些有本质意义的组成部分和因素马上就很突出地表现出来，而那些偶然出现的情况（与作品的艺术功能的发挥毫无关系的情况）也显得不重要了。当然，这种等级并不是说作品中有价值的因素和没有价值的因素完全不一样，因为并不是所有富于本质的因素和联系都有价值，也不是所有非本质的因素都毫无价值。❷ 一些偶然的不反映作品的本质或者和作品的结构的形成毫无关系的情况出现在每一个作品中都不一样。简单地说，这种情况出现得愈少，或者即使出现，其作用也不大，作品的结构就愈是严谨。区分富于本质的因素和非本质因素对了解作品的结构和价值是很重要的。**一般**来说，这就是诗学研究的基本任务。

这里提到了诗学所研究的对象，但它的理论基础是什么，我们要有一个基本的概念；同时也要明确它对一个作品的本质和非本质的因素的研究包括了一个什么范围。我们在谈到本质或者什么是富于本质的因素的时候，首先要明确本质是什么，还有**为什么**某种因素是富于本质的。诗学要研究**文学的艺术作品**而不是别的什么东西；文学的艺术作品是一个整体，是一个特殊类型的客体。要了解文学的艺术作品的基本结构，就必须在诗学研究规定的范围内对它进行多方面的研究，就是说我们要不顾作品中所有单凭经验所见到的偶然出现的情况，而去了解文学作品"共有"的特性。以上论述虽然没有依据任何指导性的原则，但是我们将一些客体作了一个简单的比较，却偶然发现了它们有一些"共有的"特色。这些被偶然发现的它们的"共有的"特色相互之间可能没有

---

❶ 原文是拉丁文。

❷ 我们不要忘记，作品中那些富于本质的组成部分和因素可以是各种各样的。可以表现作品的**艺术功能**，可以表现作品的风格（例如浪漫主义作品的风格），也可以表现它的**类型**（如悲剧、史诗或者抒情作品）。研究作品中的"**本质**"因素，首先要明白它在作品中**为什么**是本质的。同一个因素对作品的类型来说可能有本质意义，但对作品的风格来说可能就不重要了。文学的**艺术作品**的**价值**取决于那些有本质意义的东西，也就是不容置疑的东西，虽然对这一点有不同的看法。我们既然要认识一个作品的艺术价值，那么就应当了解到是什么东西对这个作品中的价值的形成起了最重要的作用，什么东西不重要。这样诗学的研究前便展现了一片广阔的天地。它要研究的问题是很多的。以上我们只是对诗学的基本概念做了一点介绍。——原注

什么联系——这种特色只是表现在这些客体中——同这是什么客体也毫无关系。但是这种选择的结果可能完全不一样。如果有一个关于我们要研究的范围的基本概念（在这种情况下，它是研究文学的艺术作品的基本概念），那么作品内容的各个组成部分就是我们研究的出发点，它使我们能够找到文学的艺术作品或者一种专门类型的作品中的本质和非本质的因素。在这种情况下，一方面——如果可以这么说的话——就产生了诗学关于文学的艺术作品的等级构建的结论，它是诗学对文学的艺术作品研究的一个基本概念；另一方面，诗学对文学的了解也来自文学的艺术作品的本体论的论述。

我们在这里提到的作为诗学研究对象的文学的艺术作品，不是一个由一些部分和因素偶然聚合在一起的单纯的聚合体。在文学的艺术作品中，这些相互之间有联系的因素中有一个中心，它反映了作品的本质；这个中心的各个方面或在其中产生的各种现象，都表现了由于它的本质所起的作用，使得作品的各个组成部分的**必然**联系都非常紧密。这个文学的艺术作品本体论的观点还可以进一步地引申和发展。如果谁不同意这个观点，那他就不认为诗学是一门关于文学的单独的学科，从而改变以上对诗学的看法。与此同时，照以上理解的诗学的观点之所以是正确的，并能够使读者信服，就在于研究证明的**实际情况**❶是，文学作品的各个组成部分都有必然的联系，它的等级建构表现了这些组成部分的本质和非本质的区分。我们希望读者对于以上所述的关于诗学的观点不要事先抱有成见，而应把诗学看成是一门研究作为一种艺术的"美"文学的基础学科。

我们在认定诗学是关于文学的艺术作品而突出其**本质**的结构和属性以及它们之间的联系的理论时，还有一点值得注意。艺术作品特别是文学的艺术作品——只要它是真正的艺术作品，而不仅仅是想要成为艺术品——是一个**个体**，它的个性就是它的质的表现。一个文学的艺术作品由于它的独特性和与众不同的艺术质，不可能有同它完全一样的东西；它也是不能复制的，它的艺术质的内涵和任何其他的艺术作品都没有可比性。它永远是一个内涵丰厚的东西，它愈是属于更高的层次，它的内涵就更丰厚。在这种情况下，我们就会想到柏格森和克罗齐❷的一些看法：诗学并不是**一般性**的理论，它研究的是一种个性化的、独特的、与众不同的，而且内涵十分丰厚的东西，但它也要去发现

---

❶ 原文是拉丁文。

❷ 克罗齐（Benedetto Croce, 1866—1952），意大利美学家、哲学家、史学家、艺术评论家及政治家。

在某种类型的作品中都存在的因素。发现每个作品中都存在的那种因素和研究作品的质的独特性会不会自相矛盾，或者导致对作品丰富的内涵的否定，认为它的组成因素同所有别的东西都一样，它的本质并不独特，它的组成部分并没有形成一个有机的整体，最多也只是一个普通的聚合体？是不是像柏格森说的那样，我们已经抛弃了艺术的直观，要去研究一些理性的"公式"，而这或多或少地是一些一般的公式，这样我们就或多或少地远离了作品的真实面貌？

对于这种质疑，我无法作出满意的回答。要作出这样的回答，一定要借助一些艺术哲学和认识论的有关论述。但我根本不知道以上质疑提出的中心思想是什么，它好像要进一步阐明诗学研究的范围是什么。而我之所以指出以上的质疑，是因为我看到了我以上提出的对诗学和它的研究的看法有被否定的危险，但是我也看到这种被否定的危险并不很大，我依然坚持我的看法。

这里所说的诗学观，初看上去好像很接近从施莱格尔❶到齐格蒙特·韦姆皮茨基❷这个历史时期曾多次提出来的各种各样对于它的先验的论断。韦姆皮茨基的观点不太容易理解。他有时候没有把他的中心思想说得很清楚，他所提出的诗学观也没有真正说出他要阐明的概念。但韦姆皮茨基谈到的"纯诗学"，好像就是文学作品的本体论领域内的一个组成部分。以这个观点来看，我的《**论文学的艺术作品**》❸一书就成了贯彻韦姆皮茨基所提出的"诗学"纲领的一例，尽管韦姆皮茨基对文学作品的理解和我不同。但这里所说的诗学并**不是**本体论。我上面已经说了，它研究的是**事实上已经存在**的文学的艺术作品的本质和富于本质的属性。它与文学现实的联系——如果可以这么说的话——比与文学本体论的联系要紧密得多，而且它也比本体论的概念更狭隘。它只研究事实上存在于我们这个世界的文学作品中的东西，而不涉及别的。

当然，"诗学"一词可以作各种理解。我并不是说，只有我的理解是正确的。但即便对它可能有各种各样的理解，我在上文提出的看法还是得出了一些具体的结论。那么像我这么理解的诗学研究能不能得出一些重要和有趣的同时也是有根据的论断呢？

最后还有一点要指出，诗学也是一种**具有普遍性**的理论。它所研究的对象

---

❶ 施莱格尔（Friedrich von Schlegel, 1772—1829），德国作家，批评家，他提出了许多哲学思想，启发了早期德国浪漫主义运动。

❷ 齐格蒙特·韦姆皮茨基（1886—1943），波兰文学理论家、哲学史家和文化史家。这里的观点参阅了他的《纯诗学的论证》[参见《纪念 K. 特瓦尔多夫斯基》（1922）]。

❸ 原文是德文。

不受语言的限制，不管用什么语言写出来的文学的艺术作品都是它要研究的对象。实际上，学者们用诗学只研究我们熟悉的**几种**语言的作品。要掌握一种我们不熟悉的文学语言，不仅是要了解这种语言的作品文本的内容，而且要认识它的美学特别是诗学的价值，这不是一件容易的事。这样我们对各个民族的作家的研究，就会存在一种片面性，这需要克服。那种不懂**任何**外语却要研究自己母语以外的文学作品的人，他不懂得用外语写的文学的艺术作品的原著，那么对它的理解就一定是片面的，或者是错的。

三、诗学的辅助学科

就像每一种理论一样，诗学只是整个知识范畴的一个部分，它和许多别的学科和理论都有各种各样的关系。我在这里不能详细地论说，但实际上又要说说它在几个方面与它亲近的学科以及它的辅助学科之间的关系。

如果说与它最亲近的学科，也就是关于文学的另外一些学科，我在上文第二节中，已经概括地谈了它和文学哲学以及研究文学的学科的关系。这里要说的是，这些学科对诗学研究有什么帮助。文学哲学特别是文学的艺术作品的本体论给诗学提供了一些**基本的概念和定义**，它们是诗学研究的基础，给它指明了方向；研究文学的学科，其性质正如一门历史科学，特别是在它关于典型性和历史的综合性的研究中，都给诗学研究提供了有关各种各样文学**资料**的信息。这种信息对诗学研究虽非必不可少，却是很有用的。典型研究和历史研究与诗学的关系也不一样。文学的艺术作品的本体论奠定了诗学的理论**基础**，并且能够部分地**证实**它的一些论断；但研究文学的学科只是诗学在其具体研究中的一种起**辅助作用的工具**。诗学并没有把本体论的定义当作它的研究的出发点，也没有注意本体论有时候提出的一些与诗学**有关**的论断，而只是用本体论的一些论断作为指标，去**发现**它要研究的**材料**，把注意力集中在文学艺术领域中出现的某些具体的现象上。通过文学本体论的帮助所获得的这种材料又会重新成为诗学研究的对象，但这是以诗学认知的方法，从另外一个角度研究其中的另外一些问题。研究文学的学科的经验分析也曾不止一次地指出诗学研究发现和认定的一些事实。但是这种分析却不能像诗学那样，揭示这些事实必然存在和富于本质的特性，并且通过它们否定那些在一个作品的产生和对它认识的过程中，在某种情况下出现的偶然的因素。而这一切只有以诗学认知的观点和方法去进行研究，才能够做到。

但在诗学研究中所取得的成果，也可能不是每一个都能够说明诗学本身在所有研究文学的学科中的与众不同，因为它所认定的某个事实也可能就是别的研究文学的学科发现的事实。但诗学研究的范围和别的研究文学的学科是不一样的，研究"美"文学的学科的职责在于发现和介绍具有各种不同价值或者毫无价值的作品，其中大部分由文学史介绍的作品简直读不下去。文学作品有的有价值，有的没有价值；但也不止一次地出现过这样的情况，即一些作品毫无价值，读起来令人"乏味"并不是由于艺术的原因，而是有别的原因在文学创作的发展中起了很重要的作用。这里说的不排除它们可能发现了某些历史的事实，这是值得注意的。但诗学要研究的是作为一个艺术作品的作品，研究具有艺术的本质特征的作品的结构。那些表面上看像是艺术作品，可是经过研究后会发现它们并不是研究文学的学科要研究的对象，当然也不是诗学要研究的对象。但有时候，一些因素和它们之间的联系使得一个作品表面上看好像有某些艺术价值，因此也曾偶然地被纳入了诗学研究的范围。诗学在研究文学的学科对文学作品的研究，并且根据它们的艺术特色或价值进行适当归类时，能够给予指导。诗学也能给予研究文学的学科在某种程度上属于纯经验的材料，使研究文学的学科的研究得出一个全新的概念，发现各种新的现象。诗学虽不接触某些艺术的个体，但它能够帮助研究文学的学科和文学批评完成其研究任务，并且为它们提出的观点提供某种依据。

那么诗学的辅助学科是什么？诗学和它们有什么关系？

由于诗学以文学的艺术作品的本体论为依据，所以**艺术哲学**在理论上与它是最亲近的。因为艺术哲学给它提供了什么叫"艺术作品"和"艺术价值"这样一些概念，也阐明了艺术作品的基本组成部分之间以及艺术作品和别的客体如作者、受众之间有什么联系。诗学所依据的另外一个理论基础是**文化哲学**。这是一种人（一种特殊的种类）的产品的体系，它向诗学提供了一系列很有用的基本概念。如果我们只是研究一个作品，研究它与人以及它周围的文化世界的联系，就很需要这些概念作为我们的指导，因为一个作品是在一个文化人的日常生活的环境中产生的。此外诗学还需有一个**美学**的基本概念。美学是一种审美**体验**——可能有各种形式的审美体验——的哲学。体验产生于读者与文学的艺术作品的接触，使这种作品成为一个文学审美的客体，这样也就使它相应的价值得以实现（准确地说是具体化）。只有通过对审美客体和它表现的价值的研究，才能阐明诗学所接触的一系列有关文学的艺术作品的**艺术价值**

的问题。因此审美体验的理论便给诗学研究提供了不同于文化哲学的根据。

但不仅某些哲学的学科❶，而且还有各种经验的学科也都是诗学研究的辅助学科。其中首先是历史的学科，造型艺术（建筑、雕塑、绘画、电影）和音乐，它们能给诗学提供关于各种艺术和它们不同风格的信息。各种不同的艺术所表现的风格既不是孤立的，也不是独一无二的。所谓不是孤立的，这是说**一种**艺术所表现的风格会**影响到**这同一种风格的**别的**艺术的发展，而它自己也会**受到别的**艺术的风格的影响❷；所谓不是独一无二的，这是说有一种东西不只是出现在一种艺术中或者出现在某种文化产品中。因为艺术风格——好像——反映了某种生活方式，代表了某种人的类型，它不论在什么地方，都毫无例外地会以各种形式表现出来。**所有的**文化产品都是各种各样的生活方式和人的类型的表现。要研究**文学的**艺术作品各种不同风格的本质也必须**了解别的**艺术品的这种风格是怎么表现出来的。各种不同的艺术在这种情况下便以不同的形式或语言"表现了"这同一种风格。由于表现方式的不同，这就使得这种风格展现出了丰富多彩的独特面貌。还有各种艺术的不同的特性也会使得它们所表现的这种风格具有各自的特色。因此性格学和艺术史对诗学关于作品风格的研究能起辅助的作用。它们虽然没有给诗学研究提供理论基础或者证实它的论断正确与否，但它们可以给诗学提供**更多的由经验得出的**材料，使它的研究者获得更多的信息和经验，从而能够更敏锐地感受到某种风格和它的变种所表现出的特色。更重要的是，文学作品的风格——它有时被错误地认为只表现为"语言"的特色——是这个作品的价值选择和结构形成的最基本的准则，而这一切也体现在作品的风格中。对某种流派、风格或种类的作品的价值选择的研究正是诗学研究的主要任务。

从另一方面来说，心理学和语言学的研究对诗学研究也是很有用的。一是因为语言是构成作品这个和谐的集体的基本的也是重要的因素；二是因为在文学作品的再现世界中再现的几乎都是心理的个体，而人和人的生活正是作品反映的对象。况且，一个作品的作者和受众也都是人，作品是符合他们的心理状态的。对这两个问题，我在这里要说得更清楚一点：

我们先来谈谈诗学和语言学的关系吧！对于这个问题，俄罗斯形式论学派

---

❶ 除了上面所说的，这里还有语言哲学。这个我以后再说。——原注

❷ 风格的研究要涉及好几种艺术，如绘画、建筑和雕塑。我知道沃尔弗林（Wölfflin）已经开始了这方面的研究。瓦尔策尔（O. Walzel）在《艺术的相互之间的阐明》一文中还提出了研究文学的艺术的纲领；他在《语言艺术作品的内涵和形态》（1918）一书中，也贯彻了这个纲领。——原注

特别是 B. 托马舍夫斯基表现了最明确的观点。他的观点我很同意,他的著作《诗学》也译成了波兰文。

在他看来,诗学干脆就是语言学的**一部分**。这个观点当然是对文学作品一种特殊的理解,把它看成是一个纯语言的造体,它是——他说——一种经过艺术组织的语言。照他的这个观点,文学作品只是为了"表达"意思。它是表达某种意思的语言的发音,是语词、成语、语句和语句的组合,而不是**什么别的东西**。

初看上去,这种对文学作品的理解好像也没有错;这就是说,不要管这是一些什么样的语言造体,也不管对文学作品的构建怎么理解才是正确的。这个观点造成的后果不仅是在诗学研究和研究文学的学科中出现了对文学的艺术作品的所谓"形式主义"的理解,而且也把诗学和研究文学的学科当成是"语言学"了。但这种观点是站不住脚的,只要我们对文学的艺术作品的建构进行深入的研究和分析,就会清楚地看到这一点。我在我的**《论文学的艺术作品》**❶ 中已经作了这样的分析。这里只提一下几个一定要注意的事项。

首先,虽说每个文学作品都是由语词、成语、语句和语句的组合这样的语言造体组成的,但这并不**等于**对语言造体的某种选择。文学作品包含着比语言造体**更多的**内容。首先是作品所**再现的客体**,这是它的组成部分。此外还有它的某种**图式观相**,它能使读者更明白地了解这个作品再现的客体。不管是图式观相还是再现客体都是由语言造体表现出来的;它们的特性也得用语言表现出来;因此语言造体的结构在作品中起着非常重要的作用。但是作品的生命、再现客体的质的内涵和由语言表现出来的观相并不等于语言造体(特别是语句)本身,当然也不能否认语言造体在文学作品特别是文学的艺术作品中的存在。有些文学研究者认为,文学的艺术作品中的再现客体(再现世界)太重要了,所以对每个作品都只需研究它的再现客体,而无须研究别的东西;还有一种理论反对形式主义者的立场甚至走向了极端,认为语言造体对文学作品来说完全是非本质的,甚至不属于它,而把文学作品等同于它所再现的世界。❷ 这也是

---

❶ 原文是德文。

❷ E. 库哈尔斯基就这么认为,参见他发表在(《文学回忆录》,利沃夫,1923年)上的《论分析文学作品的美学方法》一文。他在这里虽没有提到再现客体,但他运用了 K. 特瓦尔多夫斯基关于"再现"或者"形象"的心理学术语。库哈尔斯基也把文学作品心理化,他以眼见为实,称文学的"再现"就是**客体**(人和物),是由作品中的语词和语句的意思表达出来的人和物,而不是什么别的东西。这些客体属于文学作品,是它的组成部分。库哈尔斯基运用心理学术语是为了用心理学研究的方法来研究文学作品,这使他误入歧途。——原注

错的。脱掉文学作品特别是文学的艺术作品身穿的所谓"语言的外衣",或者认为语言只是一件"外衣",也就是说是作品表面的一种东西,只是用来把作品遮住,或者在某种情况下让它有个藏身之地,因此也可以把这件外衣随时扔掉。这样就使得文学作品少了一个特殊的因素,而这正是在任何别的艺术品中都没有的。它显示了文学作品同所有别的艺术相比较时的与众不同。再说一个作品排除了语言,那它的内容和它作为一个艺术品都是不能单独地存在的;没有具体的语言就没有文学作品,作品中用什么语言造体的意思决定于作品所要表达的内容。如果认为作品中由作品文本构成的其他部分——如果**能把**语言造体和再现世界分开,或者**与此相反**,把再现世界和语言造体分开——完全是一个个独立的存在,那就无法理解它们。必须由它们的对应物语言造体才能将它们的内容表现出来。而它们本身却没任何独特的文学性,只是一些**事物的状况**(这些事物的状况在不同于文学但同样是"为了再现"的艺术中是找不到的),它们没有语句的表达根本是无法被理解的。我们认为:不管是作品中的再现世界,还是表现客体的观相,它们要发挥某种功能都得依赖作品中的两个语言的层次(语音和其中包含的意思),用语言向我们表达它们的文学特色。❶

如果一个文学的艺术作品(这里说的就是它)有一些不包括语言因素(语词、语句、语句组合等)的组成部分❷,那么诗学——别的研究文学的学科也是一样——也不可能成为语言学的一个分支。这些学科研究的领域,也就是它们要研究的一些问题的范围应当是交叉的。它们大概会遇到这样两类问题,一类是它们都要研究的问题,另一类就不都在这些学科研究的范围之内。实际上有许多语言学的问题不仅不是诗学要研究的,而且它们间接地对诗学研究来说也毫无意义。从另一方面来说,诗学研究认定的许多具有特征性的重要问题,如什么是作品中的再现世界和观相层次,如何认定作品的艺术功能,也确实不属于语言学研究的范围。但是作品中的每一个观相和它的组成部分、每一个再现客体和它们的命运在作为一个艺术品的作品中,都是要起作用的。这里要说明的是,一个文学的艺术作品不同层次的审美价值质相互之间并不矛盾,而是一个和谐的组合。当研究者们不把作品的这些组成部分当成语言的造体(语词、语句、语句的组合)的时候,它们的价值质便出现在他们的视野

---

❶ 对于这个问题,读者在我的**《论文学的艺术作品》**一书和《文学哲学概论》中,可以找到更进一步的论述。——原注

❷ 实际上,文学作品的组成因素都是用语言的涵意表现出来的,这种艺术语言有它表现的艺术职能。这同语言学家研究的语言的一般概念不一样。

中了。但在这种组合中,包含着审美价值的因素和语言造体的价值,而这里所表现的语言造体的价值就不在语言学研究的范围之内。因此我们在谈到语言学的时候,可以肯定地说:语言造体的艺术功能即使真正表现出来了,它也不是语言学研究的对象。

可能有人会对我进行指责,说我对诗学和语言学的关系的看法是错误的,因为即便诗学研究的有些问题和语言学研究的问题完全不一样,语言学也是包含在**诗学研究的范围之内**的。可以这么认为,文学作品中的再现客体不是别的,而是作品中的意义造体的意向性的对应物,它们属于语言学研究的对象。作为意义造体的"意向性对应物"同语言是分不开的;它们是派生于语言的,就像语词、成语、语句出现的地方一定会留下的阴影。这是所有的语言造体中都包含的意义造成的。运用这种语言的人的思想意图因为是派生的。所以它们也不能单独地存在。再现客体属于语言造体。这么说来,如果不是由语言学来研究这些客体,那么由什么来研究它们呢?

我在《**文学的艺术作品**》❶ 中援引的这些关于文学作品构建的论著初看上去好像是很正确的,但使我们感到奇怪的是,为什么我们至今所进行的语言学研究,没有研究由语言造体构建的客体的属性呢?还有对作品中的再现世界的构图和戏剧中的情节发展的动向,以及对作品来说非常重要的再现世界某个发展阶段的艺术特点也都没有被进行研究呢?同样使我们感到奇怪的是,为什么这些东西至今只有研究文学的学科和诗学在对它们进行研究,任何一个语言学家都没有想到过要研究它们呢?因为这些都不是语言学的哪个分支或者哪个方面要研究的问题,它们不是语言学要研究的对象。

如果我们对以上情况做进一步的研究,就会知道语言学研究的对象和关于文学特别是诗学研究的对象有什么不同。

文学作品中的语言造体和日常口语特别是在生活实践中运用的语言造体所具有的**功能**是不一样的。在日常生活中,我们运用语言经常是为了和别人在一些大家都感兴趣的事上有**一致的看法**。而这些事经常是超出了我们根据自己的经验所能理解的狭隘的范围。如果我们对它们都能理解,那么我们就有了同样的经验,这说明我们有过同样的经历;有了这种经历,就会有这样的经验和感受。在这种情况下,我们对于我们所要处理的事物就应当有同样的理解和看法,而这也是要有同样的语言表达出来的。在这种情况下,我们经常说这样和

---

❶ 原文是德文。

那样的**现实客体**❶，因为我们至少是把它们当成是现实的。我们所用的一些概念和名称不管是用什么语言表达，都是为了说明我们周围的现实世界中的一些客体或者事实的存在。对于这些客体，我们即使不用语言表达，或者并没有见到它们，但我们还是可以对它们进行研究，或者采取一些别的行动对它们产生影响。如果是采取别的行动去影响某个客体，我们就不会知道某个语言造体的创造意义，因为它不能单独地存在；它只能"意向性"地，也就是通过它所表现的意义影响客体。如果可以不很精确地表达，那么语言造体在某种程度上就是一种"虚构的"意向性意义的对应物。对这个问题，我在《**论文学的艺术作品**》❷ 中说的是，如果我们用语词来表达某些人或事物，那他们或它们经常是这些语词的意向性的客体。这时候他们或它们好像都变得"透明"了，因此我们也没有把他们或它们看成是意向的客体，而"干脆"当成现实的客体了。语言造体的意向性客体由我们说出来时是那么接近事物或者它们发生的过程的真实面貌，以至于我们就把它们当成真正的事物了。当然，我们不会搞错，我们对这些人或事是根据我们已有的经验和认识说出来的；我们也不会感觉到，我们对这些客体经常是从某个**视角**❸来看的。这些客体也好像是通过我们所运用的语言造体的意义所表现的纯意向性客体的三棱镜侧射出来的。因此我们所看到的客体经常是从属于语言造体的意向性的事物的**角度**❹来看的。这是说我们要强调事物的整体性，同时用这些事物的名称的意义来说明它们的性质。这也说明了我们是根据我们的经验来反映现实，至少是要强调这个现实具有某种意义的特性。❺ 但因为我们的注意力全都集中——同别的因素不发生矛盾——在我们感兴趣的客体上，我们完全没有注意语言造体意向性地创造了什么。

我们所认定的这些在我们周围的世界中发生的事或过程经过我们和别的人一起研究，并且和他交流、谈话，说明我们对和我们交谈的这个人的心理状况已经不太感兴趣，尤其是当我们没有困难地很快就了解到他对我们说了些什么

---

❶ "客体"这个语词有更广的意义，不仅是指人和物，而且指过程、事件和事物的状况等等。
❷ 原文是德文。
❸ 原文是拉丁文。
❹ 原文是拉丁文
❺ 对于这个问题，康德在《纯粹理性批判》中指出了所谓"哥白尼式的革命"和现实是通过某些语言造体所表现的观点所"认定"的。他的这个说法好像有它的根据。可是培根所谓的"**错觉**"却没有注意到这一点。康德的观点走向了极端，培根则根本不知道用语言去说明现实的什么问题。——原注

的时候。而且我们确信——不用监督——和我们说话的这个人对我们也很了解。一直到我们所运用的概念由于某种原因对我们来说，变得不很明确，产生了疑问，可以作各种各样的解释或者根本就不知是什么意思的时候，我们就开始要对它"有所了解"，知道这个和我们交谈的人对我们说了些什么，是怎么说的？或者采取一些别的办法，了解他"到底是怎么想的"，在一个人的心理变化的过程中**有什么具体的想法**。由于各种原因和情况的出现，我们听了这个人的话之后，我们感兴趣的往往不是他对我们说了些什么，而是他**在其内心里是怎么想的**❶。在这种情况下，我们便有意识和有目的地去考察这个说话的人一般是无意识地用语言造体发挥了什么样的"表现"功能。这种"表现"有可能很清晰，有可能不很清晰，也可能听他说话的人并没有为之感动或者认为可以利用。说话总是一个人的**一种状态**的表现；它能给我们提供关于他的某种信息，反映出他有什么心理活动。通过说话而创造或者至少是运用的语言造体，同这个说话的人，同他在说话时处于什么状态，有密切的联系。这是一个过程特别是他的一种状态的表现造成的结果。同时，我们要说的话也很明显是**针对某个人**说的。如果不是这样，那这种说话的行为也就没有目的了。大家知道，我们的话是对那个同我们说话的人说的，而不是对任何别的人，也没有怀疑哪个人有神经病。

这种如何利用语言造体的功能❷正是语言学要研究的对象。它首先要研究的是**说话是怎么具体利用**❸语言造体的（索绪尔❹的定义叫"**说话**"❺）。人们经常关注的是，一个语词，它的表现形式是怎么事实上被利用，在什么情况下和什么地方被利用的，等等。这样，一个语词所指的意向性的客体在语言学家的眼里便消失了。此外，既然客体本身既不是在具体运用中的语言造体，也不

---

❶ 例如我们想知道，这个人是在说谎话，或是很坦诚。

❷ 我们语言学家在谈到语言的这些功能的时候总是说：比勒（K. Bühler）在其《**语言理论**》（1932）一书中已经谈到了它们，但事实上在比勒之前，K. 特瓦尔多夫斯基早在他的《关于想象的对象和内容的学说》（1894）中，就已经谈到了这些功能；后来胡塞尔在《逻辑研究》（1900—1901）中，普芬德（A. Pfänder）在其《逻辑》（1921）中，也仔细地研究过这些功能；更不用说我的《**论文学的艺术作品**》（1931）了，这些论说都在比勒的著作出版之前。比勒如果不知道特瓦尔多夫斯基，那一定知道胡塞尔的《逻辑研究》。——原注

❸ 因此语言学家习惯于通过活生生的谈话运用语言造体来直接运用这些语言造体，这会有一个心理变化的过程；但他们感觉不到这些语言造体和与它们有联系的心理变化的过程有什么不同。——原注

❹ 索绪尔（Ferdinand de Saussure, 1857—1923），瑞士语言学家。他关于语言结构的观念在许多方面为20世纪语言科学的研究方法和进展奠定了基础。

❺ 原文是法文。

是在说话中使用的语词、成语和语句这类语言中的组成部分，对它的研究也没有什么意义了——尽管语言学家知道这种意向性的客体是存在的。语言学家研究"语言"总是要研究它的运用；但是在他们看来，过去那种认定语词、表达方法、形式和它们所起的不同的作用（索绪尔称之为"**说话**"❶）是用于研究一些名称、动词、成语、语句等所指的意向性客体，超出了语言的范围，便是不需要的。

如果我们所说的只是一些政治宣传，也就是为了执行和完成某些在技术操作、经济指标上的任务和政治任务而写的报刊文章，那么在语言学家看来，它们所用的语言造体的功能就变化不大；但如果这些语言造体属于一个**现存的**文学作品，特别是文学的艺术作品，也就是写人的活动影响了他周围的现实世界、事物和人的文学作品，那它们的功能就完全不一样了。在这种情况下，写下的语词就是为了表现人们的活动，他们在现实世界中的某种状况（心理状况或者物质状况），或者要尽可能使读者接受作品文本的意向。这些写下来的语词和在说话中用的语词不同。这表现在说话比写在书上的语言能够使人产生最大的印象，因为读者在阅读一个作品时，只是读它的文本，并没有直接同它的作者对话；他既没有看见作者，也听不到作者说话的声音；他对作品中的语词的印象——一般来说就是语词的印象——无论在时间和空间上，都不是直接的。

诗学的任务之一就是要阐明真正的文学艺术同用于宣传某种活动的文字作品有本质的不同。我们不能否认文学艺术对人是有影响的，但这是一种间接的影响。就是说通过作品所体现的一种特殊的价值，以一种特殊的方式影响读者，使他产生一种见到了人类文化的重要展示的感觉，但是这种价值也可能并不比文学作品中反映的人的**周围**世界的状况和它的变化更加重要。文学的艺术作品以它的构建和属性，能够对人而不是对现实生活的状况产生一种特殊的影响，而那些不懂得艺术能在人的生活中起到什么作用的人也受到过这种影响。文学的艺术作品的**主要**任务是要给读者一种审美的感受，从而使它自己也变成一个审美客体。具体地说，也是一种特殊类型的审美价值的体现。一种价值有它存在的理由，而且要求在读者那里得到实现。从文学作品本身来说，作为一个审美客体就是要唤起读者的审美感受和审美愉悦。而这种审美感受和审美愉悦也是有价值的；它们对一个人的生活和人类社会都有正面的影响。这种影响

---

❶ 原文是法文。

会使一个人产生心理变化,这种变化也是有价值的。审美体验有时候可以使一个人在他周围的世界中采取某些行动。我们不能否认,审美体验不管它将要产生或者已经产生了什么影响,它的存在就是一种独特的、有生命的价值。当然,它的影响也是有价值的,甚至比审美体验本身更有价值。

文学的艺术作品的这个**主要的**功能要表明的是,文学作品中的语言造体并不是要读者直接面向某些和他们有关的**现实的**客体(这些客体由于他们的作用可能有这样那样的改变),或者以后在现实世界中有可能形成的客体。文学作品的任务是要读者把注意力集中在能够使他们产生审美体验的那些客体上,使它们成为读者审美体验的出发点;这样它们也就有了一个基础——再通过读者的参与——能够形成具有相应特色和价值的审美客体。我要说明的是这些客体所具有的现实性或者不现实性都不起任何作用,相反,它们如果在某种程度上不现实倒更有利于这种审美感受的自由发挥。结果是,我在上面提到的这些属于语言造体的意义的纯意向性客体,在日常的谈话中就好像更"近似于"现实客体,而它们作为纯意向性客体也在谈话者的视野中消失了❶;可是它们在文学的艺术作品中就成了引起读者首先注目的对象,并且使他完全脱离他周围的世界中别的现实客体❷。如果有读者在读作品的时候只是想到那些现实的客体的话,那也是文学的艺术作品再现那些属于它的客体并向这个读者发挥了**自我表现的功能**,也就是通过作品的再现客体的自我表现使他想到了现实的客体。文学的艺术作品就是要使读者脱离现实世界而进入作者建构的荒诞世界,一个按照作者的艺术构思所建构的全新的世界。它的结构很独特,在某些方面很像现实世界;通过它的表现功能的作用——这种表现功能是**艺术**语言的**主要**功能之一——能和现实世界建立各种各样的联系。它和语言所有其他的表现形式,特别是用于日常生活和科学研究的语言有很大的不同。文学的艺术作品的语言只是这个作品的组成部分之一;这个作品的内涵比它的语言丰富得多。但是它的语言结构形式和别的语言完全不一样,例如它比日常口语和它的语言造体表现得更加清晰。艺术语言的特性——如果这是一个真正有价值的文学的艺术作品的语言——表现在它能够在作品中**创造**一个再现世界。这个再现世界的内容和形式都表现出了它具有某种特殊的价值,而且它还要求作为作品的组成部分的艺术语言成为**构建一个艺术作品最重要的因素**。文学的艺术作品的语言

---

❶ 因为它们在谈话者的视野中成了现实的客体。

❷ 读者因为专注于这些对象,对他周围现实世界中的客体就不注意了,可见这些对象对他有多么大的吸引力。

根据以上的论述完全不同于日常生活的语言或者科学研究的语言，因为它是一个作品某种属性的表现。它具有艺术语言的功能，而艺术语言的功能和日常生活中的口语或者用于科学研究的语言的功能是完全不同的。

如果说，语言学只是研究某种语言形成的历史过程、它的形式的变化、它在日常口语或语言**造体**中的表现，那么即便它对文学的艺术作品的语言的研究感兴趣，它的研究对象也不属于诗学研究的范围。这是因为诗学要研究的各种问题和语言学毫无关系，语言学研究的问题也和诗学无关。诗学对**文学的艺术作品的语言的研究方法**，也与语言学对**同样是**文学的艺术作品的语言的**研究方法**完全**不一样**。从语言学研究的角度来看，某个艺术作品的语言的艺术价值就是这个语言学家认定的价值。他可能看到了这种价值，但这根本不是他要研究的对象。他要研究的不是语言作为一个艺术作品的组成部分和作品价值体系中的复调和声的表现能够起到什么样的作用，而这正是诗学要研究的对象。如果说，一种语言的语法形式或语词属性是语言学家首先要研究的对象，那么诗学研究感兴趣的，却是在一个艺术作品中，作为能够起一定作用的**工具**，或者就是这个作品的**组成部分**，能够充实作品的内涵的语言，它究竟有什么属性。如果我们设想，一个语言学家要研究某种语言例如波兰语的有关问题，了解这种语言在文学的艺术作品中是怎么艺术地表现出来的，那么他也不能从语言学的角度，而是要根据有关艺术的理论，特别是表现艺术或者作为美学经验理论的美学来对它进行研究。

由于语言学和诗学对语言造体的研究的出发点不同，还会出现另外一些情况。

一个文学作品特别是文学的艺术作品只要"写成了"❶，并且出版，它就脱离了创作它的那个艺术家有过的创作体验❷。不管作者在不在场，还是这个作品已经产生了很久，或者在作者死后，人们都可以阅读它。谁都可以读它，而且多次阅读它，在与作品产生的时候完全不同的情况下多次阅读它。如果一个作品有了固定的文本，作者又许多次地将它"复印"，那么这个"复印"本也是可以读的，但这个复印本也不是它的作者的创作体验的再现，不能直接反映他在创作这个作品时的体验。因此，一个已经创作出来的文学作品的语言，

---

❶ 这个"写成"可以狭隘地理解为用文字把一个作品表现出来，或者是最后创造和固定了一个作品的文本，但如果没有把它抄录下来，就会成为口头文学。——原注

❷ 只有即兴朗诵（例如密茨凯维奇的即兴朗诵）不一样，它的出现是不可预料的，也不会重复出现。——原注

没有也不能表达它的作者的创作体验和作为这种体验产生基础的作者的心理状态和生理条件。❶ 这是因为不仅作者创作这个作品时的体验早就消失了,而且他在"再现"这个作品时的体验也早就消失了,一个作品与作者对它的创作体验很少有什么联系。如果说这种体验对作品的产生有什么影响,那也经常是变了样和不真实的。

如果一个作品中的语言造体有表现的功能,那么这个作品被确定并脱离了它的作者后,它的语言的这种表现功能就会唤醒读者,使他注意到作品文本所**描述的**主体❷,而不会想到作者在创作这个作品时有什么体验。因此作为作品组成部分的语言造体所**描述的作品的主体**(或者属于这个作品的主体),是通过这些语言造体的表现功能表现出来的。但不能将作品的这个主体(具体地说是所谓"抒情的主体")和作为"写了"这个作品的主体的作者等同起来。这个新的主体(抒情作品中的"抒情主体",也可能不只是抒情主体)也是一个纯意向性客体,就像文学的艺术作品中再现的客体一样;而这种意向性客体正是由作品中的语言造体特别是语句意义的意向性所表现出来的。因此语言造体非常明显地表现出来的这种表现功能在一个文学的艺术作品中,由于遣词造句的不同,会发生变化。这种变化使这个**文学的艺术作品**——不同于书信——再一次地**把读者从现实世界引向了一个艺术世界**,而这个艺术世界又给读者提供了一个审美感受的对象。但这不能排除在某些情况下,作品中的这个再现世界可以**代表**一个现实的世界。读者**通过这个再现世界**间接地看到了一个现实世界。但文学的艺术作品不能像**本质上不属于它**的书信或报纸上发表的新闻报道那样,直接地反映一个真实的情况。应当指出的是,谁要了解语言造体在某些文学的艺术作品中的表现功能,他首先要对这个作品的**整体**进行研究,而不能——像语言学家那样——局限于只研究一般的语言造体和它们的属性,因为这种语言造体不能起到文学的艺术作品中的更高级的语言造体所起的作用。

这种撇开作者的体验去阅读他的作品的方法在某种情况下,并不能直接消除读者和作者的联系;就像两个人通过打电话来交谈,即便两个人见不到面也可以沟通。读者的存在并不影响一个作品的创作和这个已经创作出来的作品有什么内容,就像在普通的谈话中那样,我们在谈话的**过程**中,都是有意无意地把我们要说的语词和语句给对方说了出来。一个"已经写出来的"作品——

---

❶ 这里说的作者是指作品**真正的**创作者,如亚当·密茨凯维奇。——原注。密茨凯维奇的诗剧《先人祭》第三部中有这种"即兴朗诵"。

❷ 这也可能是作品抒情的主体。——原注

只要作者在把它写出来的时候，想到了一些读者或者某一类的读者——不仅是为作者在写作的时候**事实上**❶不在他身边的那些读者写的，而且也是为了作者根本就**不知道是什么样**的那些读者写的。如果一个作者在写他的作品的时候，显然考虑到了他的作品将是（可能是）哪一类读者阅读的对象，这也不妨碍另外一种类型的读者热衷于阅读它。但一个作者不可能写出所有的读者都能够接受的作品，虽然他想这么做而且也在努力这么去做。可这是做不到的，因为他想到的那些读者**各方面的情况都不一样**；有的读者可能认为他的作品"太难读"，有的又认为他的作品"太索然无味了"，等等。实际上，一个作者在写他的作品的时候，肯定是很少去考虑他的读者的——虽然他的眼中并不是**完全**没有读者——他的作品是给"自己"写的，是按照自己的喜好和自己在艺术上的追求，为了实现自己在艺术创作上的愿望和要完成这一创作的过程而写的。他并没有考虑要得到读者的认同，并与读者进行交流，而是为了"实现"他的艺术创作的愿望，或者说得更好一点是**实现自己艺术创作的理想**。在这种情况下创作出来的作品首先是为作者自己创作的。但这之后，这个根据作者自己的愿望，表现了作者理想的作品也会间接地影响读者，使他读了之后感到惊喜，在欣赏这个作品的艺术中得到了满足，就像作者自己得到的满足一样。应当指出的是，不管作者在创作一个文学的艺术作品时是不是想到了自己的读者，事实上在这个作品出现后才有它的读者，他们对于它的产生是**没有影响的**。作者一般按照**自己的**艺术追求来进行创作，也考虑到在自己的想象中哪些读者能够接受他的作品。而对那些否定他的这种艺术追求，或者根本就看不到他的作品所包含的价值的读者，他从来是很**轻视**的，所以根本就**不把他们放在眼里**。有时候，作者为了**表示**对这种类型的读者的轻蔑和否定——我这么说吧——他有意创作这些读者接受不了的作品；对于这种作品，读者甚至还没有来得及亵渎它所包含的价值，就把它扔到了一边。但作者如果是一个真正的艺术家，而不是一个只知道赶时髦的下等作家，他的作品首先要得到**自己的**认可；他对自己满意的作品有时还会产生一种迷恋。他"自己"认定的这个作品的价值，事实上也得到了他生活的那个社会或者他创作这个作品时所处的那个时代的承认。但这不能否认一个事实，作者能够认定他的作品的价值，认为这个作品读起来不会使人感到它很愚蠢，感到厌烦。这是因为他的作品具有读者喜爱的特色，因为他是一个真诚和正派的艺术家。只有在这种情况下，他的

---

❶ 原文是拉丁文。

作品才能成为真正的艺术作品。

在这种情况下，一个文学的艺术作品的本身就是一个有**目的**的创作过程。它对读者所起的作用就是要向读者揭示这些使它的作者显得光彩无比的审美（或者别的）价值。这样的结果也会使得读者在某种程度上能够对作品有进一步的认识，并且参与到它的共同创作中，特别是参与其意向性地再现世界，但这个世界不是一个真正的世界，也不是一个超验的世界。如果这个世界在某些情况下引起了读者的注意，那也正像我说过的那样，只是**间接地**引起了读者的注意。照这个观点，文学的艺术作品的非语言的因素——但它和语言有联系，并且它的作用也是通过语言表现出来的——在一个作品的整体中，就占有首要的位置。但对一个作品进行纯语言学的研究就把这个作品简单化了，因为这种研究忽视了这个作品的结构因素和它的艺术特点，最重要的是，它**看不到**已经成为一个文学的艺术作品的组成部分的那种语言的**特色**。

还有一种情况值得注意，就是语言学的研究任何时候也没有涉及文学的艺术作品所包括的两个语言层次这么大的范围。实际上，语言学——例如在句法研究中——最多也只是对**语句**感兴趣。这很自然，文学的艺术作品的整体结构并不具有语言的特性，而是为了表现某种**艺术**形式。这种艺术形式决定了作品和它的结构的价值，这种结构的形成要求作者有高超的艺术技巧。对语言的研究主要是研究它的一些最普通的**成分**。在这里，语言学研究的首先是一个语词所表现的各种不同的形式和它们所起的作用，它们在像语句这样的更为复杂的造体中使用的方法以及它们在日常生活中的运用等等，除了对语词和语句即便是非常复杂的语句的研究外并**不涉及别的**。可以这么说，语言学所研究的语言的成分，它们的变化的一般的规律和使用的方法只是**一种潜在的语言**，而不是在日常口语或文学作品中对于语言的整体运用。另一方面，研究人们对语言的运用可以发现它有一定的发展规律。与此同时，我们在研究出现在语句中的语词形式的变化和它们的运用历史的时候，总是要引用一些文学作品中的"语言"，因为除了文学作品中的两个语言层次中所运用的一些语言造体外，还可发现其中一些令人感兴趣的语言的**组成部分**和它们的**整体**的表现形式。对于这个**整体**的研究也就是对于文学中的语言的研究，特别是诗学的研究。如果我们要了解作品的组成部分、作品中某些方面所出现的一些现象，那就要对一些具体的对象即每一个文学作品，特别是文学的艺术作品进行研究。

可能有人说，正是由于语言学和诗学对文学的认知不同，诗学研究非常接近语言学的研究。诗学并不是一种要进行个体研究的学科，它不是要对每一个作品进行方方面面的研究，而是要对文学的艺术作品一般的特点、它的结构和其中出现的各种情况进行研究，它们都表现为文学的艺术作品的各个方面，属于它的组成部分。

很明显，诗学，至少它的一些最重要的分支就像语言学一样，是一门进行综合研究的学科。但是诗学很少以一些**具体的作品的整体**为例去研究文学的艺术作品的各个方面和它的组成部分，而主要是研究文学的艺术作品的这些方面和它的组成部分在这个**整体中一般来说，能有什么功能和发挥什么作用**。其次，通过对文学本体论所揭示的文学的艺术作品的结构的认识，诗学还要通过分析研究，阐明一个作品的组成部分或者各种因素相互之间的必然联系，而这些联系又使这个作品成为一个整体，表现了它的整体性。因此，诗学就是要阐明各种**类型**的文学作品（某些具有特性的**艺术整体**，而不是一些个体）或者表现了各种**艺术风格**的作品的特殊的形象的本质。对于这些整体，诗学研究的是它们的本质结构、类型或变型，而这也代表一些具体的文学个体———一些作品———通过对这些个体的研究，得出一些一般性的结论。可是语言学对这些整体的研究，却只是把它们看成是一些**抽象的潜在的**造体，一种具有社会性的语言。语言学研究的对象，具体地说：一是一些转瞬即逝的**说话**的过程以及在说话中所运用的一些**基本的**语言造体；二是在一个历史时代的一些基本的语言造体的缓慢**变化的过程**。但它所研究的不是抽象的"语言"。

在这种情况下，我们就会把语言学和关于文学的学科特别是诗学加以比较。它们虽然有部分共同的领域值得研究，但它们毕竟是两个不同的人文学科。语言学如果被理解为各种学科的经验主义的综合，或者某种哲学的理论，它就是一种与诗学**很亲近**的学科，或者诗学的**辅助**学科。在语言学的研究中可以提供许多对诗学研究有用的文学的艺术作品中的语言材料；如果这里提供了文学的艺术作品中出现的各种不同的语言材料，还可以使诗学对文学的艺术作品的语言有更多的了解，在对文学作品的研究中提出一般性的结论时避免它的片面性。但是这些语言材料不是诗学研究的前提，也不能把它们看成是某些不变的结论，同时它也不是研究诗学和关于文学的学科的关系的前提。毫无疑问，文学作品的**本体论**和语言哲学在它们的研究中可以作**一些相同的论述**，但是这种论述表现了**不同的**观点，它们得出的结论也不一样。语言学在研究**风格的问题**上，与诗学研究有更多相似的地方，但是语言学的修辞学和诗学的风格学明显还是很不一样的。**语言学**对风格的研究是要阐明各种类型的语言（如个人的语言，某个社会阶层的语言，某种职业的语言如医生的语言等）**本质**

上有什么不同；这种不同使它们形成了具有不同特点的系统，它们以某种形式出现，表现了不同的个性。但诗学和研究文学艺术的学科的研究认为语言的不同类型与它们以什么形式出现并不重要，重要的是这些不同类型的语言在文学作品中是怎么用于表现一些再现人物所处的社会"环境"的特点，实际上再现人物所运用的语言有时候仅仅是指某一个作品（作为**表现再现人物的工具**）的再现人物的语言有什么特征。这些特征就是**诗学**要研究的关于风格的论题。这种再现人物的语言风格和**作为一个艺术作品的整个作品**的风格有着紧密的联系。对于这种艺术风格的研究也要看到整个作品的语言造体在表现这种风格时所起的作用。语言学的修辞学所研究的语言风格是不考虑它们的艺术价值的，如果要说艺术价值的话，那有时候也只是看某种语言修辞的运用是否正确。可是在诗学研究中，对于文学作品的艺术价值进而对文学审美的价值的研究是最重要的。

这当然不是说，诗学就是一门对于文学的艺术作品的风格或者别的什么东西**进行评价**的学科。诗学是**一种理论，而不是**文学**批评**。它所研究的作品的价值已包含在作品自身内，就看它有多大的价值。我们对它一开始就是这么看的。如果一个作品没有任何价值，我们**事实上**❶就只能对它作出否定的评价。一个作品的**使命**就是要使自己能够体现和向读者表现它的这样或那样的价值。诗学要对这些体现了文学作品的价值至少是在原则上体现了它的价值，同时表现了它的特点如它的本质结构和这些结构的价值取向等，表示自己的看法（符合逻辑的看法）。这就是说，认定文学作品具有这样或那样的属性以及它们之间各种各样的相互关系等等，而不是对某一个作品或者某一些作品作出评价❷。语言学包括它的修辞学既不涉及对文学作品的评价，也不研究文学作品的属性。它认为语言和它的艺术属性及其表现形式是完全**不重要的**；它们可以表现出来，但语言作为一种个性化的因素并不是语言学要研究的对象。可是诗学就是要阐明：文学的艺术作品中的语言的艺术属性和它的表现形式，对于作品中的别的组成部分的形成和各种观相的产生，特别是对于这个作品的艺术价值的生成，究竟能起什么作用。

但语言学家在了解到这里所起的作用后，也想对一些"文学"作品，也就是艺术作品的语言有所了解；不管怎么说，文学的艺术作品中的语言也是一

---

❶ 原文是拉丁文。

❷ 这里的评价的意思是表示赞叹、欣赏或者厌恶、谴责等等，来自于一种情感上的冲动。在某种情况下，它们可以作为对作品价值表示看法的根据，但它们同这些看法还是有根本的区别。——原注

种语言，没有理由说它不属于语言学研究的范围，而且这种语言比"通俗的"语言和口语更加丰富、发达、"善于表达各种感情"，也更精密。

  我要说的是，对任何人也不能阻止他去研究他想要研究的对象所属的领域，也不能因为一些语言造体成了某些文学的艺术作品的组成部分就不去研究它们。现在只有一个问题，能不能否定上文所说的对诗学和语言学关系的看法？不能否定。因为在这种看法中，并没有表示语言学没有权利也研究不了文学的艺术作品的语言。它只是说**不管**语言学怎么样，诗学既有权利也有任务研究文学的艺术作品的语言的属性，而且它研究的**出发点和方法**也和语言学的研究**不同**。这种看法是否定不了的。另外，如果一个语言学家要研究文学的艺术作品的语言的属性和它的功能和清晰度，那他就不能局限于研究作品中的语言造体本身（语词、语句和复合句），而且要研究作品中那些不是语言造体的组成部分。他也非得**接受**诗学研究或研究文学的学科的研究观点，或者对各种领域的研究和各种研究的观点都有所了解。这里要说的是，首先，不仅是语言造体和功能，而且作品再现的客体和作品的形式都有可能是语言学研究的对象；其次，语言学虽有可能把它研究的对象看成是一个艺术作品，但它并不研究这个艺术作品在艺术上的特色。我也不是说，语言学在某些方面就是对艺术文学的研究，特别是对诗学的研究。换句话说，谁要是认定语言学研究的范围和出发点是同一的，那就要承认诗学同它不一样；即便语言学除了研究一般的语言造体外，也研究文学的艺术作品中的"语言"，诗学研究也与它不一样。

  我是这样阐明了诗学和语言学的关系。最后要说一下诗学和心理学的关系。只是因为特别是在19世纪下半叶和后来，有些人曾不止一次地宣传，甚至在某种程度上已经开始进行"心理学"诗学的研究，就认为诗学乃心理学研究的一个分支，这种看法是不对的。心理学只能被认为是诗学的一门**辅助**学科，而且也只是在后者对**某些**和心理学有关的问题进行研究时，能够起到辅助的作用。

  认为诗学是心理学的一个分支的人或多或少地都很明确地认定文学作品不管是在"作者的心灵"中还是在"读者的心灵"中都是一个心理存在的事实。❶ 因此他们不仅视作品和作者的心理感受为一体，而且认为作品和阅读它的读者在心灵上的感受也是一个不能分开的整体。我认为这种看法就像物理学

---

  ❶ 在我的《**论文学的艺术作品**》一书出版之前，20世纪所有波兰的文学研究者——常常是无意地——都持这种观点。只有尤留斯·克莱伊内尔在此之前表示过反对。如今我的印象是，这种情况已经有了很大的改变。——原注

的观点一样是不对的。我在我的《论文学的艺术作品》这本书中已指出并论证过它错在哪里。但我不敢肯定,这样能不能使这种错误的看法得到改正。我在这里既不想再提这件事,也不会改变我的看法,因为我过去提出的论据并没有受到任何人的指责。我以为,如果在我们这里研究"美"文学的人中,心理主义的倾向依然占统治地位,这首先是因为我们对于某种理论的认定太绝对化了,不愿通过时至今日的研究来重新认识它(实际上,我们已经几十年来都止步不前了)。其次是在我们的文学研究者中除了极少数的例外,绝大部分的人对于哲学真的是不可想象的无知。

一般的文学作品和特殊的文学的艺术作品都是作者采取的一种行动、一种心理和心理物理体验的**产品**。但这种产品产生之后,就已**脱离了**作者所采取的这种行动和他的心理体验。它的任何一部分或者它的特性都不属于这个行动和这种体验。谁要研究作品创作的过程和作者的体验,他不用研究作品;谁要研究作品,也不用研究它的创作的过程和作者的体验。心理学和对文学的认知(如诗学对文学的认知)虽然在许多方面都是对人的认知,但它们完全是两种**不同的**学科。有的人虽把诗学看成是不同于心理学的学科,但又要用"心理主义的方法"来进行诗学研究,这也是不对的。其实这里所说的情况并不十分清楚,也不知道这些人所说的"心理主义的方法"究竟是指什么。如果一种科学研究的方法是很精到的,它就能够研究它所研究的客体的基本的自然属性,并且由此得出很有科学价值的结论。如果诗学研究的客体不是某种心理现象(特别是作者或读者的体验),就不要用适合于研究心理现象的方法。

但文学的艺术作品和心理现象的出现是有**联系**的,作者进行创作的过程也是读者接受并参与这个作品再创作的过程。有的人用心理主义的研究方法进行文学研究特别是诗学研究,他们想通过研究以上提到的这个过程得出对于文学作品的论断,就好像走了一圈又回到了原地一样,这种尝试也不止一次有过。有些人还认为不了解作者的创作过程,特别是对它不作分析,就不能对文学作品有**任何的**看法。因此他们首先想对作者和他的生活有更多的了解,然后再了解他创作一个作品的过程,从而得出对他这个作品的看法。

这种观点也是不对的。首先,研究文学的学科虽有各种各样的缺陷,但它远胜过诗歌创作的心理学(**或者**[1]读者心理学)。这最突出地表现在它不用对

---

[1] 原文是拉丁文。

诗歌创作进行心理学的分析，就能够对文学作品提出许多正确的和重要的观点。❶ 不难理解的是，心理学对这方面的研究还只是在初创阶段，它甚至对于每一个作品的科学研究，或者像诗学那样，对文学作品进行一般性的研究的辅助作用都起不了。那些认为研究文学的艺术作品需要得到心理学研究的辅助的人可能会成为这样的自觉的心理学家，他们因为接受了一种在19世纪下半叶很流行的观点，认为有价值的科学认识只能运用一种寻根的方法才能获得，这就是说首先要弄清楚我们想了解的现象和事物产生的**原因**。但是他们忘了，除了寻根的认识还有对于这些现象或客体本身的认识，这是直接根据我们的经验得出的。这种认识不仅对于这些现象或客体产生的因由能够得出同样重要和有价值的结论，而且它还是进行这种寻根研究的依据。它是对作品的寻根研究的出发点。只有了解了作品的属性，才能去寻找这种属性产生的原因。事实上，我们对于文学的了解不仅表现在关于文学作品的许多论述中，也表现在对它们的创作过程的认识和论述中。但我们应当注意到，这里还有一个反向的研究，就是先去了解作者的心理结构和作者在创作这个作品时的心理状态的变化过程，然后在这个基础上去研究这个作品。这当然不是**对文学**的研究，而是一种**心理学**研究。要寻找文学产生的根源，靠心理学研究是不行的。因此有人提出用"心理学研究"的方法来进行文学研究特别是诗学研究，这是不对的。

但是，否定在诗学研究中采用心理学研究的方法，并不否认创作心理学对诗学在诗歌作品和它的作者的研究中所起的辅助作用。但是要注意，不能把心理学研究的观点当成是诗学研究的依据，而只能把它当成一种有用的信息，从这种信息中去了解心理学对文学创作的研究得出的经验。此外，心理学对一个人特别是文学的艺术作品中的人物的各种心理活动、状态和体验的分析，对诗学研究也能起辅助作用。特别是在阐明抒情作品在多大的程度能够更加充分地表现作者的思想感情的时候，要对它进行心理主义的研究；如果谈到戏剧作品，就要看剧中人是用什么方法说出一个个的语句和语词来表现他们的心理状态。遗憾的是，至今对于表现功能的分析研究是不能令人满意的，而诗学研究需要得到的这方面的帮助——至少是——还很成问题。

　　心理学研究也为诗学研究对文学的艺术作品**再现的**人物典型的分析提供了

---

　　❶ 这首先要将创作心理学和历史—个体心理学区分开。创作心理学是一个一般的学科，它的任务是要阐明创作过程的特点和规律。历史—个体心理学则是要研究某个作品如亚当·密茨凯维奇的《塔杜施先生》的创作过程中表现的主要特点。这两种心理学据我所知，只能得出一些含糊不清的说法，就连一个稍有根据的假定都作不出来。——原注

方便，而且这种方便对研究文学的学科特别是它研究每一个作品，要比诗学研究所得到的用处会更大。不过这也不是它对诗学的轻视。这个情况我在这里只是提一下，我在我的一篇题为《研究文学的学科论心理学和心理主义》的文章❶中已经作了较为详尽的论述。

四、理论诗学和"规范"诗学

有一个历史事实说明，从亚里士多德那个时候以来，在欧洲文学史上起过重要作用的最著名的诗学乃"规范"诗学。可是最近几十年，主要由于持怀疑态度的实证主义的影响，这种"规范"诗学在学术界很明显地变得不重要了；甚至还有一种流行的说法，认为这种诗学已经不能成为一门学科，它实际上没有任何存在的意义。只是在并不太久的以前，对这件事的处理才有了一些转机。人们开始从各个方面宣传诗学的规范性；甚至在看到它所表现的某种"形式主义"之后，还经常对它的理论性质进行批判。因此我在这里对于"规范"诗学存在的可能和意义以及它的运用要发表几点意见。当然只谈一些最重要的问题。

首先，怎么理解"规范"诗学是一种"规范的学科"？

如果一门学科在对客体的研究中，为了指出它们的正确与否而制定了一些"规范"，那它就是一门"规范的"学科❷。大家知道，"规范"这个术语是多义的。但我在这里只是把它理解为一个普通的标准："S应当是P"。例如"一个人应当是正直的"，"士兵应当是勇敢的"，"祈祷应当是真诚的"，等等。这种意义的规范并不考虑和认定实际情况如何。这是一种逻辑的观点。对属于某种领域的客体提出某些看法，并对这些看法加以适当的论证，也是"理论"科学的任务——或者狭义地说——**简单地说**❸，是科学的任务。但是规范的**制定要了解某些事物的状况**。我们说"S应当是P"，就是说要S真的是P。我们要求这样并不排除S已经是P，但是我们既不会为此采取什么行动，也不会

---

❶ 参见罗曼·英加登：《美学研究》第3卷，国家科学出版社，华沙，1970年版，第45至55页。

❷ 学科的"规范性"并不像一些人认为的那样，表现在一门理论学科中提出了某些观点，只看它们同现实生活中提出的这样或那样的口号是不是一致，而不管它们是否正确，何况这些观点往往是不正确的。——原注

❸ 原文是法文。

根据我们制定的规范去认定某种情况是否已经发生。在绝大多数的情况下，我们制定规范，是因为我们认定，S 还不是 P；因此我们要求 S 是 P。在这个"应当是"中，除了要求保持某种事物的状况外（按照规范的准则），还有同这个要求有密切联系的别的内容，这就是对于这个"S 是 P"的**要求的价值认定**。"应当"**得出的结论**❶是"这样才好"。"好"最普通的意思是具有某种价值，而这种价值要根据规范的条例加以分类。如果我们把这个论说规范的语句的意思加以引申，就可以说：我们如果说"S 应当是 P"，那就是说："应当是 S 为 P，或者最好是 S 为 P。"❷ 这种规范的使用只是在那种具有普遍意义的**价值**的领域中。如果我们对我们制定的规范的要求的实现能够作出肯定的**评价**，那这个规范就是正确的。对规范的**正确与否**要有正确的判断，表现在一方面是对某些价值要有正确的判断，另一方面要了解这些客体反映了它们的价值的属性。胡塞尔在《**逻辑研究**》❸中认为，对于每一门规范学科都有一门理论学科是属于它的，有时甚至有一组理论学科属于它，都是为它制定规范提供理论依据。

若要把这一观点用于诗学研究，要说的便是，我们既然同意"规范"诗学的存在，那就要有一门理论诗学为它提供存在的依据；我们既然这么理解，就得这么去做。从另一方面来说，如果这门理论诗学认定文学的艺术作品总要体现某些独特的文学艺术和审美的价值，这就为这门"规范"诗学的存在提供了第一个必不可少的依据。可现在的情况是，"规范"诗学的思想并没有表现得那么绝对化，却有人在许多方面对它进行攻击，而且早就有人以轻蔑的口吻去称呼它。这是为什么？

这首先同我们在这里要说的一些规范的性质有关。我不认为我在这里能够提到**所有的**规范或者某一些规范，但我们可以认定有些**共同的**规范是**大家都要**

---

❶ 原文是拉丁文。

❷ 我在这里不可能对"规范"这一概念作进一步的分析，这个问题我在一些学术报告中已经讲过很多次了（第一次是 1938 年在克拉科夫的哲学协会讲的）。这是一个很复杂的问题，特别是"规范"这个术语是多义的。我要说明的是，我在这里所说的"规范"，一方面，不是逻辑意义的规范，因此它既不是真的规范，也不是假的规范，而是正确或者错误的规范。但总而言之，要有"根据"（根据在哪里，这是我自己的事）；另一方面，规范和命令是不同的。虽然规范有时是以下命令的方式实行的（如说"不许通奸！"），或者相反，命令就是为了实行某种规范（你该睡了！）——妈妈对孩子说，她没有直截了当地说："睡去！"但要区分用一句话说明的规范和表示一种"榜样"、"提供模范的式样"和"理想"的规范。我在克拉科夫的哲学协会作的那个报告中所提出的观点，特别是规范逻辑的要求和这些开始建立，已经用于对有关文学作品的研究，当然不会涉及它们的作者。——原注

❸ 原文是德文。

遵循的；至少那些有权要求所有人都去遵守的规范是必须遵循的。共同是指规范中所说的必须遵循的**所有的**条例，如它所说的 "应当是 P"。如果有人提出一个规范，说 "祈祷要真诚"。那就是认为对**每一次**祈祷都有一个正确的判定，即它如果不真诚，就不是 "好的" 祈祷，或者根本就不是 "真的祈祷"。大家都要遵循的规范的意思是**每个人都有责任遵循的规范**，而且不管是谁都能够做到这个规范提出的要求。不管是谁做祈祷，都**有责任**使他的祈祷做得真诚，因为这是一个正确规范的例证。同样，谁要当兵，他有责任当一个勇敢的士兵，那也是因为这个 "勇敢的士兵" 的规范是正确的。这个有责任的意思是，谁在按正确规范的要求去做的时候如果出了偏差，那他的做法不仅毫无价值，而且有可能产生不良的后果；这种毫无价值或者会产生不良后果的做法会使他**背负**着他**没有遵循**他有责任遵循的规范的**罪过**。这个没有遵循是 "不好的"，而他自己也因此变得 "不好" 了。这个 "不好" 有各种各样的类型，就看他没有遵循的规范具有哪一类的价值。他可能是因为道德变坏，也可能是他做事粗心大意或者能力不够。

伦理规范的制定无疑是具有普遍意义和大家都有责任遵循的。但这至少不涉及某些法律的规范（这是说好的法律）；这些法律规范有时候还制定得很明确。那么我们对于诗学应当作出哪些规范呢？

首先，规范诗学可以认定它包含着两种类型的规范：一是**客体**规范，二是**主体**规范。客体规范涉及文学的艺术作品，用于确认它们具有的一般或者变异的属性；主体规范涉及这种类型的作品的**作者**或它们的**读者**。在制定客体规范时，要制定一些条例，按照这些条例去**创作**这一类的作品；在制定主体规范时，要规定对作品**评价的标准**。例如法国古典主义的一个规范是，戏剧创作必须遵循三一律（同一地点、同一时间和同一个事件），这也属于诗学的客体规范。还有一个规范在各种不同的时代都有过，这就是诗歌作品要在 "灵感" 处于非理性的状态中进行创作，而不能在 "冷漠" 的状态下，这是诗歌的作者们必须遵循的规范。此外还有一个规范，就是对一个作品作出评价不仅要看它的 "形式"，而且要看它的 "内容"。这是一个评价的规范，是读者必须遵循的。这三种规范相互之间都有紧密的联系（在有些情况下，这同一个规范是用三种形式制定的），诗学的客体规范不仅决定作品的内容，也决定了对**一些**主体规范如何进行选择。对文学的艺术作品的规范除了指出作品应有的属性外，它对作品还有一个特定的评价的**标准**，虽然它对这些并没有**用文字表白出来❶**。当一些人宣布戏剧要表现三一律的时候，他们当然深信，戏剧创作所遵循的这个原则是有价值的，是"美的"。但是他们并没有阐明这一点，也没有想过这个"美的"有什么含义。不过这里虽然没有清楚地阐明或者根本就没有阐明，但还是想到了**一种**"**美**"的**形式**，并且认为它是美的**唯一的**一种表现形式，只是没有进一步和有意识地去研究它。换句话说，在每个时代或潮流的"规范"诗学中，都有一种幼稚的看法，认为它所制定的规范是无所不包和大家都有责任遵循的。这在一些理论家的眼中❷，就极大地破坏了所有"规范"诗学的权威性。不仅是文学史，而且对于不同民族的文学或者各种文学流派或学派所制定的不同的"规范"诗学的简单但不偏不倚的认知都告诉我们，上面所说的这种无所不包的诗学规范，特别这种**事实上**和**基本上**是无所不包和大家都有责任遵循的规范的体系，其实是不存在的。各种诗歌的流派、风格和社团之间的争斗，都说明了要制定大家都要遵循和无所不包的规范乃是一种**自命不凡**的表现，是缺乏所谓"自我批评精神"的表现。这种人不去想两种风格完全不同的作品——例如，"浪漫主义"作品和"自然主义"作品——虽然各自表现的"美"的含义完全不同，但是它们具有**同样的价值**标准。最后要说的是，不管在什么地方，只要谈到艺术，那就肯定要**讨论有什么倾向和爱好❸**。"美并不是美，而是有人喜爱的东西。"因此——最后得出的结论是——"规范"诗学的提出本身，就是错误的。在这种情况下，毫不奇怪的是，诗学若要制定和使用某一种规范，是根本实行不了的；它制定得愈具体，还提出实施的要求，规定愈详尽，就愈实行不了。因此有人说，不要制定任何"规范"诗学，有理论诗学就够了。

  这种流传得很广的看法，我认为对待它要慎重一点。我们要看到一个事实，这就是不仅在诗的艺术作品中，而且在其他的艺术品中，都有**许多不同的风格**和变体的表现。那是不是说果真只能**讨论有什么倾向和爱好❹**就真的要这么做了？是不是因为时至今日，事实上谁都没有成功地制定过一个针对诗的作品的所有风格和变体的"规范"诗学，就能说明任何明智的诗学规范都不可

---

  ❶ 原文是拉丁文。
  ❷ 实践者，是说每一个诗人和文学批评家（也包括艺术批评家）总希望有一个专门的"规范"诗学，他们的这种看法太片面和教条了。但这不是偶然的，而是诗人或批评家真正尽职的需要。——原注
  ❸ 原文是拉丁文。
  ❹ 原文是拉丁文。

能有了？

我们还要注意一个毫无疑问存在的事实，虽然对它的重要性经常是估计不足，但它不是没有意义的。至今没有成功地制定过一个"规范"诗学，原因之一是没有为它的制定奠定理论的基础或者这个基础奠定得太不牢固。每一种"规范"诗学——我已经说过——都要建立在一门或者一些相应的理论学科的基础上，或者说它自己就是一门"学科"，它要有**正确的**和有根据的规范。那么，在关于文学的艺术作品的理论也就是诗学理论的提出和运用处于——说真的——混乱状态，此外关于艺术的理论和美学的研究在很大的程度上也不能令人满意的情况下，怎样才能成功地建立起这种"规范"诗学呢？一个文学的艺术作品，如果我们不太了解它的基本建构、它的可以起作用的属性和其中选择了什么属性决定了它的价值，同时也不知道一个文学的艺术作品是"美的"和它的什么样的变种是"美的"究竟是什么意思，我们怎么知道什么样的文学的艺术作品才是"美的"呢？如果我们知道，诗的作品的各种风格相互之间有很大的差异，但是我们不知道我们能否**最终预见到那些精确明示的风格的多样性**，也不知道我们的命运是不是就注定要陷入偶然之中，永远只能遇到某种可能的机遇，见到一些有价值的诗的作品所表现的新的风格，它们的"美"同我们至今所知道的作品完全不一样，因此用一般的"美"的尺度，即便是诗学的最一般的"形式"规范——例如那些实际上不太提及的指示，说一个作品"应当"是"多样中的一种风格的存在"，或者形式和内容的统一等等——也无法去对它进行度量。另外，如果我们不知道，各种风格是如此不一样，使我们根本无法获得那些不是没有意思的老生常谈而是一般性的诗学规范，我们又怎么能建立这种规范呢？

同时，如果我们没有对理论诗学作了令人满意的研究，我们能够认定一切"规范"诗学的制定**原则上**是不可能的吗？如果我们都认为，理论诗学研究的对象是诗的**艺术**作品，它本质上——它的使命——也应当是一个有价值的东西，那么就像我说过的那样，我们就要认定诗学规范存在的合理性。作者风格和作品风格虽然多种多样，但这并不是说我们就不能制定一些在普遍性上**受到制约**，也不是所有的人都要遵循的规范，例如某种类型的文化和属于这种类型的人和社会的规范。风格的多种多样也无法说明在诗学中连为数不多的一般的和大家都要遵循的规范都不可能制定。如果出现了我们没有料到而且是数不清的不同风格的文学的艺术作品，如果就像有些人说过的那样（如克罗齐），每一个艺术作品都有自己的独特性，它们的属性和它们拥有的价值以及艺术个性相互之间是无法比较的，只有在这种情况下，才无法制定这种无所不包和大家都有责任遵循的诗学规范；但要解决这样的理论问题，我们今天还差得很远。

换句话说，我们虽然指明了创建理论诗学的道路，但我们也只是在想办法为它的建立打基础。我们也很清楚，要在这个基础上建起诗学的大厦，即便使它有一个大致的轮廓，也需要好几代人的努力。我们今天不能否认建立规范诗学的这种可能；但我们也不得不承认，现在要建立"规范"诗学还为时过早。❶

---

❶ 这篇文章是我在1940至1941年间写的《诗学》这部著作的第一章。——原注

文学作品的图示性*

■[波] 罗曼·英加登 著
张振辉 译

我们要注意到文学作品的结构有一种特性,这就是它的图示性。这种图示性具有重大的艺术价值。对这个问题,我要说些什么呢?

这种特性表现在文学作品的所有四个层次中。首先是表现在它的客体层次中。我们仍以密茨凯维奇的《阿克曼草原》为例。

我们看到,这里有一个人在说话,他有一种特殊的感受,还有他所在的周围环境。我已经说过,不管是这个说话的人有什么感受,还是他所在的周围环境如何,他和它们都形成了许多明见的观相。这里有没有使我们产生错觉?是不是有——我的一个读者问——一个**看得见**的东西却又显得并不**那么具体**呢?我们确实不能认为,这种形式的再现客体——以这种形式展现的客体——都是很具体的。一般来说,这里只展现了**它们的一些最主要的特征**。而其他的一些既然并不具体,就只有让读者去猜想了;但因为作品中的描写是那么不确定,我们经常是无从知晓。例如《阿克曼草原》中说的那个草原,它叫阿克曼草原,这个名称是指某一个特定的**个体**❶(因此它不是一种类型或者一般的客体),但是单单这个名称很明显不能说明这个草原的特色;这里除了"阿克曼草原",还有"辽阔的干海""绿荫""飕飕响着的牧场上的浪花""穿过花海""长满了杂草的珊瑚岛""既没有路,也不见古墓"和"第聂伯河在闪光"等,都是用来说明阿克曼草原上的状况的;虽然以文本中的语法结构来

---

* Schematyczność dzieła literackiego // Ingarden, R. *Szkice z filozofii literatury*. т. I. —Łódź: Spoldzielnia wydawnicza "Polonista", 1947, 203 pp. 译自罗曼·英加登:《文学哲学概论》,记号出版社,克拉科夫,2000年版。本译文系国家社科基金重大项目"现代斯拉夫文论经典汉译与大家名说研究"[项目批准号(17ZDA282)]阶段性成果。

❶ 为了说明这个再现世界中的草原和其他组成部分的独特性,除了阿克曼草原外,还有第聂伯河和立陶宛这样的名称。——原注

说，这些语词和语句不一定直接与它相关，但是那"飕飕响着的牧场上的浪花"是覆盖在草原上的。这毫无疑问，也无须使用一种艺术的表现。但是读者如果要很清楚地了解那个草原是怎么样的，就一定要看诗中提到的那些说明（我这是从作品文本中引用的），要了解它们和那个草原的关系。❶ 他还要用一些别的话来说明（构建）这个再现客体；也就是说，要采取一种行动，读者要在另一个地方使这个再现客体被"客观化"。但它在某种程度上已经脱离了作品文本所确认的范围，因为一个作品的构建的本身，并不包括这些。这并不是这个作品的缺点或者疏忽，而是因为它所描写的这个环境就是这样。这片草原是这首十四行诗再现的周围环境所包括的范围之一，它只有这么一个范围，也是以这样的面貌显现在这个环境中的。它并不是一个专为人们观察或者表示什么看法的客体。从文本中可以看到，这里有一个人在"游"，然后"马车"像"小船"一样"前行"，这里表现了这个人是怎么在这片草原上行走的。但是这里也可看到这种描写不仅没有把草原上的一切都说出来，而且在许多方面也都是说得不明确的。例如文本中就没有说这片草原究竟是完全平坦的，还是有一些小山，只说了"浪花"和"辽阔的干海"。同样不知道的是作品中描写的这片草原具体在什么地方，而只是说阿克曼看见这里距第聂伯河不远，也就是它在第聂伯河边的一个地方。也没有说草原上长了些什么草，而只是说"长满了杂草"。还有这里有什么花？什么颜色？什么种类的花？这些在文本中都没有说；而在一般的阅读中，也根本就不会想到这些。还有在草原上展现的天空也是一样，这里可以想到的是，这是一个晴朗的天空，如果想要知道这里有没有星星，只能想到有什么在某个时刻闪烁，但这也可以想象是升起的月亮。还有天空是什么颜色等，所有这一切都没有说。"鹤群飞过"，可以看见它们飞得很高，也听到了它们的声音；"我听见鹤群飞过"，只是不知道这里有多少飞鹤了，在天上的什么地方，这是些什么样的飞鹤等。那个人还说：在草原上"走遍了长满了杂草的珊瑚岛"（他是一个人还是有旅伴？好像是有旅伴，因为后面又用复数的"我们停下吧！"❷）。这个人是谁，文本中也没有确认。但从一些资料来看（从文本中的语句的语法关系来看），我们可以得出一个结论，这是一个男人，还有他出生于立陶宛，也想念它，这就是一切。但这

---

❶ 这样我们就会知道，"阿克曼草原"在第聂伯河畔，它很辽阔，就像一片干海；上面覆盖着飕飕响着的牧场上绿色的浪花，到处是花海和长满了杂草的珊瑚岛；没有路，没有人迹，连古墓都不见。——原注

❷ 关于这些旅伴，文本中一个字也没有提。——原注

个人是谁,多大年纪,他过去怎么样,有什么特征,是什么样子,这些在诗中一点都没有说。他为什么只说了上面一些呢?他在这里有什么感受,也是一个字也没有说。可是这种感情却强烈地表达出来了;我们可以直接地感受到,在这首诗中有它的质的表现。而且它表现得那样明确;这是一种特殊的质。它展现在我们面前——可以说——使我们产生激动的心情。但因为这种质没有被命名,我们只有脱离了这首诗的魅力和气氛对我们的感染,对它进行认真分析的时候,我们才能**间接地**阐明它的这种感情质。这样在某种程度上,我们就有可能给作品加进它本来没有的东西,而且也是我们最初对它简单的认知中并未见到的东西。我们一定要记住,这种感情在作品中并没有被命名(它在作品中起作用,也**表现了出来**,但并没有成为一个能够单独意识到的**客体**),它只是整个作品中的一种活动的因素,而我们也只能局限在对它**或者**❶它的质命名。它在作品中虽然没有被命名,但它却有一种特殊的魅力;它的活动是非理性的,在思想和情绪得不到控制的时候,常有这种表现。另一方面,这种没有被命名的感情质既没有被说清楚,**也没有被确认**;因此它就可以有变化,它的"质"就好像是"变幻不定的"。正是由于这种变幻不定,它的活动没有止歇;它不可能没有活动。这便使得这种感情质具有其活动的积极性,具有它的"魅力"。我们在阅读作品的时候,对这一切会感觉得到。**感情质的不确定**不仅存在于作品中,而且对它的艺术感染力的形成,有很大的影响。

可能有人会说到作品中那个说话的人(一般来说,这就是作者)。根据作品的文本的提示,这样的人有很多,而且大都是确定了的,关于他的不确定的说法是很少的。可以这么说,这是一个对艺术十分敏感的人。他善于在一些素描中看到现实的本来面貌,通过一些简单而又恰当的对比,来认识和表现这个世界和它的一些显象(寂静)等,同时也表现了他的音乐天赋。有时候,我们在对一些文学作品的分析中,可以看到对抒情作品的作者有这样的看法。可这是不对的。

这种说法首先就可能将一个作品的客体层次中出现的**抒情主体**和这个作品的作者**混为一谈**。但作者是**这个作品的创作者**;**他先于作品存在**。我以为,对这个抒情主体根据作品各种不同的特性,也可以有各种不同的**看法**。上面我在谈到《阿克曼草原》时,只谈到了这个作品的抒情主体;但我最后也提到了作者,也就是这个作品的创作者。如果我们只谈抒情主体,那么我们要注意的

---

❶ 原文是拉丁文。

是不能超出这个作品所包括的范围。通过对一个作品的抒情主体深入细致的研究和分析，什么都可以说，但是只要认真和仔细地阅读文本，对这些有了审美的感受，就会发现那个抒情主体并不是作品中那些能够起作用的因素；确切地说，他不属于这个作品。在最好的情况下，他也只能是读者对作品的补充，但这却不属于这个作品（这是读者对作品的"具体化"，对这一点以后再作分析）；一个作品的本身是**不用添加**什么抒情主体的，这决定于它的**结构**，也表现了它的艺术特色。在它那令人信服地再现的"风景画"中就充分地表现了一种令人激动的感情，这是一种感情的宣泄，但它并不是某个没有确认的抒情主体说出来的。这样便形成了作品中的一股特殊的感人力量。但如果作品中的某些活动的因素有了改变，它们的力量失去了平衡，那么这种感人的力量也会消失。在《阿克曼草原》中，这样的形象质所包含的所有的因素已经形成了一个整体。如果这个整体遭到破坏，那么这个作品的结构也会遭到破坏，使它的各个组成部分失去联系，或者完全分散开来；读者对于这个作品便无法认知，不知道它是一个什么样的整体。这样读者也感受不到它那没有命名的感情质的魅力。但是这种感情质却是它的一个不可重复的标志，表现了它的艺术和审美的价值。

有人可能说，我所说的**再现客体这种多方面的不确定性**并不是所有的作品都是这样，它只是出现于某一种**类型**作品，例如较为简短的**抒情**作品。如果说到长篇的叙事作品，特别是那种自然主义的长篇小说，其中刻画的主要形象及周围环境，或者事件的描写都是很具体的；只有那些次要的，对于作品的整体来说不重要的细节的描写才有可能不很确切。

我的回答是，在作品的再现世界中，不确定点的数量和范围是经常变的。这同作品的类型、风格，同它所表现的艺术特点都没有关系。我们在研究和分析每一个作品时，都要注意作品中那些未确定的因素在什么地方。对它们作一个简单的统计并不难，就是在最长的叙事作品中，它们的艺术构思表现在很多细节的描写中，这里不管是对最重要的还是次要的形象的描写，都有许多不确定点。但是要对这些进行研究却是一项十分繁杂和令人乏味的工作。对我们来说，也没有必要。对于每一个文学的艺术作品的图式化和它的再现客体层次的关系，我们也只能一般地来说一下。**作品中的语言表达和作品中再现的一切并**

不一致，对文学的艺术作品中的审美认知并不相同，这个问题也很重要。❶ 对这一点我们现在来作进一步分析。

文学的艺术作品中的再现客体，一般来说，都是**个性化**的客体。即便作者有意要创造一些一般的类型（"性格"），它的客体也是个性化的。文学的艺术作品再现的都是一些具体的人，而不是一种思想。在《塔杜施先生》中，如塔杜施、佐霞、索普利查和伯爵等就是这样。霍列什科们的古堡也是这样，它也是一个有个性特征的客体。还有那个"贵族的庄院"，虽然是木头房子，但有围墙，《塔杜施先生》中的大部分故事情节，都是在这里发生的。作品对于那个时候波兰贵族一个一般的庄院的这种描写是很有特色的。还有悭吝人莫列罗夫斯基，当然会有他的"画像"。我们常说，这是一种类型，有它的"代表人物"。但这也是一个有个性的人物，他和别的同样有个性的人交往，住在他自己的房子里。作品中对这个再现客体所在的时间和地点的说明是它的一种艺术的表现。这就是说，这个客体是存在的，是一个个性化的客体，还要被命名。而对别的事物就只能一般性地介绍一下，说明了它们和另外一些客体的关系。这些客体我们知道，也都是个性化的客体，都有自己的名字。这里有各种不同的表现方法。有时候，可以使作品的内容更加丰富。有时候可以利用一个名称的示意，说明一样东西；而这个名称往往和一个动词联系在一起，说明它完成了或者做了一个动作。这里可以举一个很明显的例子。

在《塔杜施先生》第四章，作者描写了狩猎中打死了一只熊，然后有一段关于沃依斯基吹野牛角的著名描写，开头是这样：

> 于是沃依斯基从腰带上取下野牛角，
> 它很长，如蟒蛇般弯曲而花纹斑驳
> 他双手捧住这野牛角送到了嘴边，
> 两颊鼓得像气球，眼睛里红丝闪闪，
> 半垂着眼睑，把肚子缩进去了一半，
> 把气都吸进肺里，这才吹响了号角：
> 这号角声像阵阵旋风，气势雄浑，
> 把乐音送进森林，迎来重复的回声。❷

---

❶ 因为作品中通过语言的表达，可以建构各种不同的再现客体，表达的方式也不一样，而读者在对作品的具体化中，对这些客体也有不同的认识。

❷ 参见亚当·密茨凯维奇：《塔杜施先生》，易丽君、林洪亮译，人民文学出版社，1998 年版，第 146、147 页。

如果我们来看这首诗中所有关于这个号角和沃依斯基吹奏它的描写（不管那些动词对它是怎么说的），就会得出一个印象：这都是一些一般的描写。这是"野牛角，它很长，如蟒蛇般弯曲而花纹斑驳"，但是我们起初见到的是"从腰带上取下"，作品文本的后面又说它"在腰带上摆动"❶（这里对再现现实的描写要么是前后矛盾，要么就是要表明这个号角后来又被系到腰带上去了），但在沃依斯基吹奏这个号角的时候，一直在使劲是没有变的。可能有很多号角都是这样，吹起来要使劲，它们也和作品文本中写的一样。如果我们再看作品中对沃依斯是怎么吹奏这个号角的描写，例如"先是清扬激越的声调"，"后是呜咽和嚎叫"❷，"那声调雷鸣般粗犷"❸，等等，就会知道这个号角的吹奏表现了什么样的特色。这是一位吹奏的巨将，这个号角也配得上他。但是对这里所描写的一切却不能有一个名称。我们读《塔杜施先生》这个片段的时候，虽然没有注意吹奏它要表现的是一种什么样的状态，也没有注意这是一种什么类型的号角，但它一开始就使我们感到它是独一无二的，就像沃伦斯基·赫列切赫先生这个人一样，只此一个。在这里，我们知道他取下了"野牛角"，"手捧住这野牛角送到了嘴边"，以不同的方式吹奏，写得多么生动。因为这里写的都是一些特定的动作，而不是空洞的描写。同样，这个号角可以发出各种不同的声音，这也是它的特性（"你会以为那号角变了形，它在大管家嘴里时而粗犷，时而轻盈，模仿着兽声：有时音调尖锐而悠长，那是伸直了脖颈作一声长嚎的狼；有时又像熊那样张开了喉咙在咆哮，然后是骏犗那切断风声的吼叫"❹）。这里有许多动词的单数和一次性的动作说明完成这些动作的主体（或者客体）是一个特定的个体。此外，与这些动作有关系的这些动物的名称在这里也变成某些个体的名称了。

如果我们认定，在文学的艺术作品中，有很多再现客体是有个性的，那么我们也得承认，这些有个性的客体一定有它们独特的结构（"形式"），会表现出它们的许多特性。大家知道，每一个个性化的客体在各方面所表现的特点

---

❶ 参见亚当·密茨凯维奇：《塔杜施先生》，易丽君、林洪亮译，人民文学出版社，1998年版，第148页。

❷ 参见亚当·密茨凯维奇：《塔杜施先生》，易丽君、林洪亮译，人民文学出版社，1998年版，第147页。

❸ 参见亚当·密茨凯维奇：《塔杜施先生》，易丽君、林洪亮译，人民文学出版社，1998年版，第147页。

❹ 参见亚当·密茨凯维奇：《塔杜施先生》，易丽君、林洪亮译，人民文学出版社，1998年版，第147页。

是多得数不清的，而且这些特点也是得到了确认的；任何时候都是这么得到确认的。但是如果没有一种表达的工具，每一个（独自存在的）个性化的客体都不可能存在。

那么文学作品用什么工具来再现个性化的客体呢？我们暂且不管作品中的那些观相，它们很少能够展现那些再现客体的真实面貌。但是作品中各种类型的**语言造体**却能够这样，因为它们的意义与或大或小的表现功能能够把这一切都表现出来。说到语言造体的意义，一方面是指文本中的一些语句的组成部分，首先是一些名称（个人或个体的名称和普通的名称），它们用的是名词和形容词，还有特定的动词、副词和一些有表现功能的语词❶。另一方面是指语句的内容，它们说的是某个客体，或者这个客体以某种方式参与的某个事件。在每一个文学作品中，都只能采用一定数量的语词和语句。如果一个名称或语句这一次只能说明某个客体的一种特性；那要等到下一次，才能说明它的其他的特性；也就是说它不能将这个客体所有的特性一次性都表现出来。在这种情况下，就要注意对于客体不仅要有个人或个体的名称，还要有一个统一的名称。这样就非得不断地选择一些合适的语词和语句，而且没有终止。这样一个作品就不仅写不完，而且也读不完了。可见这么做是不可能的。我以为，文学作品中再现客体虽然都是一些个体，但它却有很多的特性。事实上，这些特性是多得数不清的，但它们能够得到确认的却又很少。确切地说，其中不知道有多少是说不清的。

如果说，每个语词对某个客体都只能说明它的一种特性，那也是不对的。例如，密茨凯维奇笔下的佐霞，这里说的是一个"少女"，但我要让她具有不只一个"少女"的特性。这些特性就是那种"少女性习"所包含的一切，或者由于这种少女性习而产生的一切。就拿佐霞来说，她是一个女性，同男人没有交往；她很年轻，是青春早期的少女。她是个少女，具有一般人的特点，如她是脊椎动物，具有心理和物理的特征等。此外还有一些别的特性，例如她很幼稚，遇事不能保持"冷静"，而且还有点轻浮。

这样一些情况的出现并不说明我认为的对于再现客体没有确认的观点不对。相反，那种一般的名称或者形容语只能说明一些客体共有的属性。这样就会造成我称之为对文学作品再现客体的"公式化"或者"不能确定"的现象。

---

❶ 关于功能语词的论述，请看普芬德（A. Pfänder，德国逻辑学家）的《逻辑学》和英加登的《论文学作品》。——原注

现在还有一个难以解决的问题，就是这种再现客体的一般的属性是不是在每一种情况下都存在，还是要有它们的名称或者形容语的地方才存在。这首先便要问，那些一般的名称是以**什么方式**表现再现客体的每一种特性的。这个名称的内容是不是可以说明这个客体那许多许多（没完没了）的普遍性，它对于这些普遍性又是怎样确认的？

对于这个问题，我们的回答是，在许多情况下，对于客体只能说明它一般的属性，只能是一般地说，不可能说得很详尽。例如，我们说佐霞是一个"年轻的"姑娘，那关于她的青春岁月只是说了个大概，没有详细地说她生于什么年代，哪一天出生，她的"青春"哪一年开始，哪一年结束。这就出现了由于这种称谓和说明而使得这个再现客体的性质不确定或者变幻无常。另外，每一个个体的名称都有其"固定不变"的涵意，也都有其"可变的"涵意。对此可以举一个数学上的名称来说明，例如"正方形"这个术语的涵意就是等边直角的"平行四边形"，它的边长不限。"平行四边形"就是有两个相同的横边长和两个相同的纵边长的"四角形"，不论是横的边长还是纵的边长都可以是有限的或者无限的，它有四个角。由于一个名称的多义性，没有"固定"的涵意，这也会使得它要说明的那个客体具有多变性。无限长就是长度没有确定，它可以这样长，也可以那样长；如果没有限制（正方形的边长可以没有限制），那就是说，可以任意拉长（**注意**❶），这就是我们所理解的只要比零大。但是我很少提到那些涵意多变的名称，这样就容易使人产生一种错误的看法，以为名称的内容只有固定不变的成分。当然，一个平行四边形既然叫"平行四边形"，那么它就是一个**独立的**客体，不管它的边的长短，还是它的角的大小，无论从哪方面来说，它都是确定了的。但如果我们不说那个事实上存在的平行四边形，而来看看"平行四边形"这个名称的一个意向性的对应物，那么这个对应物的名称的涵意的每一个变化都使得它那里产生一个"不确定的位置"。愈是一般的名称，它涵意的变动就愈大；而愈是个体的名称，变动愈小。如果只是**一个个体**的名称，那不会有任何变化。所有个体的名称的意向性的对应物，都是在一个方面和多个方面得到确认了的，换句话说，这种对应物没有一个地方没有得到确认。但是名称涵意的"不变"并不是说它的涵意已经**完全**说明了这个客体是什么，因为一个名称只能说明一个客体某些特性，它的涵意所说明的范围是有限的，可是一个（独立存在的）的客体

---

❶ 原文是拉丁文。

的特性，就像我说过的那样，是数不清的。

还要注意名称涵意中的一个情况，这里既包括**能够直接表现出来的**因素（在这个名称所在的语句**或者**❶上下文中表现出来），也包括**潜在的因素**。这种潜在的因素虽然也表现在名称的涵意中，但如果把这个名称只是按照词典中标明的词义单独地来看，是看不出这种因素的；只有根据它所在的作品中的上下文才能看得出来。一个名称那些直接表现出来的因素能够表现多少，也要看这个名称所在的上下文。这些因素一部分在不同的上下文中可以反复地出现，另一部分由于不同的情况会起变化❷。实际上，一个名称的涵意几乎在任何情况下，都不能完全表现出来，它们总是有一些是潜在的。**与一个单独存在的客体**特别是一个现有的客体**不同的是**，文学作品的**一个再现客体作为它的组成部分总是由一个名称**或者一种复合的表现形式**表现出来的**。这种表现形式的内容中的一些永远不变的组成部分也表现了这个客体一些已经确认的特点，而它的那些可变的潜在因素就只能说明客体的那些不确定的内涵了，这种说明也都是**含糊不清的**。文学作品中，在很多情况下，用的都是一般的名称（简单和复合的）；但它们都是用来意指一些个性化的客体，而它们要表明的这些意向性的客体的特点多少都是没有确认的。就是一些专有的名称也不能表明一个客体所有的特点。因此在文学作品中，没有一个再现客体的内涵一次就能得到全部的确认，这不可能。这也不是某些文学作品出现的特殊的情况或者它们的特性的表现，而是文学作品的本质。

即便有一些名称，它们能够表明一些客体那无数的特性，这些客体可能也还是没有得到确认的。就像在数学中那样，对什么进行分解，即使是无尽的分解，也是分解不完的，最后总还是要留下它那数得清或者数不清的组成部分。这么说来，文学作品也可能有这样的再现客体，它虽然有数不清的特性已经被一些语言的意义所确认（如果这是可能的，那么它的特性全都得到了确认），但它还有数不清的涵意没有得到确认。

文学作品中，有些语言造体有这样的表现功能，它确认的不仅是这个说话的人，还有他所在的作品中的这个再现世界。但这并不能否认我关于再现客体不确定的看法，因为语言造体的表现（也就是这个说话的人说的话）在某种情况下能够充实再现客体的内涵，使它更加丰满；有时候，还能表现再现客体

---

❶ 原文是拉丁文。
❷ 这里是说一个名称有许多涵意，会产生各种不同的情况。——原注

一种复杂而难以理解和确认的心态；但如果要求作品中的语言造体对于这种意向性的再现客体**的所有方面**作一次性的确认，那又是做不到的。语言造体只能反映这个说话人的心理状态，因为一个有个性的客体（指人）很自然地会引起这种反映。

有人这么理解我的关于文学作品再现客体"图式化"观点，认为这种客体虽然拥有一定数量的特点，但它们都得到了确认，在所有的方面都得到了确认，没有不确认之处。这种图式化带有普遍性的再现客体的特点原则上比那些单独的客体要少一些，但它们的结构形式基本上是一样的，只是前者没有任何未得到确认的因素。

可是这个观点是错的，因为一些名称和语言造体的涵意是多变的。它们没有表现出来的涵意或者它们普通和一般的涵意都是多变的，正因为它们涵意多变，它们就不能十分确切地表现出客体的特点。如果我们看到了这一点，就可以了解到文学作品中的再现客体真正的特点是什么，这就是它的内涵的不确定性和多变性。在这里，我们也可看到文学作品中许多艺术特点的产生，都是同再现客体的这种不确定性和多变性有密切的关系。❶

如果能对文学作品中的某个再现客体作一个十分明确的认定❷，那可是一个收获，但这是不可能的。因为这**超出了艺术作品审美认知的范围**；在某种情况下（如在抒情诗中），这种认定还**有碍于文学作品表现某种艺术特点**。因为在审美上，对于艺术作品包括更高一级的文学的艺术作品的认知总是**有局限的**，对它的认知在某种程度上也总是**片面的**。就是说哪怕一个读者尽最大的努力想要认知一个作品，这个作品也是认识不完的。但是读者看到艺术作品所塑造的审美客体会对它作出情感上的表示，有时还会对它作出评价，这种表示和评价也只能依据他看到的这个作品为数极少的特点。作品中一切不顺当的细节描写，例如对人物性格过于繁杂的描写，各种现象不该出现得太多等，不仅使读者感到厌烦，而且有碍于对作品的认知，其结果同作者想要表达的意愿正好相反。那些同时或者按序出现的事物的描写过多，有时候反而使得它们之间的关系变得生疏。在这种情况下，就一定要压缩和去掉一些这样的描写，才能保持作品的整体性。在文学作品中，由于它的情节发展的多阶段，读者要一眼看清整个作品的面貌是很难的。因此我们在阅读一个作品时，往往就看不到或者

---

❶ 文学的艺术作品的各种不同的风格就体现在如何表现再现客体的那些不确定的特性。
❷ 这里不包括戏剧作品，在舞台上表演的作品的情况不一样。——原注

忽视一些细节，这样就无法把握作品的整体；有时候，也看不到作品的审美价值。这不仅无法认知作品那些富于特色的细节描写，而且从艺术的观点来说，为了认知作品中的那些重大的审美质和质的组合，对再现客体的一些方面和它们那些没有被确认之处就只有不管了。一个诗人用什么方法来安排这些未确定的因素，通常都表现了他的作品的风格；读者如能部分地理解或者暂时不管这些不确定的因素，也能使得他对作品有正确的理解，看到作品的审美价值质，如果它在作品中有所表现的话。

图式化不仅表现在再现客体的层次中，而且在很大的程度上，也表现在**观相层次**中。

我以前说过，观相层次不能像流水一样不断地将观相群全都展现出来。就像我们见到的不断出现的事物那样，它的展现是有间歇的。在每一个作品中，都很难知道哪些地方没有观相；还有在这个作品的观相层次中，一定会有什么样的观相。可我们在阅读和分析一个作品时，对这一点是很注意的。有时候我们在阅读一个作品时，在一个地方没有看见某个观相的存在。不知道它是"已经有了准备"，没有展现出来；还是已经展现出来，我们没有看到。如果它已经展现出来，那当然是属于作品的；但我们在阅读作品时，是不是也没有必要见到它？因此对一个作品我们不仅要认真地阅读，而且要进行分析，对那些能够形成观相的因素进行研究。但这也有很大的困难，这是一些什么因素，至今也没有弄清楚。但是根据目前的研究我们知道，在一个作品中有许多这样的因素，其中有一些因素能够使观相**展现**在读者面前。所有这些不同的因素虽然不是同时和一起全都出现在每一个作品或者它的每一个部分中，但是它们都会形成各种各样的组合。在这种组合中，相互之间有时候还有矛盾。因此要了解一个作品中到底展现了一些什么观相，还不一定做得到。但不管怎样，观相层次无疑是属于文学的艺术作品的；在这个层次中，也一定有许多空白点。观相的**间断**❶是正常的现象。在对作品的每一次阅读中，都可以看见观相的闪现和消失。这表现了作品的审美效应。

图式化（未确认）也表现在作品的每一个观相中。在阅读中要发现它却比认定观相层次之间的空歇还难。读者**在阅读**一个作品时，是对作品的明见的阅读；这里见到的不是观相的图式，而是具体的观相。如果这种图式真正能够

---

❶ 原文是英文。

表现一个相应的客体，我们也不会特别注意，而只是感到了它的存在而已。❶这样我们就不可能了解这个观相的内涵，而只是看到了这里显示的一切。我们只有把这个作品中的许多形象聚在一起，经过多次的阅读，才会发现一个事实：各个不同时代的不同的人们，甚至就在同一个时代的不同的人们，都可以为这个作品构建极为丰富的观相层次。这不仅是他们在阅读的过程中丰富的想象、智慧和他们的喜好的表现，而且也表现了文学的艺术作品本身的属性。毫无疑问，除了我说的这些之外，还有一些观相不确定性的表现。总之，读者在阅读一个作品的时候，作品中的每一个观相都只有它的某一些因素能够表现出来，其他的就看读者怎么去读这个作品了。不同的读者只要能够认真阅读一个作品而且对它很有感受，那么在他们的眼里，就会出现在很多方面都不相同的观相。为了说明观相内涵中的空白，我们仍以《阿克曼草原》为例：

> 我游进了一片辽阔的干海，
> 我的马车像小船在绿荫中前行，
> 穿过飕飕响着的牧场上的浪花，穿过花海，
> 我走遍了那些长满了杂草的珊瑚岛。

我在上面说过，我们在读到作品的这个地方的时候，看见的是一个漫无边际的草原的视觉观相。在这个草原上覆盖着一大片像浪花一样的绿草，上面呈现出各种颜色的花的斑点。这里的情况很清楚，在我们所见到的那个**具体的**观相中，有作者乘坐的那辆"马车"❷，还有绿荫，它们的形状、大小，都被覆盖在有各种鲜亮颜色的花斑下，这些都是确认了的。那些出现时间不长但在起变化的浪花也是确认了的。但是那些花的斑点都是认识主体意识中的一种感受，这一切在作品中并不是一次就确认了的。在大片的绿荫上有许多颜色鲜亮的花的斑点，这些斑点的形状却没有得到确认，它们的观相是杂乱的。这就是——好像是这样——我们在读到这首诗时，面对的并不是它的内涵所展示的一切，而只是一个图式。如果我们要直接感受这里的观相是什么，而不仅仅是知

---

❶ 这是一种被动的感受，与主动积极地去进行观察和思考是不一样的。——原注
❷ "马车"这个词在这里是为了押韵。我们在读这首诗的时候，首先就看到了这辆"马车"或者说"四轮马车"。一个敏感的读者在"小船在绿荫中前行"中可以看到一个由于感受到了马车的前行的肌体活动的观相，此外还有马蹄声响。这两种观相的因素和对草原的视觉观相是联系在一起的。不能说这种肌体活动和听觉观相的因素都是作品的文本认定的，这要看这里写的是一个什么样的周围环境，从而使读者有更多和更全面的感受。——原注

道一个概念，就一定要对它进行补充。在我们这个直接的感受中——视觉感受和想象——不只是例如一片**不确定的绿荫**，大概还有这个观相其他一些没有得到确认的因素。这就使我们在阅读的时候，会感受到一个文学作品的图式构建与我们对这个作品的具体化是不同的。

还有一种特殊的情况要注意，它只存在于某些文学作品中。这就是这些作品的观相的**双重性或者可变性**。这也是这些作品的一种特性的表现。如果我们在现实中亲眼见到过一片草原，而不只是一个再现的草原，而且在阅读一个作品时也**感到**这个作品中的草原**与现实中**的完全一样，那么我们就不会感到这个观相有什么双重性或者可变性。即使在电影中某个客体出现了两个影像，这也只是**在某种程度上**表现了它的双重性。《阿克曼草原》这一段对于周围环境的描写很明显是一个比喻。草原、马车这些词在这里变成了"海""小船"，二者互相补充，一起闪亮。"海"和"小船"这两个词在这里既用它们的喻义，又用它们的原义。还有像"穿过""前行"也有某种喻义。这里说的**事实上**是马车在前行，而不是小船；小船是诗人的一种形象的说法，就像我们在分析文学作品时说的那样。**这种"形象"的表达是作品用以表现观相的方法之一**。这种情况实际上我们**早就注意到了**，而且对它也不止一次进行过研究，但是我们的研究和分析还不能令人满意。一般认为，一个语词用来作比喻总是更加"形象化"的。说得更明白一点，为了表现作品中的观相，如果用这个语词的喻义，那它会比用它的原意对读者有更多的提示。这种情况确实有过，但在很多情况下并没有这么用。为什么"小船"在这里比"马车"，"海"比"草原"更加"形象"？不管是前者还是后者，都是一个具体的客体，但在这里很容易把"马车"想象成"小船"，用一个语词的喻义毫无疑问比不用它的喻义要更"形象"些，只不过它不是具体地指它的原义所说的这个客体。按照喻义，它虽然不是指它的原义所说的那个客体，但是从它们所在的上下文，就可知道它指的是什么。作者运用语词的喻义当然不是他的错误或者不善于运用某种语言，而是他的**一种艺术表达的方式**。他的目的就是要使用这种喻义的表达。这种表达的方式一是用来表现再现客体，二是用来呈现观相。表现再现客体这里不用具有某种涵意的形容词，而是要用**一个具有这个形容词的涵意的比喻**，这个比喻是能找到的。例如"海洋"常常可以用来比喻某个"巨大"的再现客体，但并不是说这个再现客体就是"海洋"；例如我们这里说的"草原"像"海洋"一样巨大，但它并不是"海洋"，它只是表现了用来间接确认它的"海洋"的特征。在这里，一个客体通过另外一个客体对它的比喻便大放异彩,同时它也很明显地表现了另一个客体的特性;读者在这里看到的虽然是两个不同的客体,但它们就好像被遮住了面孔,让人以为这里说的是同一个客体。通过他的想象,就有可能出现众多的观相,但同时也会出现一个"若隐若现"的观相。这个"若隐若现"的观相有时候可以表现那个用作比喻的客体("海洋")的观相中的某些组成部分,但有时候它又是这个比喻所指的"草原"的观相。这个草原的观相就好像穿了海洋观相的外衣。换句话说,它呈现出了海洋的面貌,它表现了海洋观相的某些特点(如海洋的巨大、颜色,它的平展和动荡的表面);这些特点便使这片"草原"的内涵变得更加充实,使它的某些部分表现得更加突出。如果不是这个比喻,它也不会这么活生生地显现出来。要把观相的"若隐若显"或"双重性"说清楚并不容易。我的述说也肯定是不会令人满意的。但可以肯定的是,这种情况的出现一定是由于那种观相不只是代表一种含义。这里阐明了某个主体接触了某一个事物——说的是读者见到了这个观相——这个观相是由语言造体的涵意将它表现出来的,这个语言造体的表达就有可能是多义的、象征的或是用来作比喻的。观相的"若隐若现"还表现在它们许多都混在一起,可是其中没有一个表现得很具体,也没有一个得到了充分的确认,因此都是一些没有确认的造体。但它们又可以得到各种不同类型的观相的因素特别是别的客体的观相的因素的补充,这就只能用一些比喻了。我们知道在读者阅读中见到的一个具体的观相中,可以表现出"不断变化的色彩""若隐若现"和"双重性",这也是它表现的一种艺术特色,用语言造体来表达,引起读者的想象,而不只是这一切给他的印象。但这已不是文学作品本身的问题,而是对它的"具体化"了。

但如果认为不确定点和图式化的倾向只存在于再现客体层次和观相层次,那也是错的。我们只能说不确定点在这些层次中比较容易发现,在艺术上具有更大的价值,但——像我说过的那样——**它们是存在于文学作品所有的层次中的**。在**语言发音**层次中也表现得特别明显,因为文学作品是用文字书写和印制出来而得以保存的——这是今天唯一的情况——它书写的语词不能发音,只能提供相应的字体。在每一种活的语言中,绝大部分的语词,人们的读音都偏离了它们标准的读音。这种偏离,每一个平日运用这种语言的人都听得出来,因为它是他的本国语言。对它的偏离当然需要纠正,但是根据这种语言文字的标准而形成的字形是纠正不了的。一个文学作品的语言发音层次呈现的发音也不是单一的,只能让它近似于标准的发音。如果这种偏离很大,例如一个作者要用方言写他的作品，那他也会选择这种方言文字的写法，但是这种写法也很难**正确地**表现它在这种方言中的发音。读者如果不懂这种方言，他首先是要在阅读作品的文本中认识它，然后再去听一听这种方言的读音。我们在读外文的作品时也是一样，只能够大致地了解这个作品一些语词的发音。对于那些像熟悉本国语言一样熟悉某种外语的读者来说，他在阅读这种外国语的文学作品时，会感到这个作品中的语词所展示的是它的某种标准的质的形象；尽管这样，还是会有**某些变化**使他对这个作品的语词和观相的认识出现偏差。但不仅仅语词的发音属于文学作品的语言发音的层次，也不是只有它才表现了这个层次重大的艺术价值。除此以外，还有由语词发音而出现的韵律、节拍和音乐性等，这些我在这里就不说了。我首先要说的是一个语词和语词组合发出的声调❶。这种声调并不存在于所有的文学作品的语言发音层次中，而只是当一些语词的发音和意义需要构建作品的另外一些层次的时候，它们的发音才会采取某种声调。这一方面出现在抒情作品中，另一方面也出现在再现人物要说话的作品中，首先是出现在戏剧作品中。在这里，除了感叹词和问话在某种程度上能够表现某种特殊的情况之外，我们就找不到别的语词来表现这种声调了。这很自然，说话的声调能够反映说话人的心理状态；但是说话人的心理状态各种各样，有很大的不同，因此也找不到一种表现方法，能够表现所有的说话的声调。在一些作品中，例如在一出戏的旁白（"加上的"）中，或者在小说中，有时候也会有对作品再现人物说话声调的提示，但这只是一般地提示❷；而在别的作品，例如在抒情诗中，就根本没有这样的提示。第一眼看去，说话的声调是**没有办法**被真实"记载下来"的，因此就只好把它记在用文字书写和印出来的文学作品中。但是这种记载也不确切，这种声调或者文学作品中的"语句的乐调"都是通过文学作品中的语句和再现人物在某种情况下说出的话的涵意间接地表现出来的。如果我们对这个文学作品很熟悉，我们——根据经验——就能够理解它的涵意，**或者**❸根据它的涵意用一个正确的声调来"朗诵"其中一些"力求"——像我说的这样——反映一种情况的语词和语句。

---

❶ 为了避免误解，这里所说的"声调"并不是指"乐调"或者"高低音"的不同。这里如果不说语词的"声调"，可以更加一般地说是一种"说话的方法"，这里有乐调和声音的高低，但还有别的方式，比如说"他对我说话厉声厉气"或者他说话的声调"亲热"和"温柔"等。——原注

❷ 这很自然，因为说话的声调的本身是很复杂的。一个再现人物就是说同一句话，他的声调也是经常变的。由于我们对语词的发声没有研究，对再现人物说话的声调，就很难进行仔细的研究。——原注

❸ 原文是拉丁文。

但是根据经验，我们也可能因为对作品的文本有错误的理解，或者由于别的原因，在朗读时声调不对。总之，朗读一个作品，有各种不同的方法。每一种"好的"朗读也都有不同的朗读的方法（用不同的声调）。同样，如果对文本或者整个作品有不同的理解，在朗读中也会用不同的声调。不同的声调不仅能够反映朗诵者不同的心理状态，而且也会使得作品的客体层次的结构发生变化，同其他的各个层次互相配合，产生某种效应，表现出各种不同的艺术色彩。对这一点，演员们是最了解的。但是我已说过，各种不同的朗读方法对一个作品既可以作出好的或者有价值的解读，也可以作出不好的或歪曲了作品原意和没有价值的解读。这里所有的一切都说明了在朗读中用它的声调来表现作品中的语词、语句和某一个段落的涵意的方法是很多的。作品的语言发音层次中有各种不同的未得到确认的因素，使得作品的客体层次中也存在没有得到确认的因素。

语义和涵意层次中也有各种各样未得到确认的因素。这不仅与文本中许多语词是多义的有关，这种多义性是无法消除的；而且还与我在上文说的语词，特别是名称的语义的"潜在性的内容"有关。"孤立的"这个词在词典中有很多义项❶，一会儿用这个义项，一会儿又用它的另外一个义项。虽然它有很多义项，但我们不会用那么多，就看在什么情况下，**或者**❷根据它所在的上下文便知道它在这里是什么涵意。这里的上下文的语义"愈是明确"，那么这个语词在这里就愈是不会有很多涵意，它的某个特定的涵意就会得到确认。但有时候，上下文的语义虽然是最明确不过的，也不能消除某个语词的多义性。因为它在任何上下文中都是多义的，而且还有它没有表现出来的潜在语义。在这种情况下，它所在的上下文当然不会让它表现出它的这么多的涵意，但总要让它表现一些涵意的。但也不是每一个文本，每一段上下文都能够让某个语词的涵意最理想地表现出来；有的作品的主要价值就表现在它用了很多具有潜在语义的语词，并以这独特的方式打动了读者。由于这种语词语义的潜在性，便使读者感到这里若隐若现，一些东西没有完全说出来或者秘而不宣，由此便产生了一种特殊的魅力。

文学作品意义层次中还有一种特殊的现象，就是那里会出现一种**涵意的空白**。但它不是每个作品的意义层次都有的。如果有的话，我以为，最常见的是

---

❶ 这个波兰语词有单独的、孤立的、个别的和偶然的等语义。

❷ 原文是拉丁文。

在**一些语句之间**,但有时候,也在**一个语句里面**。这种空白的出现是作品文本的**瑕疵**,或者作品结构上的缺陷。但是语句之间的这种涵意的空白也可能是要在作品中以一种独特的方式,表达某种思想发展的过程,虽然这种空白不是每个作品都一定有的,但也是作品中一种常见的现象;它可能是作者有意这么安排,是他的作品的一种特殊的表达方式。这就是不把它要表现的思想自始至终都说清楚,或者有意不将其中这样或那样的情况说出来,对之表示沉默。但是这种没有说出来或者没有完全说出来的东西,在某种程度上是可以**猜出来的**。读者在这种情况下,凭他对作品文本的了解,会用一些或多或少具有某种特定意义的造体来**填补**这种空白。这些造体,确切地说,当然不是作品文本原来所具有的,它们也不能进入到作品的文本。它们只是处于一个潜在的状态,是一种最高级的潜在。这些在作品中没有说出来的东西**很明显**比作品中已说出来的东西会给人们留下更深的印象。它们虽然是读者猜想出来的,也填补了作品中的空白。这些由读者猜想出来的东西也要用词句或成语来表达,这些词句和成语当然也是作品的文本中没有的。要使得一个意义造体在想象中处于潜在状态或者从没有完全表现出来到表现出来,可以采取各种各样的办法,但这一定要保持作品原有的风格(语言和思想的风格)。这些想象中的意义造体每一个都是作品的添加物,使作品意义和内容的整体增加了新的因素,变得更丰富了。但因为在这种情况下,作品中的潜在因素都表现了出来,也使它的内涵更空虚了。如果能认真地阅读一个作品,就会注意到它表现的所有的艺术特点和与此有关的那些没有全都表现出来的东西,同时保持作品中的空白点,使作品中的一些表现了某种思想的内容处于密封和"折叠"的状态,不会让它随意表现出来。当然,作品涵意层次中的这种"空白"的存在与没有得到确认的再现客体有密切的联系;有时候也会对再现现实的面貌造成歪曲,对读者的审美认知造成不良的影响。但如果它是有意和有目的地进行这种歪曲,也可能产生正面的艺术效果。观相层次中的未得到确认的因素和空白也是一样,因为这些观相不仅同这里的"空白"、未得到确认的因素,而且同构建作品涵意层次的因素都有密切的联系。可以说,再现客体层次和观相层次中对于那些未得到确认的因素和不确定点的安排以及它们相互之间的联系,还有意义层次中的图式化都明显地表现出了一种亲和的态度,要把作品所有的层次都联在一起,使它们形成一个整体。因此它们都是这些层次中的**积极的**能够"充分"地起作用的组成部分。

我在这里论述的一切也许能够让读者认识到,文学作品包括文学的艺术作品从许多方面来说,都是一种图式的造体。这种图式化表现了它的构建的富于本质的特色,它对于作品各种艺术功能的形成有重要的意义。若要对它有所了解,就首先要看到作为一个艺术客体的文学的艺术作品和对它的具体化[1],也就是把它看成是一个审美客体的不同形态。

---

[1] 罗曼·英加登:《文学作品和它的具体化》,张振辉译,《外国文论与比较诗学》第7辑,知识产权出版社,2020年12月版,第129—140页。

诗学基本问题：诗的语言*

■[俄] 维克多·日尔蒙斯基 著
　吴　笛 译

　　人们常说，艺术是对现实的具象认识，是具体的、感性形象的概括。各种不同的艺术种类，根据其感性材料的不同性质，塑造出不同的艺术形象。造型艺术（装饰、雕塑、绘画）使用视觉形象；音乐使用声音形象；文学艺术或诗（"诗"一词可以是广义上的使用，不是相对于散文而言，而是作为一种特殊的艺术，以及一种特殊的艺术活动）所使用的材料是词汇以及语言形象。所以，诗常被称为"文字的艺术""词语的艺术""艺术的文字"。

　　然而，除了在视觉或听觉上直接从自然界感知到的视觉或听觉印象之外，词语还是另一种意义上的艺术材料。词语不是物质世界的要素或现象。词语本身就已经是人类意识活动的产物，是归纳的结果。词语，这是一种思维形式、思想表达形式。认知现实世界的过程，人类意识中的归纳过程，是借助于词语来实现的，是以词语的形式固定下来的。我们现在转向鲁宾斯坦的心理学著作。"词语所要说明的，"鲁宾斯坦写道，"是它以归纳的方式所反映的对象（它的品质、行为等等）。物体内容的归纳反映，构成词语的意义。"❶

　　在此举两三个例子。就说我们所用的"森林"这个词吧。森林是指某个种类的笼统的概念。然而，这个笼统的概念，是基于"森林"这一词语的笼统的表达，是复杂的智力活动的产物。有一片白桦林，一片松树林，一片棕榈林，我们也会将它们称为森林；也许是巴甫洛夫斯克附近的森林，或许是其他地方的森林⋯⋯所有这些我们都称之为"森林"。这意味着，我们的感性经

---

*　Общие проблемы поэтики：Поэтический язык //В. М. Жирмунский. Введение в литературоведение：Курс лекций. —СПб.：Издательство С. -Петербургского университета, 1996, с. 211-226. 本译文系国家社科基金重大项目"现代斯拉夫文论经典汉译与大家名说研究"[项目批准号（17ZDA282）] 阶段性成果。

❶　С. Л. Рубинштейн Основы общей психологии. В 2 т. Т. 1. М., 1989, с. 443-444.

验，我们在概念上的归纳，是由该词语来得以巩固的。在我们的语言中出现了"森林"这样的词，已经是非常复杂的归纳总结的结果了。也许，在别的语言中，同时表示棕榈树和松树林的词是存在的。每一个概念都需一个不同的名称进行表达。而在我们的语言中，所保留的一些痕迹表明，甚至在一些概念的归纳化表达之前，相应的词语根本就没有出现。这样，当我们说"бык"（"牛"）和"корова"（"母牛"）的时候，也就是说，我们对公牛和母牛有两种不同的说法。我们可以说"волк"（"狼"）和"волчица"（"母狼"），也就是从同一个概念中区分狼的性别属性；但我们一般是不说"бык"和"бычица"的，而是说"бык"（"牛"）和"корова"（"母牛"），即在语言中保留了关于物体的两个不同的概念。当我们想要给母牛、公牛、小牛一个笼统的概念时，我们会说"рогатый скот"（"长角的牲口"）。但"рогатый скот"这个词是动物学家在相对晚近的时期里创造出来的，这是对新的概念的新的巩固。所以，在语言和思维发展的较为低级的阶段，不同年龄、不同性别的牛，并没有被统一为同一个概念，就像它没有被统一为同一个词语一样。

另一个例子是形容词"绿色"。但是，"绿色"本身并不存在，所存在的只是绿色的对象：绿色的森林、绿色的墙体、绿色的青蛙。这些对象中的每一个物体都有一种特殊的属性，在我们的心智发展的某个阶段，在人类意识发展的某个阶段，语言从一个真实的物体中转移出来，成为一种属性，因此我们可以使用"绿色"这个词，而不管它是从哪个物体中转移出来的。表示颜色概念的形容词总是从某个具体的事物中抽象出来的。例如，"浅蓝色"原本是鸽子固有的颜色，但这种作为浅蓝色的颜色，是从鸽子身上抽象出来的，成为一种共性颜色的称呼。

或者是一些动词，比如，动词"去"。在我们看来，不言而喻，这似乎是一个笼统的概念，笼统的词语。同时，在"去"字的背后，还有一个深层次的人类思想的概括，高级别的人类思想的呈现。在这方面，很多语言，甚至比俄语更原始的语言都无法做到。在这些原始语言中，并没有"走"的笼统概念；关于人的动作，有不同的个别称呼：如"走得快""走得慢""跳着走""来回走""跑步"等。人们的这些真正的行走方式各有千秋，而表示笼统行走但并不取决于走得快或走得慢的抽象词语，在语言中还没有出现。此外，没有一个"走"（ходить）字，可以通用在人、动物或任何物体上。这种词语的出现，是高度概括的结果。概括是固定在字里行间，同时也可以说是从字里行间来实现的。因此，这个词语首先具有认知的功能——对现实的概括，对现象和形态的称谓，借助于这个名称的概括行为，来体现我们的思想。

同时，词语、概括和称谓，在另一个方面是人与人之间交流的手段，而且也是一种高度发达的手段，因为人与人之间还有其他的交流方式——人们可以相互传递的信号。在这方面，先于文字语言和有声语言的是借助于记号交流的手势语、人工语。文字语言出现在较高的发展阶段。手势作为语言表达方式的辅助形式，一直延续到现在。词语不仅是一种称谓和概括的方式和一种交流的工具，而且也是影响另一个人的手段，是一种调动意志的手段。它与伴随着判断的情感意志因素有关，而且这一因素也伴随着现实人类意识中的概念。如果我们从一个词语的起源来分析，它几乎总是基于一个形象——特别是如果它乃一个古老的词，而不是在我们的抽象语言中相对晚近形成的衍生词。这是因为形象认知要早于逻辑认知、概念认知和科学认知。正如我们说过的那样，谚语是民间智慧的表现，属于形象表达（"哪里有长着蹄子的骏马，哪里就有长着爪子的龙虾"），不过尚未以抽象的形式概括出来。因此，我们嵌入到词中的经验的概括，最初是具有形象性的。关于这一点，著名俄罗斯语言学家和语言理论家波捷布尼亚（Потебня）说得很好。他写了很多著作，其中《思想与语言》是一部关于理论语言学的著作，已多次再版，特别有名。在他的著作中，与我们的主题直接相关的篇目有：《文学理论笔记》和《文学理论讲座》，后者是波捷布尼亚在哈尔科夫大学开设的关于这个主题的讲座，他在那里担任教授。❶

波捷布尼亚说，形象概念比科学概念、逻辑概念、理解概念更为古老。与此相关的是，每个词语都基于一个形象，构成波捷布尼亚所说的"词的内在形式"。形象是一个词的内在形式。例如：门把手、桌腿、瓶颈、山脚。当我们把一个用来开门的物件称为"把手"时，这种称呼是基于一种形象：我们把这个物体比作一只小手。我们的新对象没有被赋予一个抽象的名称。它在实际生活中得到的第一个名称是基于图像的名称，是基于视觉表现的名称（一个门把手、一条桌腿、一个瓶子的颈部）。

在这些情况下，词语的形象意义就显现在表面。然而，在有些情况下，有必要深入到语言的深处，以追溯该词语的历史，展现支撑抽象概念的形象。

例如，在德语中，有"Strahl"一词，即射线。射线是一个相当抽象的概

---

❶ Наиболее существенные высказывания А. А. Потебни по проблемам поэтики. см.: А. А. Потебня *Теоретическая поэтика*. М., 1990.

念。但是，如果我们转向古代日耳曼语言，我们会看到，古德语中的"Strarl"或古英语中的"strael"这个词的意思是"箭"；在其根源上，它与俄语中的"箭"（стрела）相同。因此，对于"射线"这个新的和更复杂的概念，最初是取自人类的、形象化的名称——"箭"。射线——这是"太阳之箭"。这种形象化的、诗意的、对我们来说几乎是神话般的表述，是原始思维所特有的。从波捷布尼亚的视角来看，这是该词的内在形式，就像"门把手"是小手一样。但在"把手"这个词中，这一内在形式仍然是可以直接感知的，而在"Strahl"这个词中，作为该词的基础的内在形式或形象，已经被遗忘。形象之所以被遗忘了，是因为在进一步的发展中，这个词从一个形象的概念变成了一个抽象的概念。

科学中的"射线"是一个数学概念，它可以被引申到完全抽象的地步，被引申到科学抽象的地步。但它是基于一种形象化的认知。再举几个从波捷布尼亚的书中借来的例子。

俄语中的"岸"（берег）不是一个形象化的概念：河岸，海岸，慢坡岸，陡坡岸——在所有特定的情况下，我们有某种一般性的概念，固定在"岸"字之中。然而，事实证明，俄语中的"岸"与德语中的"Berg"一词有着相同的词根。因此，"岸"这个词的原意不是指任何与水有关的土地，而恰恰是指险峻的海岸或坡岸。这是该词的内部形象，是该词的内在含义。后来，形象化的意思就不复存在了，我们有可能将这个词不仅用于险峻的岸，而且用于任何性质的岸。这同样适用于"浅蓝色"一词：浅蓝色是鸽子的颜色，浅蓝色是特定颜色的通用名称。

因此，词语发展的途径是从视觉概念、形象概念到抽象概念，就像人类思维发展的历史方式是从视觉的、形象的思维到抽象的、科学的思维一样。

波捷布尼亚说，诗歌就是形象思维。因此，起初的语言就更具有诗性。于是，波捷布尼亚则将科学的语言称之为散文的语言。散文产生的时间比诗歌晚。人的原始语言在可视性方面、在想象力方面更接近于诗歌，而散文语言则更接近于科学。但这并不意味着诗歌在科学出现之后，在逻辑散文出现之后就会消亡。

我们已经用一定的篇幅论及形象和艺术认知的重要性，以及它对个人的情感和意志等方面的影响。因此，可以有一种人类词语的使用，在这种使用中，它的形象化的一面变得生动起来，它的形象化的一面被用于特殊的艺术目的，作为对我们的艺术、情感影响的一种方式。

例如，我们可以说："*теплые* чувства"（"温暖的感觉"），"*холодный* человек"（"冷酷的人"），等等。我们也可以说"пламенные чувства"（"火热的感情"）。这些都是形象，但它们不是很生动的形象。如果我们说："сердце пламенеет"（"心灵着火了"）或"пожар сердца"（"心中的烈焰"，马雅可夫斯基），那么，此处就是活生生的诗意化形象了。或者当我们说"*горькие* слова"（"苦涩的话语"），"*горькое* сознание сделанной ошибки"（"对所犯错误的苦涩意识"），"*горькие* упреки"（"苦涩的责备"）时，那么，在口语中，"苦涩"（"горький"）一词便被作为一个概念来感受，尽管它的根基是一种形象化的表达。

但是，如果诗人说"你话语中的甜蜜就是我的痛苦"，那么，词语的形象性的一面就体现出来了。它成为艺术影响的一种特殊手段。因此，诗歌作为一种形象的艺术，广泛地利用了文字的形象性基础。

基于语言的不同社会功能，人类语言中所具有的不同的方面，总是以不同方式被使用。从语言的社会功能、语言的不同用途来考虑语言，对于我们解释诗歌如何使用语言材料是非常重要的。一个词语可以从不同的侧面在不同的语言功能中使用。我们的语言有什么功能？我们有口头语言，我们有科学语言——作为科学交流、表达科学思想的手段；我们有演说语言，用于公开的公共演讲；我们有诗歌语言、文学语言。它们都是同一种语言，但是根据使用目的的不同，使用方法也有所不同。

在这些不同的社会功能中对语言进行比较，将使我们清楚地了解到诗歌是如何使用语言的。让我们以与艺术语言区别最大的科学语言为例。在科学语言中，一个词语原则上是一个抽象概念的条件性符号。例如，我们说："所有的物体都会坠落。"在这一说法中，人的言语是如何使用的？我们在这里有一个"物体"的概念，一个由这些或那些属性组成的概念，用逻辑语言来说，一个必须给予判断的主体。关于物体，有人说它们都会坠落，也就是说，它们都具有这种特性，这是由"坠落"一词所表示的。因此，我们断言，构成"物体"概念的属性集合中必然具有"坠落"一词所表达的属性。这样的判断可以用以下逻辑公式的形式来表达：

$$S \begin{matrix}（主体）\\ 主语 \end{matrix} \quad 即 \quad P \begin{matrix}（谓词）\\ 谓语 \end{matrix}$$

因此，我们对主体（物体）作出判断，我们把一个表示坠落的谓词归于它。在这样的判断中，该词只是一个抽象概念的标志。

我们可以理想地把科学语言想象成一种数学语言，其中的概念所用以表示的符号是：$S—P$。

我们说："物体坠落。"然而，在语言中表达这种思想的外在方式对于思想的内容是相当冷淡的。我们可以说"所有的物体都会坠落"，也可以说"每个物体都会坠落"，我们还可以说"物体全都坠落"，等等。表达方式在这里对于判断的内部逻辑并没有起到根本的作用。当我们旨在制定科学语言时，我们首先要求的是清晰、准确、概念的单义性，以及概念在判断中的逻辑发展等等。对于文字形式，我们除了要求逻辑上的清晰、表达上的对应外，没有其他要求。

当然，上面所说的关于科学语言的内容意味着对它的某种抽象化。这里谈论的不是一个科学家的具体科学工作的问题，而是科学语言的某种抽象和逻辑方案的问题。因为在具体的科学研究中，科学家可能不仅要在数学上严格有序地发展自己的思想，而且要有说服力，要对读者产生影响。在提出一个新的想法、一个新的观点的时候，科学家要同时影响我们，让我们信服到底，他也可能力求阐述观点的艺术性。鲁宾斯坦教授说得很对，一个抽象的、纯粹的逻辑判断最终只存在于逻辑的抽象中；只有逻辑教科书才会从逻辑内容的视角来处理我们的想法。

在活生生的人类意识中，思想与感觉和意志交织得最为紧密，并被人类意识的各个方面增添色彩。但是，如果我们把抽象的科学语言看作是一种概念的语言，那么在这样的语言中，一个词语只是一个逻辑概念的象征性的符号，不过是一种无谓的表达。

当我们在公共场合、演说中使用这个词语时，情况就有所不同了。这时，该词的作用是在情感上自愿地影响听众或读者的感情，调动他的意志来支持特定的演讲或其他政治文章所具有的特定倾向。

长期以来，修辞学一直被认为是在影响公众言论，特别是通过演讲的方式来产生影响。修辞学是一门研究口才的学问，是一门描述演说家、政论家等等在演讲中所使用的言语影响之方法的科学。

要对演说家的演讲和科学的演讲进行比较，至少可以引用古罗马演说家西塞罗的著名演讲的开头。他作为执政官在罗马元老院的一次会议上，发言反对卡提黎纳的阴谋。他第一次在元老院公开发言，当着卡提黎纳本人的面，谈及这个阴谋，希望得到元老院果断决定，采取紧急措施，制止阴谋并惩罚其参与者。

西塞罗的演讲旨在动员公众舆论,即对此事有决定性发言权的参议员们的舆论。"请问,卡提黎纳,你要无耻地利用我们的耐心到什么时候?你那癫狂还会迷惑我们多长时间?你那猖狂的胆大妄为要招摇多久?你对帕拉提勇山夜间的防卫,对城里的巡勇,对人民的惶恐,对所有忠良的集合,对元老院在这个守卫森严的地点开会,对这些人的面容与神情全然无动于衷?你没发觉你的诡计显而易见,你没注意到你的阴谋这里所有人都已经知晓,因而得到了控制?昨天晚上你做了什么,前天晚上做了什么,在哪里,召集了什么人,采取了什么诡计,你以为我们哪位不知道?"❶

在这段话中,人们可以注意到在使用语言方面的一些特殊技巧,目的是为了产生演说、情感—意志方面的影响。这种以反问的形式提到卡提黎纳("反问"是因为西塞罗并不期望这些问题有任何答案;这种形式的问题引起了人们的兴趣,激起了听众的注意),有助于建立和加强情感上的紧张。对城市中的不安的描述也有一整套越来越多的迹象:"你对帕拉提勇山夜间的防卫,对城里的巡勇,对人民的惶恐……"最后是一个讽刺的元素,对阴谋家的阴险讽刺。西塞罗说:"你没发觉你的诡计显而易见,你没注意到你的阴谋这里所有人都已经知晓,因而得到了控制?昨天晚上你做了什么,前天晚上做了什么,在哪里,召集了什么人,采取了什么诡计,你以为我们哪位不知道?"(即西塞罗通过探子得知阴谋者会面的夜晚。)

因此,我们面临着一整套影响的手段,情感—意志的刺激,演说者面对自己的听众讲话时,使用的便是这些手段。现在举一个关于艺术语言和艺术影响的小例子:

> 欲望之火在我的血液中燃烧,
> 我的灵魂被你所伤透。
> 吻我吧,你的一记热吻
> 对于我胜过没药和美酒。

这是一首爱情诗的片段。如果你问自己这一片段的逻辑内容是什么,那么以散文的形式就可以很简单地表达:"我非常爱你,请尽快吻我。"但是,绝对明显的是,用散文这样诉说是完全不够的,与这些诗句的意义也不对应。这又是为什么呢?

---

❶ Цицерон Марк Туллий. *Избранные сочинения*. М., 1975, с. 134. 译文参见西塞罗:《反对卡提黎纳的演说》(又译《反喀提林演说》)第一篇, https://www.bilibili.com/read/cv15304636/。

因为诗歌语言的表现力要强得多，所传达的形象要深刻得多，情感色彩要浓烈得多，而那些情感和体验则是诗歌存在的基础。当然，"欲望之火在我的血液中燃烧，/我的灵魂被你所伤透。"——这最终意味着："我爱你。"但是，"在血液中燃烧"的"欲望之火"，以及伤透灵魂的爱，意味着比"我爱你"有更多的内涵。诗行给人的感觉更为具体，让人感受到诗人所谈论的体验更为充分。

让我们再来看一部关于心理学的书。书里面说的是关于比喻性、隐喻性的表达。"形象丰富思想的情形可以在任何隐喻中看到。每一种隐喻都表达了共同的思想……然而，如果这一形象对共同的思想没有增加任何内容，那么，隐喻性的表达将是完全无用的点缀和多余的累赘。隐喻的全部意义在于隐喻形象所引入的新的表达色调；它的全部价值在于它通过表达共同思想而增加了共同思想的内涵。表达共同思想的隐喻性形象之所以富有意义，只是因为它们所包含的内容比通常情形下所表达的思想更为丰富。

因此，如果有人说'我的星辰落山了'，那么，他是形象地传达了一种允许抽象措辞的想法：他不再成功了。但是，形象性的表达方式依然传达出它独特的表现力，还传达出许多额外的色调。它所传达的不仅仅是一个赤裸裸的事实，而且还是一种态度。与天空发光体的比较表明，从演讲者的角度来看，这里谈论的不是关于一次平庸的失败，而是关于人的命运，其中具有某种意义重要的、崇高的、雄伟的成分。

它还突出了自发性，即强调所发生的事情独立于人的意志，从而消除了个人的内疚。同时，它也说出了一种史诗般的看法，表明一个人对自己的命运以及所遭遇失败的态度……形象性的隐喻表达充分传达了共同的想法，并且超越这一想法，导入了通常情形下还没有囊括的额外的细微差别和因素。因此，隐喻表达可以作为最明确的证据，既能证明共同思想、概念和形象的统一性，又能证明形象在质量上的独特性，即它与概念的区别……这一立场对于理解艺术思维至关重要。"[1]

比较"欲望之火在我的血液中燃烧，/我的灵魂被你所伤透"这种诗意的情感表达与同一思想的散文表达，我们可以确信，在一系列情况下，诗歌语言是偏离散文语言的，尤其是当这种散文语言被赋予纯逻辑形式的时候。诗歌语言与散文语言的这种偏离，让我们有可能更好地理解诗歌中的语言的特殊用法

---

[1] С. Л. Рубинштейн. *Основы общей психологии*. Т. 1, с. 390-391.

("诗意形态")。

  当然,这种对诗歌与散文进行的比较,总是有点过于审慎和迂腐。当我们自问,如何用普通的口语体散文来表达诗人在诗歌意象中所传达的思想时,我们就有点淡化事情的实质了。不过,与散文的表达方式进行一些常规的比较,可能是有益处的,以此可以感受艺术表达的特殊性,以及艺术语言的特殊性。让我们从这个角度来分析普希金的著名诗作《你离开了这异邦的土地……》:

> 你离开了这异邦的土地,
> 向祖国遥远的海岸驶去;
> 在那永世难忘的悲伤时刻,
> 我在你面前抑制不住地哭泣。
> 我的一双冰冷的手,
> 竭力想要把你挽留;
> 我恳求你不要松开拥抱,
> 在这断肠的别离的时候。
>
> 但是,你却把唇儿移开,
> 扯断了这痛苦的一吻;
> 你要我摆脱流放的生活,
> 黑暗的生活,到异地去安身。
> 你说:"我等待相会的日子,
> 头上是永远蔚蓝的天空,
> 在橄榄树下,我的朋友,
> 我们将重温爱的热吻。"
>
> 唉,就在那个地方,天穹
> 蔚蓝蔚蓝的一片光明,
> 水中倒映着橄榄树影,
> 你却长眠,一梦不醒。
> 你的美貌,你的痛苦,
> 全部消失在墓穴之中,
> 连同那再会时的抱吻……

可是我等着它，你曾应允……❶

这首诗的内容似乎很容易用散文复述出来。诗人与他的恋人分别了。这位心爱的恋人回到了她的家乡，遥远而美丽的国度。诗人热烈地爱着她。临别时，她答应与他相约再见。但是，在那片美丽的大地上，她已经死了，而这个承诺一直伴随着她。诗人等待着这种无法完成的相遇。

在这首诗的表达方式上，在语言的使用上，有什么特别之处呢？

普希金的诗歌通常给我们一种非常简洁、明晰的印象，仿佛接近于口语。但是，如果我们仔细观察，我们就会发现这种接近性在某些情况下还是很明显的；有一些为了艺术效果而使用词语的具体方式，是普希金的典型风格，而这些方式，无论是普希金还是我们都不会在散文中使用的。

首先，该作品是用诗句写成的，即受制于散文语言所不遵守的某些相当的格律规则。这首诗是用所谓的抑扬格四音步所写成的。它由一系列的诗行所组成，其中每一个奇数行都有九个音节（"Для берегов отчизны дальной"），每一个偶数行都有八个音节（"Ты покидала край чужой"）。在这些诗行中，重音是在偶数的位置。

$$U \stackrel{\smile}{} U \stackrel{\smile}{} U \stackrel{\smile}{} U \stackrel{\smile}{} (U)$$

的确，我们不是说"Для бе́регов отчи́зны да́льной"，而是要说"Для берего́в отчи́зны да́льной"，也就是说，"бе"是没有重音的，但原则上重音是在偶数音节上。最后一个偶数音节，即第八个音节，必须强调；它是押韵的音节，重音绝不能省略。

隔一行，交叉进行，这些诗句由韵脚连接（这种韵脚称为交叉韵）。换句话说，诗行的结尾相谐，诗行结尾处的最后的重音，即第八个音节，押韵。在奇数诗行中，我们有九个音节，第八个音节和第九个音节形成了谐音，而在偶数诗行中，我们有八个音节，只有最后的第八个音节是押韵的。

да́льной

печа́льный

这里是双音节韵，或者在韵律学中被称为阴性韵律。

чужо́й

пред тобо́й

---

❶ 译文参见沈念驹、吴笛主编：《普希金全集》第 2 卷，杭州：浙江文艺出版社，2012 年版，第 378—379 页。

此处只有一个音节押韵，也就是最后一个音节是押韵的，即阳性韵律。

所以，在这里，我们对整首诗进行了一定的谐音划分；有节奏地说话要遵守一定的规律。但是，诗歌的谐音、格律划分、节奏都与某种句法划分有关。韵律是交叉的，两个诗行（9+8=17个音节）构成了我们所说的韵段；两个韵段通过交叉的韵律连接成一个诗节。这种格律划分在该诗的句法划分中重复出现。诗行包含一个独立的句组；韵段包含一个完整的句子。

"你离开了这异邦的土地"——是独立的完整的句组。"你离开了这异邦的土地，/向祖国遥远的海岸驶去"——则是完整的句子。"在那永世难忘的悲伤时刻"——是独立的句组。"在那永世难忘的悲伤时刻，/我在你面前抑制不住地哭泣"——则是完整的句子。

请注意句法元素在句子中或韵段中的排列顺序，这是相当奇特的：

Для берегов отчизны дальной

Ты покидала край чужой.

（你离开了这异邦的土地，

向祖国遥远的海岸驶去。）

在散文中更常见的是："你要离开异国他乡去远方的海岸。"也就是说，首先是主语、谓语和直接补语，然后才是状语。普希金诗中的结构恰恰是相反的：首先是状语——时间和地点，然后是主语和谓语。下面的句子也重复了这一点：

В час незабвенный, в час печальный

Я долго плакал пред тобой.

（在那永世难忘的悲伤时刻，

我在你面前抑制不住地哭泣。）

首先是状语，然后是主语和谓语。

几乎整首诗都是如此。句子中的句法部分的安排也有一定的对称性，这造成一种特殊的艺术效果。

如果我们说："Ты покидала край чужой..."（"你离开了这异邦的土地……"），那就显得更为抽象了。但是，如果这首诗以表示状语的地方，在我们面前立刻就呈现出遥远的故乡的海岸，也就是某种具体的东西；句子各部分的对称排列，便使形象化的一面更加具体化了。

现在让我们从单个词语的使用入手来对这首诗进行审视。

> Для берегов отчизны дальной
> Ты покидала край чужой.
> （你离开了这异邦的土地，
> 向祖国遥远的海岸驶去。）

在散文中也是应该这么说的。在散文中，作者会更加准确地指出：你要离开，比如说，要离开俄罗斯，前往意大利或英国。

此外，这里用"海岸"来代替国家；用部分来代替整体，这种诗歌修辞在文学理论中被称为"换喻"（метонимия）。但这种诗意的具体化，用具体标志来代替更普遍、更抽象的"国家"一词，使人联想到遥远海岸的景象，一艘船正驶向那里，把心爱的恋人带向海岸。从语言学的角度来看，发生了相反的过程——"岸"这个词的语义扩大了，同时在更抽象的意义上使用该词。"祖国遥远的……"在散文体作品中，用到"祖国"一词时，我们不说"отчизна"，而是说"родина"或者"отечество"，因为"отчизна"是一个富有诗意的词汇。

此外，"遥远的祖国"不是通常的形容词或限定词与名词的组合。"Отчизна"（"祖国"）通常是指离家很近的国家，但这里却是"отчизна дальная"（"遥远的祖国"）；修饰语和修饰对象之间存在着某种对比和矛盾。

另一个对比是由"отчизны дальной"（"遥远的祖国"）和"край чужой"（"异邦的土地"）的组合形成的。这些词语结构的对比甚至进一步出现："你要我摆脱流放的生活"——"黑暗的生活，到异地去安身"。

还有一个典型特征是，普希金没有准确地说出意大利或俄罗斯的名字。他把他的诗提升到经验性的、传记性的事实水平之上，提升到他与这个女人关系的真实细节水平之上，提升到普遍性的、典型性的程度。传记的基础在这里被推到一边，因而这首诗被提升到了全人类典型性的水平。在整首诗中，有一个相对抗的表达："异邦的土地""遥远的祖国"，但是并没有说出这些国家的名字。

> 你要我摆脱流放的生活，
> 黑暗的生活，到异地去安身。

接着便出现对没有说出名字的国家的描述：

> 唉，就在那个地方，天穹
> 蔚蓝蔚蓝的一片光明，

水中倒映着橄榄树影……

在诗学中，在这种情况下，我们说的是"迂喻法"（перифраза）：不是直接命名对象，而是一个诗意的"迂喻法"，即描述性的表达。不仅仅是意大利，还有"遥远的祖国"，这里是用迂喻法描述的。诗中更进一步写道：

　　В час незабвенный, в час печальный…
　　（在那永世难忘的悲伤时刻……）

在这里，我们注意到一个具有强烈的情感力度和抒情功能的结构。我们可以说"В час незабвенный и печальный"（"在永世难忘和悲伤的时刻"），但这样做，表现力就相对弱了。词语的重复仿佛强调了情感的激动，在重复的词语上产生了情感的力度。

此外，在这里，我们不仅有半行诗开头一词的重复，还有句法上的重复：一个名词和它的修饰语——形容词的重复，这两个词各占半行，这样我们就有了两个半行的节奏—句法平行；半行诗在节奏和句法上都是相互平行的。

这里再举一个具有重复的节奏—句法平行的例子，同样也加强了情感的作用：

　　Твоя краса, твои страданья…
　　（你的美貌，你的痛苦……）

现在我们将注意力转移到其他一些诗学手段上：

　　Мои хладеющие руки
　　Тебя старались удержать…
　　（我的一双冰冷的手，
　　竭力想要把你挽留……）

在散文中不会使用"хладеющие"（"冰冷的"）这样的词语。在散文中，可以说"холодеющие"（"寒"）或"похолодевшие"（"冷"）。"хладеющие"（"冰冷的"）、"хлад"（"冰冷"）——这是教会斯拉夫语形式。在普希金时代，这种教会斯拉夫语被用作高级诗歌语言的标志。众所周知，在俄语中，有一些含义相同的教会斯拉夫语和俄语的重合词："хлад"—"холод"（寒冷），"град"—"город"（城市），"брег"—"берег"（海岸）。

　　Но ты от горького лобзанья
　　Свои уста оторвала.

> （但是，你却把唇儿移开，
>
> 扯断了这痛苦的一吻……）

用"Лобзанье"代替"поцелуй"（"亲吻"），用"уста"代替"губы"（"嘴唇"），这些词语也是与同一教会斯拉夫语元素有关的高级语言的重复词语。我们接着看：

> 我的一双冰冷的手，
>
> 竭力想要把你挽留……

在散文体作品中，我们不会说"руки старались удержать"（"手竭力想要抓住"），因为这不是在手中——诗人自己想抓住的是他的恋人。

我们在此处又发现一个换喻性的表达——用部分代替整体。该词的使用使形象变得具体化了。我们想象诗人用他的手试图抓住他的恋人，紧紧抓住衣服等物体。这一形象比我们只是说"我试图抓住你"变得更加具体。

> Томленье страшное разлуки
>
> Мой стон молил не прерывать.
>
> （我恳求你不要松开拥抱，
>
> 在这断肠的别离的时候。）

诗中不是说"я молил"（"我恳求"），而是说"мой стон молил…"（"我的呻吟声恳求……"）。

接下去还有：

> 但是，你却把唇儿移开，
>
> 扯断了这痛苦的一吻……

这些诗句具有非凡的，特别是普希金独有的具体表现力。"把唇儿移开"就好像在身体上被撕裂一样。在这种情况下，"痛苦的一吻"这个词也是如此，它在普通话语中不使用于转义，但在这里听起来却特别具有表现力和比喻性，我们似乎可以感受到这记热吻的生理上的"苦涩"。顺便说一下，"痛苦的一吻"这一词语也是一种对照，因为一般人认为吻是甜蜜的，但是在这里却不是甜蜜的，而是苦涩的，就像"远方的故乡"这一词语的对照。

> 在橄榄树下，我的朋友，
>
> 我们将重温爱的热吻……

此处又出现了"热吻"。

> 唉，就在那个地方，天穹
> 蔚蓝蔚蓝的一片光明，
> 水中倒映着橄榄树影，
> 你却长眠，一梦不醒。

普希金没有说"死了"，而是说"一梦不醒"，也就是说，他又用了一个诗意的"迂喻法"。这个迂喻法进一步发展，但极不寻常，完全不像散文体作品的语言：

> 你的美貌，你的痛苦，
> 全部消失在墓穴之中……

这种诗意的表达，现在我们听起来非常传统，这与18世纪的诗意表达传统有关。我们现在甚至在诗歌中也不这么写；我们这个时代的诗歌已经果断地打破了一些与18世纪古典主义传统有关的诗歌表达方式。

这种风格的惯例在材料使用方面更为突出，对我们来说显得奇特，不同寻常。譬如，当我们阅读一首东方诗时，阅读属于波斯的古典诗歌时，我们会发现，几乎在每一首诗中，诗人都说自己像恋爱中的夜莺一样，歌颂玫瑰，而这个传统的形象也多次发生变异。波斯古典诗歌的诗人和理论家都说，这其中包含着诗歌的本质，诗歌形象必须有一定的传统。这样的诗学是极其传统的。这就是古典主义的精髓，它以传统的形象作为导向。

自浪漫主义以来，我们越发朝着诗歌体验的个性表达的方向发展，朝着更原创、更直接、更具个人化的词语和更精确的生活观察的方向发展，为这些观察找到合适的词语，尽可能全面而深刻地反映我们对生活的印象。而普希金所走的就是这条道路。如果在18世纪的历史背景下考虑他的诗歌，普希金的方式是一种从所有常规中逐渐解脱出来的方式。

但与此同时，普希金的诗歌是具有崇高的古典风格的诗歌，它以改造和净化的形式使用了18世纪诗歌传统所创造的全部手段，并且将它们提升到了更高的水准。这种古典主义诗歌与所谓的"帝国时代"的建筑风格，即俄国亚历山大时代的古典主义建筑风格相一致。这种风格有自身语言使用的艺术方法体系。这种对诗歌语言的传统元素的诉求，使普希金的诗歌具有特有的透明性、简洁性，它们赋予其诗歌高度的概括性和异常高贵的特质。

当我以这种方式审视普希金的诗歌时，这并不意味着普希金自己意识到了他所采用的表达手段的所有内涵。真正的艺术家是靠灵感进行创作的，常常凭直觉选择这样或那样的形象。但诗人的直接艺术创作存在于一定的传统中，存在于一定的风格形式中。因此，我们可以通过诗学来解析普希金的诗作，就像在任何学术著作或演说中，我们可以展现创造种种特定印象的艺术手段。因此，对于一部诗歌作品，我们可以通过对作为其基础现实的独特理解，来探究该诗人用什么样的诗意方式来表达这一切内涵。

名篇新译

语言学与诗学*

■[美] 罗曼·雅各布森 著
杨建国 译

很幸运,学术会议和政治会议毫无共同之处。政治会议的成功取决于大多数,甚至全体与会者是否普遍同意,然而用投赞成票或否决票的方式来讨论学术问题有悖其本质。学术讨论中分歧的生产力远比共识高得多。分歧揭示出所讨论领域中的对立与张力,同时也要求学者们展开新的探索。政治会议与学术会议完全无法相类比;或许南极的探险活动倒是与学术会议有一些相似之处:来自不同国家、不同领域的专家们努力绘制出一片未知疆域,努力找出探险活动最大的阻碍在哪里,哪里的山峰最为高耸,哪里的悬崖最为陡峭。我们这次会议的主要任务同样是绘制未知疆域,任务完成得相当完满。大家不是已经找到最为关键,同时也最具争议性的问题了吗?我们不也学会了如何转换学科代码,知道了哪些术语需要详细解释,哪些术语根本要不得,从而避免不同学术分支间的相互误解吗?同三天前相比,这些问题要清晰许多了。即便不是每一位与会者都这样认为,我相信这是多数与会者的感受。

我应邀就诗学和语言学的关系做一个总结发言。诗学主要解决这个问题:什么令语言讯息(verbal message)成为艺术?诗学的主要话题是语言艺术的

---

* Linguistics and Poetics// *Style in Language* /ed. by T. A. Sebeok. —Cambridge, Mass.: MIT Press, 1960. pp. 350-377. //*SW III The Poetry of Grammar and the Grammar of Poetry*, —The Hugue, Mouton; 1980. pp. 18-51. 本文最初系雅各布森于1958年印第安纳大学文体学大会所致闭幕词。原文首刊于托马斯·谢比奥克主编的会议论文集《语言中的风格》(*Style in Language*),后收录于《雅各布森选集》第3卷。雅各布森在该文中大量引用英语和俄语诗句进行音韵分析,我们在翻译中必须直接阅读原文,在译文中统一先给出诗作原文,再在括号中给出汉译;凡他人译文均在注释中说明,其余为本人译文,仅做阅读参考之用。原参考文献直接呈现,不译为汉语,以利于研究者按图索骥。雅各布森这篇文章中出现多种欧洲语言,大量音韵学、修辞学术语,对于翻译而言无疑是极大的挑战,也不可避免会有错漏之处,请各领域专家指正。国内学界对雅各布森这一名篇已有好几个节译本。本译本是据原初版本的首次全译。刘丹博士对本译文进行了细致的审读,译者在修订中参考了她的很多建议。特此致谢!本译文系国家社科基金重大项目"现代斯拉夫文论经典汉译与大家名说研究"[项目批准号(17ZDA282)]阶段性成果。

种差（differentia specifica），既涉及与其他艺术的关系，也涉及与其他类型语言行为的关系，故而诗学完全有资格坐上文学研究诸学科的首席位。

诗学所面对的问题是语言结构，如同绘画分析所关注的是画面结构。语言学是研究语言结构的整体科学。不妨把诗学看作语言学一个不可分割的构成部分。

上述主张定会有反对意见，必须全面深入地加以讨论。有一点很明显，诗学所研究的许多技法并不是语言艺术的专属，应看到以下一系列可能：《呼啸山庄》（*Wuthering Heights*）可以搬上银幕，中世纪传奇故事可以出现在壁画和微型画中，《牧神的午后》（*L'Après-midi d'un faune*）❶ 可以改编成音乐、芭蕾，或者平面造型艺术。把《伊利亚特》（*Iliad*）和《奥德赛》（*Odyssey*）改编成连环漫画的想法固然显得滑稽可笑，原作的语言形象将荡然无存，但某些情节结构特征还是可以保留下来的。叶芝（W. B. Yeats）曾说，威廉·布莱克（William Blake）是"是唯一一位最适合为《地狱篇》和《炼狱篇》两部诗篇绘制插图的画家"；叶芝的看法是否妥当另当别论，但至少可以说明不同类型的艺术之间是可以相互比较的。无论是巴洛克风格，还是任何一种历史风格，都会超出单一艺术门类的框架范围。要分析超现实主义隐喻，很难绕过马克斯·恩斯特（Max Ernst）❷ 的绘画或者路易斯·布努埃尔（Luis Bunuel）❸ 的电影，例如《一条安达鲁狗》（*The Andalusian Dog*），又如《黄金时代》（*The Golden Age*）。长话短说，诗歌的许多特征不但属于语言科学的研究范围，更属于整体符号理论，也就是普通符号学的研究范围。这句话不仅适用于语言艺术，同样也适用于一切语言变体；语言与其他符号系统共享许多特征，有些特征更为一切符号系统所共有（泛符号特征）。

同样，第二种反对意见也并非仅仅针对文学；词语与世界之间的关系问题不仅涉及语言艺术，而且事实上还涉及所有的话语类型。语言学可以探索具体话语与"话语世界"（universe of discourse）之间的各种可能的关系；也就是说，特定话语把这个"世界"中的什么呈现于语言，又如何呈现于语言。然而，至少在逻辑学家看来，话语真值（truth values）是"语言外实体"（extra-

---

❶ 《牧神的午后》是法国象征主义诗人马拉美的名作，曾被改编成多种艺术形式。——译者注
❷ 马克斯·恩斯特，出生于德国，画家和雕塑家，达达主义和超现实主义的灵魂人物，以极端多变的风格和技巧著名。——译者注
❸ 路易斯·布努埃尔，西班牙电影导演、编剧、制片人、演员，1928年执导首部短片《一条安达鲁狗》，从而正式开启了他的导演生涯，1930年执导个人首部电影《黄金时代》。——译者注

linguistic entities)。按照这种说法,话语真值显然远远超出诗学和普通语言学的范围。

有人会说:与语言学截然不同,诗学所关注的是价值评判。如此把两个领域截然两分,源于当下流行的一种错误看法:诗歌结构和其他类型的语言结构有着显著差别。这种看法认为诗歌语言"严谨",有很强的目的性,非诗歌语言则"散漫",缺乏精心设计。实际上,任何语言行为都是目的导向。然而不同的语言行为目标不同。为了实现目标效果离不开各种手段,而手段与目标的契合度也各不相同。正是这方面的问题越来越令研究者着迷,吸引他们深入到形形色色的语言交际活动中展开研究。语言现象在时空中展开,文学模式同样也在时空中展开,二者之间联系的紧密程度远远超出某些批评家的想象。文学中,有些展开过程具有非连续性。一些原本为公众所忽略、所遗忘的诗人"再度复活",其才华在去世以后才被后人发现,直至封圣登顶。这方面的例子包括艾米莉·狄金森(Emily Dickinson,卒于1886)、杰拉尔德·曼利·霍普金斯(Gerard Manley Hopkins,卒于1889),超现实主义诗人洛特雷阿蒙(Lautreamont,卒于1870)❶的名望也是姗姗来迟。此外还有齐普里安·诺维德(Cyprian Norwid,卒于1883)❷。这位诗人对波兰现代诗歌的影响巨大,然而直至今日其地位仍旧没有得到应有的承认。诗歌中的这种现象在标准语的历史中也能找到对应。已经过时,甚至被遗忘很久的模式会重新获得生命力。这方面的一个例子是捷克书面语的发展,在19世纪初,捷克书面语表现出回归16世纪语言模式的倾向。

非常不幸,"文学研究"(literary studies)和"文学批评"(literary criticism)这两个术语使用混乱,诱使文学研究者时常以主观评判去替代文学作品内在价值的描述。把"文学批评家"这个标签贴到文学研究者身上实在是一个错误,犹如把"语法(或者词汇)批评家"的标签贴到语言学家身上。规范性语法不能替代语言的句法研究和构词研究;同样,各种宣言虽然可以表达某位批评家就创造性文学的个人偏好和看法,不能取代语言艺术的客观学术分析。请不要把我的话误解为闭口不言,放任自流。任何语言文化的发展都离不开

---

❶ 洛特雷阿蒙,法国超现实主义诗人,原名伊齐多尔·吕西安·迪卡斯(Isidore Lucien Ducasse),1846年出生于乌拉圭首都蒙得维的亚,主要作品包括《马尔多罗之歌》、断篇《诗一》《诗二》等。——译者注

❷ 齐普里安·诺维德,波兰现代诗人、画家、雕塑家,出身于没落贵族家庭,曾在意大利学习美术,后到美、英等国以绘画为生,1855年起长住巴黎,一生穷困潦倒,文学创作包括诗歌、散文、小说和剧本。——译者注

计划、规划,以及种种规范性努力。既然纯粹语言研究和应用语言研究,又例如语音学和正音学已经被区分得泾渭分明,为什么不能区分文学研究和文学批评呢?

文学研究以诗学为中心,与语言学一样包括两套问题:共时和历时。共时性描述不仅在于呈现某一特定时期的文学创作,更涉及那一时期的文学传统中或者始终活力充沛、或者复苏重生的作品。莎士比亚是前者的代表,邓恩、马维尔、济慈,以及艾米莉·狄金森则是后者的代表人物,他们的作品依旧活跃于当今的英语诗歌界;另一方面,诸如詹姆斯·汤姆森(James Thomson)和朗费罗(Longfellow)这样的诗人的作品则被视为不具备高档艺术价值,至少目前如此。如何选定经典,又如何结合新的趋势重新阐释经典,这始终是共时文学研究所面临的一个重要问题。与共时语言学一样,不能把共时诗学与静止不动混为一谈。每一个历史阶段都会在较为保守和较为创新之间做出区分。一方面,任何当代体验中不可避免包含了时间的动态;另一方面,无论诗歌的历史研究,还是语言的历史研究,所涉及的不仅有变化,更有连续和持久,以及其他静态因素。任何历史诗学或语言史,要做到全面彻底,必须在一系列连续的静态描述之上构筑起自身的上层结构。

只有当语言学受到不合理的限制时,把诗学和语言学区分开的主张才算是有些道理。语言学受到的不合理限制包括视句子为可分析的最高结构,或者把语言学的研究范围局限于语法领域,或者把语言学的研究问题局限于外部形式的非语义问题,或者局限于各种"库存"的外延指称,对于自由变化却闭口不谈。沃尔格林(Carl. F. Voegelin)明确指出,结构语言学面对两个至关重要同时又内在关联的问题,其一是修正"关于语言的单一僵化假设",其二是关注"某一种语言内部各种不同结构之间的相互关联"。❶无论对于一个言语共同体(speech community)而言,还是对于每一个语言使用者而言,语言都以完整整体的形式存在,这一点毋庸置疑。整体代码所表征的系统中同样存在着许多相互关联的子代码;每一种语言中都同时流通着数种结构模式,每一种结构模式代表着一个不同的功能。

显然,我们应当赞同萨丕尔的看法,整体而言"纯理(ideation)❷在语言

---

❶ Carl F. Voegelin, "Casual and Noncasual Utterances within Unified Structures," in *Style in Language*, ed. Thomas A. Sebeok (Cambridge, Mass., 1960), p. 57.

❷ ideation 指通过语言形成关于世界的概念,韩礼德称之为 ideation function,国内语言学界将其译为"纯理功能",故而这里将 ideation 一词译为"纯理"。——译者注

中有着至高无上的地位",❶ 但这并不意味着语言学家有权抛弃种种"次要因素"。约斯（Joos）认为，仅凭"数目有限的绝对范畴"，很难把话语中的情感成分描述清楚，把这些成分划分为"现实世界的非语言成分"。约斯总结道："这些现象模糊不清，飘忽不定，故而人们拒绝在科学中给它们一席之地。"❷ 约斯在归纳实验方面是一位杰出专家。他极力要求把情感要素从语言科学中"驱逐出去"。这本身就是一种激进的归纳实验——归谬证明（reductio ad absurdum）。

语言研究必须包括所有功能。讨论诗功能之前，首先应当确定诗功能与语言其他功能的位置关系。要概述语言的各项功能，首先要概述任何一种语言交际行为中，每一个言语事件所包括的构成要素：发送者（addresser）向接收者（addressee）发送讯息（message）；讯息要具有可操作性，必须指向特定环境（context，环境的另一种叫法是"指称"[referent]，不过指称这个词语义不那么清晰），环境或者本身就是语言形式，或者可以用语言表达出来，唯有如此讯息才可能为接收者所掌握；代码（code），或者完全，或者部分为发送者和接收者所共有；最后，还要有接触（contact），既包括发送者和接收者之间的物理接触通道，也包括双方间的心理联系，否则双方或者根本无法建立交际，或者建立交际也无法持久。上述所有要素都参与到语言交际之中，不可分离。可用下面的图示表示：

```
                    CONTEXT
ADDRESSER           MESSAGE           ADDRESSEE
                    CONTACT
                    CODE
```

上图中六个要素，每一个决定一项语言功能。我们虽然区分了语言的六个基本方面，然而在实际使用中很少会发现只执行单一功能的语言讯息。多样性不在于某一个功能垄断全部，而在于由各种不同功能所形成的层级秩序。许多语言讯息具有倾向于指称，或者说以环境为导向的"心理定势"（set，*Einstellung*）❸，倾向于所谓"指称功能"（referential function），也叫"外延功能"

---

❶ Edward Sapir, *Language* (New York, 1921), p. 40.

❷ Martin Joos, "Description of Language Design", *Journal of the Acoustical Society of America* 22 (1950), 701-708.

❸ "set"是雅各布森诗学中一个核心概念，该词源于现象学，指具有特定意向的心理取向，雅各布森在原文中特别给出了"set"的德文对应形式"*Einstellung*"，因此这里参照现象学术语，将"set"译为"心理定势"。——译者注

(denotative function) 或 "认知功能"（cognitive function）。观察仔细的语言学家也会注意到此类语言讯息中其他功能的参与和辅助性作用。

所谓"情感"（emotive）或"表达"（expressive）功能以讯息发送者为焦点，以说话者态度的直接表达为目标，往往可以产生某种情感印象，真假不一。因此我们使用了马蒂（Anton Marty）❶ 所使用的词语，即"情感"，而不是"感情"（emotional）。语言中最纯粹的情感层体现于感叹词的使用上。感叹词与指称性语言手段的区别不仅体现于语音模式上（感叹词的语音次序往往不同寻常，有时甚至所使用的语音本身就很少见），同时也体现于句法地位上（感叹词不是句子主干的组成部分，而是与主干对等）。"啧！啧！麦金蒂感叹道。"柯南·道尔笔下这个人物的话就是舌头吸放两下的声音。情感功能在感叹语中表现得最为突出。从某种程度上说，它普遍存在于我们的一切话语中，存在于语音、语法、词汇等各个层次，令话语染上我们的个人"风味"。从所承载信息的角度分析语言，也不能将信息的概念局限于语言的认知方面。一个人使用富于表达性的特征传递自己的态度，或愤怒、或讽刺，同时也传达了明示信息。显然，此类语言行为同诸如"吃葡萄"那样的非符号性养分摄入行为不可相提并论。（不得不说，查特曼的比喻很大胆。）一个词读 [big]，如果要加重语气就拉长元音读成 [bi:g]，这是通过习俗规约所建立的语言代码特征。捷克语中也存在着类似的长短音相对现象，例如 [vi]（你）和 [vi:]（知道）。不同的是上文捷克语的例子中，信息差异形成不同音位（phonemic），而上文英语例子中所承担的是情感功能。如果关注的是音位常量（phonemic invariants），上文英语例子中的 [i] 和 [i:] 就仅仅是同一个音位的变体（variants）；可如果关注的是情感单位，常量和变体之间的关系就倒转了过来，长和短成为常量，实现于不同的音位中。萨波塔（Sol Saporta）假设情感差异是非语言特征，"归于讯息的传递，而不是讯息"❷，这种看法毫无根据地削弱了讯息的信息容量。

一位曾任职于斯坦尼斯拉夫斯基莫斯科大剧院（Stanislavskij's Moscow Theater）的演员对我说，第一次试演时，那位著名的导演要求他用 *Segodnja vecerom*（"今天晚上"）这个俄语短语发出四十条不同的讯息，尽量表现出不

---

❶ Anton Marty, *Untersuchungen zur Grundlegung der allgemeinen Grammatik und Sprachphilosophie*, I (Halle, 1908).

❷ Sol Saporta, "The Application of Linguistics to the Study of Poetic Language," in *Style in Language*, p. 88.

同的表达色彩。那位演员列了一张表，列出四十种不同的情境，然后根据每一种情景说出 Segodnja vecerom 这个短语，观众能听到的只有两个词，然而其音形（sound shape）❶ 却始终在变化之中。我们的研究旨在描写和分析当代标准俄语（由洛克菲勒基金会赞助），于是要求这位演员把斯坦尼斯拉夫斯基当年的测试重复一次，此君列出不下五十种不同的情境，然后根据同一个省略句形成五十条不同的讯息，一一录制在磁带上，而且绝大多数可以为莫斯科籍的听众准确解码理解。或许我还要补充一点，所有的情感线索都可以从语言学角度加以分析。

以接收者为指向就形成意动功能（conative function）。其最纯粹的语法表达出现于呼语和祈使语中，二者无论在句法上还是构词上都有别于其他的名词性或动词性范畴，有时这种区别甚至可以一直渗透到语音层。祈使句和陈述句截然不同，陈述句可以验证真值，祈使句则无法验证。奥尼尔（O'Neill）的戏剧《喷泉》（*The Fountain*）中，拉诺（用酷烈的命令语气）说："喝！"对于这样的祈使句根本无法提出"是真还是假"这样的问题，其他的句子形式则完全可以提出类似的问题。例如"他喝了""他要喝""他会喝"等等。陈述句都可以转换成疑问句，例如"他喝了吗""他要喝吗""他会喝吗"，祈使句却难以转换。

传统语言模式，尤其是比勒（Karl Buhler）❷ 所阐明的语言模式局限于上述三种功能，即情感功能、意动功能，以及指称功能。这一模式有三个端点，发送者是第一人称，接收者是第二人称，以及第三人称（谈论某人、某物）。从这种三项模式中不难引申出一些辅助性语言功能，例如所谓"魔咒"功能，主要指把某个不在场，或者无生命的"第三人称"转化为意动讯息的接收者。例如"愿这肿块消失吧，突弗，突弗，突弗"❸（立陶宛咒语），又例如"水啊，河流的女王，破晓吧！把哀伤带出蓝色的大海，沉入海底，如灰色的岩石沉入海底，再不浮出海面。沉没吧，哀伤，再勿加重上帝忠仆的心灵负担。离去吧，哀伤，沉没勿返"❹（俄罗斯北部咒语）。"日头啊，你要停在基遍；月

---

❶ "sound shape" 是雅各布森提出的一个独特概念，指话语过程中语音所承载的个性特征，同一个词不同的人读有着不同的 "sound shape"，甚至可以说一个人重复读同一个词，每次的 "sound shape" 都有所不同。雅各布森晚年同他的关门弟子琳达·沃（Linda R. Waugh）一起完成重要著作 *The Sound Shape of Language*，这里把 "sound shape" 译为 "音形"。——译者注

❷ Karl Buhler, "Die Axiomatik der Sprachwissenschaft," *Kant-Studien* 38 (Berlin, 1933), 19–20.

❸ V. J. Mansikka, *Litauische Zaubersprüche* (*Folklore Fellows Communications* 87, 1929), p. 69.

❹ P. N. Rybnikov, *Pesni* (Moscow, 1910), III, 217–218.

亮啊，你要止在亚雅仑谷。于是日头停留、月亮止住"（《圣经·约书亚记》第10章第12节）。然而我们注意到，除了上述三种功能外，还有三个要素构成了语言交际，相应也就有了另外三项语言功能。

有一类讯息的主要作用是或建立、或延长、或中断交际行为，检查通道是否有效（"喂，能听到吗？"），吸引交谈对象的注意力，或确证对方注意力持续（"你在听吗？"或者如莎士比亚剧中台词"请你们听我说！"❶ 或者打电话时发出声音"嗯，嗯！"）此类讯息的心理定势是接触，用马林诺夫斯基（Bronislaw Malinowski）的术语，是"寒暄功能"（phatic function）❷。它可以体现于各式各样高度仪式化的交换行为中。有时整段对话目的只有一个——延长交际。多萝西·帕克（Dorothy Parker）❸ 提供了很好的例子：

"哦！"年轻男子说道。
"啊！"她说道。
"哦，终于到了，"男子说。
"终于到了，"她说，"是吗？"
"我要说，是到了。"男子说。
"哟！终于到了。"

努力开始并维持交际，在鸟类鸣叫中这是很典型的行为。如果说，鸟类语言和人类语言有相同功能，寒暄功能便是唯一的一种。寒暄功能也是婴儿最先掌握的语言功能，早在能够发送和接收有信息的交际之前，婴儿已经开始交际行为。

现代逻辑学区分了语言的两个层次，一个是"对象语言"（object language），谈论语言的对象；另一个是"元语言"（metalanguage），谈及语言自身。❹ 元语言不仅是逻辑学家和语言学家必不可少的科学工具，在日常语言中也起着重要作用。法国作家莫里哀笔下有个人物汝尔丹（Jourdain）❺，使用散文却不自

---

❶ 原文为"Lend me your ears!"字面意思是"把你们的耳朵借给我！"实际语义是"请你们听我说！"该句出自莎士比亚的《裘力斯·凯撒》："Friends, Romans, countrymen, lend me your ears."（"各位朋友，各位罗马人，各位同胞，请你们听我说。"）——译者注

❷ Bronislaw Malinowski, "The Problem of Meaning in Primitive Languages," in C. K. Ogden and I. A. Richards, eds., *The Meaning of Meaning* (New York and London, 9th ed., 1953), pp. 296-336.

❸ 多萝西·帕克（1893—1967），美国作家，批评家，以文笔隽永而著称。——译者注

❹ 阿尔弗雷德·塔斯基最先提出这一术语，参阅 Pojeεic prawdy w językacη nauk deduk-cyjnycη (Warsaw, 1933), and "Der Wahrheitsbegriff in den formalisierten Sprachen," *Studia Philosophica* I (1936).

❺ 莫里哀的戏剧《贵人迷》中的主人公。——译者注

知。同样人们也时常使用元语言，对于自己语言操作中的元语言性质却不自知。每当发送者以及/或者接收者需要检查是否在使用同一代码时，话语便聚焦于代码，所执行的就是元语言功能（metalingual function）。"我不大懂你的话，你什么意思？"接收者可以这样问，或者按照莎士比亚的语言风格，问："阁下何意？"❶ 发送者有时预料到会有如此一问，先发制人："你懂我的意思吗？"想象一下下面令人抓狂的场景：

"那个大二生考糊了。"

"什么叫考糊了？"

"考糊了就是考砸了。"

"什么叫考砸了？"

"考砸了就是不及格。"

"什么叫大二生？"

"大二生就是大学二年级学生。"

上述答句所传递的信息是英语的词汇代码，所执行的功能是严格的元语言功能。任何语言学习的过程，尤其是儿童的母语习得过程，都会大量使用类似的元语言操作，失语症也常常可以界定为元语言操作能力的流失。

上面已经谈到语言交际的五个要素，只剩下讯息还没有讲。心理定势朝向讯息自身，因讯息自身之故聚焦于讯息，就是语言的"诗功能"（poetic function）。一方面，要研究语言的诗功能而有所收获，离不开语言的普通问题；另一方面，要全面考察语言也要求全面深入地考虑语言的诗功能。无论把诗功能局限于诗歌领域，还是把诗歌局限于诗功能上，都是引人误入歧途的单一简化的看法。诗功能不是语言艺术的唯一功能，而是其主导性、决定性功能。它在其他类型的语言活动中也有体现，但起的是附属性和辅助性作用。诗功能提升符号的可触知性（palpability），加深符号和对象的根本分裂。因此，面对诗功能时，语言学家断然不能将其局限于诗歌领域。

"为什么你总是说琼和玛格丽，不说玛格丽和琼？是因为你更喜欢琼吗？""没有的事儿，就是读起来顺口。"两个人名同时出现，没有先后上下之分，人们常常下意识地把较短的那个放在前面，觉得这样的音形更适合于讯息。

一个女孩总是说"可怕的哈里"（the horrible Harry），"为什么可怕？"

---

❶ 原文为，"What is't thou say'st?"出自《李尔王》第5幕第3场，意思是"What are you saying?"——译者注

"因为我讨厌他。""为什么不用别的词,例如恐怖、糟糕、吓人、恶心(dreadful, terrible, frightful, disgusting)?""我也不知道,他就是**可怕**。"这位姑娘实际上抓住了一种诗歌技法——谐音(paronomasia),不过她自己完全没有意识到。

有一条竞选口号"我爱艾克"(I like Ike)❶,其结构简洁明了,包括三个单音节单词,三个双元音/ay/,每个双元音后面只有一个辅音音素/..l..k..k/,对称性很强。三个词的构成体现出一种变化:第一个词没有辅音音素,中间的双元音两边各有一个辅音音素,最后一个双元音右边有一个辅音音素。海姆斯(Dell H. Hymes)在济慈的一些十四行诗中也发现了类似的元音核心/ay/。❷"I like Ike"这个三音节的口号相互押韵,两个韵词分别是/layk/和/ayk/,而且第二个韵词完全包括在第一个韵词中,这叫"回韵"(echo rhyme),这种谐音表达出的情感将对象完全包容起来。首词和尾词压头韵(alliterating),/ay/和/ayk/,而且第一个头韵词完全包容在第二个头韵词之中,其谐音形象表达出爱的主体为被爱的对象所包裹的感觉。这条竞选口号语中,诗功能起到的是次要作用,但大大加强了口号语的效力与感染力。

我前面说过,诗功能的语言研究必须突破诗歌的局限,另一方面从语言学角度审视诗歌也不能局限于诗功能。诗歌有着不同的诗体(poetic genres),各有特点。这就意味着其他语言功能和诗功能混合出现,但等级比例各不相同。史诗聚焦于第三人称,强烈引入语言的指称功能;抒情诗倾向于第一人称,与语言的情感功能关系密切;第二人称类型的诗歌中混合了意动功能,语气或哀求、或劝诫,取决于第一人称从属于第二人称,还是第二人称从属于第一人称。

前面粗略陈述了语言交际的六项基本功能,现在可以再拿出一张语言功能图示,作为前面的交际要素图示的补充:

	REFERENTIAL	
EMOTIVE	POETIC	CONATIVE
	PHATIC	
	METALINGUAL	

---

❶ 艾克为艾森豪威尔的昵称。——译者注
❷ Dell H. Hymes, "Phonological Aspects of Style: Some English Sonnets," in *Style in Language*, pp. 123-126.

诗功能的经验语言标准是什么？更为重要的问题是，任何诗歌中必不可少的内在特征是什么？要回答这个问题，必须先回顾语言行为中的两种基本安排——选择（selection）和组合（combination）。举例而言，如果讯息的主题是"儿童"，说话人从一系列或熟悉、或陌生的名词中选出"儿童"这个词，候选对象包括"儿童""孩子""幼儿""小子"等等，所有候选词在某个方面具有对等性；接下来，说话人还要就这个"儿童"说点什么，需要从一系列语义性质相近的动词中选择一个，例如"睡觉""犯困""点头""打盹儿"。选中的两个词在话语链中连接起来。选择的基础是对等（equivalence），包括相似和相异，同义和反义；组合，或者说次序的生成，建立于邻接（contiguity）的基础之上。**诗功能将对等原则由选择轴投射到组合轴之上。**❶ 对等被提升为次序的构成手法。诗歌中，一个音节与相同次序中的另一个音节对等起来，单词的重音与重音相对等，非重音与非重音相对等；韵律要素中，长与长相对，短与短相对；词与词之间，边界与边界相对，非边界与非边界相对；句法方面有停顿处彼此相对，无停顿处彼此相对。无论音节、音长，还是重音，都变成了步频节奏单位（unit of measure）。

　　或许有人会质疑，元语言功能也会在语言次序中用到对等单位，将两个同义表达组合到一个等价关系句子中：A=A（母马等于雌马）。然而诗歌和元语言正处在对角线的两端：元语言用语序来建立对等关系，而诗歌则用对等来建立语序。

　　诗歌中，一定程度上也包括在诗功能的潜在展示中，由词汇边界所界定的语序获得了可共通的（commensurable）标准，有时表现出共时对位性（isochronic），有时表现出级别梯度性（graded）。"琼和玛格丽"体现出诗歌中的音节梯度原则。塞尔维亚民间史诗在结尾处也有类似的原则，而且几乎升格为强制规则。❷ 如果不考虑"in*nocent bystander*"（无辜的旁观者）的扬抑抑格（dactylic）音节组合，很难理解为什么这个短语会成为日常套语。恺撒大帝获胜后慷慨感言："Veni, vidi, vici"（我来了，我看到了，我征服了）。三个动词都是双音节，开头辅音和结尾元音都相同，其对称性大大加强了恺撒大帝的气魄。

　　除了诗功能，语序步频这种手法在语言中找不到其他应用。只有在诗歌

---

❶ 这是雅各布森对诗功能最著名的界定，原文为"The poetic function projects the principle of equivalence from the axis of selection into the axis of combination"。——译者注

❷ T. Maretić, *Metrika narodnih naših pjesama* (Zagreb, 1907), secs. 81—83.

中，对等单位有规律重复，我们才能感受到言语流动的时间（这里借用了另一个符号模式用语，就如同具有音乐感的时间一样）。杰拉尔德·曼利·霍普金斯，这位诗歌语言科学的杰出探索者，把韵句（verse）界定为"或完全，或部分重复相同声音形象的话语"。❶ 接下来霍普金斯又问道："韵句都是诗歌吗？"只要我们不再随意地把诗功能限制在诗歌领域，霍普金斯的问题就可以得到确定回答。霍普金斯举过记忆口诀的例子，例如"Thirty days hath September"（九月有三十天）。现代广告语，中世纪押韵法律条文（洛茨曾举过这方面的例子❷），最后还有用韵句写的梵语科学论文（印度传统将韵句与真正的诗歌严格区分开来），所有这些韵句都用到语言的诗功能，然而没有像诗歌那样赋予这一功能强制性、决定性作用。韵句大大超出诗歌的范围，同时又始终暗含着诗功能。没有哪个人类文化忽视韵句创作，尽管许多文化模式并没有"应用型"韵句，而有的文化既有纯韵句，又有应用型韵句；后者（应用型韵句）显然处于从属地位，是派生现象。改造诗歌手法以适应各式各样的目的，这样做并不会隐藏诗歌手法的根本精髓；同样，情感性语言也可被改造而用于诗歌中，但仍保留其情感特色。议员阻挠议会议事时会背诵长诗《海华沙之歌》（*Hiawatha*）❸，可能仅仅因为它够长，可诗性依旧是该文本的基本创作意图。更不用说各式各样的商业广告也广泛使用到音韵、音乐、绘画手法。因此无论是韵句的研究，还是音乐和绘画手法的研究，都难以同诗歌研究、音乐研究、美术研究截然区分开来。

总而言之，韵句分析完全在诗学的研究范围之内，而诗学也可以界定为语言学中研究诗功能与其他语言功能相互关系的那一部分。广义的诗学不仅在诗歌领域之内研究诗功能（这时，诗功能叠加于其他语言功能之上），同时也在诗歌领域之外研究诗功能（这时，其他语言功能叠加于诗功能之上）。

霍普金斯将重复性的"声音形象"（"figure of sound"）视为韵句的构成原则，他的看法还可以进一步细化。此类"形象"至少要用到一种（或者不止一种）二项对立反差；一项突显度相对较高，另一项相对较低，造成这种对立反差的是音位次序的不同部分。

---

❶ G. M. Hopkins, *Journals and Papers*, ed. Humphry House and Graham Storey (London, 1959), p. 289.
❷ John Lotz, "Metric Typology," in *Style in Language*, p. 137.
❸ 《海华沙之歌》是美国浪漫主义诗人朗费罗（1807—1882）的长篇叙事诗，诗中塑造了印第安人的民族英雄海华沙的形象。英美议员为了阻挠议事程序，有时会故意旁征博引，发表极其冗长的演说。——译者注。

一个音节中，构成该音节峰值的部分更突出、更核心，与该音节中不太突出、位于边缘、非重读（non-syllabic）的音素相对立。任何一个音节都包含一个重读音素，两个连续重读音素间有一个轻读音素，这在有些语言中是必需，没有例外，另一些语言中大多数情况如此。所谓音节韵法（syllabic versification）中，一段有韵律的链条（时间序列）中的重读音的数量是恒定的，以至于重读音之间非重读音位或音位串的数量能否保持恒定情况不一。一方面，要保持非重读音数目恒定，韵句所使用的语言必须毫无例外地在两个重读音之间夹一个非重读音；另一方面该韵句系统还要禁止出现元音连读（hiatus）。音节韵法一致倾向的另一种表现是在一行的结尾避免出现闭合音节，例如在塞尔维亚民间史诗中这种倾向就很明显。意大利的音节韵法倾向于把一连串元音当作一个韵律音节，中间不以辅音音位加以区分。❶

有些韵法模式中，音节是唯一恒定的步频节奏单位。富于步频节奏的次序间，语法极限是唯一恒定的区分界限；也有的模式中，音节按照突显度的高低二分为两部分，语法极限性也相应区分出两个层次：一个层次标明词与词之间的分界，另一个层次则标明句法停顿。

有一种韵法叫"自由韵"（vers libre），也就是说韵法完全建立在语调和停顿的对位上。除此之外，一切格律都至少在韵句的某一部分把音节作为建立步频节奏的单位。因此，所谓纯重读韵句中（霍普金斯称之为跳跃韵［sprung rhythm］），处于升调（霍普金斯称之为"松散"❷）的词语的音节数可以变化不一，但处于降调（强音，ictus）的词语的音节数恒定不变，只有一个。

任何重读韵句中，突显度高低反差实现于重读音节与非重读音节的对立。大多数重读模式主要依据重读音节与非重读音节的对比来实现，但也有一些例子中重读体现为句法性重读或短语性重读。威姆塞特和比尔兹利曾举过这方面的例子，称之为"主要词的主要重读"❸；与不处于短语、句法重读位置上的音节相比较，此类重读音节的地位更为突显。

数量型（quantitative）（"时位"，chronemic）韵句中，长音节和短音节两两相对，表示突显度的高低。这种对比通常实现于音核，在音位中体现长短。然而某些语言，例如古希腊语和阿拉伯语的韵律模式将"位置"音长和"自

---

❶ A. Levi, "Della versificazione italiana," *Archivum Romanicum* 14 (1930), secs. 8-9.

❷ G. M. Hopkins, *Poems*, ed. W. H. Gardner and N. H. Mackenzie (London, 1967, 4th ed.), p. 45.

❸ William K. Wimsatt and Monroe C. Beardsley, "The Concept of Meter: An Exercise in Abstraction," *PMLA* 74 (1959), 592.

然"音长等同起来,有的最小音节只有一个辅音和一个延长元音(mora),与之相对另一种增益音节有两个延长元音,或者一个延长元音后接一个结尾辅音。前者显得较为简单,突显度较低;后者则更复杂,突显度更高。

有些语言利用音节的音调差异以区分词汇的不同语义。那么除了音节型和时位型,是不是还存在着一种"音调型"(tonemic)韵法,这个问题目前尚无定论。❶ 中国古典诗歌中,❷ 有变调音节(仄)与无变调音节(平)相对立,不过显然平仄对立之下依旧有时位对立。波利瓦诺夫(Polivanov)对此早有看法,❸ 王力关于这方面的阐释极富洞见。❹ 中国韵律传统中,平音和仄音相对立,同样长音调峰和短音调峰相对立,韵调建立于长短对立之上。

约瑟夫·格林伯格(Joseph Greenberg)使我注意到另一种类型的韵法。非洲埃菲克族人的谜语,其韵句都是平音。❺ 西蒙斯(D. C. Simons)曾引述过格林伯格的例子,一问一答形成两个八音节语音串,二者的高(h)低(l)在分布上完全相同。❻ 不仅如此,每半段包含四个音节,后三个音节的音调模式完全相同:*lhhl/hhhl/lhhl/hhhl*。中国诗歌韵法似乎是数量型韵句的一个特例,埃菲克族谜语的韵句则与普通的音节型韵句关系密切,都是语音语调中突显度的等级对立(音强或音高)。因此,韵法系统的基础或者是音节中峰区与坡区的对立(音节型韵句),或者是不同峰区的相对层级的对立(重读型韵句),或者是音节峰区或整个音节的相对长度的对立(数量型韵句)。

有些文学教科书把音节型和重读型对立起来,认为前者是机械地数音节,

---

❶ Jakobson, *O českom stixe preimuščestvenno v sopostavlen*, (Berlin and Moscow, 1923); reprinted in *SW* V, 3-130.

❷ J. L. Bishop, "Prosodic Elements in T'ang Poetry," *Indiana University Conftrence on Oriental-Western Literary Relations* (Chapel Hill, 1955), pp. 49-63.

❸ E. D. Polivanov, O metričeskom xaraktere kitaiskogo stixoslc*brannye raboty: stat'i po obščemu jazyk* (Moscow, 1968), pp. 310-313.

❹ Wang Li, *Han-yü Shih-lü-h*, (*Versification in Chinese*, Shanghai, 1958). See also Jakobson, "The Modular Design of Chinese Regulated Verse," *SW* V, 215-223.

❺ See his "Survey of African Prosodic Systems," *Culture in History: Essays in Honor of Paul Radin*, ed. Stanley Diamond (New York, 1960), pp. 927-978. The prosodic pun and rhyme correspondences between query and response in the diverse varieties of African tone-riddles or between the parts of a simile in analogous proverbial forms must be, the closer we view them, carefully differentiated from questions of versification patterns. See also Kenneth L. Pike, "Tone Puns in Mixteco," *International Journal of American Linguistics* 11 (1945) and 12 (1946).

❻ D. C. Simmons, "Specimens of Efik Folklore," *Folk-lore* 66 (1955), p. 228. 也可参阅他的文章 "Cultural Functions of the Efik Tone-Riddle," *Journal of American Folklore* 71 (1958); "Erotic Ibibio Tone-Riddles," *Man* 61 (1956).

后者才是富于生机活力的律动。这种看法实在不值一提，却偏偏有人对其深信不疑。然而，如果我们研究严格音节的二项韵律，同时也考察重音的韵律，可以观察到类似波峰和波谷的两个同形态波状序列，音节型韵句中核心音素通常出现在最高点，边缘音素通常出现在最低点。通常而言，重读型曲线在音节型曲线之上叠加重读和非重读音节，令其在高点和低点间交替出现。

关于英语韵律已经谈了许多，作为对比我向大家介绍一些俄语中类似的二项韵句形式。在过去五十年中，这方面的研究可谓极为周详细致，❶ 不仅韵句的结构得到透彻描写，而且可以从实现的可能性角度加以阐释。俄语韵律系统中，词与词之间的分界具有强制性和不变性。除此之外，传统的俄语音节型重读韵句中还可以发现以下一些稳定要素：(1) 每一行从开头到最后一个降调音，音节数是固定的；(2) 最后一个降调音总是重读音；(3) 即便降调音没有重读，重读也不能落在升调音上（也就是说，如果某个单词既是升调音又是重读音，那么这个单词只能是单音节词）。

对于韵律系统中的任何一行，上述规则都是强制性的；还有一些特征虽然未必一定出现，但可能性相当高。有些信号是定然（可能性等于一），也有些信号是或然（可能性小于一），上述概念已进入到韵律研究中。借用谢里（E. Colin Cherry）对人类交际行为的描述，❷ 可以说诗歌读者未必能"确定韵律系统各个构成部分的数字频率"，但只要读者能感知韵句的形式，下意识中就能多多少少感受到韵律系统的"阶梯秩序"。

俄语二项韵律系统中，从每行最后一个降调音向前数，每个奇数音节，也就是说每个升调音通常都是非重读音。例外是有些单音节升调音也会重读，但出现比例很低。还是从最后一个降调音数起，所有的偶数音节都明显偏向于重读，但重读音实际出现的概率在降调音的线性分布中并不平均；一个降调音重读的相对频率越高，前一个降调音重读的频率比值就越低。最后一个降调音总是重读，因此倒数第二个降调音重读的概率最低；再前一个降调音重读的概率又上升，但达不到最高，只有最后一个降调音的重读概率最高，再向前又再次降低，同样也达不到最低，只有倒数第二个降调音重读概率最低。同一行中降调音重读的分配模式将降调分为强降调和弱降调，从而在降调音和升调音的交替波形之上又加上一条递归波动曲线。有意思的是，俄语韵律系统中也存在着

---

❶ Kiril Taranovsky, *Ruski dvodelni ritmovi* (Belgrade, 1955).
❷ E. Colin Cherry, *On Human Communication* (New York, 1957).

强降调音和短语重读之间的相互关系问题。

俄语二项韵律系统展示出三种曲线的分层排列：（Ⅰ）音节核心和边缘的交替；（Ⅱ）音核分成降调和升调交替出现；（Ⅲ）强降调和弱降调交替出现。举例而言，19 世纪和 20 世纪出现的阳性抑扬四音步（masculine iambic tetrameter）可用下图表示，类似的三层次韵律模式也出现在英语中。

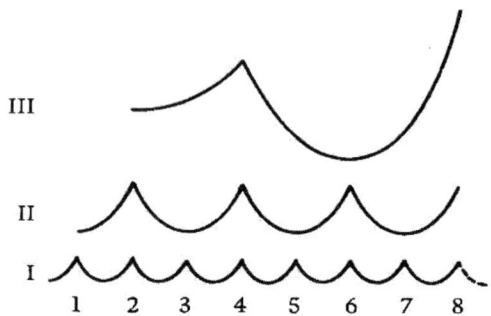

雪莱的抑扬格诗句"Laugh with an inextinguishable laughter"（欢笑吧！笑声连绵不绝！）中，五个降调音中有三个不是重读。下面的四行诗节取自帕斯捷尔纳克（Pasternak）的抑扬四音步诗"Zemlja"（《大地》），有十六个降调音，其中七个没有重读：

> I úlica za panibráta
> S okónnicej podslepovátoj,
> I béloj nóči i zakátu
> Ne razminút'sja u rekí.

大多数降调音重读，俄语韵调的听众或读者高度期待在抑扬格诗行的偶数音上遇到重读，但在帕斯捷尔纳克的四行诗节中，第一诗行和第二诗行的第四个的降调音，再向前一个音步，第六个降调音都没有重读，令读者感到"期待受挫"（frustrated expectation）。如果强降调音没有重读，读者的受挫感就更高；如果连续两个强降调音都没有重读，读者的受挫感就极为突出了。连续两个降调音都不重读，这种情况比较少见；如果整个半句中都没有重读，就十分罕见了。而这种罕见的情况在这首诗中稍后也出现了：

"Čtoby za gorodskóju grán'ju" [štəbyzəgərackóju grán'ju]

期待不仅产生于诗歌中特定降调的处理方式，而且，更普遍意义上，也产生于整个诗歌韵律传统。然而，在倒数第二个降调音，非重读压倒重读。上诗共有四十一行，其中只有十七行在第六个音节上出现了重读音。然而，在这种情况下，重读偶数音节与轻读奇数音节交替出现，这一节奏惯性促使人们期待抑扬格四音步的第六个音节为重读音节。

埃德加·爱伦·坡（Edgar Allan Poe）堪称"挫败期待"的诗人和理论家，从韵律和心理两方面评价了"出乎意料"所带来的满足感。而这种满足感正是建立在"期待"之上，每件不可思议之事物都有其对立面，恰如"有恶必有善"。❶ 不妨引用罗伯特·弗罗斯特（Robert Frost）在《诗歌创造的形象》（"The Figure a Poem Makes"）这首短诗中所提出的公式："诗歌创造的形象与爱的形象并无不同。"❷

多音节单词中重读可以由降调音移向升调音（逆转音步），俄语韵句的标准形式中没有这种现象。然而在英语诗歌中，在韵律停顿和/或句法停顿之后，这种现象颇为常见。一个著名的例子来自弥尔顿（Milton）的诗句"*Infinite* wrath and *infinite* despair"（无限怒火，无限绝望），同一个形容词的韵律发生了变化。另一句诗"*Nearer*, my God, to Thee, *nearer* to Thee"（靠近您啊，我的主，靠近您）中，同一个升调词两次重读，一次在诗句开头，另一次在短语开头。耶斯佩森（Otto Jespersen）专门讨论过这种用法，❸ 这在其他语言中也有显现，完全可以从升调音和前一个降调音的相互关系角度加以解释。如果升调音和它前一个音之间插入停顿，升调音就成为所谓尾音弱化（syllaba anceps）。❹

韵句的强制性特征背后有其规则。除此之外，选择性特征背后的规则也都和韵律有关。人们往往把降调音轻读和升调音重读视为变异，必须看到这是允许的波动，是规则允许范围内的偏离。用英国议会的套语来说，韵律是君主，变异并不是反对君主，而是君主自己的反对。也有时，韵律规则确实被打破。这方面的讨论不由令人想起奥西普·布里克（Osip Brik），他或许是见解最为敏锐的俄罗斯形式论者。他曾说政治阴谋家制造骚乱暴动，失败了才会遭到审判；如果成功了，他们就既是法官又是公诉人。反对韵律规则的暴力如果扎下根，本身也就成为规则。

韵律，或者更明晰地说，韵句设计（verse design），绝不是抽象的理论图示，它存在于每一诗行结构之下。或者用逻辑学术语，存在于每一次韵句运用

---

❶ Poe, "Marginalia," *Works*, (New York, 1855), V, 492.

❷ 弗罗斯特原诗为"The figure is the same as for love"。——译者注

❸ Otto Jespersen, "Cause psychologique de quelques phenomenes de metrique germanique," *Psychologie du langage* (Paris, 1933), and "Notes on Metre," *Linguistica* (London, 1933).

❹ syllaba anceps，拉丁语，音韵学术语，意为句子或诗行最后一个音，因为后面再无其他音，该音自身的性质，例如长和短，升与降，趋于弱化。——译者注

（verse instance）之中。设计和运用是密切相关的概念，韵句设计决定了韵调运用有哪些恒定特征，同时为变化设定下极限。在塞尔维亚，一个农民可以记忆、表演数千行的史诗，其中还加入许多即兴发挥，杰出者甚至可以达到数万行，韵律已经活在他们心中。虽然不能把规则抽象提炼出来，但规则哪怕受到一点点侵犯，他们也能感觉到，并加以申斥。塞尔维亚史诗每行必须十个音节，后面接着一个句法停顿，第五个音节前面必须有一个词汇边界，第四个和第十个音节前面一定不能有词汇边界，韵句同时具有数量型和重读型特征。❶

塞尔维亚史诗中的分断很能说明问题，提醒我们不要错误地把分断和句法停顿混为一谈，比较韵律学还可以拿出许多这方面的例子。强制性的词汇边界一定不能和停顿重合，有时甚至根本就听不出任何停顿。根据录音资料分析塞尔维亚史诗，证明诗中的分断在语音上没有任何可感知的线索，然而若有人试图取消第五音节前的词汇分断，稍稍改变词汇的顺序，哪怕只是最微不足道的改变，也会被朗诵者痛骂一通。只要在语法上保证第四个音节和第五个音节分属两个不同的词就行了，韵句设计远远超出单纯的曲调音形，这是一个范围宽广得多的语言现象，绝不会屈从于孤立的语音分析。

查特曼（Seymour Chatman）曾表示"韵律作为系统存在于语言之外"❷，但我还是要说，这是语言现象。是的，韵律还出现在其他许多涉及时间次序的艺术形式中。许多语言问题都会超出语言的界限，成为符号系统的共同问题，句法问题就是一个例子。我们甚至可以探讨交通灯的语法：有这样一种信号代码，当黄灯和绿灯结合时，意味着警告，自由通行即将结束。而当黄灯与红灯结合时，则宣告禁止通行状态即将结束。这里黄灯与语言中动词的完成体有颇多相似之处。诗歌韵律体现出太多语言的内在特性，因此从纯语言学的角度加以分析最为便利。

补充一点，对韵句中的任何一个语言特征都不要弃之不理。例如完全否定英语诗歌中语调具有构成性价值就是个不幸的错误，很难忽视语调停顿（pausal intonation）在韵律中的作用，像《秀发遭劫记》（*The Rape of the Lock*）❸ 这类

---

❶ Jakobson, "Slavic Epic Verse: Studies in Comparative Metrics," *SW* IV, 414-463. See also "Uber den Versbau der serbokroatischen Volksepen," *SW* IV, 51-60.

❷ Seymour Chatman, "Comparing Metrical Styles," *Style in Language*, p. 158.

❸ 《秀发遭劫记》是英国 18 世纪新古典主义诗人亚历山大·蒲柏所创作的讽刺长诗。——译者注

诗有"顿挫感"（cadence）或"反顿挫感"（anticadence），❶ 更刻意避免"跨行连续"（enjambment），像惠特曼这类自由体诗歌大师的作品中韵律的根本作用就更不用说了。跨行连续即便强烈堆积，也难以掩饰其松散和变化性质，打乱了正常句法停顿和语调停顿的同时出现，无论朗诵者怎么朗诵，诗歌的语调限制依然有效。每一首诗，每一个诗人，以至于每一个诗歌流派都有自己特有的语调廓（intonational contour），这恰恰是俄罗斯形式论者最关注的话题之一。❷

韵句设计体现于韵句运用中，运用中的自由变化通常称为"节奏"（rhythm）。不过这个术语有点模糊不清，必须严格区分一首诗中的韵句运用变化和诗歌具体传递（delivery instances）中的变化。"把实际朗诵表演中的诗歌描写出来"，这种想法无论对于诗歌的共时分析还是对于诗歌的历时分析意义都不大，其意义在于研究当下和过去诗歌的朗诵方法。事实简单而明确："同一首诗可以有不同的朗诵表演，各有特色，各不相同。朗诵表演是个事件，但诗本身，如果还**存在**着诗本身，必须是某种持续的客体。"❸ 上面这句明智之语出于威姆塞特和比尔兹利，道出了现代韵律学的精要。

莎士比亚的诗中，"absurd"（荒谬）这个词重读在第二音节，通常读降调，然而当这个词出现在《哈姆雷特》第三幕时读升调："No, let the candied tongue lick absurd pomp"。朗诵者可以把"absurd"这个词一掠而过，重读第一个音节，或者遵循传统重读法，重读第二个音节，还可以抑制这个形容词的重读，以突显句法着重度更高的中心词（head word）。希尔（Archibald A. Hill）就曾建议如此读："Nó, lèt thē cândĭed tóngue lĭck ăb-sùrd pómp"❹。霍普金斯也曾设想过把古希腊诗歌的韵法引入到英语中，例如"re-grét néver"。❺ 最后还有一种可能，或者重读位置"漂移"，两个音节都能得到重读；或者利用感叹音把第一个音节进一步加强[àb-súrd]。无论朗诵者如何朗诵，在前面没有停顿的情况下把重读由降调转移到升调上依旧显得十分突兀，此时所产生的预期挫折效应也十分强烈。英语词汇中重读被放到"absurd"的第二个音节

---

❶ S. I. Karcevskij, "Sur la phonologie de la phrase," *Travaux du Cercle Linguistique de Prague* 4 (1931).

❷ B. M. Ejxenbaum, *Melodika russkoao liričeskoa* (1922), reprinted in *O poèzi* (Leningrad, 1969), pp. 327–511, and V. M. Zirmunskij, *Voprosy teorii litera* (Leningrad, 1928).

❸ Wimsatt and Beardsley, "The Concept of Meter," p. 587.

❹ Archibald A. Hill, review in *Language* 29 (1953).

❺ Hopkins, *Journals and Papers*, p. 276.

上，诗句中降调音出现在第一个音节上，二者间存在着明显的差异；实际朗诵时无论把重读放在哪个音节上，上述差异依旧是这里韵句运用的构成性特征。诗歌强音与词汇中的通常重读之间的紧张冲突内在于这一行诗句中，无论演员或读者怎么具体实现，这一内在紧张冲突不会改变。霍普金斯在为自己诗集所写的序言中表示："两种节奏以某种方式同时运行。"❶ 不妨再强调一次霍普金斯关于诗歌对位的话，诗歌中对等原则要施加到词汇次序之上，或者说韵律形式要施加到寻常语言形式之上。熟悉某门语言，也熟悉这门语言的韵句的读者必然会体验到某种具有双重性和含混性的形式。体验何来？来自于两种形式的分与合，也来自于期待的确证与挫败。

韵句运用在具体传递过程中如何实现？这取决于朗诵者的设计。朗诵者的风格可以波澜起伏，也可波澜不惊，或者在两个极端间波动。必须谨防简单化的二项对立，谨防把关联双方简化为单一的对立关系，或者贬低设计与运用之间的根本区别（传递过程中同样存在着设计和运用的区别），或者错误地把传递过程中的设计和运用同韵句中的设计和运用混为一谈。

"But tell me, child, your choice; what shall I buy
You?" — "Father, what you buy me I like best."
（"告诉我，孩子，你要什么。我该买什么送给
你？"——"爸爸，你买什么我都最心爱。"）

上面两句诗出自霍普金斯的"The Handsome Heart"（《美丽的心灵》），包含一个很突出的跨行连读，也就是说词汇、短语、句子还没有结尾，诗行就中断了。诗句的朗诵可以遵循五步格的韵律规则，在上一行末尾的"buy"和下一行开头的"you"之间加入明显停顿，在代词后面则抑制停顿；或者，与上述相反，偏向于散文朗读方法，"buy"和"you"之间没有明显的停顿，把停顿放到问句的末尾。无论怎样朗诵，都无法掩盖这两句诗韵律分节和句法分节之间的冲突。西弗斯（Edward Sievers）提出了"作者朗读"（Autorenleser）和"自己朗读"（Selbstleser）的区别，我并不想无视这个十分有趣的问题，但要说一首诗的韵句形状独立于传递过程中的变化。❷

毫无疑问，韵句首先是反复出现的"声音形象"，首先是，但并非仅仅

---

❶ Hopkins, *Poems*, p. 6.
❷ Edward Sievers, "Ziele und Wege der Schallanalyse," *Stand und Aufgaben der Sprachwissenschaft: Festschrift for W Streitbew* (Heidelberg, 1924).

是。各种诗歌传统，例如韵律、头韵、尾韵，如果将其局限于声音层面，都仅仅是研究者个人的想法，缺乏经验证明。将对等原则投射到语序之上，其意义远比人们通常的看法更为深远。瓦莱里（Paul Valery）把诗歌视为"声音和意义之间的犹疑"。同语音孤立论相比，瓦莱里的看法更为科学，也更符合实际。❶

归根结底，押韵的基础是对等音素或音素组的有规律重复，可如果把节奏仅限于语音就过于简单了。押韵不可避免会涉及押韵单元的语义关系，用霍普金斯的话说是"押韵有两个伙计"。❷ 审视押韵现象时，首先面对的问题是确定押韵词是否有着相同的尾音（homoioteleuton）。这类词往往有着类似的派生性和/或屈折性后缀；另一个重要问题是押韵词是否属于相同的语法范畴。例如霍普金斯提出的四韵法是指两个名词"kind"与"mind"押韵，同时这两个词均与形容词"blind"和动词"find"形成对照。押韵词之间在语义上有没有接近之处，能否形成某种明喻，例如 dove-love, light-bright, name-fame？押韵部分能否执行相同的句法功能？无论是构词类别上的差异，还是句法应用上的差异，都有可能通过押韵指出来。例如坡的诗句：

> While I nodded, nearly*napping*, suddenly there came a *tapping*,
>
> As of someone gently*rapping*, *rapping* at my chamber door.
>
> （当我开始打盹，几乎入睡，突然传来一阵轻擂，
>
> 仿佛有人在轻轻叩击，轻轻叩击我房间的门环。）❸

三个押韵词构词方法相似，然而在句法作用上各不相同。完全或部分同音异形韵（homonymic rhymes）应当禁止，还是可以勉强接受，或是获得青睐呢？有些词完全同音，例如 son—sun, I—eye, eve—eave，也有一些词尾音重复，例如 December—ember, infinite—night, swarm—warm, smile—mile，又如何应对？复合韵，也就是说一个单词和另一个词组押韵（霍普金斯给的例子是 enjoyment—toy meant, began some—ransom），这又如何？

对于语法押韵，诗人或诗派或支持、或反对，押韵或者符合语法，或者打破语法；完全与语法无关，完全不顾及语音和语法结构之间的关系，这种现象和其他一切完全不讲语法的现象一样，都属于病态语言。如果诗人要避免语法

---

❶ Paul Valery, "The Art of Poetry," in *Collected Works* VII (New York, 1958).

❷ Hopkins, *Journals and Papers*, p. 286.

❸ 这句诗出自坡的名作《乌鸦》，本文中《乌鸦》的中文译文均出自曹明伦译本。——译者注

押韵，可以像霍普金斯所说的那样："押韵之美中有两个要素，其一是语音相同相近，其二是语义相反相远。"❶ 不同的押韵技法中，无论语音和意义关系如何，两个方面都不可或缺。威姆塞特关于韵词意义的讨论很有启发性。❷ 现代斯拉夫押韵模式研究也很精美。诗学研究者应当以之为指引，不可认为押韵只有十分模糊的语义。

押韵是一个具体而浓缩的例证，其背后是诗学中一个更为普遍和基础的问题，也就是平行对称（parallelism）。霍普金斯在发表于1865年的文章中表达了对于诗歌结构的真知灼见：

> 诗歌人为的一面，或许可以说诗歌的一切技法，无非是遵循平行对称原则。诗歌的结构是连续平行对称，从古希伯来诗歌的平行对称到宗教音乐中轮流吟唱的颂歌（Antiphon），再到希腊、意大利、英语诗歌中的复杂形式，皆是对称。平行对称有两种形式，一种是将对立双方清晰标出，另一种仅仅是过渡性质，或者说是半音。只有第一种，也就是说明晰标出的平行对称才涉及诗歌的结构，在节奏中体现为某些音节序列重复出现，在整体韵律中体现为某些节奏序列反复出现，此外还有头韵、中韵、尾韵。音韵的效力在于在词汇或思想中也产生某种反复出现的平行对称结构。总略而言，音韵中平行对称越是明显，词汇和思想的平行对称也与之相应……隐喻、明喻、譬喻等手法中都可以看出明显的平行对称，其效果或者来自事物间的相似性，或者来自对立和对比，其基础是事物间的不相似性。❸

简而言之，语音中的对等投射到次序之上而形成对立这一原则，不可避免会涉及语义对等。在任何一个语言层面上，任何一个包含着对等的序列都会引发霍普金斯所说两种密切相关体验中的一种，对比或者是"为同之故"，或者是"为异之故"。❹

民间故事中有最为清晰也最为固定的诗歌形式，特别适合于结构研究

---

❶ Hopkins, *Journals and Papers*, p. 286.
❷ William K. Wimsatt, Jr., "On the Relation of Rhyme to Reason," *The Verbal Icon* (Lexington, 1954), pp. 152-166.
❸ Hopkins, *Journals and Papers*, p. 85.
❹ Hopkins, *Journals and Papers*, p. 106.

（参阅谢比奥克的阐释）。❶ 不少口头文学传统使用语法平行对称来连接相邻两行，例如芬兰—乌克兰的诗歌模式，❷ 俄罗斯的民间诗歌很大程度上也属于这一模式，都可以在各个语言层次上卓有成效地加以分析——音位层、构词层、句法层、词汇层：我们看到哪些成分被视为对等，也看到某些层次上的相同为另一些层次上的差异所制衡。这些形式足以证明兰瑟姆（John Crowe Ransom）的话："韵律和意义的过程构成了有机的诗歌艺术，涉及所有重要特点。"❸ 能否写出韵律与意义交互影响的语法，能否写出隐喻安排的语法？威姆塞特对此存有疑虑。❹ 只要看看传统诗歌中清晰的结构，威姆塞特的疑虑完全可以打消。平行对称一旦提升为典范，韵律与意义的交互影响，还有修辞格的安排就不再是"诗歌中的个性部分"，不再"自由而不可预测"。

下面翻译几行典型的俄罗斯婚宴歌，描写新郎出场：

> A brave fellow was going to the porch,
> Vasilij was walking to the manor.
> （勇敢小伙向门廊走来，
> 是瓦西里向庄园走来。）

英语翻译与俄语原文严格对应，不过俄语原文中动词出现在末尾：

Dobroj mólodec k séničkam priváčival, / Vasílij k téremu prixážival

上下两行无论在构词上还是在句法上都严格对称。两个谓语动词有着相同的前缀和后缀，无论在语体和时态上，还是在数和性上都完全对等；两个主语一个是普通名词，一个是专有名词，指向同一个人，构成并列组；两个地点修饰语使用了相同的介词结构，第一个地点是第二个地点的一部分，形成举隅关系（synechdochic relation）。

此类诗句前面可以出现另一行语法构成（句法和构词）相似的诗句，例如"Not a bright falcon was flying beyond the hills"（没有雄鹰飞过山岗）或者"Not a fierce horse was coming at gallop to the court"（没有烈马奔向庭院），这些诗句中，

---

❶ Thomas A. Sebeok, "Decoding a Text: Levels and Aspects in a Cheremis Sonnet," in *Style in Language*, pp. 221–235.

❷ Robert Austerlitz, *Ob–Ugric Metrics* (Folklore Fellows Communications 174, 1958), and Wolfgang Steinitz, *Der Parallelismus in der finnisch–karelischen Volksdichtung* (Folklore Fellows Communications 115, 1934).

❸ John Crowe Ransom, *The New Criticism* (Norfolk, Conn., 1941), p. 295.

❹ See *Style in Language*, p. 205.

"雄鹰"或"烈马"是上述"勇敢小伙"的隐喻。这是传统的斯拉夫传统否定型平行对称，否定喻体以突出本体，不过否定词（ne）可以省略，例如"*Jasjón sokol zá gory zaljótyval*"（雄鹰飞过山岗）或者"*Retív kon' kó dvoru priskákival*"（烈马奔向庭院）。"雄鹰"的例子保持着隐喻关系：勇敢小伙走向门廊，犹如雄鹰飞跃山岗。"烈马"的例子中语义关系就不那么清晰了，可以把走近的新郎和奔驰的烈马做比较，可烈马奔驰到大门先要停下来，然后新郎才能向里前进。因此，在引入骑手和新郎未婚妻的庄园之前，诗歌使用了邻接型，或者说换喻型（metonymical）形象，这一形象存在于马和庭院的关系中：以所属物替代所有人，以外部替换内部。"烈马"这句即使不出现，对新郎的描写也已经分成紧邻的两部分："勇敢小伙向门廊走来，是瓦西里向庄园走来。"上一行中的"烈马"，其韵律位置和句法位置都接近"勇敢小伙"，既是这个小伙的比喻，与之同时又是这位小伙最具有代表性的财产，修辞学术语叫"部分代替整体"（*pars pro toto*），马这个形象处于换喻和举隅的交汇点上。"烈马"所拥有的联想内涵引出一个隐喻性举隅：俄罗斯婚宴歌或其他类型的情色民谣中，"烈马"是男根粗大有力的象征。

早在19世纪80年代，杰出的斯拉夫诗学研究者波捷布尼亚（Alexander Potebnja）就曾指出，民间诗歌中象征会"实物化"（oveščestvlen），转化为营造诗歌整体氛围的辅助手段，❶ 它依旧就是象征，但与行动建立起联系。明喻可以体现时间次序的形状，波捷布尼亚从斯拉夫民间诗歌中举了下面这个例子：一个姑娘从柳树下走过，柳树同时也是姑娘自己的形象，树和姑娘同时呈现于柳树这个语言拟像中。与之类似，上面婚宴歌的例子中马始终是阳刚的象征，小伙要求姑娘为他喂马，不仅如此，给马上鞍，牵马进马圈，把缰绳系在树上，这一系列行动中马的象征保持不变。

诗歌中不单音位次序要建立对等，而且任何语义单位都有助于建立对等。相似性叠加于邻接性之上，赋予诗歌全面的象征性、多层性、多义性。歌德用美妙的语言概括为："一切短暂易变的都只不过是相似。"用技术化语言表达，任何次序都是明喻。诗歌把相似性叠加于邻接性之上，任何换喻都带有微弱的隐喻性，同样任何隐喻都染上换喻的色调。

任何自我聚焦的讯息中，含混性（ambiguity）是不可分离的内在特征，故

---

❶ A. A. Potebnja, *Ob"jasnenija malorusskix i srodnyx narodny* (Warsaw, 1883), pp. 160–161, 179–180, and II (1887).

而也是诗歌的必然特征。不妨重述燕卜荪（William Empson）的名言："含混性设计深深扎根于诗歌之中。"❶ 不单讯息自身，就连讯息的发送者和接收者都变得含混起来。除了作者和读者，诗歌中的"我"可以是抒情主人公，也可以是虚构叙事人；在戏剧独白（dramatic monologue）、祈祷诗（supplication），还有使徒书信（epistle）中，常常用"你"或"您"表示假想中的接收者。以《与天使摔跤的雅各》（*Wrestling Jacob*）为例，这首诗一方面是标题中的主人公，即雅各，奉献给他的救世主的，与之同时诗人查理·卫斯理（Charles Wesley，1707—1788）又以谦卑的姿态将该诗奉献给读者。几乎任何一个诗歌讯息都是程度不一的引述话语，带来一系列独特而复杂的问题，为语言研究者呈现出"语言中的语言"。

诗歌中，诗功能压倒指称功能。这并不意味着指称功能消失了，它只不过变得含混了。讯息具有双重语义，与之相应，无论发送者、接收者，还是指称都一分为二。许多民间童话故事的序言对此表现得十分充分，例如西班牙马略卡岛上的民间艺人通常如此开始讲故事："曾经这样，也不曾经这样。"❷ 对等原则施加到语序之上产生重复性，得到重复强调的不仅是诗歌讯息的构成性序列，更是整个讯息。诗歌中的这种重复（无论是直接重复还是延迟的重复），诗歌中的诗意讯息及其组成部分的"实质化"（reification），诗歌中的讯息所转化而成的持久之物，所有这些都代表了诗歌固有的、给人留下深刻印象的属性。

相似性叠加于邻接性之上，发音相似，位置相近的两个音位往往能起到谐音功能；语音相近的词在语义上也相互靠近。瓦莱里早已注意到，坡的名作《乌鸦》最后一诗节在首行中大量使用重复性头韵，❸ 然而这一行，以及整个最后一节之所以"效果无与伦比"，主要还是受到诗歌词源的影响：

> And the Raven, never flitting, still is sitting, still is sitting
> On the pallid bust of Pallas just above my chamber door;
> And his eyes have all the seeming of a demon's that is dreaming
> And the lamp-light o'er him streaming throws his shadow on the floor;
> And my soul from out that shadow that lies floating on the floor

---

❶ William Empson, *Seven Types of Ambiguity* (New York, 1947).
❷ W Giese, "Sind Märchen Lügen?", *Cahiers S. Puşcariu* (1952).
❸ Valery, *The Art of Poetry*, p. 319.

Shall be lifted—nevermore!
(那只乌鸦并没飞去，它仍然栖息，仍然栖息
在房门上方苍白的帕拉斯半身雕像上面；
而它的眼光与正在做梦的魔鬼的眼光一模一样，
照在它身上的灯光把它的阴影投射在地板；
而我的灵魂，会从那团在地板上漂浮的阴暗
被擢升么——永不复还！)

乌鸦停在"the pallid bust of Pallas"上，借助于谐音 /pǽləd/—/pǽləs/ 融合成一个有机整体。这尊半身雕像前面还用了一个词修饰，"*placid*"（平静的），乌鸦和脚下雕像的关系通过谐音而得到加强"*bird* or *beast* upon the…*bust*"（鸟或兽栖在他房间门上方的半身雕像上），这只鸟"is sitting / On the pallid bust of Pallas just above my chamber door"（栖在我房门上方一尊帕拉斯半身雕像上），诗中那位爱人命令"从我房门带走你的外观"，可两个词把乌鸦钉在原地不动，这两个词就是："/ʒʌ́st əbʌ́v/"，其语音与"/bʌ́st/"融为一体。

这位阴森访客迟迟不去，这种感觉由一系列极富创意的谐音表达出来，爱伦坡真是一位"反向写作"大师，其设计巧妙又富于实验性的诗句不断挑动读者的预期。最后一节的第一句，"raven"紧邻着凄凉的叠韵词"never"，仿佛是这个词的语音镜像：/n. v. r/-/r. v. n/。各种谐音痕迹突显，将绝望的形象关联起来。首先是第一行中"the Raven, never flitting"，接着是倒数最后一行"shadow that lies floating on the floor"和最后一行"shall be lifted—nevermore"：

/névər flítíŋ/—/flótíŋ/…/flɔ́r/…/líftəd névər/

令瓦莱里深为震撼的头韵形成一个谐音串：

/stí…/—/sít…/—/stí…/—/sít…/

次序的变化使得群组整体的不变更加突出。两处使用明暗对比（chiaroscuro），产生出明亮效果，一处是黑色飞禽的"燃烧的目光"，另一处则是明亮的烛光"将它的阴影"投射到地上，令画面的整体感觉更为阴森，而且也再一次和生动的谐音联系在一起：

/ɔ́lðə símiŋ/… /dímənz/…/ ɪz drímiŋ/—/ɔrim strímiŋ/

诗歌中，任何语音相近都会在语义的相近与/或相异中得到评价。诗人蒲柏有名言"the sound must seem an echo of the sense"（声音应当与意义相伴相随），其应用范围要更为广阔。指称性语言中，能指（signans）与所指（signatum）的关系主要建立于邻接性代码之上，这种关系常常被称为"语言符号的任意性"，而造成许多混乱。音—义核心的关系其实是把相似性叠加于邻接性之上的必然结果，声音象征（sound symbolism）这种现象证明了，不同感觉模式间存在着客观性现象关联，尤其存在于视觉和听觉经验中。如果说，这个领域内的研究成果还比较模糊，争议性较大，主要原因在于没有充分注意心理和语言研究中使用的方法。尤其从语言研究的角度来看，研究者或者没有充分注意语音的音位方面，或者把研究对象定位于复制音位单位而不是最小构成单位，注定不会有进展。举例而言，研究锐音（acute）和钝音（grave）的音位对立，如果问受调查者/i/和/u/哪个显得更暗一些，有些受调查者或许会回答这个问题根本没有意义，但极少有人会说/i/更暗。

  声音象征并非仅仅出现于诗歌中，但诗歌中音和义相互关联的内核由潜在变为显在，给人的感觉最为强烈，仿佛触手可及。海姆斯这方面的文章很是精彩。❶ 某类音素的超平均累积，或者两种对立音质对立性组合，这些现象既出现在诗行、诗节中，也出现于整首诗中。借用坡极富形象性的语言，它构成了诗歌的"意义潜流"（undercurrent of meaning）。❷ 两个语义对立的词，其音位关系可能也符合对立关系。例如俄语的/dʼenʼ/（白天）和/noč/（黑夜），前者元音和辅音都是锐音，后者都是钝音。进一步强化对比，在第一个词的周边使用锐音，在第二个词的周边使用钝音，语音与语义彻底相伴相随。法语的"白天"（jour）和"夜晚"（nuit），锐音与钝音的对比关系颠倒了过来。马拉美就曾批评自己的母语不真实，把暗色调给了白天，明色调给了夜晚。❸ 沃尔夫（Benjamin Lee Whorf）表示，在音形中，"如果词汇的音响效果与语义接近，人们往往会注意到……相反的情况则很少受到注意"。诗歌，尤其是法国诗歌，或许会在 *nuit* 周边配以钝音，在 *jour* 周边配以锐音，以交替抵消马拉美所说的倒错现象；或许借助于语义和形象转移，以其他的通感关联抵消锐音和钝音的音位对立效果，例如白天沉重、温暖，对应夜晚虚幻、凉爽。"人类心理似乎一方面把明亮、锐利、坚硬、高、轻（重量）、迅速、尖锐（声音）、狭窄等感觉关联到一起，类似的感觉关联还有许多；另一方面把黑暗、温暖、柔软、厚钝、沉重、缓慢、低沉（嗓音）、宽广等感觉关联到一起，类似的关联

---

 ❶ Hymes, "Phonological Aspects of Style."
 ❷ Edgar Allan Poe, "The Philosophy of Composition," *Works*, ed. E. C. Stedman and G. E. Woodberry (Chicago, 1895), VI, 46.
 ❸ Stephane Mallarme, *Divagations* (Paris, 1899).

还有许多。"❶

无论诗歌中语音重复的效果多么有效,语音质感(sound texture)终究不能仅限于数字安排。一个音哪怕只出现一次,但出现在关键词上,出现在适当的位置上,与背景形成鲜明对比,就能取得十分著名的意义。画家们不也常说:"多不如精。"

要分析诗歌的语音质感,必须坚持不懈地分析特定语言的音位结构,除了分析整体代码外,还要分析特定诗歌传统中音位的层级区分体系。斯拉夫民族口语诗歌中,以及书面诗歌传统的某些阶段中,押韵词可以包括一些并不相似的辅音(例如捷克语中的 boty, boky, stopy, kosy, sochy),不过正如尼奇(Nitch)所指出的,不允许清辅音和浊辅音相互对应,❷ 因此上面列举的捷克语不能与 body, doby, kozy, rohy 成韵。根据赫尔佐格(G. Herzog)的观察,某些美洲印第安部落,例如皮马-帕帕戈人(Pima-Papago)和提皮卡诺人(Tepecano),其歌谣只能部分地转化成书面语,❸ 清爆破音与浊爆破音的音位区分,以及两种爆破音与鼻音的音位区分为自由变化所取代,唇音和齿音,软腭音和硬腭音之间的音位区分则受到严格遵守,因此这些部落的诗歌缺失了两种区分性特征,即清音—浊音,鼻腔音—口腔音,但保留了另外两种区分性特征,即钝挫音—尖锐音,集约音—松散音。选择有效的语言范畴,并建立层次秩序,这对于诗学十分重要,其意义不仅体现于音位层,而且体现于语法层。

古印度和中世纪拉丁文学理论区分语言艺术的两极,梵语叫作 *Pañcālī* 和 *Vaidarbhī*,对应于拉丁语的"艰深修饰"(ornatus difficilis)和"通俗修饰"(ornatus facilis)。❹ 后一种风格从语言的角度加以分析显然较为困难,因此此类文学形式中语言技法不突出,语言似乎成为透明的外衣。皮尔斯(Charles Sander Perice)说得生动:"永远不可能把外衣脱下来,只不过穿得越来越薄,越来越透。"❺ 霍普金斯把散文型语言艺术称为"无韵构成",平行对称不像"连续平行对称"中那样突显、那样有规律,也没有主导性的声音形象。❻ 对于诗学而言这一文体所带来的问题更为复杂。语言领域中任何一个交叉地带都

---

❶ Benjamin Lee Whorf, *Language, Thought, and Reality*, ed. John B. Carroll (New York, 1956), pp. 276-277.

❷ Kazimierz Nitsch, "Z historii polskich rymów," *Wybór pism polonistycznych* I (Wroclaw, 1954), 33-77.

❸ G. Herzog, "Some Linguistic Aspects of American Indian Poetry," *Word* 2 (1946), 82.

❹ Leonid Arbusow, *Colores rhetorici* (Göttingen, 1948).

❺ Charles Sanders Peirce, *Collected Papers* (Cambridge, Mass., 1931), I, 171.

❻ Hopkins, *Journals and Papers*, pp. 267, 107.

会带来更复杂的问题，这里指的是严格的诗歌语言和严格的指称语言之间的交叉。普罗普（Vladimir Propp）关于民间故事结构的专著极具开创性，❶ 它已向我们指明，即便对传统意义上的情节加以区分归类，统一连续的句法方法同样用处巨大，帮助我们探寻情节的组合和选择背后谜一般的规则。列维-施特劳斯（Levi-Strauss）的研究❷更为深入，但面对的是同样的构成性问题，所使用的方法也相似。

换喻型结构的研究远不如隐喻型结构。这并不是巧合，请允许我把前面说过的话重复一遍，诗歌辞格的研究主要指向隐喻，与换喻原则紧密相关的所谓现实主义文学仍然在抗拒分析。虽然如此，诗学用来分析浪漫诗歌的隐喻型风格的语言方法完全适用于现实散文的换喻型语言机理。❸

有些诗看上去意象性弱，实际就是词汇型辞格用得少，教科书认为此类诗要超常规使用语法型辞格加以补偿。语言的构词和句法结构中隐藏着诗歌资源。简而言之，语法的诗歌（the poetry of grammar），以及其文学产品，诗歌的语法（the grammar of poetry），批评家们对此所知甚少，语言学家更是几乎彻底遗忘，只有富于创造性的作家才将其掌握娴熟。

安东尼在恺撒葬礼上的演说词极具戏剧性，这一效果主要来自于莎士比亚对语法范畴和构成的操控。马克·安东尼（Mark Antony）讥讽了布鲁图斯（Brutus）的慷慨陈词，把布鲁图斯所说的刺杀恺撒的理由变成语言虚构（linguistic fiction）。布鲁图斯控诉恺撒："他野心勃勃，我痛下杀手。"安东尼以一连串的手法改变了布鲁图斯的话，首先把布鲁图斯的话变成引语，从而把政治责任放到被引用人身上："高贵的布鲁图斯／曾对你说。"下面引语反复出现，可中间出现的"but"表达了安东尼的不同看法，后面那个"yet"更进一步削弱了布鲁图斯话语的可信度。尽管提到了布鲁图斯的声誉，然而用连接词"and"替换了表示原因的介词"for"，这时布鲁图斯的声誉已经不能为他刺杀恺撒的理由担保了，后面还加上一个恶意满满的"sure"：

The noble Brutus

---

❶ Vladimir Propp, *Morphology of the Folktale* (Bloomington, 1958).

❷ Claude Levi-Strauss, "Analyse morphologique des contes russes," *International Journal of Slavic Linguistics and Poetics* 3 (1960); *La Geste d'Asdival* (Ecole Pratique des Hautes Etudes, Paris, 1958); and "The Structural Study of Myth," in Thomas A. Sebeok, ed., *Myth: A Symposium* (Philadelphia, 1955), pp. 50-66.

❸ Jakobson, "The Metaphoric and Metonymic Poles," *SW* II, 254-259.

Hath told you Caesar was ambitious;
For Brutus is an honourable man,
But Brutus says he was ambitious,
And Brutus is an honourable man.
Yet Brutus says he was ambitious,
And, sure, he is an honorable man.
(高贵的布鲁图斯
告诉你们,恺撒野心勃勃;
布鲁图斯是个可敬的人,
可布鲁图斯说他是野心家,
布鲁图斯是个可敬的人。
可布鲁图斯说他野心勃勃,
而且,当然,他是个可敬的人。)

下面的例子属于同源反复(polyptoton):"I speak… Brutus spoke… I am to speak"(我说……布鲁图斯说过……我要说),反复陈述变为转述话语,而不是报道事实,借用模态逻辑分析术语,其效果在于论点背景的模糊化,令其成为无法证明的信念句(belief sentences):

I speak not to disprove what Brutus spoke,
But here I am to speak what I do know.
(我所说并非驳斥布鲁图斯之言,
但我在此要说出自己心中所知。)

安东尼的嘲讽中,效果最为强烈之处在于把间接转述(modus obliquus)变成直接陈述(modus rectus),从而显示这些一再强调的品质不过是语言虚构。布鲁图斯说"恺撒野心勃勃",安东尼第一步把形容词由行动者换到行动之上,"Did this in Caesar seem ambitious?"(恺撒这样就显得野心勃勃吗?);第二步,引出抽象名词"ambition"(野心),将其变为一个具体被动结构的主语,"Ambition should be made of sterner stuff"(野心应当由更坚硬的材料制成);再下一步,把"ambition"变成一个疑问句的名词表语"Was this ambition?"(这是野心吗?)布鲁图斯曾高呼"hear me for my cause"(请你们听我解释),安东尼用同一个词回敬布鲁图斯,将其用在一个主动疑问结构中,"What cause withholds you?"(什么原因阻止了你?)布鲁图斯高呼"awake your senses that you may the better judge"（唤起你们的理智，给我一个公平的评断），安东尼用一个同源名词做自己句子的主语，将其变成一个人格化呼语（apostrophe），"O judgement, thou art fled to brutish beast."（哦，理智，你已逃遁到野兽身上。）这句话中 B*rutus*-b*rutish* 形成谐音，恰恰令人回想起恺撒临终前的慨叹，"Et tu, Brute!"（你这个野兽！）品质和行动都呈现为"直接"（recto），行为人或"间接"（obliquo），例如"withholds you" "to brutish beasts" "back to me"，或者是否定性行为的主体，例如"men have lost" "I must pause"：

> You all did love him once, not without cause;
> What cause withholds you then to mourn for him?
> O judgement, thou art fled to brutish beasts,
> And men have lost their reason!
> （你们都曾热爱过他，不是没有自己的理由；
> 又是什么理由阻止你们为他哀悼？
> 哦，理智，你已逃到野兽身上，
> 人已失去了理性！）

安东尼开场白的最后两行显示出语法换喻的明示性独立。葬礼上的套路话是"我为某某哀悼"，接下来的说法有点比喻性，但还是套路"某某长眠于棺中，我心与他同在"或者"与他同去"，然而安东尼的话大胆地把惯常套路换成实现的换喻，比喻成为诗歌现实的一部分：

> My heart is in the coffin there with Caesar,
> And I must pause till it come back to me.
> （我的心和恺撒一起进了棺椁，
> 我必须停一下，等我的心回来。）

诗歌中，名词的内在形式，也就是说构成部分的语义载荷重新活跃起来，例如"Cocktails"（鸡尾酒）一词与"plumage"（羽毛）一词的语义关联本已湮灭，诗歌中可以被重新激活。麦克·哈蒙德（Mac Hammond）的诗《曼哈顿古旧酒吧》（*At an Old Fashion Bar in Manhattan*）的色彩十分生动"The ghost of a Bronx pink lady / With orange blossoms afloat in her hair"（布朗克斯的粉红女郎如同鬼魅／橙色的花朵在鬓发间飘荡），接下来词源性隐喻得到实现"O, Bloody Mary, / The cocktails have crowed not the cocks!"（哦，血红玛莉，／鸡尾间咯咯声起，不见鸡）。艾略特的喜剧《鸡尾酒会》中，鸡尾酒这个形象中掺入了一些暗黑的动物主题，开场阿力克斯大呼：

> You've missed the point completely, Julia;
> There *were* no tigers. *That* was the point.
> （朱丽娅，你完全没明白我的意思；
> 我的意思是，那儿**过去**没老虎。）

朱丽娅回忆起她曾遇到的一个男子，那人"能听到蝙蝠的叫声"。过了一会儿，朱丽娅说："我想放松一下，来杯鸡尾酒，行吗？"最后一幕，朱丽娅再次问阿力克斯："你猎杀过老虎吧？"阿力克斯回答：

> There are no tigers, Julia,
> In Kindanja...
> Though whether the monkeys are the core of the problem
> Or merely a symptom, I am not so sure...
> The majority of the natives are heathen;
> They hold these monkeys in peculiar veneration...
> Some of the tribes are Christian converts...
> They trap the monkeys. And they eat them.
> The young monkeys are extremely palatable...
> I invented for the natives several new recipes.
> （朱丽娅，现在没老虎了
> 在金丹亚……
> 不过猴子是不是问题的核心，
> 或者只是表面现象，我也不清楚。
> 当地土人大都是异教徒，
> 把猴子奉为神灵，
> 也有些部落改信基督教，
> 捉猴子，吃猴子，
> 小猴子尤其美味……
> 我亲手为当地人设计了好几道菜。）

至于异教徒，"他们不吃猴子，/他们吃基督徒。/朱丽娅：谁吃过猴子？"朱丽娅突然大叫：

> Somebody must have walked over my grave;

I'm feeling so chilly. Give me some gin.

Not a cocktail. I'm freezing—in July.

（肯定有谁踩到我的魂了：

怎么感觉这么冷。给我杯杜松子酒，

不要鸡尾酒。我快冻死了——在七月。）

华莱士·斯蒂文斯（Wallace Stevens）的诗《纽黑文平凡一夜》（"An Ordinary Evening in New Haven"）再度激活了"纽黑文"这个市镇名的初始含义，先精巧地暗指"天堂"，最后用一个近似于双关语的结构让"Haven"和"heaven"两个词直接相遇，其效果类似于霍普金斯的诗"Heaven—Haven"（《天堂—港》）

The dry eucalyptus *seeks god in the rainy cloud.*

Professor Eucalyptus of New Haven *seeks him in New Haven*…

The instinct *for heaven* had its counterpart：

The instinct for earth, *for New Haven*, for his room…

（干枯的桉树在雨云中寻找神灵。

纽黑文的尤可利普图斯教授

在新的港湾中也在寻找神灵。

天堂的直觉有着自己的另一半：

直觉朝向大地，朝向纽黑文，

朝向他自己的房间……）

1919年，莫斯科语言学小组（the Moscow Linguistic Circle）曾讨论该如何界定"诗歌性修饰"（epitheta ornantia），诗人马雅科夫斯基批驳道，在他看来，诗歌中出现的每一个形容词都是"诗歌性修饰"，哪怕"大熊"中的"大"字，还有一些莫斯科街道名称中出现的"大"或"小"字都不例外（例如莫斯科有大普列斯尼亚街和小普列斯尼亚街）。比较一下马雅科夫斯基写于1915年的诗《我和拿破仑》（"I and Napoleon"）：

I live on the Big Presnja, 34, 24.

Apparently it's not my business that somewhere in the stormy world people went and invented war.

（我，住在大普列斯尼亚，34，24。

狂乱的世界某处，有人

发明了战争。与我何干?)

诗歌如此结束:

The war has killed one more, the poet from the Big Presnja.
(战争又杀了一个,来自大普列斯尼亚的诗人。)

简而言之,所谓"诗歌性"绝非用修辞手法给话语涂脂抹粉,而是对话语的彻底重新评估,涉及话语中所有的一切。

一位在非洲传教的西方传教士批评他的教徒光着身子走来走去,当地人反驳道:"你自己呢?你那个地方不也赤裸裸吗?"

"那是脸!"

"在我们看来,"当地人继续反驳道,"哪儿都是脸。"

同样的道理,诗歌中任何语言成分都转化为诗歌话语的形象。

我的发言旨在论证,语言学既有责任,也有权利去指导语言艺术研究的方方面面。1953年,也是在印第安纳大学举办了一场盛会,我曾引用一句拉丁语诗总结自己的报告,现在请允许我再次引用那句诗 "Linguista sum; linguistici nihil a me alienum puto" ("我就是语言;语言中没有什么与我隔阂")。❶ 如果诗人兰瑟姆的话没错(他的话确实没错),"诗歌是一种语言",❷ 语言学家就可以,也必须把诗歌纳入到自己的研究之中,因为语言学的研究领域是语言,任何语言。请记住瓦莱里的智语:"文学是语言某些性质的拓展和运用,除此之外,文学还能是什么呢?"❸ 如果说,语言学家和文学史学家过去规避了诗歌结构这个问题,本次会议的召开表明这个问题已经可以安全纳入到研究规划中来。恰如霍兰德(John Hollander)所说:"实在找不出理由把文学和整体语言研究分开。"❹ 或许还有批评家怀疑,语言学家是否有能力从事诗学领域的研究。不可否认某些顽固不化的语言学家确实缺乏这方面的能力,但千万不要因此就认为语言科学本身缺乏这种能力。今天,在座的每一位都已经明确认识到,无论是对语言的诗功能视而不见的语言学家,还是对语言问题漠不关心,拒绝取语言学之长以补自身之短文学学者,都是逆时代潮流而动。

---

❶ Jakobson, "Results of a Joint Conference of Anthropologists and Linguists," *SW* II, 555.
❷ Ransom, *The World's Body* (New York, 1938), p. 235.
❸ Valery, "De l'enseignement de la poetique au College de France," *Variete*, 5 (1945), 289.
❹ John Hollander, "The Metrical Emblem," *Kenyon Review* 21 (1959), 295.

夏尔·波德莱尔的《猫》*

■［美］罗曼·雅各布森　［法］克劳德·列维-斯特劳斯　著
　钱　翰　译

一个人类学杂志会发表关于19世纪一首法国诗的研究，这可能会让人感到惊讶。解释很简单：一个语言学家和一个人类学家之所以认为他们应该联合起来，试图了解波德莱尔十四行诗是由什么组成的，是因为他们各自面临的问题是互补的。在诗歌作品中，语言学家发现了一些结构，这些结构的特点与人类学家所揭示的神话分析有着惊人的相似之处。在后者看来，不能忽视这样一个事实：神话不仅是概念上的安排，它们也是艺术作品，在听众中会引起深刻的审美情感（在人类学家自己身上也一样，他们在记录的时候也在阅读）。这两个领域的问题会不会是同一个问题呢？

很有可能，这个介绍性说明的作者有时会将神话与诗歌作品对立起来，但那些为此责备他的人没有考虑到这样一个事实，即对比的概念本身意味着这两种形式最初被设想为互补的术语，属于同一类别。这里提出的接近并不否认我们首先强调的差异性特征，即单独来看，每一首诗歌作品，本身就包含了它的变体，这些变体在一个轴线上排序。这条轴线是垂直的，因为它是由可替换的叠加的层次组成的：语音、语义、句法、韵律、语义等等。同时，至少是在可以被阐释的范围内，神话却只能在语义层面上被阐释，变体的系统（这条轴线对于结构分析来说总是必不可少的）通过同一神话的多个版本来实现，即通过对神话体的横向切割，只在语义层面上实现。然而，我们绝不能忽视以下事实，这种区分首先是为了满足一个操作性的要求，那就是在缺少纯粹的语言学基础的时候，允许神话结构的分析先行一步。只有在两种方法都得到实践的

---

*　原文题目为：Les Chats de Charles Baudelaire, *L'Homme*, 1962, No1. Janvier-Avril, pp. 5–21. 本译文系国家社科基金重大项目"现代斯拉夫文论经典汉译与大家名说研究"［项目批准号（17ZDA282）］阶段性成果。

条件下，即使有突然的领域变化，我们也能够决定最初的赌注：每一种方法都可以根据情况选择。归根结底，它们是可以相互替代的，但不可能总是相互补充。

克劳德·列维-斯特劳斯

Les Chats

1　Les amoureux fervents et les savants austères
2　Aiment également, dans leur mûre saison,
3　Les chats puissants et doux, orgueil de la maison,
4　Qui comme eux sont frileux et comme eux sédentaires.

5　Amis de la science et de la volupté
6　Ils cherchent le silence et l'horreur des ténèbres；
7　L'Erèbe les eût pris pour ses coursiers funèbres,
8　S'ils pouvaient au servage incliner leur fierté.

9　Ils prennent en songeant les nobles attitudes
10　Des grands sphinx allongés au fond des solitudes,
11　Qui semblent s'endormir dans un rêve sans fin；

12　Leurs reins féconds sont pleins d'étincelles magiques,
13　Et des parcelles d'or, ainsi qu'un sable fin,
14　Etoilent vaguement leurs prunelles mystiques.

1　严肃的学者，还有热烈的情侣
2　在其成熟的季节都同样喜好，
3　强壮又温柔的猫，家室的骄傲，
4　像他们一样地怕冷，简出深居。

5　它们是科学、也是情欲的友伴
6　寻觅幽静，也寻觅黑夜的恐惧；
7　黑暗会拿来当作阴郁的坐骑，
8　假使它们能把骄傲供认驱遣。

9　它们沉思冥想，那高贵的姿态
10　像卧在僻静处的大狮身女怪，
11　仿佛沉睡在无穷无尽的梦里；

12　丰腴的腰间一片神奇的光芒，
13　金子的碎片，还有细细的沙粒
14　又使神秘的眸闪出朦胧星光。❶

波德莱尔的这首十四行诗第一次见于尚弗勒里（Champfleury）的小说《猫咪特洛特》（Le chat Trott），载于《海盗》（Le Corsaire，1847年11月14日）。如果相信这篇小说，那么这首诗可能在1840年3月已经写成了，并且同某些注释者的说法正相反，《海盗》上的诗文同《恶之花》中收录的这首诗一字不差。

在韵的安排上，诗人采用了这样的格局：aBBa，CddC，eeFgFg（其中大写字母表示阳韵，小写字母表示阴韵）。韵脚又分成三组，即由两个四行诗节和两个三行诗节组成的六行诗节，但是它们组成了某种统一体，正如格拉蒙（Grammont）所指出的那样，这首诗中韵的安排是受到和"整个六行诗节中同样的规则"❷ 支配的。

在这首诗中，韵的分组遵守了三条特异化的规律：1. 两个平韵不能相连❸。2. 如果相邻的两个诗行属于两个不同的韵，一个必须是阴韵，另一个是阳韵。3. 相邻的两个诗节的末尾，阴韵和阳韵交替：第4行，Sédentaire，第8行，fierté；第14行，mystiques。根据古典诗歌规则，所谓阴韵，总是以一个哑音音节结尾，而阳韵则以一个响音音节（syllabe plein）结尾，但两类韵之间的区别同样都是坚持取消末音节中不发音的 e 这种通常的读音法，诗中所有阴韵诗行最后的响元音都跟有一个辅音，❹（austères—sédentaires, ténèbres—funèbres, attitudes—solitudes, magiques—mystiques），而诗中所有的阳韵都以元

---

❶ 此处采用郭宏安先生的译文。

❷ M. 格拉蒙：《略论法文诗歌韵律》（Petit traité de versffcation française），巴黎，1980年，第86页。

❸ 平韵是 AA 这样连着的韵脚。——译者注

❹ 这里的元音、辅音应理解为元音音素和辅音音素。法语最后 e 结尾的词一般不发音，但是在诗歌中则发音，但不是重读音节。——译者注

音（也应理解为元音音素——译注）结尾（saison—maison, volupté—fierté, fin—fin）。

韵的安排和语法种类选择之间的密切关系突出了语法以及韵在这首十四行诗的结构中所起的重要作用。

所有诗行都以名词结尾，要么是实体性名词（有8行），要么就是带形容词的名词（有6行）。所有这些实体性名词都是阴性的。八个阴韵诗行结尾名词都是复数，这八行诗都比较长，要么是按照传统标准多一个音节，要么是按照现在的发音习惯多一个后元音辅音，而比较短的诗行，即阳韵诗行，六种情况中都以一个单数名词结尾。

在两个四行诗节中，阳韵都落在名词上；而除了和第7行 funèbres 押韵的关键词第6行的 ténèbres 以外，阴韵都落在了形容词上。后面我们还要提到这两行诗之间关系的一般问题。至于两个三行诗节，第一个诗节的三行都是以名词结尾的，第二个诗节中的三行则是以形容词结尾的。这样，使两个三行诗节押韵的韵，也就是说，仅有的两个同音异义词的韵（第11行的 sans fin 和第13行的 sable fin），一个阳性的形容词和一个阴性名词形成对比。而且，这是全诗阳韵中唯一的形容词和仅有的阳性词性的例子。

全诗包括三个用句号分开的完整的句子，即两个四行诗节中各一句和两个三行诗节合为一句。根据独立句和动词人称形式的数目，三个句子呈现出一个算术级数，第一句中只有一个变位动词（aiment），第二句中有两个（cherchent, eût prit），第三句中有三个（prennent, sont, étoilent）。另一方面，在它们的从句中，三个句子中各只有一个变位动词：第一句：qui sont；第二句：s'ils pouvaient；第三句：qui semblent。

这首诗的三组式划分，造成了包含两个韵的诗节单位和包含三个韵的诗节单位之间的矛盾。这种矛盾被一种把全诗分成两对诗节，也就是分成两对❶四行诗节和两对❷三行诗节的组成划分抵消了。这种以语法结构为基础的二分原则也导致了另一种对立，这一次是包含四个韵的第一部分（即前两个诗节）和包含三个韵的第二部分之间，与两个四行诗节之间，以及两个三行诗节之间的对立。全诗的构成正是建立在两种分组方式之间与它们的对称和不对称的成分之间的对立之上的。

---

❶ 原文如此。应为一对或两个。——译者注
❷ 原文如此。应为一对或两个。——译者注

夏尔·波德莱尔的《猫》

我们看到，一对四行诗节和另一对三行诗节之间在句法方面有明显的平行之处。第一个四行诗节正像第一个三行诗节一样，都包含两个从句；其中的第二句，在两种情况中都是由同样的代词 qui 引入的关系从句，它占据了这一节的最后一行，并且都隶属于一个复数的阳性名词，这两个名词在主句中都是补语或宾语（法语中的 complément d'objet）❶（第 3 行：Les chats；第 10 行：Des... sphinx）。第二个四行诗节（第二个三行诗节也同样）包含两个并列句，其中第二个句子是复合句，它占据了诗节的最后两行（第 7—8 行和第 13—14 行），并且包括一个通过连词隶属于主句的从句。在第二个四行诗节中的是条件从句（第 8 行：s'ils pouvaient），第二个三行诗节中是比较从句（第 13 行：ainsi qu'un）。前面是放在了主句后面，而后者的省文句则是插入句。

在《海盗》（1847）上发表的这首十四行诗的标点符号是同这种划分相呼应的。第一个三行诗节结尾是句号，与第一个四行诗节相同。在第二个三行诗节和第二个四行诗节中，最后两行诗的前面都是一个分号。

语法主语的语义这个方面加强了两个四行诗节之间以及两个三行诗节之间的类似性。

图示：

（1）四行诗	（2）三行诗
1. 第一个四行诗节	1. 第一个三行诗节
2. 第二个四行诗节	2. 第二个三行诗节

第一个四行诗节和第一个三行诗节的主语，仅代表有生命物，而第二个四行诗节中的两个主语之一和第二个三行诗节中语法主语全部都是无生命物的名词。第 7 行：L'Érèbe（厄瑞波斯）❷；第 12 行：Leurs reins（它们的腰）；第 13 行：des parcelles（碎屑）；第 13 行：un sable（沙）。除了这些可以说是横向的对应以外，我们还看到一种可以说是纵向的对应，它使两个四行诗节的整体同两个三行诗节的整体形成对比。在两个三行诗节中所有的直接宾语都是非生命物名词［第 9 行：les nobles attitudes（高贵的姿态）；第 14 行：leurs prunelles（它们的瞳孔）］，而第一个四行诗节中唯一的直接宾语是一个有生

---

❶ 法语的语法术语名称体系与英语不同，粗略地说，补语作为谓语的补语，包括了英语中所说的宾语。——译者注

❷ Erèbe，希腊文为 Erebos，希腊神话混沌神卡俄斯之子，它是黑暗的化身。该词引申义指阴魂进入冥界之前要通过的一个黑暗区域。《猫》这首诗中的 Érèbe 是法语的转写形式，前面加定冠词，应指第二个含义，故本文作者把它算进无生命物名词之列。——译者注

命物名词［第3行：Les chats（猫）］，第二个四行诗节的宾语，除了非生命物的名词［第6行：le silence（寂静）］和l'horreur（恐怖）之外，还有代词les（它们），它同前面句子中的猫有关。从主语和宾语的关系来看，这首诗呈现出两个可以称之为对角线的对应：向下的一条线把头尾两个诗节（即第一个四行诗节和最后的三行诗节）连起来，并且使它们和连接里面两个诗节的向上的对角线形成对比。在外部的两个诗节中，宾语和主语属于同一个语义类，也就是说，第一个四行诗节中的有生命物的名词 amoureux（情人）、savants（学者）、chats（猫）和第二个三行诗节中的非生命物名词 reins（腰）、parcelles（碎屑）、prunelles（瞳孔）。相反，里面的诗节，宾语属于和主语相反的类别：在第一个三行诗节中，非生命物名词宾语和有生命物名词主语相对立：ils（它们，即猫）——attitudes（姿态），而在第二个四行诗节中是同样的关系：ils（它们，即猫）——silence（寂静），horreur（恐怖）则同有生命物名词宾语和非生命物名词主语发生了交替关系：Érèbe（埃瑞波斯）——代词les（它们，即猫）。

这样，四个诗节中的每一诗节都保持了自己的特征：有生命的物。第一个四行诗节中的主语和宾语都是有生命的物，而在第一个三行诗节中只属于主语；在第二个四行诗节中，这一类或者构成主语的特征，或者构成宾语的特征，而在第二个三行诗节中，主语和宾语都不是有生命的物。

本诗的开头和结尾在语法结构上呈现出几种惊人的对应。在开头和结尾的句子中，我们都发现有两个主语、一个谓语和一个直接宾语，而在别的句子中都不是这样。其中每个主语都和宾语一样，带有一个限定词，Les amoureux fervents（热恋的情人），les savants austères（严肃的学者）——Les chats puissants doux（强壮而温柔的猫）；des parcelle d'or（金屑），un sable fin（细沙），leurs prunelles mystiques（它们神秘的瞳孔）。而全诗仅有第一个和最后一个谓语带有副词，两个副词都是从形容词转变而来的，并且由于一个半谐音的韵使二者发生了联系。第2行：Aiment également（同样喜好）——第14行：Étoilent vaguement（闪出朦胧星光）。全诗第二个谓语和倒数第二个谓语是仅有的有一个系词和一个表语的两个谓语，在这两种情形中，系词都由于内侧的一个韵而得到突出。第4行：Qui comme eux sont frileux；第14行：Leurs reins feconds sont pleins。一般来说，外围的两个诗节包含的形容词更多：第一个四行诗节中有9个，最后的三行诗节中有5个，而中间的两个诗节总共才有3个，funèbres（阴郁的）、nobles（高贵的）、grands（大的）。

正如我们前面所说的，只是在诗的开头和结尾的两个诗节，主语和宾语才属于同一词类。第一个四行诗节中，主语、宾语都是有生命物的名词，在第二个三行诗节中，则是属于非生命物名词。动物及其作用和活动，在开头这一诗节中占了统治地位。第1行中只有形容词。这些形容词中作主语的两个名词化的形式：Les amoureux（情人）和 les savants（学者），都带有动词的词根，诗歌实际上就是这样开头的：Ceux qui aiment（爱着的人，即情人）和 Ceux qui savent（知道的人，即学者）。全诗的最后一行正相反，作谓语的及物动词étoilent（闪出星光）是由一个名词（étoile，星星）派生而来的。这个动词就同具体的非生命物的普通名词系列发生了关系，而这个名词系列在这个三行诗节中占突出地位，并且使这一诗节有别于前面的三个诗节。人们会注意到，这个动词同这个相关的名词系列有一种明显的同音异义关系：/etēselə/（étincelles，火花）/e de parselə/（Et des parcelles，一些碎屑）/etwalə/（etoilent）。最后，在中间的两个诗节中，它们最后一行的从句各包含一个动词不定式，这是全诗中仅有的两个不定式动词作补语：第8行 S'ils pouvaient incliner；第11行 Qui semblent s'endormir。

正如我们所看到的，无论是两组划分还是三组划分都不会取得等距的平衡。但是如果把这首诗分成相同的两部分，第7行就成了前一部分的结尾，第8行成了后一部分的开头。那么，意味深长的是，正是夹在中间的这两行诗在语法结构上最明显地表现出与其他部分的不同。

因此，从几个方面看，把诗分成三个部分：居中的两行和等距的那两部分，也就是前6行和后6行，那么我们就有了位于两个六行诗节中间的一个两行诗节。

全诗除了第7行以外，所有动词、代词的人称形式和动词谓语的主语都是复数。而这第7行，L'Érèbe les eût pris pour ses coursiers funèbres，包含了诗中仅有的一个专用名词和唯一的变位动词及其主语都是单数的情形。此外，这唯一的主有代词（ses）是单数的一行。

诗中使用的唯一人称是第三人称。除了第7、8行以外，诗中动词的时态都是现在时。在这两行中，诗人考虑到一种依赖于一个非现实的前提条件（第8行：S'ils pouvaient，如果它们能够）的想象的行动（第7行：eût prit，把……当成）。

这首诗表现出一种明显的倾向，那就是每个动词和名词都带有一个限定词。每个动词都跟有一个被支配的词（名词、代词、不定式动词）或一个表语。所有及物动词只要求名词［第 2、3 行：喜好……猫；第 6 行：寻觅幽静和恐惧；第 9 行：摆出……姿态；第 14 行：布满它们……的瞳孔（用星星）］。第 7 行中作宾语的代词是唯一的例外：把它们当成。

除了修饰名词的补语从不带限定词以外，诗中的名词（包括作名词用的形容词）通常都有形容语（例如，第 3 行的"强壮又温柔的猫"）或补语（第 5 行的"科学和情欲的友伴"）来限定。与上述一样，只能在第 7 行中可以找到唯一的例外："厄瑞波斯把它们当成。"

第一个四行诗节中的五个形容语（第 1 行的"热烈的""严肃的"，第 2 行的"成熟的"，第 3 行的"强壮的""温柔的"）和两个三行诗节中的六个形容语（第 9 行的"高贵的"，第 10 行的"庞大的"，第 12 行的"丰腴的""神奇的"，第 13 行的"细细的"，第 14 行的"神秘的"）全部是品质形容词。而第二个四行诗节除了第 7 行中的限定形容语（阴郁的坐骑）以外，没有别的形容词。

也正是这一行，把在这一诗节其他诗行中的主宾关系占主要地位的生命物和非生命物的顺序颠倒过来，这行乃是唯一采用非生命物—生命物顺序的诗行。

我们看到，有几个明显的特点把第 7 行或者说把第二个四行诗节的最后两行单独区别开来。不过，应该说，把居中的两行突出出来的这个倾向和不对称的三组划分原则形成了巧合：三分原则使整个第二个四行诗节一方面与第一个四行诗节形成对比，另一方面与最后的六行诗节形成对比，并以这种方式产生出一个从几个方面都不同于前后诗节的中间诗节。因此，就像我们曾经指出的，第 7 行是唯一的主语和谓语都是单数的诗行，而且这样的观察还可以扩展：只有在第二个四行诗节中的各行中，要么主语、要么宾语是单数；如果说在第 7 行中，主语（Érèbe）的单数和宾语（les）的复数相反，那么在相邻的诗行中，由于主语用了复数，宾语用了单数（第 6 行：Ils cherchent le silence et l'horreur；第 8 行：S'ils pouvaient... incliner leur fierté），便把这种关系颠倒了过来。在其他的诗节中，宾语和主语二者都是复数（第 13、14 行：Les amoureux et les savants... Aiment... les chats；第 9 行：Ils prennent... les... attitudes；第 13、14 行：Et des parcelles... Etoilent... leurs prunelles）。人们会注意到，在第二个四行诗节中，主语和宾语的单数同非生命物名词相吻合，复数同有生命物名词相吻合。由于单复数的对比在这首十四行诗的韵律方面所起的作用，语法上的数的重要性对波德莱尔来说，变得尤其值得注意。

还要指出的是，第二个四行诗节因其结构而区别于诗中其他的韵。在阴韵中，第二个四行诗节中的 ténèbres—funèbres，是唯一使不同的两个词类形成对比的韵。此外，除了所说的这个四行诗节以外，诗中所有的韵，都呈现出一种或几种相同的音素，这些音素一般都是在带有一个加强辅音的重读音节的前面，或者是紧挨着，或者是隔开一点距离：第 1 行 savants austères——第 4 行 sédentaires，第 2 行 mûre saison——第 3 行 maison，第 9 行 attitudes——第 10 行 solitudes，第 11 行 un rêve sans fin——第 13 行 un sable fin，第 12 行 étincelles magiques——第 14 行 prunelles mystiques。在第二个四行诗节中，无论是第 5 行 volupté——第 8 行 fierté 这一对，还是第 6 行 ténèbres——第 7 行 funèbres 这一对，在该韵前面的音节中都没有出现任何呼应。另一方面，第 7、8 行结尾的词采用的是头韵法：第 7 行 funèbres——第 8 行 fierté；第 6 行和第 5 行有联系，第 6 行 ténèbres 重复了第 5 行 volupté 的最后一个音节；而内部的一个韵，第 5 行 science——第 6 行 silence，增加了每两行之间的相似性。因此，这些韵本身证明了第二个四行诗节的前后两部分之间的联系有些松散。

鼻化元音在这首诗的语言结构中起到一种突出的作用。这些元音，用格拉蒙（Grammont）巧妙的说法，好像是"被鼻音性弄得不响亮了"❶。它们在第一个四行诗节中出现得相当频繁（9 个鼻化音，每行有 2 至 3 个），尤其是在后面的六行诗节中（21 个鼻化音，在第一个三行小节中是一种上升的趋势：第 9 行 3 个——第 10 行 4 个——第 11 行 6 个, Qui semblent s'endormir dans un rêve sans fin. 而在第二个三行诗节中则是一种下降的趋势：第 12 行 5 个——第 13 行 3 个——第 14 行 1 个）。相反，第二个四行诗节只有 3 个鼻化音：除了第 7 行，其他每行一个，第 7 行是诗中唯一没有鼻化元音的诗行，并且这一节是唯一一在阳韵中没有鼻化元音的诗节。另一方面，在第二个四行诗节中，语音特征的作用从元音转到了辅音音素上，尤其是转到了流音上。只有第二个四行诗节显示出过量的流音音素，有 23 个，而第一个四行节中是 15 个，第二个三行诗节中是 11 个，而第二个三行诗节中是 14 个。在两个四行诗节中，| r | 的数目同 | l | 的数目相同（19 个），而在两个三行诗节中，| r | 稍少一些。只有两个 | l | 的第 7 行有 5 个 | r |，就是说比所有其他诗行都多：L'Erèbe les eût pris pour ses coursiers funèbres。人们会想到，根据格拉蒙的说法，正是和 | r | 对照，| l | 才"给人以一个既不刺耳，又不沙哑和生硬，语音的印象相反却

---

❶ M. 格拉蒙，《论语音》（Traité de phontétique），巴黎，1930 年，第 384 页。

是流畅……明快的"。❶

同 |l| 的"级进滑音"相比，所有的 |r|，尤其是法文的 r 的生涩的特点，在杜朗小姐（Mlle. Durand）最近对这些音节所做的声学分析中清楚地揭示了出来，❷ 而 |r| 在 |l| 面前的后退在语音上伴随着现实的猫科动物向它们的虚幻变体的转化。

前六行诗有一种反复性的特征：对称的并列成分用连词 et 连接起来：第 1 行 Les amoureux fervents et les savants austères；第 3 行 Les chats puissants et doux；第 4 行 Qui comme eux sont frileux et comme eux sédentair；第 5 行 Amis de la science et de la volupté 二元化的限定词与第 6 行中的 le silence et l'horreur des ténèbres 被限定词组成了一种交错配列的修辞格。这第 6 行结束了这种二元化结构。前六行构成的这个"六行诗"中差不多所有诗句所共有的这种结构在后面再没有出现。无连词的并列是同一模式的一种变体：第 2 行 Aiment également, dans leur mûre saison（并列的状语）；第 3 行 Les chats…, orgueil…（与另一个名词同位的名词）。

这些并列的词组和韵（不仅是外部的和突出了一些语义关系的韵，比如：第 1 行 aust-ères（严肃的）——第 4 行 sédentaires（深居简出的），第 2 行 saison（季节、〈转〉年纪）——第 3 行 maison（房屋、家），而且尤其是内部的韵，有助于加强开头这个诗节韵脚间的连贯性：第 1 行 amoureux——第 4 行 comme eux——第 4 行 frileux——第 4 行 comme eux；第 1 行 fervents、savants——第 2 行 également——第 2 行 dans——第 3 行 puissants；第 5 行 science——第 6 行 silence。这样，第一个四行诗节中所有表示人物特征的形容词就变成押韵的词，除了一个例外，即第 3 行的 doux。把三行的开头联系起来的词源学的双关修辞法：第 1 行 Les amoureux（情人，爱着的人）——第 2 行 Aiment（喜爱、爱）——第 5 行 Amis（朋友，爱好……的），加强了这六行的"人为诗节"的统一，它的开头两行和结尾两行的前半段都各自互相押韵：第 1 行 fervent——第 2 行 également；第 5 行 science——第 6 行 silence。

第三行的"这些猫"（les chats）是前三行组成的从句的直接宾语，同时又是后面三行诗句的主语，即第 4 行 qui comme eux sont frileux（谁像它们那样怕冷），第 6 行 ils cherchent le silence（它们寻找寂静），这就大体上把这"准

---

❶ M. 格拉蒙，《论语音》（*Traité de phontétique*），巴黎，1930 年，第 388 页。
❷ 杜朗：《音素的特性。在 R/L 的情形中的应用》（"La spécifté du phonème. Application au de R/L"），《心理学刊》（*Journal de Psychologie*），LVII，1960 年，第 405—419 页。

六行诗"分成两节"准三行诗"。处于中心部位的两句诗中，"猫"的隐喻则作为位于第 7 行诗的宾语（L'Érèbe les eût pris，厄瑞波斯本想把它们），同时它们又转变成第 8 行诗句的语法主语（S'ils pouvaient，如果它们能）的变形过程。上面的变形还使第 8 行进一步与下一行联系起来，即同时成为第 9 行中 ils prennent（它们摆出）的主语。

总之，由这种后置的从句形成了一种过渡，即主句与紧跟在它后面的诗行之间的过渡。结果，第 9 行和第 10 行中暗含的主语"猫"就产生出了第 11 行（Qui semblent s'endormir dlans un rêve sans fin，它们好似进入无休无止的梦乡），这一关系从句的隐喻转向斯芬克斯（狮身人面像），从而在最后一个三行诗节所包含的各个作为语法上的主语的喻词之间，铸成了一根牢固的链条。而在前十行诗中没有出现的不定冠词（前十句中共有十四个定冠词），就成了最后四行诗中唯一被允许的冠词。

结果，通过第 11 行诗和第 4 行诗中两个关系从句的模糊关系，最后四句诗便隐约地揭示出一个想象中的四行诗的大体轮廓——它的形象大体上与本诗开头的真正的四行诗相对应。在本诗第 1 行中，les amoureux, les savants 等有生命的主语不是由实际名词充当，而是由形容词转化的名词充当，而在它的最后一个从句中，则是由关系代词或人称代词充当。人类的名字仅仅在第一个从句中见到，而且是以一个重复的和以动名词修饰的主语的形式出现（savants）。而"猫"这个作为本诗之名称的字眼，在整首诗的行文中仅出现了一次——作为第一个从句的直接宾语出现［les amoureux（情人）……et les savants（学者）……aiment……les chats（猫），不仅"猫"这个字眼再也没有在以后的行文中出现，就是嘘声中开头的发音｜ʃ｜，也仅在一个字里出现过（即｜ilʃɛrʃə｜］。这一音素的重复代表着猫类的基本动作。这一与本诗题目直接有关的不发音的嘘（或嘶）声，在其他的诗行中都被小心地避免了。

在第 3 行中，直接的称呼"猫"（les chats）就转变成一个暗示的主语，也是整首诗中最后一个有生命的主语。这样，这个作为主语、宾语和名词性补语的名词 chats（猫）就被在各行首语中重复出现的代词，第 6、8、9 行中的 ils，第 7 行中的 les，第 8、12、14 行中的 leurs（它们的）取代了。而且代（名）词 ils（它们）和 les（作为宾语的代词）在这里也只代表 les chats（猫）。附属的状语形式则只在两个内层的诗节中出现，即只在第二个四行诗节和第一个三行诗节中出现。在第一个四行诗节中出现独立的形式（如第 4 行中出现了两次的 eux）来指代他们。在本诗中，这种形式只标示人类，而最后一个三行诗节则不包含这种人称代词。

本诗一开头，第1行的从属句仅有一个谓语和一个宾语：这样一来，在成熟的年纪（dans leur mûre saison）——在这种中间状态下，Les amoureux fervents et les savants austères（热忱的情人们和严肃的学者们）终于被同一化，这个动物包含了两种条件下的矛盾特征：属人的及其对立面，其对立是感性的/理智的，而猫则是中和二者的东西（代表了二者，又不是二者）。因此在不知不觉中，猫扮演了主语的角色，它同时既是情人，又是学者。

在两个四行诗节中出现的猫是作为真实的动物出现的。然而，在两个三行诗节中，就是猫的变形物。但是，第二个四行诗节同第一个四行诗节甚至同全诗中的其他诗节，都有着根本的区别。ils cherchent le silence et l'horreur des ténèbres（它们寻找寂静和黑暗的恐怖）这第6行诗的模糊性，造成某种误解（或含混），接下来又说破了误解。这个四行诗节的暧昧性质，特别是其后半部分的暧昧性质（其中尤其突出的是第7行），由于它们那特殊的语法和语音结构而得到加强。

厄瑞波斯（L'Érèbe，希腊语中是"黑暗""冥界"的意思）是"黑暗势力"这个表达与 Erebus❶（希腊神话中的厄瑞波斯，夜神兄弟）这个专名的换喻。它同喜欢在恐怖的夜间活动的猫之间语义上的相近性，又进一步被黑夜的发音 |tenɛbrə| 同厄瑞波斯的发音 |erɛbə| 之间的相近性大大加强。这种相似让人以为猫去担任送葬者（coursiers funèbres）这一恐怖的任务。那么"厄瑞波斯本可以把它们用作拉灵车的马"（L'Érèbe les eût pris pour ses coursiers funèbres）这一句诗用的虚拟语气，是指一种被挫折的欲望，还是一个错误的识别？这一段诗的准确含义，虽然批评家们已做过长期探讨，至今却仍然是模糊的。

每一诗节都试图为猫赋予一种新的身份。第一个四行诗节把它与两种人类状态联系起来。第二节试图把它同一种动物状态联系起来，是神话故事中拉车跑腿的形象。而第一节中的骄傲气质，则排斥了第二个四行诗节提出的新含义。这是在全诗的总进程中唯一被否定的含义。这一段诗的语法结构，显然与其他诗节不同，它清楚地暴露出一种典型的特殊性质——假想语态（mode irréel），没有性质形容词，只有一个无任何限定词的单数形式的无生命主语，支配着一个复数形式的有生命的宾语。

---

❶ 这是拉丁语的转写。——译者注

这些诗节之间通过影射逆喻手法联结为一体，如第 8 行中的 S'ils pouvaient au servage incliner leur fierté（如果它们能够屈尊为奴）。如果它们肯这样做（屈服），又不能这样做，因为它们实际上是真正的 puissants（强者）。它们一定要扮演积极的角色，所以决不会消极地"被人当作"（pris），就连它们"深居简出"的消极角色，也是它们自己做出（prennent）的。❶

Leur fierté（它们的高傲）注定了它们会表现出一种高傲的姿态，像庞大的斯芬克斯的姿态。而这些游荡着的斯芬克斯与那些模仿它们那沉思状态的猫，则由这两个分词之间的不正常关系而被联结到一起——这是本诗中仅有的两个分词形式：| ãsõʒã | 和 | alõʒe |。猫看上去似乎就是斯芬克斯，而斯芬克斯自身又似乎睡着了。但正是在这种朦胧状态中，把一只深居简出的猫（还有其他一切与之类似的生物，第 4 行 comme eux）比作了静止不动的超自然存在，取得了一种变形的形象。正是猫与那些与之相似的人类结合为一体，才化为一个具有人头兽身的神秘生物。至此，前面被拒绝的同化被一个新的同化取代了，同样神秘。

"沉思"（en songeant）这一关键词组的出现，使猫的形象与伟大的斯芬克斯形象同化了。再加之一串与这一关键词组连接在一起的双关语，以及鼻元音同收缩齿音和唇音的结合，就把这种合并发展成一种人与兽的变形体。这些音是这样的：第 9 行的 en songeant | ãsõ… |，第 10 行的 grands sphinx | …ãsf ɛ̃ |，第 10 行的 fond | fõ |，第 11 行的 semblent | sã… |，第 11 行的 s'endormir | sã… |，第 11 行的 dans un | dãzoɛ̃ |、sans fin | sãfɛ̃ |。鼻音 ɛ̃ 以及在 Sphinx | sf ɛ̃ ks | 这一字中的其他音素又在最后一个三行诗节中重复出现了：第 12 行的 reins（腰） | ɛ̃ |，pleins | ɛ̃ |，第 12 行的 étincelles | …ɛ̃ s |，第 13 行的 ainsi | ɛ̃ s |、qu'un sable | k œ̃ s |。

在第一个四行诗节的第 3 行中，我们读到"强壮而温柔的猫，房子的骄傲"。这句话是指猫因为有一个值得骄傲的家而成为骄傲的化身呢，还是说家因为有猫这样一个值得骄傲的居民，家就要像黑暗之神厄瑞波斯一样驯养它们呢？不管是哪一种情况，在第一个四行诗节中把"猫"围起来的"房子"变形为一个无边的沙漠（即第 10 行中的"孤寂的深处"，fond des solitudes），而"怕冷"的猫和"热恋的情人"之间相呼应（注意文字的声音戏法 | fɛrvã | - | frilφ |），却因斯芬克斯周围那灼热（如热恋的情人）和严肃（如严肃的学

---

❶ Pris 和 prennent，分别是动词 prendre 的被动态和主动态。——译者注

者）的环境得到了相应的气氛烘托。

第一个四行诗节中第 2 行中的 mûre saison（成熟的季节），它不仅同第 3 行中的 la maison（家）押韵，而且在意义上也相近，在时间层次上可以从第一个三行诗节中找到一个明显的对立；这两个明显的排比词组：dans leur mûre saison（在它们成熟的季节）和 dans un rêve sans fin（在一个无边的梦中）恰好相对，前者使人想到某个限定的时节，后者则说的是永恒。此外，在整个十四行诗中，只有此处使用了含有 dans❶ 的结构（及其他类似的状语介词）。

两个三行诗节都是说猫的神奇变化，一直延续到诗的结尾。在第一个三行诗节中，那矗立在荒漠中的斯芬克斯已经介于一个生物和一个石头雕像之间；在第二个三行诗节中，这活生生的生物就完全沦为一个肉体的存在。这个斯芬克斯猫身体的各个部分都被一种提喻的东西替代了，如第 12 行的 reins（它们的腰肢），第 14 行的 leurs prunelles（它们的眸子），等等。在最后一个三行诗节中，上两个诗节中隐含的主语再次变成补语——"猫"开始时仅以主语的潜在补语出现（见第 12 行：丰腴的腰间一片神奇的光芒），而在本诗最后一个从句中，便完全成为宾语的潜在补语（第 14 行：étoilent vaguement leurs prunelles，布满它们那神秘的瞳孔，像朦胧的星光）。"猫"在本诗最后一个从句中是与一个及物动词的宾语连在一起，而在倒数第二个从属句中，则与它的主语连在一起，这样就造成一种双重平行（或相似）：一方面与本诗第一个从句中作为直接宾语的猫相对应，另一方面又与本诗第二个从句中作为其主语的这猫相对应。

本诗开始，不管主语还是补语都是具有生命的存在，而在全诗结束时的最后这个句子中，主语和补语全都是无生命的。总之，最后一个三行诗节中，所有的无生命物的名词都是具体的东西，第 12 行的 reins（腰肢）、étincelles（火花），第 13 行的 or（金）、sable（沙），第 14 行的 prunelles（瞳孔）。而在中间诗行中，所有的无生命物的名词（除了延伸的名词）都是抽象的名词，第 2 行的 saison（季节），第 3 行的 orgueil（骄傲），第 6 行的 silence（寂静）、horreur（恐怖），第 8 行的 servage（奴役）、fierté（高傲），第 9 行的 attitudes（姿态），第 11 行的 rêve（梦）。最后一个从句中，主语和宾语都是无生命的和阴性的，即指第 13 至 14 行的 des parcelles d'or（金色小片），étoilent（布满）……leur prunelles（它们的眸子），恰好与第一个句子中主语和宾语共有

---

❶ 法语介词，类似英语中的 in。——译者注

的生命和阳性特征相对立：第 1 至第 3 行的 les amoureux（情人）……et les savants（学者）……aiment（爱）……les chats（猫）。第 13 行的 parcelles（小片）是本诗中唯一的阴性词主语，它正好与本诗末尾阳性词主语 sable fin（细沙）形成鲜明对比，后者是在一个阴韵中包含着阳性特征的唯一例子。

在最后一个三行诗节中，均由一些细碎性的东西来担任主语和宾语，先是一些闪光的碎片，后来又是 sable fin（细沙），最后转化成星星或眸子的形象——这是全诗最后出现的一个新形象。

连接两个三行诗节的独特的韵，是整首十四行诗中唯一发音相同的韵，也是唯一联系两个不同词类的阳韵。在这两个押韵词之间，还存在着某种句法上的对称，因为它们都是一个从属句的最后一个词（前一个是完整的句子，后一个则是省略的）。实际上，二者之间在发音上的押韵，并不限于这两行诗中每一行的最后一个音节，而涉及整整两行诗：第 11 行的 sembler s'endormir dans un rêve sans fin／第 13 行的 parcelle d'or, ainsi qu'sable fin。这个韵脚起着统一两个三行诗节的作用，形容一片细沙（un sable fin），仿佛接应着第一个三行诗节中雄踞在"无穷无尽的梦里"（un rêve sans fin）的狮身人面像的沙漠，这不是偶然。

第一个四行诗节中第 3 行的 la maison（家）包围着猫，在进入第一个三行诗节时，便全然消失了。在这儿，孤寂的沙漠出现了，这是狮身人面像——猫的真正的家，是无家之家。它本身又让位给猫的宇宙集合（跟这首诗中的所有其他人物一样，猫也是作为 pluralia tantum——多数集合）。也就是说，这个无家之家就是猫本身，因为金沙、星光都是从它的眼瞳中放射出来的。

在结尾部分再次提出了开篇时结合于 les chats puissants et doux（强壮而又温柔的猫）中的"情人"和"学者"的主题。第二个三行诗节的第 1 行（即第 12 行，它们的"多产的腰臀"）回应第二个四行诗节的第 1 行（即第 5 行 "享乐的朋友"），共同揭示出猫的本质，从而使人们不由自主地相信，这首诗是在谈论生育力。但是，波德莱尔的这首诗也可以有其他解释。也许是指腰身蕴涵的力量，也许是动物那光滑的皮毛上闪耀的电火花。不管它具体指什么，反正它具有一种魔力。由于第二个四行诗节一开始就有两个并列补语（即第 5 行的 Amis de la science et de la volupté，"学问与享乐朋友"），而最后一个三行诗节也不仅联系到开始时的"热恋的情人"，还联系到"严肃的学者"。

在最后一个三行诗节中，后缀都是押韵的，其押韵的后缀一方面加强了第

12 行的 étincelles（火花）、第 13 行的 parcelles d'or（金色的小星星）和第 14 行中的 prunelles（瞳孔）之间在语义上的紧密联系（这三者都属于斯芬克斯——猫），另一方面还加强了那种从动物身上发出的 magiques（神奇）的火花以及它那深邃莫测的 mystiques prunelles（神秘的瞳孔）之间的紧密联系。这个韵脚仿佛着力突出了词类的对应，是唯一没有元音前辅音的韵脚，但有两个形容词中押头韵的字母 m 暗示的并列关系。第 6 行 L'horreur des ténèbres（黑暗的恐怖）则因为这两个表示闪光的词的出现而消失了。从语音上来说，最后这个诗节的鼻元音系统通过清音色音位的优势（七个硬腭音对六个软腭音）强调了光明的主题，而在前几个诗节中则是软腭音占据了明显优势（第一个四行诗节中是 16：0，第二个诗节 2：1，第三个诗节 10：5）。

由于本诗结尾时提喻具有优势地位，身体局部代替了动物本身。然而另一方面，宇宙整体又代替了只不过是宇宙一部分的动物，便使这些意象本身变得不太确定，因而造成一种形象上的模糊。定冠词让位于不定冠词，动词隐喻［如第 14 行中的 étoilent vaguement（模糊地布满）］表现出尾声的精彩的诗学。两个三行诗节与两个四行诗节之间（在横向排比上）的一致是十分明显的，在第一个四行诗节中出现的空间（家）和时间（成熟季节）上的限制，被第一个三行诗节中的"遥远性"和"冲破障碍性"——第 10 行中的 fond des solitudes（孤寂的深处）和第 11 行中的 rêve sans fin（无边的梦）压倒。同样，由第二个三行诗节表达的猫身上发出的"神奇的火花"战胜了"黑暗的恐怖"（第 6 行）。可以说，整个第二个诗节几乎都是在制造后面这种使人产生误解的印象。

现在让我们把以上各段分析综合起来，看看这首诗的各个不同层次是如何浑然一体、互为补充或相互结合，从而赋予全诗以一个严密的整体。

首先是将整首诗加以划分。从语法的角度划分以及从诗的各个不同部分之语义关系上划分，这首诗都可以有几种符合章法的不同划分方式。

正如我们上面指出的，第一种分段方式（也是最基本的划分）是以句号为界的三段划分——即每一个四行诗节各为一部分，两个三行诗节加起来为第三部分。第一个四行诗节以一种较客观的和静态的图画的方式提供了真实的景象（或大致称为事实）。第二个四行诗节则描写了猫喜欢黑夜与黑暗势力（厄瑞波斯）对猫的企图，但是猫抗拒了这个企图。这两部分中的猫是从外部观察到的，前一部分是通过情人和学者之间特有的那种关系中的消极特征体现出来，第二部分则是从厄瑞波斯的力量中看到或由它导致的行动中体现出来。最后一部分则正好相反，上面两部分的对立在这里被克服了。这时已经在猫身上看到了一种呈积极状态的被动性，且不是从外部而是从内部表现出来的。

第二种分段方式是以两个四行诗节为一边，两个三行诗节为另一边划分，相互对照。与此同时又揭示出第一个四行诗节与第一个三行诗节之间，第二个四行诗节与第二个三行诗节之间的密切关系。结果是：

1. 之所以说两个四行诗节的总和与两个三行诗节的总和之间形成对立，是指后者抛开了一个旁观者的观点（对情人、学者，以及厄瑞波斯的力量）。此外，在三行诗节中，猫超越了一切空间与时间的限制。

2. 这种时空限制存在于第一个四行诗节，而第一个三行诗节却废除了这种限制（僻野的深处、无边的梦）。

3. 第二个四行诗节是以猫出没的阴暗区域来限定它，而第二个三行诗节则是以猫发射出的光（火花、星光）来阐释它。

最后是第三种划分。这种划分是将整个文本重新排列，形成一种交叉式的组合。将外层的两个诗节，即第一个四行诗节与最后一个三行诗节组成第一部分；将内层的两个诗节，即第二个四行诗节同第一个三行诗节组成另一部分。在第一部分中，"猫"是补语，而在第二部分的两个诗节中，"猫"承担一种主语的功能。这种分解的方式还以它们语义上的关系做基础。第一个四行诗节的出发点是由环境来提供的：猫、学者和情人们都在同一个房间里，而从这种距离上的相近又生发出双重类比——comme eux（像它们），comme eux（像它们）。与此同时，最后一个三行诗节中的相近关系也发展为相似关系。如果说，在第一个四行诗节中，家中的猫类居民和人类居民间的换喻关系形成了它们之间互相隐喻的基础，那在最后一个三行诗节中的关系便是隐而不露的，它们之间的关系更是从提喻而不是从换喻本身得出的。例如"腰身""瞳孔"等，都是猫身体的组成部分，均隐隐唤起一种与宇宙一样广阔的而像星星一般闪光的猫的形象。这样一来，猫就由一种实在而又确定的东西转变为一种不确定的模糊的东西——également（同样）、vaguement（模糊）。位于内层的两个诗节之间的相似性，则是基于一种"相当"关系：一是在第二个四行诗节中否定性的"相当"（猫与送葬使者相当）关系；二是在第一个三行诗节中的积极的和被接受的"相当"关系（即猫与斯芬克斯相当）。换言之，在上述第一种情况中，拒不承认猫处于厄瑞波斯的领域；而在第二种情况中，则是确立猫处于"孤寂的深处"。

这样一来，我们就获得了一种与前述情况相反的情景，即一种与"相当"

关系颠倒的关系。这种转变是在拿它同一种或肯定或否定邻近关系（在这里是通过换喻）的比较中（这里是通过隐喻）而完成的。

至此，本诗看上去似乎是由一种像嵌套的盒子一样的等同关系构成的，这些关系构成一个具有封闭体系的整体。但是，我们还可以从另一个方面来观察它，这首诗便成为一个从始至终呈现一种动态发展的开放体系。

在本文开始，我们曾提到过以一对在结构上与其他诗完全不同的诗行为界限的二元划分（即分为两个六行）。在之前的阐述过程中，暂时把这一划分方式放到一边，因为我们似乎感到，这种划分与其他划分法均不相同。它突出了一种从真实的序列（即前六行）转变为一种超现实的序列（即后六行）的过程中的各个阶段。这种转化是通过处于中部的两行诗实现的，这两行诗本身的语义与形式结合在一起，很快便引导读者进入一个双重的非现实世界。这一世界兼有前六行诗特有的外部描述的性质，同时又引出了后六行诗的神话的回响。

第1—6行	第7—8行	第9—14行
外在的		内在的
经验的	神秘的	
现实的	非现实的	超现实的

这两行诗的音调和主题发生了剧烈的转折。这中间的两行便起到一种独特的作用，与音乐作曲中的变调极为相似。

这种变调的目的是为了解决本诗一开始就在隐喻和换喻之间建立起的隐蔽的或明显的对立。后六行诗中的解决方法是把这一对立转移到换喻本身内部，虽然，又以一种隐喻的形式将它表现出来。事实上，后六行诗中每三行押韵的诗节，都展示出一种相反的猫的形象。在第一个三行诗节中，那传统上在房子里活动的猫走出了这个圈子，在无尽的梦和广阔的沙漠中拓展了空间和时间。这种活动是从内到外，从"隐居的"猫到"自由的"猫逐步展开的。这种限制的打破，在第二个三行诗节中，是通过使猫达到宇宙的尺度而表现出来的——因为在这里猫的身体的某些部分（腰和眸子）已经藏着戈壁的沙丘和天空的星星。这两种情况下（或两个三行诗节中涉及的）的变形，都是通过隐喻而达到的。然而这两种变形并不等同：第一种即前三行仅仅涉及表面（prennent，摆出……attitudes，姿态……qui semblent s'endormir，睡意沉沉）和梦境（en songeant……dans un rêve，在梦中遐想）；第二种，即第二个三行诗节真正通过它内在肯定的语气（sont pleins，满是……étoilent，布满）把它完整地呈现出来。第一个三行诗节中的猫，是在闭着眼睛睡觉；而在第二个三行诗节中，它的眼睛一直睁着。

然而后六行诗中出现的这样一些猫的宏大比喻，只不过是将本诗第 1 行中埋伏下的"冲突"转换（或变调）到宇宙的规模而已。"情人"和"学者"集合了各类不同的字眼，分别把它们组织到一个浓缩的或膨胀的关系中：相恋的男人与女人结为一体，犹如学者追求宇宙的奥秘。这是两种类型的联系，前者靠近，后者是遥远的结合。❶ 与之相平行的关系在最后的变态形象中也可以见到：猫在时间和空间中的扩展，也有时间和空间在猫身上的压缩。但是如我们已经说过的，这两个三行诗节并不完全对称。因为在后一个三行诗节中，集中了全诗的一切矛盾和冲突：丰腴的腰身使人想到情人的享乐，瞳孔让人想到学者所从事的科学，"神奇"（magiques）呈示出前者的炽热和积极，"神秘"（mystiques）则揭示后者的沉思和冷静态度。

最后还有两点补充。

在本诗中，所有语法关系中的主语，除了第 7 行的厄瑞波斯之外，都是复数的，所有的阴性韵也都是复数的（包括名词性的词"孤独"）。对这样一些事实，《人群》中的某些段落可以绝妙地说明："合群与独处，对一个积极而多产的诗人来说，这两个词意义不同却又可以互转……诗人享有独一无二的特权，他可以极力保持本色，也可以依据自己的意志体验各种角色……与这种其乐无穷的我行我素相比，与给予自己诗歌和仁爱的灵魂的神圣娼妓生活相比，与意想不到的事件和过路的陌生人相比，人们称之为爱情的那种东西是多么渺小、狭隘和虚弱。"❷

在波德莱尔的这首诗中，猫开始时是"强壮的"和"温柔的"，而在最后一行中，它的"瞳孔"被比作"星星"。克雷佩（Crépet）和布林（Blin）曾把这句诗与圣伯夫（Sainte-Beuve）的诗行相比较："强大而温柔的星"（1829）。他们指出在布雷瑟（Brizeux）的一首诗（1832）中也有这种形容词

---

❶ 本维尼斯特（M. E. Benveniste）阅读本稿的时候，不吝指出，把"热恋的情人"与"严肃的学者"联系在一起的过程中，"成熟的年纪"也扮演了中介角色：的确，这两种人的类比，把他们等同起来，离不开"成熟的年纪"这个要素。本维尼斯特接着说，因为直到成熟的年纪依然还是"热恋的情人"，这是超越一般的人之常情的，就像学者献身于他的事业。诗歌一开始所描述的场景就是远离尘世的景象（虽然如此，但也没有潜藏到地底），接着就发展和转移到猫身上，从怕冷的离群索居转向广阔的孤独的星空，科学和欢乐都变成了无边无际的梦。

我们感谢本维尼斯特的评点，这里不妨摘录《恶之花》中的另一首诗："谈情圣手……秋天的果实，无上的美味。"（《谎言的爱》）

❷ 波德莱尔：《作品集》第 2 卷，七星书库，巴黎：1961 年，第 243—244 页。

用法，用这样的话称呼女人："有双重天赋的人！强大而温柔！"

这些事实可以说明（也许还需要进一步确证），波德莱尔心中，猫的意象同女人的意象是紧紧相连而不可分割的。《恶之花》中另外两首以猫为题的诗中展现得十分清楚。一首是十四行诗："来，美丽的猫，来到我多情的心"（Viens, mon beau chat, sur mon coeur amoureux），其中有一行诗说得很清楚："我看到了精神上的妻子……"（Je vois ma femme en esprit...）；另一行诗是"在我的脑子里……有一只漂亮、强壮而温柔的猫在游荡……"（Dans ma cervelle se promène... Un beau chat, fort, doux...）。它直接呼喊出："它们是仙女，它们是神？"（est-il fée, est-il dieu?）在《猫》这首诗中，男和女不定的主题也隐隐漏出，在其中那些有意造成的模糊用语中更为明显（这些模糊用语是："情人""喜爱""强壮、温柔的猫"……"它们的丰盈的腰"）。米歇尔·布托（Michel Butor）说得很对，在波德莱尔的作品中，"女性气质和非凡的男子气概，这两个方面绝不是互斥的，而是紧密相连"❶。这首诗提及的所有角色都是阳性的，只有猫和它的另一个自我——巨大的斯芬克斯是阴阳合体的。通过以阴性的名词构成所谓的阳韵这一矛盾的方式，这首诗始终表现了这种双重性。但在本诗一开始所提出的情人和学者这个星座中，猫由于起到了一个中介的作用，因而取消了女人的称呼，从而让摆脱了"狭隘"爱情的"猫的诗人"与摆脱了严肃的学者的宇宙面对面——如果不是把它们混合在一起。

---

❶ 布托：《一段趣事，评波德莱尔的一个梦》，巴黎：1961年，第85页。

佳作点评

文科无用？对巴赫金对话理论的再思考与再应用*
——评《巴赫金的启迪：人文科学中的对话性方法》

■ 王晓菁

《围城》里描述过这样一条鄙视链："理科学生瞧不起文科学生，外国语文系学生瞧不起中国文学系学生，中国文学系学生瞧不起哲学系学生，哲学系学生瞧不起社会学系学生，社会学系学生瞧不起教育系学生……"❶可见，百年来，文科在国内高校的存在感都不明显。尤其是在科技统治世界的当下，这已经是一个世界范围内的普遍现象。在过去的十年里，文科的空间不断被压缩、被边缘化，人文学科在全球的高等学府日益遭受冷遇，似乎正面临衰亡。❷原因为何？出路何在？

由德国哥廷根大学斯拉夫文学与比较文学教授马蒂亚斯·弗莱泽（Matthias Freise）主编的《巴赫金的启迪：人文科学中的对话性方法》直面这些问题，提出了有针对性的方案。该书于2018年由美国学术研究出版社（Academic Studies Press）出版。它是"比较文学与思想史研究系列丛书"中的一册。欧洲科学院院士、伦敦大学女王学院的加林·吉汉诺夫（Galin Tihanov）教授是这套系列丛书的主编。

《巴赫金的启迪：人文科学中的对话性方法》看上去并不是一个特别有吸引力的题目。但读者只要看到它的目录就会发现，这是一部非常能够激起阅读欲望，细致入微又饱含宏大愿景的著作。牛津大学出版社《现代语言研究论坛》（*Forum for Modern Language Studies*）评论道：这本书对任何一位当代人文

---

* Matthias Freise (ed.): *Inspired by Bakhtin: Dialogic Methods in the Humanities*. —Brighton, MA: Academic Studies Press, 2018.

❶ 钱钟书：《钱钟书集：围城，人·兽·鬼》，北京：生活·读书·新知三联书店，2001年，第89页。

❷ 李永博："在技术统治的世界，人文学科正面临衰亡吗？"《新京报》，2019年04月23日。

科学从业者来说都极具阅读思维刺激（thought-provoking），它为定义人文科学创造了强有力的论据。[1]

该书除导言（Matthias Freise）之外，由七个章节组成，它们是：《俄罗斯后现代文学的内在对话性：复调抑或精神分裂？》（Maria Andrianova）、《苏格拉底与陌生人：柏拉图的对话体现了怎样的对话性？》（Kryštof Boháček）、《文学史中的对话性方法》（Matthias Freise）、《关于对话的社会学》（Michal Kaczmarczyk）、《文化产品设计中的话语》（Klaus Krippendorff）、《双人场域的依附模式》（Reinhard Plassmann）、《形象中的声音：研究对话性他者形象的方法与理论》（Xiaojing Wang）。每章从一个特定的人文学科出发，分别探讨对话理论在文学、哲学、文学史、社会学、设计、心理学、电影分析七个学科内的应用与作用。其核心问题是：对我的领域来说什么是对话性？为什么对话性的方法对我的领域至关重要？这七个章节的作者分别来自德国哥廷根大学、俄罗斯圣彼得堡大学、捷克西波西米亚大学、波兰格但斯克大学、美国宾夕法尼亚大学、德国柏林国际精神分析大学的相关领域。

马蒂亚斯·弗莱泽教授所著的导言作为全书的纲领回答了本文开头提出的两个问题：文科衰落的原因何在，出路何在。弗莱泽从人文科学内部结构出发，认为导致其衰弱的一个原因是文科学者正在放弃文科的独特性。近年来，许多学者们致力于把人文科学变得更"科学"。他们认为人文科学应该和自然科学一样，具有客观性、实证性。于是他们在方法上借鉴自然科学，把人文现象视为"客体"，以发掘其"属性"为目标，对其一味地进行数字化及定量研究。最终导致人文现象及人文科学的独特本质被罔顾，其独特功能不能发挥，成为自然科学的外延和附庸。独特性的消失也就意味着存在合法性的消失。长此以往，学科的没落甚至消亡便是必然的结局。因此，文科的出路就在于重回其独特性，并据此发展出合适的研究方法。

那么，究竟什么是人文现象和人文科学的独特性？通过语言学、数学，以及原子事实（atomic fact）等原理，弗莱泽论证了现实的基础是"关系"，"关系"先于"客体"。人文现象不是"客体"，而是"关系"。自然科学研究客体，人文科学研究关系。社会学应该研究社会关系，而不是可数的个体属性；哲学应该研究人类思想与世界的关系，而不是语言的属性；文学史应该研究代际之间的关系，而不是"客观"发生了什么；设计理论应该研究设计如何被

---

[1] *Forum for Modern Language Studies*, Vol. 55, No. 2, pp. 245-246.

我们与物质世界的相遇所引导，而不是某种工具的实际功用；神学应该关心我们与上帝的关系，而不是我们与古抄本中戒律的关系；心理学不仅应该把心理现象理解为一张活的关系网络，而且应该把它视为分析师和病患之间的二人场域；文学不应该由"主观"或"客观"的意思构成，而应该是一个我们也参与其中的语义空间。只要存在关系，就一定存在关系参与者之间的互动对话。所以，对话是人文现象的共性，人文现象的独特性即在于它所蕴含的对话关系；人文学科共同的基础特质是：它们是在不同的认知领域里，通过诠释，考察和理解对话关系的学科；人文学科研究方法的独特性在于对话性思维。概括来说，就是以巴赫金的对话理论为基础：1. 考察人文现象中的对话现象，即现象内部的对话关系结构，比如社会交际、心理依赖、文学文本、电影形象；2. 处理人文现象时运用对话性的方法，比如文学史中研究者如何对待历史，文学家如何对待文本，精神分析师如何对待患者。这些涉及的是研究者和现象间的对话关系结构。

那么，如何能够实现这种对话性的方法？换句话说，如何用对话性的方法处理现象中的对话关系？笔者从文中总结出了三种"理解"作为实现对话性方法的前提。

第一，研究者要理解自己是所处环境中的一部分。为了追求"客观真相"，许多人文科学的研究者希望自己像自然科学研究者那样保持一种中立的超越于研究客体的元立场（meta-position），从监管人（supervisor）的视角考察客体。弗莱泽认为，对于人文学科来说，这种立场和视角是不可取也是不可能的。从海德格尔对胡塞尔试图寻找零点（zero-starting point）的批判中可以得知，人类不可能脱离自己的立场和视角。比如，在性别研究中，不可能有这种元立场，因为每个人都处于一种性别以及关于这种性别的话语之中，不可能"中立"。

第二，理解个体的矛盾性。弗莱泽以心理学为例，指出心理分析师通常首先分析自己，从发现和正视自己的矛盾性开始，学习分析和接受他人的矛盾性。只有从是非、黑白、主客观的二元思维中解脱出来，才能进入充满矛盾的关系中。他提出，对《巴赫金的启迪》的作者们来说，在社会和心理层面上所谓的客观"真相"都不是真实的，真实的真相是相遇，是矛盾，是冲突，是对话。

第三，通过布尔逻辑代数（Boolean algebra）理解关系中的四个维度。弗莱泽举了一个形象的例子：如果你分别听一对吵架的夫（A）妻（B）讲述事件原委，你就会陷入罗生门的情节中：双方都坚持自己陈述的才是事实。由于每个人都是矛盾体，他们的陈述都包含着或真或假的可能，于是就存在四个维度：A 真，B 真，A 假，B 假。所以，通过他们的陈述，你无法获得事件的真相，但是你可以看到他们之间关系的真相。用布尔代数可以表达他们关系中四种维度的组合状态：A 真—B 真，A 假—B 假，A 真—B 假，A 假—B 真。想要理解关系的真相，必须置身于这四种状态中。任何可以表述关系的现象，都应该包含这四种维度，否则就是不完整的。比如，雅克·拉康对个体心理结构关系的解析包含了大他者（真）、主体（真）、小他者（假）、自我（假）四个维度；罗曼·雅各布森对符号关系的解析也包含了四个维度：他在符号的能指、所指、意指的三个维度之外，加入了美学维度，以构成完整的四维度结构。

简而言之，对人文学科来说，"对话"既是现象又是方法。接下来该书的七位作者在各自的学科领域里探讨了对话现象与对话性的方法。

《俄罗斯后现代文学的内在对话性：复调抑或精神分裂？》的作者首先描述了一个因后现代主义发展而导致的社会现象：多元，以至于失去了真相。随后，作者梳理了从 19 世纪开始蕴含在小说里的对话现象，以展示文本与社会的关联。陀思妥耶夫斯基的小说被巴赫金誉为"复调"小说的典范，是对话主义的体现。但与此同时，陀思妥耶夫斯基也意识到了，绝对的思想自由有导致疯狂的危险。在他的小说人物斯维德里盖洛夫、斯塔夫罗金、伊万·卡拉马佐夫的身上，已经暴露出了这种危险。契诃夫在他的小说《决斗》和《第六病室》中，尝试同时赋予两个人物两种截然不同的但都揭示真相的世界观。读者会看到，只有当这两种真相结合起来的时候，才能孕育出真正的真相。契诃夫希望通过这种方式，令读者对现实有更深刻的理解。

进入后现代时期，只有单一真相的独白模式被对话意识——甚至是精神分裂意识——所取代。曾经非黑即白的真相被分散到不同人物身上来表达。与此同时，也可以通过一个人物表达出不同的真相。于是，在后者身上集中了由于多种真相同时存在而导致的悖论、反讽、反差。这样一来，人物间的对话被淡化甚至消失了，取而代之的是人物内部、文本内部、文化内部的对话。安·比托夫的《普希金之家》，维克托·佩列文的《狼人的圣书》和《S. N. U. F. F》就是这类文学的代表作。这种内部对话在表现后现代时期人们渴望逃离权威和摆脱他人影响的同时，也流露出想与他人对话而不得的沮丧。比如佩列文小说《S. N. U. F. F》的结尾表现出了迫切地向他人进行表达的愿望。此外，比托夫的作品里隐含着一种悲剧性的现象，即人与人之间的理解错位：我理解的却不是你想说的。《亚美尼亚语课，格鲁吉亚相册》表现了在不同文化的对话中暴露出的对陌生文化以及本土文化的误解和错位。

最后，作者概括了比托夫和佩列文的共性：他们都拒绝理性，认为理性只能带来控制并阻止人们通往真理；要感知真理只能通过疯狂，远离常规，寻找内在的自由；只有懂得对话的人才有能力达到真正的自由，才能摆脱时代环境造就的刻板模式，才能理解他人。

《苏格拉底与陌生人：柏拉图的对话体现了怎样的对话性?》对柏拉图《对话录》中不同的对话模式进行了梳理。该文作者强调，对话问题不仅是哲学研究的基础，而且对欧洲的社会文化至关重要，它影响了欧洲人的举止与言谈，思考与书写。作者首先对学界关于柏拉图的对话研究进行了简单综述，然后得出结论：学者们各执一词，难以达成共识。究其原因，分歧的一个根源在于，对"对话"的理解不同。柏拉图不同时期的著作呈现出的对话模式是不统一的。如果把其中某一时期的对话模式作为分析柏拉图对话的基础，必然以偏概全。

作者强调，对柏拉图哲学的诠释，必须建立在对文本的细读上。在文本分析的基础上，作者把柏拉图作品里的对话首先分为狭义对话、形式对话和广义对话。在狭义对话里又分为早期苏格拉底对话、及物对话、辩论对话和教条对话。属于早期苏格拉底对话的作品是《伊安篇》《小希庇阿斯篇》《游叙弗伦篇》《大希庇阿斯篇》。在这些作品里，苏格拉底没有特殊的对话身份，没有表达自己的观点，他只是迫使对方面对自己的认知局限。所以，在这些对话里只有单一的观点，没有巴赫金的"复调"。

及物对话包括《吕西斯篇》《卡尔米德篇》《欧绪德谟篇》《普罗泰戈拉篇》《拉凯斯篇》。及物对话又被称为报告对话，因为这里有苏格拉底自己的陈述。在这些作品里，苏格拉底在不同的对话场景里拥有自己特殊的身份：我们看到他是典型的雅典公民，热衷政治、睦邻友好；他是军队的一员；他是投身社区的参与者。作品里的其他人物也有自己的身份。身份带来立场，立场带来观点。于是"复调"出现了。在这些对话场景里，各种声音被平等对待，兼容并包，结局开放。

被归为辩论对话的作品是《高尔吉亚篇》《美涅克塞努篇》《美诺篇》，以及《会饮篇》的部分内容。除了《会饮篇》，这些作品都被模拟为苏格拉底遇到持不同观点的辩论对手。这些对手被描述成某种哲学流派或立场的拥护者，而对话的目的不再是平等交流，而是为了打败对手。拥有主角光环的苏格拉底在这些辩论战中是稳赢的。这类对话显然与巴赫金所言的对话无关。

教条对话指的是《斐多篇》《理想国》《泰阿泰德篇》《巴门尼德篇》，以及《会饮篇》的部分内容。柏拉图最主要的思想就体现在这些文章里，比如理念论、灵魂三分法，以及理想国。这些文章里的对话立场单一，主要是借对话之名，行教导之实。所以，它们自然也和巴赫金的对话没有关系。

《智者篇》《政治家篇》《蒂迈欧篇》《克提拉斯篇》《法律篇》《斐德若篇》，以及《巴门尼德篇》的第二部分被归入形式对话。在这些篇章里，苏格拉底成为配角，对话由其他人引导。这些引导人都受过爱利亚学派辩证法的训练，问与答都严格按照程序，问答双方其实都为引出同一个观点。所有对话的科学性都很强，但没有"复调"。

广义对话包括《申辩篇》和《美涅克塞努篇》的部分内容，以及所有其他对话里的长篇个人论述。这些文章主要由某个人的长篇大论构成，没有显性的对话参与者，隐性的对话参与者是读者。最后作者概括道：柏拉图的对话作品里有不少辩证思想，但只有少数对话与巴赫金式的对话相关。

《文学史中的对话性方法》开篇就旗帜鲜明地指出：传统史学排斥归纳与理解，讲求叙事性，隐含意识形态动机；对话性的史学则重视理解，以及对范畴的分类。至于文学史，研究者为了追求科学精确，逐渐回避文学时代（epoch）的概念（比如文艺复兴时代、浪漫主义时代），转而使用客观的事件、作家或年代来标记文学（比如内战文学、歌德时代的文学、60年代文学）。作者论述道：文学时代之所以重要是因为它由风格构成，风格由形式决定，而形式又决定了功能，功能创造语义空间。摈弃了文学时代就等于放弃了对语义空间的构建，也就失去了共情，于是历史成为了"异域"（exotic）。

接着，作者论证了：文学时代是只有在对话中才能呈现出来的关系现象；它是过去历史的参与者同后代诠释者的对话。过去时代的参与者为他们的时代做出贡献，为后代提供身份认同的依据；后代辨认出过去的时代中的优点与盲点，或抛弃、或继承、或革新，以此塑造当下的时代；在与过去的参照中，后代也更容易看到自己所处时代的真相。文学时代就在这一系列的对话过程中产生。整个过程由四个对话性维度构成：阐释对话性、辩论对话性、结构对话性,以及历时对话性。

作者以文艺复兴时代和巴洛克时代之间的关系为例阐释了这四种对话性。文艺复兴时代是巴洛克时代的过去,巴洛克时代是文艺复兴时代的后代。"阐释对话性"指的是两个时代用来阐释世界的模式的差异。文艺复兴时代使用的是精英式的世界模式;而地理大发现之后的巴洛克时代开启的是融合性的世界模式,它把被精英模式排斥在外的多种艺术文化宗教整合了进来。巴洛克与文艺复兴之间的"辩论对话性"来自于巴洛克对文艺复兴哲学思考的一系列否定之中。比如,巴洛克批判文艺复兴因推崇人为万物的尺度而导致混乱。所以,巴洛克认为信仰必须回归,信仰才能提供文艺复兴不能提供的和谐。"结构对话性"发生在巴洛克文学领域。巴洛克时代的文学家用悖论挑战文艺复兴时代追求平衡统一的诗歌创作,以此构建被文艺复兴忽略的世界与人性的各种内在矛盾。由悖论产生的一个实质性效果就是虚幻性。巴洛克时代认为,虚幻提供了更高级的真实。因为它弱化了被文艺复兴推崇的因果论,释放了被文艺复兴压制的死亡、神、时间等主题,强化了信仰为现实的本质。"历时对话性"是对两个时代之间连续性的考察。比如说,虽然文艺复兴时代和巴洛克时代有很大差别,但在崇尚古罗马文明、讲究修辞、追求多样性、放纵与节制的辩证等方面,可以明显地看出巴洛克时代对文艺复兴时代的继承。通过这个例子,读者可以看到:只有通过这四个维度的对话,才会产生真正的"时代";只有进入这四种对话,才能真正地理解"时代"。

《关于对话的社会学》开门见山地指出:任何思想都有一个盲点,那就是思想过程本身。永不停歇的思想过程营造出一种治理世界和保障思考主体连续性意识的假象。所以,在思考中进行的身份构建过程有一个黑暗面:个体对批判性的自我意识免疫,从而失去真相。于是,对话凸显了一个问题:当个体聚焦于自己的思想就会加强自己行为逻辑的合理性,且再也意识不到它们的问题。《关于对话的社会学》就是要处理这个问题:如何应对愈加自我的个体与社会之间的关系。

在文章第一部分,作者对马克斯·韦伯、埃米尔·涂尔干、美国实用主义学者等人的经典社会学和社会概念进行了比较,用以说明个体与社会的关联及冲突。在第二部分里,作者分析了对话、沟通以及互动之间的差别。作者的观点是:对话是个体行为,是沟通的基础;沟通和互动有助于对话,但它们并不构成对话,也不包含在对话内。第三部分,作者以《拉凯斯篇》为例,认为对话可以单独进行。随后,他概括了存在主义对话概念的特质:1. 批判性的自我意识;2. 诚恳地从他人视角考察某人的判断;3. 对他人观点的开放意识,以及探寻个人判断和一般概念之间的关联。在最后部分,作者在介绍了塔尔科特·帕森斯、唐纳德·莱文等学者在社会学中的对话实践后指出,在社会学中实现存在主义对话观的努力依然任重道远。他用阿尔比恩·斯莫尔的观点作为总结:对话来源于个体的生活以及个体对意义的追求。所以,他认为,任何不探索这个问题的社会学家,都可能完全误解他想要研究的现实;只有以理解行为者的思想为中心,才能体现出社会学和人类生活之间关系的重要性。

《文化产品设计中的话语》向读者展示了在设计领域什么样的沟通是有效的。作者首先罗列了从自己个人工作中总结出的设计师的对话方法,包括邀请参与者、选择地点、谈话经验、使用词汇、构建体系、平等理解、无限空间、持续推进、力求创新这九个方面。随后,作者论述了在实际操作中会破坏对话的沟通方式及原因,比如:缺乏体验、依赖媒介、关系不平等、信息权限不对称、目标功利、类比不当、程式化的机械主义。接下来,作者归纳了考察话语的六个维度:物质、团体、制度、界限、理据、构建,并详细论述了以上六个维度在文学话语、自然科学话语、公共话语中的不同体现。在最后的压轴部分,作者也从这六个维度对设计话语进行了分析。作者认为设计与自然科学最大的不同在于:自然科学不含创新(发现自然规则,而不创造自然规则),但设计必须创新。所以,设计话语最大的特点就是它的每个维度都应该为创新与发展提供可能与空间。对话就是达到这个目标的有效方法。对话的双方是设计师和利益相关者(stakeholder)。利益相关者包括顾客、客户、设计合作者、工程师、银行家、政府监管者、市场专家、批评家、供应商,以及对设计的政治、环保、经济各方面感兴趣的社会活动家等等。作者详细论述了在各个维度上实现有效对话的方法,以达到求变、求新、求未来的设计目的。

《双人场域的依附模式》探讨了在精神分析的谈话诊疗过程中实际发生和应当发生的医患关系。作者的讨论立足于双人心理学。该理论认为,个体的心理成长发生在主体间性的过程中,个体心理发展需要他人的参与。孩子只有在对哺育者的依附中才能发展出情绪管理、语言、自我。这种关系被称为"安全依附"。这一理论也可以用于针对心理转换障碍的治疗。在精神分析师与病人的谈话中,两者的心理成长就发生在两个心理转换系统因情感共鸣而产生的互动之中。这也属于安全依附。

随后,作者对现有的关于医患互动模式的研究做了综述。他主要介绍了安东尼诺·费罗的双人场域模式以及临床依附研究。费罗的观点是:在精神分析的诊疗谈话中,病人的梦与画,以及分析师对此产生的联想和反馈都不仅仅是内容,而是过程。它们体现了医患之间的关系。两者的依附关系在这个过程中产生。

接着,作者列举了三个典型的无效医患依附模式的实例,并分析了它们失败的原因。第一种是"依附丧失",失败的原因是分析师出于自我情感保护而拒绝与患者的情感发生沟通。第二种是"攻击性依附干扰",失败的原因是医患双方彼此破坏对方的人格边界,导致情感调节不成功。第三种是"论断抑郁性依附紊乱",失败的原因是抑郁症患者不断地进行自我论断和自我贬低,分析师未能有效应对。

最后,作者总结出医患谈话应有的样子。简单地说就是:同时关注内容和过程,用开放的、朴实的语言进行表达,邀请病人加入分析过程(而不只是被分析的对象),以达到相互调节、转换和共情的效果。

在本文结束前[1],让我们回到题目中的问题:文科真的无用吗?《巴赫金的启迪》告诉我们,文科无用是因为对人文现象的打开方式出了问题。用自然科学的方法处理人文现象,效果一定南辕北辙。这就好像明明是个烤箱,却被人当成微波炉来使用,那使用效果当然令人抓狂,必然被当成废物。烤箱的价值不在于快速加热,而在于均衡高温;它不能用来在短时间内热菜热饭,但能烤出松软芳香的蛋糕面包。只要理念和方法对了,它们——烤箱及人文学科——就能发挥出独特的功能和价值。人文学科的价值不在于客观和精确,而在于理解和创造;它们的对象不是客体属性,而是关系现象;它们的方法不是计算和定性,而是对话和诠释;它们不能提供一劳永逸的公式,但能在矛盾的人性和复杂的关系中创造新的可能。一言以蔽之:用对话性的方法,考察、理解、诠释人文现象里的对话关系,在各种环境里构建对话空间,是文科焕发生机之路。

---

[1] 《巴赫金的启迪:人文科学中的对话性方法》第七篇文章《形象中的声音:研究对话性他者形象的方法与理论》由本文作者所著,故在本文中不做评介。

非形式主义的形式诠释*
——评伊格尔顿《如何阅读文学》

■马海良

伊格尔顿（Terry Eagleton, 1943— ）的学术活动及其卓著的成就广泛涉及人文学科的各个领域，其学术身份和地位较为准确的称谓或许就是"当代英国最重要的马克思主义文化理论家"。然而，《如何阅读文学》让人们再次关注他作为文学理论家、批评家，甚至文学教授的身份。该书一开头就设想了一个具体的教学场景：一组学生围桌而坐，在老师的引导下讨论艾米莉·勃朗特的小说《呼啸山庄》。其实，伊格尔顿最早的学术成果中就有作家作品研究，例如《莎士比亚与社会》(Shakespeare and Society: Critical Studies in Shakespearean Drama, 1967) 和《勃朗特姐妹：权力的神话》(Myths of Power: A Marxist Study of the Brontës, 1975)，后来又有研究理查逊等作家的专著以及更大篇幅的《英国小说》(The British Novel)；在文学批评理论方面，他也早就有《批评与意识形态》(Criticism and Ideology, 1976)、《马克思主义与文学批评》(Marxism and Literary Criticism, 1976)、《瓦尔特·本雅明，或革命批评》(Walter Benjamin, or Towards a Revolutionary Criticism, 1981)、《批评的功能》(The Function of Criticism, 1984) 等论著名世。那么，这样一位既有影响广泛的理论创见，又有丰富的文学批评和具体作家作品研究经验的学术大师，会写出一部什么样的文学阅读指南来呢？毕竟，"如何阅读文学"这个书名有点像学习手册，似乎暗示将向读者讲解和传授一些具体可行的阅读方法。有些读者也可能会类比联想到瑞恰兹（I. R. Richards）的《实用批评》(Practical Criticism, 1929)，这本英美新批评派的经典著作记载了瑞恰兹在英国剑桥大学文学课堂做的教学实验，他选了不同作者的13首诗，抹去诗作的时间和作者信息，

---

* Eagleton, Terry. *How to Read Literature*. New Haven and London: Yale University Press, 2013.

然后让学生当堂阅读，写下他们从诗句里获得的直接感受，最后提出对一首诗的整体评价。

《如何阅读文学》全书五章可分为两个部分，"开头""人物""叙事"都是作品本身的构成元素，是展开文本分析和释读的三个方面，更多地涉及具体的阅读方法和技巧，而"阐释"和"价值"属于作为文本分析与释读结果的意义范畴，是读出来或读进去的东西，以及对作品整体品质和价值的评判把握。当然，这只是一个大致的区分，从实际内容看，各章节处理的议题多有交集，观点论述互相交缠，这是因为看似偏重技术性的阅读方法示范必然与意义的释读结合起来，同步推进，阅读过程就是意义生成的过程。反过来看，意义的生成或阐释以及文学价值判断都离不开逐字逐句的具体阅读行为。

在《开头》这一章，伊格尔顿选取十几个作品的开头段落，展开细读阐释，其观察之周全、辨析之精微、洞察之深刻和阐释之新颖，令人叹服。譬如对福斯特（E. M. Forster）名作《印度之行》（*A Passage to India*）开篇第一段文字的释读，伊格尔顿指出，作者福斯特或者说叙述者对殖民地印度的那种矜持而又关心、好奇而又不屑、既想河边走而又不想湿了脚的宗主国自由知识分子心态在这段文字中的遣词造句、章法结构的各个角落都得到了"完美"的表现。这段文字以一个排除性的短语开篇，显露出文明化了的英国中产阶级所偏爱的那种欲说还休、拐弯抹角的说话方式；这个排除性短语（Except for the Marabar Caves）置于主语前面，让句子看上去和读上去有一种匀称平衡、冷静沉稳的优雅之态，这有利于叙述者保持自己作为殖民地游历者、观察者和外来者的身份及其立场。主语 Chandrapore 放在那个排除性短语和一个从句之后，也许能够吊起读者，尤其是西方读者的胃口，让他们对这座遥远的印度城市的异国风情充满期待，然而紧接着的谓语"并无任何特殊之处"却毁灭性地击碎了读者本来颇高的预期！如果按照意群来分析，这个句子可切分为四个较大的短语，让每个短语占一行，结果便组成一个漂亮的三音步四行诗节，读上去韵味十足、节奏整饬、朗朗上口。有意思的是，这种算计到位、拿捏讲究的语言管理却与印度城市破败荒芜、杂乱无章、污水横流的景象形成对立和冲突，而这种大有深意的紧张关系并不是通过词句语义直接宣讲出来，而是无言地隐藏在字里行间或形式结构之中，有些意味完全可能连作者自己也不甚了了，但是读者通过细读细绎，能够确认这些意义就在那里。也可以说，这种平稳精致、字斟句酌的语言中流露出对殖民地印度的鄙视和挑剔的语调，好像 Chandrapore 根本算不上一座城市，而只是穷乡僻壤里的一个化外村落。流经此地的这一段恒河"幸亏不属于圣河部分"(happens not to be holy here),伊格尔顿认为这个短语里的三重头韵(triple alliteration)让人感觉有些油嘴滑舌,而且似乎感觉到叙述者对自己的修辞功夫相当得意,有意无意间流露出对殖民地本土文化不以为然、轻蔑嘲弄的语气。这里,再一次通过语言,或者通过语言的组织形式所流露的语调语气,而不是通过词语意义本身,显露出一种矛盾对立:谨言慎语的有教养的文明人却有意无意间暴露出自己轻佻粗鲁的破绽。再者,叙述者竟然知道恒河有些河段不属于圣河,这说明他对印度了解甚多,至少不像初来乍到的局外人,可是这段文字显然采用了从高空俯瞰的视角,这是在合情合理地显示外来者远距离瞭望的姿态,抑或显露出宗主国来人视察时居高临下的立场?甚至二者兼具。

就在这个看似高度艺术化的篇幅不长的开篇段落里,伊格尔顿实际上读出了大量的矛盾、悖论、反讽、含混、复义以及张力,其中最大的含混是"洞穴"。在这个段落一开头的短语中,"洞穴"被排除出去,然后才引出"并无任何特殊之处"的主语 Chandrapore,那么问题是,"洞穴"是否有其特殊之处?伊格尔顿认为这个问题贯穿全书,是整个小说的核心问题,但是正如洞穴是一种空洞的意象,整个小说从始至终都没有明确地回答这个问题,因此"洞穴"问题便成为小说的"缺位的中心"(absent centre)。《印度之行》出版于 1924 年,中心的虚化、模糊化或"缺位"是福斯特时代现代主义文学的共同特征。从当时英国的社会历史语境来说,这种反讽式的中心虚位反映出福斯特对帝国统治的含混态度。

伊格尔顿接下来对莎士比亚的《麦克白》、乔叟的《坎特伯雷故事集》、弥尔顿的长诗《利西达斯》(*Lycidas*)、奥布莱恩(Flann O'Brien)的长篇小说《第三个警察》(*The Third Policeman*)、奥威尔(George Orwell)的小说《1984》等十多部作品的开头作了精细翔实的分析阐释,这些释读似乎都表明一部文学作品的开头尤其重要,值得认真细读,因为作家在开头部位会特别殚精竭虑地经营文本,从而激起读者的兴趣和注意力,更重要的是"小说的开头语句往往建立起全书的样板"(14),读懂了开头,就等于抓住了整个作品的核心,这一点可谓伊格尔顿的文学经验之谈。文学作品的开头如此重要,《如何阅读文学》的第 1 章专门探讨如何处理"开头",可谓得体得宜。

"学习如何做一名文学批评家,首先就是学会如何运用某些技巧"(7)。与伊格尔顿的其他著作相比,《如何阅读文学》的一大特点是运用了大量的文本细读实例,他把这些实例说成是"文学分析的实用练习"(7),显然在他看来，文学阅读方法是可以具体地被逐一传授并习得的。另一方面，批评方法总是文学观念或文学理论的体现，反映批评家和读者对文学性质和功能等根本问题的理解和认识；如果说批评方法侧重具体操作的阅读和分析技巧，是如何做的问题，那么文学理论为批评方法提供基本理据，说明为何应该如此做。事实上，《如何阅读文学》不仅在阅读技巧方面展示出非凡的文学能力，而且在这个过程中不断阐发了伊格尔顿的文学观。从写作效果来看，《如何阅读文学》通过大量的作品案例，就像现场教学一样，让读者和文学专业学生观摩、体会和学习如何面对一个具体的文学文本，最大程度地使理论转化为实践效用，同时也将理论命题和论证阐述建立在牢靠的实证基础之上，就此而言，读者应该能体会到该书的写作策略具有重要的方法论意义。

按照现代文学知识，"人物"是叙事的重中之重，没有人物就没有行动和情节，就没有故事，正如句子没有主语，就无法组成一个完整有效的语句。现代文学理论发展出一套关于人物的复杂概念，譬如圆形人物、扁平人物、典型人物、公式化人物、悲剧人物、喜剧人物、正面人物、反面人物等等。伊格尔顿认为，现在人们对于文学人物的认知和判断标准并非自古而然的唯一真理，而是浪漫主义人物观的延续，实际上，莎士比亚甚至18世纪的新古典主义作家们并不这么看，在柏拉图和亚里士多德时代，情节或行动才是最重要的元素。文学作品中"人物"地位的上升，人物必须具有鲜明独特的个性并且必须是动态发展的过程等说法，反映了现代社会资产阶级的个人主义意识形态。然而实际上，无论古典文学，还是现代文学，人物范畴都是"文学性"的重要体现，日常生活中的人们总是能够不断溯及过往，也会随时迎接一个又一个的明天，而关于文学人物的所有信息却尽在文本之中，对文本中没有述及的事情妄加猜测是没有任何意义的；在一个文本开始之前，文学人物不存在；在文本结束之后，文学人物随即消逝。也可以说，人物的全部生活都在书页上的那些符号之中，而且只活在读者阅读文本之时。因此，就文本解读中的人物分析工作来说，一定要把人物分析置于整个文本语境当中，考察人物与环境、他人、行为等事项之间的关系。其次，也要仔细观察人物的行为方式，人物的性格及其差异往往不在于他们做什么，而在于怎么做。

小说是最重要的一种现代文类。"叙事"这一章主要讨论的是以小说文类为主的叙事文本的结构问题，亦即事件、行动、人物、环境等元素是如何组织和安排的。伊格尔顿认为，结构分析对于叙事文本的意义阐释具有非常重要的作用。以叙述者的人称或视角为例，第三人称叙述者并不一定等于作者，有些情况下很难确定到底谁在讲述,实际上作者的声音与人物叙述者的声音是混合起来的,伊格尔顿称之为"杂糅叙述"(hybrid narration),这时就要仔细辨别哪些是人物的声音,哪些是作者的声音。再如不可靠叙述者(unreliable narrator)的问题。斯威夫特《格列佛游记》中的叙述者、詹姆斯《螺丝在拧紧》里家庭女教师的叙述、《呼啸山庄》里奈莉的叙述、《简·爱》中的第一人称叙述者、康拉德《在西方的注视下》中的叙述者、福特(Ford Madox Ford)《好兵》中的讲故事人,都存在着明显的不可靠叙述的问题。有些叙事有意识地使用了多重视角,例如《呼啸山庄》,整个故事是通过几个叙述者分别讲述的,也就是说,整个叙事文本是由不同人物做的一系列局部报告或微叙事(mini-narrative)串接而成,再加上时序颠倒错乱,让读者不易作出确切的判断。结构上的多重视角导致了小说中人物叙述的片面性和局部性,这一点读者不可不察。而《简·爱》倒是单一视角,但是由于所有的内容都要经过"我"的过滤,所以读者有理由怀疑其真实性。故事叙述者不只报告事件,而且也在作出各种判断,读者需要注意的是一个叙事文本里的所有信息只能出自叙述者,但是是否采信叙述者的讲述,读者完全可以作出自己的判断,不过这样做时必须依据白纸黑字提供的充足翔实的文本证据(textual evidence)。《儿子与情人》基本上采取了保罗的视角,很少从他的恋人玛丽安的角度去思考,因此应该说这种叙事对她是非常不利的,"倘若真实生活中有个叫作玛丽安的女人,那么她会立刻看出这种结构上的偏见"(92)。同样在《查泰莱夫人的情人》里,查泰莱夫人的丈夫克利福德被描画成一个冷漠呆板的残疾人,叙述者并没有意愿去了解克利福德的内心究竟是什么状况,伊格尔顿不无讽刺地说,"劳伦斯自己也是个残疾人,可是他对待轮椅上的人的态度实在不敢恭维"(92)。相较之下,艾略特的《米德尔马契》中,叙述者与各色人物保持距离,让所有人物尽量充分地表现自己。同样,哈代《无名的裘德》中的叙述者显然不喜欢淑·布莱德赫的丈夫菲洛森,但是他能让菲洛森忍痛答应妻子的离婚祈求,给她以自由,以此保留了自己的尊严和气度。狄更斯小说中有不少采用了儿童人物的视角,在儿童的感知中,世界是无序凌乱而不可理喻的,这实际上反映了狄更斯观察世界的方式和看到的社会状况。在这些白纸黑字证据基础上作出的阐释,很可能连叙述者甚至作者本人也没有意识到,由此可见叙事结构分析对于叙事意义阐释的重要作用。

叙事结构的重要性是小说等叙事文类的"文学性"所决定的。小说就是小说,是虚构之事,这是小说家和读者一开始就约定好的,因此不能与现实生活对号入座，甚至不能用真假值来评价小说。叙事作品虽然对各种事件、人物状况进行报告，但并非新闻报道或历史档案，与事实意义上的真假无关。小说里可能有些非常科学、严谨的知识和描述，但它仍然是小说，总体而言属于虚构范畴，正如现实生活中也许真的有人名叫柯南·道尔，而且确实是个侦探，但他不是小说人物柯南·道尔。另一方面，这并不是说作为虚构之事的文学与现实世界没有联系。现实主义小说采用一切手段让小说中的情境事件肖似实际生活中的场景，为追求"逼真"效果而普遍采用大量运用细节厚描的方法。现代主义小说放弃了现实主义的这种逼真方法，甚至不再追求"叙事性"（narrativity），但是这并不意味着这种创作方法放弃了与现实生活的联结。事实是，小说有各种写法，叙事结构变化多端，但是所有叙事的最大共同点在于它们其实都是作者精心选择、编排、创设的产物。小说家们采用的创作手法不同，但相同的是都在通过自认为最有效的方式来呈现自己对世界的感受和理解。"我们确实知道，把《白鲸》称为一部小说，主要是说它意在对我们可以宽泛地称之为'道德'的问题说点儿什么。道德在这里不是指伦理准则或宗教戒律，而是指人类的情感、行动和思想观念等问题。《白鲸》力图告诉我们一些关于罪、邪恶、欲望和精神疾病的事情，并非只讲鲸鱼或鱼叉，并非只讲19世纪的美国"（120）。文学作品主要通过想象世界来搭建一种观察世界和生活的方式（a certain way of seeing），因此它们可以采用任何方式，甚至"允许它们为了目的而扭曲事实。它们更像是政治家的演讲，而不是天气预报"（122）。

  形式分析终究是为了更好地解读作品的内容意义，而一个文学作品的意义往往有不同的解读，"最好不要把文学作品限定在某个单一意义上，而是要把它们看作能够产生很多意义的母体。它们与其说是包含着意义，不如说是产生出意义"（144）。"产生"而非"包含"，意味着文学文本的意义不是一劳永逸地静待读者前来翻检提取，而是动态变化且永远开放的。不言而喻，文本意义的开放性和多元化与读者因素是分不开的，"没有读者，就没有文学"（146）。不同的读者，乃至同一个读者在不同的时间，因为阅读情境的不同、生活阅历的不同、价值观的不同、文化语境的不同、意愿追求的不同，致使"一千个读者有一千个哈姆雷特"，这也不难理解。值得注意的是，伊格尔顿在颇为周全地解释造成这种多元化阐释的各种原因时，列举了一些新的因素。譬如，从文学的特殊性——"文学性"来讲，构成小说的关键不是事实性，而是虚构性（fictionality）。一个文学作品以及一种文学思潮或创作方法，虽然有其特定的现实背景和语境，但是文学的虚构属性使它们并不限于某个特定的单一语境，而是穿越具体的社会历史时间，甚至跨越不同的文化地理疆域。奥斯汀的作品会超出土地士绅阶级，弥尔顿的《失乐园》会超出英国内战时期的斗争，从这个意义上说，"所有的文学作品一出生便成了孤儿。"从文学语言的"文学性"来说，文学作品里的语言表征所参照的语境就在文本之内，而日常语言却是参照语言之外的情境来确定语言所表达的意义并且因此而只能作出相对确定和单一的意义解读。例如一件工具或电器的使用说明书，必须对照实物精确地读解手册上的操作说明文字。也可以说，文学作品自带语境，而且在阅读过程中，文本内的语境会因为阐释的需要而作出调适，形成"阐释框架"（interpretative frames），文学文本"在推进的过程中创造出自己的情境。我们只能从作品已经说出的内容中推想出背景，然后参照这个背景理解文本的意义。实际上，我们是一边阅读，一边在建构这样的阐释框架，只是大多数时候没有意识到这一点罢了"（119）。

　　文学批评的最后一个环节是在文本分析和解读的基础上，对文学作品的质量作出价值判断，明确判定所论作家作品的优劣品位。价值判断既是文学批评的最终要求，显然也是批评家无法回避的关键考验，因为批评家作出的价值判断不仅需要充足合理的文本事实的支撑，而且要能够说服其他读者，并经得起文学文化共同体的检验。对于入门阶段的文学专业学生来说，价值判断这一最终的阅读要求显得更加困难。因此，《如何阅读文学》把价值判断放在最后一章来讲解讨论，是很恰当的，似乎意在凸显这个环节在整个文学批评过程中所处的最后关口的重要位置；在前面探讨的各项内容作为一种必要铺排和准备之后，作出总体的概括和定位把握，便是水到渠成的事情。

　　然而，价值判断并非简单清晰、一目了然的事情，而是纠缠着许多有待认真探究和厘清的理论问题。譬如，价值判断从根本上说就是对文学作品的优劣高下作出明确的认定，事实上任何读者在接触作品的过程中，一直在进行着这样的判断。在阅读开篇第一句时，就可能同时对这个句子的文学质量进行掂量评判，至于这种即时进行的价值判断有几分是感性，几分是理性，几分是专业，几分是外行，其他人是否认可，那是另外一个问题。尽管如此，尽管价值判断总是由具体的个人作出的，甚至与个体的感受体验交织在一起，但是在伊格尔顿看来，这种个人化的价值判断不属于文学批评的价值判断范畴，因为文学批评是一种社会实践（social practice），作为一种公共行为，文学批评的价值判断需要符合共同认可的价值标准，这些标准是客观的，亦即为读者集体和文学共同体所认可的,而它们的具体内涵如何,以及具体的判断标准之间存在着差异甚至对立冲突,那是属于不同读者集体的价值标准体系的问题。进一步看,语言和意义也并非绝对个人的主观之事,"意义是一件公共的事务。没有一种意义只有我拥有,就像一块土地只有我拥有那样。意义不是一件私人财产……意义属于语言,而语言凝聚了我们对世界的集体性理解"(145)。

伊格尔顿没有教科书式地明确罗列文学批评的价值判断标准——即使真要这样做的话,也会很难,而且很危险,因为正如他意识到的那样,价值标准并非一成不变的恒定数值,相反,价值标准的特性之一是差异,其次是变异,这正是为什么文学史上经典兴衰替换屡见不鲜的重要原因。伊格尔顿以其惯用的否定法指出批评家们向来标举的一些文学价值标准,譬如深刻的思想、生动逼真的刻画、语言的精妙、手法的创新、形式的统一、对普遍性议题的关注、道德的复杂性、对未来愿景的想象、对民族精神的弘扬、审美愉悦等等。他认为凡此种种,虽然有一些道理,但是都未得要领,经不起严格的推敲检验。在他看来,堪称伟大的文学作品都是由于有意无意地反映或体现了特定时空中的社会现实状况。文学史表明,处于历史决定性时刻的社会阶段往往正是伟大文学作品的盛产期,例如文艺复兴时期。当然,一如伊格尔顿在书中坚持的基本立场,价值判断离不开对文本语言的细读分析,文学批评的价值判断在很大程度上是对作品语言质量的评判。伊格尔顿通过对厄普代克(John Updike)、纳博科夫(Vladimir Nabokov)、沃(Evelyn Waugh)、希尔兹(Carol Shields)、斯温伯恩(Algernon Charles Swinburne)、洛威尔(Amy Lowell)和麦戈纳格尔(William McGonagall)等人的作品案例细读,具体说明了纳博科夫、沃、希尔兹的作品何以优秀,而其他几位的作品何以平庸,启发读者进一步思考文学判断中的价值问题。

通览全书,可以发现伊格尔顿比以往任何时候都更加明确地在形式维度上强调文学的语言性,在形式与内容的关系上突出形式的重要性,在文学本质和价值判断上坚持文学的"文学性"。语言性、形式性、文学性,这三个命题基本上是相通互文的,而且似乎被伊格尔顿赋予了一种本体论的意趣,构成其"如何阅读文学"的理论基石。文学区别于非文学形式以及现实世界的根本属性在于文学作品的"文学性";文学性有诸多表现方式,但是其核心在于文学语言的特殊性。这种特殊性不仅是说文学世界里的沧海桑田、悲欢离合,都在书页上的文字词语之中,说到底都是一些符号而已,这个意义上的文学是自足和自治的。文学的语言性还意味着文学中的词语组织和语义生成是按照一套特殊的符号规则运作的,自成一种语言,即文学语言,它与日常生活和非文学场景中使用的语言或语言的使用方式有着明显的区别。伊格尔顿对文学的形式所指作了清晰的界定并提醒文学专业的学生,文学能力在很大程度上表现为能够对文学作品的语言和形式作出细致、深入而合理的分析解读,"阅读时要特别留意语调、情绪、速度、文类、句法、语法、肌质、节奏、叙事结构、标点符号、含混等等,也就是'形式'之下的所有东西"(2)。可以说,《如何阅读文学》的主要内容就是给文学专业学生示范如何具体地分析和解读各种形式元素,"甚至一个感叹号也值得评论几句"(44),从而在整体上把握作品的意义,因为文学语言的特性在于"说什么"是通过"怎么说"来得到落实的,"狄更斯的道德价值观与其写作行为本身是不可分开的"(165)。

如果要对《如何阅读文学》所倡导的理论和方法加以整体的概括把握,那么最重要的一点也许是伊格尔顿把政治阐释与形式分析高度融合起来,正如他在前言中所说,"我觉得最适合自己的称谓还是文学理论家和政治批评家,有些读者可能会问这些志趣在本书中是否有变化。我的回答是,如果对文学文本的语言没有相当的敏感,就不可能提出政治或理论问题"(ix)。伊格尔顿是一位论战型批评家,他对形形色色的文化和社会现象作出尖锐辛辣的批判,但是另一方面,他也是一位非常开放、及时吸收各种知识营养的理论家,这一点在《如何阅读文学》中表现得非常突出。书中娴熟自如地运用了各种文学流派和理论系谱的语汇,包括现实主义、现代主义、结构主义、后结构主义、女性主义、后殖民批评、叙事学等,讲解示范的文本细读法与英美新批评派的细读法在技术层面讲几无区别;反复使用的"反讽""悖论""含混""矛盾""肌质""张力"等关键词与新批评派的用法并无二致,甚至可以说,伊格尔顿还作了一些延伸拓展,譬如由"肌质"衍生出"厚度—肌质"(thickness-texture)、"声音—肌质"(sound-texture)、"音乐肌质"(musical texture)等,甚至把"张力"和"含混"扩展到文学与社会的总体关系;他对语言、形式和文学性的阐述在很大程度上与形式主义对这些概念的使用没有区别,有些表述简直就是形式主义的命题。例如他说,"诗歌里的语言就是一种现实,而不只是语言之外的另一种东西的载体。真正重要的经验是对诗作本身的体验"(137)。当然,这一切并不是说伊格尔顿向来坚持的马克思主义立场发生了模糊化的嬗变,或者说显示出形式主义转向,而是旨在将内容意义与语言形式有效地结合起来,因为实际上,"相关的情感和思想都与诗里的词语交织在一起,而不是在这些词语之外"(137),还因为从根本上说,"理解一种语言就是理解一种生活形式"（186），这与全力割断语言与社会关系的形式主义的纯语言、纯文学理念有着本质上的不同。应该说，伊格尔顿对形式主义的翻新取用有效地充实了他的马克思主义政治批评方法，同时也表明马克思主义具有一种内在的能够与时俱进的、包容和吸纳的力量，这是一种独特的力量。

阐释与创造——德勒兹论文学*
——评《德勒兹论文学》

■刘娟娟

《德勒兹论文学》（*Deleuze on Literature*）❶ 英文版于2003年问世。这是第一本全面呈现德勒兹文学论述的理论专著。作者为美国佐治亚大学比较文学系荣休教授罗纳德·博格（Ronald Bogue），是一位世界闻名的德勒兹专家，著有《德勒兹与瓜塔里❷》（*Deleuze and Guattari*，1989）、《德勒兹论电影》（*Deleuze on Cinema*，2003）和《德勒兹论音乐、绘画与艺术》（*Deleuze on Music, Painting, and the Arts*，2003）等专著。《德勒兹论文学》是博格教授系统性研究中的一环，也是对德勒兹学术生涯中与文学相关主题的整体性把握。

中国人民大学文学院比较文学与世界文学专业的石绘博士既是德勒兹的译者又是研究者。他将这本英文专著译为中文，于2022年1月由南京大学出版社出版❸；同年5月，他以《论德勒兹的文学机器》为题答辩获得博士学位，还在核心期刊发表了《内在性的"道成肉身"：论德勒兹"新基督"的谱系和意涵》《德勒兹的"小文学"概念探析——以语言论为中心的考察》等论文。"三联中读"播客"行读吧"2022年3月21日第一期"行读图书奖1—2月书榜"中，毛尖推荐了《德勒兹论文学》一书，给予它很高的评价，她觉得这本书是"能够带来情智双重快感的"。"三联中读"主播做了进一步的阐释：德勒兹的文学观点里可以看到哲学性，而哲学见解又非常有文学性，这就使得这本《德勒兹论文学》有一种相互的追随与交换，既性感又思辨。

此前的2006年，中国台湾麦田出版社曾出版过一个繁体译本❹，译者李育

---

❶ Ronald Rogue, *Deleuze on Literature*, Routledge, 2003.
❷ 瓜塔里，或译为加塔利。
❸ 罗纳德·博格：《德勒兹论文学》，石绘译，南京：南京大学出版社，2022年版。
❹ 雷诺·博格：《德勒兹论文学》，李育霖译，中国台北：麦田出版社，2006年版。

霖时任成功大学台湾文学系助理教授，曾在美国佐治亚大学攻读硕士、博士，师从博格教授。

石绘译本与李育霖译本在关键概念的译法与遣词造句等方面不尽相同，前者似乎不曾参考十六年前的繁体版。如在两个译本中，"signs"分别被译为"符征"（2022）和"符号"（2006），"semiology"被译为"符征学"（2022）和"符号学"（2006），"minor literature"被译为"次要文学"（2022）和"少数文学"（2006），等等。不同译法呈现了两位译者不同的理解与不同的翻译策略，读者可结合《德勒兹论文学》的两个译本、其英文版、德勒兹其他著作中文译本、法文原著及相关研究成果对照阅读，以便更充分地把握这位法国哲学家的思想与文学理念。

德勒兹是20世纪下半叶法国最重要的哲学家之一，他的哲学著作、生活与文学作品密不可分。德勒兹阅读了大量的文学作品，他将伟大作家、伟大作品中的主要人物视为思想家，从他们身上获得哲学研究的灵感；当他在不知名的作者身上找到不同寻常的概念或人物形象时，他也乐在其中。在德勒兹看来，概念从不是孤立存在的，它们隐身于小说叙事和人物形象中，而读者可以在阅读中感知、体悟概念。同时，他认为文学家或哲学家都是生命的见证者，窥见并揭示生命的秘密，可谓殊途同归❶。因此，除了为普鲁斯特（1964年）、萨克-马索克（1967年）、卡夫卡（1975年）三位作家撰写专著，以及出版文学论文集《批评与临床》（1993年）之外，德勒兹几乎在其所有著作中都不断提及各类不同体裁的文学作品，比如在《资本主义与精神分裂（卷二）：千高原》（1980年）中引用的作家就超过七十五位。

与此同时，德勒兹也非常欣赏以文学化手法写作的哲学家，比如，塑造了查拉图斯特拉这位人物的尼采，尝试写小说的萨特。文学与哲学在此交汇，具体形象与抽象概念在此融合，浑然一体。

博格指出，尽管德勒兹十分重视文学作品，但他并未直接提出系统化的文学理论，他的哲学议题与文学文本相生相伴，并具有某种连续性。因此，在《德勒兹论文学》一书中，博格对德勒兹讨论文学、语言和写作的核心著作进行考察，以阐明德勒兹对文学在一般社会实践领域中的本质和功能的理解，展现贯穿德勒兹生涯众多文学作品研究的大致思想轨迹。内容主要涉及《尼采

---

❶ Pierre-André Boutang, Michel Pamart, réal. ; Claire Parnet, interview ; Gilles Deleuze, participant, *L'abécédaire de Gilles Deleuze* [Images animées], Paris, Éditions Montparnasse, 2004.

与哲学》（*Nietzsche：sa vie, son œuvre, avec un exposé de sa philosophie*）、《受虐狂：冰冷与残酷》（*Présentation de Sacher-Masoch. Le froid et le cruel*）、《意义的逻辑》（*Logique du sens*）、《普鲁斯特与符号》（*Proust et les signes*）、《卡夫卡》（*Kafka. Pour une littérature mineure*）、《批评与临床》（*Critique et clinique*）等核心著作。

德勒兹将文学视为一种健康形式，将作家视为尼采式的文化医生。作家既阐释意义、解读或健康或病态的文化符号，也做出价值评判，开出药方，以达到疗愈或促进新陈代谢的目的——既诠释又评判，既观察又创造。比如萨德与马索克，两位作家的名字分别代表了"施虐狂"与"受虐狂"，但德勒兹认为他们是伟大的人类学家，对权力与欲望的社会结构有着深刻的理解，揭示并批判了不同的符号群。类似地，卡罗尔与阿尔托通常被视为精神分裂的样本，他们作为作家也和萨德、马索克一样，揭示并批判另类的生命样态。

与文化医生的定位一脉相承的，是德勒兹对普鲁斯特作品中符号的论述——符号的阐释与符号的生产。现代文学艺术作品是一种乔伊斯式的混沌宇宙，由诸多碎片镶嵌而成，一方面可供接收、处理与阐释；另一方面，在文本与文本、作家与作家、作家与读者、文本与外在世界之间无限的互文中超越作者本身，生成一部庞大的具有生产力量的文学机器，一个根据混沌的形式法则建构的混沌宇宙。

在对卡夫卡的研究中，德勒兹与瓜塔里进一步发展了机器这一观念，将卡夫卡的全部作品视为一部"文学机器、写作机器或表达机器"。"全部作品"不仅包括正式出版的作品，也包括日记、书信、短篇故事及未完成的小说。换言之，卡夫卡的小说与他的人生形成互动与连接。德勒兹与瓜塔里认为，卡夫卡在《审判》中揭露了纳粹等"未来的邪恶力量"，预见了可悲的前景乃至邪恶力量的逃逸路线，在某种意义上使用了创造性的、实验性的、政治的写作形式，既是个人行动，也是社会行动。

《卡夫卡》[1]一书的副标题为"Pour une littérature mineure"（Toward a Theory of Minor Literature），目前学界对"littérature mineure"（minor literature）有三种译法，除了李育霖的"少数文学"（2006）和石绘的"次要文学"（2022）外，在张祖建翻译的湖南文艺出版社出版的德勒兹《什么是哲学》一书中还被译为"弱势文学"（2007）。"少数""次要""弱势"都包含于"mi-

---

[1] Gilles Deleuze et Félix Guattari, *Kafka, pour une littérature mineure*, Paris, Minuit, 1975.

neur"（minor）一词之中，分别强调"数量""重要性"与"形势"等不同面向。德勒兹使用的"littérature mineure"是卡夫卡日记中德语概念"kleine literatur"的法译词。鹫龙、许钧选择将"littérature mineure"译为"少数"，并在《少数文学：一个生成的概念》❶ 中梳理了此概念从德语译为法语所引发的争论，继而对其概念化、再概念化的生成与流变过程进行了语境化的考察。最初卡夫卡使用"kleine literatur"指的是意第绪语文学和捷克文学。而德勒兹和瓜塔里定义"少数文学"时，概念内涵已发生变化，具有解域化、政治性、集体性的特征，强调的不再是使用某个小民族、小国家、少数族裔的语言，而是难以被整体、系统、结构消解的"少数"。孤独的作家处于边缘地带，为另类的、潜在的、未来的共同体而表达，具有创造性与革命性。

小说如此，戏剧、艺术、视觉形象亦是如此。德勒兹在与卡尔梅洛·贝内（Carmelo Bene）❷ 合著的《重叠》❸ 一书中主要探讨了戏剧这种体裁，将"少数文学"拓展至"少数戏剧"，聚焦于戏剧中的"少数"，揭示其如何通过对表演元素进行变形并排列组合，以打破传统，创造新的生活样态与潜在的、未来的人。而在《批评与临床》❹ 中，德勒兹提出了作为文化医生的作家在阐释的基础上创造生命的各种途径。这部论文集收录了德勒兹1970年至1992年二十多年间的十七篇文章，修订增补后结集发表。每篇文章都是一段旅程、一次探索——探索如何突破极限，如何成为他者，如何在语言中创造新语言，如何在生命中创造新生命。

在德勒兹诸多文学论述中，贯穿始终的是"作家不仅阐释而且创造"这一理念，为此须得在动态生成的混沌世界中尽力不被系统与结构消融，宁可成为孤独、痛苦甚至病态的少数。

---

❶ 鹫龙，许钧：《少数文学：一个生成的概念》，《南京社会科学》，2020年第11期，第116—123页。

❷ 卡尔梅洛·贝内（1937—2002），意大利作家、编剧、导演、演员，获第33届威尼斯国际电影节评审团特别奖，其代表作为《理查三世》《哈姆雷特》《少一个哈姆雷特》（*Un Hamlet de moins*）。

❸ Gilles Deleuze et Carmelo Bene, *Superpositions*, Paris, Minuit, 1979.

❹ Gilles Deleuze, *Critique et clinique*, Paris, Minuit, 1993.

初绘经纬：当代洛特曼研究地图集*
——评《洛特曼研究指南：文化符号学理论》

■ 张志豪

尤里·洛特曼（Juri Lotman，1922—1993）是塔尔图—莫斯科符号学派主要奠基者，20世纪下半叶独树一帜的文论家、符号学家、文化学家和历史学家，为文化领域意义生成实践的概念化做出了突出贡献。洛特曼一百周年诞辰之际，英国布鲁姆斯伯里出版社推出《尤里·洛特曼研究指南：文化符号学理论》（简称《指南》）❶。由13个国家的43位学者组成的创作集体采用跨学科方法对洛特曼学术遗产展开系统性梳理。此书的面世可谓"洛特曼学"的一大事件。

《指南》由绪论与三编构成，分别为"语境中的洛特曼"（共6章）、"概念中的洛特曼"（共15章）及"对话中的洛特曼"（共13章），总计35章（有一章独立于三编之外，列于绪论之后）。《指南》收录的参考文献目录分为两个部分，其一是1973至2020年间问世的洛特曼本人论著的英译本目录，其二是以洛特曼为研究对象的英文文献目录，共列404条。

《指南》的作者中，爱沙尼亚学者20人（塔尔图大学14人，塔林大学6人），俄罗斯学者4人，其他国家学者19人。❷这一作者群的构成有两个特点：（1）在塔尔图—莫斯科符号学派"主场选手"中，俄罗斯与爱沙尼亚两国学者人数比例相差较大，为1∶5；（2）其他国家的学者数量占了近乎一半。

---

* Tamm, M., Torop, P. (eds) 2022. *The Companion to Juri Lotman: A Semiotic Theory of Culture* [C]. Bloomsbury Academic. 本文系2021年度国家社科基金重大项目课题"尤里·洛特曼著作集汉译与研究"（21&ZD284）和江苏省社科基金重点项目"尤里·洛特曼文学语言理论研究"[项目批准号：20WWA001] 阶段性成果。

❶ 书名中的"研究指南"一词系对本书的功能性描述，指多位学者原创性成果的合辑（在英文出版物中所属类别为"Edited volume"），而非我国《图书馆·情报与文献学名词》中的工具书类别。

❷ 2022. Contributors [A] //Tamm M. and Torop. P. (eds). *The Companion to Juri Lotman: A Semiotic Theory of Culture*. Bloomsbury Academic：ix-xvii.

一、系统性与对话性——结构之平衡

本书三编以"符号域之'符号域'—符号域本身—域间对话"逻辑展开，详述洛特曼学术成果的产生及其发展的语境，阐明洛特曼思想的核心概念，论证洛特曼研究的跨学科发展潜力，为"洛特曼学"提供由"宏"至"微"、由内而外的"全景图像"。

洛特曼的人生经历与学术生涯处于独特的多重语境：塔尔图—莫斯科学派多边界、多身份、多领域的语境；俄罗斯传统学术的历史语境；与"三论"（信息论、控制论和系统论）密切相关的结构主义语境。

语境编前四章分别是叶卡捷琳娜·维尔梅佐娃（E. Velmezova）撰写的《洛特曼与索绪尔》、米哈伊尔·特鲁宁（M. Trunin）撰写的《洛特曼与俄罗斯形式论学派》、伊戈尔·皮尔希科夫（I. Pilshchikov）和艾琳·休提斯特（E. Sütiste）合写的《洛特曼与雅各布森》以及出自卡·埃默森（C. Emerson）之手笔的《洛特曼与巴赫金》，主要梳理洛特曼与索绪尔、蒂尼亚诺夫、雅各布森和巴赫金这些前辈之间的学术渊源。其中，洛特曼与巴赫金的关系最为复杂。被放逐于主流文化边缘的两位学者均经历了思想上由"静"至"动"的嬗变，洛特曼从共时性转向历时性，巴赫金则从静态空间走向对话，再到复调。巴赫金对长远时间寄予厚望，洛特曼则看重未受时间侵蚀的潜在关系空间。面对巴赫金就结构主义、符号学所提出的质疑，洛特曼积极回应、主动化解；洛特曼也不断尝试"翻译"和化用巴赫金的狂欢化和时空体理论。

语境编后两章里，梅里特·瑞克伯格（M. Rickberg）和西尔维·萨鲁佩尔（S. Salupere）在《洛特曼与塔尔图—莫斯科符号学派》中概述学派的创建与发展史、内部对话与合作，强调学派在方法论、元语言及研究对象上的多元化特征。伊戈尔·皮尔希科夫在《洛特曼与跨国语境》中则审视洛特曼学术遗产的接受状况，提出塔尔图—莫斯科符号学派无论从外部关系网还是从内部结构来说都是一个开放的、多元文化的语际现象。作者还特别指出，洛特曼理论在中国及拉美国家也掀起了研究热潮，对洛特曼符号学在非西方文化语境下的解读和运用展开研究极具现实意义。

洛特曼毕生致力于用符号学术语对人类思维世界进行概念化❶，其概念发展可用"语言—文本—文化—符号域"这一链状结构加以归纳。核心属性则在于文化的"异质同晶"，即文化"从个体意识到人类整体全部建立于相似的异质性意义生成机制之上"。❷

　　概念编前三章着力考察上述链状结构的前三环。这三章分别为苏伦·佐利安（S. Zolyan）撰写的《语言》、阿列克谢·谢缅年科（A. Semenenko）撰写的《文本》、米哈伊尔·洛特曼（M. Lotman）撰写的《文化》。其核心观点有：在语言与言语的二元对立中，洛特曼更为关注的是言语及其在文本中的实现；塔尔图—莫斯科符号学派的主要特点为"文本中心性"（textocentricity）❸；洛特曼文化符号学的主要原则是"文化的文本化"（textuality of culture）❹，亦即将文化视为复合的多语性文本；作为一种文本，文化最重要的特征即为空间边界性，而文化内外的区分同样依靠文本自我描述得以实现——文化不仅是文本，而且是自身的元文本。

　　概念编后续十一章依次为温弗里德·内特（W. Nöth）的《沟通》，凯特·佩恩（K. Pärn）的《模型化》，沃尔夫·施密德（W. Schmid）的《叙述》，安提·兰德维尔（A. Randviir）的《空间》，伊利亚·加里宁（I. Kalinin）的《象征》，尼古拉·波谢利亚金（N. Poselyagin）的《图像》，莱纳特·拉赫曼（R. Lachmann）的《记忆》，塔拉斯·博伊科（T. Boyko）的《历史》，扬·列夫琴科（J. Levchenko）的《传记》，彼得罗·雷斯坦（P. Restane）的《权力》，劳拉·盖隆（L. Gherlone）的《爆发》。尤其值得关注的是《空间》一章，针对洛特曼提出的符号域是"唯一可能进行符号活动的文化符号空间"❺以及"符号域的'封闭'在于其无法涉及异符号文本或非文本"❻，安提·兰德维尔提出批评与修正：应明确区分"符号学之外"（outside of semiotics）与"异符号"（alien-semiotic）两个概念，前者原则上不可能转

---

❶ Tamm, M., Torop, P. 2022. Introduction [A] //Tamm M. and Torop. P. (eds). *The Companion to Juri Lotman: A Semiotic Theory of Culture*. Bloomsbury Academic: 6.

❷ Semenenko, A. 2016. Homo polyglottus: Semiosphere as a Model of Human Cognition [J] //*Sign Systems Studies* 44 (4): 494.

❸ Lotman, M. Ju. 1995. Za tekstom: Zametki o filosofskom fone tartuskoi semiotiki (Stat'ia pervaia) [A] // Permiakov E. V. (ed.), *Lotmanovskii sbornik*, vol. 1, Moscow: IC-Garant: 124, 128.

❹ Semenenko, A. 2022. 'Text' [A] //Tamm M. and Torop. P. (eds). *The Companion to Juri Lotman: A Semiotic Theory of Culture*. Bloomsbury Academic: 136.

❺ Lotman, Ju. M. 1984. O semiosfere [J] //*Trudy po znakovym sistemam* 17: 6.

❻ Ibid., 8.

化为清晰话语，对任何"符号学之外"现象的描述必然是对该现象的符号化；指称未符号化世界的对象时，则应使用"异符号"（alien-semiotic）或"非文本"（non-textual）等词语，不应使用"'符号学之外'（outside of semiotics）的领域"加以指称。在他看来，洛特曼的符号域概念过于绝对化，其实随着个体视野的拓宽、文化的发展，符号域的边界必然具有可透性，也必然存在符号域之外的符号活动。

彼得·托洛普（P. Torop）在概念编最后一章《符号域》中强调了洛特曼符号学方法论中的对话原则：理解对话的前提是了解对话的情景，即对符号域的知解，而要知解符号域则需理解符号域的"符号域"，即作为研究客体的符号域与作为元语言的符号域之间的对话。在文化符号学视角下，一切动态的文化研究都是整体文化动态的自我描述。符号域的出现为从全球文化现象分析中提炼出一般性问题提供了可能。

对话是洛特曼灵感的不竭源泉。他认为，对话是认知活动和意义生成的基础；文化动态构筑于对话之上，一切文化都在时空的纵横轴上进行着对话。对话编基本涵括了当下学界对洛特曼开展跨学科研究的所有重要领域：法国后结构主义与美国新历史主义、（民族）记忆与媒体研究、历史研究、文化研究、政治符号学与权力符号学、生物符号学与生态符号学以及认知神经学等等。

对话编的论文有：谢尔盖·森津（S. Zenkin）的《洛特曼与法国理论》，丹尼尔·蒙蒂切利（D. Monticelli）的《洛特曼与解构主义》，马雷克·塔姆的《洛特曼与文化史》，卡塔琳·柯罗（K. Kroó）的《洛特曼与文学研究》，安德烈亚斯·舍恩勒（A. Schönle）的《洛特曼与新历史主义》，努萨·巴季阿什维利（N. Batiashvili）等人的《洛特曼与记忆研究》，安德烈·马卡雷切夫（A. Makarychev）和亚历山德拉·亚齐克（A. Yatsyk）的《洛特曼与政治理论》，约翰·哈特利（J. Hartley）的《洛特曼与文化研究》，伊娃·基米尼希（E. Kimminich）的《洛特曼与大众文化研究》，英德雷克·伊布鲁斯（I. Ibrus）和玛雅·奥亚玛（M. Ojamaa）的《洛特曼与媒体研究》，玛丽-莉丝·麦迪逊（Mari-Liis Madisson）和安德鲁·文策尔（A. Ventsel）的《洛特曼与社交媒体研究》，卡莱维·库尔（K. Kull）和蒂莫·马兰（T. Maran）的《尤里·洛特曼与生命科学》，埃德娜·安德鲁斯（E. Andrews）的《洛特曼与认知神经科学》。其中，有学者回顾了洛特曼与法国理论界的"爱恨情仇"，如他与茱莉亚·克里斯特瓦（J. Kristeva）的亲疏关系，他对罗兰·巴尔特态度的转变等；也有学者关注洛特曼学说中在当代文化史领域最具研究潜力的四项内容：文化史的认识论、日常行为诗学、文化情感符号学和自我创造实践的分析；还有学者指出，从符号域到文化符号域与数字科技域（technosphere），再到媒体域（mediasphere）和媒体域下的社交媒体域（social media sphere），从中心到边缘，洛特曼理论在社交媒体研究各维度上均体现出应用潜力。更值得一提的是，卡塔林·柯罗在《洛特曼与文学研究》一章中不仅概述了洛特曼的创造性开放（creative openness）在方法论层面和文学意义生成机制领域内的作用，而且还论证了洛特曼思想的内在连贯性——后期的符号域、边界、僭越、中心、边缘等概念均可在其早期文学研究著作中找到源头。她提出，洛特曼的理论在比较文学研究和文学符号学领域中更具应用潜力。

《指南》力图在框架上达到逻辑同一，在内容上做到"杂语"对话，恰如洛特曼的文化动态机制——同质化自我描述与异质化沟通多语性的互动，对二者关系的最大化平衡正是该书结构系统最鲜明的特色。

二、平行与相交——洛特曼跨学科研究的缩影

对话编中有十一章纯属人文领域，其作者大多直接或间接地认为，洛特曼与欧美人文学界几乎无任何对话关系：洛特曼与德里达几乎没有理论上的交集，他对法国理论界谨持怀疑态度，二者鲜少借鉴彼此观点；英语世界的文化史学家与作为俄国文化史专家的洛特曼也不存在互动关系；不同于欧美学者，洛特曼致力于建立"去政治化"学派；不仅如此，他较少关注大众文化，其学术兴趣更偏重于高雅文化。[1]

与之形成鲜明对比的是，对话编中涉及自然科学的两章均认可洛特曼与自然科学的渊源关系及二者的相互影响：洛特曼是符号学领域经典学者，其相关学说思想与生命科学有着千丝万缕的联系；其符号学理论对认知神经学及其未来发展均具有影响。[2]

平行的人文场域和相交的自然科学领域，实际上代表了洛特曼跨学科研究的两个特征。

欧美后结构主义、后现代主义是与洛特曼学术思想平行发展的主流思潮。

---

[1] 参见《指南》第 23 章 311—313 页、第 24 章 321 页、第 25 章 355 页、第 27 章 368 页、第 28 章 379 页、第 29 章 390 页、第 30 章 404 页、第 31 章 421 页、第 32 章 432—433 页、第 33 章 446 页。

[2] 参见《指南》第 34 章 461 页及第 35 章 476 页。

由于"铁幕"的阻隔，20世纪70年代，洛特曼的早期结构主义著作初入欧美时，结构主义已逐渐走向没落。其时欧美社会迎来了大众对传统与权威的"反叛"。身处"停滞"时期的苏联，洛特曼几乎与欧美隔绝，直至1986年才重获出境自由。1990年洛特曼的《思维世界内部》英译本问世时，欧美的后现代主义正如日中天。后结构主义、后现代主义所关注的权力、政治、大众文化等领域亦非洛特曼的胜场，被解构的"旧秩序"、被颠覆的"高雅文化"反而是洛特曼的灵感源泉。洛特曼的思想与其时风靡欧美的"后学"思潮交集甚少。归根结底，二者对"科学""客观""本质""系统"等基本概念的态度截然不同。

早在60年代结构主义者时期，洛特曼就写下《文学学应是一门科学》一文❶；90年代，作为文化符号学家的洛特曼在其《思维世界内部》一书中指出，符号学是一门"科学"❷，对"科学性"的追求贯穿了洛特曼学术生涯的始终。欧美人文思潮中，后结构主义的法国理论强调对文化的"去神秘化"与解构，而非洛特曼式的"客观学术探寻"❸，解构则意味着对"标榜科学的符号学"❹发起激进批判。后现代主义语境下的新历史主义同样反对"基础主义、本质主义和形而上学"❺，格林布拉特在1986年名为《通向一种文化诗学》的演讲中仅将新历史主义"定位"为一种"实践"，而无法对其进行"定义"，新历史主义"不是一种宗旨或有系统的理论"❻。欧美两种思潮均致力于打破结构、秩序、系统的藩篱。

洛特曼学说思想同自然科学场域的关联则全然呈现出另一种景观。认知神经学家埃德娜·安德鲁斯认为，在洛特曼的众多身份中最具代表性的是"符号学家"❼。洛特曼的符号学理论总体上属于人文科学，但其中关于一般符号学中意义生成机制的研究，对生物符号学、生态符号学、认知神经学等生命科

---

❶ 参见 Lotman, Ju. M. 1967. 'Literaturovedenie dolzhno byt' naukoi'［J］. Voprosy literatury 1：90-100.

❷ Lotman, Yu. M. 1900. *Universe of the Mind*：*A Semiotic Theory of Culture*［M］. trans. A. Shukman, Bloomington：Indiana University Press：4.

❸ Zenkin, S. 2022. Lotman and French Theory［A］//Tamm M. and Torop. P.（eds）. *The Companion to Juri Lotman*：*A Semiotic Theory of Culture*. Bloomsbury Academic：318.

❹ Culler, J. 1979. Semiotics and Deconstruction［J］//*Poetics Today* 1（1/2）：137.

❺ 朱立元，2009. 西方美学思想史. 下［M］. 上海：上海人民出版社：1614.

❻ 张京媛，1993. 新历史主义与文学批评［M］. 北京：北京大学出版社：2.

❼ Andrews, E. 2003. *Conversations with Lotman*：*Cultural Semiotics in Language*，*Literature and Cognition*［M］, University of Toronto Press：xiv.

学产生了潜移默化的影响。洛特曼的学术创作也不断从生命科学中汲取养分。洛特曼早年即对生物学抱有浓厚兴趣❶,常与生物学家(包括其子阿列克谢·洛特曼)进行对话。洛特曼的"非对称性"原则即源于80年代列夫·博洛诺夫(Lev Balonov)等苏联科学家发现的大脑左右半球的功能不对称性,而洛特曼对符号学的终极贡献——"符号域"——则受到弗拉基米尔·维尔纳茨基(V. Vernadsky)"智能圈"(noosphere)的启发。

《指南》相关章节的作者着重阐述了洛特曼一般符号学研究对生命科学的意义,强调洛特曼文化符号学与生命科学的"协同"(synergy)作用。有作者对杰斯帕·霍夫梅耶(J. Hoffmeyer)❷ 的"符号域"与洛特曼符号域的关系进行重构❸;有作者则提出,符号域与生物域"范围完全一致"(coextensive)且应致力于将二者融合为"一致的整体"(coherent whole)❹。

这一点在概念编中也得到了反映。卡莱维·库尔和蒂莫·马兰在第34章《尤里·洛特曼与生命科学》中指出,洛特曼理论中的多元代码、不可译性、非对称性、自我沟通、符号遗传性、符号域、非渐进式演化、模型化、边界等一般符号学原则同样适用于生命有机体;其方法论层面上的科学方法、机制、建模、有机体论等同样适用于生命科学研究。埃德娜·安德鲁斯在第35章《洛特曼与认知神经科学》中详述了洛特曼的核心概念对当代认知神经学的价值,论证洛特曼符号域及意义生成机制与当代认知神经科学的协同效应。

欧美学者就洛特曼的跨学科研究所挖掘出的这两个特点也是《指南》的一个亮点。

《指南》汇集当代洛特曼研究园地里43位专家的成果,其中不乏深耕多年的资深学者的力作,首次描绘出当代洛特曼研究地图的"经纬"。《指南》以"语言—文本—文化—符号域"为轴心,用历时的梳理与共时的分析为洛特曼思想学说勾勒出"语境—概念—对话"的系统性框架,来自13个国家的

---

❶ Lotman, Ju. M. 1994.'Prosmatrivaia zhizn s ee nachala':Vospominaniia [A] // Koshelev A. D. (ed.), *Iu. M. Lotman i tartusko-moskovskaya semioticheskaya shkola*, Moscow:Gnozis:468.

❷ 该学者代表当代生物符号学中"符号域"概念的另一独立起源,他引入此术语时并未接触过洛特曼作品。

❸ Kull, K. and Velmezova, E. 2019. Jesper Hoffmeyer:Biosemiotics is a Discovery [J] // *Biosemiotics* 12(3):374.

❹ Markoš, A. 2014. Biosphere as Semiosphere:Variations on Lotman [J] //*Sign Systems Studies* 42(4):487.

作者在不同文化与学科背景下一道探讨洛特曼的学术遗产，其研究方向与洛特曼或平行或相交，构成了《指南》多语交叉的特色，得益于此，这个异质性集体从多角度共同编织出当代国际"洛特曼学"的整体面貌。各章执笔者来自不同的国度，有不同的文化背景和不同的学术身份，这使每章都具有独特的语言与视界，对同一现象的分析可从不同层级展开，观点的叠加如同多声部合唱，这恰恰可提升《指南》内部的对话性。

持续"深耕"的能量*
——评《现代斯拉夫文论经典名篇与名家研究》

■高树博

《现代斯拉夫文论经典名篇与名家研究》作为国家社科基金重大项目"现代斯拉夫文论经典名篇汉译与大家名说研究"的重要阶段性成果,充分展示了该团队在相关领域的填补空白和深度开掘或曰"深耕"之功,也校正和更新了我们对作为整体的斯拉夫文论、具体流派、文论名家以及核心概念、术语、命题的认知,更为我们揭示了现代斯拉夫文论长久以来被遮蔽却相当具有当下意义和超前性的诸多面向。这部文集共收录十九篇文章(译文十四篇),它试图以"'经典名篇文本'+'外国学者新说'+'中国学者新论'三合一的结构","引导有兴趣的读者进入由'文学性'走向'文学学'的现代斯拉夫文论精彩世界"。这种结构设计体现出编著者的开放视野和多方位追踪最新动态,扎实进入学术前沿的能力。

显而易见,巴赫金、雅各布森、英加登、蒂尼亚诺夫、穆卡若夫斯基等五位名家占据着整部文集的中心,其中尤以巴赫金研究所占篇幅为最大(七篇)——这被认为与"巴赫金学"在现代斯拉夫文论的国际研究中所处的地位相匹配,而俄罗斯形式论学派是另一个焦点。雅各布森的《俄罗斯新诗》、英加登的《文学的艺术作品的二维结构》、蒂尼亚诺夫的《论文学的演变》、穆卡若夫斯基的《作为符号学事实的艺术》都是首次从原文(依次为俄文、波兰文、俄文、捷克文)直译为汉语,从而弥补了第一手材料长期匮乏的缺憾。这种直译方式有效地还原了由原初语言所写就文本的真实面貌,避免了通过其他语言(英语或法语)转译而造成的二次损耗、意义扭曲和误解,为深度开采相关理论学说打下了坚实的基础。另一方面,这些经典文本的新译、全

---

* 王颖、陈玉梅主编:《现代斯拉夫文论经典名篇与名家研究》,吉林教育出版社,2021年版。

译预示着中国学界切近斯拉夫文论的路径逐步走向自主,有助于改善以往过度依赖于英美、欧陆文论学者判断的状况——鉴于全球地缘政治格局的不平衡和英语作为世界通用语霸权的现实,中国学界若想彻底扭转该局面还要走很长一段路,尤其需要战略性构想和制度性保障。当然,对原文直译意义的最佳肯定是深入分析那些文本的价值。例如《俄罗斯新诗》被全文翻译不仅有利于我们追溯现代"文学科学"即"文学学"的理论纲领和轴心命题"文学性"诞生的"原点、初衷、语境、路径",而且让我们清晰地看到雅各布森如何通过对俄罗斯未来主义者赫列勃尼科夫诗歌的细致分析(尤其专注于"手法"或曰技巧的运用)来提出和证成自己的新理论、新学说。这无疑对我们当下的文学研究具有重要的方法论启示——任何具有普遍阐释力的文学理论都诞生于对文学发展状况的密切关注,对文学创作经验的深度提炼,对文学文本的独到细读,并在此基础上发现普遍规律。

众所周知,雅各布森的理论工作是以语言研究为基石的,而且他提出了著名的言语行为六要素及其六功能图式。他在《交流和社会》("Communication and Society")一文里写道:语言的人际交流功能联结着空间,而自我沟通功能联结着时间。雅各布森的美国学生琳达·沃的文章《雅各布森著述的对话性》提醒我们注意:对话是雅各布森著述中很少受到关注的特性。沃指出:"雅各布森认为对话是语言的基础",或曰"语言的基本特点在于其对话性"。沃首先基于雅各布森的所有著述断定和阐发对话之于雅氏研究的重要性,然后清理出雅各布森与"先前学者的时间性、历时性对话"(如第一批结构主义者、语法学家、语言学家、哲学家、科学家……),并指认雅各布森的著作都以"对话形式出现"。接着,沃梳理了雅各布森"与其他学者的讨论、辩论与谈论",这些对话对他人产生了重大而深刻的影响。总之,雅各布森的对话"跨越学科、时间、地域和研究领域"。更重要的是,雅各布森还与自我进行内省的对话,因此其著作内部具有对话特质:跨越人为设置的各种边界,从而在结构上形成一个整体。最后,沃重申了雅各布森的一个重要观点:"从普遍意义上来讲,科学是一种对话,而不是一系列的独白。"洛特曼的论文《扬·穆卡若夫斯基——艺术理论家》提出了一个与沃类似的观察结果:穆卡若夫斯基对对话的探讨甚少受到关注。尽管穆卡若夫斯基选择以沃洛希罗夫的论文(它被认为很大程度上出自巴赫金之手)作为出发点,但他"将对话视为视角的一种结构转化",即独白和对话并非如巴赫金理论中那样截然二分,而是互相隐藏在对方之中,如梅特林克的剧本便是典型。无独有偶,苏宏斌《语音·意义·对象》一文也强调:"从现代思想的角度来看,英加登所建构的理论体系与索绪尔、弗雷格等人的思想之间在多个方面构成了潜在的对话关系。"因此,对话作为一种方法和话语形态在现代斯拉夫文论之中有多种起源,而不止巴赫金一家。不可否认,巴赫金的对话理论被公认为最具启发性、最具系统性。然而,巴赫金的对话思想依然有不少问题、误解待澄清。

俄罗斯学者秋帕的《巴赫金的"超语言学"与西方的"新修辞学"》批评克里斯特瓦以"互文性"概念偷换了巴赫金的"对话关系",这两个概念并非等值的,导致其中的主体间性范畴被消除,"在本质上曲解了巴赫金的思想"。对巴赫金而言,主体间性是其本体论和认识论的根基性因素。秋帕认为,巴赫金建构的新科学即超语言学(代替传统的修辞学),"有关表述本质的各种思考实际上预示了法国话语分析的学术取向",这种表述体系被福柯称为话语形态。也就是说,福柯的话语理论也内含着主体间性的道路。巴赫金另一个影响深远但毁誉参半的思想是复调。周启超的《"巴赫金学"的一个新起点》详细梳理了《陀思妥耶夫斯基诗学问题》自1963年出版后在"意识形态"和"学术研究"上引起的震动。然而,巴赫金不仅对各种批评保持沉默,而且直至晚年都始终坚持自己的复调理论。值得注意的是,20世纪60至70年代,苏联学界对复调说的批评激发了巴赫金的继续思考。在周启超看来,巴赫金20世纪70年代"笔记"所做思考之新颖处在于,"对话被选定为描写对象",而非当年大多数人所理解的"作者进入与主人公的对话",因此"复调中作者立场之观念性的、体裁上的条件……是作者从对话中走出来("自我消除""虚我")而自觉地放弃所有的自身话语样式"。应该说,这算是一种自我修正,它实际上折射出巴赫金当时对批评的私密(即非公开的)回应。由此来看,只有综合巴赫金当时已出版的著述和未面世的笔记(最新版的俄罗斯科学院多卷本《巴赫金文集》已将它们收入)方能完整地把握其复调理论的全貌。那么,我们今天究竟该如何看待一位文论家与其研究对象之间的关系?俄罗斯学者斯捷帕尼扬的《陀思妥耶夫斯基与巴赫金:"最高意义上的现实主义"同复调是否兼容?》和俄罗斯学者波波娃的《巴赫金与形式论学派:一种未被观察到的交集》给出了部分答案。对斯捷帕尼扬而言,巴赫金更像一位哲学家或人类学家而非"文学学家"。由于将自己的研究领域定义为"哲学人类学",所以巴赫金一贯批评文学学中的形式论学派。巴赫金对俄罗斯形式论学派真的只剩下批评和排斥?波波娃尝试用"历史的眼光"重估巴赫金对形式论方法的批评。根据波波娃的文章,双方的"交集"在于,巴赫金

"在建立自己的果戈理风格概念时",不能"完全摆脱'形式论方法的理论'",而艾亨鲍姆的文章在其中扮演着桥梁角色,因此"艾亨鲍姆和巴赫金对曼德尔施塔姆发现的具体例子进行了理论研究,这标志着形式论诗学向语言学转向,也标志着巴赫金学的美学转向"。在此期间,拉伯雷和果戈理共同构成巴赫金的研究轴心。巴赫金之所以选择研究陀思妥耶夫斯基的文学作品而非政论文,是因为陀氏长篇小说的基本结构原则符合他的对话世界观,以及真理在那些作品中是"活生生的视觉对象",即巴赫金始终逃离抽象的形而上学。斯捷帕尼扬最后的结论是,巴赫金既承认"统一的真理"存在,又拥护"成为复调的":有争论,有和谐。这是一个矛盾的、辩证的巴赫金。无论如何,对话是形成交互性途径的必要范式,为我们如何行动提供了不同的思路。当然,对话总是面临着一定的困境。美国学者斯坦纳的《"诗语研究会"与巴赫金》甚至声称:"对话的未完成性正是巴赫金通往自由之路的门户。"

从更宏观的视野来看,现代斯拉夫文论中的对话理论及对话是当时人文科学与自然科学之间对话的一个缩影。科学作为一个高频词,见诸本文集的所有文章。它昭示着斯拉夫文论在现代化、规范化、制度化的过程中的焦虑和救赎。反过来,这也说明自然科学对人文学科的侵入。正是这种焦虑促使斯拉夫文论家从自然科学中挪用概念、术语、修辞以实现文学学科的转变,即成为文学科学——文学学。前述波波娃的文章仅把艾亨鲍姆使用"能量"范畴当作个人偏好,然而俄罗斯学者森津的《俄罗斯形式论派对能量的直觉》通过全景扫描发现,能量思想以一种未定义的方式存在于多数俄罗斯形式论者的著述中。在浅表层次上,文学中的能量是指朗读文本时"呼吸所消耗的纯粹生理能量"(见蒂尼亚诺夫《文学事实》和什克洛夫斯基《作为手法的艺术》的论述)。在更深层次上,涉及形式论者对"波动"(起伏、曲折、动态、不稳定)模式的多次运用(见蒂尼亚诺夫《诗歌语言问题》的表述以及诗语研究会的文学演变理论)。森津表明,形式论者对能量的领会和直觉使用是一份需要慎重对待的遗产。尽管他们"从严格的自然科学中汲取有关能量的知识",但他们并非科学家。如何科学地评估对科学的调用?究竟是做一个浪漫主义者还是科学主义者?俄罗斯学者阿芙托诺莫娃的《洛特曼与雅各布森:在"功课"与"考试"之间》提供了一个有趣的比较。洛特曼以强势的自我代入感而认证雅各布森是科学中的浪漫主义者。两者的共同点主要表现在:"从新视角看待科学与艺术的关系","对结构的动态的深刻理解"。阿芙托诺莫娃以不可预测性、多语性、翻译、不可译性作为脚手架阐述了自己的观点。她并不认同日沃夫的断言:"洛特曼和雅各布森观点的实质主要是'从唯科学主义角度对人文学科的重新改编'",相反,她相信两位主人公"都高度重视科学的道德威信和人格尊严"。据说,"雅各布森希望将人文研究转变为'真正的'科学,还要使其担当科学的组织者",这是否隐藏着泯灭人文科学独特性的危险?我们不敢妄下结论。波兰学者祖尔科的《巴赫金观点系统中的人文科学》倒是告诉我们:"对人文科学的特质和认知地位的思索"在巴赫金的遗产中占有重要地位。以狄尔泰对精神科学和自然科学的区分为基础,巴赫金明言:"人文科学是研究人及其特性的科学……人之为人的特性是总在表达自己(在言说),也就是在创建文本(即便是潜在的)。举凡是在文本之外而研究,不依赖文本而研究,这已不是人文科学(而是解剖学、生理学以及其他的学科)。"巴赫金对人的这种定义与德国哲学家卡西尔的符号论异曲同工。在巴赫金那里,对文化世界现象的考量可以在"物与个性"两端取舍。巴赫金对人文科学独特性的强调反证了其哲学人类学的追求。换言之,现代斯拉夫文论名家的理论的价值诉求远远超过了文学本身(杨磊《为何定义:艺术、信息与教化》对此有较多的申说),而具有普遍意义。

综上所述,现代斯拉夫文论之所以能作为一个整体,是因为这些学派与学人共享着相似的文化心理、理论追求、术语系统、文化资源等,同时不应忽视他们之间直接的、持续的交流所起的作用。可以说,现代斯拉夫文论不是几个国家理论的马赛克拼图,而是一个有机融合的文学文化共同体。前述洛特曼的文章和捷克学者格兰茨的《作为一个集群的俄罗斯形式论学派》是两个代表性的文本。正是文学理论学派之间、学派之内的互动、互助、辩难、冲突,学者及其理论的跨语际、跨地域的旅行,彻底改变了20世纪的人文科学。他们的话语、行动、实践、事件可以视为寻求文学研究走向自主的积极努力。这些现代斯拉夫文论名家都曾在德国哲学尤其是黑格尔哲学和现象学中寻找思想支撑。重要的是,施佩特、英加登、穆卡若夫斯基等人都在自己的美学建构中改造了胡塞尔的意识哲学。

最后,值得引用琳达·沃的话来为本文做结:"创造力来自与传统携手同行、跨学科的视野、学术上的交流和自己对学术研究的追求。"这既是现代斯拉夫文论发展道路给我们的重要示范,也是我们未来继续努力的方向。让"深耕"的能量持续发酵,并内爆出一幅新的世界文论景观!

名家访谈

论艺术与现实的辩证之路*
——扬·穆卡若夫斯基院士访谈录

■[捷] 扬·穆卡若夫斯基　[捷] 米罗斯拉夫·卡切尔　著
朱　涛　译

访谈者：尊敬的教授，您在这样一个时刻迎来了自己的八十岁生日——现如今，全世界，从苏联到美国，对结构主义，对您的科研成果流露出日益增长的兴趣。您的研究早在30至40年代就与这一潮流有关。在法国，结构主义不仅成为所有人文科学领域，甚至在文化时尚中也被认为是一种方法论，并迅速向其他国家传播。作为一名学者，您通常被认为是美学和艺术科学中结构主义的奠基人，或至少是创始人之一。那么，依您个人的经验，您认为有什么需要特别强调的吗？

穆卡若夫斯基：如今，"结构主义"在许多国家得到传播，形成了许多科学分支。不同的人出于各自的动机，经常给这个概念加入自己的理解（有时甚至与其本义完全不同），这个概念变得多义，因此我不是很情愿使用它，也很少使用。但是，这一概念在布拉格语言学小组产生的时候，它不仅以一种明确的方式被限定于它在其基础上得以发展的材料，而且也是一种"战斗召唤"。

那时我们生活得并不轻松，第一共和国的政治反动势力嗅觉异常敏锐，提倡独立思考是非常危险的。记得当时有位大学同事曾对我说："难道您真以为我们捷克人有足够的能力思考点什么吗？这是大民族的特权。我们只有吸收和模仿的份儿。"虽然那位同事比我年长，我当时回答他：不要怀疑自己，我们与别人的大脑构造都是一样的。还有一次齐切教授——我仍很好地记得他的形

---

*　原题为"O dialektickém prístupu k umění a ke skutecnosti"，该访谈由穆卡若夫斯基的学生米罗斯拉夫·卡切尔（1927—1978）主持并记录，首刊于 Prolegomena scénografické encyklopedia. Praha, 1971. 本译文系国家社会科学基金重大项目"现代斯拉夫文论经典汉译与大家名说研究"［项目批准号（17ZDA282）］阶段性成果。

象——找我谈话，他像对待自己的副教授那样说："现在您还有相对的安宁，您被认为是一位有趣的年轻人，但一旦他们知道您准备至死不渝地捍卫真理的时候，就是您要受苦的时候了！"这曾是个多么准确的预言啊！

我之所以说这些，是要解释"结构主义"这一称谓为什么对我们而言是一种战斗召唤。针对科学中的折中主义，针对不愿意思考，甚至不愿意合乎情理地纠正自己思想中的错误，它是一种真正的召唤。结构主义已为我们所熟悉，但今天我更想强调的是构成结构主义基础的东西。我认为，在当今混乱而失序的世界，正是辩证法思想（它包含在结构主义的本质中，对于今天的科学而言，结构主义在某种程度上是"辩证法思想"的替代品）不仅应成为任何科学研究，也应成为对艺术进行思考的无可厚非的基础。

我认为，当今世界许许多多有时会把人推向绝望，成为无法克服之障碍的矛盾，其实能够借助辩证法思想加以解决。当然，我不是说这是绝对的。

这就是我想说的与"结构主义"概念本身有关的东西，它需要在历史的易变性中来理解。

访谈者：然而，结构主义如今之所以饱受诟病——当然，并不总是公正的——正在于其非辩证性。因此，现在您从一开始就谈到要辩证地理解结构主义美学、文学学和艺术理论，实际上是非常迫切和重要的。那么，依您看来，哪些前提对于我们在结构主义的研究中合乎情理地采用辩证法是必要的呢？

穆卡若夫斯基：首先，让我们关注"结构"概念。它不仅仅涉及文学学。结构最广义的定义是一个整体，然而存在许多"整体"概念，其中有些是明显错误的（比如整体论）。对我们而言，结构是那样一个整体，它内在地且动态地被建构而成。也就是说，这是个不断变化的整体，它绝不是由部分机械地组合而成，而首先是经由它们之间的张力，即通过矛盾，也可以说，是经由对立而实现的。这取决于我们在哪层意义上使用这个词。

这就是关于现实的辩证法思想的基础，但这还并未排除黑格尔辩证法的唯心主义观念。问题在于，对黑格尔而言，矛盾源头植根于思维过程本身，最终通过某个完成的，同时也是僵死的整体表现出来。诚然，辩证法思想对矛盾和张力的根源的寻找绝不是在思维过程中，而是在现实本身的运动中来进行的。正是现实自身不可避免地包含着矛盾。如果其中不再含有内部矛盾，它就已经成为仅仅是没有了内容的形式，这与其说是揭开了现实，不如说是遮蔽了现实。

辩证法思想的存在是为了探察现实之中的矛盾，指明现实（在其动态的复杂性中）本身运动的方向。同样，辩证法思想还通过现实之中包含的矛盾之间的相互关系来阐明这一现实。它既联结又破坏这种现实（如在文化领域），该现实失去内在矛盾，就会瓦解。

因此，需要直接在现存的观念中看到黑格尔唯心论的印记，似乎运动只能是跳跃式的。辩证的对立是永远不会单独存在的。任何东西、现象、现实的形式，任何系列的物体都处在无穷无尽的联系之中。马克思主义曾教导我们，所有的一切都是相互联系的。因此，辩证运动的产生仅仅借助于革命性的变革已经变得不可能。事物、现象的相互关系不断重组，构成其组成的等级与彼此的结构也不断变化，因此辩证运动是不断地、不停地产生的。正是这种永不停歇的运动构成了现实运动的整体。这并不是什么奇谈怪论，而是合乎规律的必然。我现在所说的，丝毫没有取消激烈的变革以及从量变到质变的转换规律，但是辩证发展的连续性必须被强调。

一个整体，如果其内部矛盾停止斗争，那么它就开始解体。一旦某种垂死的文化机制或艺术流派被剥夺了自身的内部矛盾，并且它们的各个组成成分是完全一致的，整体立刻就会瓦解。因此，在活的辩证整体的结构中，不变的相互关系是不可能的。甚至那种基本的和原始的相互关系，比如内容和形式之间的关系（在艺术以及在一切事物中），也是辩证的矛盾。因此，有时是形式的东西能够在别的时候变成内容，最终一切都能既是内容又是形式。比如，在马哈的《五月》中有"五月"这个词吗？它意味着内容还是形式？这是诗歌主题直接的、原始的成分，或只是一个词，其发音构成它的声响所构成的一个基本组成成分，即那种纯形式的构成呢？它既是前者，也是后者。

访谈者：总之，结构处于永恒的运动中。在此，我们首先会碰到黑格尔所谓自发运动的内在性观念。

穆卡若夫斯基：当内在运动理论进入我们这一代人的视野时，（特别受到来自俄罗斯的影响，捷克的，更准确些说，奥地利的官方哲学——赫尔巴特主义，在具有很多优点的同时是绝对静止的，）我们建立了布拉格语言学小组。我们认识论上的前提（基本上是抽象的）是这样的：首先，必须假设存在某种表达手段系统，如此一来，该系统内部组织成分的平衡以某种方式被破坏了，被破坏的系统依靠组织成分的置换得以维持，但与此同时又形成了新的破坏，要求新的修正，就这样直至无穷——始于起初系统内部平衡的、破坏的运动永远不会停止。

我们很快就明白了，这种以自身抽象形式表现出来的思想在某种意义上是原始的。但对于在捷克斯洛伐克的我们而言，它在那时恰好是有益的。它强调了随着时间的推移，在文化领域中过程的联系。比如，早在维切克的《捷克文学史》中，事物之间的相互联系只是产生于在非常不确切地被理解的、总体的历史过程中的某处，它与真正的现实相比毋宁说是背景。在这里，方法论上的折中主义获得了完全自由，它晚些时候在维切克的继承者身上得到继续发展。

因此，内在运动思想给我们留下了深刻印象，真理很快就变得明晰。比起在语言学中，在文学理论中结构运动的最终原因更多地不能包含于结构本身，"结构"概念已经包含了与时间的内在联系这一思想。原因在于事物是在变化的，在这种情形下，文学，撇开所有它的以及在它之中发生的变化不谈，保留了自身的恒等。

访谈者：但是，运动的动力从何而来呢？

穆卡若夫斯基：它除了来自外部，没有其他来源。在这里，必须重提蒂尼亚诺夫和雅各布森的纲领《文学与语言研究诸课题》（《新列夫》，1928），他们在那份纲领中指出"不阐明这些规律，就无法科学地建立文学系列与其他历史系列之间的一致性"，而"这种一致性（系统的系统）有其不容置疑的结构规律"。

这里实际上第一次指明了文学是运动地、历史地变化着的，而不是位于真空之中，它伴随着文化的其他现象，这些现象同样也不是静止不动的。这种历史的运动必然导致运动中的结构时而相互靠近，时而疏远。占据主导位置的，时而是它们当中的这个结构，时而是那个结构。或者在它们的等级中产生置换。这些结构相互协作，甚至有时直接显示出一个结构变成另一个结构的趋势，比如，诗变成音乐，音乐变成诗，绘画变成诗，等等。每一个结构变化的动力起源于单个结构之间的相互关系。

总之，从这里距离这一观念仅有一步之遥：每一结构的运动不仅来自其自身，也来自外部。诚然，艺术科学至今还远没有对这一步得出最终定论。现在所知的是，浪漫主义孕生的比较文学观念在其自身的基础中就已经被克服了。但直到现在，关于主导的和从属的民族文学的思想还没有最终消失，这种思想认为只有大民族的文学才有充当动力源泉的特权，它们规定着其他民族文学的运动。与此类似的还有这样一种仍未消失的观念，认为一种民族的艺术给其他民族的艺术带来了光明。如果从蒂尼亚诺夫和雅各布森提供的思路进行思考，那么最终得出的结论就完全会是另外一回事。正是结构的相互关系，无论它们种类如何繁多，即使是由于使用了不同的材料，而具有与观众不同的相互关系，应该通过不同的方式和手段达到一个或另一个目的。换句话说，现在从一种艺术样式到另一种艺术样式之转换的学说已经变得普通和绝对明朗，但电影与文学的接触还没有最终进入比较的实践之中。

正是这样，蒂尼亚诺夫和雅各布森的纲领能产生一系列成果，比如民间文学与文学之间的相互关系问题。民间文学在科学中有着不同的命运。早在浪漫主义时期，民间文学就得到了关注，按照当时的术语，它直接被理解为人类心灵的母语，但很快就被抛入关于从属和主导的一系列观念之中，被抛入关于影响的观念之中，并且似乎成为某种派生、从属的东西；在我们这个世纪之初形成了一种有名的理论，根据这一理论，民间故事是退化最为严重的文化遗产。然而，艺术实践很快就以另一种完全不同的立场来对待民间文学：民间故事对文学创作或造型创作的真实影响，比如，不同民族的民间童话故事对于叙事艺术的意义，可以足够明确地被探明。这也证明了正在发展的结构应该从不同的结构中获得动力，所有这些结构是相互等值的。

访谈者：然而，在蒂尼亚诺夫和雅各布森的纲领中没有谈到这最后一点。

穆卡若夫斯基：的确如此。此外，也没有谈及某处还存在另一个源头。在它的影响下，所有文化现象开始按不同方式彼此相互转换和相对改变。但这是为什么呢？理由何在？于是，整体文化与形成该文化的社会之间的关系问题之重要性便开始凸显。

这里我们首次遇到了一个著名命题：关于文化发展直接地取决于社会运动的命题。该命题至今仍在一些地方被固守，虽然它已经在相当大程度上证明了自己的无力。原因在于，如果我们开始将正在变化的社会现实与正在发展的文化之间的关系理解为镜中之影，将文学和所有文化的发展理解为社会发展的复制品，那么在我们面前就会出现一些无法解决的问题，更不用说艺术实践。比如，该如何解释社会变革中的一些现象，哪怕只是一些非常泛泛的现象。比如，从多神教到基督教的转型是否是为了表达一些全新的思想和需求？长久以来它们作为由旧的体系所形成的艺术的表达方式，那样的情形重复得非常频繁，或者为何迫在眉睫的社会转折常常以震撼艺术基础的方式在艺术中显现，并且要早于那些发生在现实之中的转折？我们在第二次世界大战之前曾经亲身见证了这一点，艺术作为敏感的地震仪已经表明——虽然以一些完全不同的方式——接近了即将发展的东西。这也以同样的方式在恰佩克的超现实主义创作中得到了确认。

但即便如此也必须辩证地思考，这里所说的绝不是现实同其精确的复制品之间的关系，而是辩证的相互联系。虽然我们知道艺术是一种社会现象，知道艺术创作若无视社会的需求就没有意义，撇开我们了解并完全清楚不论，艺术作为一种社会力量以怎样的方式显示自身，这一问题仍没有失去意义。艺术的这一属性是否总应该显现为艺术在某种程度上与当下存在的现实保持一致呢？或者显现为艺术对现实的描绘呢？或者正是因为拒绝直接描绘现实，艺术作为一种社会力量能够为自己寻找到应用并且完全是真实的应用呢？

毕加索及其立体主义的出现，这是对现实非常大的偏离。但现在已经清楚的是，艺术对于毕加索而言是对分裂世界的一种抗议。这种抗议是非常革命性的，艺术家本人对于现实的那种感觉也是非常强烈的。我想，我们所有人都知道文森克·克罗默尔选编的毕加索著名的静物画。克罗默尔从未忘记从立着静物画的五斗橱取出变得干枯的苹果，这只苹果是毕加索赠给他用来证明真实的水果是他创作的原型。虽然这个细节有些好笑，但它表明了艺术和现实的相互关系不在于艺术是否复制了现实。在艺术的整个转变中，社会现实的转变与之最为密切，但是这一事实本身丝毫也不能说明它们之间的关系直接到何种程度，因为在此参与游戏的还有这样一种因素，出于辩证法必须要考虑的因素——偶然性。

访谈者： 关于这一点，也许已经说得够多了。对于现代哲学而言，偶然性的问题乃是思考因果序列问题不可分割的组成部分。

穆卡若夫斯基： 没有了偶然性，严格有序的辩证矛盾根本就不会存在秩序，取而代之，只有僵死的单调。被剥夺了偶然性的艺术已然走在通往坟墓的路上了。当然，对艺术与现实之间关系产生影响的偶然性帮助艺术描绘如其所是的现实，它并不是唯一的因素。如果声称偶然性乃所有变化之起因的话，那么我们并不是辩证地在讨论。

在艺术中可以直观地发现，任何创作手法上的改变对于现代人来说都是"偶然的"，对于艺术本身也是如此。很难想象艺术家希望精确地做出在他之前别人已经做过的东西，当然，模仿者除外。如果我们说的是真正的艺术家，那么他们当中的每一位都必然怀着这样的信念着手创作：要做出一些完全不同的东西，他要以一种不同于在他之前的别人的方式来表达自己对待世界及其现实的态度。然而，如果他不希望被剥夺与同代人之间的相互理解，那么他的艺术应该保留自己的恒等。艺术传统，即已经成为普遍采用的规范，并且作为属于所有人构建材料的主题和形式成分，它同由个人在艺术发展中的干预所引发的偶然性是不可避免地相对立的。如果没有了这一对立，艺术简直就是不可能的。

这里我们指的是一种辩证的相互依存，并且对艺术而言可能是最重要的相互依存——外在的偶然性与艺术的内部规律之间相互依存。艺术家的个性，实际上正是艺术获得所有动力的来源，但与此同时，如果说的是大艺术家，那么偶然性会体现为干预发展的过程。况且，辩证思维本不应该害怕悖论。正是大艺术家会成为自己时代的代言人，其作品会成为世界制度、现实及其构成观念的载体，他也正是用自己的创作对这一点给予了最有分量的证明：艺术是一种社会现象和要素。

在谈论艺术创作集体性的时候，我们不太可能涉及这一复杂的问题：什么时候集体能够以个人的形式发挥职能。这个问题确实非常复杂，虽然它限制了先前的将艺术家个性的意义视为艺术发展中最主要的偶然性的那种论断，但是并不与这种论断相矛盾。更为明显的一个例子是民间文学。浪漫主义者将民间文学视为匿名的民间创作，但晚些时候开始解释创作的集体性时并没有排除个性参与其中。我们能够成功地找到这样的例子，我们说民间歌曲是由某个作者创作出来的，但随后随着表演而改变——当然，也还是无法确定其具体的参与者——产生出它的变体。正是个人和集体影响的那些混合，在民间文学中具有了完全多样的形式。比如，谈到塞尔维亚南部歌曲，人们普遍会相信，古斯里琴弹唱者应该具有非凡的记忆力，他们演奏的剧目可是有 7 万至 9 万首歌曲。但事实是，他们根本不需要记住所有歌曲，而只需记住一定数量的传统的、集体的旋律和编排歌词的模板。在这一范围内，他们每次都能重新创造歌曲。这就是身为个体的创作者同创作集体之间辩证关系的案例之一。

访谈者：艺术家同观众之间的关系也是艺术中个人与集体之间相互关系的一种特殊形式。

穆卡若夫斯基：其实，在最高阶段上，艺术作品的创作者不仅是艺术家自身，同时也是观众。观众在自己对艺术的要求中，即在自己关于作品应该是什么，应该如何同现实产生相互关系的观念中，成了与艺术家合作的共同作者。有时，为了理解艺术家同观众之间的关系，我们会想当然地将他们视作专业人士、专家与一知半解的人，但这种观念受到时间的限制，并且在其整个范围内与事物如今的真实状况不一致，所谓幼稚艺术的存在便是最好的证明。

艺术家同观众之间的关系同样也是辩证的。这种关系，过去时常且现在仍发生着不断的转变，能够出现（与战前先锋派有关的）艺术家本人更接近观众的情况。一种规律继续发挥着主导作用，根据这一规律，文学的发展以及无论哪一种文化的其他支流（包括科学），都是基于偶然性与内在必然性之间的辩证关系。曾有一种观点误以为马克思哲学仿佛否定艺术的内在联系。恩格斯曾说过这样一段名言：一旦某个现象成为历史，那么它的发展在那一刻就具有了内在联系。从另一方面看，毫无疑问，偶然性对于增强结构的动力是必需的。如果辩证地看待这种相互关系，那么内在规律的二律背反就不是不可解决的，这种二律背反在某种程度上不是辩证的矛盾，而是其组成部分。

谈及艺术同观众之间的关系，有必要提及一种过去引起我反感的现象。其原因在于产生了这样一种理论，仿佛艺术如果想真正在社会上有益，它首先应当得到相同的理解，否则便是坏的艺术。现在，幸运的是，我们已经清楚，如果艺术想履行自己的社会功用，它就应该是多样的、多层次的，甚至可以直接说，是多级的，否则它就不能存在。

访谈者： 所有这些能够以捷克文学史中具体的材料予以直观的说明。

穆卡若夫斯基： 重生的捷克文学在自身的可能性以及创作个性上是非常贫乏的，也非常缺乏读者。在这样一种极不正常的情况下，应当要求每位受过教育的爱国者写点诗，甚至要求广大不同职业和教育水平的代表订阅《捷克博物馆杂志》，也是情理之中的事，实际上，该杂志上具有科普特点。但是，一旦捷克社会开始发展起来，很快就会出现这一情况：如果那时的文学创建者希望人们阅读文学作品，那么就必须在其中引入等级。

这种情况颇为经典的一个例子是聂鲁达的批评事业。研究他的作品时，我惊奇地发现，作为诗人，聂鲁达站在那一时代诗歌的最高峰；作为批评家，他坚持文学应该尽可能多样，满足最为不同的兴趣。聂鲁达成为捷克第一个儒勒·凡尔纳的坚定宣传者绝非偶然，他懂得被流传至今的这一需求——为对抒情诗或历史小说不持任何倾向的人提供相应的读物。聂鲁达走得更远，如果有需要，他甚至会发表支持那类轰动一时的书籍的言论。他不仅是一位伟大的诗人，也是捷克文学热心的主人。

然而，后来萨尔达那一代人登上舞台，社会状况已完全是另一番景象，那时所强调的也已经是另一种东西：文学将为人们揭示现实及其不断变化的面貌视为目标，要培养人们对待现实之理性和感性的态度，激发人们去了解鲜活真实的渴望。聂鲁达本人并不是没有那样的渴望，相反，他很好地意识到，捷克的语言艺术应该（如他所讲的那样）沿着世界文学的方向发展。他坚决强调（有时甚至带着明显的夸大）个别作者，如海内克和斯韦特娜雅身上总带有的欧洲特征，但同时也不能忘记整个读者的兴趣空间。相反，对于萨尔达和他这一代人来说，重要的首先是与捷克小资产阶级和折中主义对抗，从而构建这样一种文学观——它自己是进步的价值载体和源泉，并从中汲取自己的力量以及文学创作的所有其他力量。

如今，我们知晓文学应当是有差异的，也明白了毫无疑问应当存在那样一种为艺术承担认识论责任的文学。我不想说，所谓"低级"文学被剥夺了类似的责任，但它们往往无益于发展所必需的首创精神。

如今与具有认识论责任的文学的那一部分艺术有关的问题，在美学中已经能被足够清晰地描述，但与它的其他部分的那些关系仍是一个问题。比如，在创建文学史时，我们撰写的往往只是那样一种文学史，它对我们来说是一种语词的作品，但在以前没有做过全面创建文字作品图景之类的必要尝试，即不同时期的树状的文学结构图景。卡雷尔·恰佩克在一篇随笔里曾谈到，希望写这样一部小说，在出版时作品的扉页上没有作者的印记，它可以经女缝纫工被针扎伤的手转到泥瓦匠龟裂的手。也就是这样一种小说，它实际上履行了艺术的使命，不仅在所谓的高级文学所履行的使命这层意思上，而且在更广的意义上。简而言之，仅仅在社会学的层面上来绘制文学进程的图景，这还不是社会学，而是作为社会现象的文学史。

访谈者： 教授先生，您已经谈了不少关于文学同社会的相互关系问题，要是能再谈一些关于艺术功能的问题就更好了，它也是一个非常宏大的问题。

穆卡若夫斯基： "功能"一词不大可能是时髦的，甚至比"结构"一词更不时髦。然而，恰恰对这个词，不同的人有着不同的理解。这不仅包括那些对文化持消极态度的人，也包括积极投身于其中的人，要想参悟这个词是非常难的。比如，经常得到应用的社会功能概念，实际上是另一种功能，而不是社会的。或者说，经多次不同的尝试后得到应用的"功能分类"，这一术语也有不同的理解。

我并不确信，基本的功能分类——如将功能分为实用的、审美的、象征的等——似乎是不可能的或是不妥的。然而，如果我使用"功能"一词，那么我应该想象艺术作品具体的影响，而绝不是表达一种要求，为了使艺术沿着既定的方向并按既定的方式——应当是唯一的且对所有人都有益的方式——产生作用。如今，已经变得清楚和得到证明的是，任何确有生命力的作品都具有一系列功能，并且在一些情形中是一些实在的功能，在另一些情形中则是一些潜在的功能，但总是具有很多的功能。

功能主义最先出现在建筑学中。比如，众所周知，勒·柯布西耶曾将房子比作居住的机器，这一论点反映出单功能主义的原则。现在，我们可能已经能非常直观地想象这种单功能主义会导致什么结果。这一论点不仅适用于建造个人居住的别墅，也适用于建造标志性建筑或居民楼。这种功能观在当时确实是不可思议的进步观念，卡雷尔·贡齐克已经在自己的书中令人十分信服地给我们指明了其错误；与这一观念针锋相对的论点是，人是所有事物的尺度。当然，这里说的是在其全部完整性上的人，在其自身行为的全部丰富性和需求意义上的人。这适用于文学以及所有其他的领域。我们没有充足的理由断定所有被制成的物都是为了人，同样也没必要允许人出于自己的看法、需求来这样做。在相反的情形中，这样的功能性，更确切地说，单功能性是一条公然给整个存在蒙羞的道路。

在评论聂姆佐娃的《祖母》时，兹德涅克·内耶德利曾指出，对每个人，无论孩子、成年人、年轻人、老人，还是最为不同职业的人来说，这本书都是不同的。这是非常准确的，虽然他只是稍微提及自己所觉察的一个事实：书不仅是带有一定的预先意图而被写出的，而且是带有一定的预先意图而被阅读的。这种预先意图能够与作者预先的意图完全不一致，甚至能够同他想达到的目标相矛盾。让我们举贝兹鲁克的诗《诗的读者》为例，作者表示不希望自己的诗被解释为艺术事实，也不希望被理解为对别尔斯科人奴役所发出的抗议。但最后正确的是读者，而不是诗人，撇开贝兹鲁克的抵抗不论，《西里西亚之歌》表现了别尔斯科人所遭受到的社会压迫。

关于功能的学说，这是一个巨大的整体，它才刚刚开始被辩证地加以研究。应该作为这一事实来考虑例子：艺术作品之所以被创作，是为了以这样或那样的方式作用和影响读者的精神生活，并且它唯有以影响整个人的方式，即多方向的方式，才能实现这一目标。因而，对于生活于不同情形下的同一个人来说，一部艺术作品也许具有完全不同的意义。

访谈者： 您认为什么问题适合作为这次我们访谈的结尾呢？

穆卡若夫斯基： 最后，我还想就当今比较时髦的一个话题说上几句，即关于诗歌创作的符号学问题。当然，想要用几句话来阐释由艺术作品的符号特性所引发的所有问题是不可能的。但是，我认为必须要说的是，在研究艺术作品的社会影响及其单个影响时，我们不应该局限于作品与一定现实的相关性来看待作品，这现实是作品与之直接相连的，或是读者能够揣测的作品背后的现实。对现实主义庸俗化的理解就正好存在这样的局限性。在此，我完全不打算怀疑那种在整个欧洲文学中得到繁荣的，体现出真正伟大之美的现实主义光荣传统，我说的是那种现实主义，它目光短浅地要求艺术作品仅仅表达那种它直接讲述的现实。

艺术作品是一种特殊类型的符号，从言语开始的符号王国是无边无际的。它的特性基于具体的事实表达对世界、一般现实的态度。它希望与人们、与读者，就以何种方式能够走近现实，指导自己对它的态度等达成一致。唯有弄清艺术作品的符号本质，才能认识它与现实真正的辩证关系。与现实的辩证关系意味着看到现实自身之中所包含的矛盾的能力，而这些矛盾没有人想到过，并且没有人自发地投身于其中。

我认为，在一定程度上远离可视、可听、可感的现实的作品，破坏自身与现实的联系，固然是不正确的。相反，只是直接地复制现实中仅为几个人且仅在一定环境中所知的某一部分的那些作品，恰恰未能履行自己的社会任务。因此，我们从第一眼起就可以明确地相信，被剥夺了与现实真正的辩证关系的艺术作品其实没有意义，它们只会模糊作品的真正意义。

访谈者：教授先生，感谢您的这番阐述！实际上，您在访谈中以文学为例——如果允许这样概括——所探究的，也正是一些对于思考艺术和文化现状，尤其是文化该沿着什么方向继续发展非常重要的，需要认真思考的问题。

穆卡若夫斯基：具体地指明某个方向不但没有可能，也没有意义。但我认为，科学，主要是人文科学，它的任务与艺术一样，必须意识到一些基本概念，且首先要意识到这一真理：缺乏真正的辩证思维，缺乏唯物主义辩证法，而要思考真实的发展，实则是完全无法想象的。

论诗的意向与诗中的语言学手法*
——1975年5月27日雅各布森讨论会

■ [美] 罗曼·雅各布森　德国科隆大学师生　著
　　贺　骥　译

塞勒[1]：敬爱的罗曼·雅各布森先生！1975年夏季学期我为学生们开了一门课，这门课的研究对象就是您的著作（课程全名为"罗曼·雅各布森的著作"），而这些著作的作者本人今天就在这里和我们座谈，您可以想象一下，这个事件多么奇妙。此事有两个方面：关系的一面和本质的一面。本质方面不应该受到低估。您在这里，不辞劳苦来到我们大学，选修这门课的学生们和我所邀请的客人们有幸见到了您本人，他们现在也可以把一种清晰的外貌印象与您的著作联系在一起，这种印象肯定是永不磨灭的。但我知道，您把关系看得高于本质，您总是强调关系的重要性；关系的关键在于您喜欢讨论，而现在您作为讨论的伙伴在此即将与我们展开对话，我们将尽可能地利用这次机会向您讨教。我们也许可以讨论两类问题：首先是课程中出现的问题。迄今为止我们在课堂上研究了这些课题，例如结构，形态，变化与恒定，编码与解码，然后是标志、图像和象征这个三联体，共时性与历时性表面上的二分法，还有您所说的意义问题。我们的课程进度到此为止。其次，昨天我们听了您出色的报告

---

* 本文译自Arbeitspapier Nr. 32, Dezember 1976（Institut für Sprachwissenschaft-Universität Köln）。1975年5月27日，罗曼·雅各布森和科隆大学语言学学院的师生们举行了一次关于语言学诗学的讨论会，本文为会议记录，保存在语言学学院第32期的《工作底稿》（1976年12月定稿）中。本文的主标题《论诗的意向与诗中的语言学手法》（*On Poetic Intentions and Linguistic Devices in Poetry*）为英译者所加，副标题《1975年5月27日雅各布森讨论会》（*Diskussion mit Roman Jabobson am 27. Mai 1975*）为德语会议记录原有标题。德语会议记录见https://d-nb.info/1054989915/34。本译文系国家社科基金重大项目"现代斯拉夫文论经典汉译与大家名说研究"[项目批准号（17ZDA282）]阶段性成果。

[1] 塞勒（Hansjakob Seiler, 1920—2018）：德国语言学家。1959年至1986年任科隆大学普通语言学和比较语言学教授，后移居瑞士伦茨堡，著有《语言共性研究》。——译者注（本文所有注释均为译者注）

《作为语言艺术的诗》，关于这次报告，我们有一些问题。其中有几个问题是书面表达的，昨天就已经写好了，以至于我和雅各布森先生能及时研究这几个问题。雅各布森先生告诉我，他愿意一开始就回答这几个问题。但我必须照顾一种特殊情况：我们的系主任就坐在我们中间，他肩负重任，工作繁忙，无法参加整场座谈会，因此现在我想请他首先发言，让他提一个与昨天报告有关的问题。请您赶紧提问，系主任先生！

卡萨克[1]：谢谢！关于昨天的报告，我有一个问题。您谈到了一个非常棘手的难题：我们文学学家在何种程度上可以提出下面这个问题，一位作家运用某些违反规则或符合规则的艺术手法究竟是有意的还是无意的（昨天您已把反规则或合规则的艺术手法阐释得很清楚了）。对不同稿本进行的比较也许就是回答该问题的依据。在考察音韵、节奏和广义的句法时，我们肯定会发现某些诗人故意使用了小品词，这一点是很明显的，因此我很想知道，您在研究时是否发现了某些诗人有意识地使用介词和冠词。在分析最小的单元时，您举出了大量的例证，因此我想问：通过比较某些作家的不同稿本就能证实上述意识吗？

雅各布森：谢谢您提出了这个非常重要的问题。我确信，昨天我已提到过它。我认为有三种可能性：偶然，下意识活动，意识活动。在此，我排除了偶然，所有数学领域的盖然论者都否定偶然。在叶芝的诗《爱的忧伤》（1925年版）中，连词和介词的精确分配根本不可能是完全偶然的。我的一些学生和我讨论过这个问题，学生们说他们能在《纽约时报》上发现与叶芝诗歌相同的现象。我提议打赌，赌一百美元，很明显，他们输了，但我绝不会去向他们索要这一百美元。不久前有人甚至在书中向我提出了同样的问题。此人是牛津大学教师，他出了一本书《文学研究中的结构主义》，书中有一章介绍我的语言学诗学尝试。该书作者做了一次试验，他从我的一篇文章中选了几行文字，然后从诗学角度对这些文字进行阐释。试验结果真的很消极。最近我和他在牛津讨论了此事，我告诉他，假如我的文字是一首诗，那么它就是一首糟糕透顶的诗。

现在我来谈谈那个最难的问题：艺术手法的运用究竟是下意识的还是有意识的？手法的运用与其说是有意识的，还不如说是下意识的。人们相信这一

---

[1] 卡萨克（Wolfgang Kasack, 1927—2003）：德国斯拉夫语文学家，曾任科隆大学哲学系主任和斯拉夫学院院长，著有《陀思妥耶夫斯基的生平与著作》。

点，对此有时我也感到惊讶。然后人们发现了诗人自己的陈述，找到了他的笔记，人们了解到许多写法在他心中是非常清楚的，这些笔记可以说是他们的理论总结。但我还是相信，在大多数情况下，手法的运用与"下意识"有关。关于这个问题，我曾写过一篇文章《诗中的下意识言语模式》，此文的德译版也发表了。请您允许我举一个例子：我们了解塞尔维亚的史诗艺术和民间创作，那里的粗人、牧人和农民常常能歌唱成千上万行的史诗。有趣的是，他们不仅能记住史诗，而且能发挥即兴艺术的巨大作用。穆尔科❶教授是布拉格的斯拉夫语文学家，他拜访了一些民间歌手，记录了许多民间诗歌，这些说唱史诗的塞尔维亚人自称古斯勒琴歌手❷，穆尔科和几个古斯勒琴歌手成了朋友。因为他们是朋友，所以在告别的那天他们聚在一起喝葡萄酒，其中有一名古斯勒琴歌手不久前打听过穆尔科教授的生平，包括教授在哪里和怎样度过了他的童年和青年，在哪里服兵役，等等，这名歌手当场即兴演唱了这位学者的生活史。演唱时他运用了传统的诗体。其中有一种诗体为十音节诗行，这种诗行的第四个音节后面有一个必不可少的空位，并且诗行末尾长音节和短音节的分配必须合乎规则。如果人们问这些歌手这种诗行一共有多少个音节，那么他们肯定回答不出来，因为他们不知道什么是音节。什么是第四个音节后的空位（停顿）？不知道。他们对音的长短也一无所知。19世纪有一位塞尔维亚诗人对这种史诗传统很感兴趣，他就是诺维奇❸。为了学习弹奏古斯勒琴，诺维奇拜一位即兴演唱的牧人为师，他学会了仿制这类民间诗歌。然后他做了几次试验。他按传统演唱，牧人满意地说道：你唱得好，你做得妙！然后诺维奇做了一些小小的改变，他把停顿设置在第五个音节后而不是在第四个音节后。牧人说：这很糟。他问道："为什么这很糟？"牧人回答："简直糟透了。"对诗格和违反规则的直觉理解是一种常见事件。法国著名斯拉夫语文学家瓦扬有一次问我："这些诗歌形式确实很复杂，在意识不到它们是什么样的诗体时，这些民间歌手居然能运用如此复杂的形式，对此，您怎么看？"我答道："您可以看一看高加索语系的情况，该语系有十八种语法上的格。"高加索当地人能准确地使用这些格，比学者们还准确，尽管学者们明白这些格意味着什么。当地

---

❶ 穆尔科（Mathias Murko，1861—1952）：奥地利斯拉夫语文学家。1920年至1931年任布拉格大学南斯拉夫语言与文学教授，著有《南斯拉夫古代文学史》。

❷ 古斯勒琴歌手（Guslar）：塞尔维亚和阿尔巴尼亚以古斯勒琴伴奏演唱民间史诗的歌手。古斯勒琴（Gusla）为巴尔干半岛的一种独弦琴。

❸ 诺维奇（Joksim Ilijć Nović，1806—1868）：塞尔维亚诗人，著有诗集《启明星》等。

人使用这些格完全是下意识的。我认为我们不能排除这种下意识活动。歌德和席勒关于无意识的讨论❶非常了不起，这场讨论至今仍有其新意。我们必须考虑到这种情况：我们现在所研究和论述的事情，其实就存在于诗歌之中。我们不应该假定诗人没有意识到这些因素，不明白它们的作用。此外，叶芝在他的文章中表现出了一种很强的理解力，例如他有一篇文章专论诗歌中声音的作用。我们发现他对声音的作用评价很高。倘若有一位考官在一次考试中问他："请您就这首四行诗或其他四行诗说明一下，什么是语音重复、音组重复、音与义的对应？"也许他的考试成绩会是不及格。尽管如此，我还是要说，我们必须考虑到诗歌中的语言因素。昨天的报告结束后，我和几位同行在一起交谈。我说，我们的情况和一位研究一部音乐作品的音乐学家一模一样。我们谈论一部伟大的音乐作品，例如莫扎特的乐曲，这部作品中的许多细节能清楚地表达音乐规律，它们对整部作品至关重要。音乐会的听众非常兴奋，我问他们："请您告诉我，您为何如此兴奋？"他们答道："乐曲很美。"我接着问："美在哪里？"大多数听众于是陷入尴尬的境地。

关于《作为语言艺术的诗》的问题：

我已经收到一些关于叶芝的诗《爱的忧伤》（1925年版）的问题。首先出现的是一般性的问题："您昨天对一首诗作了语言学分析，请问，语言学分析和文学意蕴分析这两者有何关系？"

我对一些词心存畏惧，其中之一就是"意蕴"这个词。当我收到这个问题时，我问我的朋友塞勒，意蕴和内容究竟有何区别。他答道：这很难说，它们是两个不同的词，对它们的解释也有所不同。各位听到了，这是一个难题。从总体上看，叶芝的这首诗和他的每一首诗都是可以翻译的，你们知道，昨天我读了理查德·埃克斯纳❷的译本。叶芝诗的每一种译本都有可能是好的译本，但一首诗的翻译不可能是真正的翻译。翻译是从一种媒介转换到另一种完

---

❶ 歌德和席勒关于无意识的讨论（Diskussion zwischen Goethe und Schiller），参见：1801年3月27日席勒致歌德的书信和同年4月3日歌德致席勒的书信。席勒反对谢林"从意识出发走向无意识"的艺术道路，他认为"在经验里，诗人也是从无意识之物开始……无意识之物和深思熟虑相结合，造就了诗意艺术家"。歌德则更加强调了无意识的作用："凡是天才作为天才所做的一切事情，都是无意识地发生的。"

❷ 埃克斯纳（Richard Exner, 1929—2008）：德裔美国文学学家、诗人和翻译家。他把叶芝和史蒂文斯的诗歌译成了德语，把里尔克的诗歌译成了英语。著有《霍夫曼斯塔尔的〈生命之歌〉研究》。

全不同的媒介。如果译者是一位大诗人，那么他的译诗就是一首新诗，有时是一首很美的诗。他的译诗有可能保留了原诗的某些成分，但许多东西在翻译过程中丢失了。有趣的是，译者往往意识不到那些保留下来的东西。我可以给你们举一个很好的例子，几十年前我拜访了著名的德国文学史家和诗歌专家萨兰❶，他是学界天才西弗斯❷的学生。我们愉快地交谈，度过了一个夜晚。萨兰不懂俄语，他对我说，他从未听人朗诵过俄国诗歌，因此他请我朗诵一首俄国诗。我知道萨兰憎恶一位诗人，他憎恶海涅。我拿来了伟大的俄罗斯象征主义诗人亚历山大·勃洛克❸的一首译诗，它是海涅诗歌的一个译本，但我没有告诉他这是勃洛克翻译的诗。我读完这首诗之后，他说道："很奇怪，这居然是一首俄国诗，但它听起来像海涅的诗。"你们知道，有些东西留了下来，但留下来的是什么呢？严格说来，在勃洛克翻译的海涅诗歌中，或者在他翻译的其他德国或意大利诗人的诗中，许多要素都丢失了。

现在我们继续探讨。诗歌不仅可以翻译，而且可以转换为另一种艺术。我们可以把叶芝的这首诗转化成绘画。也许我们可以把它转化成一幅抽象画，或者相反，转化成一幅具象画。你们确实能看见画中人，也就是叶芝歌颂的那个少女，甚至能看见《伊利亚特》和《奥德赛》的英雄们，这些作为组合环节的英雄们构成了画面的背景。但绘画与诗歌迥异，因为它们的符号结构不同。事实上这是一种符际转换。人们可以进行转换，甚至可以画出一幅很美的画。我认为布莱克为但丁《神曲》所作的插图很美，但插图不是但丁的史诗，它是另一种完全不同的艺术。另一方面，我们可以把叶芝的诗歌谱成乐曲，也可以把它拍成电影。所有这些转换表明艺术门类之间是有某种共同点的。某种东西留了下来，但大部分因素走了，我不想说丢失了，诗歌已被彻底改造了。因此我用"符号性"来取代意蕴，符号性大约相当于一种符号系统，我们可以用各种不同的符号形式来表达某种意向。实存的是符号性。此外，还有什么东西属于"意蕴"这个概念呢？如果不考虑诗行形式，你们能完全说清楚叶芝这首诗的意蕴吗？脱离了诗行，你们会一无所获。托尔斯泰的著名回答在此也有效：有人问托尔斯泰，他想用《安娜·卡列尼娜》说明什么，他答道，这

---

❶ 萨兰（Franz Saran，1866—1931）：德国日耳曼语文学家、格律学家，曾任埃尔朗根大学诗律学教授，著有《中古高地德语的翻译》。

❷ 西弗斯（Eduard Sievers，1850—1932），德国语言学家、中世纪学家。1892年至1922年任莱比锡大学德语文学教授，著有《基辅的诗体文本》《生理语音学的基本特点》《节奏与旋律论文集》。

❸ 勃洛克（Alexander Blok，1880—1921）：俄罗斯诗人，诗作有《美女诗草》《报应》《十二个》等。1909年，勃洛克翻译了海涅《诗歌集》中的二十三首诗歌。

样他就必须从头至尾朗读整部《安娜·卡列尼娜》。正如诺瓦利斯所言，诗的价值在于突出表达方式，广义的表达方式。语言的外在形式和内在形式就是使一首诗成为诗的关键。尽管如此，我并不排斥其他的研究方法，人们也可以从作家的思想角度、从其青年时代的情绪出发来研究这首诗。如果人们把这首诗与叶芝的回忆录及其书信相比较，那么人们甚至可以写一篇文章，写一篇很好的课堂作文《叶芝诗歌中的维多利亚时代性爱》。我不否认这首小诗为精神分析学家、社会学家和哲学家提供了足够的研究资料。但我谈论的是诗学，诗学主要研究符号结构，即研究诗歌的符号学符号和狭义的语言符号。我甚至想以更谦虚的态度说："请你们允许语言学家们也参与诗歌分析。他们确实能做出一些贡献。在昨天的演讲中，我给你们发了一份规则表，尽管这张规则表给你们留下了一种相当枯燥的印象，但是当你们明白了这些规则之间的相互关系时，你们就会认识到这些规则和诗歌的整个构造，即和诗歌的结构有非常密切的关系。"

我之所以能很详细地回答这个问题，是因为这个问题是我最常遇见的，文学史家和欧美日本等大学的师生们最频繁地向我提的就是这个问题。

伯克曼：我还有一个补充性问题。如果我们以形态为导向，那么这种微观的观察肯定能使我们获益匪浅。现在我想联系您举过的例子提一个问题：萨兰先生通过勃洛克的译本猜到了海涅的语言风格，由此出发，我们是否可以通过语言形式、姿态和言说方式来确定这种典型的海涅风格呢？因为音韵本身就是一种语言现象。

雅各布森：这个问题提得对。我记得我马上把谜底告诉了萨兰。我对他说：你说得对，这首俄语诗译自海涅。他很惊讶。我认为，这种现象可以用生理语音学来解释，语音分析是西弗斯的天才思想之一。整个问题涉及天生的声音曲线，西弗斯称之为贝金❶曲线。人的声音具有外形特征，这些特征表现在节奏和音调上，表现在语言、谈话和诗歌的各种生物学因素上。我无法理解德国人为什么不继续发展生理语音学。西弗斯等人做了了不起的简述。那时他们找不到一种真正的科学基础，那个时代的意识形态不可能提供这种基础。西弗斯本人在他的文章中对语音的理解有时完全是机械论的，例如他声称"一切取决于腹部姿势"。语音问题要比腹部姿势复杂得多，在20世纪前25年里，

---

❶ 贝金（Gustav Becking，1894—1945）：德国音乐学家。贝金曲线（Becking-Kurve）指的是利用光迹手法显现的乐队指挥家打拍子的节奏曲线。

西弗斯努力研究了诸多问题中的一个问题。他发现了许多线索，但他的理解纯属直觉。他本人就像一位魔法师。有一次人们交给他一封用打字机打出的信，他说，信的内容根本不重要。他居然能确定写信人的身份：信的第一部分是一个女人写的，第二部分则是一个男人写的。西弗斯说，这封信肯定是由两个人写的，这两人的性别不同。他的分辨能力确实很强。他发现了许多原理。他夸大了某些事实。先驱总是习惯于夸大事实。他很夸张，他曾对一些语言的文本发表了意见，而他根本不了解这些语言。很遗憾，我曾侮辱了他，那时我是一名青年大学生。我在报纸上发表了一篇书评，批评了他关于一篇古教会斯拉夫语❶文本即所谓的基辅弥撒书手稿❷的研究专著：他从几个变音符号❸中得出了节奏和旋律的结论，但他没有注意到，在手稿的印刷文本的结尾有一个注释出现了印刷错误，恰恰是这个错误害了他。尽管如此，我仍然相信，他对这份手稿的研究也展现出了某些真知灼见（尽管这是一篇古教会斯拉夫语文本；他不懂古教会斯拉夫语，这种古语对他而言非常陌生）。后来我认识到了他的发现的价值，但那时他已去世。他知道基辅手稿是一篇诗体文本，他认出了诗行中的停顿。这种发现很伟大，但我现在认为，我们可以系统化地修正他的论断，并继续发现一些其他方面的关联。我认为，他最重要的研究成果乃是对日耳曼诗歌的研究。

伯克曼：他曾经为我们阐明事实，我对此记忆犹新。我对他的讲解印象深刻，他把语音现象转化成了有节奏的运动，他从律动出发来研究语音学。他每次都用线条画出了一些振动曲线。他说，根据这些不同的振动曲线，他能够断定一次发音究竟是打招呼还是拒绝。在这个领域，他的确是一位行家。

雅各布森：他很了不起。他思考了语言和手势、步态、笔迹等事物之间的关系。毫不夸张地说，这种创新具有心理学和社会学上的重大意义。虽然当时不可能使这种语言学思想系统化，但这项事业是大有前途的。我不仅从西弗斯的著作中了解了这类课题，而且我和西弗斯晚年最聪明的学生贝金的关系非常密切。我的德语文章《音乐学与语言学》最近得以重印（见《雅各布森选集》第 2 卷，第 551—553 页），您也许能从这篇文章中得知，贝金受到了布拉格学

---

❶ 古教会斯拉夫语（Altkirchenslawisch）：中世纪信奉正教的斯拉夫人所使用的宗教语言。
❷ 基辅弥撒书手稿（Kiewer Bältter）：用古教会斯拉夫语和格拉哥里字母书写的弥撒书手稿，包括十二页羊皮纸和一张封皮，内容为译自拉丁语的三十八段祷词，现存于基辅的乌克兰科学院，是目前最早的斯拉夫文字文献，大约出现于公元 10 世纪。
❸ 变音符号（diakritisches Zeichen）：加在字母上方或下方的符号，表示变音。

派音位学的强烈影响。贝金向我讲述了他和他老师的实验的许多内容。关于"对立"问题，他提出了一种真正的二元论：相互适应的类型之间的对立与相互排斥的类型之间的对立。二元对立对个人、对社会生活非常重要——吸引与排斥。他们的思想出现得过早，但很伟大，与许多天才的思想一样伟大。正如博杜安·德·库尔德内❶的思想或索绪尔的思想。但现在我们应该用实验和理论思考来全面检验他们的思想。

德鲁克斯：与前面提出的那个问题相关，我想提出下述问题。您在昨天的报告中进行了论证，您既证明了各个层面例如语音层面和句法层面上的各种平行关系，又证明了各个层面之间的一致性。然后您用一句话结束了您的报告，这句话的大意如下：频繁出现与经常在场的对等构成了这首诗的优质。因此我想问您：如果我们在一首诗中发现了大量的平行与对等，那么我们就可以断言这首诗有很高的价值和优良的质量吗？

雅各布森：没那么简单。我们永远无法通过研究来详尽阐明一首伟大的诗的价值。一方面，我们可以发现一首好诗里的各种对等；另一方面，尽管我们全心全意努力做到准确和详尽，但还有一些对等却始终未被我们发觉。总的来说，我们发觉的东西越来越多。我研究《爱的忧伤》这首诗已很长时间了，昨天我坐火车从威斯特法伦来科隆，途中我突然发现了一个新情况。在此，我没有时间谈论这个新发现。如果我们比较这首诗的两个版本❷，我们就会发现，从句法角度来研究诗韵是非常奇特的。我认为我们永远也无法穷尽一首好诗的品质。您可以研究莫扎特的一部音乐作品，但您的全部分析却无法取代一部天才作品的诗性价值。我认为诗歌与音乐的区别很重要，这个问题很复杂，我们应该尽可能地搞清楚什么是诗性、什么是音乐性。诗学之所以重要，是因为我们不仅可以通过诗学从指称功能角度来研究语言，而且可以从诗性功能角度来理解语言。此外我认为，我的诗学研究有时对诗人们也很重要。在各种情况下，我都看到了这一点。我看到了语言学诗学对诗人们的影响，看到了20年代初莫斯科小组和彼得堡小组的研究以及后来布拉格语言学小组的研究对各国诗人的影响，例如对伟大的俄罗斯诗人马雅可夫斯基和帕斯捷尔纳克，对伟大的捷克诗人奈兹瓦尔、波兰诗人杜维姆等人的影响。我相信，诗人们都想知

---

❶ 库尔德内（Baudouin de Courdenay, 1845—1929）：法裔波兰语言学家、斯拉夫语文学家，1919年至1929年任华沙大学教授。

❷ 两个版本（zwei Versionen）：叶芝的诗歌《爱的忧伤》（*The Sorrow of Love*）有两个版本，第一个版本写于1892年，第二个版本改写于1925年。

道他们作品的结构。他们从我的研究中获益匪浅，对此，有些诗人的陈述可以为证。但正如对人的研究显然不能创造一种新人，诗歌研究也无法创造一个新叶芝。

哈贝尔：因为我们谈论的是诗人的才能，所以我们恰恰把诗与语言结构而不是内容关联在一起。语言结构才是诗的本质，因为区分诗与散文的关键在于材料的运用，在于语言材料的运用，而不在于作品的内容。

雅各布森：您言之有理。我屡屡论述过诗与散文的区别。爱因斯坦的《广义相对论》是给我的人生留下了最强烈印象的科学书籍之一。这本书的思想非常深刻，但我从未把它解读成一部诗作。我读过一些充满丰富感情的书信，例如有人在自杀之前所写的激情燃烧的书信，但这些书信其实并非诗作。诺瓦利斯说过，诗人是一个对语言充满热情的人。诗人必须具有语言表现力。诗人对其语言的热情要么是像诺瓦利斯那样是有意识的，要么是无意识的。

无名氏：您的方法就是通过发现尽可能多的对等来确定诗歌的价值，但您在上上个答语的结句中说过，对一个事物的理论重构终究代替不了这个事物本身，这样您最终不就限制了您的方法的有效范围吗？我们可以设想一下，有个人坐下来写诗，他带有诗的意向，力图在一个语言表述的所有结构层面制造出尽可能多的对等，并通过各个层面的所有相互关系制造出一部拙劣的语言作品，这部拙劣作品也许有许多对等以及这些对等之间的相互呼应，与您细致分析过的某首优秀诗作一样多；然后另一些人来到这个蹩脚诗人身边，他们也想研究这篇诗文本，他们也有权评论诗歌，因为您说过，除了语言学方法，还有哲学、心理学和社会学的方法等等，最后这些学者和这部作品的作者本人也说，它不是诗。总之，我们必须明白这种语言学方法的局限性。

雅各布森：您所说的方法的局限性适用于世界上的所有科学。每种分析，无论它是地质学的分析还是物理学的分析或其他科学的分析，只有一种短时间的价值，不久它就会被一种更精确、更深刻的分析所取代。在分析诗歌作品时，除了需要严格的方法外，人们还必须有诗人的直觉。只有当你爱诗并带着理解爱诗时，尤其是当你真的能与诗发生共鸣时，你才能做诗歌研究，否则这就是世界上最无聊的工作。我主张研究语法结构、语法平行和语音结构这类问题时要严格运用我们讨论过的方法。我不相信，在方法严谨的情况下，主观性会起毁灭性的作用。最后我要说：每种科研工作都是一种提喻法❶，即以部分代表整体。但我认为，可行的科学提喻法的数量显然是有限的。

关于《作为语言艺术的诗》的特殊问题：

这里有一些很有趣的特殊问题。"为什么要把 this、that 和 all 归类为代词呢？"——就代名词或代词的分类而言（各种语言所运用的术语都有所不同），我认为，这些语法词构成了一个清晰的、界限分明的类别。虽然法语的教学语法认为物主代词不是代词而是形容词，但所有这些称谓纯属术语问题，大家都知道这些词的共同点。它们都是彻头彻尾的语法词，被人们称作代词。在我简短的报告中，我没有提到，我们所讨论的叶芝诗歌中的 that 在使用上有两种功能：指示代词的功能和关系代词的功能。但它是同一个词，在两种功能中，它都属于代词这个种类。

"您在叶芝的这首诗中发现了语法对称，在何种程度上语法对称与节奏有关？"——叶芝诗歌的诗行结构显然与语法平行以及其他问题紧密相关。在我论述世界诗歌中的平行结构的文章《语法平行及其在俄语中的表现》（献给赵元任，《语法》杂志第 42 期，第 399—429 页）中，我已谈到了平行与诗歌节奏的相互关系这个问题；在斯蒂文·鲁迪编辑的、即将付梓的我的专著❷中，我以叶芝的这首诗为例，对这个问题作了深入的探讨。

无名氏：雅各布森教授，请您原谅我的固执，我还是想继续追问您的方法的承载力。此前我的表述也许有些模糊不清。我想借一个例子来表明这个问题。1965 年您发表了文章《布莱希特的诗〈我们就是党〉的语法结构》（柏林德国科学院编《语言学、民俗学和文学研究论文集》，语言学委员会出版物，柏林：科学院出版社，第 5 册，第 175—189 页），在此期间有好几本德语著作都收录了您的这篇文章，您在文中阐释并分析了布莱希特的诗《歌颂党》❸，您发现了这首诗中的全部对等，并在这些对等的基础上证明了此诗的

---

❶ 提喻法（Synekdoche）：一种修辞手法，以局部代表全体或以全体喻指部分，例如以屋顶（Dach）代表房子（Haus），以剑（Schwert）代表武器（Waffen）。

❷ 专著（Monographie）：指斯蒂文·鲁迪编辑的雅各布森的专著《文学中的语言》。

❸ 《歌颂党》（Lob der Partei）：布莱希特于 1931 年创作的歌颂共产党的一首诗，原名《谁是党》（Wer aber ist die Partei），又名《我们就是党》，收录于布莱希特的教育剧《措施》。

诗性功能。与布莱希特几乎同时，德国诗人海因里希·阿纳克❶也写了一首诗，这首诗也有同样明显的对等，一些日耳曼语文学家运用您的语言学方法同样证明了此诗的诗性功能。我提供一个信息供您参考，海因里希·阿纳克是法西斯主义诗歌的领军人物之一。我想问您，您的分析方法是否含有一种标准，该标准能区分诗人布莱希特和诗人阿纳克，或者说这两首诗按照对等原则都同样好，都同样是好诗？

雅各布森：我想同时回答几个问题。有一点我必须承认，我不了解诗人阿纳克，因此我难以谈论这种具体情况。布莱希特那首诗显示出一种深刻的悖论，它具有一种必要的内在歧义性。即使我们对诗人布莱希特的人生之路一无所知，我们也能发现他的诗自相矛盾。矛盾在于诗歌材料本身。这是一首最尖锐的悖论之诗。人们可以考察诗人们的党籍；我不知道党派性是不是最有趣的研究课题，但我只研究那些属于诗学的问题。党籍问题不属于诗学范畴。您也知道，某些诗人在政治上善变，我们可以从各种语言中举出这种例子。这些诗人的诗学观不变，但他们在某个年代极左而在另一个年代极右，或者相反。政治观的变化几乎没有导致诗学观的改变。但如果您问我，是否有些诗学倾向在某种程度上回应了社会生活倾向，那么此时我们就进入了一个诱人的跨学科领域。但我在从事研究工作时，我宁愿停留在诗学的界限之内，甚至停留在更狭窄的语言学诗学的界限之内。

这里还有几个问题，至少我必须对它们作出简明扼要的回答。我按照言语行为的六要素区分了语言的六种重要功能，然后问题来了，有人问我，我关于语言学结构的内在逻辑的言论是否正确，根据这六种功能的异质性而提出的语言系统性假说就是基于这种内在逻辑。对这个问题的回答，我得感谢莱曼❷先生。统一的语言系统观念是一种奇谈怪论。一个系统，无论它是社会系统还是语言系统，其实都是一种综合的、多种形式的构成物。当我鉴定语言代码时，我会使用英语定语"可转换形式的"，例如可转换形式的轿车指的就是敞篷轿车，只是在德语中没有对应的专业术语而已。下雨的时候，一辆"可转换形式的轿车"就支起车篷，天气好的时候人们就收起车篷。语言系统与此类似。每一种语言功能都可以发挥主导因素的作用。当诗性功能作为主导因素出现时，语言表述就变成了诗。但这种功能可以和另一种主导因素同时起作用。有

---

❶ 阿纳克（Heinrich Annacker，1901—1971）：原籍瑞士的德国纳粹主义诗人，1931年他写了一首歌颂希特勒和纳粹党的诗歌《石头和石匠》（*Stein und Steinmetz*）。

❷ 莱曼（Christian Lehmann，1948—　）：德国语言学家，著有《关系从句》。

一次，一个美国基金会寄给我一张调查表，它要求我对一位奖学金申请者发表意见，基金会的秘书请我说出我对这位奖学金候选人的"坦率意见"。这种词语游戏也许是下意识的；那位秘书没有想到，"坦率"（candit）和"候选人"（candidate）是同一个词 candidus 的不同形式。对此，我们可以举出许多类似的例子。当我们说诗性功能总是在共同发挥作用时，我们必须搞清楚它是不是主导因素。这六种功能并不是简单地集聚在一起的。这六种功能相互关联，构成了一个融贯的综合型整体。我们必须根据每一种具体情况来具体分析这个整体。

莱曼先生也问我："您是如何看待语言诸功能与所谓的语言共性之间的关联的？"语言的六种功能具有普遍性，但它们之间相互关系的作用是不同的。这六种功能可以进行各种各样的合作。言语行为总是有六个要素：发送者，接收者（确切地说，受话者），信息，代码，语境，接触。这六个要素总是共同起作用，但它们究竟是如何分配的，这是比较语言学的一个非常有趣的问题，我指的是广义的"比较"。

乌尔坦博士提出了一个问题："在有定冠词的那些语言中，失语症患者总是倾向于省略冠词，果真如此，这种行为是否发生在人类发育的某个特殊阶段？"这个问题很有趣。在失语症中有一系列这类现象：所有那些纯粹的语法词都消失了，然后冠词也消失了。从许多失语症病例中可以观察到某种有趣的事实：例如在法语里，不定冠词 un 要比定冠词 le 稳定一些。为什么？因为 le 在连续数句中是首语重复的。le 指向此前的语境或情境，这样一种关系在更早的时候就丢失了。有趣的是，这个问题和格列戈里❶所发现的现象是同一个问题：un 在他的两个小儿子的话语里要比 le 早一些出现。这是一个非常重要的事件。乌尔坦先生又提出了另一个问题："在那些没有定冠词的语言里，这样的标记正在演化。请问，定冠词最有可能的源头是什么？"我认为其源头就是代词，尤其是那些履行指示功能的代词，例如，在俄语方言里似乎就是这种情况。

现在我必须回答关于"目的性"概念的两个问题。首先我得承认，目的性是当今生物学界讨论的热点。它不仅在雅克·莫诺❷的《偶然性和必然性》

---

❶ 格列戈里（Antoine Gregoire, 1871—1955）：比利时语言学家和语音学家，著有《语言的实习期》等书。

❷ 莫诺（Jacques Monod, 1910—1976）：法国生物学家，基因表达调控机制理论的奠基人之一，1965 年获诺贝尔生理学或医学奖。

(1970)一书中得到了探讨,而且在新近出版的一些著作中得到了更严谨和更好的研究,例如哈佛大学生物学家恩斯特·迈尔❶的论文《目的论与目的性》(见《波士顿科学哲学论文集》第 14 卷)。问题在于这个概念对语言是否有效。不言而喻,语言具有目的性,语言必然追求目的。现在在描写语言时,我们对此非常清楚。但范登·博姆❷先生对此怀有疑问:"这个原理也适用于作为历时系统的语言吗?"当然适用,我写过许多探讨历时性与共时性之间关系的文章。我认为,所有的变化首先发生在共时状态中,因此我们必须对语言作一种共时性描写,必须把正在发生的语言变化纳入共时性描写。我们必须描写这些共时的语言变化,然后我们才能提出下述问题:这些变化的意义是什么?我们往往明白这种意义。显然,我们不应该急躁冒进,把这种意义视作一种普遍规律;须知语言变化种类各异。但当事情涉及去音位化(Entphonologisierung)时,例如当两个音位重合时,我们会得到什么呢?这时我们会从语言中得到两个变体,第一个是明确的变体(两个音位尚未重合),第二个是省略的变体。省略在我们的语言生活中发挥了最大的作用,在语言的小宇宙和语言的大宇宙中皆是如此。从童年开始我们的语言就是省略的。省略法很重要。最初我天真地把省略文体与完美文体对立了起来。其实省略这一语言风格能发挥许多功能,其表现相当完美(optimal)。然而如果有人说"我将在家里过周末,也就是过周六和周日",那么这句话肯定不是完美的,而是多余的、冗赘的。省略往往能克服冗赘。我们必须把省略视作语言变化的重要情形,即使它不是语言变化的唯一情形,并对这种情形进行系统的阐释,"系统的"在此显然意味着"目的性的"(如果您想采用不太严谨的言说方式),"目的论的"。

关于数学问题,我想说的是:数学和结构主义互不矛盾,因为拓扑学是数学的重要分支,拓扑学视角对语言学家也很重要。当我和拓扑学的顶尖人物例如亨利·托姆❸交谈时,我发现我们的主导思想是一致的,拓扑学恰恰涉及我们结构主义者所研究的问题。如果研究中出现了困难,那么其原因在于术语。在跨学科的研究工作中,术语往往制造了最严重的障碍。

我最后的回答纯粹代表我自己(pro domo mea)。有人问我霍伦斯坦❹对我

---

❶ 迈尔(Ernst Mayr, 1904—2005):德裔美国生物学家,综合进化论的主要代表人物之一。
❷ 博姆(Holger van den Boom, 1943—):德国语言学家、设计学家。
❸ 托姆(Henri Thom):指法国数学家和哲学家勒内·托姆(René Frédéric Thom, 1923—2002),著有《结构稳定性与形态发生学》《微分流形的某些整体性质》。
❹ 霍伦斯坦(Elmar Holenstein, 1937—):瑞士哲学家,著有《联想现象学》《罗曼·雅各布森的现象学结构主义》。

的深刻研究是否确当,因为他把我的结构主义说成是现象学。我认为他说得对。胡塞尔究竟对我有多大的影响,这一点他比我本人更清楚。我得承认,在我的人生中只有唯一一次从事走私活动。第一次世界大战时,俄国禁止我们从德国购买图书,而我通过荷兰人弄到了一本书,此书就是《逻辑研究》❶ 第二卷。

塞勒:敬爱的雅各布森教授,我们会记住您所说的话:省略文体往往就是完美的文体。余言后续,我们就此中断座谈。我们以后肯定会继续讨论您的语言学诗学。您以一种了不起的方式启发了我们。我们相信,您肯定会继续您的研究工作。我们期盼您的近作早日面世,届时我们将热烈地讨论您的新著。再次衷心感谢!

---

❶ 《逻辑研究》(*Logische Untersuchungen*):胡塞尔的著作。第一卷研究纯粹逻辑,初版于 1900 年。第二卷研究现象学和认识论,1901 年面世。汉语世界有倪梁康中译本。

世界文学的诗学：一个亟待厘清与阐释的议题
——《文学问题》主编伊格尔·沙伊坦诺夫谈"世界文学的诗学"

■ [俄] 伊格尔·沙伊坦诺夫　周　露　著
　　周　露　译

伊戈尔·奥列格维奇·沙伊坦诺夫（Шайтанов Игорь Олегович），俄罗斯著名文学评论家、散文家，俄罗斯国立人文大学教授、当代比较文学研究中心主任，俄罗斯著名文学评论杂志《文学问题》主编。他已撰写数十本专著和教科书，如《思考的缪斯：18世纪诗歌中对自然的发现》（1987年），《费·丘切夫：自然的诗意发现》（1998年，2018年第4版），《品味问题：一本关于现代诗歌的书》（2007年），《比较文学和/或诗学：历史诗学视域下的英国题材》（2011年），《威廉·莎士比亚》（2013年），《往事与回忆：与伊戈尔·沙伊坦诺夫在一起的六个晚上》（2017年）。他多次获重要的学术奖和文学奖，如2014年获俄罗斯科学院维谢洛夫斯基奖，2015年《威廉·莎士比亚》一书被授予年度最佳图书国家奖（新版于2022年发行）。还有两本有关莎士比亚的著作正在出版过程之中：《莎士比亚的十四行诗》（注释版）与《莎士比亚的体裁：历史诗学的经验》。

作为俄罗斯人文大学当代比较文学研究中心主任，沙伊坦诺夫教授对于世界文学和世界文学的诗学问题有多年深入的研究与教学实践。他曾多次来访中国，参加学术会议，对中国非常友好，与多位中国学者结下了深厚的友谊。应笔者邀约，沙伊坦诺夫教授欣然接受了我们有关世界文学的诗学问题的线上采访。

采访人：伊戈尔·奥列格维奇，非常感谢您接受我们的采访。作为比较文学研究专家,您对俄罗斯的世界文学与比较文学研究想必十分了解。能否请您谈谈,在目前的俄罗斯学界,有关世界文学与比较文学尤其是世界文学的诗学问题的研究上有哪些新观点、新趋势?现在大学里开设了哪些新专业?

受访嘉宾:谢谢你们的邀约。有关世界文学尤其是世界文学的诗学问题确实值得探讨。我认为,世界文学问题在当今的俄罗斯学界并没有得到广泛深入的讨论,但比较文学已经成为俄罗斯各大高校,至少是重点高校的必修课。这或许是由于人们认为,我们已经从 А. Н. 维谢洛夫斯基(А. Н. Веселовского)到 В. М. 日尔蒙斯基(В. М. Жирмунского)的著作里获得了足够多的经典论述;或许是由于长期存在于俄罗斯比较文学研究领域的对理论的恐惧,尽管现在是克服恐惧的时候了。我们试图在《文学问题》上探讨世界文学问题,并邀请大家积极参与讨论。这首先涉及您所询问的概念:世界文学和世界文学的诗学。

在 21 世纪前二十年的国际学术界,关于世界文学的理论阐释比世界文学这一概念自出现以来的近两个世纪都要多。这很容易理解:世界文学正处在全球化时代。顺便说一句,这一话题在俄罗斯学界也许并没有获得与在西方学界(部分在东方学界)相同的意义,因为全球历史观这一概念在俄罗斯人文学界所引起的与其说是欢呼,不如说是怀疑。为了表示怀疑,我撰写了论文《作为问题和挑战的世界文学》(刊于《文学问题》2018 年第 6 期)。该文本最初以大会报告的形式在第八届国际伦理学批评大会(2018 年 7 月在日本福冈九州大学召开)上宣读,稍后在中国以英文发表,题目为《作为挑战和伦理问题的世界文学》(刊于《外国文学研究》2018 年第 5 期)。

我们是否生活在一个全球化的世界和全球化的时代?毫无疑问,我们生活在一个比以往任何时候都更符合全球观或先前形成的世界历史观的时代。如果全球观体现在观念传播的速度、人与物的流动上,那么不容置疑,人们从未如此迅速地流动,观念与物品从未如此迅速地传播。但是,在这里,我要引用哲学家卡尔·雅斯贝尔斯❶(Карл Ясперс)的观点,他专门思考过这一问题并进行过相关论述。全人类统一的观点很重要。世界历史的发展就是争取统一的过程,但是作为目标,世界统一永远不会、也不可能实现。事实上,世界统一的观点就是世界走向统一的过程,它变成了乌托邦,一个吸引人并保持在历史

---

❶ 卡尔·西奥多·雅斯贝尔斯(Karl Theodor Jaspers,1883—1969):德国存在主义哲学家、神学家、精神病学家,其著作主要探讨内在自我的现象学描述,以及自我分析与自我考察等问题。他在 1949 年出版的《历史的起源与目标》中提出一个很著名的命题——"轴心时代"。

视野中的目标。全球主义，一旦被宣布为已达成或已实现的目标，就立即走向其反面：变成了反乌托邦，我们现在成为它的同时代人。

如果我们生活在"后国家"时代，就可以宣布现代世界已经并且永远全球化，因为民族感情已在对一劳永逸的、普遍的统一的反抗中彰显无遗。与世界全球化的观念不同，由 И. Г. 赫尔德❶（И. Г. Гердер）在 18 世纪和 19 世纪之交提出的世界历史观，假定了统一的多元文化、灵活的文化链条，其中每一环都同样重要。因此，现代历史的悲惨事件迫使我们重新思考全球化之反乌托邦，并在解决世界历史问题以及世界文学问题时摆脱绝对的强制性。А. И. 哲热宾（А. И. Жеребин）的论文《作为阐释学的乌托邦与科学现实的世界文学》（刊于《文学问题》2020 年第 2 期）不仅从乌托邦角度专门探讨世界统一观，而且还探讨了世界文学观。

什么是"世界文学"？这是用各种语言和艺术想象所创作的综合文本，还是更高标准的经典文本？抑或是超越民族语言和文化界限而存在的文学圈？在我看来，第三种假设最接近其本义，特别是如果我们不是指综合文本，而是指文学传播和接受的普遍规律。大卫·达姆罗什（David Damrosch）如此动态地定义世界文学："一种流通和阅读的方式"❷。

这就是我看待世界文学问题的方式。它正在被广泛讨论。关于第二个问题：世界文学的诗学，我们很少谈论（谢天谢地，至少现在它被认为是一个问题了）。我们赋予这种特殊的阅读模式以何种意义，它能够揭示每部作品背后所蕴含的民族文化的独特性和普遍性吗？

在第五届世界人文大会（2018 年 10 月 31 日至 11 月 2 日在韩国釜山举行）上，我在东方论坛上谈论了比较文学研究的相关问题。论文用俄语发表，题目为：《作为比较文学问题的世界文学诗学》（刊于《文学问题》2019 年第 6 期）。在谈论这个问题时，我结合了之前编选和评论 А. Н. 维谢洛夫斯基经典著作的经验（正是 А. Н. 维谢洛夫斯基富有预见性地创建了基于比较方法的历史诗学），在这之前，我已在俄罗斯国立人文大学开设了有关比较文学研究的课程。

采访人：早在 1992 年，您就担任了俄罗斯国立人文大学比较文学系主任，2017 年又担任了当代比较文学研究中心主任。请简要谈谈贵中心的情况，尤

---

❶ 约翰·哥特弗雷德·赫尔德（Johann Gottfried Herder, 1744—1803）：著名德国哲学家、路德派神学家，诗人。其著作《论语言的起源》成为"狂飙运动"的基础。

❷ Damrosch, David. *What is World Literature?* —Princeton: Princeton UP, 2003. p. 5.

其是贵中心在世界文学的诗学这一课题的研究中都有哪些活动呢？

受访嘉宾：为了厘清所谈问题，必须简要介绍一下俄罗斯国立人文大学以及俄罗斯主要高校的比较文学研究及教学情况。

在最近的十到十五年里，在俄罗斯各大高校，比较文学研究课程几乎成为必修课程。然而，如果说与"世界文学"，特别是与"世界文学的诗学"概念相关的问题正在被深入研究或广泛讨论，那未免有点夸大其词。首先，首次编写的该课程的大学教科书的水平证明了这一点。如果作者尝试将该课程理论化，他们会发现他们的观点立不住脚且过时。我不得不非常尖锐地批评由我们最受尊敬的教育机构之一——莫斯科国立大学所编撰的教学手册。[1] 从那时起已经过去了十多年，但情况几乎丝毫未得到改变。他们通常不会根据当前问题对比较文学研究的发展进行历史阐释，而仅仅只是出版了运用比较研究方法的论文集，并将其作为课本或课程手册提供给学生。

问题变得非常紧迫，因此 2017 年在俄罗斯国立人文大学（РГГУ）成立了当代比较文学研究中心，旨在对世界文学的相关问题进行理论研讨和实践开发。我担任该中心主任。我们有可以依赖的基础。名称中含有"比较"一词的比较文学系（俄罗斯第一个！）于 1992 年与俄罗斯国立人文大学同年创建，立即宣布了用比较方法研究西方文学的讨论课体系，教学大纲（在俄罗斯大学中是第一个），包括了相应的系列课程。现在各年级都根据相应的目标开设课程："比较文学研究导论"（针对本科二年级、四年级学生）、"比较文学的当代问题"（针对硕士生）和"世界文学的诗学问题"（针对硕博研究生）。

我们当代比较文学研究中心的主要任务是总结本课程的经验，举办与之相关的学术研讨会，编辑学术论文选集。在选集中，我们将探讨比较文学研究的发展之路，按照需解决的比较文学问题的先后顺序进行相关研究。第一卷《比较文学研究：方法的形成》已于 2021 年出版，内容涵盖了从 19 世纪中叶开始的比较文学研究，直到被称为"比较文学研究危机"的 20 世纪 50 年代。现在我们正在编写第二卷。

第一卷分为五个部分，收录了根据所提问题而最新撰写的带有问题意识的论文，并伴有最重要的历史资料的整理。下面我将列出相关章节及带有问题意识的标题。"世界历史—世界文学"——关于概念的出现和初步思考：从赫尔德、歌德（Гете）到对作为"世界作家"的莎士比亚（Шекспир）的理解；

---

[1] *Шайтанов И. Пособие по бедности// Вопросы литературы.* 2009. № 5. C. 496–499.

俄罗斯对这个观念的接受，П. 恰达耶夫（П. Чаадаев）的悲剧和 A. 普希金（A. Пушкин）的分析。第二部分的主人公是 A. H. 维谢洛夫斯基："历史诗学中的比较方法"。同样重要的是，在思考"世界文学的比较研究"问题的今天，维谢洛夫斯基的经验具有世界意义，而俄罗斯学者在当时曾借用早期的比较文学研究的方法发表评论。

第三部分是"比较文学研究的各国学派"。从德国开始，它为理解比较文学研究方法的普遍性和发展奠定了基调，然后过渡到法国，法国在 19 世纪末形成了比较文学研究的准则，该准则成为半个世纪以来西方学界的普遍规则，直到 20 世纪中叶"危机"出现。该部分的最后内容为从意大利、葡萄牙到美国的广泛讨论，讨论比较文学研究该何去何从。

第四部分是"作为比较文学研究问题的翻译"。为什么翻译被纳入比较文学研究中，但只是从某个问题——不可译的角度出发？20 世纪 20 年代，沃尔特·本雅明❶（Walter Benjamin）和俄罗斯的尤里·蒂尼亚诺夫❷（Ю. Тынянов）及其追随者是如何处理这一问题的？

最后，第五部分"世界语境中的俄罗斯"也可以称为"俄罗斯认知中的世界语境"，收录了按照比较文学研究法撰写的经典作品分析，问题的标志是：如何比较？

以上就是我关于当代俄罗斯世界文学研究问题的初步回答。

至于我们当代比较文学研究中心开展的活动，我们与比较文学系每年一起举办两次学术研讨会，分别题为"比较文学研究的当代问题"和"莎士比亚与文艺复兴时期的文化"。这两个研讨会都有将近十五年的历史，其形式不是学术大会，而是学术研讨会，主要是宣读 4 到 5 篇报告，这些报告由受邀嘉宾根据选定的问题进行演讲，更多时间用于论文讨论，然后举办圆桌会议，论文提供了对拟定问题的介绍。现在，除了举办圆桌会议之外，我们还计划增加几场报告会，演讲者会提出与共同对话主题相关的问题。我们很高兴，近年来（疫情前），中国学者也成为研讨会的参与者。

今年，莎士比亚研讨会专门讨论"莎士比亚喜剧的语用学问题"，比较文

---

❶ 沃尔特·本雅明（1892—1940）：德国著名思想家，被誉为欧洲真正的知识分子，其罕见的才华和悲剧的人生为后人留下了无尽的话题。著有《发达资本主义时代的抒情诗人》和《单向街》等著作。

❷ 尤里·蒂尼亚诺夫（1894—1943）：著名文学理论家，文学批评家。俄罗斯形式论学派代表人物之一，罗曼·雅各布森与维克多·什克洛夫斯基的挚友，作家，文学史研究家。著有《拟古者和革新者》等著作。

学研讨会的议题与普希金有关："普希金是世界文学的诠释者"。

采访人：众所周知，《文学问题》杂志是俄罗斯最著名的文学评论杂志。多年来，您一直担任该杂志的主编。请问在《文学问题》上发表过哪些关于世界文学的诗学问题的论文？

受访嘉宾：我已经提到了发表在《文学问题》上的几篇理论型论文，但是我们想刊登更多相关论文，无论是理论型的还是实际应用型的。唉，我们拒绝了很多投稿，或者要求作者做重大修改。必须遵守进行比较文学分析的普遍技术规则。如果您不能确定正在寻找的关系类型，您就无法开始比较。当一位作家有意识地接受（以辩论方式或创造性地处理）用另外一种语言写作的作家的作品时，是否可以将观察到的相似性视为一种直接联系的现象，还是仅仅只是类型相似？当联系不存在或无法确切地加以证明时。而且，在没有直接联系的地方，也许存在某种遗传学上的联系，即两位创作方式相似的作者与一位共同的前辈进行对话？

为了证明确立和研究联系的重要性，在比较文学研究课程开始的时候，我总是引用美国比较文学专家罗纳德·勒布朗的论文《寻找失落的题材：菲尔丁、果戈理和巴赫金的题材记忆》（《文学问题》杂志 1998 年第 4 期）作为例子。一个老问题：果戈理在创作长篇小说《死魂灵》时是否受到了菲尔丁的影响？勒布朗仅仅通过深入探讨比较文学研究的一个必须回答的问题，就重新审视了这个问题：果戈理可以用哪种语言阅读小说《弃儿汤姆·琼斯史》，他懂英语吗？如果他不懂英语，那么他能读懂的俄语译本和法语译本对于他又意味着什么？

如果莎士比亚研究属于经典的比较文学研究题材，那么我们也珍视新的发现。以 19 世纪的俄罗斯经典作家伊万·冈察洛夫为例。人们通常认为，他最重要的贡献是塑造了奥勃洛莫夫这个体现俄罗斯民族性格的典型人物。但是作家斯维特兰娜·卡扎科娃在作品中运用了冈察洛夫小说中众多的比较文学素材：如奥古斯丁·尤金·斯克里布❶（Э. Скриб）的喜剧素材，小说《奥勃洛莫夫》中的莎士比亚素材。在《文学问题》2022 年第 3 期的开篇，我们刊登了一篇重要的论文《论悬崖上的三个维特》。该论文探讨了长篇小说《悬崖》中与歌德有关的典故。

---

❶ 奥古斯丁·尤金·斯克里布（1791—1861）：法国剧作家、歌剧剧本作家。一生共写了 350 多部戏剧，其中大多数获得极大成功，他也成为当时最受欢迎的歌剧脚本作家。

现在谈谈中国学者对我们比较文学研究的参与。他们经常向我们投递关于相互关系的论文——有关俄罗斯作家在中国的翻译或接受。值得注意的是,在任何情况下,创作年表的恢复都必须伴随着问题意识,否则我们不会发表其论文,而且不一定要发生相互联系,相关类型学研究也非常有趣。比如您的论文:《论费特的抒情诗和中国田园诗》(发表于《文学问题》2021年第5期)。在中国古典传统的背景下,研究费特的诗歌创作,他的抒情诗讲述了俄罗斯人对大自然的情感。

我还将提到,中国的英国文学研究者郝田虎参加了我们的莎士比亚研讨会,随后在《文学问题》杂志上发表了论文《论莎士比亚的〈伯里克利〉和海伍德的〈四个伦敦学徒〉中的"地理差异"》(发表于2022年第2期)。程晓琳在我们的期刊发表了论文《朱生豪——莎士比亚的翻译家》(发表于2020年第4期),谈到了中国的莎士比亚翻译传统。还有其他中国学者也在《文学问题》上发表了论文。

因此,我们杂志对比较文学研究论文发表持开放态度,但同时对论文的完成度和结论的说服力有严格要求。应该记住几乎是比较文学研究的主要规则:注意到相似性后,不仅要证实其起源的可能性,而且要表明相似性如何在不同的国家背景下表现出来。换句话说,比较文学研究不能建立在"看,它多相似!"的原则上。这只是比较文学研究的第一步,研究本身应该紧随其后。

采访人:谢谢您精彩详细的回答。最后,作为世界著名的比较文学研究专家,能否请您谈谈您个人对世界文学诗学问题的看法?

受访嘉宾:俄罗斯形式论学派的代表人物之一尤里·蒂尼亚诺夫著有经典论著《拟古者和革新者》(1929年)。最初的标题和观点有少许不同:《拟古—革新派》,但出版商坚持更改。原标题更鲜明地表达了关于文学演进本质的重要思想,即演进不是直线上升,而是迂回曲折的,当一个被遗忘的作家或一部褪色的经典作品重新获得新的生命时,将引起模仿并再次成为创新者。

这种迂回曲折不仅发生在文学中,也发生在对文学的思考中。这方面的绝佳例子是亚历山大·尼古拉耶维奇·维谢洛夫斯基(1838—1906)的命运和他的历史诗学。至少在俄罗斯,维谢洛夫斯基没有被遗忘。即便是含蓄地,甚至受到了意识形态的禁锢,他的思想仍然构成了文学理论中最重要的部分。无论是形式主义文论家,还是普罗普和巴赫金,都向维谢洛夫斯基表达深深的敬意,即使后二者在世界上更有名、更具影响力。维谢洛夫斯基依旧是唯一的文学研究天才,因为他创造了一种新的诗学,即我们非经典时代的经典诗学。

维谢洛夫斯基的诗学之路与我们现今的情况不相上下，他的名字终于具有世界性意义，其《历史诗学》已被翻译成多种语言（中译本是最早的译本之一）。维谢洛夫斯基在开始其学术研究的青年时期，就坚信"诗学和修辞学的时代已经一去不复返了"❶。四分之一个世纪后，他开始创造自己的诗学，不是制定规则，而是理解文学发展的规律。他称之为"历史诗学"，但也可以称之为动态诗学。无论如何，我们理解它，重新发现它，熟悉它，虽然作者并未写完这部著作，但是其《历史诗学》终究按照作者的计划，在 2006 年首次出版了。

今天，当诗学的概念和诗学这个词本身引起广泛的关注时，我们同样在场，以至于在经过数十年的后结构主义、符号学和文化研究之后，我们找到了更新语言学的思想之路，关注的焦点不再是作品的文本，而是与文本有关的上下文，即宽泛意义上的文化和符号层面的文本。这些观点在今天并没有被抛弃，而是在修复文本的过程中得到了更新。今天，历史诗学的引人入胜之处在于，在它的领域中，各种探索互不排斥：在文学演进过程中，情节的诗学和理想的历史，诗歌语言理论和诗人形成路径，与体裁概念相结合，构成了整体的历史诗学。

在俄罗斯国立人文大学，在我们的学术研讨会上，谈到诗学，我们越来越多地借助符号学传统中的"语用学"这个词，通过它来理解符号存在的外部条件的总和，理解作品的文本。历史诗学并不排斥语用学，而是把它作为文本的必要条件和诗学本身的组成部分。必须动态地理解"外部条件"：直接形成作品的一切，在各种力量线的交汇处产生，以及它本身如何回到这些"外部条件"，如何反映以及如何接受。

现在越来越引人注目的是，学者们在努力理解维谢洛夫斯基所作的贡献，理解历史诗学的构成。各种各样、彼此之间争论不休的维谢洛夫斯基的继承者们都认识到了历史诗学的力量。现在，为了应用历史诗学，必须理解历史诗学。到目前为止，关于历史诗学的讨论比它最初的、理论发展的应用案例还多。为了研究世界文学而应用历史诗学。这就是维谢洛夫斯基对历史诗学的最初看法："……新诗学的方法将是比较的。"❷

这就是为什么根据作者当年的计划，我们在 2006 年出版了《历史诗学》，

---

❶ Журнал министерства народного просвещения. —1863. Ч. CXVII. Февраль. Отд. 2. С. 155.

❷ Веселовский А. Н. Определение поэзии // Веселовский А. Н. Историческая поэтика. М., 2006. С. 83.

并在 2010 年的版本中增补了作者之前的论著，而且应该允许根据作者当年的计划完善他未来得及写完的内容（"在通往历史诗学的路上"）。我把"历史诗学"这个术语放在了自己著作的书名之中。我的最新面世的一部专著的书名为《莎士比亚的体裁：历史诗学的经验》。

我非常希望类似的经验也能够在中国得到发扬光大，俄罗斯文论家的思想（想想巴赫金先生就足够了）一直在中国被广泛而富有成效地接受。

采访人：尊敬的沙伊坦诺夫教授，再次感谢您接受我们的采访，感谢您对我们所提问题做了如此翔实而精彩的阐释。欢迎您在疫情过后，再次到访杭州！再见！

受访嘉宾：杭州给我留下了非常美妙的印象。期待早日战胜疫情，杭州见！

学界动态

巴赫金思想与 21 世纪的挑战：
从对话想象到复调思维
——第 17 届国际巴赫金学术年会综述

■黑龙江大学　彭永涛　刘　锟

2021 年 7 月 5 日至 10 日，第 17 届国际巴赫金学术年会——"巴赫金思想与 21 世纪的挑战：从对话想象到复调思维"在萨兰斯克举行。本届年会由莫尔多瓦大学主办，俄联邦科学与高等教育部以及英国谢菲尔德大学巴赫金研究中心协办。来自美国、中国、英国、加拿大、澳大利亚、日本、巴西、墨西哥、新西兰、挪威与俄罗斯等 22 个国家的 130 位巴赫金研究者与会，提交了 160 份学术报告。年会采取线上线下相结合的方式，分为 12 个小组，举办了 18 场线下报告。墨西哥大都会自治大学、英国谢菲尔德大学、中国北京外国语大学、美国普林斯顿大学、加拿大滑铁卢大学、俄罗斯国立人文大学与莫尔多瓦大学等高校的专家学者围绕"社会文化背景下的巴赫金生平""世界哲学中的巴赫金""作为语文学家的巴赫金""当代世界中巴赫金思想的生命力""巴赫金思想与教育学和心理学"等五个主题进行了大会交流，日本、新西兰、澳大利亚等国学者还发起"教学实践中的巴赫金对话思想""理解实践的对话方法：跨学科的对话交流"和"关于巴赫金对话思想中的爱与超视"三场线上研讨会。与会专家对巴赫金学说的核心范畴做出了更具时代性的阐释，呈现了巴赫金理论在促进新思想生成，推动新理论探索，实现科学、文化和教育创造性融合过程中的重要作用。

一、对巴赫金理论核心范畴的再阐释

对话、复调、时空体是巴赫金学说中的核心范畴，成为本届年会上多位学者再阐释的论题。在《时空体的道德意义》中，莫尔多瓦大学的安德烈·奇西切夫（А. А. Сычев）通过对乌赫托姆斯基（А. А. Ухтомский）和巴赫金话语的分析，指出两者关于时空、行为和复调的思想可以作为道德时空体特征的研究起点，应在从道德伦理到行为伦理过渡的历史背景下考察时空体的发展；这种从抽象的规范向具体行为的转向可与自然科学中从牛顿力学到爱因斯坦物理学的转变相提并论。时空体不仅是理解现有事物的工具，更是对新的道德现实的一种建构。在《另一种小说：艺术中的复调与民主表现》中，美国范德比尔特大学的伊琳娜·杰尼先科（I. Denisenko）提出并论证民主艺术形式的另一种可能性。她根据巴赫金关于诗歌小说化的观点，从小说角度审视马雅可夫斯基诗歌，尝试从抒情诗中寻找民主艺术形式的另一种概念，为我们打开对艺术新模式的可能性理解。有学者从巴赫金的小说理论出发，深入探讨元文本、元语言学和元小说的历史和现实意义。在《艺格符换——巴赫金元语言理论背景下的元文本》中，白俄罗斯诺夫哥罗德大学的塔季扬娜·奥图霍维奇（Т. Е. Автухович）认为，在巴赫金元语言理论背景下，"艺格符换"（экфрасис）的元文本功能是创造性主体、存在和文化之间的价值语义对话，其目的是作者的一种自我认知和创造性的自我决定。中国北京外国语大学的刘淼文经由对巴赫金理论体系中两个重要范畴——"矛盾"与"戏仿"间关系的分析，来揭示巴赫金小说理论对元小说的贡献。俄罗斯国立人文大学的瓦列里·秋帕（В. И. Тюпа）基于第一性作者与第二性作者概念，阐述巴赫金理论的叙事学价值，强调巴赫金对历史诗学——历时叙事学的贡献。

二、对巴赫金生平传记的再勘察

为推进《巴赫金百科辞典》编写与巴赫金理论遗产数据库建设，巴赫金传记研究也被列为本届年会重要议题。莫尔多瓦大学的斯维特兰娜·布罗夫斯卡娅（С. А. Дубровская）在报告中指出，有必要以一个多层次的体系来呈现巴赫金理论遗产，通过数据化为 21 世纪的巴赫金学注入创造力。墨西哥大都会自治大学的阿尔瓦拉多·拉蒙（Альварадо Рамон）多年来坚持以外位性视角搜集专门研究巴赫金创作和生平的资料，分析不同领域、不同语言中巴赫金对话思想的研究方法。莫尔多瓦师范大学的奥列格·奥索夫斯基（О. Е. Осовский）在《巴赫金与苏联文学的代表人物：一个神话的终结》中梳理了巴赫金在列宁格勒、莫斯科和萨兰斯克的科学和教育活动，以及巴赫金与苏联文论界代表人物之间的交往关系。他主张打破巴赫金学中的一系列神话，还原真实历史中的巴赫金。莫斯科师范大学的维塔利·马赫林（В. Л. Махлин）在《创造性意识：巴赫金作者身份问题》中指出，可从两个方面探讨巴赫金学术遗产中的作者和作者身份问题，一是哲学和文学批评中的一般作者概念，二是20世纪社会文化背景下的作者身份。莫尔多瓦大学的娜塔莉亚·瓦罗妮娜（Н. И. Воронина）通过对尤金娜（М. В. Юдина）的《音乐拯救人生》的解读，尝试在文学和音乐的基础上建构两位思想家创作的共同特征，揭示尤金娜对终生朋友巴赫金的崇拜与敬意。

三、对巴赫金哲学理论的再探索

巴赫金哲学思想成为本届年会的一个重点主题，多位学者从行为哲学的跨学科特征、建构论的崇高性、对现代哲学的方法论意义等层面对巴赫金哲学理论进行再探索。以色列学者桑德勒·谢尔盖（S. Sergeiy）在《论对话中的死亡与交替：巴赫金晚期哲学中的替换（SMENA）概念》中认为，巴赫金并未将个性和个体存在置于集体主义之下，但他也并不否认集体主义本身的价值。晚期的巴赫金将存在整体设想为一场大型对话，SMENA（替换）概念即是他将存在描述为整体的核心要素。俄罗斯社会科学院新西伯利亚哲学与法律研究所的谢尔盖·斯米尔诺夫（С. А. Смирнов）立足哲学人类学观点，采用巴赫金对自传的概念化和客体化观点，阐释书面自传和自述独白之间的关系。圣彼得堡高等经济学院的格里高利·图尔钦斯基（Г. Л. Тульчинский）在《行为、责任和自我意识：作为不在场叙述的自我》中指出，巴赫金对行为的分析揭示了内在动机向作为实现意志和自由的外在方面的转变机制。在这种情况下，第一人称叙述中的"责任"具有重要作用，而这种责任是个体在社会化和个体化过程中形成的。莫尔多瓦大学的伊琳娜·埃米尔金娜（И. В. Емелькина）在《巴赫金的行为哲学及其对现代性的意义》中认为，巴赫金的行为哲学及其关于行为和"参与性存在"的思想对考察实际道德行为具有严肃和负责的态度，通过对现实世界、人类行为世界、事件和行为的研究，巴赫金的思想为克服21世纪的危机提供了巨大的可行性。雅罗斯拉夫尔师范大学的塔蒂亚娜·叶罗希娜（Т. И. Ерохина）从神话学和英雄主义的角度分析巴赫金"行为现象学"在俄罗斯文化中的跨学科取向。莫尔多瓦大学的罗吉诺娃·玛丽娜·瓦西里耶夫娜则在现代艺术哲学的研究背景下探讨巴赫金思想的方法论意义,认为现代艺术哲学的概念化是由于积极使用巴赫金的方法论而发生的。还有学者考察巴赫金行为哲学的社会控制和自我控制问题,"爱"作为对话的最高形式在巴赫金对话关系中的基础作用。

四、巴赫金理论与文化研究的新视角

许多与会学者对巴赫金的思想遗产进行跨学科、跨文化研究,彰显巴赫金思想的包容性、开放性和普适性。中国河北省社会科学院的卢小合在《巴赫金创作中的文化意义特征》中指出,巴赫金对意义的研究不仅是为了维护其客观性,更是为了批判当时的哲学,我们不能对意义进行"物化"。有学者将巴赫金思想置于当代社会文化现象中来审视,将其与网络、电影、表演研究相结合,不断拓宽理论边界,创新理论应用。莫尔多瓦大学人文科学研究院的伊琳娜·拉普杰娃(И. В. Лаптева)在《巴赫金理论视域下的博客》中认为,基于巴赫金的对话理论,可以揭示博客作为对话平台和自我认知工具的潜力。莫尔多瓦大学的尤里·孔德拉坚科(Ю. А. Кондратенко)、巴西圣保罗的保拉·德·卢西安(Paula de Luciane)、萨马拉医科大学的尤利娅·库佐文科娃(Ю. А. Кузовенкова),埃琳娜·布丽娜(Е. Я. Бурлина)的报告均属于这类探讨。

五、巴赫金理论与教育学与心理学的新路径

在推动巴赫金思想遗产走向纵深和拓展边界的过程中,对话、复调等理论在新时代的教育和心理学研究方面的作用日益凸显。与会学者从巴赫金理论学说出发阐释当代教育学和心理学相关问题,为回应21世纪面临的挑战寻求新视角和新路径。美国特拉华大学的马图索夫·尤金(M. Eugene)、英国谢菲尔德大学的克雷格·布伦蒂斯特(К. С. Брэндист)、莫尔多瓦大学的尤利娅·博卡蒂娜(Ю. И. Бокатина)、日本滨松学院大学的渡边凉子(Ватанабэ Рёко)、澳大利亚墨尔本大学的詹法达·马赫塔布(Джанфада Махтаб)等多

位学者分别就巴赫金对话思想、复调理论在教学课程设计、公立学校制度、外语教学理念,甚至痴呆症理疗实践等方面的重要启示与具体运用,展开了深入的讨论。

  本届年会紧紧围绕对话想象和复调思维,在哲学、文学、语言学、社会学、教育学、心理学等领域深入探讨巴赫金思想的启示,为当代人文科学提供了新视野、新路径。与会学者积极营造巴赫金式的对话氛围,充分展示巴赫金思想持久的生命力。年会为国际巴赫金学的发展提供了广阔平台,更为倡导以对话精神与复调思维来应对21世纪全人类所面临的挑战做出了积极努力。

继承·冲突·交流[*]
——"尤里·洛特曼的符号域"国际学术研讨会综述

■ 谢子轩

2022年2月25日至28日,在联合国教科文组织、欧盟和欧洲区域发展基金的支持下,"尤里·洛特曼的符号域"国际学术研讨会,采用线上线下相结合的方式,在爱沙尼亚的塔林大学与塔尔图大学举行。来自37个国家的340名代表与会,262人做了学术报告。76个小组(线下52组,线上24组)聚焦文化空间、文学地理、文化记忆、"爆发"与不可预测性等论题展开热烈的交流,隆重纪念尤里·洛特曼一百周年诞辰。

对洛特曼学术遗产的梳理是本届会议的一项重要议题。塔尔图大学柳博芙·基谢廖娃探讨了卡拉姆津研究在洛特曼历史观与文学观演变中的地位。洛特曼的卡拉姆津研究早在20世纪40至50年代已现雏形,洛特曼的导师莫尔多夫琴科的影响不容忽视。塔尔图大学的彼得·托罗普考察了洛特曼空间语言观从文学作品分析到文化符号学研究的发展,论述了洛特曼空间观的四个层面——地理空间、艺术空间、文化空间和空间模式,以及它们在共时和历时层面上同文本空间的联系。塔林大学的马雷克·塔姆梳理了洛特曼的历史认识论,从中提取了三个核心论点:其一是发现历史发展的非均质性和多时空性;其二是区别文化史的内部因素和外部因素;其三是重视历史进程中不可预测的偶然性因素。俄罗斯高等经济学院的柳德米拉·扎波罗什采娃基于洛特曼关于文化"噪声"的信息生成功能观,将拼写错误、光学扭曲、声音干扰等"交际故障"(communication glitch)也视为文化"爆发"的诱因之一。法国图尔大学的约翰·皮尔更是结合符号域学说和热力学原理,区分了叙述性文本的两

---

[*] 本文系2021年度国家社科基金重大项目课题"尤里·洛特曼著作集汉译与研究"(21&ZD284)和江苏省社科基金重点项目"尤里·洛特曼文学语言理论研究"(项目批准号:20WWA001)阶段性成果。

类顺序原则——推论性的（inferential sequentiality）和概率性的（probabilistic sequentiality），认为叙事顺序具有一种在保守结构和耗散结构之间摇摆不定的顺序间性（intersequentiality）。这些报告充分说明，洛特曼的文化理论至今仍是非常值得研究和应用的资源。

会上不少学者通过比较方法来探究洛特曼思想学说的源流。美国哥伦比亚大学的鲍里斯·加斯帕罗夫的主旨报告将洛特曼的符号域学说和耶拿学派的"主体间性"（intersubjectivity）概念联系起来，认为二者都强调创造性力量的相互干涉、碰撞对于文化基础的重要意义。高等经济学院的瓦季姆·帕尔萨莫夫考察洛特曼与法国年鉴学派的论战，认为这不仅体现了双方历史观念的差异——"对话性的"和"独白性的"，还揭示出两派学者研究立场的异同：年鉴学派的历史模型以社会学和民族学为基础，洛特曼则以符号学视角来解读历史，因此，观察者的立场对于后者尤为重要；同时，二者又都对日常生活的历史和大众心理学抱有兴趣。慕尼黑大学的奥格·汉森-勒维对洛特曼和俄罗斯形式论学派关于文学与"爆发"的观点进行比较。他指出，蒂尼亚诺夫早在20世纪20年代就已提出文学演变理论，其"文学体裁在中心与边缘之间呈双向运动"、"文学演变是不流血的"等观点显然被洛特曼继承，但洛特曼人类中心主义的"爆发说"同蒂氏的"演变说"和"革命说"都不相同。会上还有一些学者将洛特曼学说同生物学、单子论、辩证法等进行比较。这些尝试有助于我们在更为广阔的学术语境下认识洛特曼的思想理路。

会上也有学者梳理洛特曼学术思想的接受史。南京大学的王加兴介绍了洛特曼学说在中国大陆的接受情况：1979年至1990年，早期接受；1990年至2010年，深入探索；2011年至今，全面研究。目前，中国对洛特曼经典著作的系统翻译与研究正在积极展开。阿根廷科尔多瓦大学的西尔维亚·巴雷推介其团队的集体著作《重新审视洛特曼：拉丁美洲的视角》（2022年）。该书分"文化领域"和"艺术领域"两编，选取洛特曼文论19个关键词分章节论述。伦敦大学斯拉夫和东欧研究学院图书馆的弗拉基米尔·史密斯-梅萨回顾了洛特曼学说在古巴的传播过程：早在1972年，《文化类型学问题》的西班牙语译文便已在古巴发表，这甚至早于英语世界对洛特曼的译介。拉美学者在此次大会上表现积极，他们不仅在文学作品的研究和教学领域借鉴洛特曼学说，还将洛特曼的文化符号学理论广泛应用于电影音乐、选举辩论、民俗文化等各类现象的分析。

文学、艺术和文化中文本的意义生成机制成为学者们关注的焦点。荷兰阿姆斯特丹文化研究院的米克·巴尔的主旨演讲从她执导的影片 It's about time!
出发，阐述了立足多语综合、不惧多义共存、"哲学观照与文本细读相结合"
的符号学思维对于理解当代社会的迫切性。美国芝加哥大学的尤里·齐韦恩的
主旨报告通过"含糊性"（ambiguity）和"综合"这两个关键词将洛特曼与爱
森斯坦联系起来：前者学术论著中的"含糊性"概念有时也具有"综合"的
含义，它指一种"共存"而非"二选一"的组织原则；后者常用的"综合"
手法则可称作"含糊化"（ambiguation），它令整体中的每种元素都同多种语
境产生关联，进而使每个能指至少对应两个所指。俄罗斯科学院俄语研究所的
安娜·吉克从排版、结构、词形等方面研究先锋派艺术家伊·兹达涅维奇的剧
本 лидант Ю фАрам（1923 年）的语言特点。她指出，该剧是一部用超智语
言（заумный язык）写成的漏字文（липограмма），独特的拼写和排版不仅
能丰富音响效果、美化页面布局，也为人物言语增添了额外的情感—语义色
彩。彼得堡大学的奥尔加·库利什金娜对 19 至 20 世纪俄国和西欧文学中的疗
养地主题的内涵进行了梳理。她认为，疗养地这一特殊的空间始终含有"可
能性""自由""命运的转折点"等义项。塔尔图大学的叶连娜·阿克萨缅托
娃基于洛特曼《文化系统中的木偶》（1978 年）一文的思路，探讨俄国文学
中人偶形象在 18 世纪与 19 世纪，在感伤主义、浪漫主义等不同的文学时代中
的语义演变。

　　将文本置于其原初的文化语境中进行研究，这一在洛特曼学术探索中始终
坚持的优秀传统也得到不少与会学者的继承。高等经济学院的阿林娜·博德罗
娃、基里尔·祖布科夫、彼得堡大学的尤利娅·瓦利耶娃、莫斯科大学的尤利
娅·克拉斯诺谢利斯卡娅在会上的报告与发言均属于这一类型。

　　会议报告的另一特色是关注现实问题。德国康斯坦茨大学的阿莱达·阿斯
曼的主旨发言《站在巨人肩上：从文化记忆到记忆文化》从洛特曼的集体文
化记忆学说出发，着重探讨记忆与遗忘之间的斗争和转化。这一观点得到了一
些与会学者不约而同的重视。

　　尤里·洛特曼的外甥女、耶路撒冷大学的拉里莎·奈季奇发展了洛特曼关
于人与艺术品关系的思想。她在会上的发言中提出，静物画的美学意涵来源于
画中物象彼此之间、表现手法与美术传统之间、绘画文本与观者之间的多重应
和，欣赏静物画是一种多层次的交流。

　　会议的最后一场主旨演讲，是莫斯科—塔尔图学派代表人物之一、现在高
等经济学院供职的鲍里斯·乌斯宾斯基的"符号学与交际"。报告强调"推己

及人"在交际中的重要作用。乌斯宾斯基认为，正是指示词（deixis），特别是人称代词"我"和"你"在交际语流中的不断切换，才使交际双方得以互换立场；这种转换标志着对话主体对彼此平等、共存地位的确认，而这恰恰是达成理解的前提。对于对话精神的呼唤无疑具有相当的现实性和迫切性。

会议主办方还举办了《洛特曼一家：1940年至1946年家庭书信集》、《俄罗斯文化符号学》（英文版，尤里·洛特曼和鲍里斯·乌斯宾斯基合著）、《与银幕对话》（爱沙尼亚文版，尤里·洛特曼和尤里·齐韦恩合著）图书推介会，安排与会者参观爱沙尼亚国立博物馆专设的"洛特曼符号域之旅"主题展，瞻仰洛特曼夫妇之墓。塔林和塔尔图两校还分别举办了"命运与时代：尤里·洛特曼"和"尤·米·洛特曼——塔尔图大学教授"两场展览。

会议闭幕式上，塔尔图大学校长托马斯·阿瑟表达了早日实现塔林、塔尔图两校洛特曼档案数字化的期望。爱沙尼亚总统阿拉尔·卡里斯则再次强调洛特曼学术思想中开放、多元、包容的精神内核。会议以举行塔尔图大学2022年度尤里·洛特曼奖学金颁奖仪式落幕。

中国外国文学学会文学理论与比较诗学研究分会第 14 届年会暨"接受与共生：百年外国文论在中国"学术研讨会综述

■ 宁波大学外国语学院　陶久胜

2021年4月16日至18日，"中国外国文学学会文学理论与比较诗学研究分会第14届年会暨'接受与共生：百年外国文论在中国'学术研讨会"在宁波大学外国语学院成功举办。

宁波大学副校长汪浩瀚、中国外国文学学会副会长聂珍钊、中国外国文学学会文学理论与比较诗学研究会会长周启超、中国中外语言文化比较学会会长吴笛、中国高等教育学会外国文学专业委员会会长刘建军、宁波大学外国语学院院长屠国元在大会开幕式上分别致辞。65所高校和科研机构的120多位专家学者与会。年会邀请了14位专家做大会报告，设置了5个平行会场，与会学者开展了热烈的对话交流。

一、马克思主义与其他外国文论在中国的百年接受传播史

北京外国语大学马海良在"西方文论的真理性话语传统"的演讲中指出，作为西方知识总体中一个支流的西方文论受到希腊哲学和基督教神学的深刻影响，一直以"真理"为文艺的根本诉求，真理话语不仅是西方文论的主导范式，而且广泛渗入世界文艺创作实践。

复旦大学汪洪章在"关于中西形式论话语的一点比较"的报告里提出，

以中西文论"有机体"理论为例比较探讨两者的共性,透射西方文论的中国化演变过程。他认为,关于文学作品首尾圆合、有机一体的论述在中西文论史上历来有之。西南大学向天渊在"中国'左翼—马克思主义文论'传统的形成与发展——域外文论本土化的经典案例"的发言中认为,"左翼—马克思主义文论"不能算是中国现代文论新传统的滥觞,但由于马克思主义的革命学说与中国社会现实的高度契合,最终成为主流意识形态。上海大学曹谦在"苏联审美学派及其争论与1980年代中国文艺本质的讨论"的报告里指出,我国文论在新时期的每一次显著进步,苏联文论的影响始终存在,尤其是"审美意识形态"论,更是从当代苏联文论的新成果中获得了深刻的启发。东南大学宋秀梅关注米·里夫希茨的马克思主义文艺理论和文化思想。她认为,重新研究其思想对于当今马克思主义文艺理论建构和社会现实发展都具有重要借鉴价值。

二、百年外国文论的翻译、对话与比较研究

中国人民大学耿幼壮在"关于外国文论译介与研究的几个问题"的发言里,就外国文论在中国接受过程中的内涵演变与发展倾向及其与中国元素的互动、融合进行了深入阐述。

兰州大学朱刚在题为"理论可以'旅行'吗?"的发言中,对萨义德的"Traveling Theory"的准确译法从词源上做了解析。宁波大学王松林在"'蓝色诗学':海洋文学与文化跨学科研究范式刍议"的报告里,论述了"蓝色诗学"外部和内部两个层面的内涵,梳理了人类海洋意识的变化过程。北京师范大学钱翰从"东方主义"视角思考法国早期编撰的中国文学史。武汉大学程平指出,法国汉学在继承和发扬传统优势的基础上,合理吸收外来资源,由此开拓了新道路。华中科技大学陈后亮指出,美国杜克英文系的兴衰史就是一段理论兴衰史,它的故事就是整个英文学科所发生的变化的一个缩影。

三、外国文论研究新动向与新趋势

浙江大学聂珍钊在"谈文学基础理论重构"的演讲中认为,要重构我国

的文学批评理论与学术话语。在科技成为生活中心的后人类时代,文学理论理应思考科技对人类伦理道德与认知思维的影响。宁波大学陶久胜在"文学病理学:理论与批评"的报告里探讨文学与医学的跨学科研究。他结合医学病理学,以《俄狄浦斯王》论述了文学病理学方法论。浙江工业大学刘圣鹏考察了"后学知识学的哲学基础、文化基础和事件化转型"。浙江大学何辉斌在"新文科背景下的学术创新路径"的演讲里比较翻译、"以外格中"、"以中格外"等不同研究路径的优劣。上海交通大学尚必武在"非人类叙事:概念、类型与功能"的报告里提出,学界关于叙事的研究存有明显的"人类主义偏见"。在"非人类转向"的语境下,他考察非人类叙事的基本样式,论述了非人类叙事的三种基本功能。四川外国语大学晏红在比较、认知、诗学三重视野中比较认知诗学的建构。华东理工大学张同德对重复诗学的认知机制进行了探析。北京语言大学刘娟娟介绍了"数字人文范式对法国人文研究方法的挑战"。五邑大学杨建国以电影《云图》为例,考察了可能世界、文学叙事和个人自由之间的关联。浙江工商大学方英介绍了罗伯特·塔丽的"文学空间研究"。集美大学周薇薇探讨了布拉伊多蒂的后人类伦理学说。广州大学王希腾介绍了英美后人类科幻小说的人类共同体研究。

四、外国文论范畴、术语辨析与批评实践

南京大学王加兴在"洛特曼文学语言观初探"的发言里探讨多层次文本结构与语义。他指出,以洛特曼之见,词语一旦进入多层次的文本结构,便使其语义兼有多层次性与单义性。在语言艺术中,内容的结构是通过语言的结构加以实现的。浙江大学苏宏斌在"英加登文学作品结构理论质疑"的报告里从现象学传统出发,结合现代语言学和符号学相关思想,对英加登文学作品结构理论的某些观点提出质疑。厦门大学郭勇健在"文学作品及其具体化——英加登文学现象学管窥"的报告中,指出英加登对文学作品具体化的区分影响了美学史和文论史的走向,但也有缺陷:一是在文学作品问题上陷入二元论,二是对文学意义的狭窄化。中国人民大学刁克利在"作者角色论视域中的荷马"的演讲中认为,荷马奠定了神启者、漂泊者和辩护者的作者角色。文学作者能够享受到的荣耀和可能的遭遇,在荷马身上都能看到预兆。荷马的作者角色具有多重意义。中国社会科学院贺骥在"一部研究东西德文学理论

交流的力作——评冯克的《接受理论与接受美学》"的报告里认为，冯克运用话语史和概念史方法，对东德接受理论和西德接受美学之间的相似和差异做了梳理，肯定这两种理论话语的趋同和东德学者的理论创新，并将两者之间的理论交流定性为文化领域的杂交过程。北京第二外国语学院胡继华在"生活世界与修辞人类学诗学"的演讲里，探讨布鲁门伯格的晚年思想。他认为，布鲁门伯格晚年从"生活世界"视角描摹人性，从修辞论角度重构隐喻范式，缔造一套人类学诗学。

五、现代斯拉夫文论与其他问题研究

浙江大学周启超在"现代斯拉夫文论经典名篇汉译与大家名说研究的进展与问题"报告中指出，现代斯拉夫文论的构成并不平衡，当代中国学界对雅各布森文论与其"文学性"学说尚缺乏深度考察。他强调，我们的外国文论引介与研究要努力超越或"简化"或"放大"的"粗放"，而进入多方位吸纳有深度开采的"深耕"。北京外国语大学黄玫介绍了"《罗曼·雅各布森论文学》编选、汉译与雅各布森语言学文论研究：进展与问题"。华南师范大学康澄探讨"两种文化记忆类型的文化符号学阐释"。黑龙江大学刘锟考察"巴赫金对话理论的阐释学价值"。中华女子学院陈涛聚焦"时空体——巴赫金的成长现象学"。哈尔滨工业大学张扬探讨巴赫金对话理论与马克思文艺理论的关系。复旦大学陈靓以巴赫金对话理论解读《踩影游戏》的多层对话。中山大学孙烨分析"文学日常"这一俄罗斯形式论学派晚期的关键词，认为它与"陌生化"等核心概念共同勾勒出俄罗斯形式论学派的理论体系和结构视野。北京师范大学夏忠宪在"'新神话'探析"的演讲里，以利哈乔夫的研究为例，在与古典形态神话的对比基础上，探讨"新神话"及其相关问题。

本届年会是文学理论与比较诗学研究分会继"改革开放三十年与外国文论""外国文论在中国60年""外国文论在中国70年"之后的又一场学术盛会。这次会议必将在当代中国外国文论与比较诗学的研究中产生重要影响。

"当代外国文论在改革开放的中国翻译与接受的路径与问题"研讨会综述

■复旦大学 陈 靓

改革开放以来,当代外国文论在中国的翻译、传播、影响和接受已有四十多年的历史。外国文论的汉译以及译本解读的过程也出现了诸多变异,并影响了中国文论话语的形成。为进一步探讨当代外国文论与中国文论的对话互动,2021年11月13日至15日,由中国外国文学学会文学理论与比较诗学研究分会主办,复旦大学外文学院和浙江大学外国文论与比较诗学中心承办的"当代外国文论在改革开放的中国翻译与接受的路径与问题"研讨会在线上召开,来自北京大学、中国社会科学院、浙江大学、四川大学、深圳大学、北京师范大学、北京外国语大学、复旦大学等五十余所高校及研究机构的一百余位学者与会,围绕五个主议题进行了交流。

一、当代国外马克思主义文论在改革开放的中国

在"从'粗放'走向'深耕'——关于当代中国外国文论翻译与接受路径与问题的一点思索"的发言中,浙江大学周启超指出,梳理改革开放以来我们对外国文论的翻译与接受的路径与问题,检阅外国文论主要流脉、重大学派、大家名说在当代中国被译介、被征用的复杂历程,有助于总结我们对外国文论译介与借鉴的经验,探讨其翻译与接受的空间。我们要从话语实践的维度来回望,不仅要清理哪些学人学派学说被我们所引介,还要勘察其基本路径。"粗放式"追随是我们曾经历过而如今要面对的困境,"深耕式"开采则是我们应提倡且也已然在践行的路径。在"中国学术与西方思想的近代化"的发言中,复旦大学汪洪章提出"西学东渐"是与"中学西传"相伴而行的。自

文艺复兴以来的西学近代化过程中,无疑也可以分离出中国文化的因子。这种中西学交汇融合的过程,需要我们进一步发挥比较文学法国学派"影响研究"的潜力,抱持实证主义的精神,以当代的眼光回看四百多年来中西学术交流史,以便扎扎实实地说明中西学术"我中有你,你中有我"的实情,说明双方文化选择差异背后的多方面原因。在"反讽的变迁——马克思和鲁迅对反讽理论的继承与发展"的发言中,北京师范大学夏忠宪提出,正由于俄罗斯文学既不同于"西方文学",又与欧洲文学有同源关系的这种异质性,能够为我们重新审视歌德提出的"世界文学"概念,从跨文化视野为重构世界文学提供新的话语资源,探讨共通性与差异性、异质文化之间对话的原则和路径问题、文学与文论之间的互释问题。在"卢卡奇马克思主义美学的体系性建构"的发言中,四川大学傅其林提出,卢卡奇在1963年出版的《审美特性》中,立足于日常生活的本体论基础,运用辩证唯物主义和历史唯物主义的方法论,对模仿概念进行马克思主义的系统阐释,对艺术自身世界、审美的中介性机制、审美的去拜物教化功能进行深入分析,对艺术样式的合法性基础加以充分论证,为马克思主义美学奠定了合法性基础。在"卢卡奇的世界文学观与马克思主义"的发言中,上海交通大学杨明明提出,卢卡奇坚持以马克思主义的世界观与方法论为指导,对资本主义社会的异化本质进行了深刻反思和批判,在世界文学发展进程的大背景下对欧洲各民族文学之间相互影响和相互作用的现象进行了宏观审视与微观分析,体现了文学是人学等马克思主义美学的核心思想。

二、当代外国文论的跨学科性质和路径

在"卡夫卡和现代文学"的发言中,复旦大学褚孝泉对卡夫卡创作中的现代性元素进行了探讨,并进一步发掘其创作风格、主题思想与现代主义的关联。中国人民大学陈世丹关注"《一个美国故事》中的传播学与真相——对'9·11事件'的再书写",他认为这部小说以主客体交集的传播、多元的传播方式、盛行的传播理论、负面的传播效果为框架,建构了一个追求最大限度历史真实的传播学故事。在以"罗兰·巴特的风格与佛道之间的关系"为题的发言中,钱翰探讨了罗兰·巴特与佛道之间的紧密关系。他指出,目前已有的研究主要还是停留在比较简单的理论概念对比层面,以及对巴特引用的佛道文

本的一些评论，不够深入，尚需细致深入巴特的思想、写作和生活的风格，才能从总体上把握巴特与佛道关系之间的联系。

三、当代外国文论与当代中国人文科学发展

在"接受美学和效应美学在中国的旅行"的发言中，中国社会科学院贺骥指出，接受理论在中国的传播，经历了从译介、消化吸收到应用和扩展的过程，康斯坦茨学派的接受美学和效应美学与中国古代文论和古典美学有很大的亲和性。国内有不少学者以接受理论的视野来重新阐释中国古代文论，在不同层面展开了中国文学接受史的研究。在"社会历史维度中的当代西方文论"的发言中，北京外国语大学马海良提出，西方文论是整个西方社会历史中的一个文化子系统，是与政治、经济、法律、媒体等各种制度和技术以及价值系统互动交织的话语实践。在西方社会历史语境中考察检视当代西方文论的来龙去脉，能够更为清晰准确地看到对象的各种鲜明特征及其生成缘由，唯此才能保持研究者的主体价值。在"日本当代文论在中国的翻译与接受"的发言中，深圳大学李新风对日本当代文论在中国的旅行做了全面细致的梳理，并重点介绍了日本文论与中国文论的话语互动及其背后互通的文化渊源。

四、当代外国文论专题研究

在"作者研究与作者理论"的发言中，中国人民大学刁克利指出，作者研究不断被边缘化。把作者研究等同于作品研究，这是普遍的误用。作者研究既需要理论建构，也应该能够应对现实问题，建立适应于作者研究的方法论。从作者理论研究、作者专题研究和作者生态研究等方面，可以重构作者研究的方向和路径。在"英加登文论关键术语的翻译问题刍议"的发言中，浙江大学苏宏斌认为，英加登文论在当代中国具有重要影响，但其关键术语的翻译却是一个困扰学界的难题。国内现有译著对英加登思想在中国的传播做出了不可磨灭的贡献，可是由于译者对于现象学的相关思想缺乏深入了解，以致某些译法充满歧义，导致人们对英加登的文艺思想产生不应有的误解。可以从对英加登与胡塞尔思想关系的梳理出发，澄清现有译法存在的误区，提出新的翻译方案。

五、当代外国文论最新动向

在"西方诗学俄罗斯学派的形成、特色与成就"的发言中,北京大学凌建侯指出,及至20世纪80年代,俄罗斯已经形成现代诗学研究的较为完备的体系,以"理论诗学""历史诗学""微观诗学"三大方向以及形式诗学、马克思主义社会学诗学、体裁与情节诗学、符号学诗学、生成诗学等各条分支为基本格局的诗学范畴,使亚里士多德意义上的"诗学"在20世纪重放光彩,推动了现代文学理论的发展。在"文论和政治——从尧斯谈起"为题的发言中,北京大学王建认为,文论的接受需要了解文论的来龙去脉,文论的兴衰常与特定的历史背景相关,联邦德国战后文论的变迁亦是如此。尧斯的接受美学理论构成战后德国文论的突起异军。文论是现实生活的理论延续,这一推断要求我们在文论接受过程中不能将文论简单地视作"可挪移的技巧"。

对于当前外国文论的最新动态及其与中国文论的互动与对话,研讨会上学者们从不同视角做了精彩发言,提出了很多具有前沿性和学理性的学术观点,对当代中国文论在自我审视和他者投射中的主体性构建进行了深入的研讨。

本次研讨会以多种维度深化了当代中国学界外国文论翻译与接受的路径与问题的梳理与反思,开辟了理论旅行中具有前瞻性与现实性的学术增长点,拓展了外国文论翻译与研究中的跨学科与跨文化视野,必将助力我国的外国文论与比较诗学研究事业在新文科环境下的繁荣与发展。

"巴赫金与 21 世纪：跨文化阐释与文明互鉴"学术研讨会综述

■黑龙江大学俄语学院 刘柏威

博大精深的巴赫金理论学说为国际学术界提供了广阔的研究视域。我国的巴赫金研究经过四十年的耕耘也产出十分丰厚的成果。随着研究的不断深入，巴赫金学说的跨学科特征和跨文化价值越来越得到彰显。在 21 世纪新的世界格局和文化语境中，巴赫金理论的研究与应用面临新的发展空间，显示出与时俱进的思想内涵。巴赫金研究学会 2022 年年会暨"巴赫金与 21 世纪：跨文化阐释与文明互鉴"学术研讨会 2022 年 7 月 13 日至 15 日在哈尔滨友谊宫成功举办。会议由中国中外文艺理论学会巴赫金研究分会主办，黑龙江大学俄罗斯语言文学与文化研究中心和俄语学院承办。

中国社会科学院学部委员、著名巴赫金专家、九十岁高龄的钱中文先生向本届年会发来贺信，黑龙江大学刘锟研究员在开幕式上宣读了钱先生的贺信。钱先生对我国巴赫金研究和黑龙江大学俄罗斯文学研究团队取得的成绩给予充分肯定，对中国巴赫金研究的未来提出殷切希望，还提交了题为《文本规范与思想共享》的论文。来自北京大学、浙江大学、复旦大学、南京大学、南开大学、中山大学、四川大学、北京师范大学、华东师范大学、南京师范大学、北京外国语大学、中国社会科学院大学等三十多所高校和研究机构的七十余位学者与会。

年会以线上线下相结合的方式举行。陈建华等二十五位专家做了大会发言。报告人从新的角度阐发巴赫金的"对话""复调""狂欢""外位性"理论学说的思想价值，强调在深化改革开放的新时代，巴赫金思想对于构建中国人文科学话语体系的现实意义。年会设立"巴赫金理论的跨学科阐释""巴赫金文论与批评、翻译实践"和"巴赫金与文化诗学"三个大议题，与会专家围绕这些议题进行了广泛而深入的学术交流。

"巴赫金与21世纪：跨文化阐释与文明互鉴"学术研讨会综述

本届年会线下线上的发言报告的关注点可概括为以下三个层面：

（一）巴赫金理论的跨学科阐释

与会学者普遍认识到，巴赫金善于对前人和同时代人科学方法的合理内核加以吸纳，利用时间、空间、文化上的"外位性"而对文学和文化现象进行综合的观照，考察话语的对话机制、体裁的记忆机制，善于跨越学科界线，进行交叉研究。

河北省社会科学院卢小合在"意义是对象，涵义是方法——兼评王路先生的'意谓'说"的发言中认为，对涵义的研究是从德国著名逻辑学家、分析哲学家弗雷格的《论涵义与意义》一书开始的，至今已有一百多年。它涉及哲学、逻辑学、心理学、语言学、控制论等许多学科。在我国，它还在为自己的话语权而苦苦挣扎，主要涉及弗雷格对"涵义"与"意义"的区分，巴赫金的理论能给我们在这一论题的探讨以诸多启示。

南京大学王加兴在"漫谈巴赫金的'外'与洛特曼的'边'"的报告中指出，"外位性"是巴赫金学术思想的核心范畴之一，贯穿巴赫金一生的学术研究。巴赫金之"外"的认识论价值不仅体现在自我认知、作品主人公与作者的关系上，更反映在对"别人文化"的"创造性理解"之中。"边界""边际"则是洛特曼的研究重点之一，作为结构主义者的洛特曼将"界限性"视为文本的三个特征之一。巴赫金的"外"与洛特曼的"边"在考察视角和学术观点上形成了互补关系。

华东师范大学陈建华在发言中梳理了"巴学"与"托学"的历史与现状；复旦大学汪洪章在报告中探讨了巴赫金小说理论的体裁史及文化史依据；北京大学凌建侯揭示了巴赫金时空体理论的特色与启示；上海交通大学杨明明论及巴赫金与"他者"洛谢夫；南开大学王志耕探讨"道成肉身"与"对话"；复旦大学陈靓以巴赫金对话理论解读《踩影游戏》；南京师范大学江守义对西方叙事学在中国的接受进行了梳理。

（二）巴赫金文论与批评、翻译实践

对话、复调、狂欢、他者、互文、话语、时空体不仅是巴赫金思想遗产中的核心术语，更是巴赫金的研究者们进行具体的学术对话的根据和出发点。

北京师范大学夏忠宪的"巴赫金的巴洛克小说研究及其系统审美论探析"以俄罗斯的巴洛克小说为例，力图在世界文学进程中揭示"伟大艺术"的建构术及其历史作用，从而深化对"国际性文学共通性研究方法论"的思考。

上海大学曾军在其"走向交往对话：巴赫金与中国当代文论话语重建"

中强调，从 80 年代末"对话立场"的提出到 90 年代对"对话的文学理论"的倡导，钱中文先生做出了卓越贡献。此后"对话主义文艺理论"成为处理全球化背景下中西文论关系的理论立场的选择。

广东外语外贸大学陈开举论及巴赫金理论对文学翻译中文化语境、释义障碍与阐释效度研究的意义；南京师范大学张杰谈及巴赫金理论与人工智能时代文学符号学批评的转向；中国社会科学院大学吴晓都对巴赫金对俄国形式学派的辩证审视进行了解读；北京师范大学张晓东论及安德烈·鲁布廖夫的"复调"；北京第二外国语学院张变革从陀思妥耶夫斯基的小说《罪与罚》探讨巴赫金复调理论的局限；黑龙江大学刘柏威运用巴赫金对话理论从微观视角解读了《红楼梦》中诗词隐喻的俄译问题。

（三）巴赫金与文化诗学

20 世纪是文学批评的世纪，而超越 20 世纪各种批评流派的是巴赫金的全景式诗学研究视野，这一视野具有多元特质和"长远时间"里的开放性。

浙江大学周启超在"论巴赫金对世界文学与比较文学研究的贡献"中提出，巴赫金是一位杰出的世界文学研究者，也是一位杰出的比较文学家。这体现在实践层面，也体现在理论层面。"论拉伯雷与果戈理"与"论体裁与情节结构特点"，便是典型的比较文学与世界文学研究。巴赫金阐述并践行的"外位性"视界，是对"他者文化"进行创造性理解的前提，是比较文学的学理依据之所在。

南京师范大学汪介之在"巴赫金诗学的理论要点与思想—美学意义"中指出，巴赫金诗学理论是 20 世纪文学理论中最富有创见和影响的成果之一。复调小说对审美思维提出了新要求，"狂欢"思维结构则瓦解了逻各斯中心主义和形而上学的一元权威，在人类思想史和精神生活史上具有重大意义。

华东师范大学胡学星从狂欢化视角看维索茨基的诗歌创作；南京大学董晓基于巴赫金的"审美客体"阐发对当前外国文学研究的思考；北京外国语大学黄玫则论述巴赫金时空体理论在文学研究中的应用；中国人民大学梁坤论及巴赫金的史诗观与普里什文的史诗书写；黑龙江大学郑永旺谈及俄罗斯文学是一种关于俄罗斯民族使命的编年史；哈尔滨工业大学谢春艳解读了巴别尔短篇小说中的狂欢化形象。

在三个分会场的交流中，多位年轻学者围绕这些议题展开多角度探讨，其议题涵盖了"外位性""怪诞""他者""狂欢""梅尼普讽刺"等巴赫金理论的多个关键词，以及巴赫金生平研究等等。

巴赫金研究分会副会长夏忠宪在总结发言中充分肯定此次研讨会对我国巴赫金研究的重要意义,指出本届年会在促进我国的巴赫金研究,实现文艺理论和哲学美学探索的纵深化和本土化,凸显我国文化、文学和理论的主体意识等方面取得的历史性的新进展。

　　与会学者在年会上多角度地探讨了巴赫金理论的跨学科、跨文化意义,巴赫金学说在文学研究、哲学研究、文化研究等具体学科中的运用与实践。这样的探讨进一步深化了中国巴赫金研究的跨学科、跨文化的时代特征,营造了充满对话的巴赫金式的学术氛围。本届年会既凸显了巴赫金理论遗产持久的人文价值和现实意义,加强了学术界的交流与合作,又推进了巴赫金思想遗产的研究向纵深拓展,为中国的巴赫金研究添上了浓墨重彩的一笔。本届年会上,自30后到90后的几代学者共聚一堂,围绕巴赫金学说展开对话切磋,凸显出中国巴赫金学薪火相传的特点。巴赫金认为"哪里有意识,哪里就出现对话",我们也期望这种学术对话在"长远时间"里得以延续并呈现勃勃生机。

新书简介

汉语文论新书简介

1. 王志耕：《俄罗斯民族文化语境下的巴赫金对话理论》（国家哲学社会科学成果文库），商务印书馆，2021 年 3 月

作者对巴赫金与西方哲学传统及当代理论的差异做了区分，对巴赫金与康德哲学、柯亨的伦理学以及马克思主义、存在主义、阐释学等理论之间的联系与差异均提出了有说服力的阐释；在俄罗斯社会历史、民间文化、宗教哲学、文艺理论等多个领域发掘出巴赫金对话理论的本土资源；基于原始文本的考辨，重新阐释了巴赫金对话理论中的一系列重要概念，如"回应性""大时间""整体性涵义""复调"等，分析这些概念在巴赫金的原文语境以及俄罗斯民族文化的大语境下的内在意蕴。全书涉及历史、哲学、神学、宗教学、诗学、文学等诸学科，征引俄文文献 200 余种、英文 15 种、中文 170 余种。

2. 曾军：《巴赫金对当代西方文学理论的影响研究》，社会科学文献出版社，2021 年 5 月

在文学理论思潮中，巴赫金是一座无法绕开的高峰，其理论作为 20 世纪重要的思想财富之一被人津津乐道——人们不仅惊异于他文论话语的独特、思维方式的怪异，还惊喜地发现无论哪家哪派，几乎都可从他那里找到思想的共鸣点。全书从研究巴赫金的互文性概念开始，将其作为理解当代西方文学理论的思维迷宫，破解全球化格局中不同民族国家文学理论相互影响和接受、变形与新生之谜的一把钥匙。作者紧扣复调、对话和狂欢等关键概念，从克里斯蒂娃《巴赫金：词语、对话和小说》《封闭的文本》等文本入手，梳理克里斯蒂娃接受巴赫金影响的诸种因子；分析巴赫金接受史中的托多洛夫现象，从体裁历史诗学、托多洛夫的对话主义转向等方面陈述托多洛夫接受巴赫金思想的对话原则；进而将视角转到马克思主义与语言哲学的比较，着重研究"巴赫金小组"对伯明翰学派的影响，梳理当代文化批评中的狂欢化理论以及西方马克思主义和后现代主义对巴赫金狂欢化理论的嫁接。作者还尝试在女性主义文学批评中寻找对话、身体与狂欢诸元素，在当代小说叙事理论，特别是通过韦恩·布斯的共同影响，再现巴赫金的理论影响力。作者认为，在方法论上，通过梳理研究巴赫金对当代西方文学理论影响问题，可以反观中国学界对巴赫金理论（进而也包括对所有外国文学理论）的接受与应用中存在的问题。

3. 赵炎秋：《艺术视野下的文字与图像关系研究》，中国社会科学出版社，2021 年 6 月

作者在中外文字与图像关系，以及图像理论与视觉文化理论研究的基础上，对文字与图像，文字艺术与图像艺术的内部机制、各自特点和相互关系进行了深入的研究，提出了自己的观点与结论。其创新在于，尽量从中国学者的立场出发，结合中西理论与文艺实践，阐述文字与图像的核心问题与复杂关系，形成了自己的理论体系。该著作在文字与图像关系、语言与文字关系、语言构建形象、图像中的表象与思想、文字与图像中的言象意关系等方面的研究，都有原创性的发现与阐述。

4. 曹顺庆、王超：《比较文学变异学》，商务印书馆，2021 年 9 月

全书旨在全面溯源比较文学变异学，构建有中国特色的比较文学学科理论。比较文学变异研究是继法国学派"影响研究述评"和美国学派"平行研究述评"后由中国学者提出的比较文学研究的重要理念与方法，进一步拓宽了比较文学的研究视野与范畴，是对比较文学影响研究、平行研究的发展。阐明了变异学的学科理论基础，论述了变异学的实践方法路径，强化了变异学的案例解读，对构建既有中国特色的比较文学学科理论话语，又具有普遍意义的世界性比较文学学科理论话语具有重要意义。全书结构合理，各章节之间逻辑清晰，从跨国到跨文明，对变异学的文化语境、理论基础、方法特征、研究范围等内容进行分析，论述推进有力。其创新性在于，突破了之前以西方学者为主导的比较文学理论的局限，充分建构中国学者在比较文学领域的话语体系。

5. 焦丽梅：《洛特曼文本诗学理论：跨文化之旅》，社会科学文献出版社，2021 年 10 月

全书立足于严格的文本细读，厘清洛特曼各个时期代表性著述的论述逻辑、理论观点与方法论，潜心求证和分析其重要理论观点及方法论的形成，在具体文本语境中呈现洛特曼文本学的观点、原则，以及文本分析实践的方法论模型，同时显现洛特曼文本思想的发展与变化，寻找其文本思想的脉络；以英美新批评和结构主义批评为参照，通过将洛特曼文本思想与巴赫金、德里达、巴尔特、伊瑟尔、伽达默尔等文本理论的比较，详细探讨了洛特曼文本思想独特的文本存在方式和结构态势。

6. 方维规：《"世界文学"推原》（文艺研究小丛书第一辑），文化艺术出版社，2021 年 11 月

本书为文艺研究小丛书第一辑的一种，收录作者于 2015 年、2017 年和

2020年发表于《文艺研究》的三篇文章。其中,《何谓世界文学?》《普遍、自由的"精神贸易"——歌德"世界文学"概念的历史语义》两篇文章分别从"概念"与"史"的角度对"世界文学"这一概念进行了历史的梳理与澄清,从当代"世界文学"论争说起,追溯历史并围绕歌德来厘清一些至今仍有重要意义的命题,后回到世界文学的当代发展,以及一些与之颉颃的观念和新的趋势。《"跨文化"述解》一文则是对"多元文化""文化间性""跨文化"等全球化背景下的概念进行了介绍与区分。

7. 周云龙:《别处的世界:早期近代欧洲旅行书写与亚洲形象》,商务印书馆,2021年11月

作者通过解析早期近代欧洲旅行书写中的亚洲知识状况及其生产机制,探讨亚洲在现代欧洲世界意识形成过程中发挥的意识形态功能;同时借助这项研究,检验并扩展比较文学形象学既有的观念与方法空间。跨文化形象学是将关注的对象扩展到文学领域之外,以某种更为开放的尺度将不同类型的文本包含在内,在一种多重维度的文化体系中揭示形象所隐含的文化政治意义和权力运作机制。该书在"世界意识"这个总问题脉络中,根据不同文本所依托的具体叙事语境,从相应的主题(比如主体、透视/视觉、替补、空间、时间/时态、帝国、性别、暴力/欲望、文体、模仿、声音、共同体、知识型等)进入文化或历史文本,尝试开放比较文学形象学的传统学科领域边界。

8. 李一帅:《神秘与现实:俄苏美学艺术之思》,中国文联出版社,2021年12月

这是一部以"神秘与现实"两者艺术关系为主题展开的美学艺术研究论集,主要围绕19世纪末的俄罗斯美学、艺术与20世纪苏联时期美学、艺术领域展开研究,这两个阶段的美学、艺术分别代表了两种艺术的类型:"神秘主义的艺术"和"现实主义的艺术"。俄国美学的根源来自于神秘传统,书中就俄国美学观与神学观、历史观、文学观、社会观的紧密联系做了大量研究,说明俄国美学观中神秘主义的传统和演变,尤其细致分析了20世纪初"神秘与现实"两种艺术类型交替时分水岭期的巨变。

9. 赵爱国:《俄罗斯符号学研究范式的百年流变》,北京大学出版社,2021年3月

符号学是20世纪以来世界语言学研究的"显学"之一,成为语言学连接文学、艺术、宗教学、心理学的桥梁,影响力日益扩大。国内符号学研究主要集中在英语、俄语和法语学科。作为世界符号学"三大强国"之一,具有独立学科性质的俄罗斯符号学研究已经走过了整整一百年的历程。全书综述俄罗斯符号学百年来的发展阶段,对俄罗斯符号学的12种基本范式的学术形态和思想成果进行系统梳理和缕析,对该学科基本学理中所展现的历史意义、思想特质和学术价值等做出总体评析,是国内俄语学界较全面、系统评析百年符号学史的学术专著。

10. 陆扬:《当代西方前沿文论》,山西教育出版社,2022年6月

全书立足第一手资料,从文学自身与文化实践的角度,对理论批评阐释模式、大众神话批评、文化研究、性别批评、情感理论、创伤批评、空间批评、解构批评、新历史主义批评、法国理论在美国等展开互动叙述,反映了中国学界近期研究西方当代前沿文论的新水平。

(周静 辑录)

英语文论新书简介

1.《后现代文学中的创伤后应激障碍诗学》(Iro Filippaki, *The Poetics of Post-Traumatic Stress Disorder in Postmodern Literature*, Springer International Publishing AG, 2021.)

该书对早期医学创伤治疗与20世纪60至70年代出现的后现代经典文学作品作了叙事、历史与医学交集综合的跨学科探讨,认为后现代文学中的一些关键比喻如妄想症、暗恐、生物调解等,是冷战时期兴起的创伤后应激障碍(PTSD)叙事范式的产物,朝鲜战争和越南战争等战争暴力带来的普遍而深重的创伤引发医学界对创伤后应激障碍症状的空前关注,进一步对美学理论和文学书写产生了直接的影响。作者对品钦(Thomas Pynchon)的《万有引力之虹》(1973)、冯内古特(Kurt Vonnegut)的《第五号屠宰场》(1969)和海勒(Joseph Heller)的《第二十二条军规》等作品的分析阐释展示了医学人文解读的可能性。

2.《现代初期的互文性》 (Sarah Carter, *Early Modern Intertextuality*, Springer International Publishing AG, 2021.)

这部专著尝试用后结构主义的互文性理论分析解读现代早期的文学作品,包括莎士比亚、培根、弥尔顿、洛奇(Thomas Lodge)、马洛(Christopher

Marlowe)、琼生(Ben Jonson)等作家的作品,发现早期的现代作家大量互文运用了古典神话、寓言、民间文学、戏仿和讽刺,而这种突出的互文现象实际上源于一个广泛而深刻的时代动机,那就是这个时期的作家有意识地紧跟并热情模仿古典和同时代的欧洲文本,当然,这是具有创造性的模仿。作者提倡互文性研究应该回归克里斯特瓦(Julia Kristeva)和巴尔特(Roland Barthes)提出的互文性基本理论,不能只限于辨析文本的源流。

3.《简·奥斯丁与文学理论》(Shawn Normandin, *Jane Austen and Literary Theory*, Taylor & Francis Group, 2021.)

奥斯丁向来被认为是英国文学史上最抗拒理论的经典作家,而该专著在系统观照奥斯丁文学创作时期的社会政治状况和思想文化语境的基础上,对其早期作品《伊芙琳》(*Evelyn*)和《英国历史》(*The History of England*)以及其成熟期作品《傲慢与偏见》(*Pride and Prejudice*)、《曼斯菲尔德庄园》(*Mansfield Park*)、《爱玛》(*Emma*)等展开细读细绎,发现奥斯丁思想中其实有许多与20世纪理论家不谋而合的地方,尤其是与德里达和德·曼(Paul de Man)。她的作品着力解构二元对立,包括礼物与交换、言语与书写、象征与寓言、稳定的反讽与浪漫主义反讽之间的对立。奥斯丁的小说是19世纪现实主义的主要成就,但是批评家们一直低估了其狡黠的话术和对语言物质性的痴迷。

4.《危机时代的文学教学》(Sofia Ahlberg, *Teaching Literature in Times of Crisis*, Taylor & Francis Group, 2021.)

这部专著针对从气候变化、系统性种族主义到新冠病毒疫情等灾难事件对学生的学习能力、动机和情感健康产生的压力和负面影响,探讨文学教学的特殊作用和应变策略,认为文学阅读有助于抚慰忧伤,增强人的适应性、柔韧度、恢复机能和抵抗力,提升应对危机的能力和技巧。书中通过对阅读实践的个案考察和相关理论的阐发,揭示文学如何以具体个别而非抽象的方式应对伦理问题,在看似不相关的现象之间建立联系,如何形成个体和集体生活中的情动交往,启发和引导学生理解并发挥全球公民的当地化角色,成为对抗危机、走出危机的积极力量。

5.《狄更斯作品中的一些关键词》(Michael Hollington, Francesca Orestano, and Nathalie Vanfasse, *Some Keywords in Dickens*, Vandenhoeck & Ruprecht, 2021.)

这部专著对狄更斯的语言特色及其丰富意义作了相当全面深入的细析研

究，指出狄更斯高度自觉地调动语言的各种潜能，充分发挥词语的质料、肌质、弹性、视觉和声音效果，兼顾词语的本义和衍义，而且特别重视词语之间以及词语与文化环境的互动。狄更斯作品里的这些关键词不仅是具有固定内涵的语义单位，而且是可塑的语言建构；有些关键词只是一个单词，一个字符，甚至只是狄更斯本人偏好的构词元素，有些关键词意义丰厚，足以成为一个原创概念范畴或主题，有些关键词却似乎只是一些声音意象，使读者难以确定它们的意义内容。狄更斯作品里的关键词在微观的词语层面和宏观的文化意义层面建构起对立、关联、重叠、转化等各种复杂关系，创造出一个特别丰富的意义系统。

6.《哲学、文学与理解——论阅读与认知》（Jukka Mikkonen, *Philosophy, Literature and Understanding: On Reading and Cognition*, Bloomsbury Publishing PLC, 2021.）

该书通过大量阅读经验的调研例证，将哲学、文学研究与认知心理学融为一体，对文学的认知功能和价值作了深入的理论阐发，其新意突出表现为作者从理解而非知识的角度来解释文学的认识论意义，认为理解是一种认知过程，而且与叙事想象密切相关。作者从文学作品对读者以及作家本人的影响作了相当全面的实证考察，确认叙事是人们相互理解交流的主要工具。该书为文学功能和价值认识提供了新的视角和翔实的经验材料。

7.《阅读之事：21 世纪的文学批评》（Anirudh Sridhar, Mir Ali Hosseini, and Derek Attridge eds, *The Work of Reading: Literary Criticism in the 21st Century*, Springer International Publishing AG, 2021.）

这部论文集在 2000 年以来的人文学科困境和危机大讨论语境下考察文学研究领域遇到的特殊问题和解决之道，作者们分别对新历史主义、经验主义、新形式主义、后批判文论等当前流行的批评理论和方法作了源流探究，尝试在历史哲学的基础上找到可行的替代性方案。与近年来呼声甚高的从其他学科援用资源来解决文学研究内部危机的倡议不同，该书的作者们倾向于回归文学的审美特性研究，重视文本细读，贴近文学的语言属性和文本结构，重新聚焦于形式问题。

8.《跨学科：文学研究与人文学科的未来》（Petar Ramadanovic, *Interdiscipline: A Future for Literary Studies and the Humanities*, Taylor & Francis Group, 2021.）

该书把文学研究、人文学科、大学体制、学术生态、职业性质等方面综合起来，探寻走出人文学科危机的路径，指出文学研究必须与整个人文学科，甚至与科学领域汇通，亦即必须采用跨学科方法，才能真正走出困境，因为从根本上说，知识是各种精神活动交集联运的产物，而不是单向度的智性运动；从价值维度看，文学研究、人文学科和科学研究不只是专门领域的学术行为，而且都具有更宽广的文化和社会意义。作者拉马达诺维奇是美国新罕布什尔大学的文学教授，从他对跨学科方法论的推崇和论证，可以观察到美国学界目前的一些动向。

9.《文学城市研究及其实践》（Jason Finch, *Literary Urban Studies and How to Practice It*, Taylor & Francis Group, 2021.）

全书由三个单元组成：第一单元对城市研究和文学城市研究的兴起和发展以及基本概念、主要议题、研究方法和专门术语作了介绍和解说；第二单元结合具体作家作品，按照历史顺序对前现代、现实主义、现代主义、后殖民主义等文学文本中的城市书写进行主题和艺术形式的梳理分析，对城市文学中的本地化特点作了重点阐发；第三单元从文类差异角度对虚构文学和非虚构文学、诗歌与城市、戏剧与城市的镜像关系作了理论阐述。该书对各类城市空间和地点的界定描述以及与人类地理学、文化历史学、社会学等相邻学科的互动亦有明显的启发意义。

10.《身份的景色：叙事形式，女性主义的未来》（Jill Darling, *Geographies of Identity: Narrative Forms, Feminist Futures*, Punctum Books, 2021.）

该书探讨20世纪和21世纪的一些女性作家在身份建构叙事文本中所展现的字面意义和比喻意义上的各色风景。该书对斯泰因（Gertrude Stein）、格兰德曼（Renee Gladman）、斯帕尔（Juliana Spahr）和兰金（Claudia Rankine）等人的代表作品进行了分析解读，指出这些女性作家在她们的虚构和非虚构作品中，通过形式创新和语言实验，打破常规的文类期待，颠覆了叙事（身份）的规定性和唯一性，展现出主体和公民进行身份认同和叙述的新可能性。她们的创作实践表明，文化身份的形成与形式策略是不可分割的，政治诉求可以与审美或形式创新有效结合起来。

（马海良　辑录）

俄语文论新书简介

1.《历史叙事学之维》（Тюпа В. И. Горизонты исторической нарратологии. —СПб.: Алетейя, 2021. —270 с.）

当今最为发达的西方叙事学过于学院化，忽视了对于研究对象的历史学视角。本专著是秋帕教授多年研究的结晶，旨在提出和建构依托于俄罗斯文艺学优秀传统（А. Н. 维谢洛夫斯基、М. М. 巴赫金、О. М. 弗莱登别格等）的具有广阔前景的新兴学术方向——历史叙事学。该著作从符合事物形成和发展规律的历史学的视角论述了事件性、叙事性、同一性、情节和时代精神，尤其是叙事策略诸范畴等叙事学基本问题。

2.《17至19世纪初俄罗斯-瑞典文学交流史概述》（М. Ю. Люстров. Очерки по истории русско-шведских литературных контактов в XVII—начале XIX века —М.: Директ-Медиа, 2022. —172 с.）

该专著主要论述了18世纪俄罗斯与瑞典文学关系的方方面面：从古代和近代俄罗斯文学作品译为瑞典语的情况到古斯塔夫时代的瑞典文学，包括其中对叶卡捷琳娜二世的描写和评价，考察了17至18世纪俄罗斯和瑞典文学的发展，以及18世纪初关于北方战争和牺牲的英雄人物的文本。著作内容涉及格林卡寓言的瑞典文翻译、18世纪瑞典文学中的叶卡捷琳娜二世形象，也包括瑞典诗歌中叶卡捷琳娜二世的古罗斯原型以及瑞典想象与俄罗斯现实，俄瑞文学翻译中的法国诗歌以及各种民间神话和故事对他者形象的呈现。

3.《古代俄罗斯文学典籍的阐释经验》（М. Кириллин. В поисках смысла: Опыт интерпретации памятников древнерусской литературы. —М.: Директ-Медиа, 2022. —320 с.）

作者试图透彻地描述和再现古代俄罗斯文学经典的主要方面，包括作为作者意图和某些文学传统反映的叙事细节、语言中的转喻以及结构特点。本书首次把古代俄罗斯文学资料作为个案进行研究，其阐释学研究使得对所分析作品的版本学历史梳理的设想成为可能。该书分析了圣徒弗拉基米尔形象的历史演变，古代俄罗斯典籍中从第一罗马到第三罗马的思想遗产，使徒安德烈的异象与圣像画传统以及静修主义与14至16世纪的俄罗斯文学。

4.《犯罪文学的诗学、起源和演变问题：学术研究文集》（Проблемы

поэтики, генезиса и эволюции криминальной литературы: сборник научных статей, Примечание: отв. ред. К. А. Чекалов, О. В. Федунина; пер. на англ. М. В. Каплун. М.: Издательство Ипполитова, 2022. —200 с.)

该文集囊括不同民族（俄罗斯、波兰、匈牙利、保加利亚等）的犯罪文学研究传统和学派。书中资料基于2020年12月4日俄罗斯科学院世界文学研究所举办的圆桌论坛"赞成还是对抗法律——犯罪文学的诗学、起源和演变问题"搜集整理。作者们关注形成犯罪文学场域的诸种体裁结构：从经典侦探小说到刑侦和间谍文学等等。所收录的文章不但研究通常意义上的体裁诗学，而且论及不同文学史和民族文学语料中这些因素的存在方式，同时研究了被称为大众文学的特殊领域的犯罪文学边界及其接受潜力问题。

5.《满洲地区一带的俄罗斯民间故事》(В. Л. Кляус. Русский фольклор на сопках Маньчжурии. М.: Издательство: ИМЛИ РАН 2022. —816с)

该书系编著者多年田野考察的汇集，旨在记录和研究生活在中国与俄罗斯后贝加尔边区相接壤的内蒙古自治区呼伦贝尔盟周边城市的中国和俄罗斯民间故事。国内战争（1918—1922）之后，因苏联社会政治原因和经济变故来到中国的老一代中俄混血居民，把自己母亲和祖母一代留下的语言和民间故事样本保留下来。本书对这些民间故事及其传承状况做了系统梳理，包括在中国满洲里生活的俄罗斯族的童话、神话故事、传说以及民间俗语、歌谣等。这是第一部与东部后贝加尔内陆传统断裂近百年的民间故事最完全的汇编。这些民间故事虽吸收了异民族因素，但仍然保留了19至20世纪之交俄罗斯后贝加尔居民特有的口头文学体裁形式。该书附有录音资料，可作为民间故事研究、语言学、民族学、民族音乐、文化学以及中俄文化交往研究的参考。

6.《俄罗斯现代主义文学中的少女—勇士：形象、母题、情节》(В. Б. Зусева-Озкан. Дева-воительница в литературе русского модернизма: образ, мотивы, сюжеты, М.: Издательство: Индрик, 2021. —712 с.)

该书为"永恒情节和形象"系列文集第5辑，研究白银时代作家笔下的少女—勇士的原型形象。作者把少女—勇士这类女主人公形象置于包含有其民间故事—神话源头的广阔的文化背景中进行研究。该类型形象源头上与神秘主义宗教观念、文学和艺术传统、革命前和革命后时代性别秩序以及女性社会地位的变化相联系，这导致女勇士形象的广泛传播。对各种不同的类似形象（阿玛宗女人、阿玛宗女王、文艺复兴诗歌中的少女骑士、俄罗斯壮士歌中的波列尼察、俄罗斯童话中的少女国王、圣女贞德等等）进行考察，颇具文学与文化价值。这些形象有稳定的谱系和原型,有一定的情节母题系统,在不少方面与欧洲文学具有相似性。梅列日科夫斯基笔下的少女勇士形象(圣女贞德)与第三约概念的形成,勃留索夫、勃洛克、库兹明、古米廖夫、别雷等名家创作中的各种神话女神形象,扎米亚金作品中的女勇士的文化背景,在该书里都有研究。

7.《诗学实验:20世纪20年代初高尔基的文学创作》(Н. Н. Примочкина: Поэтика эксперимента: творчество М. Горького начала 1920-х годов—М. Директ-Медиа,2022.—с.)

作者多年致力于20世纪20年代初高尔基创作生涯中这一特殊时期的勘察。在经历了第一次世界大战和1917年革命后,作家曾一度陷入严重的精神危机。高尔基通过彻底更新自己的艺术创作形式,努力克服了这场精神危机。这部专著以作家对列夫·托尔斯泰、勃洛克、列宁等人的描写为例,分析高尔基在文学人物形象塑造上的体裁创新。书中以全新的视角研究《回忆·生活点滴》;展现《1922—1924短篇小说集》中现实与虚幻、现实主义与现代主义风格的结合;阐述象征主义戏剧《老人》《假币》中的艺术创新,呈现出高尔基作为新的审美现实创造者的独特一面。

8.《巴赫金美学哲学中的艺术世界》(Сергей Владимирович Быков. Художественная картина мира в эстетической философии М. М. Бахтина. Сборник. статей. Издательство: LAP LAMBERT Academic,2020.—с. 104)

巴赫金的理论探索从人类存在的对话性特征出发,这决定了他的人文科学哲学基础的特殊性,包括对文本问题的分析。在巴赫金看来,对话是体现多种声音复调式的存在形式,人的个性在其中得以形成。在巴赫金的哲学"图景"中,时间是审美存在的一种结构性关系。在各种可能的重要关系的基础上,哲学家区分了"我的时间"和"他人的时间"。巴赫金早期著作中对艺术家应答责任的探索,在当今具有非常重要的现实意义——在艺术家应答责任中,艺术和观众之间互动的组织功能和交往功能得以强化。巴赫金的理论遗产对于研究现代文化和艺术的理论和实践问题非常重要。复调、笑文化、时空体、狂欢化、梅尼普体、未完成的对话、哲学立场和美学问题在该书中都有阐述。

9.《异己—另样—自己:民族文化边界问题》(Ю. Я. Барабаш. Чужое-Иное-Свое. К проблематике этнокультурного пограничья. М.: ИМЛИ РАН,2021.—336 с.)

这部专著从概念、类型学和情境性等层面探讨民族文化边界问题中现实存在的文学史、文化学和理论方法。作者从历时角度考察乌克兰—澳大利亚、乌克兰—波兰（加利钦）、乌克兰—俄罗斯（哈尔科夫、顿巴斯）这样的文学区域特有的事实、现象、社会文化和社会心理状况，以及乌克兰—犹太文学的边界问题。作者主要分析了果戈理、谢甫琴科、舒尔茨创作中与边界有关的现象，提出同时性原则以及比较和协同视角。本书作者系语文学博士、教授、俄罗斯科学院高尔基世界文学研究所研究员，当代俄罗斯知名学者。

10.《欧洲和美国文化中的陀思妥耶夫斯基〈地下室手记〉》(《Записки из подполья》Ф. М. Достоевского в культуре Европы и Америки ／ Ин-т мировой литературы им. А. М. Горького Российской академии наук；отв. ред. Е. Д. Гальцова. М.：ИМЛИ РАН，2021. —1024 с.)

这部文集聚焦欧美学界对《地下室手记》这部中篇小说的接受过程的勘察中鲜有涉及的一些问题，来自俄罗斯、欧洲和美国陀学界的研究者对这部小说译成欧洲多国语言的情况进行了分析和梳理。该文集收录的文章广泛论及陀氏这部小说的翻译、接受，相关的文学批评、戏剧表演、电影改编、哲学主题。附录中刊出 А. Р. 列诺尔曼根据这部小说编写但未曾发表的戏剧脚本——《无耻的灵魂》(*L'Esprit souterrain*，1912，法文和俄文两种版本)，乌纳姆诺 (М. Унамуно) 和费列德尔（Ж. Пудж-и-Ферретер）的档案资料，早期译本的前言以及欧美学界的相关评论。

（刘锟　辑录）

法语文论新书简介

1. 安德雷·德尔·伦戈（Andrea Del Lungo），阿涅丝·库松（Agnès Cousson）编：《从十八世纪至今的对话文体》(*L'Entretien du XVIIIe siècle à nos jours*)，Classique Garnier 出版社，2021 年。

从 17 世纪开始发展起来的对话体，在启蒙世纪（18 世纪）中维持着它的活力。19 世纪出现的现代新闻使这个文体发生了一个转折，而新的交流形式也变得更加丰富：广播、电视、互联网。对话一直都令人着迷。为什么在几个世纪的时间内，它都能取得如此大的成功？这本文集从文学、哲学、历史、教育学、法庭质证、电影学等各方面对这个问题进行了研究。这些文章肯定了这种特别的文体不断更新的能量。

2. 玛尔塔·卡雷翁（Marta Caraion）：《文学如何思考物：关于物质文化的文学理论》（*Comment la littérature pense les objets*：*Théorie littéraire de la culture matérielle*），Champ Vallon 出版社，2020 年。

文学在工业时代物质文化批判思维的形成中起着至关重要的作用。在社会科学和哲学之前，从 19 世纪 30 年代开始，文学文本在存在主义和美学范畴的顺序上，对不断扩大的物质文化的变化及其引起的震动进行了研究。文学对物的思考呈现了 19 世纪真正的物文化的出现，以及由此对文学艺术的功能和作用领域的重大、重新的界定。通过观察物体的各个方面（社会学、美学、本体论），这本书奠定了一个由小说建立的一般和当前的物体理论的基础。

3. 帕特里克·马罗（Patrick Marot）编：《文学里的知识》（*L'Inscription littéraire des savoirs*），Classiques Garnier 出版社，2019 年。

作为人类整体的表达，文学对所有的知识和表现都是开放的，包括那些最反感知识的诗歌和铭文。但是，如果说对文学作品所调动的知识的回顾已经进行了很长时间的探索，那么就必须更好地理解这些作品如何并且在什么条件下改变他们和质疑他们所接受的知识话语，并根据他们自己的诗学来选择和转换话语。因此，每一部作品似乎都是对世界的一种独特的认知重塑，它根据自己的具体模式来阐明，并通过这些模式来阐明自己。

4. 让·纳尧诺（Jean Gnayoro）《文学形式理论》（*Theorie de la forme litteraire*：*Theorie litteraire*），Univ Européenne 出版社，2018 年。

文学作品是引导作家思考的最佳方式，但却带有一种想象的味道。因此，文学通过其虚构的性质，使作家能够自由地发挥他们的想象力。更重要的是走向事物，发现事物中的思想，这些都是作家的使命。他想通过写作来实现自己，当然是为了寻求对现实的认识。至少，从更广泛的角度来看，写作与人类传递信息的能力是一致的，这种能力的目的是通过语言代码来表达的，并将其固定在载体上。事实上，重要的不是作者的写作动机，而是他所描述的事件，这就是形式的意义所在。最重要的是，为了满足人们对文学写作的期望，我们必须发现，所涉及的主题、形式都是作者用一种全新的眼光来处理的。

5. 维克图瓦·弗耶布瓦（Victoire Feuillebois）编：《二十世纪对浪漫主义的批判性阅读》（*Lectures critiques du romantisme au XXe siècle*），Classiques Garnier 出版社，2018 年。

在不同的文学流派中，浪漫主义在整个 20 世纪一直是理论争论的核心，主要的批评范式依次把浪漫主义作为一种模式和一种反模式。这种矛盾的地位凸显了浪漫主义阐释对 20 世纪文学理论的特殊意义。因此，在 20 世纪的批评中，对浪漫主义的接受经常受到冲击，这促使我们提出了批判眼光的历史化。这一全景有助于阐明浪漫主义研究在当代知识领域的地位和地位。

6. 安德烈·雅里（André Jarry），安东尼娅·福尼（Antonia Fonyi）编：《文本的心理分析：从塞涅卡到杜拉斯》（*Psychanalyse textuelle：De Sénèque à Duras*），Classiques Garnier 出版社，2020 年。

"文本精神分析"是一种以精神分析、文学、语言学、遗传学等多种方法相结合为基础，从心理传记的角度出发，摒弃"作者之死"的结构主义理论，探索文学文本的方法。这种多元的方法是在读者面前，通过对塞涅卡、威廉·莎士比亚、阿尔弗雷德·德·维尼、斯特凡·马拉美、阿娜伊斯·宁、保尔·克洛代尔、乔治·贝尔纳诺斯、鲍里斯·维昂、玛格丽特·杜拉斯、雅克·拉康和伯纳德·玛丽·科尔特斯的一系列研究来阐述的。

7. 阿诺·贝尔纳代（Arnaud Bernadet），安德雷·德尔·代戈（Andrea Del Lungo）：《延续不断的句子：理论修辞的变调》（*La Phrase continuée：Variations sur un trope théorique*），Classiques Garnier 出版社，2019 年。

这本书的主题不是句子，用马拉美的话来说，而是一个连续的句子。虽然语法传统试图识别句子，然而什么是句子，什么不是句子？本书在 19 世纪和 20 世纪诗歌语料库的基础上，提出了从主语到主语的观点。因为说一个句子代表的事件可能不是一个语言过程，而是个体化的艺术现象，它给了个体一个名字和一个单位。这句话被设计成一个短语，因此成为一个署名之场所，是一个声音和一个身体的伦理表达。

8. 勒内·卡皮唐（René Capitant）：《面对纳粹：1933—1938》（*Face au Nazisme：Écrits 1933–1938*），PU Strasbourg 出版社，*2022* 年。

勒内·卡皮唐（René Capitant，1901—1970）的最大优点是他很早就看到了纳粹文化反革命的全部实际意义。路易·迪珀（Louis Dupeux）在评论当时（1933—1938 年）的斯特拉斯堡公法教授在成为著名的抵抗运动者和戴高乐主义部长之前撰写的文本时说，他在柏林待了一年（1933—1934 年），能够生动地描述纳粹德国，包括分析其意识形态、体制（政治、经济、社会）和外交政策。正是这些鲜为人知的文章，其中一些是无法接触到的，今天的读者现在可以通过这本书找到。

9. 皮埃尔-安德烈·塔吉夫（Pierre-andré Taguieff）：《为什么解构？法

国理论的哲学源头和政治变形》（*Pourquoi déconstruire？：Origines philosophiques et avatars politiques de la french theory*），2022 年。

在这本书中，皮埃尔·安德烈·塔吉夫指出，"解构"是指一种既丰富又不连贯的政治哲学文学，通过"性别研究"和"酷儿"理论，后殖民研究和非殖民化思想，反种族主义的身份或种族主义（他称之为"新反种族主义"），"批判种族理论"和"交叉性"导致了一场国际智力运动，其目标有时被宣布为将西方文明视为犯罪，将其简化为种族主义、奴隶制、异性恋和殖民帝国主义的表现。所有这些意识形态倾向都试图"解构"西方的霸权话语，谴责其所谓的误导性普遍主义和"认识暴力"，其受害者是所谓的被统治、种族化和被压迫的人民及其各自的文化，以及被视为"系统性"受害者的"少数民族"。这是一个令人不安的事实，需要对其原因进行反思：西方文明正被传唤到一个新的历史大法庭，对其虚构或真实的罪行负责，最重要的是，它是唯一一个被置于被告席上的文明。这种新的清教徒和惩罚性的"取消文化"允许活动家通过妖魔化反对者来进行压制，根据他们的意识形态教条压制他们不喜欢的作者或作品。他们的共同议程是在语言和社会实践、机构和文化中消除任何污名、排斥和歧视的痕迹，或者更简单地说，消除任何可能"冒犯"或"伤害"的因素。因此，这些"社会正义"战士以受害者倡导者的身份，希望建立一个完美的社会，按照他们的价值观和规范，在道德上"纯洁"文化。他们声称反对所有歧视，他们认为这些歧视是"系统性的"，在西方"白人"社会中。这种种族主义和"歧视"的社会秩序观为他们的意识形态斗争奠定了基础，这场斗争建立在受害者的想象之上。

10. 弗雷德里克·罗尼翁（Frédéric Rognon）：《人权：何种普遍性？》（*Droits de l'homme：quelle universalité？*），PU Strasbourg 出版社，2022 年。

自 1948 年以来，人权一直被宣布为"普遍的"，但从未得到充分的一致同意。今天，他们以相对主义或社群主义的名义面临着新的接受，他们所声称的普遍性并不一定包括其他教条和信仰所声称的普遍性。这些人权是否最终包括所有其他社会权利？这本书结合了哲学、法律、历史、人类学、神学和伦理学的贡献，提出了人权的普遍性问题。

（钱翰　辑录）

德语文论新书简介

1. 汉斯-君特·施瓦茨（Hans-Günther Schwarz）：成为他者：《德语文学中的传统和革命》（*Anderswerden: Tradition und Revolution in der deutschen Literatur*），Iudicium 出版社，2021 年。

该书在"成为他者"的视角下观察德语文学，并为德语文学开拓了崭新的阐释视野。由此产生的不仅是传统与革命的差异，还包括对可能性、真实性、虚构性的不同的感受方式。不同的感受方式凝结于现实主义和象征主义的对峙中。现实主义的世界观和象征主义的世界观是对立的。这种对立远超日耳曼学中普遍存在的亚里士多德主义和反亚里士多德主义、古典主义与浪漫主义、古希腊与现代之间的差别。"成为他者"是一种根本的改变。它决定了所有文学和艺术的体裁、内容和形式。它不但不断求新，更是历史和精神的基本规则，也因此是所有人文学科的标志。

2. 妮可·布兰德斯泰特（Nicole Brandstetter），拉尔夫-米克拉斯·德布勒（Ralph-Miklas Dobler）和丹尼尔·扬·伊特史岱（Daniel Jan Ittstein）（编著）：《人与人工智能：对文化/经济和社会的挑战》（*Mensch und Künstliche Intelligenz. Herausforderungen für Kultur, Wirtschaft und Gesellschaft*），UVK 出版社，2021 年。

人工智能是我们这个时代当前和未来的重大话题之一。AI 技术已经进入了我们的社会生活，并将持续地改变社会的面貌。目前，全球范围内的人力与资金涌入这一领域，全力以赴探索人工智能并挖掘其潜力。那问题来了：人工智能提供了哪些机会？又涉及哪些风险？该文集全面地审视了人工智能这一现象。来自不同学科的学者们探讨了诸多与人工智能相关的问题，例如人工智能对歧视和种族主义影响、对科学的冲击、对广告的作用。文集中的论文涉及传媒学、社会学、文化学、叙事学、科学理论、经济学等多个领域。

3. 马丁娜·施滕贝格尔（Martina Stemberger）：《语境中的新冠病毒：大流行病的文学史》（*Corona im Kontext: Zur Literaturgeschichte der Pandemie*），Attempto 出版社，2021 年。

新冠病毒大流行在全球范围内激发了一轮疫情文学的创作热潮。其中一些作品颇具争议。疫情文学古已有之，在新的社会和传媒语境下，疫情文学发生了哪些变化？这些作品如何反映政治和科学等方面的新冠话语？它们如何表达有关阴谋论的叙事？新冠疾病向我们述说了什么？该书的作者以不同语言、文化和流派的各种作品作为例子来讨论这些问题。比如，法国的封锁日记、德国的新冠惊悚片、美国的大流行病诗歌、俄罗斯的哲学新冠小说。除了欧洲、美国和加拿大的作品之外，读者也能听到来自拉丁美洲、中国和印度的作者的声音。

4. 扬·博伊尔巴赫（Jan Beuerbach），西尔克·居尔克（Silke Gülker），乌塔·卡尔施黛（Uta Karstein）和林果·勒泽纳（Ringo Rösener）（编著）：《2019冠状病毒病：危机中的意义——针对新冠疫情的文化学分析》（*Covid-19: Sinn in der Krise. Kulturwissenschaftliche Analysen der Corona-Pandemie*），De Gruyter出版社，2022年。

新冠疫情改变了人们的生活习惯，也改变了人们对日常生活以及日常世界的理解。人们发现，一些曾经习以为常的概念正在发生"意义"的偏差，比如坚固和脆弱、身体和空间、日常和例外、知识和真相、历时和记忆。人们对危机有了新的认识。该文集从多样的文化学和社会学视角出发，诠释了危机的特殊性、可比性、矛盾性，以及结构性。

5. 艾娃·沃吉诺-欧乌查斯卡（Ewa Wojno-Owczarska）和莫妮卡·沃尔廷（Monika Wolting）（编著）：《时代变迁中的边境经验和全球化》（*Grenzerfahrungen und Globalisierung im Wandel der Zeit*），V&R出版社，2022年。

全球化时代，各国的经济、政治、文化日益紧密地交织在了一起。这种交织对20世纪和21世纪的德语文学产生了极大的影响。该书的作者们试图从不同学科的视角出发，探讨文学作品如何对在全球变迁中产生的问题进行回应。该文集涉及的主题有：全球化时代人类存在的经济基础，在与他者交互关系中的民族认同构建，文化多样性和（自由的）多元文化性，本土性与全球性应力场中的历史复合性，文化交流和文化冲突，文化与思想变迁，民族和跨民族记忆图像。

6. 朱莉娅·隆巴尔迪（Giulia Lombardi），西蒙娜·奥欠托（Simona Oberto）和保罗·施特罗迈尔（Paul Strohmaier）（编著）：《美学与诗学的废墟》（*Ästhetik und Poetik der Ruinen*），De Gruyter出版社，2022年。

废墟给人的印象是陈旧和无用，是"赖着不走"的文化物质残余。直到现代早期，它们才在美学、诗学和历史哲学方面获得新的评价。古罗马废墟是废墟界的代表。它起初在革新（Renovatio）话语中发挥作用，后来成为颓废派范式的一部分。在 18 世纪的绘画和现代主义里，废墟被赋予了新的活力。它们被用来刺激想象力，激发历史和民族自省，并在文化批评上发挥着积极的意义。废墟的历时魅力很难被精确化，只能在多种尝试、转化和使用中被观察和记录。在该文集的废墟主题中，作者们在罗马语族文化群中系统地研究了以下几组概念之间的张力：模式和时间、在场和缺席、想象和记忆、工艺和实体、媒介和隐喻、没落和重建。

7. 让娜·格莱森（Jeanne E. Glesener）和奥利弗·科恩斯（Oliver Kohns）（编著）：《世界文学和小文学》（*Weltliteratur und Kleine Literaturen*），Königshausen & Neumann 出版社，2022 年。

该文集涉及当下比较文学领域内的一个热门话题："世界文学"。长期以来，世界文学被视为是"大"文学的另一个称谓，即传统西欧文学经典。近年来，与世界文学概念越来越紧密地联系在一起的是一个超越西欧范围的系统性的扩张。这种扩张发生在三个层面：1. 发现小文学，比如东欧文学；2. 扩展经典文学，把欧洲外的文学包括进来，比如非洲和亚洲文学；3. 有关扩张方法的讨论，主要因为当扩展遍及欧洲以外的地区后，如何有效地阅读或翻译这些地区的作品成为了一个紧急问题。该文集收录的文章着重研究了中国、爱沙尼亚、拉脱维亚、卢森堡、斯洛文尼亚，以及非洲等地的文学作品进入世界文学的过程及现状。

8. 安娜·阿特温斯卡（Anna Artwinska）和雅尼娜·舒尔茨-费尔曼（Janine Schulze-Fellmann）（编著）：《对话中的性别研究：跨民族和跨学科视角》（*Gender Studies im Dialog*: *Transnationale und transdisziplinäre Perspektiven*），Transcript 出版社，2022 年。

如何在性别研究的历史背景下理解性别研究的发展？该文集的作者在政治、艺术和科学三个主题板块中讨论且反思了这个问题，并以此强调了性别研究的学科潜力。文集中的每篇文章都给理解性别话语发展的龃龉与延续带来启发。这些文章的研究成果共同证实了开展一种去边界性的对话在专业领域，以及在跨专业和跨民族领域中的必要性。

9. 彼得·C. 珀尔（Peter C. Pohl）和薇罗妮卡·许希特（Veronika Schuchter）（编著）：《批评的性别：当代文学研究》（*Das Geschlecht der Kritik*：*Studien zur Gegenwartsliteratur*），Edition Text+Kritik 出版社，2021 年。

有关性别的争论贯穿于整个文学领域，性别关系充满冲突与悖论。强大的惯性、激进的变革、无尽的重复，以及难以调和的差异是性别关系的特征。该文集中的论文聚焦于十年来在文学领域中性别话语的连续与变迁，尤其关注德语文学批评和价值实践中的结构问题。该文集兼顾了各类文学争论和重要的流派。论文分析的现象包括批评方式以及它们女性化和男性化的策略，具体内容涵盖电视访谈节目"文学四重唱"、公共杂志、跨地区报刊栏目、书籍日志。

10. 玛戈·贝格豪斯（Margot Berghaus）：《轻松懂卢曼：系统论导读》（*Luhmann leicht gemacht：Eine Einführung in die Systemtheorie*）（第四版），UTB 出版社，2022 年。

尼可拉斯·卢曼是 20 世纪一位伟大的社会分析家。他把社会及其组成部分作为仅仅是由沟通构成的社会系统来研究。在社会学、文化学、经济学和法学领域里，他的理论备受关注。但是要读懂卢曼并不容易，他的作品结构错综、语言复杂。该书旨在通过易于理解的方式解锁卢曼的理论，为理解卢曼提供帮助。该书作者将第三方解读和卢曼的原文相结合，并引入了许多生动的示例、图片甚至卡通插画，力求将复杂的逻辑表述清晰，为初读卢曼的读者铺平了入门的道路。

（王晓菁　辑录）

作者和译者简介

尤里·米哈伊洛维奇·洛特曼（Юрий Михайлович Лотман，1922—1993），塔尔图—莫斯科符号学派（Тартуско‐московская семиотическая школа）或称莫斯科—塔尔图符号学派（Московско-тартуская семиотическая школа）的创始人和领军人物。他一生著述甚丰，有各类学术著作将近 1000 种。他广泛地摄取了信息论、系统论、耗散结构理论、拓扑学、生物学等自然科学的成果，将其运用于人文科学的领域中，从共时或历时的角度对人们的日常生活、行为意识、道德结构、作家作品、哲学历史等各个方面进行描写、分析和研究。作为一位著名的文学理论家和符号学家，洛特曼所建构的文化符号学理论以其独特性和原创性为世界符号学大厦做出了重大贡献。他生前曾是国际符号学协会的副主席、不列颠科学院院士、挪威和瑞典科学院院士、爱沙尼亚科学院院士、世界多个大学的荣誉博士、俄罗斯科学院普希金奖获得者。

翁贝托·埃科（Umberto Eco，1932—2021），著名意大利哲学家、美学家、符号学家，小说家、文学评论家。

沃尔夫·施密德（Wolf Schmid），德国汉堡大学教授，著名斯拉夫学者，欧洲叙事学会主席。

纳塔莉雅·阿芙托诺莫娃（Н. Автономова），俄罗斯科学院哲学研究所高级研究员，法国哲学家拉康与德里达著作的第一个俄译者，著有《认识与翻译·语言哲学研究》与《开放的结构》等，主编《雅各布森》等。

瓦列里·秋帕（В. И. Тюпа），当代俄罗斯著名学者，俄罗斯国立人文大学教授，"理论诗学与历史诗学"教研室主任，撰有《艺术话语》《艺术分析法》《艺术文本分析》《话语形态——比较修辞学概论》等专著。

弗拉基米尔·E. 亚历山大罗夫（Vladimir E. Alexandrov），耶鲁大学 B. E. 本辛格斯拉夫语言文学荣休讲座教授，其学术兴趣包括：19 世纪与 20 世纪俄罗斯小说；列夫·托尔斯泰、别雷、布宁、纳博科夫；俄罗斯侨民文学及文化；文化和文学理论；19 世纪与 20 世纪早期俄美关系。亚历山大罗夫教授具有跨学科教育背景，分别于 1968 年、1971 年获纽约城市大学地质学学士和硕士学位，后又分别于 1973 年、1979 年获马萨诸塞大学、普林斯顿大学比较文学硕士和博士学位。

尤里·蒂尼亚诺夫（ЮрийНиколаевичТынянов，1894—1943），俄罗斯文艺理论家、文学评论家、作家、翻译家，俄罗斯形式论学派的主要代表人物，与什克洛夫斯基、艾亨鲍姆一并被称为"俄罗斯形式论学派的三驾马车"。

罗曼·雅各布森（Roman Jakobson，1896—1982），20 世纪著名语言学家、符号学家、诗学家，俄苏形式论学派分支"莫斯科语言学小组"发起人，"文学性"命题提出者，布拉格学派奠基人之一。

扬·穆卡若夫斯基（Jan Mukarovsky，1891—1975），20 世纪捷克著名文艺理论家、美学家，结构主义与符号学奠基者，布拉格学派领袖。

罗曼·英加登（Roman Ingarden，1893—1970），波兰著名哲学家和文艺理论家，20 世纪西方现象学美学的主要代表，波兰科学院院士和波兰国内外诸多科学研究团体和科学协会成员。

维克多·日尔蒙斯基（В. М. Жирмунский，1891—1971），苏联著名语文学家、文艺学家、日耳曼语言学家、比较文学家、苏联科学院院士。

陈靓，复旦大学文学博士，现任复旦大学外国语言文学学院教授，主要研究领域：美国本土裔文学、北欧文学。

王艳卿，文学博士，武汉大学外语学院俄语系讲师，研究方向为俄罗斯文学与文论等。

郑文东，武汉大学外国语言文学学院俄语系教授、博士生导师，研究方向为俄罗斯文论、当代俄罗斯文学、俄语修辞学。

刘锟，黑龙江大学俄罗斯语言文学与文化研究中心研究员、博士生导师。

汪洪章，复旦大学外文学院英文系教授、博士生导师。《辞海》编委，外国文学分科主编。主要研究领域：英美文学、西方文论、比较诗学。

黄玫，北京外国语大学俄语学院教授、博士生导师，从事俄罗斯文学研究、翻译和教学工作。

刘丹，文学博士，北京语言大学高级翻译学院副教授。研究方向为比较文学与比较诗学等。

张振辉，中国社会科学院外国文学研究所研究员，中国作家协会会员，波兰文学研究家和资深翻译家。

吴笛，浙江大学世界文学与比较文学研究所所长、教授、博士生导师，任浙江大学世界文学跨学科研究中心副主任，中国中外语言文化比较学会会长、浙江省比较文学与外国文学学会会长等职。

杨建国，任教于广东五邑大学外国语学院，致力于文学理论研究和翻译。

钱翰，北京师范大学文艺学研究中心教授，主要研究法国文学和欧陆文论。

王晓菁，德国哥廷根大学比较文学博士、博士后，哥廷根大学世界文学专业国家双学位项目负责人，研究方向为比较文化形态学、对话人文、世界文学理论构建。

马海良，北京外国语大学英语学院教授，《外国文学》杂志副主编，主要研究英国文学和英美文论。

刘娟娟，任教于北京外国语大学法语系。

张志豪，南京大学外国语学院俄语系博士研究生。

高树博，四川大学文学博士，现任四川大学文学与新闻学院副教授、硕士生导师。主要研究方向为马克思主义美学、西方文论、现代斯拉夫文论。

朱涛，华南师范大学外国语言文化学院副教授、硕士生导师。主要研究方为现代斯拉夫文论。

贺骥，中国社会科学院外文所研究员。

周露，浙江大学外国语学院教授、博士生导师，研究方向为俄罗斯文学、中俄文学与文化比较。

陶久胜，宁波大学外国语学院教授，主要从事英美文学、文艺复兴文学、英语戏剧、翻译研究。

刘柏威，黑龙江大学俄罗斯语言文学与文化研究中心副教授。

彭永涛，黑龙江大学俄语学院博士研究生。

谢子轩，南京大学外国语学院暨俄罗斯学研究中心博士研究生。

杜常婧，曾为中国社会科学院外国文学研究所助理研究员，从事捷克文学和文艺理论研究。